D1285999

Petits délices et grand amour

Lise Doré

2015

12/12/15

NORA ROBERTS

Petits délices
et grand amour

Roman

MOSAÏC

Titres originaux :
SUMMER DESSERTS
LESSONS LEARNED

Traduction de l'américain par
JEANNE DESCHAMP

SUMMER DESSERTS
© 1985, Nora Roberts.
© 2015, Harlequin SA

LESSONS LEARNED
© 1986, Nora Roberts.
© 2015, HarlequinSA

Ce livre est publié avec l'autorisation de HARLEQUIN BOOKS S.A.

Tous droits réservés, y compris le droit de reproduction de tout ou partie de l'ouvrage, sous quelque forme que ce soit.

Cette œuvre est une œuvre de fiction. Les noms propres, les personnages, les lieux, les intrigues, sont soit le fruit de l'imagination de l'auteur, soit utilisés dans le cadre d'une œuvre de fiction. Toute ressemblance avec des personnes réelles, vivantes ou décédées, des entreprises, des événements ou des lieux, serait une pure coïncidence.

MOSAÏC® est une marque déposée

Le visuel de couverture est reproduit avec l'autorisation de :
Gâteau : © RUTH BLACK / FOTOLIA / ROYALTY FREE
Réalisation graphique couverture : ATELIER DIDIER THIMONIER

MOSAÏC, une maison d'édition de la société HARLEQUIN
83-85, boulevard Vincent Auriol, 75646 PARIS CEDEX 13.
Tél. : 01 45 82 47 47
www.editions-mosaic.fr
ISBN 978-2-2803-3339-9 — ISSN 2261-4540

LA FORCE D'UN REGARD

1

Ses parents l'avaient prénommée Summer. Un prénom estival qui faisait naître des visions de fleurs écarlates, de brusques orages d'été et de longues nuits torrides. Un prénom qui faisait également surgir des images de prairies douces noyées de soleil et de siestes paisibles à l'ombre de grands arbres. Et ces deux aspects allaient comme un gant à Summer Lyndon.

Alors qu'elle se tenait en suspens, le corps en alerte et les yeux vigilants — les mains encore immobiles mais déjà au bord du mouvement —, pas un son ne s'élevait dans la pièce. Pas un regard, pas un seul, qui ne soit rivé sur elle. Même si elle procédait avec lenteur, son public fasciné n'aurait pas pris le risque de manquer un seul de ses gestes.

Sa fine silhouette était devenue le point sur lequel convergeait l'attention générale. Dans le silence presque recueilli, la mélodie fluide de la *Barcarolle* de Chopin ajoutait une intensité lumineuse à l'atmosphère. Un rayon de soleil effleurait ses cheveux châtains attachés avec soin, leur donnant de très légers reflets d'or. Une paire de dormeuses en émeraude brillait à ses oreilles.

Comme il faisait très chaud dans la pièce, deux cônes rosés renforçaient la ligne de ses pommettes déjà saillantes et soulignaient l'élégance presque hautaine de ses traits. Un mélange de tension et d'extrême attention accentuait les points ambrés de ses iris. Ce même cocktail d'émotions fortes remodelait ses lèvres douces et joliment ourlées qui s'avançaient en une moue de concentration.

Elle portait une tenue blanche toute simple, sans froufrous ni apprêts. Et n'en attirait pas moins les regards aussi sûrement que le plus bigarré des papillons exotiques. Elle ne prononçait pas un mot et, pourtant, chacun tendait l'oreille dans l'espoir de capter un son, même le plus ténu, susceptible de tomber de ses lèvres.

Les ondes étaient fortes dans la pièce, les odeurs capiteuses, l'atmosphère marquée par l'attente.

Summer aurait tout aussi bien pu s'y trouver seule, vu le peu d'attention qu'elle prêtait à son entourage. Un seul but, une seule intention l'habitait : l'excellence. Se contenter de moins ne lui aurait jamais traversé l'esprit.

Avec un soin infini, elle démoula la préparation et procéda à la décoration de sa charlotte. Les heures qu'elle venait de passer pour élaborer l'énorme gâteau étaient oubliées. Oubliées aussi la chaleur, la fatigue dans les jambes, les douleurs dans les bras et les épaules. La dernière phase du travail, celle qui allait donner à la pâtisserie la *touche* Summer Lyndon, qui en ferait l'unicité, était de la plus haute importance. Summer savait déjà que le goût de la pâtisserie serait exquis, les arômes divins, que la consistance permettrait une découpe aisée. Mais toutes ces qualités ne seraient plus rien si son dessert péchait sur le plan esthétique.

Avec le soin d'un artiste couronnant un chef-d'œuvre, elle leva son pinceau pour appliquer un léger glacis doré sur les fruits frais. Puis ce fut le tour du sucre filé qui dessina ses volutes audacieuses.

Même à ce stade avancé, personne n'osait encore piper mot.

Sans requérir d'aide — elle n'en aurait toléré aucune —, Summer découpa la nougatine qu'elle venait de passer au rouleau à pâtisserie pour en faire des plaques fines et sculpta ses motifs.

Ses mains ne tremblaient pas. La tête haute, elle recula d'un pas pour porter un dernier regard critique et juger de l'effet d'ensemble. C'était le test ultime, car ses exigences étaient extrêmes et la moindre faute de goût aurait été inexcusable à ses yeux. Les mains sur les hanches, le visage impénétrable, elle regardait en silence. En cet instant suspendu, même la chute d'une aiguille sur les carreaux de terre cuite aurait retenti comme une déflagration.

Un lent sourire finit par se dessiner sur ses lèvres. Ses yeux scintillèrent. La réussite était à la hauteur de son attente. Elle leva le bras d'un geste théâtral…

— Parfait ! Enlevez !

Deux assistants se précipitèrent alors et firent rouler le dessert sur son chariot. A ce moment-là seulement, les applaudissements crépitèrent. Summer les accepta comme un juste dû. Que l'humilité soit de mise en certaines circonstances, elle était la première à l'affirmer. Mais elle savait aussi qu'aucune modestie ne s'appliquait à ses desserts. Dire que sa charlotte était une splendeur restait un euphémisme. Le milliardaire italien qui l'avait embauchée avait exigé le meilleur pour les fiançailles de sa fille et il avait payé pour l'obtenir. Elle s'était contentée de satisfaire ses exigences.

— Ah, mademoiselle Summer... Quel poème! Quelle œuvre d'art!

Fontenoy, un cuisinier français spécialisé dans les fruits de mer, vint poser les mains sur ses épaules. Il la contempla en secouant la tête, les yeux écarquillés d'admiration.

— Féerique! Spectaculaire! Grandiose!

Il s'en étranglait presque, cherchant le qualificatif qui dépasserait tous les autres. Avec un enthousiasme très latin, il l'embrassa sur les deux joues, tout en lui malaxant les épaules de ses doigts boudinés, comme s'il pétrissait du pain frais. Summer, dont l'expression était restée grave et concentrée depuis des heures, laissa enfin éclater un grand sourire.

— Merci.

On entendit sauter un bouchon et le champagne circula pour célébrer l'achèvement réussi du dîner de fête. Summer prit deux verres et en tendit un au chef cuisinier français.

— *Nous* avons été grandioses! A notre prochaine collaboration!

Elle vida sa coupe en quelques gorgées, puis retira sa toque et quitta la cuisine en adressant un signe de la main à la cantonade. A côté, dans l'immense salle à manger du palais vénitien, avec ses sols en marbre et ses lustres de Murano, son dessert faisait l'admiration des convives.

Summer quitta le *palazzo* d'excellente humeur, se réjouissant sans complexe que le soin de nettoyer la cuisine en chantier retombe sur d'autres épaules que les siennes.

Deux heures plus tard, tandis que son avion volait haut au-dessus de l'Atlantique, elle se détendait enfin, les yeux clos et débarrassée du carcan de ses chaussures. Un roman policier à l'intrigue terrifiante reposait, ouvert, sur ses genoux. Après trois jours pleins passés à Venise pour confectionner sa pièce unique, elle regagnait les Etats-Unis. De telles expéditions n'avaient rien d'inhabituel pour elle. Elle avait réalisé un savarin géant à Madrid, une forêt-noire à Athènes, un concorde au chocolat à Istanbul. Entièrement défrayée et grassement rémunérée, elle était toute disposée à courir le monde pour créer l'événement. Inventive et audacieuse, elle réinterprétait les grands classiques à sa manière. Ses desserts n'étaient pas de simples desserts, mais des expériences gravées dans le marbre. Ses créations continuaient de hanter les papilles gustatives des connaisseurs longtemps après avoir été consommées.

Toujours prête à bondir, spatule à la main, songea-t-elle, à demi endormie, bâillant et souriant à la fois.

Elle se considérait comme une spécialiste dans son domaine, un peu à la manière d'un bon chirurgien. Et pour cause… Elle avait étudié et pratiqué autant d'années et avec le même acharnement que bien des grands mandarins. Cela faisait cinq ans maintenant qu'elle était sortie de l'Académie d'art culinaire de Paris et sa réputation lui attribuait les caprices d'une diva, le cerveau d'un ordinateur et les mains d'un ange.

Somnolant sur son siège confortable en classe affaires, Summer se trouvait aux prises avec une envie immodérée d'engloutir sur l'heure une solide part de pizza.

Elle savait que le temps de vol lui paraîtrait moins long si elle le passait à lire ou à dormir. Aussi, pour mettre toutes les chances de son côté, décida-t-elle de cumuler l'une et l'autre activité, en commençant d'emblée par une petite sieste. Elle tenait aussi jalousement à ses heures de sommeil quotidiennes qu'à sa recette secrète de mousse aux trois chocolats sur biscuit mi-amer.

Une fois de retour à Philadelphie, elle n'aurait plus une minute à elle. Entre la bombe glacée à préparer pour le banquet caritatif organisé par le gouverneur, la réunion annuelle de la Gourmet Society, la démonstration qu'elle s'était engagée à faire en public pour la télévision, et… et quoi donc, encore ? Ah oui, l'entretien professionnel, se remémora-t-elle dans une demi-somnolence.

Que lui avait-elle dit au téléphone, déjà, cette femme à la voix d'oiseau ? Drake — non, Blake… Blake Cocharan, IIIe du nom, de la chaîne d'hôtels Cocharan, souhaitait la rencontrer. *Excellents hôtels, au demeurant*, songea-t-elle en bâillant copieusement. Elle avait séjourné dans quelques-uns d'entre eux à l'occasion de ses divers périples aux quatre coins du monde. Et voilà que

M. Cocharan le Troisième avait une proposition professionnelle à lui soumettre.

Sans doute voulait-il lui demander de créer un dessert à son nom, dont sa chaîne acquerrait l'exclusivité. Sur le principe, elle n'avait rien contre, mais il fallait qu'un certain nombre de conditions soient respectées. Et que M. Cocharan le Troisième y mette le prix, bien sûr. Avant d'accepter d'associer son nom et son talent à cette chaîne, elle procéderait à des recherches détaillées. Si elle découvrait que l'un de ces hôtels offrait des prestations médiocres…

Elle s'étira avec délice et décida de revenir plus tard sur la question — une fois qu'elle aurait rencontré M. Troisième en personne. *Blake Cocharan III…* Elle laissa résonner le patronyme dans sa tête avec un sourire aussi endormi qu'amusé. Il lui semblait déjà le voir devant elle : grassouillet, le crâne dégarni et souffrant probablement de dyspepsie chronique. Il arborerait des chaussures italiennes, une montre suisse, des costumes français et une grosse voiture allemande, tout en se considérant comme indéfectiblement américain. Le portrait qu'elle venait d'élaborer resta suspendu dans ses pensées un moment, suscitant un ennui immédiat. De nouveau, elle bâilla et soupira, alors que la vision insistante d'une pizza aux poivrons revenait hanter ses pensées. Elle donna à son siège une inclinaison plus confortable et passa résolument en mode sommeil.

Blake Cocharan III, adossé à la luxueuse banquette arrière de sa limousine gris métallisé, épluchait avec attention le dernier rapport en date sur la construction de la nouvelle Cocharan House dans les îles Vierges. Il était doté de cette forme particulière d'intelligence qui lui permettait de ramasser une grande brassée de détails disparates pour les aligner aussitôt en un ordre parfait. Pour lui, le chaos n'était rien d'autre qu'une forme de système qui s'ignorait encore et qu'un minimum de sens logique suffisait à mettre au pli. La logique avait toujours été son amie. Un point A menait invariablement à un point B, qui à son tour conduisait à C. Quelle que soit la complexité du labyrinthe, il y avait toujours moyen de trouver sa voie. Il suffisait d'être patient, cohérent et systématique.

Grâce à ce talent pour la synthèse, à trente-cinq ans à peine, il tenait déjà presque entièrement seul les rênes de l'empire Cocharan. Sa richesse, il en avait hérité et ne s'en glorifiait pas. Mais il s'était hissé jusqu'à la place qu'il occupait par son seul travail, et sa réussite avait une réelle valeur à ses yeux. Il existait une tradition Cocharan qui se caractérisait par un haut niveau d'exigence. Pour ses hôtels, il n'acceptait que ce qui se faisait de mieux, que ce soit pour le linge de maison ou le mortier des fondations.

Et les informations qu'il avait pu rassembler sur Summer Lyndon menaient toutes à la même conclusion : elle était la meilleure dans sa spécialité.

Blake mit de côté son dossier sur Sainte-Croix dans les îles Vierges et sortit une autre pochette de l'attaché-case posé à ses pieds. Une seule bague en or, chantournée, luisait d'un éclat discret à son doigt.

Voyons un peu cette Summer Lyndon...

Il ouvrit le dossier avec une curiosité modérée.

Vingt-huit ans, formée à Paris, diplômée en arts culinaires. Père : Rothschild Lyndon, parlementaire britannique respecté. Mère : Monique Dubois Lyndon, ancienne actrice de cinéma française. Parents divorcés à l'amiable depuis vingt-trois ans.

Summer Lyndon avait grandi entre Londres et Paris, puis avait suivi sa mère, lorsque celle-ci avait épousé en secondes noces un magnat américain de la quincaillerie en gros, établi à Philadelphie. Summer était retournée par la suite à Paris pour terminer son apprentissage et se partageait depuis entre la France et les Etats-Unis. Dans l'intervalle, sa mère avait convolé une troisième fois, avec un magnat du papier. Son père, quant à lui, s'était séparé de sa seconde épouse, une avocate médiatique.

Toutes les informations convergeaient : Summer Lyndon était bien LA chef pâtissier la plus talentueuse en activité — et cela de part et d'autre de l'Atlantique. Son talent ne se limitait pas aux desserts. Elle était également un merveilleux chef gastronomique, faisant preuve d'une grande inventivité, d'un sens inné du produit et de bonnes facultés d'improvisation en cas de crise. Mais cette jeune artiste des fourneaux n'avait pas que des qualités. On lui prêtait un caractère autoritaire, un tempérament explosif et une franchise qui confinait à la brutalité. Ces défauts ne devaient pas être rédhibitoires, cependant, car elle restait dans les petits papiers de maints chefs d'Etat, hommes d'affaires et autres célébrités.

Madame exigeait, paraît-il, d'opérer dans des cuisines suffisamment silencieuses pour qu'elle puisse écouter les *Nocturnes* de Chopin en boucle. Et elle était capable de refuser net de travailler si l'éclairage ne lui plaisait pas. On disait que ses clients, même les plus influents, cédaient à ses moindres caprices pour ne pas prendre le risque de la voir tourner les talons.

Lui n'avait jamais été homme à céder aux caprices de qui que ce soit, mais il voulait Summer Lyndon pour la chaîne Cocharan. Et il ne doutait pas un instant qu'il parviendrait à la convaincre d'accepter la proposition qu'il avait en tête.

Il laissa une vision d'elle se former dans son esprit. Une femme redoutable, assurément. Mais sa force de caractère n'était pas faite pour lui déplaire. Les personnalités faibles et les volontés peu affirmées lui devenaient rapidement insupportables, surtout chez ses collaborateurs. Peu de femmes encore avaient atteint la célébrité et le niveau de compétence auxquels s'était hissée Summer Lyndon. Même si les femmes cuisinaient par tradition, la plupart des chefs restaient encore des hommes.

Il l'imaginait grande et forte, un peu trop enveloppée à force de goûter à ses propres créations. Des mains habiles, bien sûr. Un teint légèrement blafard et un visage empâté à force de passer sa vie enfermée en cuisine. Une femme avec un solide sens pratique et des idées très arrêtées sur ce qu'il était bon de manger ou non. Elle serait forcément organisée, logique et cultivée — d'apparence un peu quelconque, probablement, car trop préoccupée de gastronomie pour se soucier de son aspect physique.

Il prévoyait déjà qu'ils s'entendraient à merveille.

Jetant un coup d'œil à sa montre, il constata avec satisfaction qu'il était juste à l'heure. La limousine se gara sans bruit le long du trottoir.

— J'en ai pour une heure tout au plus, annonça-t-il à son chauffeur.

Ce dernier hocha la tête. Lorsque Blake Cocharan disait une heure, c'était une heure. Il respectait toujours les délais.

— A tout à l'heure, monsieur.

Blake leva les yeux vers le quatrième étage de cet immeuble ancien où se déroulerait le rendez-vous. Il nota que les fenêtres étaient grandes ouvertes, laissant entrer la douceur du printemps et sortir des envolées de musique — un thème classique qu'il ne put identifier, à cause du bruit de la circulation. Il entra, découvrit que l'unique ascenseur était en panne et grimpa les quatre étages à pied.

Il sonna et une jeune femme de petite taille, avec un visage d'une grande beauté, lui ouvrit. Elle portait un T-shirt quelconque sur un legging. *L'employée de maison qui sort pour son jour de congé*, songea-t-il aussitôt. Elle paraissait bien fragile pour une personne censée frotter les sols et les carreaux. Et si son intention était bien de sortir, elle s'apprêtait à descendre dans la rue pieds nus.

Après ce premier examen global, Blake revint au visage de la jeune femme. Il était classique dans sa beauté, vierge de tout maquillage et indiscutablement sensuel. La bouche à elle seule était étourdissante de volupté et Blake s'efforça de faire abstraction de ce qu'il considéra être une attirance sexuelle purement mécanique.

— Blake Cocharan. J'ai rendez-vous avec Summer Lyndon.

Summer leva le sourcil gauche, ce qui, chez elle, traduisait la surprise. Puis ses lèvres esquissèrent une moue légère, signe de plaisir. Grassouillet, Blake Cocharan ne l'était pas du tout. Longiligne et musclé, il affichait au contraire une silhouette de grand sportif. Il avait clairement l'air de quelqu'un qui profite de sa pause déjeuner pour faire un footing plutôt que de s'éterniser à écluser les digestifs dans des repas d'affaires. Dégarni ? Sûrement pas… Une belle masse de cheveux noirs à la coupe soignée et qui ondulaient naturellement renforçait l'attrait d'un visage qui restait sensuel, malgré une certaine froideur. Il avait la pommette aiguë et le menton ferme — carré sans être caricatural. Summer aima d'emblée la force qui émanait de la première et le charme qui caractérisait le second, creusé d'une discrète fossette. Les sourcils noirs formaient une ligne presque horizontale au-dessus des yeux clairs, d'un bleu qui rappelait la pleine mer. Sa bouche était un peu large mais bien dessinée, le nez très droit, à l'arête presque cinglante. Elle avait visé juste sur le plan vestimentaire : les chaussures italiennes, la montre et le costume. Mais pour le reste, elle avait eu faux sur toute la ligne.

Il lui fallut peut-être trois — à la rigueur quatre — secondes pour se faire une idée d'ensemble du personnage. Son sourire s'accentua, un sourire dont Blake ne pouvait détacher son regard. Il trouvait sa bouche conçue pour être dégustée comme une glace en cornet. A moins d'être mourant ou d'avoir d'autres préférences sexuelles, quel homme pourrait résister à des lèvres pareilles ?

— Entrez, je vous en prie, monsieur Cocharan.

Summer ouvrit la porte en grand et s'effaça pour lui laisser le passage.

— C'est très aimable à vous d'avoir accepté de vous déplacer jusqu'ici. Asseyez-vous... Je suis en pleine cuisine, désolée.

Elle sourit, lui indiqua un fauteuil d'un geste et disparut.

Blake ouvrit la bouche pour protester — il n'avait pas l'habitude d'être traité par-dessus la jambe par le personnel de maison —, puis la referma. Il n'avait pas de temps pour ça. Posant son attaché-case, il examina les lieux : des lampes un peu partout avec des abat-jour à franges, une méridienne avec un plaid en alpaga aux couleurs vives, une table de bois de rose marquetée. Sur le sol, des tapis d'Aubusson — deux —, joliment fanés, dans des tons de bleu et de gris. Un vase Ming. Un pot-pourri dans ce qui lui parut être un compotier en porcelaine de Dresde.

Il n'y avait aucun ordre, aucun système, dans ce décor. C'était un mélange improbable d'époques et de styles qui aurait dû jurer, mais qui exerçait un attrait immédiat. A l'autre bout du séjour, un guéridon était couvert de papiers — pages imprimées et notes prises à la main. Les bruits de la rue montaient par la fenêtre ouverte, se mêlant aux *Nocturnes* du grand Frédéric.

Alors qu'il s'imprégnait ainsi de l'atmosphère de la pièce, Blake eut la soudaine certitude qu'il n'y avait personne d'autre dans l'appartement que lui-même et la femme qui lui avait ouvert la porte. Summer Lyndon en personne, alors ? Charmé tout autant par cette idée que par les arômes qui lui parvenaient de la cuisine, il rejoignit la jeune femme, se dirigeant à l'odeur.

Six fonds de tarte dorés reposaient sur une grille. Summer les remplissait un à un avec ce qui semblait être une crème blanche et onctueuse. L'attention de Blake se posa sur le visage de la pâtissière et il fut frappé par la concentration qui s'y lisait, une concentration si intense qu'on aurait dit un neurochirurgien procédant à une opération du cerveau. La comparaison aurait dû l'amuser. Mais les accords de Chopin aidant, la vue de ces doigts délicats façonnant la crème le fascina.

Summer trempa une fourchette dans une casserole et versa sur la crème de chaque tartelette une petite quantité de ce qui parut être à Blake du caramel. Le liquide ambré coula sur les côtés et se solidifia. Blake n'était ni spécialement affamé ni vraiment porté sur le sucré. Mais il éprouva une envie presque irrépressible de goûter à ces petites merveilles. Summer prit les pâtisseries une à une pour les disposer sur une assiette en fine porcelaine de Chine et ce fut seulement lorsque l'opération fut terminée qu'elle tourna les yeux vers lui.

— Je peux vous offrir un café ?

Elle sourit et le pli de concentration s'effaça entre ses sourcils. Ses yeux obscurcis par la tension s'éclaircirent.

Blake jeta un coup d'œil sur les petits gâteaux et se demanda comment elle parvenait à garder une taille aussi fine ; il aurait pu l'entourer de ses deux mains.

— Volontiers, oui.

— Servez-vous. Il est encore chaud… J'en ai pour une seconde, juste le temps d'apporter ça à côté.

Avant de passer la porte avec le plat de tartelettes, Summer tourna de nouveau la tête vers lui.

— Si vous voulez des biscuits, il y en a dans la boîte. Je reviens tout de suite.

Elle disparut, les pâtisseries avec elle. Balayant ses regrets d'un léger haussement d'épaules, Blake concentra son attention sur la cuisine où régnait un beau désordre. Summer Lyndon était peut-être une grande cuisinière mais, à l'évidence, pas de l'espèce maniaque. Cela dit, si l'odeur et l'aspect de ces tartelettes constituaient une indication…

Il entreprit d'ouvrir les placards pour trouver une tasse, puis céda à la tentation. Renouant avec l'enfant gourmand qu'il avait cessé d'être, il passa le doigt sur le bord de la jatte qui avait contenu la crème et le lécha. *Mm…* Epaisse, riche, onctueuse et d'un raffinement très français.

Il avait eu l'occasion de dîner dans les meilleurs restaurants et les demeures les plus fortunées, un peu partout dans le monde, mais il devait reconnaître qu'il n'avait encore jamais rien avalé qui égale en saveur la substance qu'il venait de goûter dans la cuisine en chantier de cette toute jeune femme. En décidant de se spécialiser en pâtisserie, Summer Lyndon avait manifestement fait le bon choix. Le regret qu'elle ait emporté ces petits bijoux pour les apporter à quelqu'un d'autre se fit de nouveau sentir. Il reprit sa recherche d'une tasse pour le café, et repéra une boîte à biscuits en forme de panda.

En temps normal, il ne l'aurait même pas ouverte. Il n'était pas très porté sur le grignotage. Mais il avait encore en bouche les harmonies subtiles de la crème. Nul doute qu'une pâtissière émérite comme Lyndon devait être la reine du biscuit maison.

Il souleva le couvercle de la boîte, en sortit un biscuit et le fixa avec étonnement. Un bon vieil Oreo tout droit sorti de son paquet!

Non, sérieusement? Il n'y avait pas plus familier pour un Américain que ce biscuit.

Déconcerté, Blake secoua la tête. Il retourna dans sa main le petit gâteau, avec ses deux coques extérieures au chocolat enserrant une substance blanche. C'était bel et bien un biscuit industriel avec la marque inscrite des deux côtés. Chez Summer Lyndon? Chez cette femme capable de battre en neige, fouetter, glacer, abaisser, effiler et mieux encore, pour maintes têtes couronnées?

Il rit tout haut en laissant retomber le biscuit dans la boîte. Son métier lui avait donné l'occasion de rencontrer un nombre non négligeable d'excentriques. Diriger une chaîne d'hôtels ne consistait pas seulement à savoir qui prenait possession d'une chambre et qui rendait ses clés. Il avait croisé des designers, des architectes, des peintres de renom, des chefs d'orchestre et des représentants syndicaux. Il se considérait comme un bon connaisseur de la nature humaine. Il ne lui faudrait pas long-temps pour comprendre le fonctionnement de Summer Lyndon.

Elle revint précipitamment dans la cuisine juste au moment où il se versait enfin du café dans la tasse en porcelaine anglaise qu'il avait fini par dénicher.

— Je suis désolée de vous avoir fait attendre, monsieur Cocharan. Je sais que ce n'est pas très poli.

Elle lui sourit, tout en se servant un café à son tour, comme quelqu'un qui ne doutait pas d'être pardonné.

— Il fallait à tout prix que je termine ces pâtisseries pour ma voisine. Elle donne un petit thé de fiançailles cet après-midi et reçoit sa future belle-famille.

Son sourire s'élargit tandis qu'elle retirait le couvercle de la boîte panda.

— Vous vous êtes servi en biscuits?

— Non. Mais allez-y, je vous en prie.

Le prenant au mot, Summer attrapa un gâteau.

— On ne peut pas dire qu'ils soient vraiment bons, mais ils sont addictifs à leur façon, vous ne trouvez pas?

Elle fit un geste en direction du séjour.

— Et si nous allions nous asseoir pour que vous me parliez de votre proposition?

Blake apprécia sa vivacité. Même si l'image qu'il s'était forgée d'elle était très éloignée de la réalité, il avait peut-être vu juste au niveau de la solidité et du professionnalisme. Acquiesçant d'un signe de tête, il la suivit jusque dans le séjour. Son poste actuel, il ne le devait pas seulement à son nom. Il attribuait sa réussite professionnelle à son intelligence analytique, à sa rapidité et à sa capacité à résoudre les problèmes de façon structurée. Et pour l'heure, il s'agissait de trouver la bonne approche pour aborder quelqu'un comme Summer Lyndon.

Qui était exactement la femme qu'il avait devant lui? Elle était toute de grâce et de finesse — le genre de silhouette faite pour déambuler à l'ombre des arbres centenaires, dans les allées du parc de Bagatelle. Un visage très français, très élégant. Et la voix à l'avenant, avec cette articulation parfaite qui caractérise les meilleures éducations européennes — un soupçon d'accent français, pour une oreille exercée, mais surtout une rigueur très britannique qu'elle devait tenir de son père. Ses cheveux étaient relevés, probablement à cause de la chaleur, pour dégager sa nuque, même si elle avait préféré ouvrir grand les fenêtres plutôt que d'avoir recours à l'air conditionné. Les émeraudes à ses oreilles étaient rondes, parfaites et d'une très belle qualité de pierre. Une perfection qui ne jurait même pas avec la manche déchirée de son T-shirt.

Se laissant tomber sur le canapé, elle replia les jambes sous elle. Ses orteils affichaient un vernis de couleur vive, mais les ongles de ses mains étaient coupés court et elle ne portait aucune bague. Il capta au passage un mélange subtil d'odeurs — en surface, une touche onctueuse de caramel mâtiné de crème fraîche et, juste en dessous, un parfum, français sans l'ombre d'un doute, audacieux et sensuel.

Mais rien de tout cela ne lui indiquait quelle stratégie adopter avec elle. Devait-il jouer de son charme ? Flatter son ego ? Ou aligner froidement des chiffres ? Elle avait la réputation d'être une perfectionniste, mais on disait qu'elle n'hésitait pas, à l'occasion, à ruer dans les brancards. N'avait-elle pas refusé de cuisiner pour un politicien célèbre, uniquement parce qu'il n'avait pas voulu financer l'envoi par avion de son équipement de cuisine ? Elle avait facturé une fortune à une célébrité de Hollywood pour un gâteau géant de vingt étages, d'une folle extravagance. Et il venait de la voir livrer personnellement — et pieds nus — un lot de tartelettes de rêve à sa voisine. Avant de lui faire la proposition qu'il avait en tête, il aurait préféré avoir une vision un peu plus claire du personnage.

Il choisit alors d'emprunter une voie détournée, même si d'aucuns auraient pu y voir une forme d'atermoiement.

— Je connais un peu votre mère, annonça-t-il en guise d'entrée en matière, tout en continuant à jauger la jeune femme assise à côté de lui.

— Ah, vraiment ?

Elle accueillit la nouvelle avec un mélange d'amusement et d'affection.

— Ce n'est pas étonnant, cela dit. Ma mère ne jure que par les hôtels Cocharan. Nous les fréquentions beaucoup au temps où nous voyagions ensemble, elle et moi. J'ai même un vague souvenir d'avoir dîné en compagnie de votre grand-père, lorsque j'avais six ou sept ans.

Le sourire amusé flottait toujours sur ses lèvres lorsqu'elle s'interrompit pour boire une gorgée de café.

— Le monde est petit…

Elle se laissa aller contre le dossier du canapé, tout en jaugeant son visiteur. Costume impeccable. Bien coupé et d'un classicisme que n'aurait pas désapprouvé son parlementaire de père. Quant au corps sous le costume, il était d'une sveltesse et d'une configuration que n'auraient pas critiquées son ex-actrice de mère. Pour sa part, elle s'intéressait assez à la combinaison des deux.

Oui, Blake Cocharan était indéniablement attirant. Le visage n'était pas tout à fait lisse, sans pour autant être rude ; un homme de pouvoir et qui assumait sa réussite sans complexe. Une faculté à laquelle elle avait toujours été sensible. Elle avait du respect pour les gens qui savaient ce qu'ils voulaient et ne craignaient pas de l'obtenir. Ce qui, à l'évidence, était le cas pour Blake. Une aptitude qui était aussi la sienne et qu'elle revendiquait.

Un homme attirant à tous points de vue, en somme...

Sa mère aurait dit de lui qu'il était « *ravageusement* séduisant ». Et elle n'aurait pas eu tort. Summer, pour sa part, était tentée de qualifier son charme de « dangereux ». Une combinaison de qualités à laquelle il ne lui était pas facile de résister.

Elle changea de position sur le canapé, peut-être inconsciemment, pour mettre plus de distance entre eux. Les affaires étaient les affaires, après tout.

— Vous connaissez la philosophie des Cocharan House, je crois ? demanda Blake, se décidant à entrer dans le vif du sujet.

Il se surprit soudain à penser qu'il aurait préféré que son parfum soit un peu moins attrayant, sa bouche un soupçon moins ensorceleuse. Il n'aimait pas qu'une attirance physique interfère dans une rencontre à caractère professionnel.

Summer renonça à boire le reste de son café, qui semblait accentuer les discrètes palpitations que suscitait la présence de cet homme dans l'intimité de son salon.

— Oui, bien sûr. Je fréquente assez régulièrement vos hôtels.

— J'ai entendu dire que vous aviez de très hautes exigences dans l'exercice de votre activité.

Cette fois, Blake décela une pointe d'arrogance dans le sourire qu'elle lui adressa.

— Je suis la meilleure dans ma catégorie et j'ai l'intention de le rester.

Satisfait, il sourit à son tour. Elle venait de lui livrer une première clé : un solide orgueil professionnel.

— C'est ce que j'ai appris, en effet, mademoiselle Lyndon. Et il se trouve que la qualité m'intéresse. Uniquement lorsqu'elle est au top niveau.

Summer posa un coude sur le dossier du canapé et cala sa tête contre sa paume.

— Et de quelle façon au juste vous intéressez-vous à moi, monsieur Cocharan ?

Elle savait que la question était pour le moins ambiguë, mais elle n'avait pu résister à la tentation de la poser. Sa passion pour la cuisine la conduisait régulièrement à prendre des risques. Tenter des expériences était devenu une seconde nature pour elle. Et l'audace professionnelle finissait par déborder sur la sphère privée.

Au moins six réponses possibles traversèrent l'esprit de Blake. Mais aucune n'était en lien avec le motif officiel qui l'amenait chez la jeune femme. Il reposa fermement sa tasse de café sur sa soucoupe.

— Les restaurants de nos hôtels sont réputés offrir une qualité et un service irréprochables, mais pas seulement. Ils sont aussi considérés comme de grandes tables. Depuis peu, cependant, celui de Philadelphie semble avoir régressé sur tous les plans. Mon opinion est que la cuisine servie sombre dans la médiocrité. C'est pourquoi j'ai l'intention de procéder à quelques changements : rénovation des lieux et modifications à la tête de l'équipe.

— Sage décision. Les restaurants sont comme les personnes : avec le passage des ans, la tendance est au relâchement.

Blake la regarda droit dans les yeux.

— Je veux le meilleur chef disponible sur le marché. Et il semble que ce soit vous.

Summer haussa de nouveau un sourcil. Pas sous l'effet de la surprise, cette fois, mais en signe de réflexion.

— C'est très flatteur, mais je fonctionne en free-lance, monsieur Cocharan. Et je me suis spécialisée, comme vous devez le savoir.

— Spécialisée, oui. Mais vous avez l'expérience de la haute cuisine dans tous les domaines. J'ai vu votre CV. Quant à vos activités indépendantes, vous seriez libre de les reprendre en grande partie après les premiers mois de mise en place. Vous disposeriez d'une entière liberté dans le choix de vos collaborateurs et la mise au point de vos menus. Je considère que si j'embauche un expert, ce n'est pas pour lui mettre des bâtons dans les roues en interférant dans ses initiatives.

Summer fronça les sourcils, cette fois. Pas par contrariété, mais sous l'effet de la concentration. L'offre était tentante — très tentante, même. Peut-être était-ce la fatigue due au décalage horaire suite à son périple vénitien, mais elle commençait à se sentir lasse de ses escapades en avion tout autour de la planète, simplement pour réaliser un dessert ici ou là. Plus que de lassitude, ne s'agirait-il pas d'un début d'ennui, voire de saturation ?

Blake Cocharan semblait avoir choisi le bon moment pour venir frapper à sa porte. L'idée de s'atteler à un projet différent suscitait en elle un intérêt certain.

Et s'il avait sincèrement l'intention de lui donner carte blanche, le travail promettait d'être passionnant. La Cocharan House de Philadelphie était un établissement ancien et respectable. Réinventer les lieux, élaborer une nouvelle carte de A à Z... Il y avait de quoi être motivée! Cela lui prendrait six bons mois d'efforts intenses et ensuite... C'était le « et ensuite » qui la faisait hésiter. Si elle investissait tant de temps et d'énergie dans un emploi à plein temps, ne perdrait-elle pas son indépendance, sa créativité, son sens du spectaculaire? La question méritait d'être creusée.

Elle avait pour règle absolue de ne jamais se laisser entraver dans sa liberté — professionnelle ou autre. Une nette méfiance envers l'engagement sous toutes ses formes marquait tous les aspects de sa vie. S'enfermer dans des contrats, des liens, des habitudes équivalait à ses yeux à un choix de servitude volontaire.

D'ailleurs, quitte à investir toute son énergie dans un restaurant, elle pouvait tout aussi bien ouvrir le sien. Elle ne l'avait pas fait jusqu'à présent pour ne pas se bloquer trop longtemps dans un même lieu. Les formules souples et indépendantes avaient toujours eu sa préférence : voyager de par le monde, procéder à une création spéciale, puis poursuivre ses expérimentations sous d'autres cieux. Nouveau pays. Nouveau dessert. Tel était son style. Pourquoi alors envisager de bouleverser ce *modus vivendi* maintenant?

— C'est une proposition très flatteuse, monsieur Cocharan...

Blake avait une perception suffisamment fine des gens pour sentir qu'elle était sur le point de refuser. Aussi ne la laissa-t-il pas terminer sa phrase.

— ... et mutuellement avantageuse!

Avec une nonchalance délibérée, il indiqua un montant de salaire annuel qui laissa un instant Summer sans voix — ce qui était un exploit en soi.

— ... flatteuse et généreuse, reprit-elle lorsqu'elle fut de nouveau en état de s'exprimer.

— On ne peut pas exiger le summum de la qualité si on n'est

pas disposé à y mettre le prix. J'aimerais que vous vous donniez le temps de la réflexion, mademoiselle Lyndon.

Il sortit une liasse de documents de son attaché-case.

— Voici une proposition de contrat que vous souhaiterez sans doute soumettre à votre conseil juridique. Il va sans dire que certains points pourront être négociés.

Summer n'avait aucune envie de l'examiner, ce contrat, car elle sentait qu'il la manœuvrait pour l'acculer dans un coin. Un coin ultrachic et confortable, certes, mais un coin quand même.

— Monsieur Cocharan, je suis sensible à l'intérêt que vous portez à…

— Une fois que vous aurez réfléchi, j'aimerais que nous en rediscutions ensemble. Que diriez-vous si nous en reparlions à l'occasion d'un dîner, disons… vendredi prochain ?

Cet homme était un bulldozer! Un bulldozer très séduisant et très habile. Mais la machinerie avait beau être élégante, elle n'en était pas moins conçue pour vous aplatir.

— Je suis désolée, répondit-elle avec une pointe de hauteur, mais vendredi, je travaille. Le gouverneur donne un banquet pour je ne sais plus quelle cause humanitaire.

— Ah, oui…

Blake sourit, alors même que son ventre se nouait. Une vision aussi réaliste que débridée de leurs deux corps enlacés venait de traverser son esprit. Deux corps faisant sauvagement l'amour sur le tapis d'humus d'une forêt moite, chaude et obscure. Rien que pour cette raison, il envisagea de s'incliner devant son refus. Rien que pour cette raison, il opta pour l'option contraire.

— Je peux passer vous prendre chez le gouverneur. Que diriez-vous d'un petit souper tardif?

Le ton de Summer se fit glacial.

— Monsieur Cocharan, on ne vous a jamais appris le sens du mot « non » ?

Il n'avait aucune intention de l'apprendre. Surtout pas d'elle. Il lui adressa un sourire un peu contrit, mais charmeur.

— Veuillez me pardonner, si je vous ai donné l'impression d'insister un peu lourdement. C'est sur vous que j'ai porté mon premier choix et j'ai tendance à me fier à mon instinct et à foncer.

Il se leva, comme à contrecœur. Le nœud de colère et de tension commença à se relâcher dans la poitrine de Summer.

— Mais si votre décision est ferme et définitive…

Il prit la proposition de contrat sur la table basse et commença à la glisser dans son attaché-case.

— Peut-être pourriez-vous me donner votre opinion sur Maxime LaPointe?

— *LaPointe?*

Le nom glissa sur les lèvres de Summer comme si elle venait d'avaler du venin. Se dépliant lentement du canapé, elle se dressa devant lui, le corps raidi par l'outrage.

— Vous voulez mon opinion sur LaPointe?

Sous l'effet de la colère, ses ascendances françaises se firent entendre de façon plus prononcée dans sa voix. Conscient qu'il venait de marquer un point, Blake poursuivit avec la plus grande courtoisie :

— LaPointe, oui. Tout ce que vous pourrez m'apprendre à son sujet m'intéresse. Sachant que vous êtes collègues et que…

Summer jura. Un juron dans la langue de sa mère, court, percutant et parfaitement pertinent. Les minuscules éclats d'or dans ses iris étincelèrent. Sherlock Holmes avait Moriarty. Zorro, Monastario. Summer Lyndon avait LaPointe.

— C'est un porc répugnant! lança-t-elle avec un frisson, revenant à l'anglais. Il a les capacités intellectuelles d'un pois chiche et des grosses pattes malhabiles de bûcheron! Vous voulez que je vous parle de LaPointe?

Elle attrapa fébrilement une cigarette dans le paquet posé sur la table basse. Fumer lui faisait horreur, mais il lui arrivait d'allumer une cigarette dans des situations de grande agitation.

— C'est un lourdaud sans manières. Je n'ai rien à dire de plus sur cet individu.

— D'après les informations que j'ai pu recueillir, il figure pourtant parmi les cinq chefs les plus en vue de la scène gastronomique parisienne.

Blake en rajoutait, sachant que plus il appuierait sur le point névralgique, plus il gagnerait du terrain.

— On dit que son canard braisé farci aux girolles est une merveille absolue.

— Si une semelle en caoutchouc est une merveille absolue, alors son canard en est une, oui.

C'était tout juste si elle n'en crachait pas d'indignation et

Blake dut mener un combat héroïque contre lui-même pour maîtriser ses zygomatiques. *Vanité professionnelle, quand tu nous tiens...* Summer Lyndon en avait manifestement une belle dose. La voyant prendre une inspiration profonde, il dut se maîtriser encore — cette fois, pour contenir une montée brutale de désir. Peut-être avait-elle reçu encore plus de sensualité que de vanité en partage ?

— Pourquoi ces questions au sujet de LaPointe ?

— Je dois le rencontrer à Paris la semaine prochaine. Dans la mesure où vous déclinez ma proposition...

Elle pointa un doigt horrifié sur le contrat.

— Parce que vous avez l'intention de faire appel à... à ce gâte-sauce ?

— LaPointe n'est pas mon premier choix, comme je vous l'ai dit. Mais plusieurs membres de mon conseil d'administration penchent pour ce chef parisien qu'ils trouvent plus qualifié. Et puis c'est un homme, que voulez-vous...

— Et c'est une qualité pour vous ?

Derrière le fin nuage de fumée, les yeux de Summer ne formaient plus que deux fentes minces. Elle lui prit le contrat des mains et le laissa tomber à côté du café refroidi.

— Ils n'ont pas l'air très au courant de ce qui se passe dans le monde de la gastronomie, ces membres distingués de votre conseil d'administration !

Blake eut le plus grand mal à garder son sérieux.

— Il est possible qu'ils ne soient que très imparfaitement renseignés, en effet.

— *Imparfaitement renseignés !* C'est un euphémisme !

Summer tira sur sa cigarette et se hâta de rejeter la fumée. Elle avait horreur de ce goût dans la bouche.

— Passez me prendre à 21 heures dans les cuisines du gouverneur, monsieur Cocharan, et nous reparlerons de tout ça.

— Avec le plus grand plaisir, mademoiselle Lyndon.

Il la salua d'un petit signe de tête et parvint à garder une expression neutre jusqu'à ce que la porte se referme derrière lui.

Puis le rire l'emporta, persista sur quatre étages et ne se calma qu'au rez-de-chaussée.

2

Réussir un bon dessert en partant de presque rien n'était pas simple. Créer un *chef-d'œuvre* uniquement avec de la farine, des œufs et du sucre, c'était l'étape encore au-dessus. Chaque fois que Summer prenait une jatte, un fouet ou un batteur, elle se sentait tenue d'accomplir un prodige. Elle se serait sentie insultée, si l'on s'était avisé de qualifier son travail de « correct ». Insultée au dernier degré. « Correct », c'était bon pour la débutante qui ouvrait son premier livre de recettes. Elle ne se contentait pas de mélanger, de glacer, de caraméliser et de chemiser ; elle concevait, improvisait, mettait en œuvre. Pas plus — mais pas moins non plus — qu'un architecte, un ingénieur ou un scientifique. La décision d'étudier l'art de la haute cuisine, elle ne l'avait pas prise à la légère. Elle voulait atteindre la perfection. Et comme la perfection était à réinventer tous les jours, elle continuait de la chercher chaque fois qu'elle levait sa spatule.

Elle avait déjà passé la majeure partie de la journée dans l'immense cuisine suréquipée de la demeure du gouverneur. D'autres chefs s'y débattaient avec des sauces, des viandes et des fruits de mer, ne s'interrompant que pour aboyer un ordre à un commis où s'envoyer les uns les autres des insultes à la figure. Summer, elle, était entièrement focalisée sur le couronnement du repas : le mélange exquis de saveurs et de textures qui se conjuguait à la beauté purement esthétique de sa fameuse bombe glacée.

Le moule était déjà tapissé par le biscuit qu'elle avait fait cuire puis découpé selon un motif très précis. Pour cela, elle avait procédé avec des pochoirs, aussi méticuleusement qu'un ingénieur traçant les plans d'un pont. La mousse — un paradis de chocolat et de crème — se trouvait déjà à l'intérieur du dôme. Cet élément, d'une allure trompeusement simple, refroidissait depuis tôt le matin. Les diverses phases de cette préparation avaient occupé Summer toute la journée ou presque, si bien qu'elle avait à peine pris le temps de s'asseoir.

Les *Nocturnes* de Chopin l'enveloppaient de leurs volutes délicates, comme toujours lorsqu'elle était à l'œuvre, gommant les autres sons dans la pièce. Dans la vaste salle à manger, les hôtes du gouverneur dégustaient déjà l'entrée. Summer n'avait aucune difficulté à faire abstraction de l'agitation qui régnait autour d'elle. De même qu'elle restait imperméable à la pression du temps. Il lui faudrait présenter son dessert terminé à l'heure précise où il était attendu à table, mais ces questions de timing faisaient désormais partie de sa routine. Cependant, elle se trouvait moins concentrée qu'elle aurait dû l'être, à ce stade ultime de la mise au point de son dessert.

Et tout ça à cause de cet imbécile de LaPointe! songea-t-elle en serrant les dents. C'était la colère et rien que la colère qui interférait sur sa concentration depuis le matin. Ça, et l'idée que Blake Cocharan avait mentionné le nom du Français pour mieux la manipuler. Il ne lui avait pas fallu longtemps pour le comprendre. Mais elle avait beau le savoir, cela ne changeait rien à son exaspération. Sauf que son indignation avait à présent une double cause.

Ah, il se croyait malin, M. Cocharan le Troisième! Elle revit son visage, comme cela ne s'était produit que trop souvent au cours de la semaine écoulée. Elle prit trois respirations profondes pour recouvrer son calme et tenta de se focaliser sur le dôme doré devant elle.

Me demander à moi — à moi! — de le renseigner sur ce méprisable imposteur de LaPointe!

Tout en prélevant une première louche de fruits rouges dans le grand récipient en inox placé à côté d'elle, elle conclut que Blake ne valait pas mieux que LaPointe, puisqu'il envisageait une collaboration avec ce chef de pacotille.

Elle n'oublierait pas de sitôt les occasions où elle avait eu affaire au petit Français aux yeux porcins. Alors qu'elle couvrait avec soin l'extérieur du biscuit avec le mélange de baies, elle forma un instant le projet de recommander chaudement LaPointe à Blake Cocharan. Ça lui apprendrait, à cet Américain qui s'imaginait pouvoir la manipuler, s'il se retrouvait lié par contrat à

29

une nullité pareille! Pendant que ses pensées faisaient rage, ses mains lissaient et arrondissaient les pourtours du dôme avec une délicatesse, une douceur qui frisaient la tendresse.

Derrière elle, un commis de cuisine laissa échapper une casserole qui chuta avec fracas, suscitant un torrent de reproches et d'imprécations furieuses. Ni les pensées ni les mains de Summer ne s'en trouvèrent déroutées pour autant.

Ce Cocharan était un sale type. Suffisant et trop sûr de lui. Elle entreprit de recouvrir les baies d'une version sublime et personnalisée de la classique crème pâtissière, avec des gestes précis et élégants, une concentration parfaite... et les yeux brillants de colère. Il était clair que pour un homme comme lui, la vie n'était que manipulations et contre-manipulations, manœuvres et contre-manœuvres. Ça s'entendait à ses phrases trop lisses, se voyait à son raffinement extrême. Elle poussa un grognement dédaigneux tout en lissant sa crème.

Elle préférait de loin avoir affaire à un homme un peu rude qu'à un type onctueux à la courtoisie hypocrite. Elle préférait un homme capable de mouiller sa chemise et de manier une pioche qu'un dandy aux ongles manucurés et aux costumes à deux mille dollars. Quitte à tomber dans les bras d'un homme, autant qu'il soit...

Ses mains restèrent en suspens au-dessus de la bombe. Depuis quand envisageait-elle de « tomber dans les bras » de quelque homme que ce soit? Et pourquoi Blake Cocharan s'imposait-il comme mètre étalon? Ridicule!

La bombe formait à présent un dôme immaculé qui n'attendait plus que son manteau de chocolat. Summer l'examina, les sourcils froncés, alors qu'un de ses aides se précipitait pour la débarrasser des ustensiles devenus inutiles. Elle commença à préparer le glaçage pendant que deux cuisiniers en venaient presque aux mains à cause d'un désaccord sur la consistance de la sauce arlequin qui accompagnait le râble de lièvre.

Non seulement Summer ne prit pas parti dans le débat, mais ses pensées recommencèrent à divaguer. Elle ne comptait plus le nombre de fois où elle avait pensé à Blake Cocharan, ces derniers jours. Et le plus étrange, c'est qu'elle avait mémorisé les détails les plus insignifiants le concernant. Que ses yeux étaient presque de la nuance exacte de l'eau du lac qui se trouvait sur la propriété de son grand-père, dans le Devon, par exemple. Qu'il avait une voix particulièrement plaisante à entendre, avec ces inflexions discrètes mais aisément identifiables qui caractérisaient l'accent du Nord-Est. Que sa bouche ne dessinait pas le même sourire lorsqu'il était amusé et lorsqu'il souriait par politesse.

Elle avait de la peine à s'expliquer pourquoi elle avait enregistré ces particularités, et comprenait encore moins pourquoi elle les gardait en tête. D'ordinaire, elle ne pensait à un homme que si elle l'avait devant elle. Et encore ! Même dans ces conditions, elle ne lui accordait qu'une part limitée de son attention.

Alors qu'elle commençait à appliquer son glaçage, elle s'interdit de penser à autre chose qu'à sa bombe. Elle reprendrait le fil de ses réflexions sur Blake une fois que son dessert serait terminé et emporté. Puis elle en finirait avec lui durant le dîner qu'elle avait accepté de prendre en sa compagnie plus tard dans la soirée. Elle serra les lèvres. Ce cher Blake Cocharan III allait sentir sa douleur !

Blake arriva tôt à dessein. Il voulait voir Summer à l'œuvre. Un souhait qui pouvait être considéré comme raisonnable — logique, même. S'il devait lui offrir un contrat d'un an, il devait se faire d'abord une idée de la façon dont elle s'y prenait sur le terrain. La démarche n'avait rien d'inhabituel pour lui. Ce n'était pas la première fois qu'il se déplaçait pour voir un futur collaborateur ou associé à l'œuvre dans le cadre de ses activités. On pouvait même dire que c'était une façon de faire caractéristique. Une démarche à la fois professionnelle et pertinente.

Il n'y avait donc aucune raison qu'il modifie sa façon de faire avec Summer Lyndon, s'était-il répété à plusieurs reprises, même si un doute résiduel sur ses motivations le titillait. Il avait quitté l'appartement de la jeune femme dans un état euphorique, tout à la satisfaction d'avoir réussi à la manœuvrer avec une pareille maestria. Il revoyait encore son expression courroucée lorsqu'il avait prononcé le nom de LaPointe. Mais il ne revoyait pas que cela. Le visage de Summer était resté imprimé dans ses pensées depuis bientôt une semaine.

Un phénomène aussi inhabituel qu'inconfortable, reconnut-il en pénétrant dans la grande cuisine sonore du gouverneur.

Quelque chose chez cette femme le déstabilisait et il aurait aimé savoir quoi. Il avait besoin de cerner les problèmes et leur cause. Lorsque c'était fait, ils se résolvaient généralement d'eux-mêmes.

Il était amateur de beauté. Il l'appréciait dans l'art, en architecture, et assurément chez une femme. Le fait que Summer Lyndon soit belle n'expliquait donc pas pourquoi elle le mettait mal à l'aise. Quant à l'intelligence, il l'exigeait, tant dans son entourage professionnel que privé. Et intelligente, Summer l'était, sans conteste. Le problème ne se situait donc pas à ce niveau-là non plus. Il appréciait aussi qu'une personne ait du style. Or, si quelqu'un au monde ne manquait pas de style, c'était bien Summer.

Alors, où était le hic? *Ses yeux, peut-être?* se demanda-t-il en passant à côté de deux cuisiniers qui s'interpellaient avec force gesticulations. Cette étrange nuance noisette qui n'était pas à proprement parler une couleur, avec ces paillettes d'or qui s'intensifiaient au gré de ses humeurs? Elle avait le regard très franc, très direct, cependant, ce qu'il considérait comme un élément positif. Mais le jeu de ces couleurs changeantes — des couleurs qui n'étaient pas vraiment des couleurs — le déconcertait, l'intriguait même, plus que de raison.

Son sex-appeal, alors? Il aurait fallu être stupide, en tant qu'homme, pour s'offusquer qu'une femme possède un tel magnétisme naturel, et il ne se considérait certainement pas comme un imbécile. Cela dit, il ne se voyait pas non plus comme quelqu'un qui perdait la tête face au premier joli minois venu. Or, dès l'instant où Summer lui avait ouvert sa porte, il avait ressenti une poussée de désir, une attirance intensément sexuelle. Ce qui était tout à fait inhabituel chez lui. Il lui faudrait analyser le phénomène avec soin, songea-t-il avec détachement, pour mieux le contenir ensuite. Il n'y avait pas de place pour ce genre d'attirance entre deux personnes destinées à travailler ensemble.

Or, collaborateurs, ils le seraient. Il comptait sur ses pouvoirs de persuasion ainsi que sur son allusion à LaPointe pour convaincre Summer Lyndon. Les négociations, il le sentait, prenaient une bonne tournure et après le dîner, il... Il s'immobilisa, comme si on venait de lui appliquer un coup rapide et percutant à la base de la colonne vertébrale.

Elle était là, à moitié dissimulée derrière l'immense dessert qu'elle confectionnait. Son expression était tendue, intense. Un pli discret, indicateur d'irritation ou de concentration, rapprochait ses sourcils et lui plissait les yeux. Ses longs cils baissés dissimulaient l'expression de son regard. Sa bouche lisse et sensuelle, qui semblait ignorer l'usage du rouge à lèvres, s'avançait en une moue charmante. Une bouche au dessin marqué qui paraissait se prêter à l'art du baiser.

Dans sa tenue blanche, elle aurait dû paraître simplement quelconque et compétente, la toque qui couvrait ses cheveux attachés avec soin ajoutant une touche presque comique à l'ensemble. Au lieu de quoi, elle était scandaleusement belle. Pétrifié d'admiration, Blake se sentit bientôt enveloppé par les notes de Chopin qui étaient la marque de fabrique de Summer. Ses narines s'emplissaient de fumets riches et raffinés ; il sentait vibrer en lui la tension de l'atmosphère, alors que des chefs colériques se démenaient autour de leurs préparations. Mais au milieu de cette diversité d'impressions sensorielles, il ne parvenait à visualiser qu'une seule chose, et à la visualiser très clairement : Summer nue dans son lit, son corps éclairé par les flammes de quelques bougies dissipant les ténèbres alentour.

Il se reprit, mi-amusé, mi-contrarié, et, secouant la tête, s'intima l'ordre de laisser de côté ses fantasmes. Lorsqu'on mélangeait plaisir et affaires, l'un ou l'autre en souffrait. Parfois même les deux. Eviter le mélange constituait donc pour lui une règle élémentaire qu'il avait d'ailleurs fini par appliquer sans même y penser. Il avait réussi à s'élever jusqu'à sa position actuelle parce qu'il avait le discernement nécessaire pour identifier les erreurs possibles, les soupeser et par conséquent les éviter. Il était capable de trancher avec une indifférence aussi froide, propre et nette que son allure physique.

Summer serait sans conteste délicieuse à croquer — autant sinon plus que les desserts qui faisaient sa gloire —, mais ce n'était pas ce qu'il voulait d'elle. Ou du moins ce n'était pas ce qu'il *pouvait s'autoriser* à vouloir d'elle. Il avait besoin de ses talents, de sa réputation et de sa créativité pour son hôtel. Il s'efforça de se consoler avec ces objectifs professionnels, alors même qu'il luttait contre les assauts répétés d'un besoin plus vital et plus élémentaire.

Choisissant un poste d'observation en dehors de la mêlée, il la regarda appliquer et lisser avec patience et méthode sa finition, couche après couche. On ne percevait aucune hésitation dans ses mains — un détail qu'il nota avec satisfaction, tout en remarquant leur finesse et leur élégance. Au bout d'un certain temps, il se rendit compte qu'en dépit du fracas et de l'agitation autour d'elle, elle aurait pu tout aussi bien se trouver seule face à sa préparation. Cette femme, de toute évidence, aurait été capable de préparer sa bombe glacée sur Park Avenue à l'heure de pointe, sans rien perdre de sa concentration et de son application. Parfait... Il ne voulait surtout pas d'une hystérique dont les nerfs lâcheraient au moindre surcroît de tension.

Il attendit patiemment qu'elle termine.

Lorsque Summer remplit sa poche à douille de glaçage blanc pour s'attaquer à la décoration finale, presque toute l'équipe en cuisine s'était déjà réunie autour d'elle et assistait à ses derniers préparatifs. Le dîner s'achevait. Tous n'attendaient plus que le couronnement final.

Après un ultime coup de pinceau, elle recula d'un pas. Un soupir d'admiration collective s'éleva alors autour d'elle. Mais aucun sourire n'apparut pour autant sur ses lèvres. Les sourcils froncés, l'expression sévère, elle fit le tour de la bombe pour une première, puis une seconde vérification. Il était clair qu'aucun défaut, même le plus ténu, n'échapperait à sa vigilance.

Lorsqu'elle eut terminé, et alors seulement, Blake vit son regard s'éclairer, le pli sévère de ses lèvres se détendre. Les applaudissements crépitèrent ; elle sourit et fut plus que belle : accessible. Le trouble de Blake s'en trouva accru.

— C'est bon. Vous pouvez l'emporter.

Avec un rire joyeux, Summer leva les bras au plafond pour étirer les petits muscles que l'effort avait contractés. Elle se promit de dormir une semaine entière.

— Très impressionnant !

Les bras toujours levés, Summer se tourna lentement.

— Merci.

Son ton était froid, son expression réservée. Quelque part entre les fruits rouges et le glaçage, elle avait décidé qu'elle se montrerait très prudente avec Blake Cocharan III.

— La perfection est mon but.

— En apparence, c'est réussi.

Le regard de Blake tomba sur les restes de glaçage au chocolat qui n'avaient pas encore été retirés. Il passa un doigt sur le bord du récipient et le lécha. Le goût était de nature à faire fondre même les cœurs les plus endurcis.

— Fantastique!

Summer laissa éclore un rapide sourire. Une feinte de petit garçon de la part d'un homme qui avait la prestance et l'autorité d'un businessman de haut vol.

Elle eut un mouvement orgueilleux de la tête.

— Je ne fais que dans le fantastique. C'est ce que vous voulez de moi, n'est-ce pas, monsieur Cocharan?

— Mm…

Le son qu'il fit entendre pouvait être compris comme un acquiescement. Ou peut-être comme autre chose. Ils eurent l'un et l'autre la sagesse de ne pas chercher à savoir.

— Vous avez l'air éreintée.

— Quel fin observateur vous faites, ironisa-t-elle en retirant sa toque. J'ai passé la journée entière debout.

— Si vous le souhaitez, nous pouvons souper chez moi. Nous y serons tout à fait tranquilles. Et ce sera plus confortable pour vous.

Elle laissa glisser sur lui un regard suspicieux. Un souper dans l'intimité de son appartement? Ce n'était pas le genre de décision à prendre à la légère… Elle réfléchit un instant et conclut que, même fatiguée, elle restait en état de tenir tête à n'importe quel individu mâle, surtout s'il s'agissait d'un homme d'affaires américain.

— Très bien, fit-elle, en retirant son tablier maculé. Accordez-moi juste une minute pour me changer.

Elle s'éloigna sans un regard en arrière. Comme il la suivait des yeux, Blake vit un homme pourvu d'une élégante moustache l'intercepter au passage et lui prendre la main. Il était trop loin pour entendre ce qui se disait, mais il n'eut aucun mal à deviner les intentions du moustachu. Il en ressentit une pointe de contrariété qu'il réussit, sans trop d'effort, à transformer en amusement.

L'homme s'exprimait avec volubilité, tout en se cramponnant au bras de Summer comme pour ne plus jamais le lâcher. Elle rit, secoua la tête et se détacha en l'écartant d'elle en douceur.

Blake vit l'admirateur éconduit la suivre des yeux comme un chiot abandonné, sa toque pressée contre son cœur.

Il était clair qu'elle exerçait une fascination marquée sur les hommes. Blake en conclut qu'elle appartenait à ce type de femmes qui attiraient les hommes sans faire d'effort particulier. Grâce à quoi ? Une sorte de « don inné » ? Un don qu'il n'admirait ni ne condamnait, mais qui lui inspirait une certaine prudence. Une fille comme Summer Lyndon pouvait vous réduire à sa merci sans même lever le petit doigt ! Personnellement, il préférait les femmes qui procédaient de manière plus explicite.

Il se plaça à l'écart, de manière à ne pas déranger, alors que le grand nettoyage des cuisines débutait dans la cacophonie et la confusion. Sur le plan purement professionnel, en revanche, les capacités de séduction de Summer ne nuiraient pas à ses futures attributions de chef en titre de la Cocharan House.

Avec neuf minutes supplémentaires par rapport au temps annoncé, Summer réapparut en cuisine. Elle avait choisi de porter sa petite robe coquelicot parce qu'elle était d'une simplicité parfaite — si simple, en fait, qu'elle avait tendance à mouler chacune des courbes de son corps et à attirer tous les regards. Ses bras étaient nus, à l'exception d'un bracelet en or sculpté qu'elle portait au-dessus du coude. De longues boucles d'oreilles en spirale tombaient presque jusqu'sur ses épaules. Ses cheveux, à présent défaits, ondulaient légèrement autour de son visage, humidifiés par l'atmosphère moite des cuisines.

Elle avait conscience que l'effet d'ensemble oscillait entre l'excentricité et l'exotisme. Tout comme elle savait qu'il lui conférait un sex-appeal particulier. Elle s'habillait au gré de ses humeurs — en fille des îles, en *fashion victim* ou avec les pires hardes — pour son plaisir et rien que pour son plaisir. Mais lorsqu'elle vit l'éclat de convoitise, rapidement réprimé, dans le regard de Blake, elle en ressentit une nette satisfaction.

Ainsi, elle n'avait pas affaire à l'Homme de Glace…

Il ne l'intéressait pas personnellement, bien sûr. Mais elle avait besoin qu'il la reconnaisse en tant que personne. Besoin qu'il voie en elle l'individu et pas seulement un nom au bas d'un contrat. Ses vêtements de travail étaient tassés en vrac dans un grand fourre-tout en toile qu'elle avait à l'épaule. Elle tenait à la main les anses d'un joli sac en cuir verni.

D'un geste plutôt souverain, elle offrit sa main libre à Blake.

— Prête ?

— Comme vous le voyez.

Sa main était fraîche, lisse et menue dans la sienne. Blake eut une brève vision d'herbe humide de rosée luisant au soleil du petit matin. Pour contrecarrer cette vision et la réaction qui l'accompagnait, son ton se fit détaché et pragmatique.

— Vous êtes très jolie ainsi.

Ce fut plus fort qu'elle. Une lueur d'humour dansa dans ses yeux.

— Comme toujours.

Pour la première fois, elle le vit sourire — un sourire franc, fugace. *Dangereux*. En cet instant, elle n'aurait pu dire avec certitude qui d'elle ou de lui avait le dessus dans la relation.

— La voiture nous attend dehors, annonça-t-il.

Ils sortirent ensemble de la cuisine suréclairée pour trouver la rue baignée par le seul éclat de la lune.

— Vous n'avez pas choisi de rester pour entendre les critiques ou les compliments. J'en conclus que vous êtes satisfaite de votre contribution au dîner du gouverneur.

En s'installant à l'arrière de la limousine, Summer lui jeta un regard incrédule.

— Des critiques ? La bombe est ma spécialité, monsieur Cocharan. Elle est toujours extraordinaire. Je n'ai besoin de personne pour m'en convaincre.

Elle lissa sa robe sur ses genoux et croisa les jambes.

— C'est une préparation compliquée, déclara Blake en se glissant à côté d'elle. Si mes souvenirs sont bons, elle requiert des heures et des heures de travail.

Elle le vit sortir une bouteille de champagne d'un seau à glace et l'ouvrir d'un geste expert, en retenant le bouchon.

— Rares sont les domaines où l'on obtient l'excellence sans y mettre le temps et les efforts voulus, vous ne croyez pas ?

— C'est très vrai, acquiesça-t-il, en versant le champagne dans une flûte qu'il lui tendit aussitôt. A une longue collaboration, alors ?

Summer observa ouvertement son visage que zébraient les lumières intermittentes des lampadaires. Elle décelait chez lui une pointe de guerrier écossais mâtinée d'une touche d'aristocratie britannique. Une combinaison pour le moins complexe. La simplicité, cela dit, n'était pas forcément une qualité qu'elle recherchait.

Après une infime hésitation, elle fit tinter son verre contre le sien.

— Peut-être… Vous aimez votre travail, monsieur Cocharan?

Elle but une première gorgée et, sans lire l'étiquette, identifia le producteur et le millésime.

— Beaucoup, oui.

Il la regarda porter son champagne à ses lèvres et nota que son visage était vierge de tout maquillage à l'exception d'une touche de mascara. L'espace d'un instant, son attention fut distraite par des considérations qui n'avaient rien à voir avec le contrat à décrocher et tout à voir avec les sensations que sa peau serait susceptible d'éveiller sous ses doigts.

— D'après ce que j'ai pu observer tout à l'heure, il est évident que vous aimez le vôtre, Summer.

— C'est le cas.

Elle sourit; elle appréciait la bataille qui s'amorçait.

— J'ai pour principe de ne faire que ce que j'aime. Ou je me trompe fort, ou vous fonctionnez sur le même mode.

Il hocha la tête, conscient qu'elle cherchait à le prendre au piège.

— Vous êtes intuitive.

— Assez, oui.

Elle lui tendit son verre pour qu'il la resserve.

— Excellent choix de champagne. Votre bon goût s'étend à d'autres domaines?

Le regard de Blake retint le sien.

— Votre question porte sur *tous* les domaines?

Un lent sourire incurva les lèvres de Summer, alors qu'elle y portait son verre. Elle aimait sentir les bulles danser en une ronde effervescente avant de les expérimenter en bouche.

— Tous les domaines, oui. Serait-il juste d'affirmer que vous êtes un homme doué de discernement?

Où essayait-elle d'en venir?

— Si on veut.

— Un homme d'affaires, donc, poursuivit-elle pensivement. Un dirigeant au plus haut niveau… N'est-il pas d'usage de déléguer, lorsqu'on se trouve au sommet de la hiérarchie?

— Souvent, oui.

— Et vous? Vous ne déléguez pas?

— Ça dépend.

— Je me demandais pourquoi Blake Cocharan III en personne gaspillait son temps et ses efforts pour attirer un nouveau chef de cuisine dans l'un de ses nombreux hôtels.

Maudite femme… Non seulement elle était en train de se payer sa tête, mais elle voulait qu'il le sache! Il dut prendre sur lui pour contenir sa contrariété.

— Il se trouve que ce projet me tient personnellement à cœur. Et comme j'ai, *moi aussi*, un sens assez aigu de la perfection, je suis prêt à y consacrer mon temps et mes efforts, comme vous dites.

La limousine s'immobilisa en silence le long du trottoir, et le chauffeur vint ouvrir la portière. Summer remit alors son verre vide à Blake.

— Ah, vraiment? Si vous êtes à ce point à la recherche de l'excellence, Blake, vous me voyez surprise — très surprise — que vous ayez mentionné le nom de LaPointe.

Et toc! Voilà qui devrait calmer un peu son arrogance, songea-t-elle avec satisfaction. Puis, avec une grâce un rien dédaigneuse née d'une longue pratique des hautes sphères, elle descendit de voiture.

La Cocharan House de Philadelphie ne s'élevait que sur douze étages et le temps avait anobli les briques de sa façade. L'hôtel avait été érigé de manière à se fondre dans l'architecture coloniale qui caractérisait le cœur de la ville et à en souligner la beauté. D'autres immeubles, alentour, montaient plus haut vers le ciel et brillaient de l'éclat de la modernité, mais tel n'avait pas été le choix de Blake Cocharan. Ses visées allaient plutôt chercher du côté d'une élégance discrète, ancrée dans le passé. Summer ne put en l'occurrence que s'incliner. Sur bien des plans, elle préférait l'ancien monde au nouveau.

Le hall d'entrée était calme. Si les ors étaient légèrement éteints et les tapis un peu passés, il s'agissait manifestement d'un parti pris. L'atmosphère que Blake avait créée était classiquement aristocratique. Il avait fui le clinquant, le brillant, l'ostentatoire.

Il lui prit le bras et l'entraîna à travers le hall, adressant ici et là un signe de tête en réponse aux nombreux saluts qui s'élevaient sur son passage. Après avoir composé le code d'un ascenseur privé, il s'effaça pour laisser Summer entrer. Les portes se refermèrent et ils se trouvèrent enveloppés de silence et de verre teinté.

— Votre hôtel a beaucoup de charme, dit-elle. Il y a des années que je ne suis plus venue ici. J'avais oublié.

Elle vit leurs deux reflets emprisonnés dans les profondeurs grises des miroirs fumés.

— Vous ne trouvez pas étouffant de vivre ici — sur votre lieu de travail, je veux dire?

— Pas étouffant, non. Pratique.

Dommage, songea Summer. Lorsqu'elle ne travaillait pas, elle aimait prendre ses distances avec ses ustensiles et ses casseroles. A la différence de ses parents, elle avait toujours été attentive à laisser ses soucis professionnels à la porte de son appartement.

L'ascenseur s'immobilisa en douceur et en silence.

— Vous disposez de tout l'étage pour vous seul?

— Non, il y a trois suites destinées à la clientèle en plus de mon appartement, expliqua Blake pendant qu'ils longeaient le couloir. Mais aucune d'elles n'est occupée en ce moment.

Il ouvrit des doubles portes en chêne et lui fit signe d'entrer. A l'intérieur, les lumières étaient déjà tamisées. Summer fut frappée par l'harmonie qui régnait dans les teintes. Des tons d'étain en passant par des argents pâles et de subtiles nuances de gris. Sous cet éclairage diffus, elle avait l'impression d'entrer dans un songe, un univers à la fois sensuel et apaisant.

L'effet aurait pu être terne, ennuyeux même, mais d'habiles touches de couleur éclataient ici et là, réveillant l'ensemble. Le bleu roi des rideaux, les teintes perle des coussins, les verts opulents des plantes grimpantes. Un seul tableau, occupant tout un pan de mur, pourvoyait des teintes plus intenses. Summer reconnut l'œuvre d'un impressionniste français.

Pour le reste, tout était sobre et lisse, rien du joyeux bazar dont elle aurait elle-même choisi de s'entourer, mais elle ne pouvait qu'admirer le goût et le style.

— C'est un décor qui sort du commun, Blake. Très efficace.

Tout en le complimentant, elle obéit à un automatisme de toujours et retira ses chaussures.

— Merci. Qu'est-ce que je vous sers à boire, Summer? Je peux vous proposer le choix habituel, ou du champagne, si vous le préférez.

Toujours déterminée à sortir gagnante de la soirée, Summer déambula jusqu'au canapé pour y prendre place.

— Je préfère *toujours* le champagne.

Pendant que Blake sortait une bouteille et procédait au débouchage, Summer s'accorda un temps supplémentaire pour examiner la pièce, et parvint à la conclusion qu'elle n'avait pas affaire à un homme ordinaire. Trop souvent, ordinaire était, pour elle, synonyme d'ennuyeux. Depuis toujours ou presque, elle s'associait elle-même à l'excentrique, au créatif, au bohème. Et elle devait admettre qu'elle avait tendance à considérer le monde des affaires comme un ramassis de raseurs superficiels.

Mais Blake Cocharan, lui, n'avait rien de soporifique. Elle le regrettait presque. Un homme terne, quels que soient ses atouts physiques, aurait été facile à manipuler. Lui, en revanche, pourrait lui poser quelques difficultés. D'autant plus qu'elle n'avait pas encore pris de décision quant à sa proposition.

— Votre champagne, Summer...

Lorsqu'elle leva les yeux vers lui, Blake dut faire un effort pour garder un visage imperturbable. Pourquoi ce regard circonspect, calculateur ? Qu'est-ce qu'elle avait en tête ? Et, pire encore, pourquoi paraissait-elle tellement à sa place sur son canapé, les jambes repliées sous elle, adossée aux coussins qu'elle avait calés dans son dos ?

Tellement à sa place. Et tellement tentante...

Il se surprit à chercher le refuge des mots pour dissimuler son trouble.

— Vous devez avoir faim. Dites-moi ce qui vous ferait plaisir et je le commanderai en cuisine. Je peux aussi vous procurer un menu, si ça vous est plus commode.

Elle prit une nouvelle gorgée de champagne et ferma un instant les yeux.

— C'est inutile. Faites-moi juste monter un hamburger.

Blake vit le tissu de sa robe glisser le long de ses cuisses, alors qu'elle se nichait plus confortablement dans un angle du canapé.

— Un *quoi* ?

— Un hamburger. Avec des frites. Fines.

Elle leva son verre et examina les bulles.

— C'est un producteur vraiment exceptionnel, vous savez. Et ce millésime est...

41

Blake enfonça les mains dans ses poches. Sa patience commençait à être sérieusement mise à mal.

— A quel jeu jouez-vous, exactement ?

Elle prit une nouvelle gorgée de champagne, se donna le temps de la savourer.

— Un jeu ?

— Vous voulez sérieusement me faire croire qu'un chef pâtissier de votre trempe, avec un palais aussi exercé, souhaite un hamburger et des frites pour son dîner ?

— Si je n'en avais pas eu envie, je ne vous les aurais pas demandés.

Summer termina son verre et se leva pour se resservir elle-même. Il nota qu'elle se mouvait avec une lenteur paresseuse en net contraste avec la sécheresse presque militaire de ses mouvements lorsqu'elle travaillait.

— Vous avez du steak haché de qualité dans vos réserves, j'imagine ?

— Evidemment que nous avons du steak haché de qualité !

Persuadé qu'elle cherchait à le ridiculiser, Blake lui prit le bras et la força à lui faire face.

— Pourquoi me demandez-vous un hamburger ?

— Parce que je les aime, répondit-elle simplement. Tout comme j'apprécie les tacos, les pizzas et le poulet grillé. Surtout lorsque je n'ai pas à les cuisiner moi-même. J'ai un faible occasionnel pour la restauration rapide. Et je me moque éperdument de manger sain ou non.

Elle lui adressa un grand sourire, à la fois détendue par le vin et manifestement amusée par sa réaction.

— Auriez-vous des objections morales contre la restauration rapide ?

— Pas particulièrement, non. Mais j'imaginais que ce serait votre cas.

— Diable ! Je viens de casser l'image que vous vous étiez faite de moi : une snob de base, on dirait…

Elle se mit à rire et le son, plaisant aux oreilles de Blake, lui parut soudain la quintessence de la féminité.

— En tant que chef, je peux vous assurer que nos sauces et nos crèmes ne sont pas toujours aussi digestes qu'on aimerait le penser. A côté de ça, cuisiner est pour moi une occupation professionnelle. Je passe une grande partie de mon temps à parler, à penser, à respirer la haute cuisine dans sa version la plus raffinée. Je me délecte des mets les plus délicats, dont la préparation requiert un art consommé, un timing d'une imparable précision. En dehors de mes heures de travail, j'aime bien me détendre et changer de registre.

Elle prit une gorgée de champagne.

— Alors ce soir, si ça ne vous ennuie pas, je préférerais un cheeseburger frites à un homard sauce thermidor.

— Vous l'aurez voulu, marmonna-t-il en prenant son téléphone pour transmettre sa commande.

Son explication était raisonnable. Logique, même. Mais rien n'énervait plus Blake que lorsqu'on utilisait contre lui le style de stratégie dont il usait lui-même.

Son verre à la main, Summer s'approcha de la fenêtre. Elle aimait la beauté de la ville la nuit. Les hautes constructions s'élevaient et s'étiraient dans le lointain ; la circulation silencieuse, tout en bas, traçait aux intersections les motifs compliqués de ses rubans en pointillé. Un univers d'ombre et de lumière.

Elle ne comptait plus le nombre de grandes villes qu'elle avait visitées et observées de la même manière, mais Paris restait sa préférée. Ce qui ne l'empêchait pas de vivre aux Etats-Unis sur des périodes assez longues. Elle aimait le mouvement et appréciait les contrastes — entre les cultures, les genres, les attitudes. L'ambition et l'enthousiasme des Américains convenaient à son caractère, et elle avait vu ces caractéristiques à l'œuvre chez le second mari de sa mère.

L'ambition était quelque chose qu'elle pouvait comprendre. Elle-même en avait à revendre. Une bonne raison, à ses yeux, pour fréquenter, dans sa vie privée, des créateurs plutôt que des carriéristes acharnés. D'après son expérience, accoler deux personnes ambitieuses et centrées sur leur métier donnait au final un couple très mal équilibré. Elle l'avait appris à un âge encore tendre en observant ses parents lorsqu'ils étaient ensemble, puis avec leurs nouveaux partenaires respectifs. Lorsqu'elle s'engagerait — une éventualité qu'elle n'envisageait que dans un futur lointain et indéfini —, elle choisirait quelqu'un qui comprendrait que sa carrière passait avant le reste. Tout cuisinier — que ce soit un enfant confectionnant un sandwich ou un chef gastronomique — devait fonctionner avec un sens aigu des priorités. Et Summer avait toujours su établir les siennes avec fermeté.

— Vous aimez la vue?

Blake se tenait derrière elle à une place qui lui avait permis de l'observer en silence pendant cinq bonnes minutes. Pourquoi serait-elle différente de toutes les autres femmes qu'il avait amenées chez lui? En même temps, qu'est-ce qui la lui faisait paraître plus insaisissable, plus idéale, douée d'une sorte de grâce légère et tentatrice? Et comment expliquer que sa seule présence l'empêche de rester concentré sur ses objectifs professionnels?

— La vue? Je l'aime beaucoup, oui.

Elle ne se retourna pas, car la soudaine proximité de Blake l'avait prise au dépourvu. Ses sourcils se froncèrent presque imperceptiblement. Elle aurait dû le sentir approcher et se tenir sur ses gardes. Si elle se retournait maintenant, ils seraient face à face. Leurs corps s'effleureraient; leurs regards se trouveraient. Quelque chose en elle frémit à cette idée. Elle plongea les lèvres dans son champagne pour se donner une contenance. Elle était ridicule! Aucun homme, *jamais*, ne suscitait en elle ces accès de nervosité.

— Vous avez vécu assez longtemps ici pour être sensible à la force du paysage urbain, dit Blake.

Ils continuaient à échanger des propos sans conséquence alors que son attention était centrée sur la ligne fragile de sa nuque, à l'endroit même où il s'imaginait poser les lèvres.

— Je me considère comme une Philadelphienne pure et dure, lorsque je vis ici. Les gens avec qui je travaille me disent que je me suis américanisée.

Blake écoutait la mélodie de ses mots, marqués par un subtil accent européen, humait les subtilités toutes parisiennes de son parfum. La lumière tamisée jouait dans les reflets d'or de ses cheveux.

Des reflets d'or qui pailletaient aussi ses yeux, se remémora-t-il. Il lui suffirait de la faire pivoter vers lui pour revoir son visage, retrouver les détails de ses traits à la géographie si particulière. Il éprouva soudain le besoin irrépressible d'avoir ce visage-là sous les yeux.

— Américanisée? répéta-t-il en écho.

Avant que sa volonté puisse l'en dissuader, ses mains trouvèrent

44

ses épaules. Le fin tissu de sa robe glissa sous ses doigts, tandis qu'il imprimait un mouvement doux pour la faire se retourner.

Son regard descendit alors sur ses cheveux, effleura ses yeux, ses lèvres.

— Je pense que vos collègues sont dans l'erreur.

— Vous trouvez ?

Les doigts de Summer s'étaient crispés sur son verre ; sa bouche était soudain brûlante. Sa volonté seule lui avait permis de réagir avec un semblant de calme. Son corps frôla celui de Blake. Une première fois. Puis une seconde, lorsque la pression des doigts de Blake s'accentua sur ses épaules et qu'il l'attira plus près. Des exigences physiques, dûment contrôlées en temps normal, commencèrent à sourdre en elle. Alors que son esprit s'emballait, elle rejeta la tête en arrière et s'adressa à lui d'une voix parfaitement mesurée.

— Nous étions ici pour parler affaires, je crois ?

— Nous n'avons pas encore commencé à aborder le sujet.

Sa bouche hésita un instant juste au-dessus de la sienne, puis dévia pour se poser avec légèreté sur sa tempe.

— Mais avant que nous passions aux choses sérieuses, il serait avisé de dissiper d'abord un doute.

Le souffle de Summer se bloqua dans sa poitrine. Il lui était encore possible de se dégager, mais elle commençait à se demander si c'était la meilleure chose à faire.

— Dissiper un doute ?

— Au sujet de vos lèvres… Seront-elles aussi enthousiasmantes au goût qu'elles le sont pour les yeux ?

Summer ferma les yeux à demi ; son corps s'amollit.

— La question mériterait d'être creusée, en effet, murmura-t-elle en levant la tête dans un pur mouvement d'invite.

Leurs lèvres se touchaient presque lorsqu'on frappa un coup sec et sonore à la porte. Un voile se déchira dans le cerveau de Summer et la raison fit sa réapparition, même si son corps vibrait toujours à la manière d'un instrument à cordes caressé par l'archet. Elle sourit et fit un effort pour retrouver son aplomb et sa causticité.

— Le service est décidément excellent, dans un hôtel Cocharan !

Blake la laissa aller à contrecœur et maugréa :

— Demain, je vire le responsable du service d'étage.

Summer salua sa remarque d'un rire amusé, mais but, tremblante, une gorgée de champagne, lorsqu'il s'éloigna d'elle pour aller ouvrir. Dès qu'il eut le dos tourné, elle prit une longue inspiration pour se ressaisir. Il s'en était fallu de peu! De très peu, même. Il était temps de redresser la barre et de maintenir résolument le cap sur les horizons professionnels. Elle s'accorda un petit temps supplémentaire pour se recomposer une attitude, pendant qu'un serveur mettait la table. Puis elle s'approcha, jetant un coup d'œil sur l'assiette de Blake et humant le plat : pintade rôtie, petits légumes et riz sauvage.

Elle s'assit.

— Plaisante combinaison d'arômes…, déclara-t-elle en lui adressant un délicieux sourire par-dessus son épaule tandis qu'il approchait sa chaise. Et parfaitement raisonnable.

— Pour le dessert, nous le commanderons plus tard.

— Le dessert? Une marque de faiblesse à éviter à tout prix, plaisanta-t-elle en tartinant son hamburger de moutarde. J'ai lu votre contrat, Blake.

— Ah oui?

Il la regarda couper son sandwich en deux et porter une première moitié à sa bouche. En réalité, le choix du hamburger n'aurait pas dû le surprendre, vu ce qu'il avait trouvé dans sa boîte à biscuits.

— Je l'ai également fait lire à mon avocat.

Blake poivra sa viande au moulin avant de la couper.

— Et?

— Tout semble parfaitement en ordre. A part…

Elle laissa le reste de la phrase en suspens pour déguster sa première bouchée. Les yeux clos, elle se donna le temps de savourer.

— A part? répéta Blake avec un brin d'impatience.

— *Si* je devais prendre votre proposition en compte, il me faudrait beaucoup plus de latitude.

Blake ne réagit pas au *si*. Elle prenait son offre au sérieux et ils le savaient l'un et l'autre.

— Plus de latitude à quel niveau?

— Vous n'ignorez pas que je voyage très régulièrement pour mon travail.

Elle sala ses frites, en goûta une et eut une moue appréciative.

— La plupart du temps, c'est juste une question de deux ou

trois jours, lorsque je vais à Rome, par exemple, et que je réalise une de mes spécialités. Certains de mes clients réservent mes services plusieurs mois à l'avance. D'autres, en revanche, font appel à moi un peu plus à l'improviste. A ceux-là, il m'arrive de répondre oui, soit par affection, soit pour relever un défi professionnel.

— En d'autres termes, vous voulez rester libre de prendre l'avion chaque fois que vous l'estimerez nécessaire?

Même s'il persistait à trouver le mélange incongru, Blake la resservit en champagne, alors qu'elle faisait un sort à son hamburger avec un bel appétit.

— Voilà, oui… Même si votre proposition n'est pas dépourvue d'intérêt à mes yeux, il me paraîtrait difficile, voire contraire à l'éthique, de tourner le dos à des clients fidèles.

— Je comprends.

Elle était astucieuse, mais il l'était également.

— Je pense que nous pouvons parvenir à un arrangement satisfaisant pour l'un comme pour l'autre. En commençant par examiner votre agenda ensemble…

Summer mordilla une frite, puis s'essuya les mains sur une serviette en lin blanc.

— Ensemble?

— Pour simplifier les choses. Puis nous examinerons au cas par cas les occasions qui se présenteront par la suite.

Il sourit en la voyant attaquer la seconde moitié de son hamburger.

— Je me considère comme quelqu'un de fair-play, Summer. Et pour être franc, c'est avec vous que j'aimerais signer ce contrat. Pour le moment, le conseil d'administration penche pour LaPointe, mais…

— Pour quelle raison?

La question était impérieuse, voire accusatrice. Rien n'aurait pu faire plus plaisir à Blake.

— Les grands chefs, traditionnellement, restent des hommes.

Elle jura en français, sans retenue. Blake hocha la tête.

— Je n'aurais su mieux dire… Nous avons tâté discrètement le terrain… M. LaPointe est très intéressé par le poste.

— Ce cloporte se ruerait sur la possibilité de griller des châtaignes à un coin de rue, si ça pouvait faire parler de lui!

Jetant sa serviette sur la table, elle se leva pour le toiser.

— Vous croyez peut-être que je n'ai pas compris votre stratégie?

La tension orgueilleuse de sa tête mettait en valeur la ligne altière de son cou.

— Vous brandissez LaPointe à la manière d'un chiffon rouge devant un taureau, persuadé que je signerai votre contrat pour une pure question d'ego.

La trouvant magnifique, il ne put que sourire.

— Et alors? Ça a marché?

Elle plissa les yeux avec colère, mais il voyait bien que ses lèvres étaient tentées de lui rendre son sourire.

— LaPointe est un crétin. Je suis une artiste.

— Mais encore?

Elle savait que la dernière chose à faire était de prendre une décision sous le coup de la colère. Elle le savait, mais...

— Acceptez de vous adapter à mon emploi du temps, monsieur Cocharan le Troisième, et je ferai de votre restaurant le meilleur établissement de sa catégorie de toute la côte Est.

Et le pire, c'est qu'elle se sentait motivée pour le faire! Elle avait envie de lui prouver qu'elle en avait la capacité, tout comme elle avait envie de se le prouver à elle-même.

Blake se leva, et porta un toast.

— A votre art, Summer. Et à mes hôtels. Que leur union nous soit mutuellement profitable.

Elle fit tinter son verre contre le sien et rectifia :

— A la réussite, qui est, au final, ce que nous visons l'un comme l'autre.

3

Et voilà… Engagée pour un an…

Summer releva ses cheveux à l'aide d'un bandeau, puis elle étudia son visage d'un œil critique pour détecter d'éventuels défauts de maquillage. De sa mère, elle avait appris l'art de mettre ses traits en valeur. Mais même si elle avait conscience que le visage dont le miroir lui envoyait le reflet ferait parfaitement l'affaire, son expression demeurait soucieuse.

Que ce soit par colère, orgueil ou pure forfanterie, elle avait accepté de se lier à la Cocharan House de Philadelphie et à Blake pour l'année à venir. Et même si elle aimait ce challenge, elle redoutait l'engagement à long terme et les obligations qui allaient avec.

Trois cent soixante-cinq jours.

Ah non, c'était trop terrifiant! Cinquante-deux semaines? Pas vraiment plus rassurant. Douze mois? Elle soupira. D'une façon ou d'une autre, il lui faudrait traverser l'épreuve. Mieux que ça même, décida-t-elle en regagnant le studio où elle s'apprêtait à enregistrer une de ses démonstrations en public : elle tiendrait la promesse qu'elle avait faite à Blake de doter l'établissement du meilleur restaurant de la côte Est.

D'un mouvement orgueilleux de la tête, elle fit glisser ses cheveux sur ses épaules. Une fois qu'elle aurait tenu ses engagements, elle adresserait un gros pied de nez à ce traître.

Il l'avait manipulée comme une débutante. Par deux fois. Et même si elle était restée sur ses gardes, elle s'était laissé manœuvrer quand même. Pourquoi? se demanda-t-elle tout en regardant l'équipe technique installer le plateau.

Oui, pourquoi avait-elle accepté? L'ivresse des grands défis, trancha-t-elle, en jouant avec le collier africain qu'elle portait autour du cou. Travailler avec Blake Cocharan en serait un, incontestablement. Un challenge permanent, si elle ne voulait pas se laisser écraser par la personnalité de cet homme. Le plaisir de la rivalité avait toujours été sa plus grande faiblesse. C'était une des raisons qui lui avaient fait choisir d'exceller dans une carrière encore largement dominée par les hommes. Oh oui, la compétition, elle aimait ça! Et, plus que tout, elle aimait gagner.

Et puis il y avait Blake... Sa maturité. Sa séduction sensuelle, surtout. Ses manières lisses ne parvenaient pas à la dissimuler. Pas plus que ses costumes sobres. Si elle était sincère avec elle-même — et elle décida de l'être —, elle devait reconnaître qu'elle aurait plaisir à l'explorer...

Elle savait l'effet qu'elle faisait sur les hommes. Un don qu'elle avait toujours considéré comme un héritage direct de sa mère. Il était rare, cependant, qu'elle se préoccupe de sexualité. Sa vie hyperactive ne lui en laissait pas le loisir. Et lorsqu'elle se trouvait entre deux contrats, elle préférait s'octroyer un moment de relaxation totale. Mais peut-être que l'heure était venue de revoir ses positions?

Blake Cocharan III représentait assurément un défi de taille. Comme elle aurait plaisir à ébranler toute cette mâle arrogance! Sans compter qu'elle avait une revanche à prendre. Il l'avait manœuvrée avec une parfaite maestria pour obtenir exactement ce qu'il voulait d'elle.

Tout en laissant défiler dans son esprit diverses mesures de rétorsion possibles, Summer regardait d'un œil détaché le public remplir peu à peu le studio. La capacité d'accueil était d'environ cinquante places et il semblait d'ores et déjà qu'ils feraient le plein. Les spectateurs s'entretenaient entre eux à voix basse et le son étouffé des voix, associé aux raclements des chaises, composait un fond sonore feutré qui évoquait la solennité d'un théâtre ou d'une église.

Le réalisateur, un petit homme tendu comme un ressort avec qui elle avait déjà eu l'occasion de travailler, courait entre l'éclairagiste et le machiniste, naviguait entre les spots et les caméras, agitant les bras, l'air tantôt intensément satisfait, tantôt profondément consterné. Jamais d'émotions intermédiaires. Rien que de l'extrême. Lorsqu'il vint lui communiquer ses instructions, Summer tendit une oreille distraite aux recommandations qu'il lui débitait en rafale. Elle ne pensait ni à lui ni au vacherin qu'elle s'apprêtait à préparer devant les caméras. Ses préoccupations restaient centrées sur Blake Cocharan et sur la meilleure façon de lui damer le pion.

Lui faire des avances, peut-être? Très subtiles, bien sûr, mais suffisamment marquées pour qu'il les perçoive. Puis, au moment où il la croirait mûre, consentante et prête à être cueillie... elle ne lui témoignerait plus qu'une totale indifférence.

Elle imaginait déjà sa déconfiture, et s'en délectait d'avance!

— Tu trouveras la crème fraîche au réfrigérateur.

— Oui, Simon, je sais.

Summer tapota la main du réalisateur, tout en méditant sur les failles possibles de cette stratégie. Elle n'en voyait qu'une, en fait, mais elle était de taille. Difficile d'oublier l'étourdissement qui l'avait saisie lorsqu'il l'avait presque embrassée, quelques soirs plus tôt. Si elle jouait le jeu de cette manière, elle courait le risque de déraper elle-même...

— Quant à la coque en meringue...

— Oui, oui, Simon.

Elle lui adressa un sourire distrait : elle avait elle-même disposé les ingrédients dont elle aurait besoin. Autre possibilité : ignorer Blake d'entrée de jeu. Le traiter, non pas par le dédain — ce serait trop transparent —, mais par le désintérêt. Son sourire se fit soudain redoutable. Ses yeux étincelèrent. Voilà qui devrait le rendre à moitié fou dans les plus brefs délais!

— Pour ce qui est de la batterie de cuisine et des équipements...

Elle leva gentiment la main.

— Simon, pas la peine de t'inquiéter comme ça. Je pourrais faire un vacherin même endormie et dans l'obscurité la plus complète.

— L'enregistrement débute dans cinq minutes.

— *Madre de Dio!* Mais où est-ce qu'elle se cache?

Ils tournèrent la tête en même temps en entendant la voix tonitruante et Summer sourit avant même que le nouvel arrivant ne surgisse dans son champ de vision.

— Carlo!

— *Ecco qua!*

Mince, très brun, superbe et souple comme un serpent, Carlo Franconi se fraya un chemin jusqu'à elle entre câbles, projecteurs

51

et techniciens survoltés. Il la prit dans ses bras et la serra contre lui avec emportement.

— Ah, ma petite friandise parisienne!

Il lui tapota affectueusement les fesses et elle lui rendit le geste en riant.

— Carlo! Je rêve ou c'est vraiment toi? Qu'est-ce que tu fabriques un mercredi matin à Philadelphie?

— J'étais à New York pour assurer la promotion de mon nouveau bouquin. Je t'en ai parlé, non? *La Pasta à la façon du Maestro.*

Les mains sur ses épaules, il l'écarta de lui pour laisser courir sur son visage levé un regard appréciateur.

— Et je me suis dit : « Mon vieux Carlo, tu n'es qu'à un jet de pierre de la femme la plus sexy qu'on ait jamais vu manier une poche à douille, alors tu vas aller faire un petit saut là-bas. »

— A un jet de pierre! répéta Summer en secouant la tête.

Cela lui ressemblait tellement! S'il avait séjourné à quelques milliers de kilomètres de là, il aurait « fait un saut », de la même façon. Ils avaient suivi les mêmes cours, s'étaient formés ensemble, avaient cuisiné côte à côte dans les cuisines les plus prestigieuses du monde. Et si leur camaraderie ne s'était pas muée, au fil des années, en une amitié aussi solide que précieuse, ils auraient sans doute couché ensemble également.

— Laisse-moi te regarder, beau gosse...

Sans se faire prier, Carlo recula d'un pas et prit la pose. Jean ajusté, chemise blanche, regard insondable et borsalino canaille. Un magnifique concentré de charme viril, *as usual.*

— Tu es beau comme un dieu, Carlo. *Fantastico!*

— Comme d'habitude, non?

Il passa le doigt sur le bord de son chapeau, puis lui prit les deux mains pour les porter tour à tour à ses lèvres.

— Et toi, ma petite pâte à chou, tu es *esquisita.*

— Comme d'habitude, non?

Toujours en riant, elle l'embrassa sur la joue. Ses connaissances, elle les comptait par centaines, que ce soit sur le plan personnel ou professionnel. Mais si on lui demandait de nommer un ami, un vrai, c'était toujours le nom de Carlo qui lui venait à l'esprit.

— Je suis contente de voir ta tête, Franconi. Ça fait combien de temps, maintenant? Quatre mois? Cinq? La dernière fois que je suis allée en Italie, tu étais en Belgique. A croire que tu ne tiens pas en place.

Il lui entoura de nouveau la taille et la ramena fermement contre lui.

— Ça fait exactement quatre mois et douze jours. Mais à quoi bon compter ? Tout ce que je suis venu chercher ici, ce sont tes sublimes financiers, tes macarons magiques, tes délices au chocolat que je voudrais dévorer comme je te dévore des yeux...

— Ce matin, ce sera du vacherin, précisa-t-elle, imperturbable. Et tu seras autorisé à le goûter en fin d'émission si tu te tiens tranquille en attendant.

— Ta fameuse meringue ? Génial ! Elle vaut bien un orgasme.

Il eut un sourire espiègle.

— Je vais m'asseoir au premier rang et je vais essayer de te faire éclater de rire pendant que les caméras tourneront.

Summer lui pinça la joue.

— Ah, mon Carlo, essaie de te décrisper un peu. Ton excès de sérieux est navrant, mon pauvre garçon !

— Summer, s'il te plaît..., fit une voix implorante à côté d'elle.

Simon semblait au bord de l'implosion. Le compte à rebours avait commencé.

— Zen, Simon. Zen ! Je suis prête... Carlo, va t'asseoir et tâche d'être attentif. Pour une fois, tu pourrais apprendre quelque chose d'utile, espèce de demi-marmiton.

Il marmonna en italien un juron bref, ordurier et aisément traduisible. Puis ils allèrent chacun leur chemin.

Très à l'aise, Summer se plaça derrière son plan de travail et attendit que le directeur de plateau donne le top. Elle fit abstraction des singeries de Carlo et commença sa démonstration en s'adressant directement à la caméra.

Cet aspect particulier de sa profession, elle le prenait très au sérieux, au même titre que la création d'un gâteau hors de prix pour un mariage princier. Elle s'était engagée à enseigner au grand public les arcanes de son art, et tenait à le faire avec la même rigueur et le même sérieux que le reste.

Carlo l'observait avec attention. Cette fille était décidément un régal pour les yeux. Comme toujours, d'ailleurs. Summer avait confiance en elle ; elle était sûre de ses compétences et faisait preuve d'un calme souverain. D'un côté, il était content de la retrouver chaque fois semblable à elle-même, car il n'aimait pas voir les gens et les choses se transformer trop rapidement, en particulier s'il n'était pas lui-même à l'origine de ce changement; de l'autre, il s'inquiétait pour elle.

Depuis des années qu'il la côtoyait — oh, bon sang! une décennie déjà... —, il ne lui avait jamais connu la moindre histoire de cœur. Pour quelqu'un comme lui qui avait la passion dans le sang, il n'était pas facile de comprendre la réserve de Summer, son désintérêt apparent pour le « doux commerce entre les sexes ». Ce n'était pas une femme froide, pourtant. L'intensité de ses émotions transparaissait dans ses sautes d'humeur, ses élans de joie. Mais jamais ces mêmes élans ne la portaient vers une rencontre amoureuse.

Dommage, vraiment dommage, songea-t-il en la regardant construire ses anneaux de meringue. Pour lui, une femme sans homme, c'était du gaspillage. Au même titre qu'un homme sans femme. Pour sa part, il ne comptait plus ses aventures féminines.

Une fois, une seule, alors qu'ils fraternisaient autour d'une bouteille d'excellent sauternes et d'un sublissime baba à l'orange, elle s'était confiée à lui. L'homme et la femme n'étaient pas destinés à nouer ensemble des relations valables, lui avait-elle dit. Le couple était à ses yeux une institution galvaudée et l'amour une affaire instable. Un rien suffisait à le faire vaciller et disparaître. Il ne s'agissait donc pas d'un engagement véritable, mais d'une comédie hypocrite, perpétuée par des individus faisant mine de penser qu'ils étaient capables de se lier pour longtemps. L'amour, sentiment capricieux par excellence, lui paraissait en fait peu digne d'intérêt. Les gens s'en servaient comme d'un prétexte pour agir de façon absurde et incontrôlée. Elle-même n'avait pas besoin d'excuse : si elle avait envie de faire des folies, elle faisait des folies. Nul besoin pour cela de se cacher derrière un petit dieu facétieux.

Comme il vivait à l'époque avec une actrice grecque une histoire sentimentale qui tournait mal, Carlo avait abondé dans son sens. Mais plus tard, en repensant à cette conversation, il avait pris conscience que ce qui avait été pour lui une réaction d'amertume ponctuelle représentait pour Summer une conviction intime, profonde et durable.

Dommage... Vraiment dommage, songea-t-il de nouveau en

regardant Summer sortir ses coques de meringue pour façonner l'extérieur du vacherin. S'il n'avait pas eu pour elle des sentiments quasi fraternels, il se serait fait une joie de lui donner un aperçu de la force mystique qui pouvait naître de l'union charnelle de l'homme et de la femme.

Un privilège qui reviendrait à un autre que lui...

Tout en s'adressant avec aisance à son public et aux caméras, Summer procédait, étape par étape, à la réalisation de son dessert. La coque terminée, décorée de bandes de meringue et de violettes naturelles cristallisées, fut placée dans le four. Puis elle sortit l'autre coque, qu'elle avait préparée plus tôt, afin d'exécuter l'opération finale. Elle la remplit, arrangea les fruits, les couvrit d'un épais coulis de framboises et de crème fouettée, suscitant les murmures approbateurs du public. La caméra zooma pour en faire un gros plan.

Le dessert terminé se dressait à présent sur le plan de travail comme l'image même de la tentation.

Carlo se leva pour applaudir.

— *Brava! Bravissima!*

Summer sourit et, la poche à douille encore à la main, s'inclina très bras juste avant la coupure de la caméra.

— Super boulot, Summer!

Simon se précipita vers elle en arrachant son casque.

— Tu as été magnifique. Et tout était parfaitement minuté, comme toujours.

— Merci, Simon. Qu'est-ce que tu en penses? On partage le gâteau entre l'équipe de tournage et le public?

— Bonne idée.

Il claqua des doigts pour attirer l'attention de son assistant.

— Va me chercher des assiettes et distribue des parts avant la prochaine émission... Un spectacle de hip-hop, marmonna-t-il entre ses dents, avant de s'éloigner de nouveau au pas de course.

Carlo vint tremper un doigt gourmand dans le saladier qui avait contenu la crème fouettée.

— Belle démonstration, *cara*. Tu nous as concocté un chef-d'œuvre.

Il attrapa une cuillère et se servit directement une part copieuse du vacherin.

— Maintenant que tu es libre, je t'emmène déjeuner quelque part et tu me raconteras ta vie de A à Z.

Il prit une bouchée du dessert, ferma les yeux avec un pur sourire d'extase, les rouvrit, puis lui adressa un clin d'œil.

— La mienne, de vie, est tellement riche et trépidante que ça prendrait des jours. Voire des semaines.

Summer retira son tablier et le jeta sur le plan de travail.

— On peut prendre une pizza juste à côté, si tu veux. Ça tombe bien que tu sois là, Carlo, car j'ai un conseil à te demander.

— Un conseil?

L'idée que Summer Lyndon puisse attendre un conseil de qui que ce soit le sidérait, mais il se contenta de lever un sourcil canaille.

— Aucun problème. Toute femme intelligente qui a besoin de se faire conseiller — ou de se faire faire quoi que ce soit d'autre, d'ailleurs — se tournera toujours avec le plus grand profit vers Carlo Franconi!

— Ton indécrottable fatuité ne cessera jamais de me fasciner.

Il enfila une paire de lunettes noires et ajusta son chapeau.

— Attention à ce que tu dis, fillette. Continue comme ça et c'est toi qui paies les pizzas!

Quelques instants plus tard, Summer attaquait sa première part de *calzone* et se raccrochait de l'autre main à la portière, pendant que Carlo, au volant de sa Ferrari de location, négociait la circulation de Philadelphie à une allure suicidaire. Il trouvait le moyen de conduire, de manger et de passer ses vitesses avec une habileté diabolique.

— Alors, dis-moi, cria-t-il pour couvrir le son de la radio. C'est quoi, ton souci?

— J'ai accepté un boulot, hurla Summer en réponse.

Ses cheveux lui fouettaient le visage et elle tenta une fois de plus de les repousser.

— Un boulot? Ce n'est pas vraiment nouveau. Tu passes ta vie à courir d'un boulot à l'autre.

— Celui-ci est différent.

Elle changea de position, ramenant ses jambes sous elle pour mieux se tourner vers lui, tout en mordant sa pizza à belles dents.

— Je me suis engagée à diriger le restaurant d'un hôtel pendant un an.

56

Carlo fronça les sourcils, tout en coupant la route à un break.

— Le restaurant d'un hôtel ? Quel hôtel ?

Elle enfonça une paille dans son jus de fruits et aspira une gorgée.

— La Cocharan House. Ici, à Philadelphie.

Le soulagement de Carlo fut manifeste.

— Ah, parfait ! C'est un établissement de grande classe, *cara*.

— Une année *entière*, Carlo !

— Une année, ça passe comme un soupir, lorsqu'on a la santé.

Elle commença par sourire, puis explosa :

— Ligotée, pieds et poings liés pendant douze mois ! Tout ça parce que je n'ai pas pu résister à l'idée d'essayer. Et surtout parce que ce... ce bulldozer américain a brandi le spectre de LaPointe !

Carlo fit entendre une sorte de feulement redoutable, comme seuls les Italiens savent en produire.

— LaPointe ? Qu'est-ce que ce mollusque a à voir là-dedans ?

Summer lécha un peu de sauce tomate tombée sur son pouce.

— J'étais sur le point de décliner la proposition, lorsque Blake — le bulldozer — m'a demandé mon opinion sur LaPointe à qui il avait également envisagé d'offrir le poste.

— J'espère que tu la lui as donnée, ton opinion ?

— Et en termes choisis, encore ! J'ai gardé le contrat, juste par curiosité. Là, nouveau problème : la proposition est vraiment royale. Avec le budget qu'on m'accorde, je pourrais transformer un taudis en palace pour gourmets avertis.

Elle replongea dans ses pensées et ne remarqua pas que Carlo doublait un cabriolet en ne laissant guère la place qu'à un souffle de vent entre les deux carrosseries.

— Autre problème : Blake lui-même.

— Le bulldozer...

— Oui. Je ne peux m'empêcher de vouloir prendre l'avantage sur lui. Il est brillant, sûr de lui, arrogant. Mais pas seulement... Il est aussi jeune, beau, sexy.

— Ah oui ?

— Bref, je suis dévorée par une envie irrépressible de le remettre à sa place.

Carlo passa un feu à l'orange.

— Et où serait sa place, à ce Blake ?

— Sous ma coupe !

Elle éclata de rire, puis fit un sort au reste de sa pizza.

— Pour ces différentes raisons, je me suis donc enchaînée pour une année entière… Tu comptes finir ta pizza ?

Carlo jeta un coup d'œil à la part qui restait et l'engloutit.

— Oui, je compte la finir… Et ce conseil que tu voulais me demander ?…

Summer porta sa paille à ses lèvres, mais découvrit qu'elle avait atteint le fond du gobelet.

— Si je veux garder ma santé mentale durant ces douze mois, il faut que je me divertisse un peu.

Elle s'étira, levant en riant les deux bras au plafond de l'habitacle.

— Quelle serait la technique imparable pour faire ramper Blake Cocharan III selon toi ?

Carlo eut un sourire en coin.

— Femme cruelle ! Tu n'as pas besoin de mes conseils pour parvenir à ce résultat. Des bataillons d'hommes séduits rampent déjà dans ton sillage aux quatre coins du globe.

— N'importe quoi !

— Tu dis ça parce que tu ne prends pas la peine de tourner la tête pour regarder derrière toi, ma chérie.

Summer resta un instant coite, pas tout à fait certaine d'être charmée par cette idée, puis reprit :

— Prends à gauche au carrefour suivant, Carlo. Nous allons jeter un œil à mes nouvelles cuisines.

Les odeurs et le décor étaient familiers à souhait, mais le temps de faire un tour rapide des lieux bras dessus, bras dessous avec Carlo, Summer repéra déjà une douzaine de changements auxquels elle procéderait sans tarder. Pour l'éclairage, il n'y avait rien à dire. Les dimensions étaient parfaites également. Mais sur l'un des murs, la présence de fours en hauteur s'imposait. Avec un entourage de briques. Et la brigade de cuisine devrait être renforcée, bien sûr. Elle regarda autour d'elle, cherchant des haut-parleurs au plafond. Pas l'ombre d'un seul. Une absence à laquelle il lui faudrait remédier également.

— Pas mal du tout, *mi amore*.

Carlo s'empara d'un des grands couteaux de chef et le soupesa d'une main experte, testant son poids et son équilibre.

— Tu as les bases, ici. C'est un peu comme recevoir un nouveau jouet à Noël et avoir à l'assembler soi-même, *si*?

— Mm...

Elle attrapa distraitement une poêle, nota qu'elle était en inox et la reposa à sa place. Toute la batterie de cuisine serait remplacée par son équivalent en cuivre étamé.

En se retournant pour poursuivre son inspection, elle se heurta fermement au torse de Blake.

Durant une fraction de seconde, elle se laissa aller, prenant plaisir à la sensation. L'odeur de Blake, raffinée, lui tourna légèrement la tête. Puis vint la contrariété de ne pas avoir perçu sa présence derrière elle, alors qu'elle aurait dû la sentir.

Elle s'écarta, masquant d'un sourire de politesse son attirance aussi bien que son irritation.

— Je ne m'attendais pas à vous trouver ici, Blake.

— Mon personnel me tient bien informé. On m'a dit que vous étiez là.

L'idée que l'on puisse être à l'affût de ses faits et gestes n'était pas faite pour lui plaire, mais elle se contenta de hocher la tête.

— Je vous présente Carlo Franconi, un des meilleurs chefs d'Italie.

— *Le* meilleur chef d'Italie, rectifia Carlo en serrant la main de Blake. Enchanté de faire votre connaissance, monsieur Cocharan. J'ai souvent eu l'occasion de bénéficier de l'hospitalité de vos hôtels. Votre restaurant de Milan sert des *linguine* tout à fait passables.

— « Tout à fait passables » est un grand compliment venant de Carlo, prit la peine de préciser Summer. Il pense que personne n'est capable de réussir un plat italien à part lui.

Carlo souleva le couvercle d'une casserole fumante et huma.

— Ce n'est pas une chose que je pense, c'est une chose que je sais. Summer vient de m'apprendre qu'elle sera votre nouveau chef. Vous êtes un homme chanceux, monsieur Cocharan.

Le regard de Blake tomba sur la main hâlée de Carlo reposant sur l'épaule de la jeune femme. La jalousie était un sentiment aisément identifiable, même pour qui ne l'avait encore jamais éprouvée. Et très désagréable.

— Oui, je suis chanceux, en effet. Puisque vous êtes là, Summer, vous pourriez peut-être en profiter pour signer votre contrat ? Ça nous éviterait d'avoir à convenir d'un nouveau rendez-vous.

— Comme vous voudrez... Carlo ?

— Va, va, *bellissima*. Fais ce que tu as à faire. Je viens de renifler quelques fumets, par là-bas, qui m'intéressent. Je vais aller jeter un coup d'œil sur le chevreau qui rôtit.

Sans un regard en arrière, il alla se mêler à l'équipe de cuisine pour dispenser ses commentaires.

— Carlo est dans son élément, apparemment, déclara Summer, puis, avec un haussement d'épaules amusé, elle emboîta le pas à Blake.

— Carlo Franconi est ici pour son travail ?

— Non, juste parce qu'il avait envie de me voir.

L'affirmation, désinvolte, était à l'évidence sincère. Elle eut pour effet d'accroître la contrariété de Blake. Ainsi, Summer Lyndon a un faible pour les Italiens tape-à-l'œil, conclut-il sombrement. Sans même s'en rendre compte, il plaça une main possessive sur son bras. Après tout, ses goûts ne concernaient qu'elle. Tout ce qui l'intéressait, lui, c'était de s'attacher ses services en cuisine. Et le plus tôt serait le mieux.

Il la guida en silence à travers le hall, poussa une porte et passa dans les bureaux. L'impression générale de Summer fut qu'ici régnaient le calme et l'efficacité. Jusqu'au moment où ils pénétrèrent dans une vaste pièce qu'elle identifia aussitôt comme étant le domaine privé de Blake.

Les couleurs allaient des tons écrus à l'ocre chaud, en passant par le gris fumé. Le décor était un peu plus moderne que celui de son appartement, mais conservait une parenté de style. Sans attendre d'en avoir été priée, elle traversa la pièce et s'installa dans un fauteuil. Il était à peine midi, mais il lui vint à l'esprit qu'elle avait déjà passé six heures consécutives à s'activer.

— Ça tombe plutôt bien que j'aie décidé de venir faire un tour ici au moment où vous y étiez vous-même, déclara-t-elle en retirant ses chaussures. Ça nous évite de gaspiller trop de temps autour de cette histoire de contrat. Puisque nous sommes tombés d'accord, autant signer tout de suite et qu'on n'en parle plus.

Il ne lui resterait plus, ensuite, que trois cent soixante-quatre jours à tenir, compléta-t-elle à part soi.

Blake eut le plus grand mal à dissimuler sa contrariété. L'attitude désinvolte de Summer vis-à-vis du contrat lui portait sur les nerfs, tout autant que son affection pour Carlo Franconi, d'ailleurs. Il se dirigea vers son bureau et, d'un geste sec, s'empara d'une liasse de documents. Lorsque son regard tomba de nouveau sur la jeune femme, une partie de sa colère retomba.

— Vous avez l'air fatiguée, Summer.

Elle souleva les paupières qu'elle s'était autorisée à fermer un instant. La façon dont il venait de prononcer son prénom l'avait troublée. Comme si, en le disant, il avait eu présents à l'esprit la touffeur, les orages, la tension. Elle sentit une crispation dans sa poitrine qu'elle attribua à la lassitude.

— Je n'en ai pas seulement l'air, je le suis. A 7 heures, ce matin, je confectionnais des meringues.

— Un café?

— Non, merci. Je crois que j'ai déjà largement dépassé la dose limite.

Son regard tomba sur le document qu'il avait reposé sur le bureau et elle sourit avec une pointe d'autosatisfaction.

— Avant que je signe ce contrat, je tiens à préciser que j'ai l'intention d'introduire des changements conséquents dans vos cuisines.

— C'est justement une des raisons majeures pour lesquelles je vous demande de venir travailler ici.

Elle hocha la tête et tendit la main.

— Vous ne serez peut-être plus tout à fait aussi serein lorsque vous recevrez les factures.

Blake choisit un stylo et le plaça devant elle.

— Je pense que nous avons les mêmes objectifs de qualité, vous et moi. Et nous sommes d'accord pour penser que la question du coût est secondaire.

— C'est facile pour moi d'être de cet avis. Mais c'est vous qui assumerez les frais.

Elle signa d'une écriture gracieuse, puis lui tendit le contrat.

— Et voilà. C'est officiel.

— Ça en a tout l'air, oui.

Sans même jeter un coup d'œil à la signature, il glissa les documents dans un dossier.

— J'aimerais vous inviter à dîner, ce soir.

Summer se leva et trouva ses jambes réticentes à soutenir son poids.

— Une autre fois… Je ne peux pas abandonner Carlo ce soir.

Avec un sourire de commande, elle lui tendit la main.

— Naturellement, si vous souhaitez vous joindre à nous, ce sera avec plaisir.

— Il ne s'agit pas d'une invitation à caractère professionnel, Summer.

Il accepta la main qu'elle lui offrait, puis se surprit autant qu'elle en lui saisissant les deux poignets.

— Et j'ai envie de vous voir seule.

Elle n'était pas prête à affronter cette situation. Dans les scénarios qu'elle avait imaginés, elle était l'instigatrice, maîtresse du temps et du lieu. Prise au dépourvu, et en territoire adverse en plus, il lui fallait revoir sa stratégie au pied levé, tout en composant avec un soudain afflux de chaleur à fleur de peau. Déterminée à ne pas se laisser déborder, elle lui sourit avec nonchalance.

— Nous *sommes* seuls.

Blake leva des sourcils interrogateurs. Comment fallait-il l'entendre ? Le mettait-elle au défi d'agir ou se moquait-elle carrément de lui ? Que ce soit l'un ou l'autre, il n'avait pas l'intention de laisser passer sa chance. Avec une détermination qui ne souffrait aucune résistance, il la prit dans ses bras, et constata qu'elle s'y logeait à la perfection.

Le regard moucheté de Summer était rivé au sien. Il fit le constat fasciné que les paillettes claires étaient devenues couleur d'ambre et qu'elles semblaient éclairées de l'intérieur, se détachant sur le ciel changeant de ses iris noisette. Sans bien savoir ce qu'il faisait, il écarta les cheveux qui tombaient sur sa joue d'un geste aussi tendre et intime qu'inhabituel pour lui.

Summer lutta pour ne pas se laisser affecter par cette caresse somme toute anodine. Des centaines d'hommes avaient eu l'occasion de la toucher — pour la saluer, par amitié, par colère ou désir. Rien ne justifiait donc que le simple effleurement de sa main sur sa peau lui fasse perdre ses moyens. Par un effort de volonté, elle réussit à maîtriser le réflexe contradictoire qui lui commandait à la fois de fuir et de fondre entre ses bras. Retenant son souffle, elle demeura parfaitement immobile à l'observer. En attente.

Lorsque Blake se pencha sur ses lèvres, elle pensait être prête. Le baiser serait différent, bien sûr, puisqu'il s'agissait d'un homme différent. Et nouveau aussi. Mais il n'aurait rien de révolutionnaire. Qu'était-ce qu'un baiser, après tout, sinon une forme basique de communication entre un homme et une femme ? Un contact intime, une pression, une forme de dégustation légère… Rien ne différencierait ce baiser de celui du premier couple humain et de tous ceux qui lui avaient succédé à travers les âges et les civilisations.

Dès l'instant où elle fit l'expérience de ce contact « basique », cependant, elle sut qu'elle s'était trompée dans son analyse. *Différent ? Nouveau ?* Les mots étaient trop fades. Le léger frôlement de leurs lèvres — car au début, leur baiser ne fut guère plus que cela — modifia en profondeur le tissu même des choses et du monde. Ses pensées s'éparpillèrent dans un chaos riche et puissant. En l'espace d'un battement de cœur, son corps s'embrasa. Elle qui avait cru savoir à quoi s'attendre soupira sous le choc de l'inattendu. De l'inespéré. De l'improbable.

Et elle se donna sans détour.

— Encore, murmura-t-elle lorsque les lèvres de Blake se détachèrent des siennes.

Posant les mains de chaque côté de son visage, elle l'attira à elle et laissa libre cours à une sensualité brûlante.

Blake avait supposé que Summer serait soyeuse, subtilement parfumée et aussi distante que réservée. Il en aurait juré, même. Il était si peu préparé à la flambée brutale de désir entre eux qu'elle lui fit perdre tout sens de la mesure. Sa peau avait le velouté merveilleux des pétales. Il émanait d'elle une composition de fragrances qu'il associerait désormais pour toujours à l'idée même de la féminité. Mais réservée ? Non. Certainement pas… Il n'y avait rien de retenu dans la manière dont sa bouche s'agrippait à la sienne. Aucune froideur dans la façon dont leurs souffles se mélangèrent au moment où leurs lèvres s'entrouvrirent. Il se passait au contraire un phénomène qui vidait le cerveau et défiait l'intelligence. Il lui était impossible d'en saisir la teneur, de l'analyser ; il n'avait d'autre choix que de le vivre.

Avec un gémissement de plaisir presque félin, Summer enfouit les doigts dans ses cheveux. *Extraordinaire…* Elle aurait pourtant été prête à jurer qu'elle avait fait le tour de toutes les saveurs, de tous les arômes, de toutes les textures concevables. Mais le goût des baisers de Blake sortait de son registre habituel. Elle absorbait, se délectait, laissait ses lèvres et sa langue emmagasiner mille nouveautés sensorielles.

Plus. J'en veux plus. Elle n'avait jamais connu l'avidité. Née dans un milieu où régnait l'abondance, elle avait toujours disposé de tout en quantité suffisante. Mais pour la première fois de sa vie, elle découvrait la faim nue, la vérité du manque. Une expérience qui apportait avec elle la souffrance, une douleur qui montait, profuse, comme des profondeurs d'un gouffre ignoré.

Encore. A l'impérieuse nécessité de cet appel muet, Summer comprit que plus elle continuerait de prendre, plus elle se trouverait affamée, en demande. Jusqu'à se perdre elle-même.

Blake la sentit soudain se raidir contre lui. Ignorant la cause de son mouvement de retrait, il resserra son étreinte. Il la voulait à lui maintenant, plus qu'il n'avait jamais voulu — ou imaginé vouloir — une femme. Mais elle s'agita, lui opposant une résistance pour la première fois depuis qu'il l'avait attirée dans ses bras. Rejetant la tête en arrière, elle affronta l'impatience du désir dans son regard.

— Assez, Blake. Ça suffit.

Ses doigts étaient pourtant encore dans ses cheveux. Possessifs.

— Non, ça ne suffit pas.

— C'est vrai, admit-elle, le souffle court. C'est justement pour ça qu'il faut que ça s'arrête.

Il la laissa aller, sans s'éloigner d'un centimètre pour autant.

— S'il y a un rapport logique entre l'une et l'autre proposition, il faudra me l'expliquer.

Elle se sentait de nouveau maîtresse d'elle-même — mais à peine. « A peine », c'était mieux cependant que pas du tout. Il était temps de poser les règles — ses règles — de façon précise et imparable.

— Blake, vous êtes un homme d'affaires, je suis une artiste. Nous avons chacun nos priorités. Et ceci ne peut pas en être une, décréta-t-elle, tête haute, en reculant d'un pas.

— Tu veux parier ?

Elle plissa les yeux, plus par surprise que par contrariété. Cette forme de puissance sauvage chez un homme d'allure si civilisée, elle ne l'avait pas anticipée. Le mieux serait d'y réfléchir plus tard, décida-t-elle alors, lorsqu'elle aurait mis une distance prudente entre eux.

— Nous allons travailler ensemble, avec un but commun à atteindre, poursuivit-elle d'une voix neutre. Mais nous sommes deux personnes très différentes, avec des visions de la vie divergentes. Le profit vous intéresse, ainsi que la réputation de votre chaîne hôtelière, bien sûr. Ce qui me plaît, moi, dans ce projet, c'est de créer une vitrine pour mon art. De soigner ma propre réputation aussi, ça va sans dire. Nous ambitionnons la réussite tous les deux. Alors n'embrouillons pas tout.

— Mon objectif professionnel, en t'embauchant, est parfaitement clair, rétorqua Blake. Et celui-ci aussi : j'ai envie de toi.

— Ah…, murmura-t-elle.

Elle se pencha pour récupérer le sac à main dont elle avait momentanément oublié l'existence.

— Voilà qui est net et sans détour.

— Compte tenu de ce qui vient de se passer, il n'y aurait guère de sens à s'encombrer de périphrases.

Un certain amusement prenait le pas, chez lui, sur la frustration, et il s'en félicita, car il retrouvait la maîtrise qu'il avait perdue dès l'instant où il l'avait embrassée.

— Il aurait fallu que tu aies perdu connaissance pour ne pas te rendre compte de ce que tu déclenches en moi.

— Et je suis on ne peut plus consciente.

Elle n'en recula pas moins d'un pas, comptant sur son aplomb et son assurance naturelle pour la tirer d'affaire avant de perdre le maigre avantage qu'elle avait réussi à prendre.

— Mais il s'agit de vos cuisines qui seront bientôt *mes* cuisines et, pour le moment, c'est tout ce qui m'intéresse. Vu les sommes colossales que vous vous apprêtez à investir pour vous assurer mes services, vous devriez être soulagé que je garde le cap sur les vraies priorités. Dès lundi, je vous remettrai un document avec les changements que je vise, ainsi que les équipements à commander.

— Très bien. Nous dînerons ensemble samedi.

Summer s'immobilisa juste avant de franchir la porte, se retourna et secoua la tête.

— Non.

— Je passe te prendre à 20 heures, Summer.

Dire non n'avait jamais été un problème pour elle. Et ses refus étaient d'ordinaire respectés. Mais pas cette fois, apparemment. Plutôt que de se mettre en colère, elle se souvint du ton patient — et particulièrement exaspérant — d'une de ses anciennes gouvernantes.

— Blake... j'ai dit non.

S'il était furieux, il n'en laissa rien paraître. Il se contenta de lui sourire comme on sourirait à une enfant récalcitrante, adoptant sans broncher une stratégie parallèle à la sienne.

— 20 heures, répéta-t-il patiemment en se perchant sur un coin du bureau. Et s'il te faut de la nourriture de fast-food, nous trouverons de la nourriture de fast-food. Aucun problème.

— Vous êtes d'une obstination rare, vous !

— En effet.

— Il se trouve que j'ai le même défaut.

— J'ai vu ça... A samedi, alors ?

Il fallut à Summer un gros effort de volonté pour le foudroyer du regard, car elle avait envie de rire. Finalement, elle se contenta de claquer la porte. Fort.

4

— Un aplomb incroyable, ce type! marmonna Summer en mordant rageusement dans son sandwich. Il est vraiment, mais alors vraiment gonflé...

— Surtout, n'en perds pas ton appétit, *cara,* plaisanta Carlo, en lui tapotant affectueusement l'épaule.

Ils flânaient sur le trottoir, se dirigeant vers la vénérable façade de briques rouges de l'Independance Hall.

Lorsqu'elle secoua la tête, le soleil joua dans ses cheveux défaits, y allumant des reflets d'or.

— Arrête de te moquer de moi, Carlo. Il est puant de vanité. Arrogant.

De sa main libre, elle faisait des gestes désordonnés, tout en continuant à faire un sort à son en-cas.

— Je ne prends d'ordres de personne, tu le sais... Et surtout pas d'un Américain qui s'autorise à jouer les dictateurs sous prétexte qu'il a réussi dans les affaires et qu'il est doté de magnifiques yeux bleus!

Carlo leva des sourcils amusés pour saluer la description, tout en dévorant du regard une grande blonde dont la jupette noire laissait voir de longues jambes fuselées.

— Bien sûr que tu ne prends d'ordres de personne, *mi amore,* acquiesça-t-il d'un air absent, tout en se dévissant le cou pour suivre la fille des yeux. Mais dis-moi, Philadelphie est vraiment bourrée d'attractions touristiques intéressantes!

Remarquant que l'attention de Carlo s'égarait un peu, Summer lui tira le bras sans ménagement pour l'entraîner vers le square.

— J'ai toujours décidé de ce que je faisais de ma personne! Je réponds à des requêtes, mais je ne tolérerai pas qu'on me donne des ordres!

— C'est vrai que tu as toujours eu la rage de l'indépendance, approuva Carlo, en jetant un dernier regard nostalgique par-dessus son épaule.

Peut-être réussirait-il à convaincre Summer de se poser tranquillement quelque part. A une terrasse ou sur un banc, de manière à prendre le soleil et à profiter plus longuement des *attractions* de Philadelphie.

— Tu dois être fatiguée de marcher, *cara*. Nous pourrions…

— Il est hors de question que je dîne avec lui ce soir !

— Tu as bien raison. Ça lui apprendra à vouloir brusquer Summer Lyndon.

Le parc devrait offrir des opportunités intéressantes en matière de filles jeunes, jolies et succinctement vêtues, supputa Carlo.

Summer lui jeta un regard redoutable.

— Ça t'amuse parce que tu es un homme.

— C'est *toi* que la situation amuse, rectifia-t-il avec un sourire en coin. Et en plus, il ne te déplaît pas, ton bulldozer américain.

— Bien sûr que si, il me déplaît.

— Faux, *cara mia*, faux… Et si nous nous asseyions un peu pour que je puisse me pénétrer du charme et de la beauté de ta ville d'adoption ? Après tout, je suis un touriste ici, *si* ?

Il porta la main à son chapeau pour saluer une brune pétillante vêtue d'un petit short. Summer surprit la lueur dans son regard avant de soupirer et d'obliquer sur la droite, repartant au pas de charge.

— Je vais t'en montrer, moi, des attractions touristiques, mon ami.

— Mais…

Carlo repéra cette fois une rousse en jean *slim* qui promenait son chien.

— La vue, d'ici, est instructive et porte à l'élévation de l'âme.

— Je m'en occupe, justement, de l'élévation de ton âme. Et elle en a besoin, crois-moi !

Ils étaient à présent devant l'Independence Hall, et elle le traîna sans pitié à l'intérieur du bâtiment.

— Le Second Congrès continental, autrement dit l'assemblée des délégués des treize colonies américaines, a siégé ici à partir de 1775 pour rédiger la célébrissime Déclaration d'indépendance des Etats-Unis. Tu te trouves dans un lieu chargé d'histoire, Franconi.

Il y eut un bruit de pas pressés, des éclats de voix enfantines : une classe entière passa, plus ou moins canalisée par une enseignante débordée.

Carlo se montrait à peine plus réceptif que les écoliers.

— Fascinant... Si nous allions plutôt nous détendre un peu au parc, Summer ? Il fait une journée magnifique.

Propice à l'éclosion de joggeuses en tenues ajustées.

— Je serais une bien piètre amie si je ne te donnais pas une courte leçon d'histoire avant de te laisser repartir, Carlo *mio*.

Elle glissa son bras sous le sien.

— En vérité, c'est le 8 juillet 1776 — et non pas le 4, comme tout le monde le croit — qu'une lecture publique de la Déclaration d'indépendance, dûment rédigée par Thomas Jefferson, a été donnée dans ce jardin que tu vois, à l'extérieur du bâtiment.

— Je suis pleinement admiratif.

Et la jolie brune ? Ne l'avait-il pas vue se diriger vers le parc, justement ?

— Tout ça est du plus grand intérêt historique, Summer, mais peut-être qu'un peu d'air frais...

— Oh ! Et je ne peux décemment pas te laisser quitter Philadelphie sans t'avoir montré le pavillon de la cloche de la liberté.

Elle le prit par la main pour l'entraîner de force.

— Il s'agit d'un symbole très fort.

Elle n'entendit pas sa réponse, car ses pensées étaient revenues se fixer sur Blake.

— A ton avis, qu'est-ce qu'il essaie de me prouver avec ses façons de macho mal dégrossi ? Je n'ai encore jamais vu ça. M'annoncer tranquillement qu'il passe me prendre à 20 heures, alors que j'ai refusé tout net son invitation...

Elle plaqua les poings sur ses hanches et se tourna vers lui.

— Vous, les hommes, vous êtes tous les mêmes, reconnais-le !

— Mais pas du tout, *carissima*.

Amusé, il lui adressa un sourire charmeur en lui passant un doigt sur la joue.

— Nous sommes tous différents, uniques — et Franconi est encore plus unique que les autres. Dans toutes les villes du monde, tu trouveras un échantillon choisi de femmes pour en témoigner.

Summer refusa de se laisser amadouer par l'humour.

— Tu es un mufle absolu, Carlo.

Elle se rapprocha de lui jusqu'à le toucher, sans se soucier des trois étudiantes qui les observaient à quelques mètres de là, buvant chacune de leurs paroles.

— Ne t'avise plus jamais de me lancer tes conquêtes à la figure, espèce de débauché italien !

— Summer, voyons...

Carlo lui prit la main pour la porter à ses lèvres, tout en gardant les yeux rivés sur les trois filles.

— Tu confonds tout, ma chérie. Je suis ce qu'on appelle un connaisseur et un esthète. Un homme de goût et de passion.

Summer salua cette remarque en soufflant bruyamment, sans se soucier d'élégance ou de féminité.

— Vous, les hommes, vous considérez les femmes comme des jouets destinés à vous amuser un temps. Je refuse de me prêter à ça !

Carlo lui prit les deux mains pour les couvrir de baisers.

— Tu te trompes, mon ange. Une femme n'a rien d'un jouet pour moi. Elle est comme un repas de choix.

Summer lui jeta un regard noir, puis se retint de sourire lorsqu'elle vit les trois filles se rapprocher insensiblement pour mieux suivre leur conversation.

— Un repas ? Tu oses comparer une femme à un *repas* ?

— Pas n'importe quel repas, Summer. Une œuvre d'art gastronomique — un festin de roi qu'on attend comme la grâce, qu'on déguste avec révérence, dont on se délecte comme d'un nectar divin, qu'on vénère, même.

Elle haussa les sourcils, dubitative.

— Charmante métaphore... Et une fois que ton assiette est vide, Carlo ? Tu fais quoi ?

— La beauté de l'expérience illumine ta mémoire. Elle revient hanter tes rêves et tu n'as plus qu'une seule idée en tête : vivre de nouveaux moments d'une intensité sensuelle comparable.

— Très poétique, tout ça, mais je n'ai pas l'intention de servir d'entrée — ni même de plat de résistance — à qui que ce soit.

— Non, ma Summer. Toi, tu serais plutôt comme un dessert interdit. Et en ça, tu es de loin la plus désirable de toutes.

Charmeur impénitent, il décocha un clin d'œil à ses trois admiratrices.

— Ce Cocharan, tu ne vois pas qu'il a l'eau à la bouche, lorsqu'il te regarde?

Summer fit entendre un rire bref, s'éloigna de deux pas, puis s'immobilisa.

— L'eau à la bouche? C'est l'impression qu'il t'a donnée? demanda-t-elle, intriguée.

Carlo comprit qu'il avait enfin réussi à la détourner de sa furie éducative et historique. Glissant un bras autour de sa taille, il l'entraîna vers la sortie. Il lui restait encore un peu de temps pour prendre l'air et regarder les Américaines aux jambes superbes courir dans le parc. Derrière eux, les trois étudiantes laissèrent échapper un murmure de déception.

— *Cara,* tu peux me faire confiance. L'*amore* a toujours été un de mes sujets de prédilection. Je sais lire dans le regard qu'un homme porte sur une femme.

Summer sentit monter en elle une bouffée de plaisir qu'elle dissimula sous un haussement d'épaules désabusé.

— Vous, les Italiens, vous idéalisez ce qui n'est, en somme, qu'une simple envie de sexe.

Avec un énorme soupir, Carlo la poussa hors du bâtiment.

— Pour une fille qui a du sang français dans les veines, tu es singulièrement dépourvue de sens du romanesque, tu sais!

— Le romanesque, c'est bon pour les livres et les films.

Carlo secoua la tête.

— Le romanesque, c'est bon en toute circonstance, *cara.*

Même si elle parlait d'un ton léger, Carlo savait qu'elle exprimait le fond de sa pensée. Non seulement ça l'inquiétait, mais ça le décevait, comme un ami peut être déçu de ne pas parvenir à faire partager quelque chose qui lui tient à cœur.

— Tu devrais essayer les dîners aux chandelles, la musique et les vins fins, Summer. Ça enrichirait ton expérience. Je ne vois pas quel mal ça pourrait te faire.

Elle lui jeta un drôle de regard.

— Vraiment?

— Tu peux avoir confiance en moi comme en personne.

Riant de nouveau, elle lui lança un bras autour des épaules.

— Ça tombe bien, parce que je n'ai confiance en personne, justement.

Là encore, il savait qu'elle disait vrai.

— Alors fie-toi au moins à toi-même. Laisse-toi guider par ton instinct.

— Mais j'ai confiance en moi !

Ce fut au tour de Carlo de lui jeter un regard en coin.

— Et pourtant, je te suspecte de te méfier de toi-même au point de ne pas oser te risquer en tête à tête avec cet Américain.

Sous la main qui lui tenait la taille, il la sentit se raidir sous l'outrage.

— Arrête tes idioties, Franconi. Tu délires !

— Peut-être. Mais explique-moi alors pourquoi l'idée de dîner avec cet homme suscite une telle nervosité chez toi ?

— Ton anglais te joue des tours, *mio caro amico italiano*. Ce n'est pas de la nervosité mais de l'irritation.

Elle soupira pour relâcher la tension de ses muscles et leva haut la tête.

— Je suis irritée parce qu'il allait de soi pour Blake que j'accepterais de dîner avec lui et qu'il a persisté dans son attitude macho, même après mon refus. Ma réaction est parfaitement normale.

— Je pense que la façon dont tu réagis face à cet homme est parfaitement normale, en effet. On pourrait même dire tout à fait... *basique*.

Il sortit ses lunettes de soleil et les ajusta méticuleusement. Même s'il reconnaissait volontiers que les pattes-d'oie ajoutaient de la personnalité à un visage, il n'était pas encore prêt à les voir apparaître sur le sien.

— Je n'ai pas lu que dans le regard de l'Américain, Summer. J'ai aussi déchiffré le tien.

Elle se rembrunit et le toisa orgueilleusement.

— Tu ne sais pas de quoi tu parles.

Il balaya son argument d'un grand geste de son bras libre.

— Je suis un connaisseur et un gourmet, ne l'oublie pas. En gastronomie mais aussi en amour.

— Occupe-toi plutôt de tes pâtes !

Il se contenta de sourire.

— Les pâtes de Franconi ne sont pas une simple occupation, *carissima*.

La voix suave, elle lui répondit d'un juron — un de ces termes que l'on voit généralement griffonnés sous forme de graffitis sordides au fond des allées sombres. Puis ils éclatèrent de rire et, tout en se demandant encore l'un et l'autre ce qui se passerait ce soir-là à 20 heures, continuèrent à se chamailler, à plaisanter, à échanger des souvenirs et à faire des commentaires sur les jambes des filles.

Le scénario que Summer mit en place, ce soir-là, avait été longuement réfléchi. Un peu avant l'heure, elle enfila un T-shirt sans âge et informe sur un vieux pantalon de jogging, sans passer par la case maquillage. Après avoir pris congé de Carlo à l'aéroport, elle avait fait halte dans un fast-food pour acheter un repas à emporter qu'elle disposa sur la table basse du salon. Puis elle ouvrit une canette de soda light, alluma la télévision et arrêta son choix sur une énième rediffusion d'une comédie de série B.

Attrapant une aile de poulet, elle commença à grignoter. Elle avait envisagé un instant de s'habiller en femme fatale, puis de passer sous le nez de Blake d'un pas souverain, lorsqu'il se présenterait à sa porte « Ah tiens, tu es là ? Désolée de te fausser compagnie, mais mon homme m'attend. »

Le planter là aurait été extrêmement jubilatoire.

Elle soupira d'aise en posant ses pieds nus sur la table. La solution qu'elle avait retenue présentait un avantage non négligeable : le confort. Elle pouvait lui faire un affront sans s'infliger talons hauts et jupe serrée. Après avoir passé la journée entière à courir en ville avec Carlo, ce pourchasseur inlassable de tout ce qui portait jupon, elle aspirait au confort presque autant qu'à la bataille.

Se félicitant une nouvelle fois de sa stratégie, elle s'avachit sur le canapé et suivit distraitement ce qui se passait à l'écran en attendant que Blake frappe à sa porte. Elle estima qu'elle n'aurait pas longtemps à attendre. D'après ce qu'elle avait perçu de lui, il devait être à cheval sur les horaires. Ponctuel comme une horloge. Et tatillon, bien sûr. Elle considéra d'un œil comblé la confortable désorganisation de son appartement, plein à craquer d'un joyeux bric-à-brac.

Ponctuel. Tatillon. Et suffisant.

Il arriverait dans une de ses tenues « classique décalé », mais signée. Le cuir lisse de ses chaussures italiennes serait immaculé. Toute sa personne serait soignée et léchée jusque dans les moindres détails. Elle se mordilla la lèvre en considérant son jogging. Pour peu, elle l'aurait choisi molletonné rose bonbon.

Avec un sourire de triomphe, elle attrapa son soda. Rose bonbon ou non, elle n'avait en tout cas pas l'air d'une femme qui s'était mise sur son trente et un pour plaire à un homme. Or Blake s'attendait certainement à la trouver parée, fardée, parfumée. Le surprendre lui ferait plaisir. Mais le rendre furieux serait plus gratifiant encore.

Lorsque le coup retentit enfin à sa porte, elle jeta un regard nonchalant autour d'elle avant de déplier les jambes. Prenant son temps, elle se leva, s'étira, puis alla ouvrir.

Blake regretta de ne pas avoir d'appareil photo sous la main pour immortaliser l'expression qui s'afficha sur la figure de Summer. Elle ne prononça pas un mot, mais ses yeux écarquillés de stupeur parlaient pour elle. Il glissa nonchalamment les mains dans les poches de son jogging. C'était la première fois qu'il éprouvait un tel plaisir à jouer au plus fin avec quelqu'un.

— Salut! Le dîner est prêt?

Il huma l'air avec une moue appréciative.

— Mm... Sympa, ces petites odeurs...

Summer maudit son arrogance. Et la perspicacité de Blake, surtout. Comment s'arrangeait-il pour la devancer chaque fois? A l'exception des tennis — usées — qu'il avait aux pieds, il était vêtu exactement comme elle. Mais le plus énervant, c'était que le relâchement de sa tenue n'enlevait rien à sa prestance. Au contraire, même. Il impressionnait encore plus au naturel. Non sans effort, elle réussit à contenir un mouvement d'humeur et une montée de désir, sans compter une envie de rire. Les règles avaient peut-être changé, mais le jeu n'était pas terminé.

— *Mon* dîner est prêt, oui. Mais je n'ai pas souvenir de t'avoir invité.

— J'ai pourtant dit que je viendrais à 20 heures.

— Et j'ai répondu, il me semble, que c'était non.

Il lui prit les deux mains avant de se glisser promptement à l'intérieur.

— Comme tu étais contre l'idée de sortir, j'ai pensé qu'on pourrait prendre un petit repas tranquille à la maison.

Ses doigts toujours prisonniers de ceux de Blake, Summer hésitait sur ce qu'elle devait faire. Elle pouvait lui ordonner de s'en aller. Exiger en termes choisis qu'il décampe séance tenante. Si elle mettait le ton voulu, elle obtiendrait probablement gain de cause. Se montrer impolie ne lui faisait pas peur, mais elle ne voyait guère d'intérêt à gagner la bataille par la manière forte. Elle préférait trouver une méthode plus gratifiante pour reprendre le dessus.

— Tu es très tenace, Blake. On pourrait presque dire têtu comme un âne.

— On pourrait le dire, en effet. Qu'est-ce qu'il y a à dîner ?

— Pas grand-chose.

Se libérant une main, Summer désigna les boîtes sur la table.

— Encore ! Mais c'est une véritable passion, ma parole ! Tu n'as jamais songé à monter une croissanterie ? Une chaîne de pâtisseries industrielles à vendre en distributeurs sur les autoroutes ?

Elle refusa de sourire.

— L'homme d'affaires, c'est toi. Moi, je me contente de créer.

— Une créatrice avec des goûts alimentaires d'adolescente en rupture de ban...

Il s'avança dans la pièce, saisit un pilon de poulet dans la boîte, puis se laissa tomber sur le canapé, et posa les pieds sur la table basse.

— Pas franchement gastronomique, déclara-t-il après une première bouchée. Le vin ne figure pas au menu ?

Non, elle ne se laisserait pas amadouer ! décida Summer. Elle était déterminée à rester sur ses gardes. Mais à le voir prendre ses aises et accepter de bonne grâce ce repas de fortune, elle dut se faire violence pour ne pas sourire. La stratégie qu'elle avait mise au point pour le choquer n'avait peut-être pas fonctionné, mais qui sait ce que lui réservait le reste de la soirée ? Il lui suffirait de guetter la faille et de frapper vite et fort à la première occasion.

— Pas de vin, non. Juste du soda light. On peut partager cette cannette. Sinon, j'en ai d'autres dans le frigo.

— Je veux bien partager.

Il accepta la boisson entamée qu'elle lui tendait et en but une gorgée.

— Alors, c'est de cette manière qu'un des meilleurs chefs pâtissiers au monde passe ses soirées?

Avec un haussement de sourcils hautain, Summer lui reprit la cannette des mains.

— *La* meilleure chef pâtissier du monde a horreur de manger sain. Et elle occupe ses soirées comme ça lui chante.

Blake croisa les pieds et l'examina un moment en silence. Les paillettes d'or qui dansaient dans ses yeux noisette étaient moins prononcées — peut-être parce qu'elle était détendue. L'idée lui traversa l'esprit qu'il saurait réveiller les ors assoupis de ses iris avant la fin de la soirée.

— Je n'en doute pas, dit-il enfin. Et ce règne de tes envies s'étend-il à d'autres domaines?

— Tout à fait.

Elle prit une bouchée de poulet avant de lui faire passer une serviette en papier.

— J'ai décidé, par exemple, que ta compagnie était tolérable. Pour le moment, en tout cas.

Les yeux rivés sur son visage, il continua de manger.

— Intéressant, comme prise de position.

— Sinon tu ne serais pas assis ici, à ingurgiter la moitié de mon repas.

Il laissa échapper un petit rire, auquel elle ne réagit pas, se contentant de poser les pieds à côté des siens sur la table. Le cadre ainsi créé avait quelque chose de cosy qui n'était pas pour lui déplaire. Mais son aspect intime, en revanche, l'inquiétait. Elle était de nature trop prudente pour avoir déjà oublié le maelström que leur seul et unique baiser avait déclenché en elle. Mais elle était également trop fière pour renoncer à l'envie de le mettre échec et mat.

— J'ai accepté de te laisser entrer, parce que je suis curieuse de savoir pourquoi tu tenais à ce point à me voir ce soir.

Une publicité pour un dépoussiérant apparut à l'écran. Summer laissa son regard s'attarder un instant sur les images avant de se tourner vers Blake.

— Tu peux peut-être m'expliquer la raison de tant d'insistance?

Il prit une fourchette en plastique pour s'attaquer à la salade de chou cru qui accompagnait le poulet frit.

— Tu veux la raison professionnelle ou la raison privée?

Il avait un peu trop tendance à répondre à une question par une autre, estima-t-elle. Il était temps de le coincer.

— Nous avons tout notre temps. Pourquoi ne pas me donner l'une et l'autre?

Comment pouvait-elle s'alimenter avec ces produits infâmes? se demanda Blake en reposant la fourchette. Il suffisait de la regarder pour l'imaginer dans les restaurants les plus élégants, avec des bouquets sur les tables, des nappes damassées et des serveurs stylés. Il eut une vision d'elle en robe blanche vaporeuse, comme une fleur exotique et rare, dégustant un dessert raffiné au nom compliqué.

Elle frotta d'un pied nu le dessus de son autre pied, tout en mordant à pleines dents dans son poulet de batterie, et Blake sourit en se demandant ce qui l'attirait tant chez elle.

— Commençons par le professionnel, alors. Nous allons travailler en collaboration étroite, au moins pendant les premiers mois, et je pense qu'il serait sage que nous nous familiarisions l'un avec l'autre au préalable. Ça nous permettra de nous adapter à nos fonctionnements mutuels le moment venu.

Summer attrapa quelques frites, puis tendit la barquette à Blake.

— Logique… Mais j'aime autant t'avertir tout de suite qu'il n'y aura aucune adaptation de mon côté. Je ne travaille que d'une seule façon : la mienne. Voilà donc pour la raison professionnelle. Et la personnelle?

Blake se délectait de son aplomb et de son refus total du compromis. Le premier, il comptait l'explorer de plus près. Quant au second, il se promettait d'en venir à bout.

— Sur le plan personnel, je te trouve belle et intéressante.

Il piocha dans la barquette de frites sans la quitter des yeux.

— Je te l'ai déjà dit : j'ai la ferme intention de coucher avec toi.

Comme elle ne répondait rien, il poursuivit :

— Et je pense que là encore, ce n'est pas plus mal de faire un minimum connaissance au préalable.

Elle continuait de fixer sur lui un regard serein qui ne cillait pas. Il sourit et demanda :

— Logique aussi?

— Logique, oui… Et égocentrique. Deux qualités dont tu sembles être assez bien pourvu.

Elle s'essuya les doigts avec une serviette avant de reprendre son soda.

— Tu es également direct et sincère. Et j'admire la sincérité… Chez les autres, en tout cas.

Elle se leva calmement et baissa le regard sur lui.

— Terminé?

Il lui rendit la barquette de frites, en affectant un calme similaire au sien.

— Oui.

— J'ai deux éclairs au réfrigérateur, si ça t'intéresse.

— Une promo du magasin discount du coin?

Ses lèvres dessinèrent l'amorce d'un sourire.

— Non. Toute débauchée alimentaire que je suis, j'ai quand même encore deux ou trois principes. Je les ai confectionnés de mes blanches mains.

— Dans ce cas, je ne peux pas te faire l'affront de refuser.

Cette fois, elle se mit à rire franchement.

— La diplomatie est ton seul motif pour accepter?

— J'en ai un autre aussi : une gourmandise insatiable, admit Blake en la regardant s'éloigner vers la cuisine.

Elle faisait décidément preuve d'un détachement incroyable! Il revit la façon dont elle avait réagi — ou plutôt s'était abstenue de réagir —, lorsqu'il lui avait annoncé son intention de coucher avec elle. Sa froideur, sa maîtrise l'intriguaient. Ou plutôt les vivait-il comme un challenge.

S'agissait-il d'une simple façade, chez elle? Si c'était le cas, il aurait plaisir à la déconstruire — strate après strate — jusqu'à accéder aux émotions qui bouillonnaient sous la surface. Il le pressentait intense, passionné, ce tempérament caché, à l'image des desserts qu'elle préparait — noirs et défendus, sous la froide pureté du glaçage. Il ne comptait d'ailleurs pas attendre trop longtemps avant d'en commencer la dégustation.

Summer sortit les éclairs du réfrigérateur d'une main tremblante, et en poussa un juron de déconvenue. Il avait réussi à la secouer — ce qui, sans l'ombre d'un doute, était le but visé.

Avait-elle réussi à donner le change ou avait-il senti son trouble, malgré la désinvolture affichée ? S'il cherchait à la déstabiliser, elle restait persuadée qu'il n'en était pas moins sincère. Prise de court une fois de plus, elle ne disposait ni du temps ni du calme nécessaires pour analyser ses émotions. Elle ne pouvait que constater une première réaction à chaud : ni choc ni outrage, mais une forme d'excitation nerveuse comme elle n'en avait plus ressenti depuis très longtemps.

Pas très acceptable, tout ça, songea-t-elle en disposant ses éclairs sur deux petites assiettes en délicate porcelaine de Meissen. Elle n'était plus une adolescente prête à s'émouvoir de la première manifestation d'intérêt qu'on lui porte. Et depuis quand l'informait-on d'autorité qu'elle était appelée à coucher avec qui que ce soit ? Les histoires de cœur, comme les histoires de corps, étaient dangereuses, chronophages et faisaient perdre de vue à qui s'y abandonnait les véritables priorités. D'après ce qu'elle avait pu observer, il y avait toujours, dans un couple, l'un des deux partenaires qui s'engageait plus que l'autre, ce qui le rendait, forcément, plus vulnérable. Et il était hors de question qu'elle se retrouve dans cette position.

Malgré cela, les petites bouffées d'excitation continuaient de se faire sentir. Insistantes. Tenaces.

Oui, vraiment, il était grand temps qu'elle trouve une solution pour résoudre le problème Blake Cocharan ! Alors qu'elle remplissait deux tasses de café d'une main pas tout à fait sûre, elle comprit qu'il lui faudrait agir vite. Très vite. Le problème étant de savoir comment.

En disposant ses tasses et ses assiettes sur un plateau de bois ancien, elle décida de procéder de la manière qui lui réussissait le mieux lorsqu'elle était au pied du mur : en improvisant.

— Prépare-toi, Blake. Tu es sur le point de faire une expérience aussi sensuelle que mémorable.

Blake leva les yeux à cette annonce et la regarda s'avancer vers lui. La montée de désir le frappa avec une force et une rapidité sidérantes. Il le prit comme un avertissement : s'il voulait garder le contrôle du jeu, il lui faudrait jouer serré.

— Mes éclairs ne sont pas à prendre à la légère, poursuivit Summer, en se penchant pour poser le plateau sur la table basse. Ils ne doivent être dégustés qu'avec le plus grand respect.

Il attendit qu'elle se soit installée de nouveau à côté de lui pour prendre une assiette. Il capta au passage une bouffée de son parfum, tout en admirant l'aspect inattendu du gâteau revisité sous le brillant du glaçage.

— Je m'engage à faire de mon mieux.

Summer prit une fourchette à dessert et préleva un morceau d'éclair.

— A priori, ça ne requiert aucun effort. Il suffit d'avoir des papilles gustatives.

Il avait les yeux plongés dans les siens lorsqu'elle avança la fourchette vers sa bouche. La lumière qui entrait en oblique par la fenêtre, derrière eux, éclairait de biais ses iris si particuliers, qui paraissaient ce jour-là plus verts que noisette, constata Blake. Presque félins dans leur forme. A vouloir définir la couleur de ces yeux-là, à tenter de déchiffrer le sens de ce regard, un homme pourrait bien s'égarer lui-même et ne plus jamais se retrouver.

Dans sa bouche, la crème onctueuse et l'extraordinaire pâte à chou se mêlèrent, riches en saveurs de cacao et de fruits de la passion. L'ensemble était original, décoiffant et désirable, comme leur créatrice. La première bouchée, tout comme le premier baiser, avait le goût de l'addiction.

— Sublime, murmura-t-il.

Il vit les lèvres de Summer dessiner un sourire et ce fut presque comme s'il les sentait déjà céder et s'ouvrir sous les siennes.

— *Forcément* sublime…

Lorsqu'elle préleva une seconde bouchée, la main de Blake se referma sur son poignet. Il sentit le pouls de la jeune femme s'accélérer sous ses doigts, mais son regard demeura impassible.

— A moi, maintenant.

Tout en gardant les doigts sur son poignet, il prit la fourchette de l'autre main. Ses gestes étaient lents et délibérés, ses yeux toujours rivés aux siens. Il porta la bouchée aux lèvres de Summer et attendit. Il les vit alors s'entrouvrir, la pointe de sa langue surgir. Poser sa bouche sur la sienne en cet instant aurait été si simple… L'affolement de son pouls sous ses doigts lui certifiait qu'elle ne lui opposerait aucune résistance. Mais il joua le jeu et se contenta de la regarder, le ventre tendu par le désir. Il avait l'impression de sentir se déployer dans sa propre bouche la texture et les saveurs qu'il déposait avec précaution sur la langue de Summer.

Elle n'avait jamais rien ressenti de semblable. Depuis toujours, elle goûtait et regoûtait ses productions culinaires, mais c'était la première fois que ses sens s'éveillaient de cette façon. Sur ses papilles se déclinaient des sensations si riches, si puissantes et complexes, qu'elles se propageaient partout dans son corps en longues vibrations érogènes. Elle aurait voulu garder à jamais en bouche ces saveurs devenues si étonnamment, si intensément sexuelles. C'est pourquoi il lui fallut faire un effort conscient pour avaler. Puis un second pour parler.

— Encore ? murmura-t-elle.

Le regard de Blake glissa de ses yeux à ses lèvres avant de repartir en sens inverse.

— Toujours.

Le jeu était dangereux. Elle le savait, mais choisit de continuer quand même. Jouer pour gagner. Prenant tout son temps, elle lui offrit une deuxième bouchée. Le bleu de ses yeux s'était-il approfondi ? Le subtil changement de nuance ne lui paraissait pas être un effet de son imagination. Pas plus que le ressac puissant du désir qui s'éloignait, frappait, revenait à l'assaut de plus belle, sans qu'elle puisse déterminer ce qui venait d'elle et ce qui venait de lui.

A la télévision, un rire rauque se fit entendre. Ni l'un ni l'autre n'y prêtèrent attention. La sagesse commandait à Summer de battre en retraite. Mais alors même que l'idée se formait dans sa tête, elle entrouvrait la bouche.

Certaines saveurs explosaient sur sa langue, d'autres piquaient, chauffaient ou agissaient de manière addictive. L'expérience n'était pas moins sensuelle que le champagne, pas moins primitive que les arômes des fruits mûrs. Ses nerfs s'apaisaient peu à peu, mais sa sensibilité s'intensifiait. De la peau de Blake montait une odeur de lotion après-rasage qui lui rappelait l'automne et la forêt. Ses yeux avaient le bleu profond d'un ciel de fin d'après-midi. Lorsque son genou effleura le sien, une onde de chaleur franchit aussitôt leurs vêtements pour électriser leur peau.

Le temps glissait, s'étirait et c'était à peine si elle avait conscience qu'aucune parole ne s'échangeait plus entre eux. Ils continuaient juste, lentement, voluptueusement, à se donner tour à tour des bouchées d'éclair. Un manteau d'intimité les enveloppait, pas moins intense, pas moins excitant que l'acte d'amour lui-même. Le café refroidissait dans les tasses. Les ombres s'allongeaient dans la pièce, tandis que le soleil descendait sur l'horizon.

— Dernière bouchée, murmura Summer en portant la fourchette aux lèvres de Blake. Tu aimes ?

Il attrapa une mèche de ses cheveux entre le pouce et l'index.

— Je suis converti. Définitivement.

Elle sentit sa peau picoter de façon un peu trop plaisante. Sans faire un geste pour s'écarter, elle reposa le couvert avec les plus grandes précautions. Tout en elle s'alanguissait ; elle n'était plus que douceur, à l'intérieur comme à l'extérieur. Beaucoup trop vulnérable, autrement dit.

— L'un de mes clients a une passion secrète pour mes éclairs. Quatre fois par an, je me rends en Bretagne et je lui en confectionne quelques douzaines — chaque fois différents. La dernière fois, il m'a offert un collier d'émeraudes en remerciement.

Blake leva les sourcils, tout en enroulant une mèche de ses cheveux autour de son index.

— Ce qui veut dire ?

— Que j'adore les cadeaux, répondit-elle sans hésitation. Mais ce ne serait pas éthique pour deux personnes liées comme nous par contrat.

Comme elle se penchait pour attraper sa tasse sur la table, Blake la retint par les cheveux. Dans le regard qu'elle lui lança, il vit une pointe de surprise et un fond d'irritation. Elle ne supportait manifestement pas d'être freinée dans ses élans.

— Nos rapports professionnels ne représentent qu'un aspect de notre relation. Nous sommes l'un et l'autre très conscients qu'il en existe au moins un autre.

— Le niveau professionnel est celui qui prime. Priorité *number one*.

— Bien sûr...

Il lui était difficile d'admettre qu'il commençait à ne plus en être tout à fait aussi certain.

— Quoi qu'il en soit, je n'ai aucune intention de me cantonner à ce premier niveau, Summer.

Si elle voulait régler la « question Blake » une fois pour toutes, songea alors Summer, c'était le moment ou jamais de jouer cartes sur table. Elle posa donc un bras nonchalant sur le dossier du canapé.

— Je reconnais qu'il existe une alchimie physique entre nous, commença-t-elle à expliquer. Et je pense qu'il sera difficile — mais intéressant — d'en faire abstraction pendant un an. Tu disais que tu voulais me comprendre. Il est rare que je m'explique, mais je ferai une exception pour toi.

Se penchant de nouveau vers la table basse, elle prit sa tasse et se renversa contre le dossier du canapé pour boire une gorgée de café tiède.

Blake constata qu'elle avait l'art d'éveiller chez lui les sentiments les plus inattendus et les plus contradictoires. A cet instant, c'était l'irritation qui s'imposait.

— Je t'écoute…

— Tu as déjà rencontré ma mère, disais-tu ? Quoi qu'il en soit, tu as nécessairement entendu parler d'elle. C'est une femme que j'adore : belle, douée, sensible, intelligente. Je l'aime énormément, à la fois en tant que mère et en tant que personne : elle a un tel talent pour le bonheur… Elle a une grosse faiblesse, en revanche : les hommes.

Elle replia les jambes sous elle et tenta de se détendre.

— Elle a eu trois maris et d'innombrables amoureux et amants. A chaque début de relation, elle jure qu'elle aime pour la vie. Tant qu'elle est amoureuse, elle exulte et le ciel de sa vie est sans nuages. Elle partage les intérêts de l'aimé, déteste ce qu'il déteste, porte aux nues les causes qu'il défend. Puis le mirage retombe, l'histoire se termine, et elle sombre corps et âme, convaincue que tout est fini pour elle et qu'elle ne s'en relèvera pas.

Elle porta sa tasse à ses lèvres, attendant un commentaire qui ne vint pas. Elle poursuivit alors, se surprenant à lui confier plus de choses qu'elle n'avait envisagé de lui dire.

— Mon père, lui, est un esprit pragmatique, au contraire. Il n'en est pas moins passé par deux épouses ainsi qu'un certain nombre de liaisons discrètes. A la différence de ma mère qui accepte les faiblesses — et parfois les apprécie, ne serait-ce qu'un temps —, mon père recherche la perfection de l'idéal. Comme l'être humain est imparfait et n'atteint le sublime qu'à travers ses créations, il échoue dans sa quête et va de déception en déception. Ma mère recherche l'exaltation et le romanesque. Mon père aspire à l'absolu. Et moi, je ne veux rien de tout ça.

Blake la regarda droit dans les yeux.

— Et quel est donc ton Graal, Summer Lyndon ?

Elle répondit sans hésiter :

— La réussite. Les histoires d'amour ont un début, ce qui implique logiquement qu'elles ont aussi une fin. Avoir quelqu'un dans sa vie exige de la patience et le sens du compromis. Mon stock de patience, je le passe entièrement dans l'accomplissement de mon art. Et je n'ai aucun talent pour la compromission.

Ces explications auraient dû le satisfaire et même le soulager. Ce qu'il recherchait, après tout, c'était une histoire brève, sans complications, ni contraintes ni engagements. Pourquoi alors éprouvait-il cette furieuse envie de la secouer pour lui faire ravaler ses paroles ? Il n'en avait aucune idée. Tout ce qu'il savait, c'était que la tentation était là.

— O.K... Tu ne veux donc ni grande passion romantique ni quête de l'idéal. Ça n'enlève rien à l'alchimie sexuelle entre nous.

Le goût du café parut soudain amer à Summer et elle reposa sa tasse en songeant que leur discussion ressemblait de plus en plus à une négociation. Ce qui n'était peut-être pas une mauvaise chose. Négocier avait toujours été son fort.

— J'ai dit qu'il serait difficile de faire abstraction de cette alchimie. Pourtant, il le faudra. Tu attends de moi que je réussisse dans la mission que tu m'as confiée, Blake, et j'ai accepté de signer ton contrat, car c'est une expérience qui m'intéresse et qui contribuera à asseoir ma réputation. Mais il ne me suffira pas de claquer des doigts pour transformer ton restaurant en un temple de la gastronomie. Le processus sera long et prenant. Je n'aurai pas de temps à perdre avec des distractions personnelles.

— Des *distractions* ?

Pourquoi ce mot le mettait-il en rage ? Tout autant que l'avait mis en rage la façon dont elle avait balayé le désir entre eux d'un revers de main, sous prétexte de professionnalisme. Elle ne le faisait peut-être pas pour le provoquer, mais il ne pouvait s'empêcher de le prendre comme un défi.

— Et ça ? C'est une *distraction* pour toi ?

D'un doigt caressant, il suivit la ligne de son cou avant de refermer la main sur sa nuque.

Summer avait conscience de chacun de ses doigts pressés contre sa peau. Dans son regard, elle discernait l'élan de la colère, la flambée du désir. Et les deux exerçaient sur elle un attrait certain.

— Tu me paies très cher pour faire ce travail, Blake.

Sa voix était calme. Parfait... Et son rythme cardiaque ? Très franchement irrégulier.

— En tant que dirigeant d'entreprise, tu devrais avoir à cœur de limiter autant que possible les complications.

— Les complications ?

Il glissa sa main libre dans ses cheveux et lui renversa le visage. Summer en ressentit une violente montée d'excitation, comme une flèche brûlante qui filait vers le bas de sa colonne vertébrale pour irradier jusqu'entre ses cuisses. Blake laissa glisser ses lèvres sur son visage.

— Et ça, c'est une complication ?

— Très nettement, oui.

Un signal s'éleva dans son cerveau, lui ordonnant de le repousser. Mais la part indisciplinée d'elle-même refusa d'en tenir compte.

— Et une distraction aussi ?

Sa bouche arriva au terme du long trajet qu'elle avait tracé jusqu'à la sienne. Mais il se contenta de lui mordiller les lèvres. Il ne la forçait à rien, n'exigeait rien. Ne la tenait même pas. Seuls ses doigts se mouvaient en rythme à la base de sa nuque. Summer ne fit pas un geste pour se soustraire à ses approches, tout en se répétant que le retrait restait possible. Elle ne s'était jamais laissé séduire sexuellement et ce soir-là ne ferait pas exception.

Mais elle prélèverait un échantillon, négocia-t-elle avec elle-même. Les secrets de la dégustation, elle les connaissait bien, après tout. Rien ne l'empêchait de se donner un bref aperçu et de s'en contenter pour se faire une opinion. Elle était capable de goûter, de juger, puis de prendre ses distances, même lorsqu'elle rencontrait les saveurs les plus irrésistibles. Peut-être parce qu'elle avait cultivé l'art d'absorber la moindre goutte de plaisir, même avec des échantillons restreints.

— Une délicieuse distraction, oui, murmura-t-elle, laissant ses paupières se fermer petit à petit.

Elle n'avait plus besoin de voir. Juste d'explorer les sensations. Chaude, humide et douce : la bouche de Blake sur la sienne. Fermes, fortes et persuasives : ses mains qui se mouvaient sur son corps. Subtile, masculine, fascinante : l'odeur qui émanait de lui. Lorsqu'il prononça son nom, sa voix coula sur elle comme un vent brûlant, chargé des vibrations d'une tempête déjà proche.

— Quel degré de simplicité voudrais-tu atteindre, Summer ?

Et voilà, ça recommence, songea-t-il. Cette implication de tout son être qu'il ne souhaitait ni ne recherchait, mais qui s'imposait à lui.

— Je ne vois pas vraiment de complication. Il n'y a que toi et moi ici, dit-il.

— Justement. Ça n'a rien de simple !

Au moment même où elle protestait, ses bras l'entourèrent, sa bouche chercha la sienne.

Ce n'était qu'un baiser, après tout. Un baiser qui ne portait pas à conséquence puisqu'elle pouvait y mettre fin à tout moment. Elle avait l'esprit encore lucide. Mais avant de renvoyer Blake chez lui, elle voulait affiner la dégustation. Elle approcha la pointe de sa langue de la sienne. Son propre gémissement de plaisir lui tinta aux oreilles, alors qu'elle l'attirait à elle. Corps enlacés, enfin — celui de Blake ferme et dur, agréablement complémentaire du sien. Cette pensée flotta dans sa tête alors même qu'elle se concentrait sur les sensations nées de leurs bouches mêlées.

Pourquoi l'expérience du baiser lui avait-elle toujours paru si basique, si limitée, si simpliste ? Aujourd'hui, elle découvrait des centaines de points pulsatiles dont elle n'avait encore jamais soupçonné l'existence. Des satisfactions plus riches, plus profondes que tout ce qu'elle avait imaginé pouvaient donc naître du geste le plus élémentaire qui unissait un homme et une femme ? Elle croyait connaître les limites de sa sensualité, la nature de ses passions, mais voilà qu'un territoire inconnu s'ouvrait devant elle.

En la touchant à peine, Blake éveillait en elle une autre Summer — une créature des extrêmes, sans ordre ni discipline. Que se passerait-il, lorsque cette Summer-là s'exprimerait pleinement ?

Elle se voyait au bord de quelque chose de jamais atteint encore — un lieu intime, compliqué, où pulsions et émotions régnaient sans partage. Encore un pas de plus dans cette direction et Blake obtiendrait d'elle un don total. Pas uniquement de son corps, pas même de ses pensées, mais de cette part secrète, préservée d'elle-même, sa possession la plus précieuse et la plus inexplorée : son cœur.

Montait en elle une envie insatiable, une avidité de tout prendre de lui. Mais si elle prenait, il prendrait à son tour.

Il la tenait enlacée, de façon suffisamment lâche pour qu'elle puisse se dégager, mais assez fermement pour la garder contre lui. Elle était émue, sans voix. Tout en luttant pour s'éclaircir les idées, elle décida qu'il serait stupide de nier.

— Je crois que j'ai prouvé mon point de vue, réussit-elle à chuchoter.

La main de Blake glissa dans son dos en une caresse possessive.

— Ton point de vue ? Ou le mien ?

Il la vit prendre une inspiration tremblante et retenir l'air un instant avant de le relâcher lentement. Le trouble qu'elle trahissait ainsi suffit à déclencher en lui une nouvelle montée de désir qui le laissa laminé et le cœur battant.

Summer détourna légèrement la tête.

— Le mélange des ingrédients, c'est un peu ma spécialité, Blake. Et je sais que celui du travail et du sexe ne donne pas un résultat très harmonieux pour le palais. Je commence à travailler lundi et j'ai l'intention de t'en donner pour ton argent. Ça ne laisse aucune place pour le reste.

— Le reste, comme tu dis, s'est déjà fait une place de lui-même.

Il lui leva doucement le menton de manière à l'obliger à soutenir son regard. Le désir l'aveuglait, semait la confusion dans son esprit. Avec ce baiser — ce long et lent baiser —, il avait failli oublier un de ses principes les mieux arrêtés : tenir la dragée haute à ses affects, que ce soit en affaires ou dans le plaisir. Déroger à cette règle, c'était s'exposer à commettre des erreurs difficilement rectifiables. Il avait besoin de temps et de distance. D'urgence !

— Nous nous connaissons mieux, à présent, déclara-t-il au bout d'un moment. Lorsque nous ferons l'amour, nous nous comprendrons.

Il se leva sur ces mots, mais Summer resta assise. Elle n'était pas entièrement certaine que ses jambes la soutiendraient. Elle réussit cependant à raffermir sa voix.

— Lundi, nous nous retrouverons pour travailler ensemble. C'est tout ce qu'il y aura entre nous dorénavant.

— Lorsqu'on passe des contrats à longueur de journée comme

je le fais, Summer, on apprend qu'ils ne sont rien de plus qu'un bout de papier. Le contrat qui nous lie ne fera aucune différence.

Il se dirigea vers la porte en songeant qu'il lui fallait de l'air frais pour se nettoyer la tête et un verre de whisky pour décompresser.

Mais avant tout, il avait besoin de mettre entre eux de la distance — une solide distance, même —, sinon, il oublierait ses principes et le reste et céderait à cette espèce de force originelle et incontrôlée qui semblait s'être emparée de lui.

La main sur la poignée, il se retourna pour jeter un dernier regard derrière lui. Quelque chose dans la façon dont Summer fronçait les sourcils, ses yeux ambrés fixés sur lui avec une expression sérieuse et concentrée, ses lèvres douces amorçant une moue boudeuse le firent sourire.

— Lundi est un autre jour, Summer, dit-il en sortant.

5

Pourquoi Summer parasitait-elle ses pensées à ce point ? Assis à son bureau, Blake potassait les détails d'un contrat de vingt pages en préparation d'une réunion de son conseil d'administration qui promettait d'être longue et tendue, et il ne parvenait pas à absorber le moindre mot de ce qu'il avait sous les yeux. Ça ne lui ressemblait pas. Il en était conscient et luttait. Mais pas moyen de retrouver sa concentration pour autant !

Non seulement Summer venait s'immiscer dans son esprit, mais elle l'envahissait, le colonisait au point d'évacuer tout le reste. Pour un homme d'ordinaire méthodique et capable d'une autodiscipline de fer, l'expérience était éprouvante.

Pourquoi une telle obsession ? C'était le terme qu'il avait retenu, faute de mieux, même si l'idée ne lui plaisait guère. Certes, Summer était belle. Mais des femmes belles, il en voyait tous les jours. Etait-il particulièrement sensible à son intelligence, alors ? Ce n'était pas non plus la première fois qu'il croisait le fer avec une fille pourvue d'un sens étincelant de la repartie. Qu'elle excite sa libido, cela ne faisait aucun doute — même en cet instant, dans son bureau, il en ressentait physiquement les manifestations —, mais il avait toujours eu un bel appétit sexuel.

Il appréciait les femmes, en tant qu'amies et en tant que partenaires au lit. *Apprécier* était peut-être le mot-clé, d'ailleurs. Il ne cherchait pas à approfondir une relation. Mais « profond » n'était pas le terme qui s'appliquait à ce qui se passait entre Summer et lui. Elle l'émouvait, l'excitait — au point de lui faire perdre son contrôle habituel — et il ne pouvait dire qu'il *appréciait* cela. Pourtant, il en redemandait. Et en redemandait encore. Pourquoi ?

Il attrapa un stylo et griffonna des hypothèses en vrac, comme s'il était en train de résoudre un problème professionnel.

Une part de son attirance, supposa-t-il, était due au plaisir qu'il prenait à déjouer ses manœuvres. Devancer les stratégies de Summer n'était pas si simple et la riposte exigeait de lui des réflexions prolongées. Jusqu'à présent, il avait réussi à la contrer. Et même s'il était assez lucide pour savoir que ça ne durerait pas, il s'était piqué au jeu et continuerait. A quand leur prochain affrontement, d'ailleurs ? Porterait-il sur des questions de travail ou sur des enjeux plus personnels ? Dans les deux cas, il avait envie de s'opposer à elle et de la combattre tout autant qu'il avait envie de lui faire l'amour.

Une autre raison pouvait jouer aussi : le fait que l'attirance était réciproque — et tout aussi forte d'un côté que de l'autre —, mais que Summer n'était visiblement pas décidée à y céder. Il admirait sa volonté en la matière. Elle rejetait l'intimité sous toutes ses formes. A cause du triste palmarès de ses parents ? En partie, sans doute. Mais ce n'était probablement pas la seule raison. Il lui faudrait creuser un peu, se faire une idée plus claire de ce qui la rendait si frileuse dans ses engagements.

Le plus étonnant, c'est qu'il avait *envie* de creuser. Pour la première fois, d'aussi longtemps qu'il s'en souvienne, il souhaitait tout connaître d'une femme. Sa façon de penser, ses excentricités, ce qui, dans la vie, la faisait rire et ce qui la mettait hors d'elle, le sens qu'elle donnait à son existence. Et une fois qu'il saurait tout ce qu'il y avait à savoir au sujet de Summer Lyndon… Eh bien… Que se passerait-il, alors ? Il n'en savait rien, ne parvenait pas à se projeter aussi loin. Pour le moment, il voulait tout simplement la comprendre. Et faire l'amour avec elle…

Lorsque l'Interphone bourdonna sur son bureau, Blake répondit machinalement, même si ses pensées étaient à des années-lumière de là.

— Votre père vient d'arriver, annonça sa secrétaire.

Blake jeta un coup d'œil au contrat sur son bureau et le mit mentalement de côté pour le moment. Il lui faudrait encore plancher dessus une heure au minimum, avant la réunion.

— Merci.

Il reposait le combiné lorsque la porte s'ouvrit à la volée. Blake Cocharan II s'avança dans la pièce et la remplit aussitôt par la seule force de sa présence. Père et fils avaient la même taille, la même silhouette, la même coloration de peau. Une pratique sportive régulière avait permis à Blake deuxième du nom de garder intacte l'allure longiligne de ses vingt ans. Quelques touches de gris apparaissaient dans ses cheveux noirs, mais son regard était resté jeune et énergique. Il se déplaçait d'un pas tranquille et chaloupé, qui dénotait une plus grande habitude des horizons marins que des parquets cirés. Ses pieds nus étaient glissés dans des chaussures de toile; il portait la casquette blanche des capitaines et une montre sophistiquée. Lorsqu'il souriait, tout son visage se plissait de rides.

En se levant pour le saluer, Blake capta l'odeur marine qu'il avait toujours associée à ce passionné de la mer. Il le serra dans ses bras et sentit la solidité immuable qui semblait émaner de lui.

— Salut, B.C. Tu es de passage à Philadelphie?

— En chemin pour Tahiti. Il m'a pris l'envie de naviguer par là-bas.

Son père porta un doigt à sa casquette et lui décocha un sourire affectueux.

— Tu ne veux pas t'éclipser quelques jours? J'ai besoin d'un équipier. Le voyage risque d'être assez fabuleux.

— Ce serait difficile. J'ai des rendez-vous tous les jours pour les deux semaines qui viennent.

— Tu travailles trop, Blake.

Reprenant ses vieux réflexes, B.C. se dirigea vers le bar et se servit un verre de bourbon. Blake sourit en regardant son père se verser ses trois doigts rituels de whiskey américain. Il était tout juste midi.

— Je travaille peut-être trop, mais j'ai de qui tenir.

B.C. salua la remarque d'un petit rire amusé et remplit un second verre. Du temps où ce bureau était encore le sien, il s'était fait un point d'honneur à toujours garder en stock une ou deux bouteilles d'excellent bourbon. Il était heureux de constater que son fils maintenait la tradition sans faillir.

— Peut-être. Mais j'ai appris depuis à mettre autant d'énergie à m'amuser que j'en mettais dans le temps à travailler.

— Tu as largement fait ta part!

— C'est vrai.

Vingt-cinq années à se démener dix heures par jour. Toujours enfermé dans des chambres d'hôtel, des aéroports, des salles de réunion.

— Comme mon père avant moi. Et comme toi, maintenant.

Il se retourna vers son fils avec l'impression de découvrir son reflet retouché dans un miroir qui aurait effacé de son visage les marques inexorables du temps. L'image le fit sourire plus qu'elle n'éveilla de regrets. Il fit tourner le whiskey dans son verre et en dégusta une gorgée.

— Je t'ai déjà dit que tu ne pouvais pas consacrer ta vie entière à ces fichus hôtels. C'est un coup à attraper des ulcères.

— Mon estomac tient bon jusqu'à présent.

Blake se rassit à son bureau, croisa les mains devant lui et observa son père. Tahiti était peut-être sa destination, mais il ne s'était pas arrêté à Philadelphie sans raison. Il le connaissait trop bien, avait appris le métier sous sa houlette, l'avait vu fonctionner des années durant.

— Tu es venu pour assister à la réunion du CA.

B.C. se mit à la recherche d'un paquet d'amandes salées sous le bar.

— Je pense y faire un tour, oui. Il faut bien que je mette mon grain de sel de temps en temps.

Il jeta deux amandes dans sa bouche et les mordit avec plaisir. Tant qu'il gardait une bonne vue, une dentition en état et son voilier de cinquante pieds, il se considérait comme un homme comblé par la vie.

— Si nous reprenons la chaîne Hamilton, ça nous fera vingt hôtels de plus à piloter ainsi que deux mille salariés supplémentaires. C'est une lourde décision.

Blake leva un sourcil interrogateur.

— Trop lourde, à ton avis ?

B.C. s'installa dans le fauteuil de l'autre côté du bureau avec un léger sourire.

— Je n'ai pas dit ça, fils. Je ne le pense pas non plus. Et apparemment, ce n'est pas ton point de vue.

Blake refusa d'un geste les amandes que lui tendait son père.

— Je suis pour la reprise de cette chaîne, en effet, confirma Blake. C'est de l'hôtellerie de qualité dont le seul défaut est d'avoir été très mal gérée. L'immobilier à lui seul justifie la dépense.

Il jeta à son père un regard averti.

— Pendant que tu seras à Tahiti, tu voudras peut-être en profiter pour te faire une idée du Hamilton local ?

Rien ne lui échappait jamais, à ce garçon, songea B.C. avec plaisir. Mais là aussi, il avait de qui tenir.

— L'idée m'a traversé l'esprit, figure-toi. Ta mère t'embrasse, au fait.

— Comment va-t-elle ?

— Elle est prise jusqu'au cou dans une campagne pour sauver de la démolition je ne sais plus quelle ruine. C'est une lutteuse, ta mère. Elle se battra jusqu'à son dernier soupir. La semaine prochaine, elle s'accorde quand même une pause pour venir me rejoindre à Papeete. Nous naviguerons ensemble et, telle que je la connais, elle s'arrangera pour prendre les commandes du voilier.

Il piocha une poignée d'amandes et sourit à la perspective de passer du temps en tête à tête avec sa femme, sous les tropiques.

— Comment va ta vie sexuelle, Blake ?

Trop habitué aux manières directes de son père pour s'offusquer de la question, Blake inclina la tête.

— Elle est correcte, merci…

B.C. vida en riant le fond de son verre.

— « Correcte » est indigne d'un Cocharan. Nous sommes censés faire dans le superlatif quel que soit notre domaine d'activité.

Blake leva les yeux au plafond.

— Ah, vraiment ? J'ai eu écho de certains exploits…

— Tous authentiques et certifiés, lui assura son père en gesticulant avec son verre vide. Un jour, il faudra que je te raconte l'histoire de cette danseuse à Bangkok, à la fin des années soixante. Mais en attendant, j'ai appris que tu allais procéder à un petit lifting maison, ici, à Philadelphie ?

Blake hocha la tête et songea à Summer.

— Le restaurant, oui. C'est un projet qui me… passionne.

B.C. perçut la légère hésitation dans sa voix et chercha à en savoir plus.

— Je reconnais que le restaurant n'est plus ce qu'il était. Sa carte est devenue un peu terne et le décor manque de lustre. Tu as donc fait appel à un chef français pour superviser la remise à neuf, me suis-je laissé dire.

— Elle est *à moitié* française.

— Il s'agit donc d'une femme ?

Blake but une gorgée de son bourbon pour se laisser un peu de temps. Il voyait très bien où son père essayait d'en venir.

— Oui.

B.C. allongea les jambes.

— Elle est compétente, j'imagine ?

— Compétente et talentueuse. Je ne me serais pas adressé à elle, sinon.

— Jeune ?

Blake réprima un sourire.

— Assez.

— Jolie ?

— Tout dépend de ta définition du terme. Moi, ce n'est pas le mot que j'emploierais.

« Jolie » était un qualificatif trop fade, trop timoré, pour s'appliquer à Summer. Belle, oui. Séduisante, oui. Voire *fatale*…

— Que te dire ? Elle est passionnée par son métier ; c'est une perfectionniste ambitieuse et ses éclairs…

Ses pensées dérivèrent un instant sur la dégustation à laquelle Summer et lui s'étaient livrés l'avant-veille.

— … ses éclairs offrent une expérience éblouissante.

— Ses éclairs ? répéta B.C., visiblement déconcerté.

Blake réprima un sourire.

— Ses éclairs, oui. Ils sont sublimes.

L'Interphone sonna de nouveau.

— Summer Lyndon est arrivée, monsieur Cocharan.

C'était lundi matin, bien sûr. La routine reprenait.

— Parfait. Faites-la entrer.

B.C. reposa son verre.

— Lyndon ? C'est la cuisinière ?

— La chef en titre, rectifia Blake. Je doute qu'elle accepte de se ranger sous l'étiquette de « cuisinière ».

Un coup rapide frappé à la porte précéda l'entrée de Summer. Elle portait une mallette en cuir fin. Ses cheveux aux reflets d'or étaient sagement roulés et fixés sur sa nuque. Sa tenue consistait en une saharienne beige ceinturée et un pantalon assorti. Haute couture, sans l'ombre d'un doute. Probablement du Saint Laurent. Et plus strict que strict.

La sévérité de sa mise conduisit immédiatement Blake à s'interroger sur ce qu'elle portait dessous. Il visualisa toute une variété de possibilités, oscillant entre soie, string et dentelles.

— Bonjour, Blake.

94

Se conformant à sa propre ordonnance sur le respect strict des priorités, Summer lui serra la main. Cent pour cent professionnelle et tout au sérieux de sa mission. Avec interdiction de laisser ses pensées dériver vers ce qui s'était passé lorsque les lèvres de Blake et les siennes s'étaient rencontrées.

— Je t'ai apporté comme convenu la liste des équipements à changer, ainsi que les suggestions dont je t'ai parlé.

— Très bien.

Blake la vit tourner la tête lorsque B.C. se leva de son fauteuil. Il reconnut l'éclat familier qui s'allumait dans les yeux de son père chaque fois qu'une belle femme surgissait dans son champ de vision.

— Summer, je te présente Blake Cocharan II ou, plus simplement, B.C. Summer Lyndon a accepté la place de chef ici, à la Cocharan House de Philadelphie.

— Monsieur Cocharan…

La main qui enveloppa la sienne était grande et calleuse. Summer éprouva un petit choc à se trouver face à une version de Blake vieillie de trente ans. Distingué, la peau burinée, avec ce fond d'élégance innée qui semblait caractériser les hommes de la famille. Lorsqu'elle vit B.C. lui sourire, elle comprit que Blake resterait un redoutable charmeur, même dans trois décennies.

— Appelez-moi B.C., je vous en prie. Et soyez la bienvenue dans notre famille.

— Votre famille ?

Summer interrogea Blake d'un regard rapide.

— Nous considérons que les proches et les collaborateurs de la Cocharan House font partie de la famille élargie.

B.C. lui désigna le fauteuil qu'il venait de quitter.

— Asseyez-vous donc et laissez-moi vous servir quelque chose à boire.

— Merci. Un peu d'eau pétillante, si vous en avez sous la main…

Elle s'assit et ouvrit un dossier sur ses genoux, tout en suivant des yeux B.C. qui s'activait devant le bar.

— Je crois que vous connaissez ma mère, Monique Dubois ? fit-elle.

B.C. se figea. Une bouteille de Perrier à la main, un verre vide dans l'autre, il se retourna.

— Monique? Vous êtes la fille de Monique? Ce n'est pas possible!

Il y avait de cela des années — vingt ans, déjà, incroyable! —, son couple avait traversé un passage à vide et il avait eu alors une brève et tumultueuse liaison avec la comédienne française.

Ils s'étaient séparés en bons termes et les choses s'étaient arrangées avec son épouse. Mais il n'avait jamais oublié les deux semaines de pure passion qu'il avait vécues avec Monique. Et voilà que vingt ans plus tard, il servait un verre de Perrier à la fille de cette femme qui l'avait tant bouleversé! Hasard ou destin, il n'aurait su le dire. Mais c'était un choc.

Summer croisa les jambes pour se donner une contenance, vaguement secouée de son côté. Elle avait toujours suspecté sa mère d'avoir eu une liaison avec le père de Blake ; elle en avait désormais la certitude. Drôle de hasard, tout de même. Telle mère, telle fille, pourrait-on presque penser. Eh bien, non, pas dans ce cas particulier. B.C., le regard rivé sur elle, ne semblait pas en mener large. Pour une raison qu'elle ne s'expliquait pas tout à fait, elle choisit de voler à son secours.

— Ma mère est une cliente fidèle des hôtels Cocharan. Elle refuse de descendre ailleurs. J'ai déjà expliqué à Blake que j'avais eu l'occasion de dîner avec votre père, B.C. Il a été absolument charmant.

— Quand ça l'arrange, oui, bougonna B.C., secrètement soulagé.

Summer était au courant, à l'évidence, conclut-il avant de poser prudemment les yeux sur Blake dont les traits exprimaient une concentration qui ne lui était que trop familière. Il s'exhorta donc à la prudence. Même après vingt ans, cette histoire pouvait le mettre dans une situation délicate. Lillian était la femme de sa vie, son grand amour et sa plus proche amie. Mais il subodorait que même après deux décennies, il n'y aurait pas forcément prescription pour ce genre de « trahison ».

Il finit de verser le Perrier.

— Ainsi, avec une mère actrice, vous n'avez pas été tentée par les métiers du spectacle, Summer? Vous avez préféré l'art culinaire?

— Je suis certaine que Blake abondera dans mon sens, si

je vous réponds que marcher dans les pas de ses parents peut s'avérer un chemin semé d'embûches.

Blake sentit intuitivement que ce n'était pas à l'aspect professionnel qu'elle faisait allusion. Il surprit entre son père et elle un regard dont le sens lui échappa.

— Ça dépend de la nature du chemin en question, répondit-il. Pour ma part, je le vis comme un défi plutôt intéressant. Et j'ai un faible pour le saut d'obstacles.

B.C. secoua la tête.

— Pas très clair, tout ça. Blake tient de son grand-père. Ils partagent la même logique évasive.

Summer acquiesça.

— En effet. J'ai déjà eu affaire à la logique en question.

— Il semble que vous ayez fait le bon choix en choisissant la cuisine, poursuivit B.C. Blake m'a vanté vos éclairs.

Lentement — très lentement —, Summer tourna la tête pour faire face à Blake. Les muscles de son ventre et de ses cuisses tressaillirent, tandis que la charge érotique de la scène lui revenait à la mémoire et générait en elle le même trouble puissant. Sa voix, cependant, resta calme et posée.

— Ah oui ? Ma grande spécialité, en fait, c'est la bombe.

Blake soutint son regard sans ciller.

— Dommage que tu n'en aies pas eu sous la main l'autre soir. C'eût été encore plus explosif.

B.C. sentit passer des vibrations complexes entre son fils et Summer, et en conclut que la présence d'un tiers était de trop.

— Bon… Je suppose que vous avez pas mal de choses à régler, tous les deux. Quant à moi, j'ai deux ou trois personnes à voir avant la réunion. J'ai eu grand plaisir à faire votre connaissance, Summer.

Il lui prit la main et la retint un instant dans la sienne.

— Transmettez, s'il vous plaît, mes meilleures pensées à votre mère.

Summer plongea son regard dans ces yeux si semblables à ceux de Blake, tant par leur forme et leur couleur que par leur pouvoir d'attraction. Un sourire effleura ses lèvres.

— Je n'y manquerai pas.

B.C. se dirigea vers la porte.

— Je te revois cet après-midi, Blake.

97

Blake murmura un acquiescement distrait, son attention accaparée par la femme en tenue stricte assise en face de lui. Il attendit que la porte se referme avant de demander :

— Pourquoi ai-je eu la désagréable impression que des sous-entendus s'échangeaient juste sous mon nez ?

— Je n'en ai aucune idée, répondit Summer froidement, tout en ouvrant son porte-documents. J'aimerais que tu jettes un coup d'œil là-dessus, si tu as cinq minutes.

Elle sortit les feuillets imprimés et les posa devant lui.

— Comme ça, s'il y a des questions ou des points de désaccord, nous pourrons les examiner avant que je ne commence en bas.

— D'accord. Voyons cette longue liste...

Blake prit les papiers, mais c'était elle qu'il observait.

— Cet ensemble sévère est censé me tenir à distance ?

Elle le toisa.

— Je ne sais même pas de quoi tu parles.

— Oh que si, tu le sais. En d'autres circonstances, j'aurais eu plaisir à te retirer ce harnachement, couche après couche. Mais, aujourd'hui, nous jouerons le jeu à ta façon.

Sans un mot de plus, il commença à lire.

— Espèce de mufle !

Comme il ne prenait pas la peine de relever la tête, elle vida son verre d'une traite, le posa sur le bureau, croisa les bras, et attendit. Elle resterait d'une immobilité de pierre et, lorsqu'il aurait fini de lire, elle défendrait un à un les changements qu'elle préconisait. Elle avait l'assurance d'obtenir gain de cause. Sur le plan professionnel, au moins, elle était *réellement* sûre d'elle et en pleine possession de ses moyens.

Elle aurait aimé pouvoir le haïr d'avoir compris qu'elle avait choisi cet ensemble à la coupe masculine uniquement par défi. Mais elle ne pouvait que respecter son sens de l'observation, sa capacité à décortiquer et analyser jusqu'au plus petit détail. Elle aurait aimé le détester aussi pour sa faculté à la faire fondre de désir par la seule force d'un regard, de quelques mots, d'une attitude. Il aurait été grotesque de le lui reprocher, cela dit, alors qu'elle avait passé le reste du week-end tantôt à maudire l'instant où elle l'avait rencontré, tantôt à fantasmer un retour-surprise de Blake chez elle et la reprise enfiévrée de leurs étreintes.

Inutile de le nier : Blake Cocharan était un problème. Or, les problèmes, elle ne connaissait qu'une manière de les résoudre : en procédant point par point.

Etape numéro un : *ses* cuisines, avec l'accent sur l'adjectif possessif.

— Deux nouveaux fours fonctionnant au gaz, lut Blake à voix haute... Un four électrique et deux fourneaux supplémentaires...

Il leva le nez pour lui jeter un regard interrogateur. Summer soupira.

— Je crois t'avoir déjà expliqué pourquoi il est important de pouvoir cuisiner à la fois au gaz et à l'électricité dans des cuisines professionnelles. Les utilisations ne sont pas tout à fait les mêmes. Quant aux équipements dont tu disposes déjà, ils ne sont plus d'actualité. Dans un établissement de cette taille-là, il faut au minimum quatre fours.

— Tu spécifies même la marque...

— Absolument. Je sais avec quel genre de matériel j'ai plaisir à travailler.

Blake salua ce commentaire d'un froncement de sourcils résigné. Le service des achats allait tordre le nez.

— Renouvellement intégral des poêles et casseroles ?

— C'est sans appel.

— On pourrait peut-être songer à organiser un vide-grenier, marmonna-t-il en retournant à sa lecture.

La liste était longue, rébarbative et pleine de termes techniques plus ou moins obscurs.

— Et ce mixeur de grand luxe ? C'est indispensable ?

— Blake... Faut-il que je me répète ? Celui que vous avez est correct. Mais je ne me contente pas de ce qui est correct. Il me faut le haut de gamme.

Blake se retint de rire en songeant au commentaire que venait de lui faire son père à propos de l'obligation des Cocharan à n'être pas seulement « corrects » mais à « faire dans le superlatif ».

— C'est pour m'embrouiller que tu as utilisé tous ces termes français ?

— J'utilise des termes français parce que le français s'impose en cuisine, rétorqua Summer, impassible. C'est le monde de la gastronomie qui veut ça.

Il grommela quelques syllabes indistinctes et passa à la page suivante.

— Peu importe. Je ne pinaillerai pas sur les fournitures, que ce soit dans la langue de Montaigne ou celle de Shakespeare.

— Tant mieux, parce qu'il est hors de question que je travaille autrement qu'avec des équipements de qualité supérieure.

Elle sourit, satisfaite. Sur ce premier point, au moins, elle avait su se faire entendre.

Blake parcourut rapidement la deuxième page, puis passa à la troisième.

— Tu as l'intention de supprimer les plans de travail existants, d'intégrer les nouveaux fourneaux à induction, d'aménager un îlot et d'ajouter près de deux mètres de plan de travail supplémentaire ?

— Ce sera plus fonctionnel.

— Mais les travaux prendront du temps.

— Tu es pressé ? C'est à Summer Lyndon que tu as fait appel, Blake. Pas à monsieur Chef Minute.

Le terme le fit sourire. Summer lui jeta un regard noir.

— Mes fonctions consistent dans un premier temps à réorganiser tes cuisines, autrement dit à les rendre fonctionnelles pour que la créativité du chef puisse se déployer librement. Une fois que le cadre sera en place, mais une fois seulement, je pourrai doper tes recettes et revoir ta carte de fond en comble.

— Et pour booster un peu la carte, il est nécessaire d'en passer d'abord par tout ce processus ?

— Si ces mesures n'étaient pas nécessaires, pourquoi aurais-je pris la peine de les noter sur ma liste ? Cela dit…

Elle se leva dignement et fit mine de quitter la pièce.

— … rien ne t'empêche de revenir sur notre accord, Blake. Nomme donc LaPointe, tiens ! Tu auras un restaurant prétentieux, de second ordre, indûment coûteux, qui servira une cuisine prétentieuse, de second ordre, et tu présenteras à tes clients des additions au montant totalement injustifié.

— Je serais quand même curieux de le rencontrer, ce LaPointe, maugréa Blake en se levant à son tour. C'est bon… Tu auras ce que tu demandes, Summer.

Devant le sourire satisfait qui se dessinait sur ses lèvres, son expression se durcit.

— Mais tu as intérêt à tenir tes engagements de ton côté !

Les yeux noisette étincelèrent de colère, et il désira Summer de nouveau.

— Je t'ai donné ma parole. Ton restaurant fade et BCBG, avec ses recettes sans surprise et ses desserts aseptisés, servira dans six mois ce qu'on fait de plus raffiné, de plus inventif en matière de haute cuisine.

— Ou bien… ?

Ainsi, il voulait des garanties ? Elle soupira bruyamment.

— Ou bien mes services seront gratuits pour la durée entière du contrat. Ça te va ?

— Parfait. Marché conclu.

Il lui tendit la main.

— Je confirme donc : tu auras tout ce qui figure sur ta liste, jusqu'au moindre batteur à œufs.

— C'est un vrai bonheur de faire affaire avec toi, Blake !

Elle tenta de dégager sa main et découvrit qu'elle était prisonnière.

— Tu n'as peut-être rien d'autre à faire, mais, pour ma part, le travail m'attend.

— Je veux te voir.

Elle préféra laisser reposer sa main dans la sienne, plutôt que de prendre le risque d'amorcer une lutte dont elle pourrait sortir perdante.

— Tu m'as vue.

— Ce soir…

— Désolée, mais j'ai déjà quelqu'un d'autre, ce soir.

Elle éprouva une satisfaction un rien perverse à sentir les doigts de Blake se crisper sur son poignet.

— Quand alors ?

— Je serai dans les cuisines tous les jours et parfois même le soir pour superviser les travaux. Tu n'auras qu'un ascenseur à prendre, si tu veux me parler.

Il l'attira à lui. Même si la largeur du bureau les séparait encore, Summer trouva le sol soudain moins solide sous ses pieds.

— Je veux te voir seule…, précisa-t-il calmement.

Portant sa main à ses lèvres, il lui embrassa les doigts un à un. En prenant son temps.

— … ailleurs qu'ici et en dehors des heures de travail.

Si B.C. avait joui dans sa jeunesse d'un pouvoir de séduction analogue à celui de ce Blake troisième génération, elle comprenait mieux comment sa mère avait pu tomber amoureuse aussi vite. Chez elle aussi, la tentation se faisait jour, mais elle n'était pas — et ne serait jamais — Monique Dubois. Dans ce cas précis, elle ferait en sorte que l'histoire ne bégaie pas.

— Je t'ai déjà expliqué pourquoi ce n'était pas possible. Et j'ai horreur de me répéter.

— Ton pouls s'affole, pourtant, dit Blake en lui caressant le poignet.

— C'est généralement ce qui se passe quand je suis énervée.

— Ou excitée.

Inclinant la tête, elle lui jeta un regard meurtrier.

— Te divertirais-tu de la même façon, si tu avais embauché LaPointe?

Il sentit monter une bouffée de colère qu'il réprima aussitôt, conscient que c'était la réaction qu'elle escomptait.

— Tel que tu me vois, je me contrefiche que tu sois chef, plombier ou neurochirurgienne. C'est l'homme en moi, et uniquement l'homme, qui s'adresse à la femme en toi. C'est donc si compliqué à comprendre?

Sa gorge était si sèche soudain qu'elle dut lutter pour ne pas céder au réflexe de déglutir.

— Telle que tu me vois, Blake, je *suis* une chef cuisinière avec deux ou trois objectifs musclés à atteindre. Alors, si tu veux bien m'excuser, je vais m'atteler à la tâche.

Se souvenant qu'il avait une réunion une heure plus tard, Blake céda et lui lâcha la main. *Pour cette fois.* En se jurant que la fois suivante serait la bonne.

— Tôt ou tard, Summer…

— Peut-être, acquiesça-t-elle en récupérant son porte-documents en cuir. Ou peut-être pas.

D'un geste sec, elle le referma.

— Passe une bonne journée, Blake.

Elle traversa la pièce d'un pas assuré, comme si ses jambes ne se dérobaient pas sous elle, poussa la porte et sortit. Dans le couloir, elle poursuivit son chemin la tête haute, foulant l'épaisse et luxueuse moquette du bureau des secrétaires, et continua jusqu'à la réception. Une fois dans l'ascenseur, et là seulement, elle s'appuya contre la paroi, ferma les yeux et poussa un grand soupir de soulagement. Les nerfs en vrille, elle appuya sur le bouton du sous-sol et la cabine s'ébranla sans bruit.

La guerre était finie et elle avait gagné. Elle lui avait fait face dans son bureau, avait maintenu ses positions sans faillir et obtenu gain de cause.

Tôt ou tard, Summer...

Elle laissa échapper un second soupir. De découragement, cette fois.

La seule parade, en l'occurrence, consistait à se concentrer sur ses cuisines et à s'immerger corps et âme dans le travail. Ne surtout pas penser à lui comme elle l'avait fait durant tout le week-end.

Reprenant le contrôle, elle se redressa. Elle avait tenu son cap, posé clairement ses exigences, obtenu gain de cause *et* réussi à lui tourner le dos. Exemplaire, non ? Elle porta une main à son cœur, dont les palpitations allaient encore bon train. Les choses seraient tellement plus simples si elle ne se liquéfiait pas de désir chaque fois qu'il posait les yeux sur elle !

Les portes de l'ascenseur s'écartèrent et elle entra de plain-pied dans les cuisines. Dans l'affairement général qui précédait le déjeuner, sa présence passa inaperçue. Elle se félicita du niveau sonore élevé. A son sens, des cuisines trop silencieuses étaient des cuisines où l'on ne communiquait pas assez. Et sans communication, pas de coopération possible. Elle s'immobilisa un instant pour prendre la mesure olfactive des lieux.

Elle perçut alors un mélange de fumets liés aux préparatifs du repas de midi et de restes d'odeurs du petit déjeuner, des odeurs typiquement américaines de bacon, de café et de saucisse. Ses narines exercées identifièrent le poulet mariné, la viande sur le gril, les pâtisseries tout juste sorties du four.

Ses yeux se plissèrent en deux fentes minces, tandis qu'elle visualisait ces mêmes cuisines telles qu'elles seraient sous peu. Organisées. Modernes. Complètement repensées.

Mieux. Ce sera nettement mieux, décida-t-elle avec un hochement de tête satisfait.

— Summer Lyndon ?

Elle se tourna et découvrit un volumineux individu en toque et tablier blancs.

— Oui ?

103

L'homme gonfla la poitrine et son ton se durcit.

— Max… Chef de cuisine.

Oh… *Ego menacé en vue*, comprit-elle en lui tendant la main.

— Comment allez-vous, Max ? Je suis passée ici la semaine dernière, mais je vous ai manqué, apparemment.

— M. Cocharan m'a demandé de vous offrir une collaboration sans réserve durant cette période de… transition.

Summer gémit intérieurement. Super ! Le ressentiment, en cuisine, était aussi compliqué à gérer qu'un soufflé raté. Si Blake l'avait laissée agir, elle aurait trouvé le moyen de ménager les susceptibilités, mais les dégâts étaient déjà faits, de toute évidence. Elle prit note mentalement de lui en toucher un mot. Les questions de tact et de diplomatie n'étaient peut-être pas son fort.

— Eh bien, Max, j'aimerais examiner avec vous les changements structurels à apporter, puisque vous connaissez le fonctionnement des lieux mieux que personne.

— Des changements structurels ?

Le visage poupin du chef devint écarlate. Sa moustache frémit.

— Dans *mes* cuisines ?

Mes cuisines, rectifia mentalement Summer, tout en adressant au chef un sourire qui se voulait consensuel.

— Je suis sûre que vous apprécierez les améliorations et les nouvelles installations, surtout. Vous avez certainement dû vous sentir freiné dans votre créativité par le matériel obsolète. Il n'y a rien de plus frustrant, non ?

D'un geste emphatique, Max désigna le matériel en question.

— Ces fours et ces fourneaux sont ici depuis mes débuts chez Cocharan. C'est du matériel solide. Et pas plus caduque que je ne le suis.

Pour se montrer coopératif, il se montrait coopératif, en effet ! Manifestement, il était déjà trop tard pour une passation des pouvoirs à l'amiable. Il ne lui restait donc plus que l'option coup d'Etat.

— Nous allons recevoir trois nouveaux fours, Max. Deux au gaz, un électrique. L'électrique servira exclusivement pour les desserts et les pâtisseries.

Sans même se retourner pour voir s'il la suivait, elle s'avança jusqu'au plan de travail.

— Ceci va disparaître et les fourneaux que j'ai commandés

seront encastrés dans les nouvelles surfaces. Toutes de bois massif, type bloc de boucher. Le gril reste. Un îlot est prévu, qui permettra une meilleure organisation ainsi qu'une rentabilisation optimale d'un espace qui, pour l'instant, reste inutilisé.

— Il n'y a pas d'espace perdu dans mes cuisines!

Summer se retourna et le gratifia de son regard le plus tranchant.

— La décision est sans appel et sera entérinée sous peu. La créativité sera notre priorité, désormais, suivie de près par l'efficacité. Pendant toute la période des travaux, le restaurant restera ouvert et nous devrons continuer à servir des repas de qualité et inventifs. La tâche sera ardue, mais pas impossible; ça demandera juste un effort d'ajustement de la part de toute la brigade. Dans l'intervalle, nous allons revoir le menu actuel, vous et moi, avec l'objectif d'introduire une touche de nouveauté dans une carte un peu trop convenue.

Max aspira bruyamment une goulée d'air et ouvrit la bouche pour répondre. Devançant l'explosion, Summer poursuivit avec la même fermeté :

— M. Cocharan a passé un contrat avec moi pour que je hisse ce restaurant au rang de meilleure table de tout Philadelphie. Et ce défi, j'ai l'intention de le relever, Max. Maintenant, si ça ne vous ennuie pas, j'aimerais observer l'équipe en action pendant la préparation du déjeuner.

Ouvrant son porte-documents, Summer en retira un carnet et un stylo. Sans un mot de plus, elle s'éloigna pour déambuler dans les cuisines en effervescence.

Elle remarqua vite que l'équipe était efficace, bien formée et, dans l'ensemble, plutôt organisée. *Bon boulot, Max.* La propreté, de toute évidence, constituait une priorité. Un nouveau point pour lui. Elle observa un des commis désosser une pintade d'une main experte. Pas mal, estima-t-elle. Le gril crépitait, les casseroles fumaient. Soulevant un couvercle, elle préleva une cuillerée de sauce, la porta à ses lèvres et prit le temps de laisser la palette des arômes se dessiner en bouche.

— Peut-être une pointe de basilic? suggéra-t-elle simplement avant de s'éloigner.

Un autre cuisinier retirait des tartes aux pommes d'un four. Summer ferma les yeux et huma non sans plaisir les saines exhalaisons des fruits compotés et de la cannelle. La qualité était honnête — plus qu'honnête, même —, mais n'importe quelle mère de famille un peu expérimentée pouvait parvenir à un résultat analogue. Ce qui manquait, c'était un brin de dynamisme, d'originalité. Et d'esthétique. Elle avait des idées à revendre, par chance. Revisiter les grands classiques, comme les charlottes, les clafoutis et autres pains perdus, était devenu une de ses passions.

Le réaménagement structurel des lieux ferait appel à un savoir pratique. Mais la composition des menus relevait du versant créatif de son talent. Et elle avait toujours été plutôt bien pourvue dans ce domaine.

Alors qu'elle découvrait le fonctionnement des cuisines et les habitudes de travail de l'équipe, respirait les odeurs et se concentrait sur les sons, elle sentit monter en elle les premiers élans d'un enthousiasme inattendu. Ce projet, elle le mènerait à bien, autant pour sa propre satisfaction qu'en réponse au défi lancé par Blake. Lorsqu'elle aurait terminé, les cuisines de la Cocharan House de Philadelphie porteraient durablement sa marque. Ce serait tout à fait autre chose que de passer sa vie à bord d'un avion pour courir d'une destination à l'autre. Jusqu'à présent, elle avait pris plaisir à élaborer, dans des sites prestigieux, une création spectaculaire à usage unique. Ce qu'elle entreprenait ici serait une œuvre de longue haleine qui s'inscrirait dans la continuité. Dans cinq ans, ces mêmes cuisines garderaient encore trace de son influence.

Cette pensée l'exalta. L'idée de pérenniser quelque chose de son travail ne l'avait encore jamais effleurée jusque-là. Seul le coup d'éclat du triomphe individuel avait été moteur pour elle, ces dernières années. En travaillant pour Blake, elle perdrait de sa visibilité, pourtant. Lorsqu'elle se déplaçait à Milan ou à Athènes, même si elle ne se montrait jamais hors des cuisines, tous les convives associaient son nom au dessert somptueux qu'on leur présentait en grande pompe. Ici, les clients ne se déplaceraient pas spécifiquement pour une pâtisserie signée Summer Lyndon. Ils viendraient pour déguster un menu qui serait associé à la Cocharan House autant qu'à son propre nom.

Alors qu'elle réfléchissait à cette nouvelle donne, elle constata que la perspective de passer un peu plus à l'arrière-plan ne la gênait pas. Pourquoi ce revirement, elle n'aurait su le dire. Pour le moment, elle était surtout sensible au plaisir de construire une nouvelle carte de A à Z.

Se promettant de réfléchir à la question plus tard, elle griffonna en hâte quelques dernières notes. Il lui restait toute une année pour s'inquiéter des conséquences et des chausse-trappes éventuelles liées à ces mois qu'elle allait passer au service de la Cocharan House. Pour le moment, elle avait à se lancer dans une entreprise que, pour une raison ou pour une autre, elle s'était appropriée comme un projet personnel.

Glissant son porte-documents sous le bras, elle quitta les lieux sur un simple « à demain » lancé à la cantonade. Déjà une myriade d'idées se bousculait dans sa tête. Elle n'avait plus qu'une hâte : se mettre à ses recettes.

6

« Du caviar russe beluga », nota Summer sur son carnet. Une spécialité, selon elle, qui devrait être disponible à toute heure, y compris le soir, pour un souper tardif. Toute la nuit même, sur la carte du service d'étage.

Au cours des deux semaines écoulées, elle avait déjà modifié mille fois la carte projetée. A l'issue d'une séance de brainstorming avec Max qui avait tourné court, elle s'était résolue à poursuivre ses réflexions en solo. Après tout, elle seule savait quel genre d'ambiance elle souhaitait créer et avec quel style, quelle approche culinaire, elle pouvait y parvenir.

Pour gagner du temps, elle s'était installé un bureau de fortune dans une réserve, juste à côté des cuisines. De là, elle pouvait chapeauter l'équipe et suivre de près l'avancement des travaux, tout en bénéficiant d'une relative tranquillité pour avancer sur la nouvelle carte.

Eviter Blake s'était avéré beaucoup plus simple qu'elle ne l'avait imaginé. Parce qu'elle était débordée, pour commencer. Et parce que lui-même était accaparé par des transactions compliquées. Le rachat d'une chaîne d'hôtels concurrente, s'il fallait en croire les rumeurs. Elle s'intéressait très peu à ces questions, ayant bien d'autres chats à fouetter. Comme les médaillons de veau sauce champagne, par exemple.

Chaque transformation qu'elle introduisait plongeait l'équipe dans des crises qui oscillaient entre l'hystérie et la panique. Elle en était venue à accepter cette atmosphère survoltée comme un état de fait. La plupart des cuisines dans lesquelles elle avait travaillé baignaient dans des ambiances de tension et d'angoisse comme seuls les cuisiniers pouvaient les comprendre. Peut-être fallait-il la combinaison d'une tension créatrice forte et de la terreur d'échouer pour obtenir les plats les plus inventifs et les plus raffinés?

Pour l'essentiel, elle laissait à Max le soin de superviser les troupes et s'abstenait d'intervenir dans la mesure du possible. Elle restait à distance, se contentant d'impulser petit à petit les changements désirés dans les habitudes des uns et des autres. De son père, elle avait beaucoup appris sur les questions de diplomatie et de partage du pouvoir. Mais même si elle faisait l'impossible pour ne pas le braquer, Max ne se laissait pas amadouer et son attitude envers elle restait d'une politesse glaciale.

Elle chassa ces considérations d'un haussement d'épaules et se concentra sur ses entrées.

Médaillon de rouget aux poivrons, crème anglaise au parmesan et réduction de roquette. Excellente entrée, pas aussi populaire, certes, que le foie gras ou les Saint-Jacques, mais plus innovatrice. Et peut-être des gésiers poêlés sur un lit de mesclun ? Tant qu'on ne lui demandait pas d'en manger elle-même ! songea-t-elle avec une petite grimace.

Il lui faudrait essayer aussi de travailler quelques compositions à base de fruits de mer. Autre problème : le buffet disponible à toute heure pour le service d'étage, qu'elle voyait composé d'un choix de consommés, de potages, de salades un tant soit peu subtiles et d'assortiments de tapas et autres mezze. Avant de passer au rayon desserts, il lui restait encore des milliers de détails à mettre au point. Cabillaud façon rougail ? Bœuf angus à la plancha ? Elle poussa un soupir. Tout en méditant sur cette cuisine élaborée, elle rêvait de planter les dents dans un sandwich jambon-beurre bien classique, assise sur un banc des bords de Seine.

— Alors, c'est là que tu te caches ?

Appuyé à l'encadrement de la porte, Blake observait Summer depuis quelques minutes déjà. Il sortait d'une réunion harassante qui s'était prolongée quatre heures durant. Il avait eu la ferme intention de monter dans son penthouse pour prendre une bonne douche, suivie d'un repas au calme, mais quelque chose en lui en avait décidé autrement et ses pas l'avaient porté jusqu'aux cuisines. Et jusqu'à Summer.

Il la retrouvait telle qu'il l'avait vue chez elle la première fois, les cheveux dénoués et les pieds nus. Elle était entourée de livres de cuisine, de documents et d'écrans, au milieu desquels disparaissait presque un café visiblement oublié. Derrière elle, un empilement de paquets, de boîtes, de sacs de sucre et de farine. Dans la pièce, une légère odeur d'épices. Malgré la désinvolture de sa tenue, elle avait l'air très à son affaire.

— Je ne me cache pas, rectifia-t-elle. Je travaille.

Blake paraissait exténué. Même si son visage ne marquait pas la fatigue, ça se voyait à ses yeux.

— Tu as été très occupé, apparemment... Nous ne t'avons pas vu une seule fois en cuisine, ces quinze derniers jours.

— J'ai été assez sollicité, oui.

Il entra et feuilleta distraitement les notes et suggestions qu'elle avait imprimées. Prenant appui contre le dossier de sa chaise, Summer se rendit soudain compte qu'elle avait le dos en marmelade.

— Du gros business, *mister* Cocharan? Le groupe vise la prise de contrôle de la chaîne Hamilton, s'il faut en croire les rumeurs de couloir.

Il leva les yeux, haussa les épaules, et reporta son attention sur ses idées de recettes.

— Il en est question, oui.

— *Il en est question?* répéta-t-elle, soulignant la prudence de la formule. Quelle discrétion exemplaire!

Elle sourit, tout en déplorant de se découvrir à ce point heureuse de le revoir.

— Eh bien, pendant que tu jouais au Monopoly, je me suis attelée à des tâches de nature plus intime.

Il leva les yeux vers elle, le sourcil étonné, exactement comme elle l'avait prévu. Elle se mit à rire.

— Je parle de nourriture, Blake. Se nourrir est une de nos premières expériences dans la vie, juste après la découverte de la respiration. L'alimentation touche la part la plus singulière et la plus fondamentale de notre être et concerne la part la plus personnelle de notre désir. N'écoute surtout pas ceux qui prétendraient le contraire. Nombreuses sont les personnes pour qui manger est un rituel auquel elles se livrent avec passion trois fois par jour. La fonction d'un chef, c'est de rendre l'expérience mémorable.

— Pour toi, manger serait plutôt une excursion en terre d'adolescence au moins cinq fois par jour.

Summer accueillit la remarque avec bonne humeur.

— Comme je viens de te l'expliquer, c'est une affaire très individuelle.

— Je ne peux qu'en convenir.

Après un rapide réexamen de la pièce, Blake secoua la tête.

— Rien ne t'oblige à te cloîtrer dans ce placard pour travailler, Summer. Je peux te faire aménager une suite.

Elle fourragea sur son bureau, à la recherche d'un numéro spécial volaille de sa revue culinaire favorite.

— La proximité avec les cuisines est pratique pour moi.

— Il n'y a même pas de fenêtre ! Et l'endroit est bourré de cartons. Tu as à peine la place de respirer, là-dedans.

Elle haussa les épaules.

— Moins j'ai de distractions, mieux je travaille. Si j'avais voulu une suite, je te l'aurais demandée. Pour le moment, ce lieu me va bien.

Sans compter qu'il se trouve à distance respectable de ta personne, ajoutta-t-elle *in petto.*

— Puisque tu es là, c'est peut-être l'occasion de te montrer où j'en suis de mes explorations en vue de l'élaboration de la nouvelle carte...

Il trouva une liste de mises en bouche et lut à voix haute :

— Petites brochettes de magret séché avec raisins et framboises, aiguillettes de canard aux pommes, velouté de Saint-Jacques... Il t'arrive de déguster les spécialités que tu recommandes ?

— De temps en temps. Lorsque je sais que j'ai affaire à un chef exceptionnel. Si tu poursuis ta lecture, tu verras que j'ai l'intention de proposer une carte plus sophistiquée, sachant que le palais des Américains se civilise, petit à petit, selon les dernières statistiques.

Le choix des termes fit sourire Blake. Il trouva une chaise libre et s'assit.

— Je suis honoré de l'apprendre.

— C'est un processus très lent, précisa-t-elle avec un petit pincement de narines. De nos jours, on trouve d'assez bons robots de cuisine. Avec l'équipement approprié et une recette correctement formulée, même toi, tu serais capable de réussir une mousse de légumes acceptable.

— Sidérant !

Elle poursuivit sur sa lancée, sans tenir compte du commentaire.

— Autrement dit, pour attirer les clients sans qu'ils reculent devant l'addition, il faut viser l'excellence. Trois cents mètres plus loin dans la rue, ils peuvent obtenir un repas correct et roboratif pour une fraction de la note qu'ils régleraient dans une Cocharan House.

Elle posa les coudes sur la table et cala son menton au creux de ses paumes.

— Il s'agit donc d'offrir un service irréprochable, un décor original et une cuisine inventive. Inutile de préciser que la qualité des produits est primordiale.

Elle but une gorgée de soda à même la cannette.

— Personnellement, j'aime autant me faire livrer une bonne pizza chimique à la maison, mais pour ce que j'en dis…

Blake reposa le document et prit le feuillet suivant.

— Parce que tu aimes la pizza ou parce que tu aimes être seule ?

— Les deux. Bon, maintenant…

— Tu fuis les restaurants parce que tu passes trop de temps en cuisine ou simplement parce que tu n'aimes pas être entourée ?

Elle ouvrit la bouche pour répondre et s'aperçut qu'elle ne s'était jamais vraiment posé la question. Mal à l'aise, elle fit tourner sa cannette entre ses doigts.

— Tu es à côté du sujet.

— Je ne pense pas, non. Tu me dis que nous devons attirer deux catégories de clients : les gourmets avertis désormais capables de cuisiner chez eux des plats qui requéraient naguère un savoir-faire professionnel, mais aussi tous ceux susceptibles de préférer avaler un repas rapide et bon marché au boui-boui du coin. Toi, tu t'inscris dans les deux catégories. Qu'est-ce qu'un restaurant devrait offrir qui pourrait t'inciter non seulement à y entrer, mais aussi à y revenir ?

La question était raisonnable. Et Summer détestait les questions raisonnables, car elles ne laissaient d'autre choix que d'y répondre.

— Ce que j'aime avant tout, c'est de me sentir tranquille et à l'abri des regards. Ce qui n'est pas gagné d'avance dans une salle de restaurant, d'autant que cette exigence est loin d'être partagée par tout le monde. Nombreux sont ceux qui vont dîner à l'extérieur pour voir et être vus, au contraire. Mais certains, comme moi, préfèrent y trouver l'illusion de la solitude. Pour satisfaire ces deux types de clientèle, il peut être intéressant d'avoir quelques tables stratégiquement situées à l'écart.

— Ce n'est pas difficile à mettre en œuvre en jouant sur l'éclairage et en prévoyant de judicieux arrangements de feuillage.

— Judicieux est le maître mot.

— Donc la tranquillité est un critère important, lorsque tu choisis un restaurant?

— Généralement, j'aime autant manger chez moi ou dans ma chambre d'hôtel du moment. Mais dans les rares cas où il m'arrive de sortir, la discrétion compte autant pour moi que l'ambiance, la cuisine et le service.

— Pourquoi?

Elle soupira et entreprit de rassembler les papiers épars sur son bureau pour les mettre en pile.

— C'est très personnel, comme question.

Il couvrit ses mains des siennes pour calmer leur agitation.

— La question est effectivement personnelle, mais je la maintiens. Pourquoi?

Elle le fixa un instant, certaine qu'elle ne lui répondrait pas. Puis une résistance céda en elle devant la calme profondeur de son regard, la délicatesse de son geste.

— Je pense que j'ai eu une overdose de restaurants dans mon enfance. En fait, l'une des raisons qui m'ont poussée en direction des cuisines, c'est le besoin d'échapper à l'ennui de ces repas interminables. Ma mère appartenait — appartient toujours — à l'espèce de ceux qui aiment voir et être vus. Quant à mon père, il considérait ces sorties au restaurant comme faisant partie de sa journée de travail. Une grande part de la vie de mes parents — et de la mienne par conséquent — se déroulait sur la scène publique. Maintenant que j'ai le choix, je préfère vivre de façon un peu plus ourse mal léchée.

A présent qu'il la touchait, il voulait davantage. A présent qu'elle lui parlait d'elle, il désirait tout entendre de sa vie. Tout savoir. Tout comprendre. Rien d'étonnant, d'ailleurs, puisqu'il réagissait ainsi avec elle depuis le début. A force de se persuader qu'il avait repris le dessus et surmonté son attirance irraisonnée pour elle, il avait presque réussi à se convaincre qu'il était tiré d'affaire. Mais voilà que, coincé avec elle au milieu des boîtes, des packs et des cartons, dans un bain sonore fait de tintements de casseroles et d'imprécations, il se rendait compte qu'il la désirait toujours autant et peut-être plus.

— Tu ne donnes pourtant pas l'impression d'être asociale. J'ai du mal à t'imaginer en recluse.

— D'une façon générale, je ne suis pas trop repliée sur moi-même, en effet.

Elle ne se souvenait pas à quel moment leurs doigts s'étaient enlacés. Le geste, si simple, si confortable, s'était imposé comme une évidence.

— Mais je tiens à ce que ma vie privée reste privée, c'est tout.

— Tu es pourtant célèbre, dans ta partie.

Il changea de position et sa jambe effleura la sienne sous la table. Une onde de chaleur le traversa et son envie d'elle redoubla d'intensité.

Machinalement, Summer déplaça le pied de manière à retrouver le contact de sa jambe contre la sienne. Les muscles de ses cuisses se détendirent.

— Célèbre, si on veut... Mes desserts le sont plus que moi.

Blake leva leurs mains jointes et les examina. Celle de Summer était plus pâle, plus petite, plus étroite. Elle portait un saphir d'un bleu profond serti dans une monture ancienne. Il demeura un instant fasciné par l'élégance de ses doigts.

— Tu t'effaces derrière tes desserts?

Elle s'humecta les lèvres car le regard de Blake, lorsqu'il revint interroger le sien, était aussi intense et d'un bleu aussi soutenu que celui de la pierre qu'elle portait à son doigt.

— J'ai envie de réussir. Je veux être considérée comme la meilleure dans ma spécialité.

— C'est ce à quoi tu aspires? Rien d'autre?

— Non, rien d'autre.

Elle se demanda avec effarement pourquoi elle respirait avec tant de peine. Les jeunes filles avaient le souffle coupé — ou les grandes romantiques. Or elle n'était ni l'une ni l'autre.

Blake se leva et la fit se lever à son tour.

— Et une fois que tu auras atteint ton objectif, quel sera le suivant?

Comme ils étaient face à face, elle dut incliner la tête en arrière pour maintenir son regard rivé au sien.

— Il n'y aura pas d'objectif suivant. Celui-ci me suffit.

Alors même qu'elle l'affirmait, elle ressentit les premiers assauts du doute et, pour ne pas s'y arrêter, elle s'empressa de riposter :

— Et toi ? Ce n'est pas le toujours-plus-de-réussite que tu recherches ? Toujours plus d'hôtels ? Des restaurants de plus en plus raffinés ? Un chiffre d'affaires en augmentation permanente ?

— J'ai une entreprise à diriger et je fais ce que j'ai à faire.

Il contourna la table pour se rapprocher d'elle, leurs mains toujours jointes.

— Mais je suis un homme, Summer. Et pas uniquement d'affaires.

Il tendit la main vers ses cheveux et les laissa couler entre ses doigts.

— Mes pensées ne tournent pas en exclusivité autour de questions de stock-options, de stratégies et de bilans.

Ils étaient tout près l'un de l'autre, à présent. Summer effleura son corps du sien et sentit des vibrations courir sous sa peau. Oubliant les règles qu'elle avait elle-même fixées, elle lui caressa la joue.

— Et autour de quoi d'autre tournent-elles, tes pensées ?

La main de Blake se posa sur sa taille, puis glissa dans son dos pour l'amener contre lui.

— De toi... Elles font tout le tour de toi, comme ça, tu vois... Et puis, je pense aussi à ça...

Il posa ses lèvres sur les siennes, très doucement, très lentement. Sans qu'ils se quittent des yeux. Leurs pouls s'accélérèrent. Le désir pulsa dans leurs ventres.

Leurs lèvres s'entrouvrirent. Les regards dirent tout ce qu'il y avait à dire. Leurs souffles s'accélérèrent. Le désir se libéra.

Elle était dans ses bras, brûlait, se raccrochait à ses épaules, s'y agrippait... Chaque heure passée cloîtrée là, au cours des deux semaines écoulées, le travail accompli, les projets, les interdits fermes qu'elle s'était posés se condensèrent en un mélange indistinct qui fondit et disparut dans le brasier. Si elle sentait chez lui une impatience qui frisait la rudesse, cette impatience ne faisait que répondre à la sienne. Ce fut finalement un long baiser, brutal, désespéré. Un corps à corps tendu se transformant en une exquise torture.

Serre-moi plus fort ! Qu'elle ait prononcé les mots à voix haute ou qu'elle les ait seulement pensés, Blake parut les comprendre.

Ses bras se durcirent et il l'écrasa contre lui exactement comme elle avait envie de l'être. Elle sentit les lignes et les à-plats de son corps épouser les creux et les sinuosités du sien. Et elle se découvrit plus douce, plus femme qu'elle n'avait imaginé l'être.

Féminine, sensuelle, fragile, passionnée. Pouvait-on être tout cela à la fois ? La faim en elle grandit et se propagea — faim de lui, faim d'un toucher, d'un goût, d'une essence qu'elle n'avait jamais trouvés ailleurs qu'en lui. Le son qui fusa de ses lèvres traduisait l'étonnement autant que le plaisir.

Bon sang, comment une femme pouvait-elle l'amener aussi loin, par la force d'un simple baiser ? Il était déjà à moitié fou de désir ! Sa peau nue serait comme de la soie sous ses doigts. Il le savait. Il avait besoin de s'en assurer.

Glissant la main sous son sweat-shirt, il éprouva alors la sensation qu'il imaginait. Sous sa paume, un cœur fragile battait la chamade. Mais ce n'était pas assez. La pensée fulgurante lui traversa la tête qu'avec Summer, ce ne serait *jamais* assez. Les questions, les déductions viendraient plus tard. Enfouissant son visage dans son cou, il goûta la saveur de sa peau. Le parfum qui avait hanté ses souvenirs y inscrivait sa trace subtile, exerçant son pouvoir d'attraction, l'attirant toujours plus près du seuil où tout pouvait basculer vers un point de non-retour.

L'épuisement qui avait pesé sur ses épaules au sortir de la réunion s'était évanoui. La tension qu'il éprouvait en présence de Summer s'était presque dissoute, elle aussi. En cet instant, il la ressentait comme sienne — entièrement sienne, sans même se rendre compte qu'il voulait une possession exclusive.

Ses cheveux lui caressaient le visage, comme un nuage de douceur aux fragrances plaisamment étrangères. Sentir Summer, toucher Summer était un voyage en soi. Il eut une vision de Paris, juste avant que les chaleurs estivales ne chassent la fraîcheur printanière dans les squares et les jardins. La peau de Summer n'était pas fraîche, pourtant. Elle brûlait de fièvre, au contraire, appelait des visions de longues nuits dans la chaleur d'une chambre, où l'amour se ferait et se referait avec une infinie lenteur. Il la voulait par-dessus tout, à cet endroit même, dans ce réduit encombré, à même le sol, entre les bouteilles et les cartons.

Summer avait perdu la capacité de penser. Son esprit s'était vidé et tout son être s'amollissait. Riches, tumultueuses, puissantes, les sensations coulaient en elle, la submergeaient par vagues. Elle ne demandait qu'à se laisser fondre sous leur afflux grisant. Mais quelque chose en elle se tendait, réclamait, exigeait plus encore. Elle voulait tout. Tout. L'orage, les éclairs, le fracas, le tonnerre. Une fois... Une fois seulement. Le désir lui chuchotait des promesses d'obscur plaisir. Elle pouvait se donner à lui et le prendre en elle. Une seule fois. Et ensuite...

Elle s'arracha à la bouche de Blake avec un gémissement, et enfouit le visage contre son épaule. Une seule fois et elle resterait hantée, déchirée pour le restant de ses jours. Elle le pressentait...

— Viens avec moi, là-haut, murmura-t-il.

Il lui souleva le menton pour couvrir son visage de baisers.

— Allons dans mon appartement et nous ferons l'amour dans de bonnes conditions. Je te veux dans mon lit, Summer. Je veux te voir nue, je veux ta douceur. Je te veux complètement.

— Blake...

Elle détourna la tête et s'efforça d'apaiser sa respiration. Comment avaient-ils pu en arriver là? Qu'est-ce qui lui avait pris d'agir ainsi? Comment? Pourquoi?

— Ce ne serait pas très malin. Ni pour toi ni pour moi.

Il lui saisit les épaules, la forçant à soutenir son regard.

— Je ne vois pas en quoi faire l'amour ensemble pourrait constituer une erreur. Tout me porte à penser que ce serait plutôt très réussi, au contraire.

— Faire l'amour est toujours plus impliquant qu'on ne le croit.

— Impliquée, tu l'es déjà.

Elle laissa échapper un soupir.

— Justement, je ne veux pas l'être plus que je ne le suis déjà. Nous sommes allés beaucoup trop loin. Je regrette.

Lorsqu'elle fit un pas en arrière, il la retint, la maintenant d'une main ferme. Son regard était intense. Coupant.

— Donne-moi une raison, Summer. Et elle a intérêt à être valable!

— Tu me troubles.

Elle avait parlé très bas, très vite, avant d'avoir eu le temps de contenir un aveu qui la mettait trop à nu.

— Et ça ne me va pas du tout d'être troublée comme ça.

— Moi, je te désire à en avoir mal. Et ça ne me va pas d'avoir mal.

Une même impatience durcissait leurs voix, une même tension marquait leurs attitudes.

— Nous avons un problème, je crois, murmura-t-elle en repoussant ses cheveux d'une main légèrement tremblante.

— J'ai envie de toi.

Quelque chose dans la façon dont il prononça ces mots l'amena à suspendre son geste. Sa main s'immobilisa à hauteur de son visage et elle leva de nouveau les yeux vers lui. Il n'y avait rien de désinvolte dans la façon dont il admettait son désir.

— J'ai envie de toi plus que je n'ai jamais eu envie d'une autre femme. Et ça n'a rien de confortable.

— Alors nous avons un *gros* problème, toi et moi.

Les jambes coupées par l'émotion, elle se percha sur un coin de la table. Le regard de Blake ne quittait pas le sien.

— Je ne vois qu'une seule façon de le résoudre, ce problème, Summer…

Elle réussit à sourire.

— Non, il en existe deux. Et ma façon présente nettement moins de risques que la tienne.

— De *risques*…

Du bout du doigt, il suivit la ligne pure de sa joue.

— C'est donc la sécurité que tu recherches ?

— Oui.

Il lui fut facile de répondre, car elle venait de prendre conscience que c'était ce qu'elle voulait. La question ne s'était jamais posée jusque-là. Sans doute parce qu'il avait fallu l'irruption de Blake dans sa vie pour que l'idée de danger prenne forme.

— Je me suis fait un certain nombre de promesses, dans la vie, Blake. Je tiens à garder le cap sur mes objectifs et quelque chose me dit que tu pourrais être un obstacle. J'écoute toujours mes intuitions, tu sais.

— Je n'ai aucune intention de me mettre en travers de ton chemin, professionnel ou autre.

— Je te l'ai déjà dit. Je ne mélange pas le professionnel et le privé. Tout le monde sait que ça mène droit au désastre.

— Et comment comptes-tu te préserver de toute tentation ultérieure ? Il me semble que nous avons déjà fait quelques incursions non négligeables du côté de l'intime. Le « mal » ne serait-il pas déjà fait, si je puis employer ce terme ?

Comment soutenir le contraire? Mais c'était une réalité qu'elle ne pouvait contempler en face. Elle voulait juste fermer les yeux et se raccrocher à son refus.

— Nous avons réussi à nous éviter pendant quinze jours. Il suffit de continuer. Nous sommes l'un et l'autre très occupés. Ça ne devrait pas être très difficile.

Il fit entendre un petit rire dubitatif.

— Typiquement le genre de résolution qui ne tient pas! Dans un avenir proche ou lointain, l'un de nous fera un écart par rapport à cette ligne de conduite.

Exact. Et ça pourrait être moi tout autant que toi.

— Je ne peux pas décider de l'avenir, mais je peux décider du présent. Je resterai en bas et je ferai mon boulot. Tu resteras en haut et tu feras le tien. Amen.

— N'y compte pas!

Le regard assombri par une obscure détermination, Blake fit un pas en avant. Summer était à demi levée lorsqu'on frappa à la porte.

— Summer? Vous avez une seconde? C'est du vinaigre de Xérès ou du vinaigre de framboise que...

— J'arrive! lança-t-elle au second de cuisine.

Elle vit flamber une lueur de contrariété aussitôt maîtrisée dans les yeux de Blake. Il se dirigea vers la porte.

— La discussion n'est pas close, Summer.

— Attention! Je peux transformer ce lieu en palace ou en faire une gargote.

Il se retourna pour la mesurer du regard.

— Du chantage?

— Une sorte d'assurance, plutôt, rectifia-t-elle avec un sourire. Jouons le jeu à ma façon, Blake. Et tout le monde s'y retrouvera au final.

— C'est ton point de vue pour le moment, mais il n'est pas dit que tu n'en changeras pas.

Il la salua d'un bref signe de la tête, puis quitta la pièce. Summer voulut lui emboîter le pas pour aller donner ses consignes en cuisine, mais ses jambes ne la soutenaient pas si bien que ça. Elle avait peut-être remporté la partie, mais les jeux n'étaient pas faits. Loin de là.

Entre la salle et les cuisines, des aides-serveurs circulaient avec des plateaux couverts de restes et de piles d'assiettes sales. Les lave-vaisselle bourdonnaient. Des casseroles fumaient. Quelqu'un chantait en découpant une volaille. Les derniers clients du déjeuner venaient de partir et le coup de feu d'avant le dîner était encore loin. Deux heures plus tard, ce serait la course, la confusion, et l'agitation serait à son comble.

Les narines caressées par une agréable variété de fumets, Summer prit conscience qu'elle n'avait pas encore mangé. Décidant de faire d'une pierre deux coups, elle entreprit d'inventorier les placards. Elle trouverait quelque chose à grignoter pour calmer son estomac vide et se ferait une idée plus précise de la façon dont ils étaient approvisionnés.

Sur ce dernier point, rien à dire. Placards, réfrigérateurs et chambres froides recelaient un assortiment riche, varié et intelligemment organisé. Max avait quelques très bons côtés, elle l'admettait volontiers. Si seulement l'ouverture d'esprit figurait au nombre de ses qualités!

Elle continua à examiner les étagères une à une, mais ce qu'elle cherchait restait introuvable.

— Miss Lyndon?

C'était Max. Summer referma lentement la porte du placard. Elle n'avait pas besoin de se retourner pour voir l'expression de politesse froide et la moue désapprobatrice, elle l'imaginait très bien comme ça. Tôt ou tard, il lui faudrait trouver le moyen de régler la situation. Mais pour le moment, elle était fatiguée, et pas d'humeur à s'attaquer au problème le ventre vide.

— Oui, Max?

Elle ouvrit la porte suivante pour continuer son inventaire.

— Je peux peut-être vous aider à trouver ce que vous cherchez?

— Peut-être, oui... J'inventorie les stocks tout en essayant de mettre la main sur un pot de beurre de cacahuètes...

Le dos toujours tourné, elle referma le rangement et passa au suivant.

— Je vois que tout est très bien organisé.

Max toussota et déclara, de son ton le plus compassé :

— Le fonctionnement de mes cuisines reste irréprochable, en effet, même au milieu de toute cette... menuiserie.

— La menuiserie est presque terminée. C'est une bonne nouvelle, non ? Et vous avez dû constater que les nouveaux fours étaient des merveilles...

— Pour certains, ce qui est neuf paraît toujours plus beau. *Et tiens. Prends ça!*

Elle soupira.

— Et pour d'autres, le progrès est terrifiant... Où puis-je trouver le beurre de cacahuètes, Max ? Je n'ai pas encore déjeuné et j'ai un creux.

Cette fois, elle fit l'effort de se retourner. Juste à temps pour voir son air de dédain dégoûté.

— Là, en dessous, indiqua-t-il avec un sourire railleur. Avec le reste des produits utilisés pour les menus enfants.

— Impeccable !

Pas le moins du monde offensée par la remarque, elle s'accroupit et attrapa le pot convoité.

— Vous voulez vous joindre à moi pour un petit snack, Max ?

— Merci, vraiment. J'ai du travail.

— Comme vous voudrez.

Summer attrapa deux tranches de pain et étala son beurre de cacahuètes.

— J'aimerais que nous nous retrouvions demain, dans mon bureau, à 9 heures, pour discuter de la nouvelle carte en cours d'élaboration.

— Je suis très occupé à 9 heures.

Elle rectifia patiemment :

— Pas à 9 heures, non. Nous avons un coup de feu de 7 à 9, suivi d'une phase plutôt calme, surtout en semaine. Vous pourrez donc vous libérer sans problème. Désolée d'avoir à vous fausser compagnie, mais il faut que je trouve de la confiture pour compléter mon sandwich.

Le laissant grimacer, elle se dirigea d'un pas dansant vers l'un des grands réfrigérateurs. Quel homme obstiné et pontifiant ! se désola-t-elle en sortant un énorme pot de gelée de raisin du frigo. Tant qu'il continuerait à faire de la résistance systématique, l'atmosphère resterait irrespirable dans les cuisines. A plusieurs reprises déjà, elle s'était attendue à le voir leur jeter sa démission à la figure — et même si elle avait un naturel plutôt conciliant dans l'ensemble, elle se surprenait par moments à souhaiter qu'il franchisse le pas.

Les changements qu'elle avait instaurés commençaient à porter leurs fruits, en tout cas. Avec un sourire satisfait, elle appliqua sa seconde tranche de pain et referma son sandwich. Le premier imbécile venu serait capable de constater que les plaques de cuisson supplémentaires et l'équipement modernisé raccourcissaient les temps de préparation et amélioraient leurs prestations.

Contrariée par le négativisme buté de Max, elle mordit un grand coup dans son sandwich. Des voix surexcitées s'élevèrent à ce moment-là derrière elle.

— Oh là là, ce merdier! Max va péter un plomb.

— Il ne peut rien y faire, de toute façon.

— A part gueuler et balancer des trucs par terre...

Ce fut peut-être la nuance de jubilation sous-jacente qui décida Summer à se mêler à la conversation. Elle s'approcha des deux aides de cuisine qui papotaient tout en s'activant.

— A quel sujet est-ce que Max va péter un plomb? s'enquit-elle la bouche pleine.

Deux visages surpris se tournèrent vers elle. Deux visages écarlates, à cause de la chaleur ou de l'excitation liée à la grande nouvelle du jour.

— Il vaudrait peut-être mieux que ce soit vous qui le lui annonciez, Summer, déclara l'une des aides après un temps d'hésitation.

L'expression de jubilation était toujours là, nota Summer, et la fille ne semblait pas faire beaucoup d'effort pour la contenir.

— Lui dire quoi?

— Que Julio et Georgia se sont enfuis ensemble pour se marier en cachette. Le frère de Julio vient d'appeler pour l'annoncer.

Julio et Georgia? Après une rapide consultation de ses fiches mentales, Summer identifia le duo: cuisiniers l'un et l'autre, ils faisaient partie de l'équipe de l'après-midi. Un coup d'œil à sa montre lui indiqua qu'ils avaient déjà un quart d'heure de retard.

— J'imagine qu'ils ne viendront pas travailler aujourd'hui?

— Ni aujourd'hui, ni demain, ni jamais. Ils ont tout lâché pour recommencer une nouvelle vie à Hawaii.

— Romantique, commenta Summer.

Un cuisinier s'approcha en entendant la nouvelle et tous les regards convergèrent sur Max qui tranchait un gigot d'agneau un peu plus loin.

— Il va nous faire une crise, c'est sûr.

— Une crise? Ce n'est pas comme ça qu'il résoudra le problème, marmonna Summer. Il nous manque donc deux cuisiniers dans l'équipe du soir...

— Trois, rectifia l'aide de cuisine. Charlie a appelé il y a une heure : il a une grippe carabinée.

— Super!

Summer termina son sandwich et releva ses manches.

— Bon... Puisque nous sommes en effectifs réduits, il va falloir mettre les bouchées doubles.

Enfilant un tablier, elle s'octroya un des nouveaux plans de travail. Ce n'était pas sa façon de procéder habituelle, songeat-elle en mélangeant ses ingrédients en grandes quantités, mais à la guerre comme à la guerre! Tout en préparant ses pâtes à tarte, elle se jura de faire installer les haut-parleurs avant la fin de la semaine. Dans les cas d'urgence, elle pouvait faire de la pâtisserie sans Chopin. Mais elle ne recommencerait pas deux fois.

Elle enfournait ses génoises au cacao en vue de la fabrication de forêts-noires lorsque Max lança dans son dos :

— Vous vous concoctez un petit dessert, maintenant?

— Pas exactement, non.

Elle régla le minuteur et regagna son plan de travail pour s'attaquer à la préparation de la mousse au chocolat.

— Apparemment, nous avons un mariage et une maladie — le premier étant sans rapport avec la seconde. Résultat : nous sommes à court de personnel. Je me charge donc des desserts pour ce soir, Max. Et je n'ai pas l'habitude de papoter quand je pâtisse.

— Un *mariage*? C'est quoi cette histoire?

— Julio et Georgia ont fait une fugue amoureuse et Charlie est au lit avec la grippe. Et maintenant, si vous voulez bien me laisser me concentrer sur cette mousse...

Max éclata en imprécations.

— *Quoi?* Ils sont partis du jour au lendemain, sans donner leur démission? C'est inadmissible!

Summer s'accorda le temps d'un regard par-dessus son épaule.

— Charlie aurait peut-être dû vous demander la permission aussi avant d'attraper son virus? Hurler ne nous avancera à rien, Max. Occupez-vous plutôt de me trouver quelqu'un pour éplucher et trancher des pommes. Je vais faire une grosse charlotte. D'ailleurs, si vous pouviez me dénicher aussi un peu de calvados, je…

— Parce que vous me modifiez mon menu, en plus?

A bout de patience, elle fit volte-face.

— Ecoutez, j'ai une demi-douzaine de desserts différents à improviser en un temps record. Alors je vous conseille de vous ôter de mon chemin! Je n'ai pas la réputation d'être très accommodante quand je suis en cuisine.

Il rentra le ventre et rejeta les épaules en arrière.

— Nous verrons bien ce qu'en dira M. Cocharan.

— C'est ça, allez le voir. Et débrouillez-vous pour qu'il ne se mette pas dans mes pattes, lui non plus, au cours des deux prochaines heures. Sinon, j'en connais qui vont se retrouver avec de la chantilly plein la figure. Et vu la qualité de la crème que j'utilise, ce serait un regrettable gâchis.

Pivotant sur ses talons, elle se remit à battre ses blancs en neige. Le temps lui faisait cruellement défaut. L'urgence était telle qu'elle ne pouvait même pas s'accorder les quelques minutes nécessaires pour réexaminer chacun de ses desserts afin de s'assurer de leur perfection. Plus tard, en repensant à la tâche qu'elle aurait abattue ce jour-là, elle la comparerait à un travail de montage à la chaîne. Mais pour l'heure, elle était trop stressée pour réfléchir. Julio et Georgia avaient occupé les fonctions de chefs pâtissiers. Et il lui revenait aujourd'hui d'accomplir à elle seule — et dans l'urgence — la tâche normalement dévolue à deux cuisiniers bien rodés.

Impossible de respecter le menu fixé, en la circonstance. Si elle voulait tenir les délais, elle devait se cantonner aux recettes qu'elle pouvait exécuter de mémoire. Les dîneurs qui viendraient s'attabler chez Cocharan ce soir risquaient d'être surpris. Mais leur surprise serait une bonne surprise, décida-t-elle en dispersant les copeaux de chocolat sur sa seconde forêt-noire. Puis elle répartit les framboises fraîches qu'elle avait utilisées en remplacement des traditionnelles cerises confites. Travailler vite en pâtisserie n'entrait pas dans ses habitudes. Pas moyen de laisser sa créativité s'exprimer si elle était tenue de faire dans le quantitatif. D'humeur aussi noire que son gâteau, elle marmonnait son indignation.

A l'heure dite, cependant, elle sortait du four ses dernières tuiles à la pistache destinées à l'accompagnement des gratins de fruits rouges et se concentrait sur les petites touches finales. Objectif accompli sur toute la ligne. Sur le chariot des desserts, il y aurait de quoi nourrir un régiment. Un peu de glaçage par-ci, une touche de chantilly par-là, fruits et aromates en déco avec des fleurs cristallisées, une petite cuillerée de gelée là où les fruits manquaient de brillant... Elle mourait de chaud et les muscles de ses bras protestaient. Son tablier blanc était maculé de taches. Personne ne lui adressait la parole, car personne n'aurait obtenu de réponse. Personne ne s'approchait de Summer Lyndon en pleine action, car elle montrait les dents avant même de savoir ce qu'on lui voulait.

De temps en temps, elle indiquait d'un geste de la main qu'elle souhaitait être débarrassée des ustensiles sales. Ses ordres étaient exécutés à la seconde, sans que quiconque émette un son. S'il y eut des conversations en cuisine, elles furent tenues à voix basse et à distance prudente. Personne dans la brigade n'avait encore eu l'occasion de voir Summer Lyndon se déchaîner aux fourneaux.

— Des problèmes ?

Elle entendit la voix calme de Blake juste derrière elle, mais ne se retourna pas.

— Ce sont des automobiles qu'on monte à la chaîne, maugréa-t-elle. Pas des desserts.

— Les premiers échos qui me parviennent des goûteurs sont plus que favorables.

Elle salua le compliment d'un grognement et attrapa son rouleau à pâtisserie pour étaler une pâte feuilletée.

— Si j'avais Julio et Georgia sous la main, j'en prendrais un pour taper sur l'autre !

— Tu ne serais pas un peu énervée, par hasard ?

La question lui valut un regard meurtrier.

— Non seulement je suis énervée, mais je crève de chaud !

Il effleura sa joue rosie.

— A quelle heure est-ce que tu as commencé ?

— Vers 16 heures.

Repoussant sa main d'un mouvement d'épaule agacé, elle

entreprit de découper sa pâte avec des gestes rapides et sûrs. Blake l'observait avec étonnement. C'était la première fois qu'il la voyait s'activer à une vitesse pareille.

— Ecarte-toi de mon chemin, Cocharan...

Il recula d'un pas, mais continua de l'observer. D'après ses calculs, elle avait planché sur ses menus, dans son réduit sans fenêtres, pendant plus de six heures. Et elle venait de passer presque quatre heures à s'activer en cuisine. Il ressentit un soudain élan protecteur. Elle était trop frêle pour soutenir pareil rythme. Trop éthérée. Trop délicate.

— Summer, peut-être que tu pourrais laisser quelqu'un prendre la relève, maintenant ? Il est temps que tu te reposes.

— Personne ne touche à mes desserts !

La féroce autorité de sa réponse dissipa d'un coup l'image de la fleur trop fragile. Il sourit malgré lui.

— Est-ce que je peux faire quelque chose pour toi ?

— Dans une heure, il me faudra du champagne. Un Krug de préférence.

— Vos désirs sont des ordres, chère madame.

Elle était tout imprégnée des arômes qui montaient des pâtisseries alignées sur le plan de travail. Tentantes. Irrésistibles. A déguster inlassablement.

Depuis que Summer était entrée dans sa vie, Blake se découvrait une véritable addiction pour le sucré sous toutes ses formes.

— Tu as mangé, au moins ?

— Un sandwich, il y a quelques heures, répondit-elle d'une voix exaspérée. Tu crois que je pense à m'alimenter dans des moments pareils ?

Blake laissa glisser son regard sur le somptueux arrangement de charlottes, soupes de fruits et autres crèmes brûlées. A quelques pas s'élevaient de délicieuses odeurs de viandes rôties, de sauces subtiles, de délicats aromates.

— S'alimenter ? A ta place, l'idée ne me traverserait pas l'esprit, en effet, lui assura-t-il. Je reviens dans un moment...

Summer marmonna qu'il pouvait prendre tout son temps et entreprit de canneler ses rebords de tartes.

7

Vers 20 heures, Summer considéra qu'elle avait rempli son contrat. Son humeur oscillait entre le mauvais et l'exécrable. Elle avait passé trop de temps à répéter les mêmes gestes — battre, étaler, piquer, enfourner. Il lui arrivait régulièrement de passer deux fois plus de temps et de mobiliser deux fois plus d'efforts pour réussir un seul dessert. Mais cela, c'était de l'art. Ce qu'elle venait de faire relevait de l'abattage, ni plus ni moins.

Elle avait respecté les délais, mais ne ressentait ni sentiment de triomphe ni ivresse de l'accomplissement. Juste une énorme fatigue. *Comme un cuistot de régiment*, songea-t-elle, dégoûtée. Elle avait paré au plus pressé pour nourrir les masses, et dans l'état où elle se sentait, si elle revoyait l'intérieur d'une coquille d'œuf dans un siècle, ce serait encore trop tôt à son goût.

— Il devrait y avoir de quoi satisfaire la clientèle de ce soir ainsi que le service d'étage cette nuit, annonça-t-elle à Max d'un ton sec, en retirant son tablier couvert de taches de fruits et de chocolat.

Examinant une rangée de tartes aux fruits, elle fronça les sourcils d'un air critique. Un peu artisanal, tout ça... Si elle avait eu du temps et de l'énergie de reste, elle les aurait mises de côté et aurait recommencé de A à Z.

— Demain matin, à la première heure, je veux que quelqu'un voie avec le service du personnel comment assurer le remplacement des deux chefs pâtissiers.

— M. Cocharan s'en est déjà chargé.

Max se tenait devant elle raide comme un piquet, déterminé à ne pas céder un pouce de terrain, même s'il avait été impressionné par la rapidité et l'efficacité avec lesquelles elle avait pris en main une situation qui semblait promise à la catastrophe. Il se cramponnait à sa rancœur, même s'il devait admettre — en son for intérieur seulement — que la tarte aux abricots de Summer dépassait de loin tout ce qu'il avait pu goûter jusque-là.

— Parfait. C'est déjà ça de réglé.

Elle se frotta la nuque. Sa peau était moite, ses muscles douloureux et tendus.

— Demain matin, 9 heures, Max. Dans mon bureau. Nous verrons s'il y a moyen de nous organiser. Je rentre chez moi me plonger dans un bain moussant et je n'en ressors pas de la nuit.

Depuis un moment, Blake se tenait adossé contre un meuble à l'écart, et observait Summer en action. Il avait été fasciné de voir avec quelle promptitude la diva avait relégué ses caprices au placard et relevé les manches pour accomplir les tâches peu prestigieuses que requérait la situation.

Elle lui avait montré d'elle deux aspects auxquels il ne s'attendait pas : sa rapidité de prise de décision et d'action, et la simplicité avec laquelle elle avait affronté un problème qui aurait mis n'importe quel autre chef en état de crise. Il admirait également le calme avec lequel elle gérait ce qui était visiblement une relation compliquée avec Max. Même si elle adorait jouer les stars, lorsqu'elle se trouvait dos au mur, elle assurait sans faire de cinéma.

Il attendit qu'elle retire son tablier pour sortir de l'ombre.

— Je te raccompagne chez toi ?

Summer jeta un coup d'œil dans sa direction tout en défaisant la pince qui retenait ses cheveux. Ils coulèrent sur ses épaules en une masse indisciplinée. Les pointes humides bouclaient sous l'effet de la chaleur.

— J'ai ma voiture.

— J'ai la mienne aussi.

Son arrogance restait perceptible même lorsqu'il souriait.

— Ainsi qu'une bouteille de Krug Clos du Mesnil. Mon chauffeur passera te prendre demain matin.

Elle réussit à se convaincre qu'elle n'acceptait que pour le champagne, et que le sourire terriblement sexy de Blake n'entrait en rien dans sa décision.

— Chambré juste comme il faut, j'espère ?

— Ça va sans dire.

— Alors ça marche, monsieur Cocharan. Je ne refuse jamais un champagne de cette qualité-là.

— La voiture est avancée.

Elle voulut lui offrir son bras, mais il lui prit la main et, avant qu'elle ait pu imaginer une contre-manœuvre, il l'entraîna hors des cuisines.

— Ça t'embarrasserait si je te disais que j'ai été très impressionné par ta prestation, ce soir?

Non seulement elle était habituée aux compliments, mais elle les considérait plus ou moins comme un dû. Et pourtant, elle n'avait pas souvenir d'en avoir jamais reçu avec autant de plaisir que celui-là. Chassant l'émotion qui la saisissait d'un petit mouvement d'épaules, elle tenta d'alléger sa réponse d'une pointe d'humour.

— Etre impressionnante est une vocation chez moi. Il y a donc longtemps que ça ne m'embarrasse plus, lorsqu'on fait mention de mes incroyables capacités et de mon extraordinaire talent.

Si elle n'avait pas été aussi fatiguée, il n'aurait peut-être pas perçu la fragilité derrière l'apparente désinvolture.

Arrivé à sa voiture, il n'ouvrit pas tout de suite. Il se retourna et posa les mains sur les épaules de Summer.

— Tu as abattu un travail herculéen, ce soir.

— C'est mon boulot…

— Non, rectifia-t-il en dénouant les tensions dans ses muscles. Ce que tu as fait aujourd'hui n'entre pas dans le cadre de tes fonctions.

— Dans la mesure où j'ai signé ce contrat, je considère que les cuisines du Cocharan relèvent de ma responsabilité. Tout ce qui en sort doit satisfaire à mes critères. Et susciter ma fierté.

— Tu ne t'es pas fixé un objectif facile.

— Tu voulais ce qu'il y a de mieux sur le marché, je crois?

— Et il semble que je l'ai obtenu.

Elle sourit, mais ses jambes demandaient grâce. Elle ne tenait plus sur ses pieds.

— Il ne semble pas, c'est une certitude. Mais… il n'était pas question d'une bouteille de champagne?

Il lui ouvrit la portière.

— Tu sens la vanille.

— Et le chocolat aussi, sans doute. Quant au champagne, je l'ai mérité.

Dès qu'elle fut assise, elle poussa un long soupir de détente. Du champagne d'abord, puis un bain à bulles et la fraîche caresse des draps propres.

— A l'heure où nous parlons, ils doivent probablement commencer à servir les premiers desserts, dit-elle, les yeux perdus dans le vague.

Blake se glissa au volant et coula un rapide regard dans sa direction tout en mettant le contact.

— Ça ne te paraît pas bizarre que le fruit de tes efforts atterrisse dans l'estomac de parfaits inconnus?

— Bizarre?

Summer s'étira, puis se laissa aller contre le dossier de son siège, appréciant son confort parfait et la vue sur le ciel à travers le toit ouvrant.

— Un peintre soumet bien sa toile aux regards de ceux qui font l'effort de venir la contempler. Un musicien joue bien sa partition sans choisir à qui il se donne à entendre.

— Tu veux dire que le propre de l'artiste est de se détacher de sa création?

— Forcément, oui.

Blake quitta le parking, réfléchissant aux dernières paroles de Summer. Le soleil était bas sur l'horizon et la nuit promettait d'être limpide.

— Mais le peintre — tout comme le musicien — s'intéresse aux réactions de son public. Tu pourrais trouver gratifiant d'être présente, lorsque les gens savourent tes desserts.

Summer ferma les yeux, parfaitement détendue pour la première fois depuis des heures.

— Lorsqu'on cuisine chez soi pour des amis, pour la famille, on le fait soit par devoir, soit par plaisir. Dans les deux cas de figure, il peut y avoir du bonheur à partager ce qu'on a mitonné avec ses convives. Mais dans un contexte professionnel, c'est tout à fait autre chose.

— Tu manges rarement ce que tu cuisines.

Elle sourit sans même ouvrir les yeux.

— Pour la bonne raison que je ne me mets presque jamais

130

à mes casseroles quand je suis chez moi. Sauf pour des choses vraiment élémentaires.

— Pourquoi?

— Parce que, quand je cuisine chez moi, il n'y a pas de petites mains dévouées pour nettoyer l'immense chaos que je laisse systématiquement derrière moi.

Il éclata d'un grand rire.

— A ta façon, tu es un esprit plutôt pratique.

— Je suis un esprit *cent pour cent* pratique.

Sentant qu'il ralentissait, elle souleva paresseusement les paupières et constata qu'il se garait le long d'un trottoir.

— Pourquoi est-ce qu'on s'arrête?

— Tu n'aurais pas un petit creux?

— Maintenant que tu le dis... La faim surgit en général dès que je laisse les cuisines et leurs odeurs derrière moi.

Tournant la tête, elle vit qu'ils étaient stationnés devant une pizzeria. Blake lui jeta un regard amusé.

— Comme je commence à connaître tes goûts, j'ai pensé que tu trouverais la combinaison pizza-champagne gastronomiquement très adaptée.

Elle sourit, consciente que sa fatigue cédait la place aux premiers tiraillements de la faim.

— Les deux se combinent très harmonieusement, en effet.

Blake ouvrit sa portière.

— Attends-moi ici. J'ai passé la commande par téléphone, lorsque j'ai vu que tu avais presque terminé. La pizza doit être prête.

Reconnaissante — et touchée —, Summer se réinstalla confortablement et ferma de nouveau les yeux, cherchant à se souvenir quand elle avait accepté pour la dernière fois qu'on s'occupe d'elle ainsi. Si sa mémoire était bonne, cela remontait à ses huit ans, lorsqu'elle avait été chouchoutée à l'occasion d'une grosse varicelle. Ses parents avaient toujours attendu d'elle qu'elle fasse preuve d'indépendance. Et elle ne les avait jamais déçus. Mais pour ce soir, elle ferait une exception. C'était reposant de laisser quelqu'un diriger les opérations, tout en veillant à son confort.

Elle devait admettre qu'elle ne s'était pas attendue à tant de gentillesse de la part de Blake. La classe, le style, l'élégance, c'étaient des qualités qu'elle ne pouvait que lui reconnaître, mais la sollicitude, l'empathie ? Il avait une longue et difficile journée de travail derrière lui. L'après-midi même, elle avait noté la fatigue qui marquait ses traits. Et pourtant, il avait attendu patiemment qu'elle termine, alors qu'il aurait pu remonter chez lui deux heures plus tôt et l'abandonner à son sort.

Un homme riche de qualités inattendues, ce Blake Cocharan III. Et incontestablement différent de l'image qu'il offrait de lui au premier abord. Elle avait toujours eu un faible pour les bonnes surprises.

Lorsque Blake rouvrit sa portière, les arômes incomparables d'une pizza fraîche cuite au feu de bois vinrent chatouiller les narines de Summer. Elle lui prit le carton des mains, puis se pencha spontanément pour l'embrasser sur la joue.

— Merci !

— J'aurais dû essayer le coup de la pizza plus tôt, murmura-t-il.

Reprenant sa position de détente, elle ferma les paupières et laissa un sourire éclore sur ses lèvres.

— N'oublie pas le champagne de grande marque. Ce sont mes deux principales faiblesses.

— L'information est enregistrée…

Il remit la voiture en marche et reprit la direction de l'appartement de Summer. Sa marque de gratitude toute simple n'aurait pas dû le surprendre. Encore moins l'émouvoir. Sans doute aurait-elle eu cette même réaction de joie paisible et spontanée, s'il lui avait offert un yacht ou une parure en diamants. Ce n'était pas tant la nature du cadeau qui devait compter, chez elle, mais l'idée du don. Et cette faculté de gratitude le séduisait. Ce n'était pas une femme facile à impressionner, conclut-il, mais une femme à qui on pouvait faire plaisir facilement.

Summer s'autorisa ce qu'elle ne s'autorisait normalement que dans la plus stricte solitude : elle se laissa aller à une détente totale. Même si elle gardait les paupières closes, elle n'avait plus vraiment sommeil. Elle s'offrait juste le luxe de s'ouvrir à ses sensations : le mouvement de la voiture, le ronronnement sophistiqué du moteur, le son assourdi de la circulation au-dehors, les odeurs d'origan, de mozzarella et de tomate cuite qui montaient de la boîte posée sur ses genoux. L'habitacle était spacieux, mais elle n'en percevait pas moins à sa gauche la chaleur de Blake.

Plaisir… Tel était le mot qui flottait dans son esprit. Elle éprouvait une telle qualité de bien-être que ni défenses ni barrières ne paraissaient plus de mise. Dommage, vraiment dommage qu'ils ne puissent pas rouler au hasard, sans but, juste pour le *plaisir*.

Quel étrange souhait, tout à coup, pour quelqu'un qui, en temps normal, n'agissait jamais sans objectif précis. Ce soir, pourtant, l'idée de rouler le long d'une plage déserte venait jouer dans son esprit. La plage serait longue et nue sous une lune pleine qui se refléterait dans les eaux calmes. Le sable serait très blanc. Ils entendraient la respiration paisible des vagues, découvriraient des centaines d'étoiles qu'on ne remarquait presque jamais en ville. Il y aurait l'odeur de l'iode, la saveur du sel, le goût des embruns. Et la caresse de l'air tiède et humide sur la peau.

Elle sentit la voiture ralentir et bifurquer. Puis le moteur se tut. Elle se raccrocha encore un instant à son bord de mer imaginaire, à l'éclat d'argent du sable, au ciel constellé.

— A quoi est-ce que tu penses, Summer?

— A la plage. Aux étoiles.

Elle se ressaisit au son de sa propre voix rêveuse, surprise d'avoir pu se laisser aller à des évocations qui ne pouvaient qu'être qualifiées de romantiques.

— Bon, je prends la pizza, annonça-t-elle en se redressant. Je te laisse te charger du champagne?

Il posa la main sur son bras. Un contact léger, sans insistance, mais qui l'arrêta quand même. Puis il fit glisser un doigt caressant sur sa peau.

— Tu aimes la plage?

— Je ne me suis jamais vraiment posé la question.

En cet instant, pourtant, elle aspirait à poser la tête sur son épaule et à regarder les vagues se soulever et retomber dans une pluie d'écume. A compter longuement les étoiles. Pourquoi cette soudaine envie de se livrer à des occupations dépourvues de toute utilité pratique? se demanda-t-elle, étonnée de ses propres envies. Nager un cent mètres crawl, à la rigueur. Faire un footing dans le sable, pourquoi pas... Mais béer aux étoiles?

— Je ne sais pourquoi, mais cette soirée semble se prêter à des contemplations de bord de mer.

Elle ne sut pas si elle répondait à la question de Blake ou à la sienne.

— Comme nous n'avons pas de plage à disposition, il faudra trouver un substitut. Comment fonctionne ton imaginaire?

— Pas trop mal.

Assez bien, en tout cas, pour se rendre compte d'où cette soirée allait la mener, si elle ne veillait pas à basculer sur un mode un peu moins alangui.

— Ce que me dit mon imagination, là, tout de suite, c'est que la pizza refroidit et que le champagne se réchauffe.

Poussant sa portière, elle descendit, le carton en équilibre sur le plat de la main, et se dirigea droit vers la porte. Une fois à l'intérieur du bâtiment, elle emprunta l'escalier.

— Il arrive que l'ascenseur ne soit pas en panne?

Blake glissa sous son bras le sac isotherme contenant le champagne, et lui emboîta le pas.

— Il marche parfois. Mais rarement. Personnellement, je ne prends pas le risque.

— Dans ce cas, pourquoi avoir choisi le quatrième étage? demanda-t-il alors qu'ils atteignaient le deuxième palier.

Elle sourit.

— J'aime bien la vue. Et les démarcheurs à domicile se découragent généralement avant d'y arriver.

— Tu aurais pu choisir un immeuble moderne avec une vue panoramique, un système d'Interphone sécurisé et un ascenseur normalement constitué.

— Je ne suis pas contre la modernité. J'aime les voitures neuves et fonctionnelles. Et le matériel de cuisine que j'utilise doit être dernier cri.

Sortant ses clés de son sac, Summer les fit tinter en approchant de sa porte d'entrée.

— En ce qui concerne le logement, j'ai des critères plus fantaisistes. Mon appartement à Paris a des canalisations capricieuses mais les plus belles corniches au plafond dont on puisse rêver.

En entrant, ils furent accueillis par un parfum de roses si soutenu qu'il en était presque étourdissant. Il y en avait de partout. Des blanches dans un panier, des vertes dans un vase de Sèvres, des parmes et des saumonées disposées en un savant mélange dans un pot en terre cuite et un assemblage de généreuses corolles couleur ambre dans un grand verre en cristal de Venise.

— Tu es tombée sur une promo spéciale chez le fleuriste?

Summer posa la pizza sur la table à manger ronde du séjour avant de répondre :

— Je ne m'achète jamais de fleurs. Les roses sont un cadeau d'Enrico.

Blake sortit le champagne du sac.

— Toutes?

— Il a tendance à faire dans l'excès. Tu as probablement entendu parler de lui. Enrico Gravanti… Celui des sacs à main et des chaussures.

Dans la catégorie grand luxe, oui. Blake effleura un pétale de rose bicolore.

— J'ignorais que Gravanti était à Philadelphie. Il descend au Cocharan, d'habitude.

— Enrico n'a pas bougé de Rome, aux dernières nouvelles.

Summer passa dans la cuisine pour prendre des flûtes et des assiettes.

— Il m'a fait livrer ces « quelques fleurs », comme il dit, parce que j'ai accepté de confectionner le dessert pour son dîner d'anniversaire, le mois prochain.

— Quatre douzaines de roses uniquement parce que tu acceptes de lui faire un gâteau?

Summer revint avec les couverts.

— Cinq. J'en ai d'autres dans la chambre. Elles sont très belles, celles-là. Des teintes incroyables et une forme parfaite… Cela dit, mes desserts valent bien ces manifestations de gratitude.

Elle lui tendit démonstrativement une flûte.

Blake hocha la tête et déboucha le champagne. Le gaz s'échappa avec un léger sifflement et les bulles s'élevèrent vers le col de la bouteille.

— J'en conclus que tu vas bientôt partir en Italie?

— Je peux difficilement envoyer mes desserts par la poste!

Elle observa l'effervescence joyeuse du liquide couleur d'or pâle qui montait en mousse exubérante.

— Je ne passerai que deux jours à Rome. Trois au maximum.

Elle attendit que la mousse retombe, puis observa un instant les trains de bulle avant de porter le verre à ses lèvres. Elle prit une gorgée, ferma les yeux, l'attention aiguisée, les sens en éveil.

— Excellent. Superbe, même. Il n'a pas usurpé sa réputation.

Une deuxième gorgée, puis elle souleva les paupières et sourit.

— Je meurs de faim!

Soulevant le couvercle du carton, elle huma longuement.

— Mm… Chorizo, mozzarella, artichauts.

— La Piquante, comme ils l'appellent. J'ai pensé qu'elle t'irait bien.

Elle laissa monter un rire, aussi spontané qu'une explosion de bulles, et prit place à table.

— Très bon choix, en effet. Tu veux que je te serve?

— Volontiers.

Pendant qu'elle découpait la pizza, Blake prit un briquet sur la table et alluma les trois bougies dans le chandelier.

— Champagne et pizza, dit-il en éteignant la lumière. Une combinaison qui mérite d'être dégustée aux chandelles, non?

— Si ça te fait plaisir.

Elle attendit qu'il se soit assis pour prendre sa première bouchée. Et ronronna de plaisir.

— Splendide!

— Si tu le dis… Tu as remarqué que nous passons beaucoup de temps ensemble à manger, toi et moi?

— C'est une noble occupation. Que j'honore entre toutes. J'essaie toujours de manger en conscience et de vivre chaque repas comme un plaisir et non pas comme une nécessité biologique. Ça ajoute quelque chose.

— Des kilos?

Elle haussa les épaules et attrapa son verre de champagne.

— Des kilos, oui, pour qui n'a pas la sagesse de savourer son plaisir à la juste dose. C'est la goinfrerie qui fait grossir, abîme le teint et rend triste et dépendant.

— Et tu ne tombes jamais dans ce travers?

Elle se souvint brusquement d'avoir été submergée par une voracité sans précédent, lorsqu'ils s'étaient embrassés. Mais elle n'avait pas succombé corps et biens à une boulimie de baisers. Elle avait repris le contrôle.

— Non. L'art de déguster, oui. La compulsion, non. Dans mon métier, ce serait désastreux.

Prenant une nouvelle bouchée, elle s'appliqua à la savourer longuement.

— Et comment fais-tu pour limiter ton plaisir au juste dosage?

La question n'était pas innocente. Prenant tout son temps, Summer leur resservit à chacun une part avant de répondre :

— Je préfère manger une seule cuillerée d'une mousse au chocolat fabuleuse que de me remplir d'un dessert bourratif qui manque de finesse et d'élégance.

Blake contempla le contenu de son assiette d'un œil sceptique.

— Et la pizza, pour toi, se range dans la catégorie des mets qui ont de l'élégance ?

Elle sourit de le voir aussi déconcerté par ses goûts.

— Les aromates sont en harmonie — si j'excepte une pointe d'origan en trop. Un excellent mariage entre l'acidité de la sauce et la consistance de la pâte. La mozzarella de bufflonne est souple et goûteuse à souhait et le chorizo relève juste ce qu'il faut. Reste l'artichaut qui apporte la pointe d'amertume nécessaire. Il suffit de mettre ses sens à contribution, sans idées préconçues. Des plats très simples, très basiques peuvent se révéler mémorables.

Blake approuva d'un hochement de tête.

— Lorsqu'on met ses sens à contribution sans idées préconçues, il peut en résulter toutes sortes de plaisirs mémorables, en effet. Et dans les domaines les plus variés !

Elle porta son champagne à ses lèvres et sourit, croisant son regard par-dessus le bord de son verre.

— Il est bien entendu que nous parlons nourriture, Blake. Les saveurs sont capitales, bien sûr, mais l'apparence…

Leurs doigts s'entrelacèrent.

— C'est par le regard que tout commence. C'est à travers lui que naît d'abord le désir de porter quelque chose à la bouche.

Elle ne le quittait pas des yeux, captivée par son regard, d'un bleu profond.

— Puis des arômes viennent taquiner tes narines et te tentent, te poussent, te galvanisent. C'est alors l'olfaction qui entre en jeu…

Son odeur à lui ? Boisée. Dans des tonalités sombres. Attirante.

— L'ouïe aussi joue son rôle, bien sûr. Approche ton verre de ton oreille et tu entendras la voix de ton champagne — retenue ou volubile, timide ou poétique. Ecoute-le…

Pour sa part, elle aimait par-dessus tout entendre la façon dont il prononçait doucement les deux syllabes de son prénom.

Elle poursuivit, avec une légère raucité dans la voix, une trace ténue d'émotion dans la gorge :

— Au final, ce sont les papilles qui entreront dans la danse, pour explorer les goûts, les textures.

Les baisers de Blake lui avaient révélé des saveurs qu'elle gardait obstinément à la mémoire.

Il pressa les lèvres au creux de sa paume.

— Si j'ai bien compris, tu conseilles de savourer chaque aspect de l'expérience afin d'y associer tour à tour chacun de nos sens ?

Il retourna sa main et, de la pointe de la langue, explora un à un les creux sensibles entre les jointures de ses doigts.

— A la suite de quoi, nos plaisirs, même les plus élémentaires, se parent du pur éclat d'une gemme ?

Une brûlante sensation de désir fila le long de son bras et descendit comme une flèche jusqu'en bas de son ventre.

— Une expérience ne vaut que si elle est vécue pleinement, acquiesça-t-elle dans un souffle.

— Et l'ambiance ?

D'un doigt léger, il suivit le contour de son oreille.

— Tu ne penses pas que le cadre joue un rôle ? Qu'il magnifie l'expérience, s'il est approprié ? Comme un éclairage à la bougie, par exemple.

Leurs visages étaient très proches l'un de l'autre à présent. Summer observa sur les traits de Blake le jeu des flammes qui dessinait des zones d'ombre et de mystère.

— Le décor reste un élément extérieur. Mais il peut ajouter une certaine intensité à l'ensemble.

— Créer une atmosphère propice à l'éveil de la poésie amoureuse, en somme ? chuchota-t-il en soulignant d'une caresse la ligne de sa joue.

— On pourrait dire les choses ainsi, oui…

Le champagne ne lui montait jamais à la tête, pourtant elle avait la tête légère. Comme remplie de petites bulles. Lentement, voluptueusement, son corps entrait en passivité, se faisait pure réceptivité langoureuse. Elle fit un effort pour se souvenir pourquoi elle devait à tout prix lutter contre ces sensations. Mais son cerveau ne lui fournit aucune réponse convaincante.

— Certaines personnes peuvent être sensibles à une atmosphère dite « romantique », dit-elle dans un souffle.

— Certaines, oui, reprit-il en écho, alors que ses lèvres suivaient le chemin que ses doigts avaient ouvert. Mais toi non ?

Il lui mordilla les lèvres et les sentit douces, tièdes, offertes sous les siennes.

— Non, pas moi, bien évidemment, répondit-elle.

Mais son soupir était aussi doux, tiède et fondu que sa bouche langoureuse.

— Toi, tu es une femme pratique. Pas romantique pour deux sous.

Il la fit se lever de sa chaise afin que leurs corps puissent se trouver.

— Voilà. Tout à fait. Je suis terre à terre.

Elle se coula contre lui et sa tête bascula en arrière, en une invite.

— Le coup des bouquets de roses et des dîners aux chandelles, ce n'est pas à toi qu'on le fait...

Avec un léger chuchotis de plaisir, elle l'entoura de ses bras.

— Les bougies, les photophores et tout le reste, c'est juste une astuce destinée à maquiller l'atmosphère. Nous, les chefs, nous considérons qu'il existe des éclairages plus adéquats pour mettre nos mets en valeur.

— Alors, pour toi, ça ne change rien si je te dis que tu es belle autant sous l'éclat du soleil qui montre que ta peau est sans défaut qu'à la lumière d'une bougie qui la fait paraître de porcelaine ?

Il s'interrompit un instant pour inscrire un pointillé de baisers le long de la ligne de son cou.

— Ça ne changerait rien si je te disais que tu déchaînes des torrents de désir en moi, comme aucune autre femme avant toi ? Que le simple fait de te regarder m'excite, que je deviens fou quand je te touche ?

— Ce ne sont que des mots, réussit-elle à répondre, alors même que la tête lui tournait. Je n'ai pas besoin de...

La bouche de Blake lui imposa le silence. Le long baiser qui suivit annihila en elle toute prétention au pragmatisme. Même si elle n'en avait jamais éprouvé la nécessité jusque-là, elle voulait, pour ce soir, la poésie des mots tendres, la douceur de l'éclairage et l'emportement du cœur. Elle voulait faire l'amour avec une lenteur, une attention aux sensations qui lui videraient la tête et feraient de son corps une lave tiède et malléable à l'infini. Ce soir, il n'y avait que lui au monde. Si, le lendemain, les dures sanctions de la réalité devaient tomber, il serait toujours temps de les affronter une à une. L'échéance paraissait si lointaine… A des années-lumière. Le lendemain était loin. Et le présent, c'était Blake.

Elle ne résista pas lorsqu'il la souleva dans ses bras. Pour les heures à venir, elle serait fragile et tendre ; elle serait romantique, le cœur ébloui et la tête dans les étoiles. Elle l'entendit souffler les bougies et l'odeur de la cire fondue les accompagna en volutes légères jusque dans la chambre à coucher.

La lumière de la lune entrait par la fenêtre, comme un ensorcellement argenté. *Les roses.* Leur précieuse fragrance flottait partout autour d'eux. De l'appartement d'en dessous montaient, étouffées, les envolées *appassionata* de la sonate de Beethoven du même nom.

Une brise, presque imperceptible dans la nuit chaude, chuchota sur son visage lorsque Blake l'allongea sur le lit. L'ensemble se conjuguait pour créer une atmosphère de beauté et de mystère, songea-t-elle à travers la brume légère qui estompait ses pensées. Aurait-elle imaginé mieux, si elle avait dû mettre en scène le décor idéal pour une nuit d'amour ? Elle ouvrit les bras à Blake et l'attira à elle.

Peut-être le destin avait-il tout orchestré ?

De Blake, elle ne voyait plus que les yeux. Son regard d'un bleu profond était si direct, si intense qu'il appelait un engagement sans réserve. Il l'observait sans rien faire, soulignant juste du bout du doigt la forme de son visage, de ses lèvres. Avait-elle déjà reçu pareille tendresse ? Avait-elle même *souhaité* la recevoir ?

Non. Pas qu'elle s'en souvienne. Mais elle désirait aujourd'hui ce qu'elle n'avait encore jamais désiré jusqu'à présent. Elle aspirait à la découverte, à la tendresse, s'ouvrait à l'homme qui s'apprêtait à lui offrir l'une et l'autre.

Prenant son visage entre ses mains, elle étudia ses traits. Elle se préparait à partager avec lui un moment d'intimité totale. Bientôt, il connaîtrait son corps et il connaîtrait ses vulnérabilités. Peut-être aurait-elle hésité à la dernière seconde à s'en remettre à lui tout entière. Mais le désir balayait toute velléité d'atermoiement avec la force d'un torrent. Elle se raccrocha à la promesse qu'elle lisait dans son regard.

— Embrasse-moi, Blake. Je n'ai encore jamais rien ressenti d'aussi fort.

Une vague de plaisir et de fierté, d'une intensité sidérante, le submergea alors. Se penchant au-dessus d'elle, il posa ses lèvres sur les siennes, les fit aller et venir doucement. Les yeux dans les yeux, ils regardaient leurs émotions s'intensifier, leurs désirs monter, enfler comme les eaux d'un fleuve.

Blake aurait pu s'en douter : Summer était encore plus belle sous la lumière de la lune, ses cheveux étalés sur l'oreiller. Il aurait dû deviner aussi que son désir d'elle serait douloureux comme aucun désir ne l'avait été. Ce qui se passait là, dans ce lit, était-ce une simple histoire de sens, ou aurait-il franchi, sans s'en apercevoir, quelque ligne de démarcation invisible? A ces questions, il n'y avait pas de réponses. Pas encore. L'élucidation viendrait peut-être plus tard, avec la lumière du jour.

Un son guttural monta de sa gorge et il approfondit leur baiser. Le corps de Summer s'amollit sous le sien; sa bouche s'émut. L'excitation montait par vagues, comme de petites flammèches brèves encore contenues par la douceur dont ils semblaient avoir besoin, l'un et l'autre. Besoin de donner. Besoin de recevoir. C'était en eux, une pulsion inattendue que ni lui ni elle n'avaient connue auparavant.

Les mains de Summer coururent, légères, sur son visage et dans son cou, avant de s'enfouir dans ses cheveux. Même s'il sentait son corps durcir contre le sien, il n'y avait encore rien d'impérieux, aucune exigence immédiate.

Savoure-moi. L'appel muet glissa dans l'esprit de Summer comme une caresse de soie, alors que les lèvres de Blake cheminaient sur son visage en toute lenteur. Elle n'avait encore jamais rencontré tant de patience, n'avait jamais éprouvé un tel enchantement de tout le corps. Bouche contre bouche. Bouche contre peau. Chaque baiser la faisait descendre un peu plus dans les strates profondes d'une langueur qui effaçait les frontières entre dehors et dedans.

Touche-moi. Là encore, il parut percevoir son injonction silencieuse. Le périmètre de ses caresses s'élargit, toujours sans aucune hâte. Ses mains glissèrent sur ses épaules, le long de ses flancs, puis remontèrent effleurer ses seins. Encore et encore. Jusqu'au moment où il leur fallut plus de partage, plus de contact, plus de peau. Alors, sans un mot, ils commencèrent à se déshabiller l'un l'autre.

De fragiles doigts de lune glissaient sur des pans de chair

dévoilés — une épaule, la longueur d'un bras, un torse hâlé et dur. Avec la patience de la volupté, Summer pressait ses paumes sur le torse de Blake, apprenait à lire sous ses doigts la solidité, le rebondi de ses muscles. Avec l'émerveillement de la paresse, il explorait à son tour toute la longueur de son corps, mémorisait la subtilité de ses courbes, la perfection de ses lignes, la ronde délicatesse de ses seins. Même dévêtus, ils maintinrent le parti pris de la lenteur. Il y avait tant à toucher, tant à déguster et le temps avait perdu toute signification.

Le souffle de la brise s'intensifia, mais la chaleur montait dans les corps. Partout où les doigts de Summer se posaient, la chair de Blake brûlait, puis se rafraîchissait pour brûler de nouveau. Il reprit les commandes, goûta, dévora le satiné d'une peau frémissante, à la recherche des plages de sensibilité secrètes. Petit à petit, ils approchaient des zones de turbulences, la langueur cédait du terrain, laissait la place à plus d'exigence.

Avec un sentiment d'urgence à présent, au son de leurs gémissements et de leurs respirations tremblantes, ils s'entraînaient mutuellement plus loin. Plus vite. Plus fort. Plus haut. Blake n'avait jamais vraiment imaginé pouvoir abandonner les rênes et Summer avait toujours refusé la passivité. Aujourd'hui, pourtant, ils acceptaient l'abandon, se laissaient guider tour à tour vers une destination commune.

Summer perdait prise sur le réel, le laissait glisser au loin sans chercher à se raccrocher aux éléments extérieurs. Les accords de piano ne pénétraient plus que faiblement sa conscience, mais les murmures de Blake lui parvenaient avec une grande clarté. Le parfum des roses avait cessé de mobiliser ses sens, mais les odeurs intimes de Blake faisaient chanter sa libido. Elle était prête à humer, ressentir, éprouver tout ce qui voudrait bien se présenter à elle, à condition que ce soit avec lui et lui seul. Le feu du désir faisait rage en elle comme jamais encore auparavant. Mais le désir n'était pas seul. Il s'accompagnait de quelque chose d'éperdu qu'elle ne parvenait pas à nommer. L'élan qui l'habitait, elle ne pouvait le récuser, encore moins le refuser. Tout en elle réclamait Blake — son cœur, son corps et son esprit confondus.

Son nom trembla sur ses lèvres lorsqu'elle l'accueillit en elle, se fit terre d'accueil, humide et chaude. Pour l'un et l'autre, alors, l'acuité inouïe du plaisir occulta toute pensée. Tout s'accéléra, le flux les emporta, déchaînant tempête après tempête. La langueur initiale s'était mue en ouragan. Ensemble, ils furent soulevés, balayés. Mêlés au plus secret de leurs êtres. Toujours semblables et pourtant plus tout à fait les mêmes qu'avant.

Combien de temps s'était-il écoulé? Des heures? Quelques minutes seulement? Summer baignait nue dans l'éclat tamisé de la lune et cherchait à se repérer, émergeant tant bien que mal de la langueur cotonneuse dans laquelle l'amour l'avait plongée. Tout était si nouveau pour elle! Comment pouvait-on se sentir repue, exaltée et exténuée à la fois? La veille encore, elle aurait affirmé qu'il était impossible de combiner trois états.

Les cheveux noirs de Blake lui caressaient l'épaule et son souffle murmurait contre sa joue. Leurs odeurs corporelles s'étaient mariées à présent, et le parfum des roses n'était plus qu'un thème parmi d'autres au sein d'un bouquet olfactif aux tonalités plus musquées. A l'étage en dessous, la musique avait cessé, mais l'écho des notes restait imprimé dans ses oreilles. Le corps de Blake pesait sur le sien et ce poids l'enchantait. Elle savait, sans avoir à se poser la question, qu'elle pourrait nouer les bras autour de lui et rester ainsi collée à lui le restant de ses jours.

Oh! mon Dieu!

A travers la langueur ouatée du plaisir, les premiers frémissements de l'inquiétude se firent sentir. En si peu de temps, comment avait-elle pu en arriver là? Elle avait toujours été si certaine de conserver le contrôle de ses sentiments. Ce n'était pas la première fois qu'elle passait la nuit avec un homme, mais la première fois qu'elle faisait l'amour au sens plein du terme.

Autrement dit, elle venait de commettre une erreur.

Elle se força à graver le mot « erreur » dans son esprit, même si son cœur tenait le discours opposé. Il était temps de redevenir l'esprit pratique qu'elle avait toujours été. N'avait-elle pas eu l'occasion de constater les effets délétères de la passion sur deux personnes parfaitement douées d'intelligence? Ses parents avaient passé des années à enchaîner les histoires d'amour, à la recherche de... de quoi, au fait?

De ça, murmura une voix en elle. Mais sa raison se hâta de bloquer le message. Elle ne commettrait pas l'erreur de courir à son tour après un objectif aussi fuyant. L'engagement, la permanence des sentiments étaient des miroirs aux alouettes. Des illusions qui n'avaient aucune place dans la vie qu'elle s'était choisie.

Fermant les yeux un instant, elle attendit que le tourbillon retombe et que le calme revienne. Elle était une grande fille, suffisamment évoluée et mature pour assumer une attirance physique mutuelle sans lendemain.

Traite la situation par l'humour. Ne donne surtout pas d'importance à ce qui vient de se passer.

Mais elle ne put résister à la tentation de glisser la main dans les cheveux de Blake.

— Etonnant, non, les effets secondaires que la combinaison pizza-champagne provoque chez moi ?

Soulevant la tête, Blake lui sourit. Il se sentait d'attaque pour affronter le monde entier. Seul et à mains nues.

— Je te le prescris comme régime de base, murmura-t-il, en lui embrassant le creux de l'épaule. Ce sera désormais le mien, en tout cas. Tu en reprendras bien une petite dose ?

— De champagne et de pizza ?

Il lui mordilla le cou en riant.

— De ça aussi, oui.

Roulant sur le dos, il l'entraîna avec lui. L'intimité de leur étreinte fit vibrer quelque chose en elle — comme un tremblement au plus intime de son être.

Edicte les règles, Summer. Fais-le maintenant... Avant qu'il ne devienne trop facile d'oublier.

— C'était bon, toi et moi, énonça-t-elle calmement.

— A qui le dis-tu !

Il voyait les ombres jouer sur le plafond, percevait le ronronnement étouffé de la circulation. Mais c'était Summer, rien que Summer, qui saturait tous ses sens.

— Maintenant que nous sommes passés par la case sexe, poursuivit-elle, notre relation peut en être affectée de deux manières possibles.

Il tourna la tête et la fixa, intrigué.

— De deux manières possibles ?

— Soit ça accroîtra la tension entre nous dans le cadre professionnel, soit elle s'en trouvera au contraire allégée. Avec un peu de chance, il s'agira du second cas de figure.

Il fronça les sourcils dans la semi-obscurité.

— Ce qui vient de se passer ici n'a strictement rien à voir avec nos vies professionnelles, Summer!

— Je ne vois pas comment elles pourraient ne pas en être affectées. Tout ce qui nous arrive en dehors a forcément des répercussions sur la façon dont nous travaillons ensemble, non? Elle s'humecta les lèvres et fit un effort pour garder une attitude désinvolte.

— Faire l'amour avec toi a été... très intime. Mais demain matin, nous serons de nouveau liés par une relation de travail. C'est inéluctable. Et je pense que ce serait une erreur de laisser ce... cet épisode modifier le climat professionnel entre nous.

Elle avait l'impression d'en rajouter. De parler pour ne rien dire. De déblatérer, en somme. Si seulement il répondait quelque chose, ça lui faciliterait la tâche!

— Nous savions, l'un et l'autre, que nous finirions par coucher ensemble, Blake. Maintenant que c'est fait, ce sera sans doute plus tranquille entre nous. Plus apaisé.

— Comment ça, *plus tranquille*?

Furieux et, à sa grande surprise, peiné, Blake se souleva sur un coude.

— A t'entendre, ce qui s'est passé entre nous correspondrait à la simple décharge d'un trop-plein de tension sexuelle. Là aussi, nous savons que c'est un peu plus que ça.

— Soit. Mais n'en faisons pas une montagne!

Comment avait-elle pu s'embarquer dans un discours aussi creux? Et pourquoi continuait-elle à parler, alors qu'elle avait juste envie de ronronner entre ses bras?

— Nous sommes deux célibataires adultes et sexuellement compatibles. Sur ce plan-là, nous ne devons pas encombrer l'autre avec des attentes déraisonnables. Sur le plan professionnel, en revanche, notre investissement doit être total.

Blake eut une brutale envie de le lui faire ravaler son « plan professionnel ». De le lui enfoncer dans la gorge. Sans ménagement. Et la violence de sa réaction n'était pas faite pour le rassurer. Pas plus que la découverte qu'il souhaitait, *aussi* sur le plan intime et personnel, un investissement total. Non sans effort, il réprima sa rage. Il lui faudrait prendre le temps de faire le point. Il avait quelques questions sérieuses à se poser et il lui faudrait de vraies réponses. En attendant, il s'agissait de garder la tête froide.

— Summer, j'ai l'intention de faire l'amour avec toi très souvent. Et chaque fois que nous serons ensemble dans un lit, le « plan professionnel » ira se faire foutre, si j'ose dire.

Il passa la main sur son flanc et sentit son corps se déployer comme une fleur sous la caresse. Si elle voulait absolument des règles, il allait en établir, songea-t-il, furieux. Les siennes, cette fois-ci.

— Lorsque nous sommes ensemble, il n'y a pas d'hôtel, pas de restaurant. Juste toi et moi. De retour à la Cocharan House, nous serons tout aussi professionnels que tu voudras l'être.

Summer ne savait plus très bien si elle voulait acquiescer calmement ou hurler de désarroi. Dans le doute, elle se tut.

Blake l'attira fermement contre lui.

— Et maintenant, j'ai envie de toi. J'ai envie qu'on fasse l'amour ; j'ai envie qu'on dorme ensemble. Dès demain matin, 9 heures, promis, nos personnalités professionnelles reprendront le dessus. Ça te va ?

Summer aurait pu répondre, mais la bouche de Blake frôlait déjà la sienne. Après tout, demain serait un autre jour…

8

Dans la solitude de son bureau, Blake remâchait sa frustration, jurant haut et fort. Il avait souvent assisté à des conversations entre hommes tournant autour du lamento classique : les femmes seraient déroutantes, changeantes, illogiques, bourrées de contradictions, bref, de véritables casse-tête livrés sans la solution. Comme il avait toujours réussi à entretenir avec l'autre sexe des rapports aussi satisfaisants que rationnels, il s'était toujours cru éloigné de ce qu'il considérait comme des préjugés d'un autre temps.

Jusqu'à sa rencontre avec Summer.

A présent qu'il avait affaire à cette femme très particulière, il était à la recherche de nouveaux qualificatifs. Se levant de son bureau, il se dirigea vers la fenêtre et fronça les sourcils en contemplant sa ville.

En faisant l'amour avec elle pour la première fois, il avait dû constater son ignorance : il n'avait pas su jusque-là qu'une femme pouvait ployer avec autant de douceur dans l'étreinte, se montrer aussi généreuse d'elle-même. Pourtant, elle était restée forte, avec cette fragilité offerte paradoxale qui lui avait donné le sentiment de pénétrer du velours. Etait-ce un effet de son imagination, ou lui avait-elle appartenu dans les gestes de l'amour comme aucune femme avant elle ? Il aurait été prêt à jurer que pendant qu'ils s'étreignaient, elle n'avait été présente qu'à lui, n'avait pensé qu'à lui, n'avait désiré que lui. Et cependant, avant même qu'il ait eu le temps de rassembler ses pensées, elle s'était mise à lui parler froidement travail et règles de conduite. Comme s'il ne s'était rien passé entre eux.

Cela dit, le fait qu'elle soit restée carrée et pragmatique était plutôt inespéré. Ce qu'il voulait, c'était le plaisir, le charme d'une compagnie occasionnelle. Sans attaches ni complications. Il avait souvenir d'autres relations où il avait lui-même posé les limites et défendu son territoire. Et il s'en était plutôt bien trouvé. Mais maintenant...

En bas, un couple passa sur le trottoir, bras dessus, bras dessous. Alors qu'il les observait, il les imagina riant ensemble de quelque chose qu'ils seraient les seuls à comprendre. Et pour la première fois, il s'interrogea véritablement sur le sens de l'intime. Son instinct lui disait que Summer et lui avaient été aussi proches l'un de l'autre qu'un homme et une femme pouvaient l'être. Et pas seulement par la peau, par les sens. Il y avait eu un entremêlement de pensées, de désirs, d'émotions — une rencontre absolue... en totale contradiction avec le discours que lui avait tenu ensuite Summer. Que devait-il croire?

Exaspéré, il se détourna de la fenêtre. Il ne pouvait nier qu'il s'était invité chez elle la veille avec le projet bien arrêté de venir à bout de ses résistances et de mettre ainsi fin à la tension d'un désir qui le tenait éveillé la nuit. Mais qui de lui ou d'elle avait succombé à la séduction, il aurait eu du mal à le dire. Au bout de cinq minutes passées seul avec elle, il perdait son libre arbitre. Poser les yeux sur elle, c'était forcément vouloir la toucher. L'entendre rire, c'était aspirer aussitôt à la saveur de ses lèvres. A présent qu'il avait goûté à l'amour avec elle, il en voulait plus, beaucoup plus. Au point de rêver de lui ravir chacune de ses nuits.

Il devait bien exister un terme pour qualifier cette nouvelle expérience qu'il traversait, non? Il se sentait toujours plus à l'aise lorsqu'il réussissait à définir un problème avec précision. Une fois l'étiquette collée, il ne lui restait plus qu'à cataloguer, classer et passer à autre chose. Il était l'ami des catégories et des intitulés pertinents. Comment définissait-on le fait de penser à une femme alors qu'il aurait fallu penser à tout autre chose? Quel nom donnait-on à cette morsure du cœur, tenace, insistante, qui ne vous lâchait pas et vous mettait les nerfs à vif?

L'amour? Le mot s'imposa lentement et de façon assez déplaisante. Frappé de stupeur, Blake se rassit et fixa le mur en face de lui. Il l'aimait, donc. C'était aussi simple — aussi terrifiant — que cela. Il la voulait, là, avec lui, riant et tremblant de désir tour à tour. Il voulait voir luire dans ses yeux les orages de la colère et les tempêtes de la passion. Passer avec elle des soirées

148

calmes et des nuits de folie. Et il savait avec une certitude aussi forte qu'inexplicable que tout cela, il le voulait dans la durée.

Depuis ce premier jour où il avait dévalé quatre étages à pied, après leur première rencontre dans son appartement, il n'avait pas pensé une seule fois à une autre femme. *L'amour, oui...* Si tant est qu'il existe la moindre cohérence dans ces phénomènes, l'amour s'imposait comme la seule conclusion logique. Et il était condamné à faire avec.

Il sortit une cigarette d'un paquet qu'il gardait dans un tiroir et la porta à ses lèvres. Sans même penser à l'allumer, il resta les yeux rivés devant lui.

Et maintenant? Qu'est-ce que je fais?

Voilà qu'il était tombé amoureux d'une femme qui lui avait très clairement fait comprendre qu'elle ne voulait ni engagement ni promesses. Lui-même, en revanche, avait toujours eu foi en la permanence et en la poésie du mariage. Même si c'était resté jusque-là une croyance abstraite qu'il n'aurait guère imaginé s'appliquer à lui-même.

Mais les choses avaient changé. Il était quelqu'un de trop ordonné — à l'extérieur comme à l'intérieur — pour ne pas considérer la vie à deux comme le résultat direct de l'amour. Et l'amour, forcément, avait pour compagnons la stabilité, l'engagement et le long terme. Il voulait Summer. Et il avait toujours eu la ferme conviction que lorsqu'on voulait vraiment, on pouvait.

L'ennui, c'est que s'il se risquait à lui parler d'amour, elle prendrait la fuite. Lui-même avait encore un peu de mal à se familiariser avec le concept. Une stratégie... Voilà ce qu'il lui fallait. Tout était toujours question de stratégie. Il devait trouver le moyen de la convaincre qu'il était devenu un élément essentiel de sa vie, que leur relation sonnerait le glas de sa vocation proclamée pour le célibat.

Les jeux n'étaient pas encore faits, et il était bien décidé à remporter la mise. Les sourcils froncés, le regard fixe, il commença à élaborer son plan de campagne.

Quatre tasses de café serré n'avaient pas suffi à Summer pour hisser ses capacités de travail à leur niveau optimal. Dix heures de sommeil convenaient parfaitement à ses biorythmes. Huit heures restaient acceptables. Avec moins — et la nuit précédente avait été vraiment très courte —, son humeur avait tendance à virer à l'âcre. Si l'on ajoutait à cela un état émotionnel perturbé et la froide rancœur de Max, les perspectives de la matinée ne s'annonçaient pas très prometteuses.

— En remplaçant l'agneau rôti par un gigot farci en croûte d'herbe, nous ajouterons une touche d'originalité à la carte.

Summer écarta ses livres de recettes pour faire un peu de place sur son bureau. Elle avait apporté dans son réduit un des bouquets d'Enrico pour y introduire une touche de couleur et de gaieté.

— Mon rôti d'agneau a toujours été très apprécié.

— Il convient aux goûts de certains, répondit-elle d'une voix égale. Pour moi, il est bon, mais pas excellent. Et « bon » ne suffit pas à mes yeux.

Leurs regards s'affrontèrent, s'opposant en une lutte qui pour être muette n'en était pas moins sans merci. Comme aucun des deux ne semblait décidé à céder, Summer s'éclaircit la voix et poursuivit :

— Et plutôt que la garniture clamart classique avec les petits pois dans les cœurs d'artichauts, nous proposerons en accompagnement des petits légumes de saison.

— Je ne vois pas pourquoi le clamart...

Summer redressa méticuleusement une fleur de son bouquet. La distraction, bien que mineure, l'aida à maîtriser son irritation.

— De *saison*, Max. Nous prévoirons désormais des garnitures de *saison*. Est-ce clair ? Quant à l'entrecôte...

— Il est hors de question qu'on touche à mon entrecôte !

Elle ouvrait déjà la bouche pour rétorquer, mais se ravisa et serra les dents. Tout le monde savait en cuisine que l'entrecôte était la spécialité de Max — plus ou moins son enfant chéri. La sagesse commandait qu'elle cède gracieusement sur ce point et la tradition britannique du « fair-play » qui courait aussi dans ses veines lui vint en aide.

— L'entrecôte reste exactement comme elle est. Ma fonction ici est d'améliorer ce qui a besoin de l'être, tout en conservant les bases qui font la réputation de la maison.

Voilà qui est bien formulé, Summer, se félicita-t-elle, pendant que Max s'inclinait en bougonnant.

— Nous garderons également le confit d'oie et le poulet aux morilles. Mais nous ajoutons le canard Tour d'Argent.

Max monta aussitôt sur ses grands chevaux.

— Le canard au sang! Mais c'est absurde! Nous n'avons personne ici qui soit capable de le préparer correctement. Et nous n'avons pas de presse.

— Exact. Voilà pourquoi j'en ai commandé une. J'ai même embauché quelqu'un qui sera capable de l'utiliser.

— Vous introduisez quelqu'un dans *mes* cuisines rien que pour le canard à la presse!

— J'introduis quelqu'un dans *mes* cuisines, rectifia-t-elle. Pour le canard et pour l'agneau entre autres choses. Ce chef a accepté de quitter son emploi actuel à Chicago pour venir nous rejoindre ici parce qu'il me fait confiance. Vous pourriez peut-être envisager d'en faire autant…

Les signes avant-coureurs d'un solide mal de tête commençaient à lui marteler le crâne. Elle entreprit de mettre de l'ordre dans ses papiers, le temps que sa dernière remarque fasse son chemin dans l'esprit de Max.

— Voilà. C'est tout pour aujourd'hui, conclut-elle. Je vous confie ma première ébauche de carte.

Elle lui tendit le document.

— Si vous avez des suggestions, ayez la gentillesse de les noter.

Sans même attendre qu'il ait quitté la pièce, elle se pencha de nouveau sur son travail. Max sortit en claquant la porte, ce qui lui arracha un soupir. Elle n'aurait peut-être pas dû lui parler sur ce ton. Elle était plus douée pour ménager les ego fragiles et les vanités blessées, d'habitude. Elle aurait dû s'y prendre avec plus de tact et de finesse. Un second soupir lui échappa et elle se frotta les tempes. Le problème, c'est qu'elle se sentait elle-même un peu trop fragile, un peu trop vulnérable. Peut-être même blessée. Par sa propre faute, d'ailleurs. Elle se cala la tête entre les mains.

Demain, cet autre jour, était arrivé, et il lui restait à composer avec les conséquences de ses actes. Elle avait dérogé à l'une de ses règles en couchant avec un homme appartenant à sa sphère professionnelle. Bon… Rien de vraiment catastrophique en soi. Les règles existaient pour être transgressées, après tout. Malheureusement, le problème se situait ailleurs. Si elle se sentait mal, c'était à cause du non-respect d'un autre de ses grands principes de base : « Si tu sens qu'un homme pourrait compter un peu trop pour toi, FUIS ! »

Si elle ne rectifiait pas le tir très vite, Blake risquait de prendre une place bien trop grande dans sa vie.

Stoïque, elle se servit un cinquième café tout en regrettant de ne pas avoir de paracétamol sous la main et se remémora la soirée de la veille. Elle était restée calme et détachée dans ses propos, avait été claire sur son refus des attachements et des obligations. Mais lorsqu'ils avaient refait l'amour, ses paroles s'étaient plus ou moins diluées sous l'afflux des émotions.

Elle secoua la tête et chassa cette pensée dérangeante. Au réveil, en tout cas, ils avaient été très à l'aise ensemble — deux adultes se préparant en vue de leur journée de travail, sans l'embarras ni les maladresses qui pouvaient parfois peser en ce genre de circonstances. Leur attitude à tous deux avait été exactement conforme à ce qu'elle avait souhaité.

Trop souvent, elle avait vu sa mère rayonner comme un astre au début de ses nouvelles histoires d'amour. « Cette fois, ma petite Summer, j'en suis sûre : c'est lui, c'est l'homme de ma vie, celui que j'attendais. » Il était le plus intéressant, le plus attentionné, le plus poète de tous, et effaçait d'un trait ceux qui l'avaient précédé. Jusqu'au moment où l'enchantement retombait. Summer en avait conclu qu'en évitant de rayonner, on évitait aussi l'effondrement qui suivait immanquablement. Lorsque l'on respectait ce principe, la vie devenait tellement plus simple !

Ce qui ne l'empêchait pas d'être tenaillée par une envie pressante de revoir Blake.

On frappa un coup bref à sa porte et un commis de cuisine passa la tête par l'entrebâillement.

— Summer ? M. Cocharan veut vous voir dans son bureau.

Elle termina posément son café qui refroidissait.

— Ah oui ? Quand ?

— Immédiatement.

Elle leva un sourcil hautain. Personne ne se permettait de convoquer Summer Lyndon *sur-le-champ*. Si on avait besoin d'elle, on la *priait* de bien vouloir se présenter. Et elle venait à son heure.

Son sourire dut être redoutable à en juger par le léger mouvement de recul du messager.

— Je vois. Merci, Jonas.

Lorsque la porte se referma, elle demeura parfaitement immobile. La « convocation » arrivait pendant ses horaires de travail et elle était officiellement sous contrat avec la chaîne Cocharan. Que Blake la prie de venir dans son bureau était parfaitement normal et acceptable. Mais elle n'en restait pas moins Summer Lyndon. Il n'était donc pas question d'obtempérer *immédiatement*.

Elle passa le quart d'heure qui suivit à brasser ses recettes sans but particulier avant de se décider enfin à se lever. Pour traverser les cuisines, elle prit tout son temps, ne manquant pas de soulever quelques couvercles au passage, de humer et goûter ce qui mitonnait. Une fois dans l'ascenseur, elle regarda sa montre et eut la satisfaction de constater que vingt-cinq minutes s'étaient écoulées. Lorsque la cabine s'immobilisa à l'étage des bureaux, elle redressa la taille et sortit d'un pas nonchalant.

Elle sourit à la secrétaire particulière de Blake.

— M. Cocharan m'a demandée, je crois?

— Oui. Tout à fait. Vous pouvez entrer. Voilà un petit moment qu'il vous attend.

Sans bien savoir si cette dernière affirmation exprimait une réprobation ou une mise en garde, Summer poursuivit son chemin et frappa un coup péremptoire avant de pénétrer dans le bureau.

— Bonjour.

A son entrée, Blake leva les yeux de ses papiers et, optant pour une position plus décontractée, s'adossa à son siège.

— Tu as eu du mal à trouver un ascenseur libre?

— Non.

Traversant la pièce d'un pas assuré, elle choisit un fauteuil et s'y installa confortablement. Elle retrouvait le Blake Cocharan de la première fois qu'elle était entrée dans cette pièce : distant, impérial, sûr de lui. C'était donc sur ce registre-là qu'il souhaitait communiquer? Parfait…

— Je dois dire que c'est l'un des rares hôtels que je connaisse où l'on n'a pas le temps de prendre des cheveux blancs à attendre un ascenseur.

— Et tu connais sans doute aussi le sens du mot « immédiatement », je présume?

— Tout à fait, mais j'étais occupée.

— Il faudrait peut-être que je précise que je ne tolère pas qu'un employé me fasse attendre.

Summer le toisa sans se démonter.

— Je préciserai deux choses à mon tour. Un, je ne suis pas seulement une employée mais une artiste. Deux, je n'ai pas l'habitude d'accourir au moindre claquement de doigts.

Blake regarda sa montre et répondit avec une douceur que Summer trouva d'emblée suspecte.

— Il est 11 h 20, un jour ouvré. Tes créations restent tributaires de mon financement, Summer. Les ordres, c'est moi qui les donne.

Le sang lui monta aux joues.

— Parce que tu considères que la qualité de mon travail ne se mesure qu'en espèces sonnantes et trébuchantes?

Blake écarta les mains comme pour indiquer qu'il ne pouvait pas grand-chose à la situation.

— Je n'ai pas dit ça. Mais… *business is business*, non? Le professionnel reste le professionnel. Tu n'arrêtes pas de me le répéter.

Prise à son propre piège, en somme. Et il avait de toute évidence éprouvé un malin plaisir à la pousser dedans.

En réaction, elle se drapa dans une arrogance altière.

— Bon. Tu voulais me voir : je suis là. Ne perdons pas plus de temps et venons-en aux faits.

Blake la trouvait magnifique en reine de glace. Il se demanda si elle avait conscience qu'un simple changement d'expression, une modification du ton de sa voix suffisaient à métamorphoser son image. En l'espace d'une seule journée, elle pouvait être une demi-douzaine de femmes différentes. Elle ne le savait peut-être pas, mais elle avait hérité des talents d'actrice de sa mère.

— Max a encore exprimé énergiquement son mécontentement, déclara-t-il tout de go.

Elle accueillit la nouvelle avec toute la morgue d'une impératrice sur le point d'ordonner une mise à mort.

— Ah, vraiment?

— Il est opposé — violemment opposé — à certaines modifications que tu comptes apporter à la carte.

Il baissa les yeux un instant pour consulter ses notes et poursuivit :

— Ah oui… Le canard à la presse semble être le gros problème du jour. Ainsi que toute une série de sujets de contrariété annexes.

Summer se tint plus droite encore sur sa chaise.

— J'ai cru comprendre que tu avais fait appel à moi pour améliorer la qualité de tes prestations.

— Je ne le nie pas.

— C'est précisément ce à quoi je m'emploie.

Sous l'effet de la colère, son accent français devenait plus marqué, son regard mordoré étincelait. Même si ça le contrariait de l'admettre, elle était indéniablement au sommet de sa beauté lorsqu'elle se mettait dans cet état.

— Selon les termes de ton contrat, tu t'engages également à diriger les cuisines. Ce qui signifie que tu dois être en mesure de garder le contrôle de ta brigade.

— Garder le contrôle ?

Elle se leva sous l'outrage. La reine de glace venait de laisser la place à l'artiste enragée. Ses gestes prenaient de l'ampleur ; ses mouvements se chargeaient d'une intensité dramatique.

— Il me faudrait des chaînes et un fouet pour faire entendre raison à ce vieux grincheux rétrograde, ce rétréci du cerveau qui n'a pas encore compris que le monde de la gastronomie avait bougé en trente ans ! *Ses* façons de faire sont les seules valables. *Sa* carte est gravée dans le marbre et il ne faudrait surtout jamais en changer ! Peuh !

Dans la bouche de n'importe qui d'autre, cette interjection aurait prêté à rire. Venant de Summer, elle faisait son petit effet.

Blake tapotait du bout de son stylo sur son bureau tout en se délectant de ce grand moment de théâtre. Il se trouvait même à deux doigts d'applaudir.

— C'est une manifestation de ce qu'on appelle le « tempérament artistique » ?

Il ironisait ? Très bien…

— Et tu n'as encore rien vu, *my friend*. Mon vrai tempérament est autrement plus explosif que ça !

Blake se contenta de hocher la tête. La pousser à passer au régime supérieur était tentant, mais il avait un réel problème à régler.

— Max travaille pour nous depuis vingt-cinq ans.

Il reposa son stylo et joignit les mains. Son calme offrait un contraste frappant avec l'emportement de Summer.

— Il est efficace, d'une fidélité sans faille. Et il a, à l'évidence, ses susceptibilités.

— Des susceptibilités!

Ce fut tout juste si elle ne cracha pas le mot.

— J'ai laissé au menu sa fichue entrecôte et sa précieuse volaille aux morilles des familles! Mais même ainsi, monsieur fait des caprices et va pleurer dans ton giron. Pour ma part, j'aurai mon canard Tour d'Argent et mon agneau. *Ma* carte ne ressemblera pas à un menu pour restaurant de papis!

Il regrettait presque de ne pouvoir l'enregistrer. Aurait-elle seulement perçu le côté comique de sa tirade, si elle avait pu entendre ce qu'elle venait de dire? *Pas sûr*, songea-t-il en toussotant pour dissimuler un début de rire et garder une expression impassible.

— Je n'ai aucun désir d'intervenir dans l'élaboration de ta carte. En fait, Summer, je n'ai aucun désir d'intervenir *du tout*.

Loin de paraître amadouée, elle rejeta ses cheveux dans son dos et le foudroya du regard.

— Alors pourquoi me déranger avec ces détails insignifiants?

— Ces détails insignifiants, comme tu dis, relèvent de ta responsabilité. Pas de la mienne. Une partie de tes fonctions consiste à faire régner la paix dans tes cuisines. Si le chef censé te seconder est constamment insatisfait, tu ne fais pas ton boulot. Tu es libre de consentir à tous les compromis que tu jugeras nécessaires.

— Consentir à des compromis?

Elle était magnifique, une fois de plus, raide comme la justice et les yeux jetant des éclairs.

— Je t'avais prévenu d'entrée de jeu que je ne transigeais jamais, Blake!

— Ce n'est pas en t'enfermant dans une obstination stérile que tu feras régner l'harmonie dans tes cuisines.

— Parce que c'est *moi* qui m'enferme dans une obstination stérile? souffla-t-elle, au comble de l'indignation.

— Tout ce que je sais, c'est que le problème Max relève de ta fonction. Je ne veux plus recevoir ses coups de fil.

D'une voix basse et redoutable, elle partit dans une longue

tirade dans la langue de Molière. Le registre, pour le peu qu'il pouvait en juger, frisait l'ordurier et, dans l'ensemble, il saisit assez bien ce qu'elle cherchait à exprimer.

Ses cheveux voletèrent autour de son visage lorsqu'elle pivota brusquement et s'éloigna vers la porte.

— Summer?

Elle se retourna, dans une attitude qui lui rappela de façon frappante celle des fameuses archères tueuses d'hommes qui avaient la réputation de ne jamais manquer leur cible. Dans l'état d'esprit où elle se trouvait, il devina qu'elle n'aurait pas eu un tressaillement si sa flèche l'avait frappé au cœur. N'importe… Reine de glace ou amazone, c'était elle qu'il voulait.

— J'ai envie de te voir ce soir.

Son regard se fit meurtrier.

— Tu sais que tu ne manques pas d'air?

— Maintenant que nous avons traité cette première question, il est temps de passer à la seconde. Je propose un dîner en tête à tête.

— Pour toi, la première question est peut-être réglée, mais je n'en suis pas encore là. Quant à ton dîner, je te propose de le prendre en compagnie de ton comptable. Vous aurez tant de choses à vous dire, tous les deux!

Il se leva et s'approcha lentement d'elle.

— Nous avons passé un accord, toi et moi, si mes souvenirs sont bons : en dehors de notre lieu de travail, notre relation se situe dans un registre strictement non professionnel.

— Nous ne sommes pas en dehors de notre lieu de travail, que je sache. Nous nous tenons dans ton bureau éminemment directorial où je viens de me faire convoquer au pied levé!

— Ce soir, tu ne te tiendras pas dans mon bureau directorial.

— Ce soir, je me tiendrai où j'aurai envie de me tenir.

— Dès que nous serons sortis d'ici, je ne serai plus un patron pour toi. Ce sont tes règles, non?

Ses règles, oui, en effet : le privé et le professionnel soigneusement séparés par une ligne de démarcation tangible. C'était ce qu'elle avait revendiqué. Mais la compartimentation n'était pas aussi simple à instaurer qu'il n'y paraissait.

Elle haussa les épaules.

— Ce soir, il se pourrait que je sois occupée.

Blake regarda sa montre.

— Il est presque midi. Considérons que nous sommes en pause déjeuner.

Un demi-sourire éclaira ses traits et ses doigts allèrent se perdre dans ses cheveux dénoués.

— En dehors des heures de travail, nous devenons, toi et moi, de tout autres personnes. Cette nuit, j'ai envie que nous fassions bruyamment et passionnément l'amour, Summer.

Il l'embrassa juste au coin de la bouche — d'un côté, puis de l'autre —, s'attardant sur les délicates commissures, puis glissa en toute lenteur sur l'arrondi si joliment charnu de sa lèvre inférieure.

— Je veux passer avec toi de longues heures très privées, très personnelles, très intimes.

Elle le voulait aussi, alors pourquoi prétendre le contraire? Elle n'avait jamais été de celles qui font semblant. Se protéger, oui. Prétendre, non. En tout état de cause, elle avait déjà décidé de résoudre la question Max à sa façon.

Passant les bras autour de son cou, elle lui rendit son sourire.

— Pour ce soir, ça pourrait se faire. Tu apporterais le champagne?

Elle s'amadouait sans céder entièrement et Blake trouvait cette abdication partielle infiniment plus excitante qu'une plate acceptation.

— Je me chargerai du champagne, oui. Mais il y aura un prix à payer.

Le sourire de Summer se fit plus leste; ses yeux pétillèrent.

— Annonce ton prix, Cocharan.

— J'aimerais que tu fasses pour moi quelque chose que tu n'as encore jamais fait.

Elle inclina la tête, passa la pointe de la langue sur ses lèvres.

— Comme quoi, par exemple?

— La cuisine.

Il vit l'étonnement figer ses traits, puis elle éclata de rire.

— Tu veux que je cuisine pour toi? Ce n'est pas le genre de requête auquel je m'attendais.

— Il n'est pas dit qu'après dîner, il ne m'en vienne pas de nouvelles.

— Je l'espère bien! Ainsi, tu aimerais que Summer Lyndon se mette en cuisine pour toi...

Elle se dégagea de son étreinte pour prendre un temps de réflexion.

— Peut-être que je te concocterai un petit quelque chose... Même si mes prestations valent beaucoup plus qu'une bouteille de champagne, même excellent. A Houston, j'ai préparé le repas de noces d'un roi du pétrole et ma rémunération a été un portefeuille d'actions. Que des valeurs sûres.

Blake lui prit la main et la porta à ses lèvres.

— N'oublie pas que je t'ai offert une pizza. Piquante.

— C'est vrai. Tu peux venir vers 20 heures, alors. Et le ventre vide, de préférence.

Elle avait déjà la main sur la poignée de la porte, mais se retourna avec un sourire charmant pour lui demander s'il aimait tel ou tel plat au nom français indistinct.

— Si j'aime les quoi? Les *andouillettes*? Aucune idée, à vrai dire. Qu'est-ce que c'est?

— Oh! Une préparation à base d'éléments de tube digestif de porc soulignés de quelques aromates... Je suis sûre que tu apprécieras la *french touch*, lâcha-t-elle avec un sourire suave avant de franchir la porte. A ce soir, Blake.

Il resta un moment les yeux fixés sur la porte close. Cette fois, autant le reconnaître, elle avait réussi à avoir le dernier mot.

Les odeurs de bonne cuisine embaumaient l'appartement, alors que l'atmosphère sonore, elle, évoquait plutôt le salon de musique. Summer écoutait son cher Chopin d'une oreille, tout en décollant la peau de ses suprêmes de volaille pour y insérer avec soin de fines lamelles de truffe. Et voilà... Il ne lui restait plus qu'à les ficeler et à les mettre au four, pour pouvoir se concentrer sur son risotto aux légumes. Très exigeant, le risotto. Si elle ne le réussissait pas à la perfection, elle s'emporterait, comme tout chef caractériel qui se respecte, et jetterait le tout à la poubelle.

D'un geste expert, elle retira du bouillon les petits légumes coupés avec une attention maniaque et cuits de façon à être tout juste croquants. Les oignons blondissaient dans la cocotte et les petits grains de riz *vialone nano* approchaient du translucide.

Elle entendit frapper, mais resta devant sa cuisinière, la spatule à la main.

— Entre! C'est ouvert! Tu peux venir me servir le champagne ici.

— Si seulement j'avais pensé à t'en apporter, *my darling*.

Sidérée, Summer se retourna. Sa mère, plus intemporelle et somptueuse que jamais dans un ensemble noir, se tenait à la porte de la cuisine.

— Maman!

Summer en oublia son riz et courut serrer sa mère dans ses bras.

Avec le rire mi-rauque, mi-sensuel qui faisait fondre son public d'admirateurs inconditionnels, Monique Dubois l'embrassa sur les deux joues, puis l'écarta pour l'examiner d'un œil maternel.

— Tu es surprise, j'espère? J'adore surprendre.

— Je suis plus que surprise, j'en suis sur le flanc! Tu es la dernière personne au monde que j'imaginais voir à Philadelphie! Qu'est-ce que tu fais ici?

Monique posa les yeux sur le four allumé et sur la cocotte fumante.

— Ce que je fais? Pour le moment, j'interromps les préparatifs de ce qui m'a tout l'air d'être un futur dîner en tête à tête.

— Oups!

Pivotant sur ses talons, Summer se rua vers la cocotte, juste à temps pour sauver son riz de la torréfaction complète. Elle régla son feu, versa la quantité de vin blanc voulue et s'estima satisfaite du résultat.

— Ça ne m'explique toujours pas la raison de ta présence dans cette bonne ville de Philadelphie, maman. Tu avais juré que tu n'y remettrais jamais les pieds depuis que le grand magnat de la quincaillerie et toi, vous avez...

Monique balaya l'argument d'un geste gracieux du poignet.

— Le temps adoucit tout, même les rancœurs tenaces. Et j'avais envie de passer du temps avec ma fille. Ce n'est pas comme si on te voyait souvent à Paris, ces derniers temps.

— C'est vrai. On dirait que je m'américanise, n'est-ce pas?

Summer partageait son attention entre sa mère et son risotto. Une concession qu'elle n'aurait faite pour personne d'autre.

— Tu as l'air en grande forme.

Deux fossettes se dessinèrent aux creux des joues restées lisses de sa mère.

— Je suis en grande forme, *my sweet*. Dans six semaines, je démarre un nouveau rôle.

— Non ? Tu recommences à tourner !

Summer versa une louche de bouillon et continua de tourner son riz.

— Où ça ? En France ?

— Non, à Hollywood. Je pensais avoir pris ma retraite pour de bon, cette fois. Mais tu sais ce que c'est... Ils ont insisté et j'ai fini par dire oui.

Son rire contagieux éclata, joyeux.

— Le script est formidable, je ne pouvais pas refuser. Et le réalisateur, Keil Morrison, est venu à Paris en personne pour me convaincre.

Keil Morrison. Mm... Une grande carcasse dégingandée, une tête sympa d'intellectuel distrait, la cinquantaine. Summer le connaissait par les pages people, et elle l'avait croisé à un dîner donné par la reine du jour du box-office, lorsqu'elle était sortie quelques instants des cuisines, après avoir livré sa toute nouvelle version de la classique île flottante.

A la façon dont sa mère avait prononcé le nom du réalisateur, Summer sut tout ce qu'il y avait à savoir. Elle connaissait la réponse avant même d'avoir posé la question.

— Et Morrison ? Formidable, lui aussi ?

— Plus que formidable. Que dirais-tu d'un nouveau beau-père dans ta vie, ma petite chérie ?

— Je préférerais ne pas y penser.

Elle secoua la tête et gratifia sa mère d'un grand sourire.

— Mais qu'est-ce que je raconte ? Si tu es heureuse, je suis ravie, bien sûr.

Elle continua de tourner son risotto pendant que Monique se lançait dans une description enthousiaste de sa nouvelle conquête.

— Il est brillant, cultivé... Il a un sens incroyable de la repartie. Mais c'est aussi quelqu'un qui sait écouter. Je n'ai encore jamais rencontré personne qui comprenne les femmes comme lui... Tu vois, Summer, je crois que j'ai enfin trouvé celui qui me correspond. Un homme qui apporte dans ma vie tout ce que je n'osais plus attendre. Un homme qui fait advenir en moi la femme cachée qui n'avait encore jamais vu le jour.

Summer hocha la tête et ouvrit le four pour vérifier la cuisson de ses suprêmes.

— Ça semble prometteur. A quand le mariage, alors?

Sa mère lui adressa un sourire rayonnant.

— La semaine dernière.

— Vous avez battu des records de rapidité!

— Nous nous sommes mariés en toute intimité dans une petite église de campagne, dans le sud de la France. Il y a eu une envolée de tourterelles — c'est de bon augure. Je me suis arrachée à la compagnie de Keil pour venir te l'annoncer en personne.

Elle avança la main gauche pour montrer son alliance, un anneau d'or sans fioritures.

— C'est très fin, très élégant, n'est-ce pas? Keil a horreur de tout ce qui est ostentatoire.

Autrement dit, pour les quelques mois à venir, Monique Dubois Lyndon Smith Clarion Morrison aurait horreur de l'ostentatoire également. Lorsque la nouvelle du mariage éclaterait, les journalistes se rueraient sur ce nouveau scoop croustillant. Et Monique adorerait — tout en le niant — le renouveau d'attention médiatique dont elle ferait l'objet.

Summer l'embrassa sur la joue.

— Je te souhaite d'être heureuse, maman.

— Je le suis. Extatique, même. Promets-moi de venir me voir en Californie pour faire la connaissance de Keil. Nous irons...

Elle s'interrompit lorsqu'on frappa à la porte de l'appartement.

— Ah! Ce doit être ton invité. Tu veux que j'aille ouvrir? Tu as l'air terriblement occupée avec toutes ces casseroles.

— Oui, je veux bien, s'il te plaît.

Summer mettait la dernière main à son risotto. Dans quelques minutes, il serait bon à servir ou à jeter à la poubelle.

Lorsque la porte de l'appartement s'ouvrit, Blake se trouva face à une version plus sophistiquée et légèrement plus enveloppée de Summer. Monique Dubois... La lumière tamisée masquait les années et mettait en valeur l'élégant classicisme des traits de l'actrice. Ses lèvres s'incurvèrent en un lent sourire — à l'exacte image de celui de sa fille.

— Bonjour. Summer est occupée en cuisine. Je suis Mon... Oh! Mais je vous connais! Vous êtes... Mais oui, bien sûr! s'exclama-t-elle avant qu'il ait pu ouvrir la bouche. Les hôtels

Cocharan ! Vous êtes le fils… Le fils de B.C. Nous nous sommes déjà croisés.

— Et vous retrouver est un plaisir.

— C'est étonnant, non ? Et amusant, surtout. Il ne me viendrait pas à l'esprit de descendre ailleurs qu'au Cocharan, lorsque je séjourne à Philadelphie. J'ai déjà fait monter mes bagages dans ma chambre et mon lit défait m'attend.

— N'hésitez pas à faire appel à moi, si je puis faire quoi que ce soit pour rendre votre séjour chez nous plus agréable.

— Je n'y manquerai pas.

Monique examina l'invité de Summer avec l'œil exercé d'une femme d'expérience. Elles avaient aussi bon goût l'une que l'autre en matière d'hommes, manifestement. *Telle mère, telle fille*, songea-t-elle, non sans satisfaction.

— Entrez, Blake, je vous en prie. Summer fait des prodiges en cuisine, comme toujours. J'ai toujours admiré ses talents. Je dois vous avouer que je suis un vrai désastre, pour ma part.

— Un désastre étudié, intervint Summer en les rejoignant avec deux mises en bouche. Ma mère a toujours fait en sorte de tout carboniser jusqu'à produire un magma indéfinissable. Comme ça, personne ne lui demande jamais de se charger du repas.

Monique eut un sourire ravi.

— A mon sens, c'est une stratégie très intelligente, vous ne trouvez pas ? Et maintenant, mes enfants, je file et vous laisse à votre dîner.

— Tu peux te joindre à nous si ça te tente, maman.

— C'est mignon de me le proposer.

Monique prit le visage de sa fille à deux mains et l'embrassa avec tendresse sur les joues.

— Mais tout ce temps passé dans les avions m'épuise. Il me faut une nuit de douze heures si je veux reprendre figure humaine. Demain, nous aurons tout le temps de bavarder… Blake, je compte bien dîner un soir avec vous dans votre merveilleux hôtel avant mon départ. *All right ?*

Elle atteignit la porte, l'allure souveraine.

— Passez une excellente soirée, tous les deux !

— Elle est spectaculaire, déclara Blake.

— A qui le dis-tu ! Elle me stupéfie en permanence.

Summer lui tendit son verre.

163

— Elle vient de prononcer pour la quatrième fois les serments éternels du mariage. Si nous buvions à leur santé?

Blake avait entrepris d'ouvrir sa bouteille, mais ses doigts s'immobilisèrent au son particulier de sa voix.

— Tu n'es pas un peu cynique, là?

— Réaliste simplement. Cela dit, je lui souhaite de tout cœur de réussir son union, cette fois.

Lorsqu'il fit sauter le bouchon, elle s'en saisit et le passa machinalement sous son nez.

— Je lui envie son éternel optimisme.

Lorsqu'il les eut servis l'un et l'autre, elle fit tinter son verre contre le sien.

— A la nouvelle Mme Morrison.

Blake chercha son regard.

— Et à l'optimisme!

— Pourquoi pas? Tiens, voici pour la mise en bouche. Sucettes de foie gras mi-cuit en croûte de noix.

— Très chic... Aimerais-tu prendre un jour ou deux de congé pour passer du temps avec ta mère?

— Non, ce ne sera pas nécessaire. Elle sera très occupée par son shopping, son coiffeur et autres soins de remise en forme.

Summer repartit dans la cuisine, puis revint avec deux assiettes garnies des suprêmes de volaille truffés et de l'onctueux risotto aux petits légumes accompagné de sa tuile salée.

— Malheureusement, les bonnes andouillettes sont difficiles à obtenir par ici. J'ai dû me contenter d'un chapon.

— Comme c'est regrettable! ironisa-t-il.

Il admira la présentation, huma et succomba à une première bouchée. Fabuleux...

— Ma mère débute un nouveau tournage dans quelques semaines.

— Ah bon?

Il fallut une seconde à Blake avant de faire le lien.

— Morrison... Comme Keil Morrison, le réalisateur?

Elle leva son verre.

— Gagné! Excellent esprit de déduction.

Blake posa sa main sur la sienne.

— Tu es opposée à ce mariage, Summer?

Elle ouvrit la bouche pour répondre, puis se ravisa, se laissant le temps de la réflexion.

— Non. Je n'irais pas jusque-là. La vie de ma mère lui appartient et elle est seule à pouvoir juger de ce qui est bon pour elle. J'ai juste du mal à comprendre pourquoi elle récidive en passant chaque fois par la case mariage, alors que ses unions durent en moyenne cinq ans. Avec un tel record d'échecs, ce n'est plus de l'optimisme, c'est de la naïveté !

— « Naïve » n'est pas forcément le premier mot qui me viendrait à l'esprit pour qualifier Monique.

— « Sentimentale » pourrait être un synonyme, dans son cas.

— Je ne crois pas, non… Mais « sentimentale » pourrait être synonyme d'espoir, en revanche. Elle a une autre philosophie de vie que la tienne, Summer. Vous êtes très différentes, toutes les deux.

Ce qui ne nous a pas empêchées de choisir un amant issu de la même lignée, elle et moi.

Comment réagirait Blake, s'il découvrait cette similitude ? Le plus sage serait sans doute de laisser le passé au passé. Et de se concentrer sur le moment présent.

Elle sourit.

— C'est vrai que nous sommes différentes. Tu ne m'as pas dit ce que tu pensais de mon repas ?

Blake était tenté de poursuivre sur le sujet précédent, mais il décida de ne pas insister. Summer faisait un réel blocage sur le mariage et il était clair qu'il n'arriverait à rien s'il tentait de passer en force.

— Ce que je pense de ton repas ? Il est à l'image de tout le reste de ta personne : somptueux, raffiné et… addictif !

Avec un rire amusé, elle dégusta une lamelle de truffe.

— Je te conseille de ne pas t'y habituer trop vite. Il est rare que je cuisine en échange d'un simple compliment.

— J'y ai pensé. C'est pourquoi j'ai apporté ce qui m'a paru être une marque de reconnaissance appropriée.

Summer leva son verre et ferma les yeux en le portant à ses lèvres.

— Mm… Oui, je reconnais que ce champagne récompense une partie de mes efforts.

— Mais il ne pèse pas lourd face à une création culinaire de Summer Lyndon.

— C'est un fait.

Il sortit alors un mince paquet emballé de sa poche et le lui tendit.

— Un cadeau ? Super !

— Il me semble t'avoir entendu dire que tu les adorais.

Blake vit l'amusement avec lequel elle avait pris le paquet disparaître lorsqu'elle ouvrit l'écrin. A l'intérieur, sur un lit de velours noir, reposaient des diamants — élégants, raffinés, modernes — incrustés dans un fin bracelet jonc.

Il en fallait normalement beaucoup pour décontenancer Summer, mais face à ce présent inattendu, elle se trouva presque muette.

— Oh ! mon Dieu... Mais mon dîner est bien trop simple ! Si j'avais su, je t'aurais préparé un festin digne des dieux.

— Je croyais que l'art n'était jamais trop simple.

— Peut-être, mais...

Elle secoua la tête, essayant de se persuader qu'elle n'avait aucune raison d'être bouleversée. Ce n'était que du métal et du carbone, après tout. Mais son cœur débordait.

— Blake, ce bracelet est vraiment très beau. Une véritable œuvre d'art, pour le coup... Je crains que tu ne m'aies prise un peu trop au sérieux, lorsque je te parlais de ma passion des cadeaux et de ma cuisine qui vaut de l'or. Si je t'ai préparé un repas ce soir, c'est pour une seule et simple raison : parce que j'avais envie de le faire.

Il ne réagit pas à sa protestation.

— Ce bijou m'a fait penser à toi. Tu vois comme ces pierres paraissent hautaines et détachées ?

Il souleva le bracelet.

— Mais regarde de plus près, maintenant. Si on le tient à la lumière, c'est l'éclat, la chaleur des diamants qui sautent aux yeux.

Entre ses doigts, les gemmes captaient et réfractaient l'éclat des bougies. L'espace d'un instant, elles parurent s'animer d'une vie propre.

— Selon l'angle de vue, tout change. Le diamant est une pierre forte et pure. Et la plus élégante de toutes, pour moi.

Lui prenant le poignet, il fixa le bracelet. Puis son regard trouva le sien.

— Si je t'ai apporté ce cadeau ce soir, c'est pour une simple et unique raison : parce que j'avais envie de le faire.

Summer respirait à peine. Elle se sentait si vulnérable ! Perdrait-elle ainsi le souffle chaque fois qu'il la regarderait de cette façon ?

— Tu commences à m'inquiéter, Blake.

La calme simplicité de cet aveu suscita chez lui un déchaînement de désir aveugle. Il se leva, l'aida à se mettre debout et la serra à l'écraser contre lui, avant qu'elle ait eu le temps de lui signifier son accord ou non.

— Tant mieux !

Cette fois, sa bouche fut rien moins que patience. Il semblait au contraire mû par une nécessité impérieuse de faire au plus vite, de prendre tout ce qu'il y avait à prendre, sans rien laisser. Une faim qui n'avait plus rien à voir avec le repas inachevé précipitait ses gestes. Summer représentait tous les désirs et elle représentait aussi toutes les réponses. Réprimant un juron, il l'entraîna avec lui sur le sol.

Summer s'embrasa, emportée par une bourrasque de bonheur vers des espaces encore ignorés. Grisée par leurs élans, tremblant sous la puissance du courant, elle roulait avec lui dans une étreinte qui oscillait entre lutte et ballet. Cette fois-ci, ils ne retirèrent pas leurs vêtements un à un, avec lenteur et indolence. Ils tiraient dessus, s'acharnaient, jetaient de côté tout ce qui faisait obstacle, cherchant la rencontre de leurs deux peaux, la conjonction de leurs chairs avides. Summer, brûlante, aspirait au vent et à la tempête, à la fièvre incontrôlée que Blake était seul à pouvoir allumer en elle.

Ses mains couraient sur son corps et elle se délectait de leur fermeté, de l'habileté de ses doigts. Ses propres appétits faisaient rage. Ses lèvres s'attachaient à la ligne de son cou, ses dents mordillaient, sa langue dardait, goûtait, explorait. Chacune des respirations irrégulières de Blake lui confirmait qu'elle attisait son désir tout comme il affolait le sien. Le rendre fou l'exaltait. Ses mains, ses lèvres avaient le singulier pouvoir de transformer cet homme, de le muer en une torche vive. Elle lui donnait le plaisir, la folie et recevait en retour le même don. Un voile nimbait sa conscience et, pourtant, elle perçut le moment précis où Blake perdit le contrôle de lui-même.

Son étreinte frisait la brutalité, mais elle en redemandait. Elle l'avait conduit hors des limites du civilisé en étant simplement elle-même. Sa bouche semblait partout à la fois, dessinant des allers et retours entre ses lèvres et ses seins. Puis descendant plus bas, sur sa taille et ses hanches. Oui, oui, oui, chuchota une voix en elle lorsque ses caresses convergèrent enfin vers le lieu précis où pulsait le pouls affolé de son désir. Son souffle se précipita. Le monde extérieur se détacha d'elle — sol, murs, meubles et plafonds s'évanouirent en un tourbillon indistinct. Elle était tout à fait ailleurs, tout à fait au-delà, prise au cœur d'une spirale qui la transportait dans le pur royaume des sens. Entre le dehors et le dedans, son corps avait perdu ses frontières, sa raison ne contrôlait plus rien. Elle cria son nom, prit peur, tenta un instant de revenir en arrière, de reprendre pied dans le monde rationnel, mais il était trop tard, les premiers spasmes la soulevaient déjà, la secouaient avec une force aveugle. Même l'illusion de la raison s'effondra.

Comme il aimait la sentir gémir, vibrer, se tordre sous l'assaut de ses caresses ! Une part obscure, primitive en lui avait besoin de ce pouvoir sur elle. Il la voulait palpitante, éperdue, débordée par le déferlement impétueux d'un plaisir qui la laissait hagarde, incrédule, suppliante. Insatiable, il la propulsait chaque fois vers de nouvelles sensations — avec ses mains, avec ses lèvres, avec sa langue. A la lumière tremblante des bougies, il guettait sur son visage les oscillations, les à-pics, les fulgurances.

Sa peau frémissait partout où il la touchait. Elle s'arc-boutait, gémissait son nom. Le son particulier de cet appel sur ses lèvres le bouleversa, continua à résonner en lui, martelant son sang longtemps après qu'elle se fut tue.

— Dis-moi que c'est moi que tu veux, Summer, et seulement moi.

— C'est toi que je veux, Blake.

Elle était incapable de penser. En cet instant, elle lui aurait tout donné sans retenue.

— Rien que toi.

La chair se nouait à la chair en une lutte acharnée, se heurtait avec la force sauvage d'un ressac. Leurs plaintes mêlées montèrent soudain en un crescendo, puis ce fut la brisure, l'apothéose de l'envol et la redescente flottante.

Summer gisait sous lui, consciente qu'elle ne parviendrait jamais à rassembler l'énergie nécessaire pour bouger de là. Le simple fait de respirer mobilisait l'ensemble de ses forces restantes. Elle qui se voulait toujours si forte s'accommodait sans inquiétude de son extrême faiblesse. Elle prit vaguement conscience de ce qu'elle n'avait pas perçu jusque-là : que le sol sous elle était dur et inconfortable. Mais elle ne fut même pas tentée de rechercher une position plus agréable. Avec un petit soupir, elle ferma les yeux. Elle pourrait s'endormir sur place, prolonger le consentement au plaisir dans l'abandon au sommeil.

Blake bougea, lui, mais seulement pour se soulever sur les coudes et la soulager de son poids. Elle paraissait si fragile, tout à coup — complètement vulnérable et sans défense. Il n'avait pas été doux avec elle. Mais pendant tout le temps où ils avaient fait l'amour, il l'avait sentie ardente, portée par une vigueur égale à la sienne.

A lui le plaisir de la contempler pendant qu'elle glissait dans la langueur du sommeil, vêtue des seuls diamants à son poignet. Pendant qu'il la couvait du regard, ses paupières tressaillirent ; elle entrouvrit les yeux et l'observa, comme une chatte sous ses paupières mi-closes.

Puis ses lèvres frémirent. Il lui sourit et se pencha pour les embrasser.

— Et pour le dessert ? Qu'est-ce qu'il y a de prévu ?

9

Summer s'était résignée à faire installer un téléphone fixe dans son bureau de fortune. Elle préférait travailler sans être interrompue. La nouvelle carte était presque établie. Elle en arrivait au stade des mises au point concrètes. Avec le changement de menu, des produits inédits entreraient dans le cycle des approvisionnements, dont certains très rares et compliqués à obtenir. Elle aurait volontiers délégué à un responsable des achats le soin de prendre contact avec les fournisseurs pour sélectionner les meilleurs. Mais elle avait confiance en ses propres capacités de négociation et se fiait à son intuition plus qu'à celle d'aucun autre. Lorsqu'il s'agissait de repérer les meilleurs fournisseurs pour des huîtres ou du gombo, les deux qualités étaient nécessaires.

Elle remit de l'ordre dans les papiers qu'elle avait brassés ce matin-là et examina les lieux d'un œil satisfait. Elle avait été bien inspirée de se lancer dans cette aventure professionnelle d'un genre nouveau. Non seulement elle s'en sortait, mais elle s'en sortait bien. La rénovation des cuisines était terminée et conforme à ce qu'elle en attendait ; quant à la brigade, elle était compétente et bien formée. Les deux nouveaux chefs pâtissiers faisaient preuve de talents inespérés. Une carte postale signée « Julio et Georgia » était arrivée de Hawaii et avait été scotchée à la place d'honneur, sur une porte de réfrigérateur. Summer avait résisté à la tentation d'en faire une cible pour jeu de fléchettes.

En ce qui concernait l'aménagement de la salle de restaurant elle-même, elle n'avait pas jugé utile d'intervenir de façon très poussée. L'éclairage était conçu à la perfection ; le décor à la hauteur de ce qu'on pouvait attendre d'un hôtel Cocharan. Le restaurant ne péchait que sur un seul point : le contenu de l'assiette. Et elle était là justement pour y remédier.

Ce n'était plus qu'une question de jours, à présent, avant qu'elle ne lance l'impression des menus. Il ne lui restait plus qu'à établir quelques tarifs à partir des fiches techniques qu'elle avait élaborées et à marchander pour obtenir des horaires de livraison.

Décidée à se débarrasser au plus vite des derniers coups de téléphone qu'elle avait à passer, elle se dirigea vers la porte de l'économat. Elle s'engouffra dans les cuisines d'un côté, tandis que sa mère faisait son apparition de l'autre.

Toute activité cessa alors immédiatement.

Summer trouva amusant, et assez plaisant, de constater l'effet de saisissement que continuait d'exercer sa mère. Son regard tomba sur Max, qui s'était immobilisé, les yeux écarquillés, sans paraître se rendre compte que de la sauce coulait de la cuillère qu'il tenait à la main. Monique, il fallait le reconnaître, avait le chic pour soigner ses apparitions. On pouvait dire que c'était une femme faite pour les entrées en scène.

Sa mère eut un lent sourire — un sourire qui semblait presque hésitant —, puis s'avança d'un pas, apportant dans l'univers bourdonnant des cuisines une discrète aura de sophistication parisienne. Ses yeux étaient d'une nuance plus foncée que les siens et, malgré son âge et son expérience, ils exprimaient une plus grande innocence. Summer n'avait pas encore réussi à définir si c'était calculé ou inné.

— Quelqu'un ici pourrait peut-être m'aider?

Six hommes se précipitèrent, dont Max, à deux doigts de faire dégouliner de la sauce sur l'épaule de Monique.

Summer décida qu'il était temps de remettre un peu d'ordre dans cette amorce de chaos.

— Maman!

Elle se fraya un chemin à travers le petit groupe compact qui s'était formé autour de Monique.

— Ah, Summer! Je te cherchais, justement!

Tout en saisissant brièvement ses deux mains entre les siennes, sa mère n'oublia pas de gratifier sa grappe d'admirateurs d'un sourire adorable.

— Comme c'est fascinant! Je crois que c'est la première fois que je visite les cuisines d'un grand hôtel. C'est tellement... comment dit-on? Impressionnant, *right*?

— Ah, Monique — madame Dubois...

Incapable de se contenir, Max lui saisit la main.

— Ce serait un immense honneur pour moi de vous montrer tout ce qui ce serait susceptible d'éveiller votre curiosité ici. Peut-être qu'une petite dégustation de nos spécialités...

— Oh! C'est si gentil à vous!

Le sourire de Monique aurait pu faire fondre du chocolat à un kilomètre à la ronde.

— Ce serait avec le plus grand plaisir. Je veux tout connaître du cadre de travail de ma fille!

— Votre fille?...

Summer dissimula son amusement. Il était clair que Max n'entendait plus que le chant des violons depuis que sa mère avait franchi le pas de la porte.

— Monique Dubois est ma mère, en effet, dit-elle distinctement. Maman, je te présente Max, qui est responsable de la brigade de cuisine.

Max resta coi un instant, le temps de revenir de sa stupéfaction. Mais bien sûr! La ressemblance était si frappante qu'il se traita d'idiot pour ne pas avoir établi le lien spontanément. Pas un film avec Monique Dubois dans le rôle-titre qu'il n'ait pas vu et revu au moins trois fois.

— C'est un plaisir et un honneur de faire votre connaissance, madame, déclara-t-il en se penchant galamment sur sa main. Je suis un de vos grands admirateurs.

— Je suis ravie de découvrir que ma fille travaille avec un homme de goût et de culture.

Les lèvres de Summer frémirent, mais elle se garda de faire le moindre commentaire.

— J'adorerais visiter les lieux, vraiment, poursuivit Monique. Jusque dans les moindres détails...

Max ouvrit la bouche pour proposer de nouveau ses services, mais Monique poursuivit sans lui en laisser le temps.

— ... peut-être un peu plus tard dans la journée? Pour le moment, je veux juste vous voler Summer une heure ou deux. Mais je vous promets que je vous la rends! Dites-moi, serait-il possible de faire monter du caviar et du champagne dans ma suite?

Summer tourna un regard malicieux vers Max.

— Imagine-toi, maman, que le caviar ne figure pas au menu. Pas encore, du moins.

Monique eut une jolie moue désappointée.

— Bon, eh bien, faites au mieux, alors. Quelques tapas ou amuse-bouches...

— Je m'en charge personnellement. Ce sera fait tout de suite, madame.

— Vous êtes merveilleux, Max.

Monique lui offrit généreusement un dernier sourire ravageur avant de glisser son bras sous celui de sa fille et de quitter les lieux d'une démarche virevoltante.

— Tu en as un peu rajouté, là, marmonna Summer dès qu'elles eurent passé la porte.

Monique rejeta la tête en arrière et partit d'un grand rire.

— Ne sois donc pas si britannique, *my sweetheart*. Je viens de te rendre un service de taille. Ce matin, à la première heure, j'apprends par ce garçon formidable — Cocharan, le fils — que non seulement ma fille est employée à quelques pas de moi, dans cet hôtel, mais que tu as quelques problèmes internes, en cuisine.

— Je ne t'ai pas parlé de mon travail ici parce que c'est juste l'affaire d'un an. Sans compter que je n'ai plus un moment à moi. Quant aux problèmes internes, comme tu dis...

— Un volumineux problème, sous la forme d'un volumineux cuisinier.

D'un pas altier, Monique pénétra dans l'ascenseur.

— ... je peux les gérer seule, conclut patiemment Summer.

— Bien sûr que tu peux. Mais si Max est impressionné par tes ascendants directs, je suis sûre que ça donnera un petit coup de pouce dans la bonne direction.

Monique appuya sur le bouton du cinquième étage, puis se tourna pour examiner sa fille.

— Maintenant que je te vois sous un bon éclairage, je constate que tu embellis. Je précise que je m'en réjouis. Quitte à être la mère d'une fille déjà adulte, autant que ce soit d'une *belle* fille déjà adulte!

Summer secoua la tête en riant.

— Toujours aussi attachée aux apparences, ma chère mère?

— Ça ne me passera pas, admit Monique d'un ton serein. Et j'espère avoir de bonnes raisons de garder cet attachement très longtemps.

Les portes de la cabine s'ouvrirent et sa mère lui fit signe de sortir la première.

— Bon... J'ai eu mon café du matin, un excellent petit déjeuner et ma séance de massage quotidienne. Je suis prête à tout entendre au sujet de ton nouveau boulot et de ton nouveau petit ami. Si j'en juge d'après ta mine, les deux te réussissent.

— Parler d'un nouvel emploi, entre mère et fille, c'est naturel. Parler sexualité, c'est hors cadre, en revanche.

— Pff...

Monique poussa la porte de sa suite.

— Nous ne sommes pas que mère et fille, nous sommes aussi amies — *best friends,* c'est bien comme ça qu'on dit? Et des amies proches discutent de tout ensemble. Surtout de leurs hommes.

Summer se laissa tomber sur un sofa confortable, et se déchaussa pour replier ses jambes sous elle.

— Mon nouvel *emploi*, chère maman, me passionne plus que prévu. Au début, j'ai accepté uniquement par curiosité. Et aussi parce que Blake a employé la ruse en me jetant LaPointe à la figure.

— LaPointe? Le petit individu aux yeux porcins que tu détestes tant? Celui qui a confié aux journalistes parisiens que tu étais sa...

— ... maîtresse, compléta Summer avec violence.

— Ah oui. Quel mot ridicule, tu ne trouves pas? C'est un terme tellement désuet et si connoté, moralement! Sauf si on le considère comme le féminin du mot « maître »... Là, ça change tout.

Avec un sourire paisible, Monique s'installa sur le canapé et croisa gracieusement les jambes.

— Et tu as effectivement couché avec lui?

— LaPointe? Tu plaisantes! Même s'il avait été un chef ne serait-ce qu'à moitié aussi talentueux qu'il prétend l'être, je ne l'aurais jamais autorisé à poser ses petites mains boudinées sur moi.

— Tu aurais pu user d'un droit de réponse. Opposer un démenti.

— J'aime autant laisser dire. Plus on fait de bruit autour de ces questions, plus il y a du monde pour s'y intéresser et affirmer qu'il n'y a pas de fumée sans feu. D'autant que ce chien galeux ne demanderait pas mieux.

Constatant que sa mâchoire s'était crispée sous l'effet de la colère, Summer fit l'effort de la détendre.

— Ne me lance pas sur le sujet LaPointe, s'il te plaît. Ça m'énerve déjà assez que Blake se soit servi de lui pour me manipuler et m'obliger à accepter de travailler pour la Cocharan House.

— C'est un homme très habile — ton Blake, je veux dire.

— Ce n'est pas « mon » Blake, rectifia Summer. Il n'y a pas de possessif entre nous. Il s'appartient comme je m'appartiens. Tu sais que je n'ai qu'un seul credo : l'indépendance.

Un coup discret fut frappé à la porte. Monique agita nonchalamment la main et Summer se leva pour ouvrir. Un garçon d'étage entra, poussant une table roulante. Le champagne reposait dans son seau et un assortiment d'amuse-bouches raffinés était disposé sur un plat. Summer songea que Max avait dû s'agiter comme un possédé pour réussir à préparer tout cela en un temps record.

Monique examina l'assortiment et fixa son choix sur une mousse de saumon sauvage dans une minuscule verrine.

— Mais tu es amoureuse de lui…

Summer, qui était occupée à ouvrir la bouteille de champagne, leva des yeux effarés.

— Quoi ?

— Tu es amoureuse du jeune Cocharan.

Le bouchon jaillit avec un bruit explosif et le champagne sortit sous forme de geyser. Monique ne fit aucun commentaire et se contenta d'approcher sa flûte du goulot.

— Je ne suis pas amoureuse de lui, décréta Summer avec un fond de désespoir dans la voix.

— On est toujours amoureuse de ses amoureux.

— Qui parle d'amoureux ?

Retrouvant le contrôle d'elle-même, Summer servit le champagne d'une main sûre.

— Ne va pas t'imaginer Dieu sait quelle grande passion entre Blake et moi, maman. Je l'aime beaucoup, je le respecte et le considère comme un homme attirant, intelligent et de bonne compagnie.

Monique secoua la tête.

— C'est le genre de qualités dont on pare plutôt un frère, un oncle, un ami ou même un ex-mari. Je pense que Blake t'inspire quelque chose d'un peu plus pimenté que ça.

— Très bien... Il y a une alchimie forte entre nous. Beaucoup de désir. Mais le sexe n'est pas l'amour.

— Oh! Summer...

Monique s'interrompit pour choisir un poivron confit sur le plateau.

— Tu raisonnes avec ton esprit britannique, mais c'est ton cœur français qui sent et qui aime. Blake Cocharan n'est pas le genre d'homme à laisser une femme indifférente.

— Tel père, tel fils, tu veux dire?

Summer regretta la remarque avant même d'avoir fini de la prononcer. Mais Monique se contenta de sourire. Son expression se fit lointaine, un peu rêveuse

— J'y ai pensé, oui. Je n'ai pas oublié B.C., tu sais.

— Il ne t'a pas oubliée non plus, de toute évidence.

— Tu l'as rencontré?

— Brièvement. Lorsque ton nom a été prononcé, il s'est figé un instant, comme si la foudre s'était abattue sur lui.

Le sourire attendri de Monique vira au radieux.

— C'est flatteur. Une femme aime à croire qu'elle reste vivante dans le souvenir d'un homme, même des années après leur séparation.

— Tu trouves peut-être ça flatteur, mais je peux t'assurer que je n'étais pas à l'aise.

— Ah bon, pourquoi?

Se sentant soudain agitée, Summer se leva pour arpenter la pièce.

— Tu ne comprends pas? J'ai immédiatement été attirée par Blake. Et lui par moi. Il y a eu tout de suite quelque chose de très fortement sexuel entre nous. Tu crois que c'était confortable pour moi de discuter avec B.C., alors que nous avions tous les deux présent à l'esprit que vous aviez été amants? A priori, Blake n'est pas au courant. Mais s'il devait l'apprendre, te rends-tu compte à quel point la situation serait compliquée?

— Compliquée? Pourquoi compliquée?

Summer poussa un long soupir.

— B.C. était un homme marié à l'époque de votre liaison et il l'est toujours. Blake me paraît avoir beaucoup d'affection pour ses parents et pour le *couple* qu'ils forment.

— Et alors?

Monique haussa les épaules avec une désinvolture très française.

— Moi aussi, j'ai eu beaucoup d'affection pour son père.

Summer voulut réagir, mais sa mère l'arrêta.

— Ecoute-moi, d'abord, ma chérie… B.C. était encore amoureux de sa femme et je le savais. Nous nous sommes consolés mutuellement dans une période où nous étions plutôt enclins à pleurer l'un et l'autre, et nous avons réussi à nous faire rire. Quand je pense à mon histoire avec lui, c'est de la gratitude que je ressens, pas de la honte. Alors, tu n'as pas à te sentir mal.

Summer se passa nerveusement la main dans les cheveux.

— Ce n'est pas de la honte à proprement parler, mais… enfin, maman! C'est quand même un peu embarrassant pour moi, tu ne crois pas?

— La vie est souvent embarrassante. Tu vas me dire qu'il y a des règles morales à respecter et tu auras sans doute raison.

Monique redressa la tête, mettant en valeur le port altier dont sa fille avait hérité.

— Je vis selon des principes qui me sont propres et je ne me confondrai pas en excuses parce que j'ai eu une liaison avec un homme marié.

— Maman…

Summer secoua la tête, se traita mentalement d'idiote et s'agenouilla près du canapé.

— Ce n'était pas une critique. C'est juste que ce qui est bon pour toi ne l'est pas forcément pour moi.

— Tu crois que je ne le sais pas? Tu penses que je veux te voir marcher dans mes pas?

Sa mère lui posa la main sur la tête.

— Il est possible que j'aie connu des bonheurs plus exaltés que ceux que tu as rencontrés. Mais je suis aussi passée par des profondeurs de désespoir que tu n'as pas connues. Et je ne peux pas te souhaiter les premiers en sachant que les seconds en découleront forcément. Je n'espère pour toi que ce que tu désires pour toi-même, Summer.

— Il y a certaines choses qu'on a peur de désirer.

— Non, il y a des choses qu'il faut désirer avec un soin particulier. Je vais te faire quelques recommandations…

Monique lui caressa les cheveux, puis la fit se lever et s'asseoir à côté d'elle sur le canapé.

— Lorsque tu étais encore une petite fille, je n'ai pas été d'un grand conseil pour toi, car je n'ai jamais rien compris aux jeunes enfants. Adolescente, tu n'en as fait qu'à ta tête et tu aurais refusé de m'écouter, de toute façon. Peut-être que maintenant, nous en sommes arrivées à un stade où nous sommes capables de reconnaître que nous sommes différentes mais douées d'intelligence l'une et l'autre.

Summer éclata de rire, puis attrapa un fruit sur le plateau, dans lequel elle mordit à belles dents.

— Je t'écoute...

— Ça n'enlèvera rien à la femme que tu es, si tu acceptes de donner une vraie place à un homme dans ta vie.

Summer se contenta de froncer les sourcils d'un air interrogateur.

— Avoir besoin d'un homme pour se sentir exister, c'est triste et maladif. Avoir besoin d'un homme pour se donner de l'importance par procuration, c'est un faux bon calcul. Mais avoir besoin d'un homme qui t'apporte la joie, le partage et la passion, ça, c'est la vie dans toute sa gloire!

— La joie, le partage et la passion, ça peut se trouver ailleurs qu'avec un homme.

— C'est vrai. Sans l'amour, on peut avoir un peu de joie. Un peu de passion. Un peu de partage. Mais pourquoi se contenter d'un tiède minimum? Que cherches-tu à te prouver, en refrénant une aspiration bien naturelle? Je reconnais que c'est sans doute pure folie de croire en l'amour au point de se lancer pour la quatrième fois dans la périlleuse aventure du mariage, mais tu dois garder à l'esprit que Summer Lyndon n'est pas Monique Dubois. Nous ne partageons ni le même art ni la même manière. Ce qui ne nous empêche pas d'être femmes — et même très femmes — l'une et l'autre. Je ne regrette rien de ce que j'ai fait de ma vie, Summer. Ni mes choix ni mes erreurs.

Summer posa la tête sur l'épaule de sa mère en soupirant.

— J'aimerais pouvoir le dire aussi. J'ai toujours cru que je pouvais l'affirmer sans hésiter. Mais maintenant...

— Fais-toi confiance, ma chérie. Le cœur aussi a son intelligence. Peu importe le choix que tu feras, s'il est authentique, il sera bon pour toi.

— Je me demande si ma plus grande peur n'a pas toujours été de me tromper, justement, admit Summer d'une toute petite voix.

— Peut-être que ta plus grande peur *est* ta plus grande erreur.

Sa mère lui posa une main affectueuse sur la joue.

— Allons, sers-moi donc encore un peu de champagne. Je vais te raconter comment ça s'est passé, avec Keil...

Lorsque Summer quitta la suite pour reprendre la direction des cuisines, sa conversation avec sa mère continuait de résonner dans sa tête. Il était rare que cette dernière la questionne sur sa vie personnelle, et plus rare encore qu'elle lui prodigue des conseils. L'heure qu'elles venaient de passer ensemble avait certes été consacrée pour l'essentiel à la longue liste des qualités de Keil Morrison, mais, dans un premier temps, sa mère avait tenu des propos qui lui avaient donné à réfléchir. Cette discussion de cœur à cœur avait instillé en elle le germe du doute en ce qui concernait la liste de priorités dans la vie.

Dès l'instant où elle poussa les portes battantes, elle fut accueillie par de furieux éclats de voix. Allons bon... Que se passait-il encore? L'heure n'était pas encore venue de méditer sur ses choix de vie, apparemment.

— Puisque je te dis qu'il est irréprochable, mon tartare de légumes!

— Insipide, oui. Et on voit à peine les légumes, sous toutes ces herbes aromatiques!

— Tu n'as jamais voulu admettre que je réussissais les préparations un peu élaborées mieux que toi!

La scène avait tous les ingrédients du comique : l'énorme Max était aux prises avec le minuscule Charlie, le cuisinier coréen qui lui arrivait tout juste à l'épaule. Ils se mesuraient d'un regard outré, cramponnés l'un et l'autre à une grande assiette de présentation de verre. Oui, la scène aurait sûrement prêté à rire, songea Summer avec lassitude, si le reste de l'équipe ne s'était pas déjà rassemblé autour des deux adversaires en prenant bruyamment parti, pendant que les commandes du déjeuner, elles, restaient lettre morte.

— C'est du travail de sagouin, ton truc! cria Max.

Il n'avait pas encore pardonné à Charlie son congé maladie de trois jours. L'autre se dressa sur ses ergots.

— Tu ne sais pas de quoi tu parles! Je voudrais te voir réussir quelque chose d'aussi fin, d'aussi subtil, d'aussi travaillé, d'aussi…

— Trop d'aromates, je te dis!

Summer décida de s'interposer pour mettre fin à la querelle.

— Un problème?

— Cet individu malingre, qui se pique de savoir cuisiner, essaie de faire passer ce… ce tas de compost pour un tartare de légumes!

Max tentait d'arracher l'assiette des mains de l'individu malingre en question, et le découvrait doué d'une force inattendue.

— Ce tas de viande qui se prend pour un chef est jaloux parce qu'il ne connaît rien à l'art de préparer les légumes! Il serait infoutu de réussir la moindre brunoise avec ses grosses paluches! Et je ne parle même pas d'une chiffonnade!

Summer se mordit la lèvre pour ne pas rire. On se serait cru dans un vaudeville. Mais l'heure n'était pas aux plaisirs du théâtre.

— Bon… Vous, fit-elle en s'adressant à ceux qui assistaient au spectacle, je vous suggère de vous remettre au travail dare-dare, c'est compris? Avant que les quelques clients qui restent en salle ne désertent les lieux pour trouver un endroit où ils auront des chances d'être servis! Quant à vous deux…

Elle se tourna vers les belligérants. Au train où ils y allaient, l'affaire menaçait de virer au pugilat.

— C'est de ce tartare de légumes qu'il est question?

Max roulait des yeux furieux, tentant toujours de s'approprier l'assiette qui contenait la préparation de légumes finement ciselés.

— Tout juste bon pour le compost, comme je viens de le dire.

— Le compost!

Charlie blêmit sous l'outrage.

— S'il y a quelque chose, ici, qui mérite de passer aux ordures, c'est bien ton entrecôte! La seule partie à peu près comestible, c'est le brin de persil étique que tu poses dessus, hurla-t-il en tirant un peu plus fort.

Summer monta d'un ton.

— Puis-je vous poser une question, messieurs? L'un de vous deux a-t-il *goûté* ce tartare de légumes avant de se faire une opinion?

— Je ne goûte pas à cette nourriture pour lapins! tonna Max. Je la balance dans l'évier, c'est tout ce qu'elle mérite.

Charlie s'arc-bouta de plus belle.

— Je refuse que ce bovin touche à mes préparations. Il contaminerait le plat.

— Très bien, et si vous me laissiez déguster à votre place? suggéra Summer d'une voix si suave que tous deux reportèrent aussitôt leur attention exaspérée sur elle et la fixèrent avec fureur.

— Dites à ce mangeur de carne de lâcher mon tartare ou je le lui jette à la figure!

— Max...

— Je suis son supérieur. Il est tenu de m'obéir.

— Charlie...

— La seule chose qu'il a de supérieur, c'est son poids, ce tas de soupe!

Sur ce nouvel échange d'amabilités, ils recommencèrent à lutter de plus belle pour s'accaparer l'assiette.

— *Assez!* cria Summer, à bout de patience.

Est-ce que ce fut le choc de l'entendre élever la voix, ce qu'elle n'avait encore jamais fait jusque-là, ou le fait que l'assiette soit devenue glissante à force de manipulations de part et d'autre? Toujours est-il qu'au moment où elle cria, les deux hommes lâchèrent prise simultanément. L'assiette heurta le plan de travail et se brisa avec fracas. Les éclats de verre volèrent avant même que le tartare ne touche le sol et Max et Charlie se répandirent en invectives à l'unisson.

Summer sentit une douleur aiguë au niveau de son bras droit. Y jetant un coup d'œil, elle vit du sang commencer à couler d'une coupure de six centimètres de long au moins. Sidérée, elle fixa la blessure pendant trois bonnes secondes, repoussant l'idée que du sang — son sang — puisse jaillir d'elle à cette vitesse affolante.

— Excusez-moi de vous arrêter, messieurs, mais pensez-vous pouvoir attendre pour vous entretuer que j'aie fini de me vider de mon sang?

Charlie s'interrompit, un torrent d'insultes au bord des lèvres. Lorsqu'il vit de quoi il retournait, il écarquilla les yeux et partit dans un discours surexcité en coréen.

— Si vous vous étiez abstenue d'intervenir, commença à bougonner Max, vous n'en seriez pas...

Découvrant l'ampleur de l'hémorragie, il laissa le reste de sa phrase en suspens, puis il réagit avec une vivacité surprenante pour un individu de sa corpulence. Il se rua pour attraper un torchon propre, et l'appliqua aussitôt sur la plaie.

— Assise. Tout de suite! ordonna-t-il en la poussant sur un tabouret de cuisine.

Sans même se retourner, il aboya un ordre bref.

— Qu'on me nettoie tout ça avant que quelqu'un d'autre ne se fasse mal. Vite!

Il avait déjà commencé à confectionner un garrot qu'il lui noua au-dessus de la plaie. Au grand étonnement de Summer, il s'adressait à elle avec une gentillesse presque paternelle.

— Voilà. Très bien... Détendez-vous, maintenant. Je veux voir la profondeur de la coupure.

Avec une vague sensation de vertige, Summer hocha la tête et garda son attention rivée sur une cocotte qui fumait, de l'autre côté de la pièce. La douleur était assez supportable, finalement. Elle nota que sa vision se brouillait et se força à faire le point. Sûrement que cet horrible afflux de sang n'avait été qu'un effet de son imagination.

Dans un état second, elle entendit vociférer derrière elle et reconnut la voix de Blake.

— Qu'est-ce qui se passe encore ici, bon sang? On vous entend hurler jusque dans la salle! Vous êtes irresponsables ou quoi? Qu'est-ce qui vous a pris de faire un boucan pareil?

Il fondit sur Max et Summer, qu'il pensait responsables du raffut, bien décidé à leur lancer un ultimatum : soit ils s'arrangeaient pour coexister pacifiquement, soit ils prenaient la porte.

La vue du torchon rouge de sang l'arrêta net.

— Summer?

Elle secoua la tête pour essayer de clarifier ses idées.

— Un accident, se hâta d'expliquer Max. La plaie est profonde. Il lui faudra des points de suture.

Blake arrachait déjà le pansement de fortune des mains de Max et le poussait pour examiner la coupure.

— Comment diable est-ce arrivé?

En se concentrant, Summer réussit à faire le point sur son visage et à obtenir une image de lui moins floue. Il avait l'air inquiet, et en colère aussi. Puis tout se confondit de nouveau, et les traits de Blake se diffractèrent en lignes mouvantes et indistinctes. Elle commit alors l'erreur de baisser les yeux pour regarder son bras.

— Tartare de légumes, murmura-t-elle stupidement, tout en se sentant glisser de son tabouret.

Puis elle s'évanouit.

La première chose qu'elle entendit en reprenant connaissance fut de furieux éclats de voix. Elle se demanda confusément si elle était revenue à la case départ. Mais, très vite, elle reconnut le timbre de Blake. L'autre voix était celle d'une femme, sèche et inconnue.

— Je reste ici, un point c'est tout!

— Monsieur Cocharan, vous n'êtes pas de la famille. Le règlement ne vous permet pas d'être présent pendant que je traite Mlle Lyndon. Croyez-moi, ce sera l'affaire de quelques points de suture seulement.

Quelques points de suture? L'estomac de Summer se souleva. Elle avait horreur de l'admettre, mais elle n'était pas vraiment l'amie des aiguilles, en tout cas pas de celles que le corps médical vous enfonçait dans la chair. Dès qu'il était question de sang et de piqûres, elle perdait tout son courage. Or si son odorat ne la trompait pas — et il ne la trompait que rarement —, elle savait où elle se trouvait. L'endroit sentait l'antiseptique à plein nez. Peut-être que si elle s'éclipsait très vite, sans rien dire, personne ne s'apercevrait de sa disparition?

Se redressant, elle découvrit qu'elle se trouvait dans une petite salle d'examen entourée de rideaux. Elle fixa le plateau couvert d'instruments brillants — un nécessaire de torture au grand complet.

Sauve qui peut!

Blake surprit son regard et vint se placer à côté d'elle.

— Reste allongée, Summer.

Elle s'humecta les lèvres.

— Ne me dis pas que nous sommes à l'hôpital? chuchota-t-elle.

— Si. Au service des urgences. Ils vont te recoudre.

Elle réussit à sourire, mais garda les yeux rivés sur le plateau.

— J'aimerais autant qu'on laisse mon bras en l'état.

D'un geste prompt, elle bascula les jambes par-dessus bord

183

pour descendre de la table d'examen. Ce fut le médecin, cette fois, qui intervint.

— Restez tranquille, s'il vous plaît.

C'était une femme au visage énergique, marqué par des rides profondes. Elle avait des cheveux frisottants couleur pêche et des lunettes cerclées de métal. Comparant ses forces aux siennes, Summer jugea qu'elle avait des chances de l'emporter.

— Désolée de vous fausser compagnie, tous les deux, mais je rentre à la maison.

— Dans un instant, vous irez où vous voudrez. Mais pour le moment, vous ne bougerez pas d'ici. Tenez-vous tranquille, le temps que je m'occupe de votre bras.

Aïe. Coincée. Il ne lui restait plus qu'à essayer de recruter un allié.

— Blake?

— Les points de suture s'imposent, ma chérie.

— Je n'en veux pas!

— Vous n'avez pas le choix, lança la femme.

Elle appela une infirmière pour l'assister, puis, enfilant ses gants, elle se tourna vers Blake.

— Monsieur Cocharan, vous pouvez passer en salle d'attente.

— Non, protesta Summer en luttant pour reprendre la position assise. Vous, je ne vous connais pas. Elle non plus, ajouta-t-elle en voyant une infirmière écarter les rideaux pour se glisser à l'intérieur. Si vous tenez à exercer vos talents de couture sur moi, je veux une présence familière.

Elle attrapa la main de Blake et la serra fort.

— Lui, je le connais... Si vous me recousez, il reste.

L'urgentiste vit sa détermination autant que son angoisse et céda avec un soupir.

— Bon, d'accord. Ne regardez pas et tout se passera bien. J'ai de l'entraînement, j'ai déjà utilisé des kilomètres de fil, aujourd'hui.

— Blake...

Summer prit une profonde inspiration et le regarda droit dans les yeux, refusant de penser à ce que le duo de soignantes fabriquait, de l'autre côté de la table d'examen.

— J'ai une confession à te faire. Je ne suis pas très à l'aise avec le sang et les piqûres.

Elle déglutit en sentant une pression sur sa peau.

184

— Je suis obligée d'avaler des tranquillisants pour la moindre visite chez le dentiste.

Du coin de l'œil, Blake vit le médecin enfoncer l'aiguille.

— C'est tout juste si nous n'avons pas été obligés de mettre Max sous calmants, lui aussi, lui apprit-il.

D'un geste apaisant, il passa son pouce sur les jointures de ses doigts.

— Après ce qui vient d'arriver, tu pourras lui annoncer que tu installes une cuisinière à bois ainsi qu'une cheminée à foyer ouvert pour griller ses agneaux à la broche, il te dira amen sans hésiter !

— Ce qu'il ne faut pas faire pour obtenir un peu de coopération en cuisine...

Elle tressaillit, sentit son estomac faire des siennes, et déglutit de nouveau, non sans mal.

— Dis-moi quelque chose, Blake. N'importe quoi.

— Je propose que nous partions quelque part pour deux ou trois jours. Sur une grande plage de sable blond. Dans un endroit calme, au bord de l'océan.

C'était l'image qu'il lui fallait. Elle lutta pour rester focalisée dessus, afin de ne pas paniquer.

— Quel océan ?

— Celui que tu voudras. Pendant trois jours, notre seule activité consistera à lézarder au soleil et à faire l'amour.

La jeune infirmière tourna la tête et sourit avant que le médecin n'ait eu le temps de lui faire les gros yeux.

— Dès que je rentrerai de Rome, alors. Tu auras juste à trouver une petite île dans le Pacifique pendant mon absence. Avec quelques cocotiers et des autochtones bienveillants.

— J'explorerai les possibilités.

Le médecin appliqua un pansement.

— En attendant les plages du Pacifique, évitez de mouiller tout ça, changez le pansement tous les trois jours et revenez dans deux semaines pour vous faire enlever les points... C'est une sacrée entaille. Mais vous survivrez, je vous le promets.

Prudemment, Summer tourna la tête. Couverte de gaze blanche stérile, la plaie avait perdu son aspect terrifiant. Sa nausée se dissipa sur-le-champ.

— Je croyais que les points se résorbaient d'eux-mêmes, de nos jours.

Le médecin alla se laver les mains au lavabo.

— Tout dépend du fil utilisé. Vous avez un joli bras. Ce serait dommage d'y laisser une cicatrice. Je vais vous faire une ordonnance pour des antalgiques.

Summer prit un air buté.

— Je n'avalerai aucun médicament.

L'urgentiste haussa les épaules et s'essuya les mains.

— Vous ferez bien comme vous voulez. A propos... Essayez donc les îles Salomon, au large de la Nouvelle-Guinée.

Sur cette dernière recommandation, elle écarta le rideau, puis s'éloigna sans un regard derrière elle.

— Sacrée bonne femme, marmonna Summer, pendant que Blake l'aidait à descendre de la table d'examen. Le relationnel, ce n'est pas son fort. Je ne sais pas si je la prendrais comme médecin traitant.

Blake sourit. Summer n'avait pas été longue à recouvrer son esprit caustique. Il la soutint en lui passant un bras protecteur autour de la taille.

— Elle était bourrue, c'est vrai, mais elle t'a fourni ce qu'il fallait d'attention et d'informations médicales. J'étais là pour l'empathie et le soutien moral.

Cette affirmation lui valut un froncement de sourcils.

— Lorsque je saigne, Blake, j'ai besoin de *beaucoup* d'empathie et d'un *abondant* soutien moral.

Ils étaient arrivés au parking. Il l'embrassa sur le front, puis lui ouvrit la portière.

— Ce dont tu as besoin, c'est d'un lit, d'une chambre fraîche où règne la pénombre et de quelques heures de repos total.

Elle secoua la tête.

— Je retourne travailler. Les cuisines sont probablement plongées dans le chaos. Et j'ai une tonne de coups de fil à passer.

— Je te raccompagne chez toi et tu te mets au lit.

— Je ne saigne plus. Je reconnais que je suis une vraie mauviette dès que je vois du sang ou une blouse blanche équipée d'une aiguille, mais le cap est passé et j'ai retrouvé ma vaillance.

Blake s'immobilisa à un feu rouge et tourna la tête dans sa direction.

— Tu es pâle, dit-il, tout en songeant qu'il ne devait pas avoir une mine formidable, lui non plus, étant donné les angoisses par lesquelles il était passé durant l'heure écoulée. Tu dois sentir des élancements dans ton bras. Et si ce n'est pas encore le cas, ça ne va pas tarder. J'ai toujours appliqué la politique suivante chez Cocharan : si quelqu'un de l'équipe tombe dans les pommes, il est en congé pour le reste de la journée au moins.

— Quel admirable humaniste tu fais! Je ne me serais pas évanouie, si je n'avais pas eu l'imprudence de regarder.

— Tu rentres chez toi, Summer.

Elle se redressa, joignit les mains sur les genoux et poussa un profond soupir. Une pulsation de douleur commençait bel et bien à se faire sentir dans son bras, mais elle ne l'aurait pas reconnu pour un empire. Entre les élancements et l'irritation, il était facile d'oublier qu'elle avait été reconnaissante de pouvoir se cramponner à Blake moins d'un quart d'heure plus tôt.

— Je sais que je te l'ai déjà dit, mais parfois il peut être utile de répéter une information : je ne tolère pas qu'on me donne des ordres.

Le silence tomba dans la voiture et s'étira pendant près d'une minute. Blake prit la direction de l'ouest, laissant la Cocharan House dans leur dos.

— Bon, très bien. Dans ce cas, je prendrai un taxi, annonça-t-elle d'un ton léger.

— Ce que tu vas prendre, c'est deux antalgiques, puis je tirerai les rideaux et je te borderai bien gentiment.

Perspective paradisiaque.

Repoussant la tentation, elle pointa le menton d'un air de défi.

— Ce n'est pas parce que j'ai été dépendante de toi pendant que l'ogresse en blouse blanche s'essayait au point de croix sur ma personne que j'ai besoin d'être prise en charge!

Il existait bien un moyen de la convaincre de faire ce qu'il voulait, songea Blake, mais il hésitait à y recourir. D'autant que la manière directe était probablement la meilleure.

— Je ne crois pas que tu aies fait le compte des points que tu as dans le bras.

— Non.

Summer tourna la tête vers la vitre.

— Moi, je les ai comptés. Quinze. Tu as remarqué la dimension de l'aiguille ?

— Non.

Elle porta la main à son estomac et lui jeta un regard noir.

— Tu ne crois pas qu'elle est un peu déloyale, ta méthode ?

— Tant qu'elle marche...

Il posa la main sur la sienne.

— Juste une petite sieste, Summer. Je reste avec toi, si tu veux.

Comment était-elle censée s'y retrouver avec lui, alors qu'il passait de la générosité à la traîtrise pour mieux revenir à la douceur ensuite ? Comment était-elle censée composer avec elle-même, alors qu'elle n'avait qu'une seule envie, se blottir en fœtus contre lui pour trouver chaleur et sécurité dans son étreinte ?

— C'est bon... Je vais me reposer.

Brusquement, elle en reconnaissait la nécessité, indépendamment de sa blessure. Si Blake continuait de mettre ses émotions à mal au cours des mois à venir, elle pourrait très vite perdre pied.

— Seule, précisa-t-elle fermement. Ton travail t'attend à l'hôtel. Je t'ai déjà fait perdre assez de temps.

Lorsqu'il se gara devant chez elle, Summer leva la main pour l'empêcher de couper le moteur.

— Sérieusement, Blake, ce n'est pas la peine de monter avec moi. Je te promets d'aller droit au lit.

Le sentant sur le point d'objecter, elle sourit et serra un instant ses doigts entre les siens.

Il ne fallait vraiment pas qu'il monte. S'il l'accompagnait chez elle maintenant, tout pouvait arriver.

— Je vais prendre du paracétamol, mettre de la musique et m'allonger. Mais je me sentirais plus tranquille si tu passais t'assurer que tout est bien rentré dans l'ordre en cuisine.

Blake examina ses traits. Elle paraissait fragile et son regard était marqué par la fatigue. Son désir à lui était clair : il voulait rester avec elle, la pendre dans ses bras, la sentir de nouveau dépendante, agrippée, en demande de lui. Assis à côté d'elle, il éprouva physiquement la distance mentale qu'elle cherchait à mettre entre eux. Et il était hors de question qu'il la laisse faire !

Mais pour le moment, elle avait besoin de repos plus qu'elle n'avait besoin de lui.

— Si c'est ce que tu préfères, d'accord. Je t'appellerai ce soir.

Summer se pencha, l'embrassa sur la joue, puis se hâta de descendre de voiture.

— Merci de m'avoir tenu la main, Blake.

10

Depuis l'incident, les nerfs de Summer étaient mis à rude épreuve. Non pas tant en raison de la contrariété ou de la douleur, que du surcroît d'attention dont elle faisait l'objet.

Ce n'était pas faute d'apprécier qu'on s'intéresse à elle, pourtant. Non seulement, elle aimait faire l'objet de l'attention générale, mais elle en était venue à considérer sa place centrale comme une évidence, tant ses desserts avaient du succès.

Ce n'était pas non plus faute d'apprécier qu'on la gâte et qu'on pourvoie à ses besoins. Ayant grandi dans une famille qui employait des domestiques, elle avait été habituée dès son plus jeune âge à ce qu'on s'occupe d'elle. Mais elle savait, comme tout cuisinier qui se respecte, qu'il fallait un équilibre en toute chose. Si le sucre, dans un gâteau, était bon et même indispensable, trop de sucre rendait le meilleur dessert immangeable.

Sa mère avait prolongé son séjour d'une semaine complète en proclamant qu'il lui était impossible de quitter Philadelphie alors que sa fille avait été victime de ce « terrible accident ». Plus Summer minimisait l'épisode, plus Monique la traitait avec inquiétude et admiration. Admiration qui lui faisait appréhender de façon croissante le jour où il lui faudrait retourner chez l'ogresse pour se faire enlever les points.

Même si elle paraissait à contre-emploi dans ce nouveau rôle, Monique avait pris l'habitude de passer la voir tous les jours dans son bureau pour lui apporter des tisanes régénératrices et des soupes fortifiantes. Puis elle se faisait un devoir de rester debout à côté d'elle, le visage soucieux mais l'œil vigilant, jusqu'à ce que toutes ces fades potions soient dûment avalées.

Les premiers jours, Summer avait trouvé cet accès de dévouement maternel plutôt touchant, même si les tisanes et les soupes ne figuraient pas parmi ses grands favoris en matière alimentaire. Dans son souvenir, Monique avait toujours été affectueuse et pleine de gentillesse, mais jamais maternante. Pour cette raison, Summer buvait les infusions et absorbait les potages, tout en ravalant sa contrariété. Mais comme les soupes et les bouillons se succédaient et que Monique interférait dans son travail, elle commençait à perdre patience. Elle aurait à la rigueur pu tolérer cette sollicitude excessive, si la brigade de cuisine au grand complet, Max en tête, ne s'était pas mise au diapason.

Elle ne pouvait plus rien faire par elle-même. Si elle se mettait en tête de boire un café, il y avait toujours quelqu'un pour se précipiter vers la cafetière, lui ordonner de s'asseoir et lui apporter sa boisson. Chaque jour, à midi tapant, Max se présentait avec un plateau et lui servait la spécialité du jour : soufflé au homard, étouffade de perdrix ou dorade au four. Summer mangeait alors bravement, sous le regard attentif du cuisinier, tout en rêvant d'un double cheese-burger au bacon.

C'était à qui se précipiterait pour lui ouvrir la porte ; on la couvait du regard comme si elle était sur le point de se briser et tout le monde la ménageait au point qu'elle en aurait hurlé. La seule fois où elle avait crié, à bout de patience, qu'elle avait quinze points de suture au bras et non un cancer en phase terminale, elle s'était retrouvée avec une tasse d'infusion supplémentaire ainsi qu'une assiette de biscuits à la farine complète.

Ils la tuaient tous à petit feu en l'étouffant sous un trop-plein de gentillesse.

Chaque fois qu'elle se voyait sur le point de craquer, Blake trouvait le moyen de calmer le jeu. Il n'était pas indifférent à sa blessure et ne manquait pas non plus d'attentions. Mais il était le seul à ne pas la traiter comme si elle avait vocation à servir sous peu de nourriture aux corbeaux.

Il choisissait le moment pour l'appeler au téléphone ou passer la voir en cuisine avec un instinct démoniaque. Il était toujours là lorsqu'elle avait besoin de lui, calme lorsqu'elle aspirait au calme, ordonné lorsque la menace du chaos la submergeait. Il ne craignait pas de lui imposer certaines exigences, alors que tous les autres l'estimaient incapable de lever le petit doigt. Lorsqu'il l'irritait, c'était à l'inverse des autres : en mettant ses capacités au défi et en la poussant à se surpasser, plutôt qu'en la couvant à l'excès.

Autre avantage avec lui : elle ne ployait pas sous le poids de la culpabilité chaque fois qu'elle craquait et que sa mauvaise humeur prenait le dessus. Elle pouvait crier et l'incendier ; elle savait qu'elle ne rencontrerait jamais dans son regard la patience infinie dont Max usait avec elle à présent. Elle pouvait se montrer déraisonnable sans craindre de le blesser, alors que sa mère s'effrayait aussitôt de ses moments d'exaspération.

Sans vraiment se le formuler, elle commençait à voir en lui un pilier — un monument de solidité et de raison là où la déraison semblait régner partout alentour. Et peut-être, pour la première de sa vie, éprouvait-elle le besoin d'un appui.

Outre Blake, son travail l'aidait considérablement à garder un minimum d'équilibre mental. Elle s'y consacrait corps et âme. Elle multiplia les visites chez l'imprimeur pour définir la mise en pages idéale de ses menus, attentive à chaque détail. Elle s'était décidée pour un papier vergé ivoire classique sur lequel « Cocharan House » était imprimé en relief. Pendant des heures, elle hésita sur les formats, les polices, les interlignes, les motifs. Le résultat, bien que coûteux, fut à la hauteur de ses efforts : digne d'être affiché en poster ! Pour le service d'étage, elle fixa son choix sur une version un peu moins luxueuse, mais fit le nécessaire pour que l'élégance soit malgré tout au rendez-vous. Ayant repéré les meilleurs fournisseurs, elle négocia inlassablement, ne reculant devant aucun marchandage, surprise de tirer le plus grand plaisir de cette forme particulière d'exercice. A fortiori lorsqu'elle obtenait gain de cause, ce qui était presque invariablement le cas.

Remporter ces petites victoires lui procurait la douce euphorie de la réussite. Rien d'aussi glorieux que lorsqu'elle façonnait un dessert spectaculaire, mais le contentement était là. Différent, mais très stimulant malgré tout.

Alors s'entendre dire, après une de ces âpres et passionnantes négociations, qu'elle devrait faire une « petite sieste » avait le don de la faire sortir de ses gonds !

— Ma petite chérie…

Monique fit son apparition dans son bureau, une de ses tisanes démoralisantes à la main, juste au moment où elle prenait congé du boucher en gros.

— Il serait temps que tu t'accordes une pause, mon cœur. Tu exiges trop de toi-même.

— Maman ! Je vais parfaitement bien, je t'assure…

Humant la décoction aux accents amers, Summer réprima un haut-le-cœur. Elle avait envie de quelque chose de frais et de gazeux, de préférence chargé en caféine.

— Je suis en train de relire tous mes contrats fournisseurs. C'est un peu compliqué et j'ai encore quelques appels à passer.

Si le but visé était de faire comprendre en douceur à sa mère qu'elle voulait qu'on la laisse tranquille, le résultat ne fut pas à la hauteur de ses espérances.

— Tu t'attaques à des contrats compliqués, alors que tu es à pied d'œuvre depuis tôt ce matin ! Tu oublies que tu as subi un choc, protesta Monique en s'appropriant une chaise.

Summer s'arma péniblement de patience.

— C'est juste une coupure au bras, maman.

— *Quinze* points de suture !

Sa mère fronça les sourcils en la voyant sortir une bouteille de soda.

— Tu sais que ces boissons sont une catastrophe pour la santé, ma chérie.

— Tout comme l'excès de tension nerveuse, marmonna-t-elle, au bord du découragement.

Puis elle reprit en s'éclaircissant la voix, déterminée à lutter :

— Maman, je suis ravie de t'avoir ici, mais Keil doit te manquer terriblement et je suis sûre qu'il est malheureux comme les pierres sans toi. Tu ne peux pas le laisser trop longtemps seul, alors que vous venez juste de vous marier.

— C'est vrai…

Monique soupira, le regard rêveusement levé au plafond.

— Quand on aime, une journée loin de l'être aimé est comme une semaine, une semaine comme un mois…

Elle joignit soudain les mains et s'interrompit en secouant la tête.

— Mais Keil est un homme formidable, tu sais. Sensible. Généreux. Il comprend que tu aies besoin de moi en ce moment.

Summer ouvrit la bouche pour protester, puis la referma. Il s'agissait de rester diplomate. D'agir avec tact, respect et tendresse.

— Tu as été merveilleuse, maman, vraiment. Tu n'imagines

pas à quel point j'ai apprécié tout ce que tu as fait pour moi. Mais mon bras est presque guéri, à présent. Et je te jure que je suis en grande forme. S'il y a une chose qui me rend malade, en revanche, c'est de te retenir ici, alors que tu es en pleine lune de miel.

Monique balaya l'argument de son petit rire rauque et sensuel.

— Ma chère enfant, tu découvriras un jour qu'une lune de miel, ce n'est ni un voyage ni un moment précis de la vie d'un couple, mais un état d'esprit. Ne t'inquiète donc pas pour Keil et moi. Crois-tu vraiment que je pourrais partir d'ici avant qu'on te retire ces horribles points de suture?

— Maman...

A l'évocation de la petite épreuve qui l'attendait encore, Summer sentit les premiers tressaillements de l'angoisse lui nouer l'estomac. Elle tendit la main vers la tisane en guise de parade.

— Sérieusement, Summer... Je n'ai pas pu être à tes côtés lorsque le médecin t'a recousue, mais...

Les yeux de Monique se remplirent de larmes et ses lèvres se mirent à trembler.

— ... je serai présente lorsqu'elle te les retirera.

Summer eut alors une vision d'elle-même, allongée sur la table d'examen, l'urgentiste au visage sévère penchée sur elle, les ciseaux à la main. A côté d'elle, sa mère, frêle et toute de noir vêtue, se tapotant les yeux avec un mouchoir en dentelle. Serait-il plus profitable de hurler ou de se placer la tête entre les genoux et de tenter de respirer?

Tendue comme un ressort, elle se déplia soudain de sa chaise.

— Désolée, maman, mais je dois te fausser compagnie. Je viens de me souvenir que j'ai rendez-vous avec Blake dans son bureau.

A peine fut-elle sortie au pas de course que les yeux de Monique séchèrent et que ses lèvres dessinèrent un sourire. Elle n'avait pas toujours été une mère très inspirée, lorsque Summer était encore enfant, mais aujourd'hui... Elle savait exactement comment s'y prendre pour pousser la demoiselle là où elle devait aller. En l'occurrence, droit dans les bras de Blake où elle était certaine que sa fille volontaire, pragmatique et tendrement aimée serait à la meilleure place.

— A l'amour! murmura-t-elle en français en levant la tisane abandonnée pour porter un toast.

Peu importait à Summer que le rendez-vous ait été purement fictif. Que Blake ait du temps à lui consacrer ou non, elle avait besoin de lui pour revenir à la normalité.

— Il faut que je voie M. Cocharan tout de suite, annonça-t-elle d'une voix désespérée à la secrétaire.

— Un petit instant, je vais demander si...

Trop stressée pour attendre, Summer poursuivit son chemin et poussa la porte du bureau sans même prendre la peine de frapper.

— Blake!

Il haussa un sourcil interrogateur et lui fit signe d'entrer, tout en continuant sa conversation au téléphone. Les traits de Summer portaient toutes les marques de l'hébétude, comme si, au dernier stade d'une chasse à l'homme, elle était sur le point de se faire rattraper par une meute assoiffée de sang. Son premier réflexe fut de la prendre dans ses bras et de la consoler, mais il sut résister à la tentation. Il n'était que trop évident qu'elle se sentait déjà couvée à l'excès et qu'elle ne supportait plus d'être entourée de nounous bienveillantes.

Dans un état manifeste de frustration intense, elle virevoltait dans la pièce, débordant d'une énergie nerveuse qui vibrait comme une aura autour d'elle. Elle se dirigea à grands pas vers la fenêtre, regarda la vue un instant, puis s'en détourna, visiblement trop énervée pour se livrer à la contemplation. Elle finit par chercher un recours du côté du bar et se versa une dose provocante de porto.

A la seconde même où elle l'entendit raccrocher, elle explosa.

— Il faut faire quelque chose!

— Si tu as l'intention de gesticuler encore longtemps avec ce verre à la main, je te conseille de boire d'abord quelques gorgées, sinon tu vas t'en mettre partout.

Summer se renfrogna, mais obtempéra.

— Blake, ma mère doit retourner en Californie.

Il finit de griffonner une note.

— Ah bon, déjà? Monique nous manquera.

— Non, tu ne comprends pas... Elle *devrait* partir, mais

195

elle ne le fait pas. Elle tient absolument à me réduire à un état catatonique par overdose de maternage.

Il ouvrit la bouche pour répondre, mais elle poursuivait déjà sur sa lancée :

— Et Max... Il faut faire quelque chose pour Max. Aujourd'hui encore, il s'est présenté dans mon bureau avec de la poularde demi-deuil. Excellente, je le concède. Mais je n'en peux vraiment plus ! Je suis à bout.

Le temps pour elle de reprendre sa respiration et elle repartit dans une litanie chaotique dans laquelle s'enchaînaient des plaintes variées.

— Charlie me regarde comme si j'étais Jeanne d'Arc en personne et le reste de la brigade est encore pire. Ils me rendent folle, folle, folle.

— Je vois ça, oui.

Au son de sa voix, elle cessa d'arpenter la pièce et s'immobilisa pour lui jeter un regard noir.

— Evite d'afficher ce petit sourire amusé, s'il te plaît.

— Moi ? Je souriais ?

— Et remballe cet air faussement innocent ! Une dépression nerveuse n'a rien de comique, crois-moi.

— Je suis tout à fait d'accord avec toi sur ce point.

Il croisa les mains sur son bureau.

— Et si tu t'asseyais et que tu reprenais du début ?

Elle se laissa tomber sur une chaise, but une gorgée de porto, puis se releva d'un bond et recommença à faire les cent pas.

— Je n'ai rien contre les attentions des uns et des autres, mais il existe un proverbe qui dit que l'excès de gentillesse tue la gentillesse ou quelque chose comme ça, non ?

— Je crois avoir entendu ça, en effet.

Elle poursuivit sans tenir compte de son commentaire.

— Même un excellent dessert, on peut le gâcher complètement, en voulant trop en faire.

— Toujours d'accord avec toi. Le mieux peut être l'ennemi du bien.

— Oh ! Arrête d'être aussi horriblement compréhensif !

— La compréhension est un péché mignon, chez moi.

Il sourit. Elle se rembrunit.

— Tu m'écoutes, au moins ?

— Chaque mot, chaque syllabe.

— Je ne suis pas faite pour être bichonnée, c'est tout. Ma mère me bourre tellement de tisanes et de bouillons que je vais finir par faire floc floc en marchant! « Repose-toi, Summer. Tu n'as pas encore repris tes forces... » Je n'en peux plus d'entendre ça! Je suis solide comme un chêne!

Il la regardait gesticuler, charmé par la grâce du spectacle.

— C'est la réflexion que je me faisais, moi aussi.

— Et Max! Il est d'une épuisante bonne volonté. A croire qu'il a décidé de me canoniser.

Elle porta la main à son estomac, l'air accablé.

— Ça fait plus d'une semaine, maintenant, que je m'alimente de façon horriblement saine, tu te rends compte? Je rêve de pizzas et de hamburgers, mais je n'ai plus la force d'en manger, avec tout ce qu'ils me font avaler. Le prochain qui s'avise de me conseiller de me *ménager*, je lui mets mon poing dans la figure!

Blake examina la pointe de son stylo.

— Je veillerai avec soin à ne pas te faire ce genre de recommandations.

— Toi, tu ne le fais pas.

Elle contourna sa table de travail pour venir se percher face à lui.

— Tu es la seule personne ici à me traiter normalement depuis ce ridicule incident. Tu m'as même crié après, hier. Tu ne peux pas savoir comme j'ai apprécié.

— Ne me remercie pas. Tout le plaisir était pour moi.

Riant à demi, elle lui prit la main.

— Je suis sérieuse, Blake. Je me sens déjà assez mal comme ça de ne pas avoir réussi à prévenir ce gros chahut. Toi, au moins, tu ne passes pas ton temps à me rappeler ce piteux épisode en me tapotant la tête d'un air soucieux et paternel.

Il enlaça ses doigts aux siens.

— Parce que j'ai compris ton fonctionnement. Je t'observe depuis le début.

La façon dont il le lui dit accéléra son rythme cardiaque.

— Je ne suis pas quelqu'un de facile à comprendre.

— Non?

— Je ne me comprends pas toujours moi-même.

— Alors laisse-moi te parler de Summer Lyndon...

Il porta leurs deux mains jointes à ses lèvres.

— C'est une belle femme, un peu gâtée, de par son éducation et de par son succès professionnel.

Il sourit en la voyant faire la moue.

— Elle est forte, incroyablement féminine, sans l'ombre d'un artifice. Elle a des opinions tranchées et, dans son travail, elle se montre ambitieuse et passionnée. Ses capacités de concentration me font penser par moments à celles d'un chirurgien. C'est malgré tout une sentimentale, bien qu'elle soit intimement persuadée du contraire.

— Ce n'est pas vrai, commença-t-elle à protester.

— Elle se nourrit de la musique de Chopin chaque fois qu'elle crée un dessert. Et même si elle choisit de s'improviser un bureau dans un coin sombre de l'économat, elle pose un bouquet de roses sur sa table de travail.

— C'est uniquement parce que...

— Arrête de m'interrompre, s'il te plaît.

Elle grommela quelque chose, puis accepta d'écouter la suite en silence.

— Des craintes, notre Summer Lyndon en a quelques-unes, mais elle les combat, car il lui déplaît d'admettre qu'elle puisse connaître la peur. Elle a une force intérieure peu commune qui lui permet de tenir tête à n'importe qui. Et pourtant, par pure générosité, elle endure les situations les plus inconfortables plutôt que de prendre le risque de peiner un de ses proches. Elle est passionnée, entière, tout en conservant une bonne maîtrise de soi. Ses goûts la portent vers le très bon champagne et la pire malbouffe. Je ne connais personne qui m'ait autant exaspéré, mais personne non plus qui m'ait inspiré une confiance aussi immédiate et totale.

Summer en retenait son souffle. Ce n'était pas la première fois que Blake la mettait dans une situation telle que les mots lui faisaient défaut.

— Ce n'est pas une femme entièrement admirable que tu me décris là.

— Peut-être pas. Mais entièrement fascinante, si.

Elle sourit et s'installa sur ses genoux.

— J'ai toujours eu envie de faire ça, murmura-t-elle en se blottissant contre lui. Me percher sur les genoux d'un cadre de haut vol, dans le luxe feutré de son bureau de grand standing. Finalement, je crois que j'aime autant être fascinante qu'admirable.

— Je te préfère ainsi.

Il lui donna un baiser — un petit baiser.

— Et voilà. Tu m'as encore sauvée de la crise de nerfs.

Blake lui caressa les cheveux en songeant qu'il s'en fallait de peu — de très peu — pour qu'il l'apprivoise entièrement.

— Chez Cocharan, nous ne demandons qu'à vous satisfaire, chère madame.

— Ah, si seulement je n'étais pas obligée de retourner dans ces maudites cuisines et de retrouver ce dévouement suave, cette authentique sollicitude !

— Que ferais-tu, si tu avais le choix ?

Elle noua les bras autour de son cou et rejeta la tête en arrière avec un petit rire.

— Si je pouvais vraiment faire ce dont j'ai envie ?

— Vraiment, oui.

Elle réfléchit un instant, passa pensivement la pointe de sa langue sur ses dents parfaites, puis lui dédia un sourire d'une éblouissante candeur.

— Je crois que j'irais au cinéma voir un film abominablement nul et que j'avalerais un triple cornet de pop-corn trop salé et dégoulinant de beurre.

— Très bien...

Il lui donna une tape amicale sur les fesses.

— Alors, allons choisir le navet du jour.

— Maintenant, tu veux dire ?

— A l'instant même.

— Mais il est à peine 16 heures !

Il l'embrassa, puis l'entraîna hors de la pièce.

— Ça s'appelle faire l'école buissonnière. Je t'expliquerai le principe en chemin.

Avec elle, il se sentait jeune et un peu fou. Voire même irresponsable, assis dans le noir face à l'écran, son pop-corn sur les genoux, la main de Summer logée en confiance dans la sienne. Il ne se souvenait pas d'avoir été timide ou inhibé, durant son enfance ou son adolescence. Dans l'ensemble, il avait toujours été assez sûr de lui. Mais un peu fou et irresponsable ? Jamais. Venir au monde dans une famille dont l'entreprise valait des millions de dollars avait suscité en lui dès son plus jeune âge un sens exigeant du devoir. Il n'avait jamais manqué de rien, avait grandi en bénéficiant du nécessaire comme du superflu. Mais très tôt, il avait su que pèserait sur lui l'obligation de reprendre le flambeau et de maintenir la barre très haut, pour ne pas démériter vis-à-vis de son père et de son grand-père.

Comme il avait toujours pris sa vocation très au sérieux, il s'était comporté avec prudence, même à un âge où d'autres faisaient les quatre cents coups. L'impulsivité n'avait jamais été un de ses traits de caractère. Mais peut-être commençait-il à évoluer sur ce point, grâce à Summer. N'avait-il pas décidé, sur un coup de tête, d'exaucer son vœu pour l'après-midi ? Si elle avait exprimé l'envie de faire un saut à Paris pour dîner chez Maxim's, il aurait pris les arrangements nécessaires. Mais il aurait dû se douter qu'un cornet de pop-corn dans un cinéma du quartier serait plus dans son style.

Et c'était ce style, justement — fait d'élégance et de simplicité —, qui l'avait d'emblée attiré chez elle. Il savait avec une certitude devenue inébranlable qu'aucune autre femme, jamais, ne l'émouvrait, ne le fascinerait comme elle.

Summer ressentait les effets de la tension accumulée au cours de la semaine écoulée. Depuis l'accident, elle s'était montrée sur la défensive avec tout le monde, sauf avec Blake. Il l'avait soutenue mais, plus important encore, avait respecté son espace. Ils ne s'étaient pas vus souvent — Blake étant occupé à finaliser la reprise de la chaîne Hamilton, elle-même ayant eu beaucoup à faire —, mais dès qu'ils parvenaient à trouver un moment pour être ensemble, hors de l'hôtel, ils oubliaient vite leurs contraintes professionnelles réciproques. Elle savait à quel point l'acquisition de cette chaîne d'hôtels était cruciale pour le groupe Cocharan et mobilisait cent pour cent du temps, de la concentration et de l'énergie de Blake. Et pourtant, lorsqu'elle avait déboulé dans son bureau sans prévenir, il avait mis tout cela de côté sans une hésitation — pour elle.

Elle se pencha vers lui.

— Un ange…

— Mm ?

— Toi, chuchota-t-elle. Tu es un ange…

— Parce que je t'ai trouvé un film nul à souhait ?

Elle plongea la main dans le cornet de pop-corn avec un petit rire étouffé.

— C'est vraiment un bide, hein ?

— Le top flop de l'année ! Il est tellement raté qu'il n'y a presque personne dans la salle. Ce qui me va bien, d'ailleurs.

— Serait-on asocial, monsieur Cocharan ?

— Non point. Mais ça facilite ce genre de choses…

Il se pencha pour attraper le lobe de son oreille entre ses dents.

— Ah…

Une onde de plaisir partit des orteils de Summer, puis remonta à fleur de peau pour s'échouer au creux de son ventre.

— Et ce genre de choses également…

Il lui picora le cou de petits baisers brûlants et se délecta de l'entendre retenir son souffle.

— Tu as meilleur goût que le pop-corn.

— C'est pourtant de l'excellent pop-corn.

Elle tourna la tête pour que leurs bouches puissent se trouver. Leurs lèvres se joignirent et ce fut un moment de pure perfection. Oubliant le film, elle ferma les yeux pour mieux profiter de la sensation. Il aurait presque été possible d'affirmer que leurs bouches étaient faites l'une pour l'autre. Si elle avait été crédule, comme sa mère, elle se serait même laissé aller à penser que Blake et elle étaient destinés à se rencontrer à ce stade de leur vie. Destinés à se croiser, s'affronter, s'attirer, fusionner. Un homme et une femme, unis dans la durée. Lorsqu'ils s'embrassaient ainsi, que leurs lèvres brûlantes semblaient se reconnaître de toute éternité, elle aurait presque pu y croire. Presque *voulu* y croire.

Blake passa la main dans ses cheveux. Il aimait sentir leur douceur, leur légèreté soyeuse sous ses doigts. Ce simple contact, innocent par essence, suffisait à attiser son désir dans des proportions déraisonnables. Il ne se sentait jamais aussi solide que lorsqu'il tenait Summer dans ses bras. Et jamais, dans le même temps, il ne se sentait aussi vulnérable. La musique de fin arriva sans qu'il l'entende ; il ne vit pas plus le générique défiler à l'écran.

Gênés dans leurs mouvements par l'accoudoir, ils modifièrent leur position pour s'embrasser plus commodément.

— Excusez-moi…

Le jeune ouvreur, embauché pour l'été en attendant de reprendre le lycée en septembre, se rapprocha d'un pas. Il attendit. Puis finit par s'éclaircir la voix.

— Pardon, m'sieur dame…

Levant les yeux, Blake nota que les lumières étaient rallumées dans la salle et que l'écran était noir. Il vit les yeux de Summer s'écarquiller brièvement de surprise. Puis elle enfouit son visage contre son épaule pour étouffer un rire.

— Le film est terminé, expliqua l'ouvreur, mal à l'aise. Après chaque séance, nous devons nous assurer que tous les spectateurs quittent bien la salle.

Pas étonnant, songea-t-il, *que ce type ait oublié de regarder le film. Avec une copine aussi belle… Et pleine de classe, avec ça.*

L'homme se leva et le jeune ouvreur nota alors sa taille, sa carrure, et l'expression ombrageuse qui s'était peinte sur son visage. Il déglutit. Certains hommes n'aimaient pas être interrompus en pleine action.

— C'est le règlement, m'sieu. Le directeur a dit…

— Si c'est le règlement…, coupa Blake qui voyait trembler sa pomme d'Adam.

— Nous allons emporter le pop-corn, déclara Summer d'un ton conciliant, en s'extirpant de son siège.

Elle prit l'énorme cornet sous un bras et attrapa Blake de l'autre.

— Bonne soirée, lança-t-elle au jeune homme par-dessus son épaule.

Dès qu'ils furent dans la rue, elle éclata de rire.

— Pauvre gosse! Il a cru que tu allais le massacrer.

— Je dois avouer que j'ai été tenté de serrer son cou de poulet.

— Il en tremble encore, si tu veux mon avis.

Elle monta en voiture et plaça le pop-corn sur ses genoux.

— Tu sais ce qu'il a dû penser?

— Quoi?

— Que nous étions amants, toi et moi.

— N'est-ce pas le cas?

Elle se pencha pour lui mordiller l'oreille.

— Des amants illégitimes, je veux dire. Mariés l'un et l'autre, et condamnés à nous rencontrer dans le plus grand secret. Mon mari me croit au hammam avec des copines. Et pour ta femme, tu es en réunion.

— Pourquoi ne serions-nous pas allés à l'hôtel ?

— Le cinéma était une première étape. L'hôtel, c'est là que nous nous dirigeons maintenant.

Tout en picorant du pop-corn, elle coula vers lui un regard lascif.

— Dans notre cas, mon appartement servira de substitut.

— Je suis assez flexible sur le lieu, du moment qu'il y a un lit. Un tapis à la rigueur... Dis-moi, Summer...

Il l'attira contre lui d'une main, tout en tenant le volant de l'autre, et passa au feu orange.

— Oui ?

— C'était quoi le sujet du film ?

Elle posa en riant la tête sur son épaule.

— Je n'en ai pas la moindre idée !

Une heure ou deux plus tard, ils étaient nus et enlacés sur le lit, les rideaux ouverts pour laisser entrer la lumière, la fenêtre relevée pour permettre l'accès à la brise d'été...

De l'appartement du dessous montait le son léger de gammes montantes et descendantes. Summer songea qu'elle avait dû dormir quelques instants, car l'éclat du soleil s'était adouci pour prendre une teinte presque rosée. Mais elle n'était pas pressée du tout de voir la nuit tomber.

Les draps étaient chauds, moites, froissés par leurs ébats. D'agréables odeurs domestiques flottaient dans l'air : grillades et poivrons en provenance de l'appartement du professeur de piano et une sauce bolognaise maison chez ses voisins jeunes mariés. La brise légère brassait, mêlait plaisamment fumets et arômes.

Summer cala sa tête au creux de l'épaule de Blake.

— C'est bien d'être là, non ? Et de se dire qu'il y a mille choses urgentes à faire, mais qu'elles attendront demain sans que le ciel nous tombe pour autant sur la tête. Tu n'as pas dû faire l'école buissonnière très souvent.

Elle était persuadée qu'il avait toujours péché par excès de sérieux.

— Si je m'éclipsais trop souvent, le chiffre d'affaires s'en ressentirait et les actionnaires râleraient. C'est de loin l'activité qu'ils préfèrent.

Elle frotta distraitement de ses orteils le pied de Blake.

— Je ne t'ai pas posé de questions sur la reprise des hôtels Hamilton, parce que j'ai pensé qu'on devait t'en parler suffisamment toute la journée au bureau. Sans compter les commentaires incessants des médias. Tout ce que je veux savoir, c'est si tu as obtenu ce que tu espérais.

— Je les voulais, ces hôtels. Et au final, les deux parties sont satisfaites. Difficile de demander plus.

Pensive, elle roula sur lui de manière à pouvoir le regarder dans les yeux. Ses cheveux défaits glissèrent comme un voile de soie sur le torse de Blake.

— Et pourquoi les voulais-tu, ces hôtels ? Par soif de possession ? Pour étendre les frontières de ton empire ? Pour le plaisir de l'intrigue ? La passion du bras de fer ?

— Pour un peu toutes ces raisons. En affaires, il y a une certaine griserie à se fixer des objectifs et à mettre au point des stratégies pour les atteindre. On affine, on corrige les défauts du projet, jusqu'à obtention du résultat visé. Dans un sens, ce n'est pas si différent de l'art.

— Le monde des affaires n'a rien à voir avec l'art ! protesta-t-elle.

— On pourrait établir des parallèles, pourtant, murmura-t-il en lui caressant la joue. Ton inspiration t'insuffle une idée : c'est le matériau brut. A partir de là, tu sculptes, tu épures, tu corriges les défauts et tu finis par mettre au monde un projet.

— A cette différence cependant que dans les affaires, il faut rester froid, lucide, rationnel, alors que dans l'art, les émotions interviennent autant que l'intellect.

Elle ponctua sa déclaration d'un haussement d'épaules charmant. Il adorait la façon très française dont elle effectuait le geste. Son côté français ressortait dès qu'il était question de sa vocation culinaire, avait-il remarqué.

— Il n'y a que les faits et les chiffres qui comptent pour vous, conclut-elle.

— Tu oublies l'intuition, l'émotionnel. Les faits et les chiffres ne suffisent pas toujours à prendre de bonnes décisions. C'est prouvé scientifiquement.

Elle fronça les sourcils en méditant sur la question.

— Dans ton domaine, le factuel prime quand même l'affectif.

— Mais *quels* faits ? Là est la question. En fonction de notre filtre personnel, nous retenons de la réalité des aspects différents. Le factuel, comme tu dis, varie selon les circonstances et les personnes.

Disant cela, il pensait à elle. Et à lui-même. Il glissa les doigts dans ses cheveux, et ramena des mèches derrière ses oreilles.

— C'est au feeling que l'on peut se fier le plus, en définitive.

— Souvent, oui, c'est notre feeling qui est le plus fiable. Mais pas toujours. Autrement dit, l'échec reste une éventualité.

Elle pensait à lui, en lui répondant. Et à elle-même.

— L'échec reste *toujours* une éventualité, Summer. Tu peux planifier et aligner les faits autant que tu voudras, ça n'exclura pas la possibilité du fiasco.

— C'est terrible !

Elle se blottit contre lui, cherchant à chasser le mince filet de panique qui menaçait sa quiétude mentale.

Blake dessina la courbe douce de son flanc d'une main caressante et rassurante à la fois. Elle était toujours sur ses gardes. Bardée de défenses et de peurs. Il lui fallait encore un peu de temps, un peu d'espace — un changement de sujet.

— J'ai donc vingt nouveaux hôtels à réorganiser. Autrement dit, vingt cuisines supplémentaires à évaluer. Je ne te cache pas que j'aurai besoin d'un expert...

Elle sourit et releva la tête.

— Vingt cuisines, c'est énorme. Une tâche de longue haleine.

— Pas pour le plus expert des experts. Lui sera prompt à se faire une opinion.

Elle prit son air le plus hautain.

— C'est un fait. Mais les grands experts sont des gens très peu disponibles.

— Le plus expert des experts est en ce moment très disponible et dévêtue dans mes bras.

Les lèvres de Summer frémirent avant de s'étirer en un de ces lents sourires qu'il adorait.

— Dois-je donc considérer que nous sommes, pour ainsi dire, assis à la table des négociations ?

— Ce serait une possibilité. Sauf si tu as une meilleure idée pour occuper le reste de la soirée, bien sûr.

Elle suivit du bout des doigts la ligne de sa mâchoire.

— Je crois que j'ai une bien meilleure idée, en effet...

Il prit sa main dans la sienne, aspira un doigt entre ses lèvres avec un irrésistible mouvement de succion.

— Laquelle ? Montre-moi...

L'idée de prendre les commandes la tentait, l'excitait même. Chaque fois qu'ils faisaient l'amour, elle se trouvait rapidement dominée par les talents d'amant de Blake et le tourbillon vertigineux de ses propres sensations. Mais cette fois, elle donnerait le *la*, fixerait elle-même le tempo. Avec sa propre approche, sa propre inventivité, elle mettrait à mal l'impressionnant contrôle sexuel de Blake, un contrôle qui forçait son admiration et suscitait sa frustration, tour à tour. La simple pensée qu'elle pourrait le réduire à sa merci fit monter un frisson le long de sa colonne vertébrale.

Elle approcha ses lèvres des siennes et se servit de sa langue pour en tester la saveur, la consistance. Lentement, très lentement, elle traça le pourtour de sa bouche. Déjà, à ce simple contact — à peine un effleurement —, elle sentait monter en elle un tourbillon de chaleur. Avec un soupir languide, elle laissa glisser son corps sur le sien et déposa de petites perles de baisers le long de sa mâchoire et de son cou.

Il avait un beau visage. Des traits énergiques, élégants sans être mièvres, intelligents sans être froids. Certaines femmes auraient pu le juger réservé, voire fermé, jusqu'au moment où elles auraient plongé leur regard dans le sien, comme elle-même le faisait en cet instant. Dans les yeux de Blake, elles auraient alors vu l'intensité, la passion et l'écho d'une force intérieure redoutable.

— Je te désire plus que je ne devrais te désirer, se surprit-elle à lui murmurer. Je te veux plus que je ne te possède.

Avant qu'il ne puisse répondre, elle écrasa ses lèvres des siennes, donnant ainsi le signal du départ d'un voyage sensuel entièrement à sa manière.

Blake palpitait, secoué par la force des mots qu'il venait d'entendre. Cet aveu, de la part de Summer, il l'avait attendu, espéré. Tout comme il avait guetté cette pure expression d'émotion de la part de cette pseudo-pragmatique. Ce furent les mots, plus encore que les gestes, qui lui firent abandonner toute défense. Ce fut l'émotion qui l'amena à se livrer sans retenue, alors que les mains agiles et la bouche caressante de Summer cartographiaient son corps inlassablement.

Elle le touchait. Sa peau s'embrasait.

Elle le goûtait. Son sang s'enflammait.

Elle l'enveloppait. Ses pensées se dissolvaient.

La vulnérabilité... Il la découvrait en lui. Summer le révélait à lui-même ; Summer éclairait en lui des zones d'ombre restées ignorées. Dans la lumière déclinante de ce soir d'été, il s'enfonçait dans un monde où des forces incontrôlées déchaînaient leur ardeur muette. Les caresses de Summer étaient précises, ses mains, compétentes, avisées. Il les sentait glisser sur lui en toute lenteur, prendre leur temps pour éveiller, stimuler, enchanter. Summer ponctuait leur progression de petits soupirs très doux. Et tout en soupirant, elle improvisait. Colonisait. Tirait de sa chair apprivoisée des accords inédits. Petit à petit, il sentait son corps entier s'appesantir sous les assauts d'un plaisir subtilement dosé qui l'enveloppait, strate après strate. Il se trouvait pleinement séduit, conquis, désiré.

Lèvres ouvertes, Summer couvrait son corps de baisers dévorants. A mesure qu'elle se rapprochait de l'épicentre de son désir, elle se grisait de son pouvoir sur lui, s'enivrait de la vue, de la sensation de son sexe érigé. Bientôt, elle le savait, elle aurait raison du contrôle impénétrable qu'il exerçait sur sa sexualité. Elle devenait obsédée par l'idée de casser cette maîtrise, obsédée par Blake. Se pouvait-il qu'en explorant les rouages de la sexualité, en approfondissant jour après jour leurs sensations érotiques, elle trouve un plaisir de plus en plus riche, de plus en plus nuancé avec cet homme ? Qu'au fil de l'intime, mille découvertes les attendent encore ?

Il semblait ne pas exister de limites aux variations de leurs ressentis. Chacune de leurs rencontres charnelles redevenait une expérience initiale : intense, éblouissante, inouïe. Si cette prise de conscience venait contredire tout ce qu'elle avait toujours pensé jusque-là au sujet des relations hommes/femmes, Summer n'en tirait pas pour autant la moindre conclusion. Pour le moment, dans le feu du plaisir, elle ne songeait qu'à s'émerveiller.

Blake était entièrement sien. Dans son corps et dans sa tête. Elle le sentait, tout comme elle sentait la patine civilisée qui faisait si intimement partie de lui se dissoudre lentement. Et c'était sa dissolution totale qu'elle visait.

Blake se raccrochait au peu de lucidité qui lui restait. Alors que Summer s'employait à l'étourdir de sensations, son désir se faisait plus élémentaire, plus primitif. Il voulait plus, infiniment plus, et les pulsations sauvages de son sang l'assourdissaient. Summer était si agile, si implacable dans le jeu de sa langue, de sa bouche, de ses doigts hardis! Pour la première fois de sa vie, il se sentit entièrement à la merci d'une femme. Ses mains étaient habiles, si habiles qu'il en oubliait de percevoir qu'elle aussi respirait fort et vite. Il avait conscience du pouvoir qu'elle exerçait sur lui, de l'exquise torture à laquelle elle le soumettait. Il était devenu sourd et aveugle, livré pieds et poings liés à la dévoration de ses lèvres, de sa bouche redoutable et gourmande.

Brusquement, une sauvagerie primaire s'empara de lui. Une folie le saisit qui était folie d'elle. Dans son esprit, c'était un déferlement continu, désordonné, de formes tourbillonnantes. A ses oreilles, un rugissement, comme une mer rageusement barattée par la tempête. Le nom de Summer jaillit de ses lèvres comme une prière. Il la fit rouler sur le dos, abouta son sexe tendu à l'entrée de son corps.

Il n'y avait plus qu'elle, terre meuble, généreuse, en laquelle son arbre de chair prenait racine. Il la dévasta, la vénéra, jusqu'à ce que l'orage de l'orgasme les abatte tous les deux et qu'il se déverse en elle corps et âme.

11

— Je meurs de faim!

La nuit était entièrement tombée à présent et aucune lune joueuse ne venait distiller dans la chambre obscure sa subtile lumière d'argent. L'obscurité était confortable, facile, reposante. Ils étaient toujours nus, bras et jambes mêlés sur le lit, mais il y avait déjà plus d'une heure que le piano, en bas, s'était tu. Aucune odeur de cuisine ne flottait plus dans l'air nocturne. La rue était calme, assoupie.

Blake referma les yeux et attira Summer plus étroitement contre lui. Ce n'était pas le sommeil qu'il recherchait. Juste une intime proximité, facilitée par le noir et le silence.

— J'ai faim, répéta Summer, d'un ton presque boudeur.

— C'est toi la cuisinière.

— Ah non, pas cette fois!

Se redressant sur un coude, elle lui jeta un regard noir. Seul le profil de Blake se détachait en ombre chinoise. Le menton marqué, le nez aquilin, le front intelligent. Elle fut très tentée de recommencer à le couvrir de baisers. Mais elle estima que le temps était venu d'affirmer ses positions.

— Je suis pour la parité en cuisine, Blake. Et c'est à ton tour de faire le repas.

— Mon tour? Tu es sûre?

Il ouvrit prudemment un œil.

— Je pourrais te commander une pizza.

— Ah non! Ce serait beaucoup trop long.

Roulant sur lui, elle le gratifia d'un baiser sonore et d'une bourrade dans les côtes.

— J'ai dit que je mourais de faim. C'est un problème urgent qui requiert une solution immédiate.

Il s'étira et, croisant les mains derrière la nuque, détailla à son tour le profil de Summer — le mouvement de sa chevelure, la ligne d'une épaule, la fragile rondeur d'un sein. Cette vision suffisait à son bonheur.

— Je ne cuisine pas.

— Tout le monde cuisine un minimum !

— Les œufs brouillés, à la rigueur, concéda-t-il, espérant la décourager. Mes talents s'arrêtent là.

— Alors, va pour les œufs brouillés.

Sans lui laisser le temps de réfléchir à de nouveaux arguments, elle sortit du lit et alluma la lampe de chevet.

— Summer !

Il se protégea les yeux de son avant-bras et s'appliqua sans trop de conviction à émettre un grognement de pure détresse. Summer se contenta de sourire et passa dans son dressing pour attraper un peignoir.

— J'ai des œufs et j'ai une poêle. Tu devrais t'en sortir.

— Je fais de *très mauvais* œufs brouillés.

— Je m'en contenterai.

Elle trouva son pantalon, le secoua un peu pour le défroisser et le jeta sur lui.

— La faim — la vraie — rend tolérant.

Résigné, Blake posa un pied sur le sol.

— O.K., mais je te préviens : je ne veux pas entendre la moindre critique. Ni pendant. Ni après.

Tandis qu'elle attendait, les bras croisés, il enfila un boxer bleu marine. Elle le contempla d'un œil approbateur. Sexy mais discret. Le reflet d'une personnalité ?

— Les cuisiniers adorent qu'on cuisine pour eux, tu sais.

Il passa son pantalon puis sa chemise, sans la boutonner.

— Bon. Mais tu ne te mêles de rien, surtout. Je ne veux pas entendre un mot de commentaire.

— L'idée ne m'en traverserait même pas l'esprit !

Glissant son bras sous le sien, elle le guida jusque dans la cuisine, allumant toutes sortes de lumière sur son passage, ce qui faisait grimacer Blake chaque fois.

— Voilà… Fais comme chez toi.

— Tu n'as pas l'intention de faire le second ?

— Sûrement pas.

Summer retira le couvercle de la boîte à biscuits.

— Je ne fais pas d'heures supplémentaires. Et le rôle de second, en cuisine, n'est pas fait pour moi.

— Ce sont les règles syndicales?

— Mes règles perso.

Il ouvrit des portes de placard et finit par mettre la main sur une jatte.

— Tu as l'intention de manger ces horribles Oreo? Juste avant les œufs brouillés?

— C'est seulement pour m'ouvrir l'appétit, répondit-elle la bouche pleine. Tu en veux un?

— Très peu pour moi, merci.

Il examina le contenu du réfrigérateur et en sortit une boîte d'œufs et un quart de litre de lait.

— Il te faudra sans doute râper un peu de fromage...

Elle s'interrompit et haussa les épaules avec désinvolture, lorsqu'il lui jeta un regard d'avertissement.

— Désolée... Considère que je n'ai rien dit.

Blake cassa quatre œufs dans la jatte et versa du lait au jugé.

— En cuisine, il est conseillé de toujours, toujours mesurer, tu le savais?

— En cuisine, il est conseillé de ne pas parler la bouche pleine, rétorqua-t-il d'un ton suave, en commençant à battre son mélange.

Trop. Il battait ses œufs à l'excès, constata-t-elle. Mais elle réussit à tenir sa langue, cette fois. Grâce à un *gros* effort de volonté. Le problème, c'est qu'en cuisine, la volonté n'était pas son fort.

— Tu devrais commencer à faire chauffer la poêle, Blake.

Il ne prit même pas la peine de répondre, ce qui n'empêcha pas Summer d'enchaîner :

— Tu aurais besoin de quelques leçons pratiques, je pense.

— Si tu tiens à rester là, rends-toi utile et prépare-nous du pain grillé.

Elle prit obligeamment deux tranches qu'elle introduisit dans le grille-pain.

— C'est assez courant, chez les cuisiniers, de se montrer irascibles lorsqu'ils sont observés. Mais un bon chef doit savoir passer outre. En fait, il doit pouvoir continuer à cuisiner en faisant fi des distractions.

Elle attendit qu'il ait versé le mélange dans la poêle pour se coller dans son dos, nouer les bras autour de sa taille et presser les lèvres sur sa nuque.

— De *toutes sortes* de distractions. Tu devrais baisser un peu ton feu.

— Tu aimes tes œufs légèrement brûlés ou franchement carbonisés?

Elle lui passa en riant les mains sur le torse.

— Légèrement trop cuits, ça ira pour moi. J'ai un petit bordeaux blanc assez sympa que tu aurais pu utiliser. Mais puisque tu as choisi le lait, je vais le verser dans des verres.

Elle le laissa à sa cuisine et s'employa à beurrer les toasts et à servir le vin.

La table était mise, lorsque Blake arriva avec sa poêle.

— Impressionnant, déclara-t-elle. Et ça sent bon.

Il se souvint de la mémorable leçon de dégustation qu'elle lui avait donnée et sourit.

— On commence par manger avec les yeux, non? Ça te paraît appétissant, à l'œil?

Elle fit glisser sa part dans son assiette.

— Pas mal, oui… Voyons maintenant au palais…

Elle prit une bouchée et eut une mimique appréciative.

— Pas mal du tout. Je pourrais à la rigueur t'embaucher à l'essai dans l'équipe du matin. En te cantonnant à la préparation du petit déjeuner, bien sûr.

— Si les céréales en boîte constituent la base du menu, je pourrais envisager d'accepter le poste.

— Il faudrait que tu élargisses un peu tes horizons culinaires.

Elle continua à manger de bon appétit, appréciant sur son estomac vide le simple plaisir d'une nourriture basique et savoureuse.

— Je pense qu'avec quelques conseils avisés, on pourrait faire de toi un cuisinier presque convenable.

— C'est toi qui me donnerais les cours?

Elle prit son verre de vin et, par-dessus le bord, plongea en riant les yeux dans les siens.

— Pourquoi pas? Tu pourrais difficilement trouver enseignant plus qualifié.

Blake entendit à peine ses mots, mais reçut de plein fouet l'impact de son regard. Les cheveux de Summer retombaient dans un désordre très sensuel autour de son visage — un désordre que ses mains avaient créé. Un élan de désir lui traversa soudain les reins. Elle avait les joues empourprées, les yeux pailletés d'or et adoucis par quelque chose qui ressemblait au bonheur. Son déshabillé glissait sur l'une de ses épaules, laissant sa peau nue. Elle était épanouie, radieuse — amoureuse?

Alors que le désir l'avait dépossédé de sa maîtrise, l'émotion, à présent, le dépossédait de sa prudence.

— Je t'aime, tu sais.

Summer se figea et son sourire, lentement, s'effaça de ses traits. Les sentiments qui l'habitaient en cet instant étaient difficiles à identifier. Peut-être parce qu'ils étaient multiples, contrastés, puissants. A la peur se mêlaient l'excitation et l'incrédulité, le tout mâtiné de désirs et d'aspirations inconnues. Bizarrement, aucune de ces émotions ne prenait le pas sur les autres.

Ne sachant que faire d'autre, elle posa son verre d'un geste précis et fixa son attention sur le vin.

— Ce n'était pas une menace, Summer...

Il lui prit la main et la garda dans la sienne jusqu'à ce qu'elle accepte de lever les yeux vers lui.

— J'ai du mal à imaginer que ça te surprenne à ce point.

Et pourtant, la surprise était bien là. L'affection, elle pouvait l'entendre. C'était un sentiment avec lequel elle composait sans difficulté. Le respect aussi. Mais l'amour... C'était un mot si fragile! Un mot qui se brisait comme un rien. Et pourtant, une part d'elle aspirait désespérément à le recevoir de Blake, à le chérir, le garder.

Elle lutta de toutes ses forces contre la tentation de la reddition.

— Blake, les autres femmes aiment peut-être entendre ce genre de choses, mais pas moi. Je n'ai pas besoin de grands mots, de grandes formules.

— Summer, écoute-moi... Tu veux bien?

Il n'avait peut-être pas commencé comme il avait eu l'intention de le faire, mais maintenant que la vérité était lâchée, il irait jusqu'au bout.

— Tu n'as peut-être pas besoin de l'entendre, mais moi, j'ai besoin de le dire. Ça fait un moment, maintenant, que j'ai ces mots sur le bout de la langue.

Elle retira sa main de la sienne et porta nerveusement son verre à ses lèvres.

— J'ai toujours considéré que les mots avaient le dangereux pouvoir de détruire une relation.

— Seulement lorsqu'ils sont gardés sous silence, riposta Blake. Ce sont les non-dits, les attentes non formulées qui créent des ravages. Ce que je viens de te dire, je ne l'ai pas énoncé à la légère.

— Je te crois.

Elle le savait sincère. Ce qui l'effrayait d'autant plus. L'amour, lorsqu'il était offert, exigeait un don en retour. Et elle ne se sentait pas prête ; elle avait la certitude profonde de ne pas être prête.

— Tu sais, poursuivit-elle, si nous voulons que les choses continuent entre nous comme elles sont, il vaudrait mieux que…

— Je ne veux pas que les choses continuent comme elles sont !

Il l'avait interrompue, non par irritation, mais dans un sursaut de panique. Il aurait préféré être en colère.

— Je veux que nous vivions ensemble.

— Non !

Summer se leva brusquement, comme si le geste pouvait effacer les mots.

— C'est impossible, Blake.

— C'est très possible, au contraire.

Il se leva à son tour, refusant de la laisser prendre la moindre distance.

— Je veux un avenir avec toi, Summer. Je veux même la formule classique : une vie, un nom partagé. Le mariage, oui… Et des enfants que nous prendrons le temps de voir grandir ensemble.

— Arrête, Blake ! S'il te plaît…

Ses mots l'ébranlaient, mettaient à jour des zones de faiblesse en elle. Il serait si facile de se laisser séduire, envelopper et de commettre l'irréparable…

— Pourquoi ?

Avant qu'elle puisse l'en empêcher, il lui saisit le visage entre les mains. Avec douceur, comme toujours, mais avec autre chose aussi, une touche d'acier sous le velours.

— Parce que tu as peur d'admettre que tu veux la même chose que moi ?

— Non, non. Tu te trompes. Je ne veux rien de tout ça. Ne tombons pas dans ce piège à illusions, Blake. Le mariage, c'est un bout de papier qui ne coûte que quelques dollars. Le divorce, c'est un autre bout de papier. La seule différence, c'est qu'il revient souvent plus cher.

Il la sentait tremblante, effarée, et se maudissait de ne pas parvenir à lui faire comprendre tout ce qu'il ressentait.

— On s'en moque du bout de papier! Mariage ou pas mariage, peu importe. Ce qui est en jeu, c'est l'engagement. Le couple, c'est une promesse profonde que l'on fait à l'autre. Une promesse qui lie et qu'on cherche à tenir ensemble.

— Les promesses ne m'intéressent pas.

Gagnée par l'affolement, elle repoussa ses mains et fit un pas en arrière.

— Je ne veux surtout pas qu'on me promette quoi que ce soit. Et j'ai encore moins envie de prononcer des serments illusoires de mon côté. Ma vie me va très bien telle qu'elle est. Et puis, j'ai ma carrière à prendre en considération.

— Ta carrière n'a rien à voir là-dedans et tu le sais. Personne ne te demande de renoncer à quoi que ce soit! Arrête de nier tes sentiments alors que tu ressens la même chose que moi! Je le vois dans tes yeux, Summer... Je le perçois dans la façon dont nous faisons l'amour. Et ça va en s'intensifiant.

Bon sang qu'il s'y prenait mal! Mais il ne voyait plus d'autre issue que de foncer droit devant. Plus il avançait, cependant, plus Summer faisait machine arrière.

— Blake...

— J'ai déjà assez attendu comme ça! Je reconnais que j'ai peut-être été un peu direct. Je pensais m'y prendre beaucoup plus intelligemment que ça, mais...

— Tu pensais t'y prendre plus *intelligemment*?

Elle passa une main tremblante dans ses cheveux défaits.

— Qu'est-ce que ça veut dire, Blake? Que tu attendais le bon moment pour frapper?

Les yeux étincelants, elle se mit à arpenter le séjour.

— S'agirait-il, là aussi, d'un de tes ambitieux projets à long terme, soigneusement planifiés?

Elle fit volte-face pour se tourner vers lui et cessa de se demander si elle était raisonnable ou non.

— Je vois... Il s'agit encore d'une de tes grandes idées... Une idée que tu as polie, affinée, ajustée, rectifiée, à la manière d'une œuvre d'art. Tu as passé des heures dans ton bureau à définir tes stratégies, point par point?

— Ne sois pas ridicule!

Elle s'emporta de plus belle.

— Ridicule? Je ne crois pas, non. Le jeu, tu l'as joué à la perfection. Tu t'y entends comme personne pour désarmer, déconcerter, charmer. De la patience, tu en as à revendre. Mais pas sans arrière-pensées, apparemment. Tu as attendu jusqu'au moment où tu as estimé que j'avais atteint mon point de vulnérabilité maximal, c'est ça?

Elle respirait vite, à présent, et les mots se déversaient en cascade, chacun en appelant un autre.

— Permets-moi quand même de te dire une chose, Blake : je ne suis pas une chaîne hôtelière que tu peux acquérir à maturité du marché!

Même si elle déformait ses intentions, il devait reconnaître qu'elle n'en mettait pas moins le doigt sur quelque chose. Ne pouvant lui donner entièrement tort, il se défendit encore plus mal.

— Je ne veux rien acquérir du tout! Je veux faire ma vie avec toi, ça n'a rien à voir.

— Le mariage ou la fusion d'entreprise, c'est un peu du pareil au même, non? Tu vas devoir réexaminer tes stratégies, Blake. Ça a marché pour la chaîne Hamilton, mais ça ne marchera pas avec moi. Considère que la manœuvre a échoué. Ça arrive, même aux meilleurs négociateurs. Maintenant, je voudrais que tu me laisses seule.

— Nous avons à parler.

— Erreur. Nous n'avons plus rien à nous dire. Sur le plan professionnel, je me suis engagée et j'irai jusqu'au bout de mon contrat. Nos rapports s'arrêteront là.

— Tu sais ce que j'en fais de ton contrat?

Sous l'effet de la frustration, il la prit par les épaules et la secoua.

— Tu m'épuises à t'entêter comme ça! Je t'aime, bon sang. Ce n'est pas une chose dont on peut faire abstraction!

A leur surprise mutuelle, les yeux de Summer se remplirent de larmes.

— Laisse-moi tranquille, réussit-elle à balbutier. Je ne veux plus te voir. Jamais.

Ses larmes, si soudaines, si poignantes, le paralysèrent.

— Je ne peux pas te laisser comme ça, Summer. Ne me demande pas l'impossible.

Mais il lui lâcha les épaules, alors même qu'il aurait voulu la serrer contre lui, la convaincre avec ses mains, avec ses lèvres, avec ses gestes.

— Je te laisse un peu de temps pour te ressaisir, si c'est ce que tu veux. Peut-être que ça nous fera du bien à l'un comme à l'autre. Mais nous n'en resterons pas là.

— Va-t'en, s'il te plaît.

Jamais elle ne s'autorisait à pleurer en présence d'autrui. Elle s'essuya les yeux du revers de la main, mais ses larmes continuèrent de couler de plus belle.

— Je veux que tu t'en ailles, Blake. Maintenant.

Sur cet ordre murmuré, elle lui tourna le dos, se raidit et attendit. Elle l'entendit soupirer, s'éloigner. La porte s'ouvrit, puis se referma.

Lentement, elle se retourna. Même parti, il était présent partout. Se laissant tomber sur le canapé, elle s'autorisa à pleurer tout son soûl.

Il faut que je m'en aille d'ici !

Elle avait besoin de respirer un autre air pour redevenir la femme qu'elle avait toujours été. En tout cas, celle qu'elle avait toujours cru être…

Elle n'était venue à Rome ni pour ses églises ni pour ses fontaines, encore moins pour ses obélisques. Pas de musées, pas de ruines antiques au programme de son séjour. Assise à l'arrière du taxi qui roulait à une allure démentielle le long des boulevards, Summer appréciait la foule, le bruit, l'agitation des rues plus encore que les vestiges, la splendeur baroque des places et le mur d'Aurélien. Peut-être était-elle restée un peu trop longtemps aux Etats-Unis, cette fois-ci ? Dans la ville aux sept collines, elle retrouvait la circulation rapide, les palaces, la beauté crépusculaire des ruines. Philadelphie occupait obstinément ses pensées cependant.

Bon… Pas de panique…

Ces quelques jours à l'étranger feraient des miracles. L'éloignement, le plaisir de retrouver de vieux amis, de composer un nouveau dessert original l'aideraient à relativiser. Elle avait commis une erreur avec Blake — erreur prévisible dès le départ, d'ailleurs. Il ne lui restait plus qu'à rompre proprement pour limiter les dégâts. Il s'apercevrait bien assez vite qu'elle lui rendait service en refusant sa demande. *Le mariage...* Franchement? Et avec elle, en plus. Dans quelques mois, quelques semaines même, il n'éprouverait plus qu'un immense soulagement d'avoir été protégé d'un accès de folie passagère.

Tandis que le taxi continuait sa traversée de la ville, elle regarda défiler la splendeur des fontaines, des palaces et des clochers d'un œil morne, songeant qu'elle n'avait jamais été aussi malheureuse de sa vie.

Lorsque le véhicule s'immobilisa à l'adresse indiquée, elle descendit et régla distraitement la course. Sa valise à côté d'elle sur le trottoir, elle demeura un instant sans bouger dans la rue propre et résidentielle. En partant, la veille, elle avait mis un soin particulier à choisir sa robe et ses boucles d'oreilles, et s'était parée avec tous les accessoires de rigueur. Coiffée d'un très joli petit chapeau cloche, elle avait l'air sûre d'elle et très féminine. Mais ses yeux étaient ceux d'une enfant perdue.

Il était tout juste 10 heures du matin à Rome et il faisait déjà chaud sous un ciel d'un bleu éblouissant. Elle avait quitté Philadelphie sous la tempête. Le bâtiment devant elle était ancien et élégant. Elle actionna le heurtoir et attendit. Puis frappa plus fort et attendit encore.

La porte s'ouvrit enfin sur un homme en kimono brodé d'un absurde motif de paons. Sur n'importe qui d'autre, la tenue aurait paru risible et vulgaire. Pas sur lui. Il avait les cheveux en bataille ; son menton n'avait pas vu le rasoir depuis deux jours au moins ; ses yeux étaient tout juste ouverts...

— Salut, Carlo. Je te réveille, apparemment?

— Summer !

Il ravala la longue litanie d'insultes dont il s'était préparé à inonder l'impudent et serra son amie de toujours contre son cœur.

— *Che sorpresa !*

Il l'embrassa impétueusement avant de la tenir à bout de bras pour la regarder.

— J'adore quand tu viens me surprendre ! Mais pourquoi à l'aube, *carina* ?

— Il est quand même 10 heures, Carlo.

— C'est bien ce que je te dis. 10 heures, c'est l'aube, quand on ne se couche jamais avant 5 heures du matin. Mais que ça ne t'empêche pas d'entrer. *Avanti, amore.* Tu m'avais prévenu que tu viendrais squatter ici pour l'anniversaire de Gravanti.

De l'extérieur, la maison de Carlo était distinguée. A l'intérieur, elle était opulente. Le hall d'entrée, avec son marbre et ses dominantes d'or, donnait d'emblée une idée du goût du maître des lieux pour une certaine extravagance. Sous son plafond cintré, la pièce à vivre, aux proportions imposantes, recelait toutes sortes de trésors de dimensions variées. La plupart des œuvres qui se trouvaient là avaient été offertes à Carlo par des clients enchantés ou par des ex-compagnes. Il avait un talent à toute épreuve pour trouver des femmes avec qui il gardait des relations formidables, même après leur rupture.

Des brocarts d'or encadraient les fenêtres, d'extraordinaires tapis anciens ornaient le sol et un authentique Tintoret était accroché au mur. Il y avait des ottomanes et des sofas, des méridiennes et des bergères. Un immense lion d'albâtre montait la garde et un lustre à trois couronnes profusément décoré brillait de tous ses feux.

Summer se dirigea vers une aiguière en délicate porcelaine de Chine bleu et blanc.

— C'est nouveau ?

— *Si.*

— Une authentique ? Du seizième siècle ?

— *Naturalmente.* C'est un cadeau d'une amie.

— Tu as toujours des amies remarquablement généreuses.

Il lui décocha un de ses sourires ravageurs.

— Ne suis-je pas généreux, moi aussi ? Ce que je leur donne de moi-même est inestimable, mon cœur.

— Carlo ?

La voix, rauque et impatiente, provenait du haut de l'escalier de marbre tournant. Carlo leva les yeux, puis reporta son attention sur Summer avec un petit clin d'œil.

Cette dernière retira son chapeau et sourit.

— Une *amie,* je suppose ?

— Tu m'accordes juste un petit moment ? Je reviens dès que je peux.

Il était déjà dans l'escalier.

— Tu peux m'attendre dans la cuisine et mettre la cafetière en route ? lui demanda-t-il en marquant une pause et en lui jetant un coup d'œil par-dessus son épaule.

— Et éviter de me trouver dans tes jambes pour le moment ? conclut Summer *sotto voce*, alors qu'il disparaissait à l'étage.

Elle fit trois pas vers la cuisine, puis se ravisa et retourna dans le hall récupérer sa valise. Autant éviter de la laisser au milieu du passage et d'obliger Carlo à se livrer à toutes sortes d'explications compliquées.

La cuisine était aussi spectaculaire que le reste de la maison, tant par ses dimensions que par sa décoration. Summer la connaissait depuis toujours et s'y trouvait aussi à l'aise que dans la sienne. Les ébènes et les ivoires s'y déployaient avec élégance et la surface des plans de travail aurait pu suffire à une brigade de cuisine complète. Carlo Franconi ne craignait pas de faire les choses en grand.

Elle lança le café, puis décida de préparer une pâte à crêpes. Elle avait tout le temps de se mettre en cuisine. Carlo en avait probablement encore pour un petit moment.

Elle terminait juste lorsqu'il apparut dans l'encadrement de la porte.

— Ah, génial ! Tu cuisines pour moi. Quel honneur !

— J'ai été rattrapée par les remords. Je crains d'avoir un peu perturbé ton début de matinée.

Elle fit glisser sur chaque assiette une crêpe garnie de pommes finement caramélisées.

— Et puis, j'ai faim surtout.

Ils s'installèrent en face l'un de l'autre à une petite table de bois.

— Je te dois des excuses pour avoir débarqué comme ça, sans prévenir. Ton amie est contrariée ?

Il eut un sourire orgueilleux.

— Contrariée ? Sous-estimerais-tu mes talents, par hasard ?

— *Scusi, scusi.* Loin de moi cette idée ! Nous allons collaborer pour le dîner d'anniversaire d'Enrico, alors ?

— J'ai une nouvelle recette de veau. Enrico a un faible pour ma cuisine. Tous les vendredis, il a sa table réservée dans mon restaurant.

Il s'attaqua à sa crêpe avec appétit.

— Et toi ? Quel dessert as-tu en tête ?

Summer buvait du café, mais elle n'avait pas touché au contenu de son assiette. Son appétit l'avait quittée sans raison particulière.

— Enrico m'a demandé de créer quelque chose de spécial pour l'occasion. Compte tenu de son ego et de sa passion pour le chocolat et la crème, je vais sans doute improviser autour d'une ganache.

— Le dîner n'est que dans trois jours. Tu as de l'avance.

Elle haussa les épaules, tourna sa cuillère dans son café avec une nonchalance étudiée.

— L'Europe me manque. Je suis venue me ressourcer.

— Ah, je vois...

Summer était un peu pâle, et elle avait les yeux cernés, constata Carlo. Signe indiscutable d'un cœur tourmenté.

— Tout se passe bien, sinon, à Philadelphie ?

— Les cuisines sont rénovées, la nouvelle carte est prête, la brigade est au top. Et j'ai recruté Antoine, de Chicago. Tu te souviens de lui ?

— Le grand maître du canard Tour d'Argent...

— Tu sais que je suis contente de m'être lancée dans cette aventure ? C'est un peu comme d'ouvrir son propre restaurant. Du coup, j'ai un respect accru pour ta personne, Carlo. Quand j'ai commencé à m'attaquer à la paperasse, j'ai compris ta douleur.

Carlo termina sa crêpe avec appétit avant de porter son attention sur l'assiette de Summer, encore pleine.

— La paperasse, oui. Sinistre mais nécessaire... Tu ne manges pas ?

— Non, ça doit être le décalage horaire. Tu peux la prendre, si tu veux.

Il ne se le fit pas dire deux fois et intervertit leurs assiettes.

— Tu as réglé le problème avec Max ?

Summer porta distraitement la main à son bras. Les points de suture étaient retirés et l'épreuve déjà oubliée.

— C'est presque le grand amour, entre lui et moi, maintenant. Maman est venue me rendre visite quelque temps. Elle fait toujours sa petite impression.

— Monique ! Comment va-t-elle ?

— Elle s'est remariée. Un cinéaste, cette fois. C'est le deuxième Américain de la liste.

— Elle est heureuse ?

— Naturellement, quelle question ! Ma mère est *toujours* heureuse quand elle se marie.

Le café était fort — presque trop, comparé à celui qu'elle avait pris l'habitude de boire à Philadelphie. Avec un sentiment de frustration, elle songea que plus rien n'était tout à fait comme avant.

— Dans quelques semaines, ils démarrent un film ensemble. Monique Dubois revient en tête d'affiche.

— Un réalisateur… C'est sans doute le meilleur choix qu'elle pouvait faire. Il comprendra l'artiste en elle. Peut-être a-t-elle trouvé enfin un homme avec une sensibilité proche de la sienne ?

— Qui sait ? On peut toujours espérer.

Carlo ferma un instant les yeux pour savourer sa crêpe.

— Et *ton* Américain ?

Summer reposa sa tasse et le regarda droit dans les yeux.

— Il veut m'épouser.

Carlo s'étrangla avec sa crêpe, toussota et tendit la main vers sa tasse de café.

— Waouh ! Toutes mes félicitations.

— Arrête tes âneries, Carlo.

Incapable de rester assise, elle se leva et enfonça les mains dans les poches de sa robe.

— Tu n'imagines quand même pas que je vais accepter !

Il se leva à son tour, alla jusqu'à la cafetière et remplit leurs deux tasses.

— Pourquoi pas ? Tu le trouves peu attirant ? Il a un caractère exécrable ? Ou, pire encore, serait-il stupide ?

Elle plia et déplia nerveusement les doigts dans ses poches.

— Absolument pas, non. Ça n'a rien à voir avec ses qualités intrinsèques.

— Alors, ça a à voir avec quoi ?

— Je n'ai pas l'intention de me lier avec qui que ce soit. Je peux me passer de ce genre de tour de manège.

— Tu as peur de ne pas réussir à attraper le pompon, c'est ça ?

Elle lui jeta un regard noir.

— Attention à ce que tu dis !

Son ton glacial lui valut en retour un simple haussement d'épaules.

— Tu sais que je dis toujours ce que je pense. Et c'est bien un avis honnête que tu veux, non ? Sinon, tu te serais adressée à quelqu'un d'autre.

— Je suis venue te voir parce que j'ai besoin de la compagnie chaleureuse d'un ami. Pas pour parler de la vie de couple et autres joyeusetés.

— La question semble t'empêcher de dormir la nuit, en tout cas.

Elle reposa bruyamment sa tasse. Le café gicla et coula sur la porcelaine.

— Ecoute, j'ai des heures d'avion derrière moi et mon rythme de boulot est plutôt soutenu, à Philadelphie... Et puis, bon, d'accord, peut-être que ça me travaille un peu, cette histoire. Seulement, je ne m'attendais pas à ça de sa part. C'est quelqu'un de droit, Carlo. De sincère. S'il me dit qu'il m'aime et qu'il veut que nous passions le reste de notre vie ensemble, c'est qu'il le pense. Pour le moment, en tout cas. Et ça ne facilite pas le refus.

Sa colère ne troubla pas Carlo. Il était habitué aux réactions passionnées des femmes. Il les préférait, même.

— Et toi ? Qu'est-ce que tu ressens pour lui ?

Elle hésita un instant, puis s'approcha de la fenêtre qui lui offrait une vue sur le jardin — un espace de fleurs et de verdure qui tenait à distance le tohu-bohu de la ville.

— Je ressens des... choses..., murmura-t-elle. Un peu trop de choses, même. Ce serait une raison pour rompre tout de suite. Mais je n'ai aucune envie de lui faire du mal, Carlo. Pas plus que je n'ai envie de me faire souffrir.

— Et tu es certaine que l'amour et le mariage sont à ce point nocifs pour le genre humain ?

Il vint se placer derrière elle et commença à pétrir les muscles tendus de ses épaules.

— Quand on réfléchit trop aux « et si » de l'existence, on finit par passer à côté de l'essentiel, *cara mia*. Tu rencontres un homme qui tombe fou amoureux de toi et qui a envie de faire le grand pas. Et toi, même si tu ne le dis pas, tu me parais être tout aussi amoureuse que lui. Pourquoi refuser le bonheur, Summer ? C'est un peu maso, non ?

— Sérieusement, Carlo...

Elle tourna vers lui un regard grave.

— Le couple, les enfants, tout ça, ce n'est pas pour des gens comme nous.

— C'est quoi, « des gens comme nous » ?

— Des créateurs, des travailleurs passionnés, acharnés… Des gens habitués à aller et venir, à voyager quand ça leur chante, sans avoir de comptes à rendre à quiconque. Ce n'est pas pour ça que tu restes célibataire, toi ?

— Je pourrais te répondre que je suis un homme trop généreux pour priver le reste de la gent féminine de mes talents en accordant l'exclusivité à une seule d'entre elles.

Le sourire de Summer lui éclaira tout le visage. C'était le résultat que Carlo escomptait. Il releva avec une fraternelle tendresse une mèche de cheveux qui lui tombait sur les yeux.

— Mais, tout à fait entre nous, Summer, la vraie réponse, c'est qu'aucune femme ne m'a encore fait trembler le cœur. Ça ne se voit peut-être pas, mais je l'attends, je l'espère, cette perle rare. Et si je la rencontre un jour, je n'hésiterai pas à lui passer la bague au doigt, et tant pis si je parais vieux jeu, en disant ça.

Summer se tourna de nouveau vers la fenêtre avec un léger soupir. Sous le grand soleil d'été, les fleurs du jardin grimpaient, s'enchevêtraient, mêlaient presque amoureusement leurs formes et leurs couleurs.

— Le mariage est un conte de fées, Carlo. Plein de princes et de princesses, de paysans et de crapauds. J'ai trop vu ce genre de belle histoire se terminer par des cœurs amers, de furieuses batailles juridiques et des enfants ballottés de gauche à droite.

— Notre histoire, nous l'écrivons nous-mêmes, Summer. Et tu le sais d'autant mieux que tu as toujours composé le texte de ta vie à ta façon.

— C'est possible. Mais cette fois, je ne sais pas si j'aurais le courage d'entamer ce nouveau chapitre.

— Prends ton temps. Il n'y a pas de meilleur endroit au monde pour réfléchir à la vie et à l'amour que la Ville éternelle. Il n'y a pas d'homme mieux choisi pour réfléchir avec toi que Franconi. Ce soir, je cuisinerai rien que pour toi. Mes *linguine* sont à mourir, comme chacun sait. Si tu es sage, tu auras le droit de me confectionner un dessert. Comme quand nous étions à l'Académie d'art culinaire, tu t'en souviens ?

Se tournant vers lui, Summer noua les bras autour de son cou.

— Tu sais, Carlo, si j'étais du genre à me marier, c'est toi que je choisirais, rien que pour tes *pasta*.

Un grand sourire éclaira les traits du chef italien.

— *Carissima*, mes *pasta* ne sont rien à côté de mon...

— Oh! Je n'en doute pas! l'interrompit-elle en lui ébouriffant les cheveux avec une amicale affection. Dis-moi, l'Amant Idéal, si tu t'habillais pour m'emmener courir les antiquaires? Il faut que j'achète quelque chose de grandiose. Je n'ai pas encore fait de cadeau de mariage à ma mère.

Blake actionna son briquet et regarda la flamme se découper dans l'obscurité. Le jour ne se lèverait pas avant une heure, mais il avait renoncé à tout espoir de trouver le sommeil. Tout comme il avait renoncé à essayer d'imaginer ce que faisait Summer à Rome pendant qu'il veillait, solitaire, dans la nuit de Philadelphie, en pensant à elle. S'il prenait le premier avion pour Rome, le lendemain...

Non, il s'était engagé à lui laisser un peu de temps. Ils avaient besoin l'un et l'autre de se donner un espace de réflexion. Et il était d'autant plus nécessaire qu'il respecte sa promesse qu'il avait fait preuve de maladresse. Bon sang, comment s'était-il débrouillé pour s'y prendre aussi mal? Quand il y repensait...

Les accusations de Summer ne cessaient de le tarauder. Etaient-elles fondées? Avait-elle eu raison de l'accuser d'avoir tout calculé depuis le début? Il avait toujours aimé les casse-tête, les problèmes à résoudre. Et à sa façon, Summer était un défi. D'où peut-être sa fixation sur elle? Si elle avait accepté sa demande, il aurait pu se féliciter d'avoir réussi une jolie manœuvre. Et de s'être attaché une collaboratrice de choix pour le groupe Cocharan.

Il se leva. Arpenta le séjour. Tira sur sa cigarette alors qu'il n'en avait pas touché une seule depuis cinq ans. Il regarda les volutes de fumée s'élever entre ses doigts et se dissiper dans les premières lueurs de l'aube. Il savait qu'il était poussé vers elle par tout autre chose qu'un désir de possession et de conquête, même si Summer était persuadée du contraire. Il avait peut-être analysé ses sentiments pour elle comme il aurait analysé n'importe quel problème pratique, parce que c'était constitutionnel chez lui d'aborder les choses de cette façon. Mais il l'aimait; il l'aimait *vraiment,* sans stratégie ni artifice, et il était certain qu'elle l'aimait en retour. Restait qu'elle avait érigé un mur entre eux, et qu'il ne savait comment le franchir.

Revenir à leur situation d'avant? Impossible. Alors que l'obscurité cédait du terrain, il contempla le panorama que lui offrait la ville. A l'est, le ciel commençait à s'éclaircir et les premières traînées roses dessinaient la ligne d'horizon. Brusquement, il sut qu'il avait assisté à trop de levers de soleil en solitaire. Ce qui avait grandi entre Summer et lui ne pouvait plus être gommé, effacé, ignoré. Trop de mots avaient été prononcés. L'amour entre eux vivait de sa vie propre. Il ne pouvait être contenu et mis sous clé pour de simples raisons de commodité.

Il l'avait laissée tranquille pendant une semaine complète avant qu'elle ne prenne l'avion pour Rome. Garder ses distances avait été beaucoup plus difficile qu'il ne l'avait pensé, mais les larmes de Summer l'avaient convaincu qu'il lui avait mis trop de pression. Il se demandait maintenant si ça n'avait pas été une nouvelle erreur de sa part. Peut-être que s'il était retourné la voir dès le lendemain…

Il secoua la tête et s'écarta des portes-fenêtres. Si erreur il y avait, c'était d'avoir voulu traiter par la logique une situation où la logique n'avait aucune place. Il n'y avait rien de rationnel dans le fait d'aimer. Et lui, privé de logique, perdait tout avantage.

Fou amoureux. Oui, c'était bien cela. L'univers de la passion n'était que folie, pure et incurable folie. Si Summer avait été là, avec lui, il aurait pu lui montrer ce qu'il éprouvait. D'une façon ou d'une autre, lorsqu'elle reviendrait à Philadelphie, il démonterait brique après brique ce mur qu'elle avait érigé, jusqu'à ce qu'elle soit forcée, elle aussi, de faire face à cette folie d'aimer qu'ils partageaient.

Lorsque le téléphone sonna à cette heure improbable, il secoua la tête.

Summer?

— Blake?

Non, pas Summer. La voix était un peu trop précieuse, un peu trop française.

— Oui, Monique?

— Oh! Je suis désolée, Blake! J'ai l'impardonnable habitude

226

d'oublier la différence d'heure entre la côte Est et la côte Ouest. J'étais sur le point de me coucher. Vous êtes réveillé au moins ?

— Comme vous pouvez l'entendre.

Le soleil se levait lentement et une lumière pâle avait envahi la chambre. Pour l'essentiel, la ville était encore assoupie, mais l'absence de Summer avait fait de lui un veilleur inlassable.

— Votre voyage de retour en Californie s'est bien passé, Monique ?

— J'ai dormi presque tout le long. Heureusement, d'ailleurs, parce que je n'ai pas arrêté de faire la fête depuis. C'est à peine si Hollywood a changé. Juste quelques nouveaux noms, quelques nouveaux visages ; une nouvelle forme de lunettes de soleil, obligatoire pour être au goût du jour...

Il sourit ; Monique avait la faculté d'égayer.

— Vous n'avez pas besoin d'obéir aux diktats de la mode pour attirer tous les regards.

— Merci. C'est flatteur et bon à entendre.

La voix de Monique paraissait très jeune. Le moindre compliment l'enchantait.

— Que puis-je faire pour vous, Monique ?

— Pour commencer, je voudrais vous redire à quel point j'ai apprécié mon séjour dans votre hôtel. Tout est vraiment impeccable et raffiné jusque dans le moindre détail... Mais, dites-moi, pour le bras de Summer ? Elle est tout à fait remise, je pense ?

— Apparemment, oui. Elle passe quelques jours à Rome.

— Ah mais oui, bien sûr, où ai-je la tête ? Elle ne tient jamais en place, ma Summer. Je ne l'ai entrevue que rapidement avant mon départ. Elle paraissait préoccupée.

Blake sentit son ventre se nouer, sa mâchoire se crisper. Il réussit cependant à détendre l'ensemble.

— Elle a de lourdes responsabilités.

Monique sourit à l'autre bout du fil. Il ne laissait vraiment rien transpirer de ce qu'il ressentait, songea-t-elle.

— Bon, de toute façon, je vais la revoir brièvement. J'ai un service à vous demander, Blake. Vous avez été tellement attentif à mes besoins pendant mon séjour...

— Dites-moi et je verrai ce que je peux faire.

— Vous vous souvenez de la suite que j'occupais ? Je l'ai

trouvée tellement agréable et reposante… Je me demandais si je pouvais la réserver de nouveau dans deux jours.

— Dans deux jours?

Il nota l'information.

— Vous revenez déjà sur la côte Est?

— Je suis si bête, Blake! Bête, non… Comment dit-on plutôt? *Distraite.* Voilà… Il y a quelques affaires que j'aurais dû régler durant mon séjour, mais avec l'accident de Summer, ça m'est complètement sorti de l'esprit et je dois revenir. Pour la suite, c'est entendu, alors?

— Bien sûr. J'y veillerai personnellement.

— *Thank you so much,* mon cher Blake. Peut-être me permettrez-vous de vous demander encore une petite chose… Je compte réunir quelques amis, un apéritif tout simple dans ma suite, samedi soir. J'aimerais tant que vous puissiez vous joindre à nous.

La dernière chose dont il avait envie, en ce moment, c'était de participer à des mondanités. Mais impossible de refuser. Résigné, il nota le rendez-vous.

— Avec plaisir, Monique.

— Merveilleux! Vers 20 h 30? A samedi, alors. *Bye bye,* Blake.

Monique coupa la communication et laissa fuser un rire joyeux. D'accord, elle était actrice, pas scénariste. Mais elle n'était pas mécontente de son script. Peut-être avait-elle un talent ignoré pour la mise en scène?

Quoi qu'il en soit, il ne lui restait plus qu'à faire passer son message côté Rome.

Ma chérie. Avant de débuter le tournage, je dois refaire un saut rapide à Philadelphie pour régler quelques affaires restées en souffrance. Je serai à la Cocharan House, dans ma suite habituelle, ce week-end, et je donne une petite soirée amicale samedi. Je compte sur toi pour être des nôtres, à 20 h 30. Affectueusement. Monique.

Installée dans son fauteuil en classe business, Summer relut le message de sa mère, alors que son avion volait haut au-dessus de l'Atlantique. Des affaires restées en souffrance ? Monique n'avait aucune « affaire » en cours à Philadelphie, pour autant qu'elle puisse en juger. Sauf si ces affaires concernaient le deuxième en date de ses maris successifs. Mais le magnat de la quincaillerie, c'était de l'histoire ancienne. Sans compter que Monique s'était arrangée toute sa vie pour laisser les autres régler ses affaires à sa place. Elle professait la théorie que les acteurs gardaient leur âme d'enfant, ce qui les rendait inaptes à affronter la vie matérielle. Elle avait toujours eu une capacité diabolique à s'attribuer toutes sortes d'incapacités, ce qui lui permettait de ne jamais en faire qu'à sa tête. Et Summer avait beau creuser la sienne, de tête, elle ne voyait toujours pas pour quelle obscure raison sa mère avait décidé de repasser par la case Philadelphie le temps d'un week-end.

Elle ferma les yeux. Qu'importe… Dans cinq heures tout au plus, elle serait à la réception, à parler de tout et de rien avec des inconnus. La veille, elle s'était dépassée en créant le gâteau d'anniversaire pour Enrico. Elle avait reproduit en chocolat la superbe maison de maître que son vieil ami occupait dans la campagne, juste en dehors de Rome, et l'avait remplie de couches successives de ganache, de crème brûlée et de darquois. Tout le monde s'était accordé à trouver le résultat sublime. Pour une fois, sur l'insistance d'Enrico, elle avait dérogé à ses principes et accepté de partager le dessert avec le reste des convives. L'exercice lui serait salutaire, avait-elle pensé : papoter avec le Tout-Rome mondain, se griser de champagne dans un cadre somptueux et une atmosphère festive la détourneraient momentanément de ses idées noires. Mais l'expérience avait surtout servi à lui prouver que la Ville éternelle ne serait pas son remède miracle. Elle n'avait qu'une envie : rentrer chez elle. Et *chez elle*, c'était dans l'Etat de Pennsylvanie, avait-elle eu la surprise de constater. A Philadelphie et non pas à Paris, dans son pittoresque appartement biscornu, idéalement situé sur la rive gauche. Elle voulait son quatrième étage américain, dont la présence de Blake avait imprégné chaque recoin. Même si elle avait toujours trouvé cette forme de dépendance ridicule, même si son désir n'était ni sage ni pragmatique, elle se sentait un peu moins vivante, un peu moins elle-même, lorsqu'il était loin.

Cet aveu fait à elle-même restait valide à présent qu'elle avait pris place dans l'avion du retour. C'était Blake qu'elle avait envie de retrouver, lorsqu'elle atterrirait dans quelques heures. C'était à Blake qu'elle voulait raconter les histoires drôles entendues chez Enrico. C'était dans ses bras qu'il ferait bon se pelotonner, maintenant que l'énergie nerveuse qui l'avait portée au cours des trois derniers jours commençait à retomber.

Inclinant légèrement son siège, elle ferma les yeux et se prépara à faire une petite sieste. En attendant de retrouver Blake, elle se comporterait en bonne fille et passerait un moment chez sa mère. Peut-être que cette réunion amicale lui apporterait une diversion bienvenue ? Elle lui laisserait en tout cas un temps de répit avant d'affronter Blake et la décision qu'il lui avait demandé de prendre.

Une décision qui avait déjà bien mûri dans sa tête.

B.C. passa le doigt entre son cou et le col de sa chemise avec la pénible impression que sa nervosité sautait aux yeux de tous. Revoir Monique après toutes ces années était une chose, mais avoir à la présenter à Lillian…

Lillian, voici Monique Dubois, mon ancienne maîtresse. Comme le monde est petit, n'est-ce pas?

Même s'il avait toujours eu un solide sens de l'humour, il avait du mal à saisir la signification de cette plaisanterie particulière.

Apparemment, il n'y avait pas de délai de prescription en matière d'infractions conjugales. Il n'y avait eu pourtant qu'une seule incartade, de son côté, et cela durant une phase de séparation non officielle entre sa femme et lui qui l'avait laissé amer, furieux et inquiet. Mais un délit, même avec absence de récidive, restait un délit.

Il aimait Lillian, l'avait toujours aimée, mais pas au point d'enfouir dans l'oubli total sa brève histoire d'amour avec Monique. Pas plus qu'il ne pouvait nier que leur liaison avait été passionnelle.

Ils n'avaient pas gardé le contact par la suite, même s'il l'avait entrevue ici et là, lorsqu'il était encore à la tête des hôtels Cocharan. Mais même ces brefs moments remontaient à une éternité.

Alors pourquoi l'avait-elle appelé, au bout de vingt ans, en lui demandant avec insistance de venir *avec Lillian* lui rendre visite dans sa suite, à la Cocharan House de Philadelphie? Il passa une fois encore le doigt sous son col de chemise, comme si une constriction imaginaire l'empêchait de respirer. La seule explication qu'elle lui avait donnée était que le bonheur de leurs enfants était en jeu.

A lui, donc, d'inventer un prétexte pour se rendre à Philadelphie et convaincre Lillian de l'accompagner. La mission n'était pas de tout repos parce qu'il avait épousé une femme indépendante et vive d'esprit. Mais traîner Lillian jusqu'à Philadelphie n'était rien à côté de l'épreuve qui l'attendrait sur place.

— Tu vas passer tout l'après-midi à nouer ta cravate?

Il tressaillit lorsque Lillian apparut derrière lui.

— Du calme, B.C., du calme...

Elle lui passa la main dans le dos et ajusta sa veste sur ses épaules avec un geste familier qui remontait à leur lune de miel.

— On dirait que c'est la première fois que tu passes la soirée avec une célébrité. A moins que ce ne soient les actrices françaises qui te mettent dans cet état?

Juste cette *actrice française*, songea-t-il, en se tournant vers son épouse. La beauté de Lillian le saisit à la gorge. Ce n'était pas

231

la beauté à couper le souffle qui caractérisait Monique dans le temps. Mais Lillian avait des traits harmonieux, une élégance issue du cœur qui résistaient aux dommages du temps. Ses cheveux bruns étaient à présent striés de gris, mais coupés et coiffés de telle façon que les couleurs contrastées soulignaient sa beauté plus qu'elles ne l'altéraient.

Lillian avait toujours eu une classe incroyable. Si elle l'avait souvent combattu et mis au défi, elle avait constamment été à ses côtés sur les chemins escarpés de la vie. C'était une femme forte. La meilleure équipière qu'un marin puisse désirer.

Il posa les mains sur ses épaules et l'embrassa. Avec une très grande tendresse.

— Je t'aime, Lily.

Lorsqu'elle lui sourit en lui effleurant la joue, il lui attrapa la main avec le sentiment d'être un condamné s'acheminant vers le gibet.

— Allons-y, sinon nous allons être en retard, chérie.

A bout de patience, Blake reposa son téléphone. Il avait cru comprendre que Summer serait rentrée de Rome. Mais pas moyen de la joindre malgré ses messages et essais répétés! Il était à bout de patience et pas d'humeur à descendre dans la suite de Monique pour échanger d'aimables platitudes avec des inconnus distingués.

Il s'acquitterait rapidement de son devoir de politesse envers Monique, décréta-t-il, puis, dès que Summer se déciderait à rentrer, il trouverait le moyen de la convaincre d'aller avec lui quelque part. S'il lui fallait une île en plein cœur du Pacifique, il trouverait une île en plein cœur du Pacifique. Quitte à *acheter* l'île en question et à fonder un foyer sur place s'il le fallait. Si ça ne lui suffisait pas, il pourrait même envisager de monter une chaîne de pizzerias. Ou de fast-foods. Et peut-être qu'enfin, il parviendrait à satisfaire *madame* Summer Lyndon.

Conscient qu'il se montrait injuste, pour ne pas dire de mauvaise foi, il quitta son appartement en claquant la porte derrière lui.

Monique examina la suite et hocha la tête. Parfait. Les fleurs ajoutaient une note joyeuse. Rien d'excessif, quelques bouquets tout simples qui évoquaient de loin l'ambiance d'un jardin anglais. Une touche — juste une touche de romantisme. Le champagne était au frais, les verres étincelaient dans la lumière douce. Et Max s'était dépassé pour les amuse-bouches. L'assortiment qu'il avait préparé était élégant, varié, présentant des saveurs tout en finesse. Ah, le cher homme ! Il faudrait qu'elle pense à lui rendre une petite visite en cuisine.

Quant à elle… Elle porta la main au chignon ramassé bas sur sa nuque. Ce n'était pas son style de coiffure habituel, mais elle avait opté pour une allure digne. Vu ce qui se préparait, la dignité était probablement la meilleure carte à jouer. Pour son ensemble couture, elle avait misé sur une élégance toute en demi-teintes, sans toutefois résister à la tentation d'ajouter une touche de séduction.

Le décor était posé. Tout était prêt. Il ne restait plus qu'à attendre les acteurs.

Premiers petits coups frappés à sa porte. Avec un lent sourire, elle alla ouvrir.

Début de l'Acte I.

— B.C. !

Elle lui offrit ses deux mains tendues et lui sourit chaleureusement.

— N'est-ce pas merveilleux de se retrouver après toutes ces années ?

B.C. dut reconnaître qu'elle était toujours aussi éblouissante. Et comment résister à ce sourire ? Il se sentit fondre immédiatement, alors qu'il avait pris la ferme résolution de rester poliment distant.

— Ah, Monique ! Les années ont glissé sur vous en laissant votre beauté intacte.

— Toujours aussi charmeur.

Elle l'embrassa en riant sur la joue avant de se tourner vers sa compagne.

— Et vous êtes Lillian. Je suis tellement contente de faire enfin votre connaissance. B.C. m'a tant parlé de vous que j'ai l'impression que nous sommes des amies de toujours.

De l'autre côté de la porte, Lillian soutint son regard en levant un sourcil perplexe.

— Vraiment ?

En voilà une qui ne se laissait pas conter d'histoires, comprit Monique. Elle prit aussitôt la femme de B.C. en affection.

— Naturellement, ça remonte à une éternité, et tout est à reprendre... Mais entrez, entrez, je vous en prie... B.C., je peux vous confier le champagne à ouvrir?

B.C. — réduit à un paquet de nerfs — alla tirer la bouteille de son seau à glace. Boire un verre lui donnerait une contenance, même s'il aurait préféré de loin un whiskey sec.

— Je vous connais par le grand écran, bien sûr, déclara Lillian en pénétrant dans la suite. Je ne crois pas avoir manqué un seul de vos films.

D'un geste gracieux et simple, Monique prit un bouton de rose dans un vase et le lui tendit.

— Je suis flattée que vous vous intéressiez à ma carrière. Depuis quelque temps, je multiplie les départs à la retraite. Cette dernière phase d'interruption a été la plus longue. Mais reprendre un tournage, après un arrêt prolongé, c'est un peu comme de retrouver un vieil amant.

Le bouchon de champagne jaillit comme un missile et cogna le plafond. Monique passa tranquillement son bras sous celui de Lillian. A l'intérieur, elle pouffait comme une écolière.

— J'adore le bruit d'une bouteille de champagne qui s'ouvre, pas vous? Chaque fois, ça me met en joie. Nous allons porter un toast, vous voulez bien?

Elle leva son verre de façon plutôt théâtrale, et Lillian songea qu'elle ressemblait à s'y méprendre au personnage qu'elle avait joué dans son dernier film, *Yesterday's Dream*.

— A quoi allons-nous boire? poursuivit Monique. Au destin et à ses étranges caprices qui nous réunissent ce soir?

Elle trinqua avec ses hôtes avant de porter le champagne à ses lèvres.

— Et maintenant, parlez-moi de vous. Toujours un navigateur passionné, B.C.?

B.C. s'éclaircit la voix, sans plus très bien savoir qui il devait garder à l'œil en priorité : Monique ou son épouse. Les deux femmes, en tout cas, avaient les yeux rivés sur lui.

— La navigation? Oui, bien sûr. Nous revenons justement de Tahiti, Lillian et moi.

— C'est magnifique! LE lieu romantique par excellence. Idéal pour célébrer l'amour, non?

Imperturbable, Lillian plongea les lèvres dans sa boisson.

— C'est un lieu de calme et de grande beauté, en effet.

De nouveau, on frappa à la porte. Monique sourit.

— Ah! Voici mon invité suivant. Je vous en prie, servez-vous en mignardises. Elles sont excellentes.

Acte II. Scène 1. Entrée du troisième personnage.

Jubilant intérieurement, Monique alla ouvrir.

— Blake, c'est tellement gentil à vous d'être passé. Et comme vous êtes élégant, ce soir!

Blake sourit en se demandant combien de temps la politesse lui commanderait de rester avant qu'il puisse s'échapper.

— Bonsoir, Monique. C'est un plaisir inespéré de vous avoir de nouveau ici, à la Cocharan House.

— Vous allez finir par vous lasser de moi si je ne fais pas attention… Vous serez surpris de découvrir mes autres invités, annonça-t-elle en s'effaçant pour le laisser entrer.

Ses parents étaient bien les dernières personnes au monde que Blake s'attendait à trouver dans la suite de Monique Dubois. Intrigué, il alla embrasser sa mère.

— Vous ne m'aviez pas dit que vous étiez de passage à Philadelphie.

Lillian lui tendit un verre de champagne.

— Nous venons juste d'arriver. Nous avons essayé de t'appeler, mais c'était occupé.

Quel jeu jouait donc cette femme? se demanda Lillian, alors que Monique venait se joindre à eux.

— Familles, je vous aime! lança cette dernière avec emphase. Je tiens à vous exprimer, à l'un comme à l'autre, à quel point j'estime votre fils. Le jeune Cocharan perpétue admirablement la tradition…

L'espace d'un instant — juste un instant —, Lillian se fit tigresse. Elle aurait aimé savoir à quelle tradition au juste l'actrice française faisait allusion.

B.C., lui, commençait à se détendre.

— Nous sommes très fiers de Blake. Non seulement il s'est approprié avec talent ce que son grand-père et moi-même avons édifié, mais encore il a su imprimer son propre style.

Il leva son verre en regardant son fils.

— L'acquisition de la chaîne Hamilton a été une très belle initiative et une opération parfaitement bien menée, fils. Et en cuisine, comment ça se passe ? La modernisation du restaurant ?

— Tout est quasiment terminé.

Comme par hasard, c'était LE sujet que Blake n'avait aucune envie d'aborder.

— A partir de demain, nous proposons notre nouvelle carte.

Le visage de Lillian s'éclaira.

— Alors nous avons bien programmé notre visite. Ce sera l'occasion de la tester.

— La coïncidence est étonnante, n'est-ce pas ? déclara Monique.

Le regard de Lillian se fit interrogateur.

— Quelle coïncidence ?

— Vous ne savez pas ? Ma fille est désormais le chef en titre de la Cocharan House de Philadelphie.

— Votre fille...

Lillian tourna les yeux vers son mari.

— L'information n'était pas parvenue jusqu'à moi.

— Summer est un chef de talent. Je pense que Blake ne vous dira pas le contraire... Elle cuisine souvent pour lui en privé, ajouta Monique avec un sourire délibéré, sans laisser à Blake le temps de réagir.

Ah tiens ? Intéressant, songea Lillian en portant à ses narines le bouton de rose offert par Monique.

— C'est une très jolie fille, dit B.C. Elle a hérité de votre physique, Monique. Même si on a de la peine à croire que vous ayez une fille déjà adulte.

Monique lui sourit aimablement.

— J'ai eu la même surprise en rencontrant votre fils. On se demande où passent les années, n'est-ce pas ?

B.C. toussota et s'employa à resservir tout le monde.

Quelques semaines plus tôt, Blake s'était interrogé sur les messages muets qui avaient circulé entre son père et Summer. Mais il n'avait aucune difficulté, aujourd'hui, à identifier les non-dits entre Monique et lui. Il commença par tourner les yeux vers sa mère et constata qu'elle buvait calmement son champagne.

Son père et la mère de Summer ? Mais *quand* ? se demanda-t-il, sidéré, en essayant de digérer ce scoop. Dans son souvenir,

236

ses parents avaient toujours été très amoureux l'un de l'autre et quasiment inséparables. Sauf… Il se souvint brusquement d'une courte période de turbulences, alors qu'il avait onze ou douze ans. L'atmosphère à la maison s'était tendue, électrifiée, et il avait perçu l'écho occasionnel de disputes échangées à voix basse. Puis son père était parti pour deux semaines, peut-être trois. En voyage d'affaires, lui avait expliqué sa mère, mais même à l'époque, il n'avait pas été dupe. Puis B.C. était revenu, tout sourires, et les cieux familiaux étaient redevenus sereins, si bien qu'il avait fini par oublier cet épisode. Il avait à présent une idée assez précise de la façon dont il avait passé ce court laps de temps hors du foyer familial, et sur la nature des consolations qu'il avait trouvées.

Il croisa le regard de son père, identifia le mélange de malaise et de défi crispé dans son attitude. Sa situation paraissait pour le moins inconfortable : il était manifestement en train de payer le prix fort pour un petit écart de conduite vieux de vingt ans. Blake nota le sourire satisfait de Monique et se demanda quelle idée machiavélique elle avait en tête. De quel droit avait-elle organisé cette confrontation après toutes ces années ? Quel chaos cherchait-elle à semer ?

Avant que sa colère n'ait eu le temps de s'exprimer, la mère de Summer lui posa la main sur le bras, d'un geste qui l'incitait à la patience, puis elle tourna la tête : deux petits coups discrets venaient d'être frappés à la porte.

— Ah, excusez-moi… B.C., vous voulez bien remplir un autre verre ? Voici notre dernière convive.

Elle alla ouvrir et contempla sa fille avec fierté. Summer portait une robe droite d'un très bel ocre. La coupe près du corps, élégante et subtilement sexy, lui conférait une aura romantique qu'accentuait la pâleur de son teint.

— Ma chérie ! C'est si gentil d'être venue presque directement de l'aéroport.

— Je ne peux pas rester longtemps, maman. J'ai du sommeil à rattraper. Mais j'avais envie de t'apporter ton cadeau de mariage.

Summer lui tendit une boîte emballée entourée d'un ruban. Monique sourit et lui effleura la joue.

— Tu es un amour. J'ai un cadeau pour toi, moi aussi. J'espère qu'il t'accompagnera pour le restant de tes jours.

Elle fit un pas de côté pour la laisser entrer et Summer découvrit qui étaient les autres invités.

Non. Pas dans ces conditions. Pas comme ça...

Le choc de trouver Blake dans la suite de sa mère la transperça. Elle avait besoin de temps pour se préparer à leurs retrouvailles —pour se sentir confiante, sûre d'elle, reposée. La dernière chose qu'elle souhaitait, c'était une rencontre en public. Ou plus exactement devant ses parents. Car tout semblait indiquer que la grande femme élégante assise sur le canapé à côté de B.C. était la mère de Blake. La situation était baroque, insensée.

Typiquement le genre de scénario que sa mère était capable de concocter !

— Pas drôle du tout, ton petit jeu, maman, murmura-t-elle en français.

— Ce n'est pas un jeu, ma chérie. C'est un cadeau... B.C., je crois que vous connaissez déjà ma fille ?

— En effet, acquiesça le père de Blake, en lui tendant un verre de champagne. C'est un plaisir de vous revoir, Summer.

— Tu n'as pas encore eu l'occasion de rencontrer la mère de Blake... Lillian, je vous présente Summer, ma fille unique.

Lillian serra avec chaleur la main de Summer dans la sienne. Il aurait fallu être aveugle pour ne pas voir l'échange de regards entre son fils et la jeune femme, songea-t-elle. Pour ne pas remarquer ce grand frisson, marqué par la surprise, le désir, le doute, qui les avait secoués. Si c'était là où Monique Dubois voulait en venir avec son étrange mise en scène, elle était toute disposée à lui prêter son concours.

— C'est une joie pour moi de faire votre connaissance, Summer. Je viens d'apprendre que vous êtes le nouveau chef en titre ici et que c'est à vous que l'on doit la carte qui sera inaugurée demain.

— Je sévis dans les cuisines depuis quelques semaines, en effet.

Summer chercha désespérément quelque chose à ajouter.

— Votre croisière s'est bien passée ? Vous étiez dans les îles polynésiennes, je crois ?

— Nous avons fait un beau voyage, oui. Même si B.C. a tendance à se prendre pour le seul maître à bord, si on ne le surveille pas de très près.

— N'importe quoi !

B.C. passa un bras autour des épaules de sa femme.

— Lillian est l'unique personne à qui je confie la barre sans hésiter.

Ils s'adoraient, tous les deux, c'était manifeste. Summer se trouva surprise de le constater. Leur couple durait depuis presque quarante ans, traversé de quelques tempêtes, et, pourtant, ils étaient clairement toujours très amoureux.

— C'est magnifique, n'est-ce pas, lorsque mari et femme peuvent avoir une passion commune, tout en gardant chacun leur personnalité?

Monique adressa un large sourire aux époux Cocharan avant de se tourner vers Blake.

— Pensez-vous comme moi que de telles dispositions créent un lien fort entre un homme et une femme, même lorsqu'ils doivent traverser des périodes difficiles?

— C'est mon avis, oui.

Blake se tourna vers Summer.

— Je dirais que c'est une question d'amour, de respect et peut-être... d'optimisme?

— L'optimisme!

Monique trouva apparemment le mot à son goût.

— Mais oui, c'est tout à fait ça! Pour ma part, j'en ai à revendre. Mes mariages à répétition trahissent probablement un excès d'optimisme, chez moi.

Elle se moquait d'elle-même de bon cœur.

— Sans doute parce que je recherche toujours la passion avant tout. Diriez-vous que c'est une erreur de ne pas regarder au-delà de l'élan passionnel, Lillian?

— Nous cherchons tous l'amour fou, l'ivresse des sentiments.

Lillian posa la main sur le bras de son mari, un geste si naturel que ni l'un ni l'autre n'en prirent conscience.

— Mais le respect mutuel compte aussi pour beaucoup, bien sûr. J'ajouterai deux autres qualités qui me paraissent cruciales...

Elle leva les yeux vers son mari.

— La tolérance et la ténacité, qui sont indispensables pour traverser les crises.

Elle savait! Plongeant son regard dans celui de son épouse, B.C. comprit qu'elle avait toujours su. Depuis vingt ans, elle était au courant de ce qu'il avait vécu avec Monique.

Cette dernière battit des mains avec enthousiasme.

239

— Excellent!

Manifestement très contente d'elle-même, elle posa son cadeau sur la table basse.

— Puisque nous avons défini ce qui fait un couple soudé et durable, le moment me paraît tout à fait choisi pour ouvrir ce cadeau, destiné à célébrer mon mariage. Cette fois, j'ai l'intention d'y mettre tout ce qu'il faut pour que ça marche.

Je veux m'en aller d'ici! Après tout, songea Summer, c'était juste une question de muscles à mettre en action. Il lui suffirait simplement de se tourner et de se diriger vers la porte.

Pourtant, elle restait enracinée au sol, son regard prisonnier de celui de Blake.

— Oh! Mais c'est très beau!

D'un geste plein de révérence, Monique sortit de la boîte un minuscule manège fabriqué à la main. Les chevaux étaient en ivoire, avec des décorations à l'or fin, et chacun était différent, unique, sculpté à la perfection. Lorsqu'on tournait sa base, la boîte à musique jouait un prélude de Chopin.

— Un carrousel en l'honneur d'un mariage. C'est un beau symbole, non? Les chevaux pourraient être nommés Amour, Ténacité, Tolérance, Respect et Optimisme. C'est un cadeau que je conserverai précieusement, Summer.

— En fait, je...

Summer regarda sa mère et, soudain, rien n'eut plus d'importance, ni les complications pratiques ni les erreurs commises.

— Trouve ton bonheur, maman.

Monique lui effleura tendrement la joue.

— C'est le souhait que je forme aussi pour toi, ma chérie. Du fond du cœur.

B.C. se pencha pour chuchoter à l'oreille de sa femme :

— Tu savais, alors?

Amusée, Lillian leva son verre.

— Bien sûr. Tu n'as jamais pu garder le moindre secret pour moi.

— Mais...

— J'étais au courant et, à l'époque, je t'ai haï pour la vie pendant bien vingt-quatre heures. Tu te souviens si c'était ta faute ou la mienne? Moi, j'ai oublié.

— Bon sang, Lily, tu ne peux pas imaginer comme je me sentais coupable! Ce soir, je suffoquais…

— C'est une bonne chose. Et maintenant, sortons d'ici pour que ces enfants aient enfin le champ libre et puissent s'expliquer tranquillement.

Elle se leva pour prendre congé de leur hôtesse.

— Monique?

Les deux femmes se serrèrent la main et un message passa dans leurs regards. Les mots, eux, n'auraient jamais à être prononcés.

— Merci pour ce très bon moment. Et tous mes vœux de bonheur, pour votre mari et pour vous.

— Merci, Lillian. C'est tout ce que je vous souhaite de mon côté, à B.C. et vous.

Monique ouvrit les bras à B.C.

— Portez-vous bien, *my friend.*

Il accepta qu'elle l'embrasse, le cœur léger, comme un accusé qui vient d'obtenir un non-lieu. Il n'avait qu'une hâte, remonter dans leur suite, prendre Lillian dans ses bras… et plus encore.

— On pourrait peut-être déjeuner ensemble demain, lança-t-il sans s'adresser à quelqu'un en particulier. Bonne soirée!

Dès qu'ils eurent franchi la porte, Monique se mit à rire de les voir si pressés de s'éclipser, main dans la main.

— L'amour m'enchantera toujours, dit-elle gaiement. On voit bien qu'il n'a pas d'âge.

Avec des gestes hâtifs, elle remballa son cadeau.

— Mon sac de voyage est en bas, à la réception. Mon avion décolle dans deux heures.

— Dans deux heures! s'écria Summer. Mais…

— Mes affaires ici sont réglées. Et Keil m'attend.

Son cadeau sous le bras, Monique se dressa sur la pointe des pieds pour embrasser Blake sur la joue.

— A bientôt, Blake. Vous avez la chance d'avoir des parents formidables.

Elle prit Summer dans ses bras.

— Toi aussi, tu as de bons parents, ma chérie. Ils n'étaient simplement pas faits l'un pour l'autre. La suite est payée pour la nuit et il reste du champagne au frais.

Elle gagna la porte d'un pas gracieux et se retourna avant de franchir le seuil.

— Bonne soirée, mes enfants.

C'était sans aucun doute l'une des plus belles sorties de scène qu'elle ait jamais faites.

Lorsque le battant se referma derrière sa mère, Summer hésita entre l'envie d'applaudir et celle de jeter rageusement un objet par terre.

— Du grand théâtre, déclara Blake. Encore un peu de champagne ?

S'il voulait une conversation sur le mode cocktail mondain, elle pouvait le suivre sans problème sur ce registre.

— Volontiers, merci.

— Comment était Rome ?

— Caniculaire.

— Et ton gâteau ?

— Exceptionnellement sublime.

Summer prit la coupe qu'il venait de lui servir et s'écarta d'un pas. Rien de tel qu'un bon échange de banalités, lorsque trop de sujets brûlants demandaient à être abordés en urgence.

— Tout s'est bien passé ici ? Pas de conflits en cuisine ?

— Eh bien, non. Même si je pense qu'ils sont tous soulagés que tu sois de retour pour le démarrage demain.

Il but une gorgée de champagne et prit le temps de l'apprécier.

— Alors, dis-moi un peu… Depuis quand sais-tu que mon père et ta mère avaient eu une liaison ?

Voilà qui avait l'avantage d'être clair, net et direct. Elle décida de répondre sur le même mode.

— Depuis le début, en fait. J'étais encore petite, mais les enfants ont le nez pour ces choses-là. Disons qu'à l'époque, je suspectais quelque chose. Et que j'en ai eu la confirmation lorsque j'ai prononcé le nom de ma mère devant ton père.

Il hocha la tête en se rappelant leur rencontre, dans son bureau.

— Et… tu l'as vécu comment ?

Elle haussa les épaules.

— C'était inconfortable.

— Et tu étais déterminée à ce que l'histoire ne se répète pas.

Il avait l'art de mettre le doigt exactement là où elle aurait préféré qu'il ne le mette pas.

— Peut-être.

— Mais l'histoire s'est répétée quand même, si l'on peut dire.

Avec une nonchalance affectée, elle étala du caviar sur un toast.

— A ceci près que nous ne sommes mariés ni l'un ni l'autre.

— Tu sais pourquoi ta mère a orchestrée ce coup fourré?

Summer refusa d'un signe de tête lorsqu'il lui présenta le plateau avec les amuse-bouches.

— Elle a toujours adoré organiser ce genre de rencontre choc, à la limite de la provocation. Elle a posé son décor, fait entrer les personnages tour à tour. Pour me montrer, je pense, que si la vie de couple n'est pas toujours dénuée de péripéties, elle peut néanmoins être durable.

— Et... Est-ce qu'elle a réussi sa démonstration?

Comme elle ne répondait pas, Blake reposa son verre. Il était temps de cesser la politique de l'esquive, temps de laisser les généralités de côté.

— Il ne s'est pas passé une heure sans que je pense à toi, Summer.

Leurs regards se trouvèrent. Désemparée, elle secoua la tête.

— Blake, je ne crois pas que tu devrais...

— Ecoute-moi au moins jusqu'au bout, cette fois! Toi et moi, nous fonctionnons bien ensemble. Ne me dis pas que tu n'en as pas conscience. Tu avais peut-être raison sur le fait que j'avais un peu planifié la façon dont j'espérais te... te rallier à mon idée que nous sommes faits pour vivre ensemble, déclara-t-il prudemment. J'ai peut-être été un peu trop sûr de moi en pensant qu'il suffisait que j'attende le bon moment pour obtenir ce que je voulais, en limitant les complications. Mais il me fallait des certitudes. J'aurais aimé être plus patient, te laisser le temps de découvrir par toi-même que nous pouvons construire quelque chose de solide et de beau ensemble.

— J'ai été trop dure avec toi, l'autre soir.

Elle s'enveloppa de ses propres bras, comme pour se protéger, puis les laissa retomber le long de son corps.

— C'est parce que j'avais peur que je t'ai dit tout ce que je t'ai dit, Blake. Je ne le pensais pas. Pas tout, en tout cas.

Il lui effleura la joue.

— Summer... Tout ce que je t'ai dit, je le pensais. Je t'aime et je te désire. De plus en plus.

Elle fit un pas vers lui.

— Je suis là. Et nous sommes seuls.

Il avait envie d'elle jusqu'au vertige.

— Nous ferons l'amour, mais j'ai d'abord besoin de savoir dans quels termes. Qu'attends-tu de moi exactement ? Quelques nuits seulement, quelques souvenirs étourdissants, comme ça semble avoir été le cas pour ta mère et mon père ?

Elle détourna la tête et se mordit la lèvre.

— Je ne sais pas comment expliquer…

— Dis-moi ce que tu ressens.

Elle ferma les yeux et tenta de rassembler ses pensées.

— Bon, d'accord… Quand je suis en cuisine, je prends un ingrédient par-ci, un ingrédient par-là. Avec mes mains, mon savoir-faire, je compose quelque chose d'abouti. Si je trouve que le résultat est en dessous de mes espérances, je le jette à la poubelle. La patience n'est pas mon fort, Blake.

Elle se tut un instant, se demandant s'il était possible pour lui de comprendre une analogie aussi personnelle.

— Je me disais que si jamais je devais m'embarquer dans une histoire, il y aurait tel ingrédient, tel autre et que, là aussi, je les réunirais pour composer quelque chose, tout en sachant d'avance que le résultat ne serait jamais ni parfait ni abouti. Autrement dit…

Elle laissa échapper un long soupir.

— Je me demandais si ce n'était pas quelque chose qu'il me faudrait jeter à la poubelle également.

— A la différence des desserts, une relation entre un homme et une femme ne se crée pas en un jour. Elle se *parfait* encore moins dans les vingt-quatre heures. Il faut bien compter une cinquantaine d'années pour arriver à quelque chose. Et encore.

— Ça fait beaucoup de temps pour une création dont on sait qu'elle gardera forcément des zones d'imperfections.

— Et c'est un défi trop lourd pour toi ?

Elle fit volte-face, toutes griffes dehors, puis baissa les bras et lui jeta un regard noir.

— Tu me connais bien, Blake Cocharan. Trop bien pour le salut de mon âme. Trop bien pour le salut de la tienne aussi, d'ailleurs.

— Tu te trompes. Tu *es* le salut de mon âme.

Les lèvres de Summer s'ouvrirent en tremblant. Puis se refermèrent.

— S'il te plaît… Laisse-moi finir. En partant pour Rome, j'ai essayé de me convaincre que je retrouverais ma vie d'antan. Une vie faite de voyages, de liberté, une vie où je n'ai de comptes à rendre qu'à moi-même, où je n'ai à m'inquiéter que du dessert suivant. Mais une fois arrivée à destination, dans une des plus belles villes du monde…

Elle soupira.

— … j'ai été malheureuse comme les pierres.

Il ne put s'empêcher de sourire.

— Je suis désolé de l'entendre.

— Je ne crois pas, non.

Elle se détourna, prit son verre de champagne et suivit pensivement le rebord du bout de son doigt. Ces explications, elle n'avait pas l'intention de les réitérer. Alors, elle voulait être certaine qu'elles soient claires.

— Dans l'avion, j'ai décidé qu'à mon retour, nous parlerions calmement, logiquement. Que nous chercherions ensemble une solution raisonnable. Dans ma tête, je voyais plutôt la poursuite de notre relation telle qu'elle était avant. Une intimité sans attaches, ce qui n'a peut-être rien à voir avec l'intimité, d'ailleurs.

Elle porta son verre à ses lèvres et prit une gorgée du vin clair et pétillant.

— Et puis, je suis entrée dans cette suite, ce soir, nos regards se sont croisés et j'ai su que ce ne serait pas possible. Se voir ici et là, s'investir sans s'investir, finirait par nous détruire l'un et l'autre, à la longue. Alors…

— Summer, je ne te laisserai pas sortir de ma vie…

Elle se retourna lentement et lui fit face, ses orteils touchant presque les siens.

— Si je pouvais sortir de ta vie, je le ferais. Ce n'est pas toi qui m'empêches de te dire *bye bye*, Blake. Si je reste, c'est *ma* décision! Ni ta planification ni ta logique n'auraient pu changer ce qu'il y a à l'intérieur de moi. Ce sont mes sentiments qui ont opéré la transformation.

Elle lui saisit les deux mains. Prit une profonde inspiration.

— Je veux monter avec toi sur ce manège de l'amour. Moi aussi, je veux avoir une chance d'attraper le pompon.

Les mains de Blake remontèrent le long de ses bras, se perdirent dans ses cheveux.

— Pourquoi? Dis-moi pourquoi.

— Parce que, quelque part entre le moment où tu t'es présenté la première fois à ma porte et l'heure où je te parle, je suis tombée amoureuse. Et j'ai beau savoir que c'est stupide, je suis disposée à braver tous les risques.

— Nous allons gagner, tu verras.

Il se pencha sur ses lèvres et, lorsqu'il la sentit trembler, il sut que c'était autant de peur que de désir. Bientôt, ce désir, ils le laisseraient parler, mais, pour le moment, il voulait calmer ses craintes.

— Si ça te rassure, nous pouvons fixer une période d'essai, murmura-t-il en couvrant son visage de baisers. Sous forme de contrat...

— Une période d'essai? Sous forme de contrat?

Elle tenta de s'éloigner d'un pas, mais il la tenait fermement serrée contre lui.

— Oui. Et si pendant cette période d'essai, l'un de nous deux veut une séparation, il devra attendre la fin de la période contractuelle.

Summer fronça les sourcils. Est-ce qu'il parlait vraiment affaires? *Oserait-il?* Elle lui jeta un regard mauvais.

— Et elle durerait combien de temps, ta période contractuelle, au juste?

— Cinquante ans.

Elle éclata de rire, et lui passa les bras autour du cou.

— Marché conclu! Je veux que le contrat soit établi dès demain. En triple exemplaire. Mais ce soir...

Elle lui mordilla les lèvres.

— ... ce soir encore, nous sommes juste amants. De vrais amants, à présent. Et la suite est à nous jusqu'à demain matin.

Leur baiser fut long. Leur baiser fut lent. Leur baiser fut intense.

— Rappelle-moi de faire livrer une caisse de champagne à Monique, murmura Blake en la soulevant dans ses bras.

— En parlant de champagne...

Elle se pencha, en équilibre pour le moins précaire, et attrapa au passage leurs deux verres encore à moitié pleins sur la table.

— ... il ne faudrait pas le laisser s'éventer.

— Il ne manquerait plus que ça, en effet, dit-il gravement, en la portant jusqu'à la chambre à coucher.

Ils tombèrent enlacés sur le lit et commencèrent à tirer sur leurs vêtements dans le plus grand désordre.

— Pour la commande de pizzas, ça attendra un petit moment, soupira Summer contre ses lèvres.

ENVOÛTANTE PASSION

1

Bon, d'accord, il était beau. Très beau même. Et riche aussi. Talentueux, sans l'ombre d'un doute. Et indiscutablement très… sexy.

Une belle palanquée d'atouts personnels, mais rien qui soit de nature à perturber Juliet Trent. Concentrée sur son travail, elle pouvait dire que ce genre de particularités n'influait pas sur la qualité de ses prestations. Pour elle, un auteur, c'était un titre à défendre. Rien d'autre. Si le physique et la personnalité de ce client constituaient un plus, elle ne voyait en cela qu'un avantage à exploiter sur le plan professionnel.

Pour le reste, le sex-appeal ravageur de ce monsieur ne faisait pas l'ombre d'une différence à ses yeux. Elle avait déjà croisé des hommes somptueux dans sa vie. Des hommes riches aussi. Et des talentueux. Même si, elle devait l'admettre, elle n'en avait encore jamais rencontré aucun qui réunît à lui seul l'ensemble de ces qualités. Une chose était certaine : elle n'avait encore jamais eu l'occasion de travailler avec un tel oiseau rare.

C'était maintenant chose faite.

Grâce au physique, au charisme et au talent de Carlo Franconi, collaborer avec lui serait un jeu d'enfant : voilà ce qu'on lui avait annoncé. Pourtant, derrière la porte close de son bureau, Juliet posait un regard plutôt sévère sur la photo qu'elle tenait entre les mains. Son instinct lui disait que la compagnie du *signore* Franconi lui vaudrait plus de complications que d'agréments.

Le sourire qu'il semblait lui adresser avait un fond d'arrogance et ses yeux sombres en amande exprimaient un amusement appréciateur. Juliet se demanda s'il avait été photographié par une femme. Il avait d'épais cheveux noirs. Rien de tapageur et d'excessif — juste la désinvolture nécessaire pour désarmer et séduire. Sous la chevelure, l'ossature faciale énergique, la courbe hardie du sourire, le nez droit et les sourcils expressifs composaient un visage de nature à saboter jusqu'au plus solide bon sens féminin. Don de la nature ou savante fabrication ? Juliet n'en savait rien, mais elle pressentait qu'elle aurait à se servir de ces attributs en les tournant à son avantage. Elle soupira. Si on ne prenait pas un minimum de précautions, une tournée promotionnelle aux côtés d'un d'écrivain pouvait virer très vite au cauchemar relationnel.

Et dire qu'elle allait devoir se démener pour faire vendre un banal livre de recettes !

Elle soupira de nouveau. Que cela lui plaise ou non, *L'Art de Franconi : la pasta en mode majeur* était le titre le plus important qu'elle ait eu à promouvoir jusqu'à présent. Et elle ne prenait jamais son travail à la légère.

Elle adorait son métier d'attachée de presse. Et, pour le moment en tout cas, se trouvait satisfaite de Trinity Press, la maison d'édition qui l'employait depuis deux ans. Son emploi actuel avait été précédé d'une demi-douzaine d'autres qui l'avaient promenée d'éditeur en éditeur, au gré d'un parcours en rapide progression. Elle avait à présent vingt-huit ans, et les ambitions qui avaient présidé à ses débuts, presque une décennie plus tôt, n'avaient rien perdu de leur vigueur. Elle avait travaillé, étudié, trimé — en un mot, elle avait tout donné — pour s'élever de son premier poste comme réceptionniste à celui qu'elle occupait actuellement et obtenir qu'on lui attribue un bureau personnel ainsi qu'une assistante. Mais même si elle avait rempli ses objectifs, elle n'était pas prête à lever le pied pour autant.

Encore deux ans, avait-elle calculé, et elle serait parée pour le prochain grand saut : créer sa propre agence de relations publiques. Bien sûr, il lui faudrait commencer modestement. Mais c'était l'idée de monter quelque chose par elle-même qui la stimulait. Les contacts et l'expérience accumulés l'aideraient à asseoir ses ambitions une fois le cap des trente ans franchi. Et cette idée la séduisait.

« Un client est un client » : tel était le premier principe qu'elle avait appris en communication — qu'on soit chargé de promouvoir un *best-seller* international en voie d'adaptation au cinéma ou un mince recueil de poésie dont les ventes compenseraient à peine l'avance sur recettes.

Pour le moment, elle se retrouvait avec un livre de cuisine sur les bras ainsi qu'un chef italien réputé enjôleur. Franconi n'en était pas à son coup d'essai, si l'on pouvait s'exprimer ainsi. Il avait des antécédents aussi bien avec les femmes que dans l'édition. La presse people internationale faisait son miel de ses frasques sentimentales et le nom de Franconi était connu même de ceux qui ne s'intéressaient pas à sa cuisine. Ses précédents succès de librairie lui valaient aujourd'hui les services d'une attachée de presse pour sa tournée de promotion.

Ses deux premiers livres de cuisine s'étaient vendus comme des petits pains. Non sans raison, d'ailleurs, Juliet devait l'admettre. Elle était incapable de faire frire un œuf sans que l'aventure se solde par un désastre, mais elle savait reconnaître la classe et le talent d'un chef. Avec Franconi, une simple platée de *farfalle* pouvait se parer de la grâce d'un corps de femme gainé de dentelle noire. Il avait l'art de faire du plat le plus banal une véritable expérience érotique.

Erotique... Juliet se renversa contre son dossier et, les pieds nus posés sur le bureau, agita gaiement les orteils. Le sex-appeal! Voilà sur quoi ils mettraient l'accent, pour la communication. Avant la fin de leur tournée de vingt et un jours, elle aurait fait de Carlo Franconi le chef le plus torride du monde. Pas une femme dans tous les Etats-Unis qui ne fantasmerait sur un dîner en tête à tête préparé dans l'intimité par le chef italien. *Paste italiane* et séduction avec ambiance tamisée.

Un dernier coup d'œil à la photo publicitaire la rassura sur la capacité de son client à soutenir un tel plan. Oui, son irrésistible sourire en coin disait clairement qu'il tiendrait le choc.

En attendant, il lui restait encore des tonnes de travail préparatoire à accomplir. Mettre au point le programme d'une tournée était un combat; s'y tenir, un challenge. Elle aimait l'un et l'autre.

Elle souleva le combiné du téléphone tout en faisant le constat résigné qu'elle s'était de nouveau cassé un ongle. Elle appela son assistante sur la ligne interne.

— Deb? Mets-moi en communication avec Diane Maxwell, s'il te plaît. Elle est directrice de programmation à Los Angeles. Sur le *Simpson Show.*

— Waouh. Tu t'attaques directement au gratin ?

Juliet fit entendre un petit rire très peu professionnel.

— Le gratin, ça me semble approprié, quand il s'agit de cuisine, non ?

Elle replaça le combiné et griffonna hâtivement quelques notes. Aucune raison de ne pas viser le sommet. Au moins, si elle se cassait la figure, elle chuterait en beauté.

En attendant sa communication, Juliet parcourut son bureau du regard. Rien de grandiose, mais le lieu témoignait des échelons gravis depuis qu'elle s'était trouvée au pied de l'échelle. Déjà, premier point : elle disposait d'une fenêtre. Aujourd'hui encore, le souvenir des boxs aveugles où elle avait fait ses débuts lui donnait des frissons. Mais elle n'en était plus là. Vingt étages en dessous d'elle, New York courait, paradait, se bousculait, jouait des coudes dans le flux saccadé et trépidant d'un quotidien chaotique. Elle avait appris, elle aussi, à se frayer un chemin sur les trottoirs grouillants de monde. Le rythme de New York lui était entré dans la peau, si différent de celui de la banlieue plutôt débonnaire de Harrisburg qui l'avait vue naître et grandir.

Son enfance dans les quartiers bien sages où seuls les étrangers enfreignaient les limitations de vitesse et où jamais un brin d'herbe ne dépassait des gazons manucurés de chaque côté des clôtures grillagées ne l'avait pas empêchée de s'acclimater sans difficulté à New York. Elle l'aimait, sa ville d'adoption, avec son rythme, son audace, son énergie. Pour rien au monde elle n'aurait regagné les calmes zones suburbaines où bourdonnaient les abeilles et les tondeuses, et où tout le monde savait qui vous étiez et ce que vous faisiez dans la vie. Elle préférait l'anonymat. Et l'individualisme décomplexé des foules citadines.

Si sa mère s'était coulée dans le moule de la parfaite femme au foyer des banlieues pavillonnaires, elle n'aurait suivi son exemple pour rien au monde. Elle était fille de son époque, indépendante, autonome et en pleine ascension sociale. Son appartement dans les West Seventies, elle l'avait meublé avec soin, attention et, avant tout, à sa manière. Elle avait la patience nécessaire pour avancer un pas après l'autre dans ses réalisations. A condition bien sûr que le résultat soit à la hauteur ! Elle pouvait s'enorgueillir d'un parcours professionnel sans faute et d'un bureau qu'elle aménageait petit à petit pour l'adapter à ses goûts. Cette appropriation progressive d'un lieu n'avait rien d'anodin. Il lui avait fallu quatre mois pour choisir les plantes qui convenaient à son espace de travail, du gracieux palmier aréca qui touchait presque le plafond à la délicate rose du désert qui fleurissait sur l'appui de fenêtre.

Pour l'instant, il lui fallait prendre son parti de la fade moquette beige, mais l'immense affiche de Dalí sur le mur en face de la fenêtre apportait une énergie nouvelle à la pièce. Le miroir biseauté donnait une illusion d'espace et une touche d'élégance. Elle avait des visées sur une grande jarre orientale assez clinquante dans laquelle elle placerait un imposant bouquet de plumes de paon aux couleurs tout aussi tape-à-l'œil. Si elle attendait encore un peu, le prix passerait d'exorbitant à scandaleusement élevé. Et là, elle ferait son offre.

Alors qu'elle se présentait à tous, et se voyait elle-même, comme un esprit purement pratique, elle craquait immanquablement chaque fois qu'elle tombait sur une bonne affaire. D'où un équilibre bancaire quelque peu précaire, nettement moins solide en tout cas que la vieille armoire de famille dans sa chambre. Elle n'était pas frivole, cependant. Et aurait été horrifiée qu'on lui appliquât ce qualificatif. Sa garde-robe était équilibrée, entretenue avec soin et adaptée à ses besoins. Vingt paires de chaussures, cela pouvait paraître excessif à certains, mais elle avait une justification toute prête : elle passait souvent dix heures par jour debout et ses pieds meurtris méritaient une touche de luxe. Dans tous les cas de figure, elle les avait gagnées, ces chaussures — de la solide paire de baskets aux escarpins noirs de base en passant par les sandales de soirée à talons hauts. Elle les avait gagnées à force de réunions, aussi longues qu'innombrables, à force d'attente dans les aéroports, à force d'heures passées vissée au téléphone à tenter de convaincre ses interlocuteurs. Elle les avait gagnées au fil des tournées de promotion avec les écrivains — tournées au cours desquelles le hasard l'avait aussi bien confrontée au brio intellectuel et à l'humour qu'à l'ineptie, l'ennui ou la grossièreté pure et simple. Quoi qu'il en soit, les résultats devaient être les mêmes : des médias, encore des médias et toujours des médias.

Elle avait appris à traiter avec tous les spécimens du monde de la presse, du grand reporter du *New York Times* au pigiste d'une feuille de chou locale. Elle savait comment charmer les équipes des émissions télévisées, des maîtres reconnus aux imitateurs anxieux. Cet apprentissage avait été une véritable aventure pour elle et, comme elle ne s'en était autorisée que très peu dans sa vie personnelle, ses succès professionnels en étaient d'autant plus doux.

L'Interphone bourdonna : voilà, le moment était venu de mettre en application ce qu'elle avait appris et de décrocher pour *il signore* Franconi une participation à une émission qui battait des records d'audience.

Une fois qu'elle l'aurait obtenue, il aurait intérêt à tirer le maximum de l'opportunité offerte, songea-t-elle en décrochant. Sinon, elle trancherait son beau cou sexy avec un de ses propres couteaux de chef!

— Ah, *mi amore. Squisito.*

Carlo n'avait pas eu besoin de travailler sa voix pour la rendre langoureuse. Ses accents enveloppants, caressants, étaient garantis d'origine et de nature à affoler la pression sanguine de n'importe quelle femme. Il en jouait, bien sûr. Pourquoi ne l'aurait-il pas fait ? Un homme qui refusait d'utiliser les talents que la nature lui avait donnés, se plaisait-il à répéter, n'était qu'un sous-imbécile.

— *Bellissimo,* murmura-t-il.

Dans l'anticipation du plaisir, son regard se fit rêveur.

La chaleur, dans la pièce, frisait la touffeur humide, mais il aimait ces atmosphères moites et brûlantes. Contrairement au froid, le chaud fouettait les sangs. Le soleil qui entrait par les belles fenêtres anciennes avait pris une subtile texture d'or. Le léger rougeoiement de la lumière parlait de la fin du jour et évoquait déjà les plaisirs de la nuit à venir. De riches odeurs flottaient dans l'air et il les humait une à une. C'était passer à côté des couleurs de la vie que de ne pas faire pleinement usage de tous ses sens. Et le credo de Carlo était de ne surtout jamais passer à côté de rien.

Il considérait sa passion du moment avec un œil de connaisseur. Caresser, choyer, flatter : il était prêt à donner beaucoup de lui-même dans ses quêtes et conquêtes. Peu lui importait d'avoir à leur consacrer quelques minutes ou quelques heures — parfois même des jours ou des semaines. Le processus, l'attente, les gestes en eux-mêmes apportaient un contentement égal à celui qu'il tirait du résultat. Comme une danse, avait-il toujours pensé. Ou un chant. Un air des *Noces de Figaro* joué en sourdine pendant qu'il faisait œuvre de séduction.

Pour lui, le décor devait être planté, car la vie était une scène de théâtre qui, plus que le simple plaisir, appelait la délectation.

— *Bellissimo,* chuchota-t-il de nouveau, en se penchant sur l'objet de son adoration.

La sauce aux palourdes s'enroula voluptueusement autour de sa cuillère lorsqu'il la remua. Il en cueillit une petite quantité, qu'il porta à ses lèvres lentement, savourant le plaisir du moment et fermant à demi les yeux avant de la goûter.

— Parfait. *Succulento,* déclara-t-il avec satisfaction.

Laissant la sauce de côté, il accorda la même amoureuse attention à la confection de son *zabaglione.* Il était persuadé qu'aucune femme au monde ne résisterait aux arômes de cette préparation riche et subtile, réveillée par l'élan du marsala. Car c'était, comme toujours, une femme qu'il attendait.

Selon lui, la cuisine se devait, au même titre que la chambre à coucher, d'être un lieu de volupté. Rien de fortuit dans le fait qu'il fût devenu l'un des chefs les plus admirés et respectés du monde, ainsi que le plus captivant des amants. Il y voyait au contraire la marque du destin. Le savant aménagement de sa cuisine la rendait propice à la séduction des sauces et des épices comme sa chambre l'était à la séduction des femmes. Oui, Carlo Franconi croyait dur comme fer que la vie devait être dégustée comme le plus raffiné des mets. Sans qu'une miette de plaisir se perde.

Le bruit du heurtoir sur sa porte d'entrée se réverbéra sous les hauts plafonds de sa maison. Carlo murmura quelques mots à l'intention de sa sauce encore frémissante, puis dénoua son tablier. Parcourant le couloir, il déroula les manches de sa chemise, mais ne s'immobilisa pas devant l'un des antiques miroirs du vestibule pour ajuster sa tenue. Il n'était pas tant vaniteux que sûr de lui.

Il ouvrit sa porte à une femme de haute taille et d'allure imposante, à la peau couleur de miel et aux yeux sombres et expressifs. Le cœur de Carlo en fut touché comme chaque fois qu'il la voyait.

— *Ma come bella sei !*

Lui prenant la main, il pressa les lèvres au creux de sa paume, ses yeux souriants accrochés aux siens.

— Tu restes à jamais ma seule, mon unique...

Un instant, elle le considéra en silence, belle et immobile dans la lumière du soir, avec ce sourire qui n'était destiné qu'à lui. Il aurait fallu qu'elle soit bien naïve pour ne pas savoir qu'il accueillait de la même façon des dizaines et des dizaines d'autres femmes. Naïve, elle avait depuis longtemps cessé de l'être. Mais elle l'aimait de toute son âme.

— Quel art du boniment, mon Carlo!

Elle enfouit la main dans ses cheveux. Ils étaient vivants, drus, vigoureux. Irrésistibles, comme lui.

— Est-ce que c'est une façon d'accueillir ta mère, franchement!

De nouveau, il porta les doigts à ses lèvres.

— C'est l'accueil que je réserve à toute jolie femme.

Sur un éclat de rire, il la serra dans ses bras et l'embrassa avec affection sur les joues.

— Et voici comment j'accueille ma mère. Heureux l'homme qui peut accueillir la même femme des deux façons!

Laura Franconi se mit à rire tout en lui rendant son étreinte.

— Avec toi, toutes les femmes sont belles!

— Mais seule l'une d'entre elles est ma mère.

Le bras passé autour de sa taille, il l'entraîna dans le vestibule. Laura nota avec approbation que la maison de son fils était, comme toujours, d'une propreté méticuleuse, même si le style en était un peu trop baroque à son goût. Elle se demandait souvent comment son employée de maison s'arrangeait pour garder toutes ces boiseries tarabiscotées exemptes de poussière et ces innombrables fenêtres vierges de toute salissure. Pour avoir passé quinze années de sa vie à faire le ménage chez les autres et quarante à nettoyer chez elle, elle savait que l'exploit n'était pas mince.

Elle s'attarda un instant devant l'une des nouvelles acquisitions de son fils : une immense chouette en ivoire tenant d'une serre un petit rongeur prisonnier. Avec un peu de chance, une épouse saurait canaliser les goûts de Carlo et les orienter sur des voies moins excentriques...

— Je te sers un apéritif, *mamma*?

Carlo se dirigea vers le placard de verre fumé dans lequel il rangeait les alcools et en sortit une mince bouteille noire, ainsi que deux petits verres en cristal.

— Il faut absolument que tu goûtes ce nectar! Il m'a été envoyé par quelqu'un de cher.

Laura posa son sac à main sur une console et accepta le verre. A la première gorgée déjà, les saveurs explosaient en bouche, fruitées, puissantes et enveloppantes comme le baiser d'un amant. Dotées du même pouvoir enivrant.

Elle haussa un sourcil et trempa de nouveau les lèvres dedans.

— C'est fameux!

— Evidemment que ce moscata d'Asti est exquis. Les goûts d'Anna sont excellents.

Anna, bien sûr. Plus amusée qu'exaspérée, Laura secoua la tête. L'expérience lui avait appris que l'exaspération ne payait pas avec les hommes. Encore moins avec un homme aimé.

— Tu n'as donc que des « amitiés » féminines, Carlo?

— Non.

Il fit tourner le vin dans le verre gravé.

— Mais celle-ci en est bien une. Anna m'a envoyé cette bouteille en cadeau de mariage.

— Cadeau de... *quoi*?

Carlo se mit à rire.

— Son mariage à elle. Elle voulait un mari. Je ne pouvais pas satisfaire à cette exigence, mais nous nous sommes séparés bons amis.

Il leva la bouteille en guise de preuve.

— Tu n'aurais pas dû la faire analyser avant de commencer à boire?

Carlo fit tinter le bord de son verre contre le sien.

— Oublierais-tu que je reste toujours en excellents termes avec mes ex?

— C'est vrai que tu te débrouilles plutôt bien pour ça.

Elle prit place sur un sofa avec un léger haussement d'épaules et ajouta :

— Le bruit court que tu aurais actuellement dans ta vie une actrice française.

— Tu as l'ouïe fine, comme toujours.

Laura leva son verre au niveau de son visage, faisant mine d'étudier la robe du vin.

— Et… naturellement… elle est très belle?

— Naturellement.

— Mais ce n'est pas la peine d'espérer qu'elle me donnera des petits-enfants?

Carlo s'assit à côté d'elle en riant.

— Tu en as déjà six, *mamma*. Et un septième est en route. Tu ne trouves pas que tu es un peu exigeante?

— Six petits-enfants, peut-être. Mais aucune descendance du côté de mon fils!

Elle lui tapota l'épaule.

— Je ne désespère pas, cela dit…

— Si je rencontrais une femme comme toi, peut-être.

— Inutile d'y compter, *mio caro*. Je suis un modèle unique.

C'était bien l'avis de Carlo. Il n'en dit rien cependant et orienta la conversation sur ses quatre sœurs et leur progéniture. Lorsqu'il contemplait cette femme, belle, fine comme un roseau, il avait du mal à voir en elle la mère de famille qui avait trimé dur pour les élever, tous les cinq, et presque sans aide. Même si elle avait une certaine propension à rager et tempêter, il ne se souvenait pas de l'avoir jamais entendue se plaindre; ses vêtements étaient toujours raccommodés avec soin et ses sols d'une propreté impeccable, pendant que son père passait d'interminables mois en mer.

Son père… Lorsqu'il se concentrait fortement — ce qui ne lui arrivait pas souvent —, Carlo revoyait une vague silhouette sèche et nerveuse, une peau mate, une moustache noire, un visage souriant. Mais nulle émotion n'accompagnait ces souvenirs — ni regret ni ressentiment. Son père était marin lorsque ses parents s'étaient rencontrés et marin il était resté. Chacun allait au-devant de son destin : c'était, pour Carlo, une croyance inébranlable. Mais si ses sentiments pour son père restaient ambivalents, ceux qu'il éprouvait pour sa mère étaient empreints de respect et puissants.

Laura Franconi avait soutenu chacun de ses enfants dans ses ambitions. Lorsqu'il avait décroché une bourse pour étudier à l'université, puis eu l'opportunité d'entrer ensuite dans une prestigieuse école hôtelière en France, elle l'avait laissé partir sans hésiter. Sur la fin, elle avait même complété les maigres revenus qu'il retirait de ses jobs d'étudiant grâce au petit capital qui lui avait été versé par l'assurance, lorsque son mari avait fini par disparaître, avalé par la mer qu'il aimait si passionnément.

Six ans auparavant, Carlo avait été en mesure de lui retourner cette faveur à sa manière. La boutique de mode qu'il lui avait achetée pour son anniversaire avait concrétisé un rêve qui était le leur depuis toujours. De son côté, il voyait sa mère enfin heureuse. Pour Laura, c'était un nouveau départ.

Carlo avait grandi au sein d'une famille nombreuse et bruyante. Il en gardait d'assez joyeux souvenirs. Un garçon qui vit au milieu d'une tribu de filles apprend à les comprendre, à les apprécier — à les admirer aussi. Il connaissait les rêves des jeunes filles, leurs petites vanités, leurs doutes et leurs fragilités. Jamais il n'entamait d'histoire avec une femme si elle ne lui inspirait pas d'emblée autant d'affection que de désir. Si le sexe seul menait la danse, il savait qu'il n'y aurait pas d'amitié à la fin, seulement du ressentiment. En ce moment même, son amitié amoureuse avec l'actrice française touchait à son terme. Dans quelques semaines, elle débuterait un nouveau tournage et lui-même sillonnerait les Etats-Unis pour assurer la promotion de son livre de recettes. Leurs chemins s'écarteraient d'eux-mêmes, et les choses s'arrêteraient là.

— Tu pars bientôt aux Etats-Unis, je crois?

— Mm... Oui.

Est-ce que sa mère avait lu dans ses pensées? Les femmes avaient cette faculté par moments.

— Dans deux semaines.

— Tu pourras me rendre un service?

— Toujours.

— Essaie d'être attentif à la façon dont les femmes s'habillent, là-bas. Je songe à ajouter quelques modèles à mes collections. Les Américaines n'ont pas froid aux yeux, à ce qu'on dit. Et on vante beaucoup leur esprit pratique.

— Pas trop pratique, j'espère!

Il fit tourner son moscato d'Asti dans son verre.

— Cette année, justement, l'attachée de presse qui m'accompagnera dans ma tournée est une femme. Une certaine Juliet Trent.

Il vida son verre et accueillit avec plaisir la sensation chaude et stimulante qui lui montait à la tête.

— Je te promets de me pencher de *très* près sur sa garde-robe.

Il eut un sourire insolent, mais Laura ne cilla pas.

— Tu es vraiment trop bon pour moi, Carlo.

— Bien sûr que je suis bon. Je vais d'ailleurs te nourrir comme une reine. Et pas plus tard que maintenant.

Il ignorait à quoi ressemblait cette Juliet Trent, mais il n'allait pas tarder à le savoir. Grâce aux courriers qu'il avait reçus d'elle, il était déjà parvenu à la conclusion qu'elle correspondait au type d'Américaine que lui avait décrit sa mère : énergique, efficace et dotée de tonnes de bon sens. De très belles qualités pour une attachée de presse.

Quant à son physique... Il en avait encore tout à découvrir... Mais, comme sa mère le lui avait fait remarquer, il était toujours capable de débusquer la beauté chez une femme. Comme tout un chacun, il avait un faible pour les jolies filles, bien sûr, mais il avait également l'art de creuser pour trouver la beauté intérieure. Et ces plongées dans les profondeurs nourrissaient d'autres sphères de son esprit que son seul sens esthétique.

Juliet savait déjà à quoi ressemblait Franconi. Elle le repéra sans difficulté à sa descente d'avion, flanqué d'une femme aux courbes voluptueuses, juchée sur des talons acrobatiques. Bien qu'encombré d'une volumineuse serviette en cuir et d'une valise Gucci à roulettes, il passa les portes sécurisées avec élégance et panache, comme si sa rousse et lui évoluaient dans une salle de bal. Ou une chambre à coucher.

Juliet nota le jean couture, la veste qui portait la griffe d'un styliste italien célèbre et la chemise déboutonnée au col. Carlo Franconi avait l'aisance et l'allure d'un voyageur aguerri. A son doigt brillait une chevalière en or et diamant, le type même de bijou masculin qui aurait fait prétentieux et vulgaire sur n'importe quel homme, mais pas sur lui.

Elle, à côté, devait avoir l'air affreusement coincée, formelle et... moite.

Elle avait pris soin d'arriver à Los Angeles la veille pour se donner le temps de régler tous les détails. Carlo Franconi n'aurait plus rien d'autre à faire qu'à jouer de son charme, répondre aux questions et signer des piles de bouquins.

En le regardant porter la main de la rousse à ses lèvres, elle songea qu'il en dédicacerait sans doute des quantités appréciables. Il avait tout ce qu'il fallait pour susciter des vocations culinaires, même chez les plus réfractaires à la cuisine. Avant de se porter à sa rencontre, Juliet prit soin d'effacer toute trace d'amusement sarcastique de son visage. La rousse voluptueuse jeta un dernier regard nostalgique derrière elle, avant de poursuivre son chemin en solitaire.

— Monsieur Franconi?

Carlo se détourna de la jeune femme rousse qui avait été sa voisine de siège, et qui s'était montrée de très agréable compagnie sur le vol depuis New York. Le premier regard qu'il posa sur Juliet éveilla chez lui un intérêt immédiat, ainsi qu'une de ces bouffées de désir comme les femmes en suscitaient très souvent chez lui. Juste une attirance physique — un élan auquel il pouvait ne pas donner suite. Ou savourer, comme c'était le cas à cet instant.

Cette Juliet Trent n'avait pas seulement de très jolis traits; son physique tout entier retenait l'attention. Sa peau très pâle aurait dû lui donner un aspect fragile, mais ses pommettes larges et marquées contrebalançaient ce côté vulnérable et conféraient à son visage une forme ravissante. Elle avait de grands yeux avec des cils fournis, mis en valeur par l'ombre à paupières grise qui soulignait le vert lumineux de ses iris. Il devinait sur ses lèvres une très légère touche de brillant et approuva intérieurement : sa bouche généreuse au dessin délicat ne requérait aucun artifice. Mais sans doute la jeune femme était-elle assez avisée pour le savoir.

Quant à sa chevelure, elle oscillait entre le châtain et le blond, avec un éclat naturel, subtil et doux. Elle les portait suffisamment longs derrière pour pouvoir les relever si elle le souhaitait. Plus courts et asymétriques devant, ce qui lui permettait certainement d'adopter différents styles, du sophistiqué au « décoiffé savant », selon l'humeur ou la nécessité du moment. Pour l'heure, ils étaient défaits, sans apprêt particulier et très sages.

Estimant que Franconi avait passé assez de temps à la détailler, Juliet lui tendit la main.

— Juliet Trent... Bienvenue en Californie.

Lorsqu'il la lui prit, elle songea — trop tard — qu'elle aurait dû deviner qu'il y porterait les lèvres. Son raidissement de surprise ne dura qu'une fraction de seconde, mais, à la façon dont il haussa les sourcils, elle sut qu'il l'avait perçu.

— Merci. L'accueil d'une très belle femme fait qu'un homme se sent chez lui n'importe où.

Il avait une voix incroyable qui évoqua à Juliet de la crème qui monte lentement pour se répandre sur une moelleuse substance chocolatée. Bien… C'était une bonne chose… Comme ça au moins, sa voix ferait merveille sur les ondes. Quant à son compliment, elle choisit de le prendre à la lettre. Songeant à la rousse, elle lui adressa un sourire spontané.

— Alors, vous avez dû vous sentir chez vous durant tout le vol, monsieur Franconi.

Même si l'italien était sa langue maternelle, Carlo maniait l'anglais avec aisance. Il était assez polyglotte pour saisir les sous-entendus dans plusieurs langues.

Il accueillit sa remarque avec un petit rire.

— J'ai passé un très agréable voyage, en effet.

— Mais fatigant, ajouta-t-elle, retrouvant toute sa rigueur professionnelle. Je peux vous aider à porter quelque chose ? Donnez-moi votre attaché-case, si vous voulez.

Il haussa les sourcils, surpris par cette proposition. Se décharger de son fardeau sur une femme ? Il était pour l'égalité, bien sûr. Mais elle s'arrêtait pour lui aux frontières de la galanterie.

— Non, merci. Je préfère le porter moi-même.

Elle lui indiqua le chemin et lui emboîta le pas.

— Le trajet jusqu'au Beverly Wilshire nous prendra une demi-heure. Mais une fois installé, vous aurez tout l'après-midi pour récupérer. Ce soir, en revanche, j'aimerais passer en revue avec vous l'emploi du temps de la journée de demain.

Il avait un faible pour sa façon de marcher. Elle n'était pas grande, mais se mouvait en longues enjambées gracieuses qui faisaient glisser sa robe rouge sur ses hanches.

— On dîne ensemble ce soir et on en profite pour faire le point ? suggéra-t-il.

Elle lui jeta un rapide regard en coin.

— Comme vous voudrez.

N'oublie pas que pendant les trois prochaines semaines, tu es à son entière disposition, Juliet.

D'une ondulation gracieuse, elle esquiva un individu massif

encombré d'une montagne de bagages. Oui, décidément, Carlo aimait la façon dont elle se mouvait. C'était une femme capable de prendre soin d'elle-même sans en faire toute une histoire.

— 19 heures, pour le dîner? Vous êtes invité demain à une émission télévisée qui démarre à 7 heures du matin. Je vous conseille donc de ne pas vous coucher trop tard.

7 heures du matin? Que faisait-elle du décalage horaire?

— Vous avez décidé de me faire travailler comme un forçat, apparemment...

— C'est ma vocation, monsieur Franconi.

Elle franchit les portes automatiques et fit signe à la limousine qu'elle avait retenue. Pendant que le chauffeur chargeait la valise de Franconi dans le coffre, elle lui adressa un sourire.

— Je pense que vous serez satisfait de la tournée que nous avons programmée pour vous. Je sais que vous avez été accompagné par Jim Collins lors de vos précédents voyages aux Etats-Unis. Il vous transmet ses amitiés.

Il hocha la tête.

— Jim est content d'être monté en grade?

— Il a l'air, oui.

Carlo s'attendait à la voir monter dans la limousine la première, mais elle fit un pas en arrière et attendit. Comprenant qu'il devait faire cette concession au code de conduite de la femme active américaine, Carlo se glissa alors à l'intérieur.

— Et vous, mademoiselle Trent, êtes-vous satisfaite de vos nouvelles fonctions?

Elle prit le siège en face du sien et le gratifia d'un regard droit, limpide et d'une fermeté exemplaire.

— Oui.

Il allongea les jambes devant lui — des jambes dont sa mère disait qu'elles avaient continué de pousser bien au-delà de la longueur nécessaire. Il aurait préféré prendre lui-même le volant, après toutes ces heures d'avion depuis Rome où il avait déjà dû céder les commandes. Mais puisqu'il n'était pas question de conduire, il décida de se satisfaire du confort opulent et légèrement soporifique de la limousine. Il mit la musique en marche et reconnut l'allegro — léger mais vibrant — d'une symphonie de Mozart. S'il avait été au volant, il aurait mis de la pop. Bruyante, exubérante, déchaînée.

— Vous avez lu mon livre, mademoiselle Trent ?

— Oui, bien sûr. Je serais incapable de défendre un ouvrage sans le lire.

Elle se cala au fond de la banquette.

— J'ai été favorablement impressionnée par votre sens du détail et la clarté de vos explications. Votre livre n'est pas juste un outil à utiliser en cuisine. Il a quelque chose de chaleureux, d'amical.

— Mm…

Il nota la fine bande latérale en dentelle qui ornait ses collants — ses bas, peut-être ? Sa mère serait intéressée d'apprendre que LA femme américaine censément pragmatique ne dédaignait pas une touche de frivolité. Et ce qui l'intéressait, lui, c'était qu'une femme comme Juliet Trent s'autorisât, quoique discrètement, le registre de la séduction.

— Avez-vous déjà essayé une des recettes du livre ?

— Moi ? Je ne m'y risquerais pas ! Je ne cuisine pas.

— Vous ne…

Son attention alanguie passa soudain en mode alerte.

— … cuisinez pas *du tout*, vous voulez dire ?

Elle ne put s'empêcher de sourire. Il avait vraiment l'air choqué.

En voyant sa bouche parfaite s'incurver sur ce sourire, Carlo réagit de façon très *concrète*. Il avait envie d'elle, de nouveau. Une envie un peu plus insistante. Un peu plus soutenue.

— Il faut savoir reconnaître ses domaines d'incompétence, monsieur Franconi. La prudence veut que j'évite de toucher à une casserole.

— Je pourrai vous apprendre, si vous le souhaitez.

Il fut surpris de sa propre proposition. Carlo Franconi n'avait pas l'habitude d'offrir son expertise à la légère.

— M'apprendre à cuisiner ?

Elle se mit à rire. Se détendit même au point de laisser son talon glisser hors de son escarpin, alors qu'elle balançait un pied délicat d'avant en arrière.

— Oh ! Je ne crois pas, non.

— Je suis un très bon pédagogue, lui assura-t-il avec un lent sourire.

De nouveau, elle le gratifia de son regard calme de tueuse.

— Je n'en doute pas. Mais ce que je sais, moi, c'est que je suis une piètre élève.

— Quel âge avez-vous, Juliet?

La voyant sur la défensive, il lui adressa un sourire charmeur et reprit :

— La question est discourtoise lorsqu'une femme est parvenue à un certain palier de sa vie. Un palier dont vous êtes encore très loin.

— Vingt-huit ans.

Elle lui avait répondu si froidement qu'il ne put s'empêcher de rire.

— Votre visage paraît plus jeune, mais votre regard plus âgé. Ce serait pour moi un grand plaisir de vous donner quelques cours de cuisine.

Elle le croyait volontiers. Elle percevait clairement les sous-entendus, elle aussi.

— Malheureusement, répliqua-t-elle, notre emploi du temps ne nous en laissera pas l'opportunité.

Il accepta son refus de bonne grâce et regarda un instant par la vitre. Mais le paysage autoroutier ne présentait aucun intérêt.

— Avez-vous prévu une étape à Philadelphie, comme je vous l'avais demandé?

— Nous y passerons une journée complète avant de prendre l'avion pour Boston. Puis nous terminerons la tournée par New York.

— Bien, bien… J'ai une connaissance, là-bas, que je n'ai pas revue depuis presque un an.

Juliet ne doutait pas qu'il eût des « connaissances » en jupon aux quatre coins de la planète.

— Vous êtes déjà allée à Los Angeles, Juliet?

— A plusieurs reprises, oui. Mais toujours pour raisons professionnelles.

— Je n'ai jamais eu non plus l'occasion d'y passer du temps pour les loisirs. Que pensez-vous de la ville?

Comme il l'avait fait un instant plus tôt, elle jeta un coup d'œil indifférent par la vitre.

— Je préfère New York.

— Pourquoi?

— Plus de punch. Moins de frime.

Sa réponse lui plut. Il l'examina avec une attention plus soutenue.

— Vous connaissez Rome?

— Non. Je ne suis encore jamais allée en Europe.

Il lui sembla percevoir une pointe de regret dans sa voix.

— Lorsque vous irez, ne manquez pas de visiter la Ville éternelle. Elle n'a été bâtie qu'à force de volonté et de détermination, elle aussi.

Juliet laissa cette idée jouer dans son esprit, un sourire rêveur aux lèvres.

— Quand je pense à Rome, j'imagine des fontaines et des palais, du marbre et des églises

— Vous en trouverez. Mais vous trouverez beaucoup plus que ça encore!

Le mot « marbre » s'accordait au visage de Juliet : ses traits auraient mérité d'être sculptés. Comme sa voix calme et pure de résonner sous les hauts plafonds des cathédrales.

— Rome a été conquérante, puis elle a chuté, et s'est relevée à la force du poignet. Une femme intelligente comprend ces alternances d'essor et de déclin. Une femme romantique comprend la musique des fontaines.

La limousine s'immobilisa devant l'hôtel.

— Je crains de ne pas être quelqu'un de très romantique.

— Comment une femme prénommée Juliet ne le serait-elle pas?

Elle secoua la tête.

— Le choix du prénom, c'est ma mère. Pas moi.

— Et Roméo? Vous n'êtes pas à sa recherche?

Juliet se pencha pour prendre son attaché-case.

— Non, monsieur Franconi.

Il descendit de voiture avant elle et lui proposa sa main pour l'aider à sortir à son tour. Lorsque Juliet le rejoignit sur le trottoir, il ne recula pas pour lui laisser de l'espace, laissant leurs deux corps s'effleurer. Un effleurement léger, très léger. Respectueux, même. Comme deux étrangers se frôlent parfois sans le vouloir, sur la voie publique. Lorsque le regard de Juliet vint soutenir le sien, il n'était pas sur la défensive mais calme et direct.

Il sentit alors l'*attirance*. Pas seulement le désir physique, qui fonctionnait chez lui indifféremment avec n'importe quelle femme. Mais l'attirance, la vraie, celle qui vous allait droit aux tripes et qui concernait cette femme-ci et aucune autre. Ainsi, il lui faudrait déguster ses lèvres. Il était souvent amené à se faire une opinion par le goût, après tout. Mais il prendrait son temps. Certaines créations étaient longues à concevoir et exigeaient des préparations compliquées s'il voulait obtenir une pleine satisfaction. Comme Juliet, il ne visait que la perfection.

— Certaines femmes n'ont pas besoin de chercher, murmura-t-il. Elles ont juste à se dérober, à esquiver, à se soustraire. Et à choisir.

— Certaines femmes, répliqua-t-elle sur le même ton feutré, choisissent de ne rien choisir du tout.

Elle lui tourna délibérément le dos pour payer la course. Puis elle s'adressa au chasseur qui attendait.

— J'ai déjà la clé de votre chambre, monsieur Franconi, annonça-t-elle en la remettant au porteur. Je serai juste en face de votre suite, de l'autre côté du couloir.

Sans même tourner la tête dans sa direction, elle suivit alors le groom à l'intérieur de l'hôtel, jusqu'aux ascenseurs.

— Si cela vous convient, je réserve une table ici même, pour 19 heures. Quand vous serez prêt, vous n'aurez qu'à frapper à ma porte.

Jetant un regard à sa montre, elle fit un rapide calcul et en conclut qu'avec le décalage horaire, elle avait le temps de passer trois appels à New York et un autre à Boston avant l'heure de fermeture des bureaux.

— Si vous avez besoin de quoi que ce soit, passez simplement commande et demandez qu'on le mette sur la note de votre chambre.

Elle sortit de l'ascenseur. Tout en avançant dans le couloir à grands pas et sans cesser de parler, elle tira la fermeture Eclair de son sac et en sortit une autre clé.

— Je pense que la suite que nous vous avons réservée devrait répondre à votre attente, monsieur Franconi.

Carlo l'observait, notant l'économie, la vivacité de ses gestes.

— Je n'en doute pas.

— Alors à 19 heures donc.

Elle était déjà en train d'ouvrir sa chambre, laissant au chasseur le soin de montrer la suite à Carlo. Dès qu'elle se serait débarrassée de sa veste et de ses chaussures, elle appellerait...

— Juliet?

Elle s'immobilisa et ses cheveux glissèrent sur son épaule lorsqu'elle tourna la tête vers lui. Le regard de Carlo accrocha le sien et le tint un instant prisonnier.

— Gardez toujours ce même parfum. Sensuel sans rien de floral, féminin sans être vulnérable. Il vous va bien.

Alors qu'interdite, elle continuait à le regarder par-dessus son épaule, il disparut à l'intérieur de sa suite. Elle entendit ensuite le chasseur lui désigner poliment les particularités de son installation. Sur une remarque de Carlo, il s'interrompit et tous deux se mirent à rire.

Elle poussa sa porte avec plus de force que nécessaire et la referma en s'y adossant de tout son poids. Pendant un instant, elle demeura là, sans bouger, à attendre que ses fonctions vitales se remettent en marche.

Son professionnalisme lui avait permis de ne pas bredouiller, bégayer, cafouiller et se couvrir de ridicule. Il l'avait aidée à garder un contrôle juste suffisant pour dissimuler son trouble. Mais sous l'attachée de presse efficace et distante, il y avait une femme. Et le contrôle qu'elle avait dû exercer sur elle-même lui avait pris une énergie folle. Même si elle était persuadée qu'aucune femme au monde ou presque ne pouvait rester de marbre face à Carlo Franconi en mode séduction, cela n'avait rien de réconfortant pour son ego de se dire qu'elle faisait partie d'un groupe statistique aussi vaste et indifférencié.

Franconi n'avait pas besoin de le savoir — il ne le saurait jamais d'ailleurs —, mais son pouls se montrait capricieux depuis qu'il avait pris sa main pour y poser les lèvres. Pouls qui n'avait toujours pas retrouvé son rythme et sa régularité. *Bon, ça suffit. Arrête tes idioties, maintenant, Juliet!*

Elle jeta son sac à main sur une chaise, puis jugea prudent de suivre son exemple. Ses jambes n'étaient plus très solides, tout à coup. Elle poussa un long, long soupir. Il ne lui restait plus qu'à attendre que ses forces lui reviennent.

Bon, d'accord, il était très beau. Et riche aussi. Talentueux, sans l'ombre d'un doute. Et indiscutablement… très sexy. Tout cela, elle l'avait su avant même de le rencontrer. Le problème, c'est qu'elle n'était pas certaine de savoir comment y faire face. Pas du tout aussi certaine qu'elle aurait dû l'être.

2

Juliet faisait partie de ces femmes qui excellaient à jongler avec des plannings serrés, des océans de détails à régler, de crises mineures à affronter. Et elle adorait ça. Ces petits défis permanents la maintenaient vivante, en alerte, l'intérêt toujours en éveil. Si son travail avait été facile, elle n'en aurait pas retiré le même plaisir. Mais elle faisait aussi partie de ces femmes qui aimaient paresser dans un bain délicatement parfumé et dormaient de préférence dans des lits surdimensionnés. Ces deux aspects d'elle-même, estimait-elle, préservaient sa santé mentale. Le premier lui donnant le sentiment de mériter le second.

Après avoir laissé Carlo devant la porte de sa suite, elle passa une heure et demie au téléphone, puis une autre heure à réajuster l'emploi du temps du lendemain. Une demande d'interview était arrivée in extremis et devait être insérée. Elle inséra donc. Un quotidien envoyait un journaliste et un photographe à la séance de dédicace. Elle devait noter et retenir leurs noms. Elle nota alors, souligna et stocka le tout dans sa mémoire. Vu le rythme que prenait cette tournée, ils auraient de la chance s'il leur restait deux heures en tout pour souffler ! Mais rien n'aurait pu lui faire plus plaisir que ce programme échevelé.

Une fois son organisation au point, elle se sentit plus que prête pour son bain. Le lit, malheureusement, devrait encore attendre. A 22 heures au plus tard, se promit-elle, elle serait en boule sous sa couette et dormirait du sommeil du juste.

S'octroyant quarante-cinq minutes de douceur parfumée, elle se glissa dans la baignoire. Une fois immergée dans l'eau chaude, elle ne prévoyait, planifiait ni ne programmait plus rien. Elle désactivait la moitié active et professionnelle de son cerveau et ne songeait plus qu'à barboter en toute félicité.

Se relaxer, d'abord — il lui fallait bien dix minutes pour y parvenir. Rêvasser ensuite — elle pouvait alors se laisser aller à imaginer que la baignoire, blanche et de taille standard, était bien plus grande et entourée d'une jungle de plantes exotiques. En marbre noir, peut-être, et de taille à accueillir confortablement deux personnes. C'était une secrète ambition de Juliet de pouvoir s'offrir un jour ce luxe. Le symbole ultime de la réussite à ses yeux. Elle se serait hérissée si quelqu'un avait qualifié ce rêve de romantique. « Pragmatique, tout simplement pragmatique », aurait-elle riposté. Pour qui travaillait d'arrache-pied, un lieu de ressourcement était indispensable. Et pour elle, c'était la salle de bains.

Son peignoir fétiche était accroché à la porte. Court, de soie vert émeraude et plutôt sexy. La soie n'était pas un luxe, à ses yeux, mais plutôt une nécessité pratique. Son contact sur la peau faisait partie du rituel de détente. Elle disposait de si peu de temps pour cela qu'elle devait mettre tous les éléments de son côté. Comme les flacons de vitamines alignés à côté du lavabo. Lorsqu'elle était en déplacement, elle se bourrait de compléments alimentaires pour tenir le rythme.

Après le moment de rêverie vint celui où ses sens s'éveillèrent doucement. Elle avait une conscience plus fine, plus sensuelle de la chaleur de l'eau sur sa peau, du léger crépitement des bulles soyeuses, de la vapeur parfumée qui se dégageait du bain.

Il lui avait dit de ne pas changer de parfum.

A ce souvenir, un début de tension lui noua les épaules. Ah non! Elle attrapa résolument le savon au délicat parfum de santal et le passa sur ses bras. Elle ne laisserait pas Carlo Franconi empiéter sur son temps personnel! Ce serait sa règle de conduite numéro un.

Il s'était amusé à dessein à lui faire perdre ses moyens. Et il y avait réussi. Pleinement réussi, même, ce dont elle dut convenir avec un hochement de tête crispé. Mais cela ne se reproduirait pas. Elle était payée pour assurer la promotion de son livre, pas celle de son ego. Pour le défendre, ce livre, elle était prête à se dépenser sans compter, à donner tout son temps, ses idées, son énergie… Mais il était hors de question que ses sentiments entrent dans la danse!

Franconi ne retournerait pas à Rome dans trois semaines avec un petit sourire de triomphe aux lèvres. Ou, si triomphe il y avait, il porterait uniquement sur le nombre de livres vendus. Elle se faisait fort d'étouffer dans l'œuf l'attirance aiguë qui s'était un instant fait jour. Il pourrait orner son tableau de chasse de toutes les conquêtes américaines possibles et imaginables, il pourrait toujours attendre qu'elle figure sur la liste!

De toute façon, il ne l'intéressait pas sérieusement. Elle avait simplement eu en le voyant une pulsion purement sexuelle. Anonyme, pour ainsi dire. Aucune affinité intellectuelle n'entrait en jeu, en tout cas. Franconi n'était pas son type. Les hommes, elle les aimait constants plutôt que clinquants, sincères plus que charmeurs. Comme elle avait la tête sur les épaules, ce serait d'un homme grave, sérieux et réfléchi qu'elle se mettrait en quête lorsque le moment serait venu. Autrement dit, pas avant trois ans. Lorsqu'elle aurait mis sa propre agence sur les rails et qu'elle serait financièrement indépendante. Oui, dans trois ans environ, une fois ses objectifs professionnels atteints, elle pourrait envisager une relation amoureuse qui s'insérerait harmonieusement dans le parcours qu'elle s'était tracé.

Voilà. Affaire réglée.

Elle ferma les yeux avec un petit soupir d'aise : encore un problème de résolu. Mais l'eau chaude, la vapeur et les bulles ne lui apportaient plus la même sensation de détente. Avec un rien de rancœur, elle retira la bonde et se leva pour laisser l'eau ruisseler sur sa peau. En face d'elle, le grand miroir au-dessus des lavabos était couvert d'une buée légère, et lui renvoyait d'elle une image brumeuse et indécise.

Etonnant, songea-t-elle, qu'une femme nue puisse paraître si pâle, si douce, si vulnérable. Dans sa tête, elle se voyait forte, terre à terre, solide. Mais, dans le miroir embué, elle découvrait une autre Juliet, plus fragile, plus pensive.

Plus érotique? Elle fronça les sourcils. Pourquoi regretter que son corps ne présentât pas de courbes plus généreuses? Ses longues jambes fines et nerveuses lui permettaient de se déplacer vite et ses hanches un peu garçonnes s'accommodaient à merveille de la ligne stricte de ses tailleurs, qui lui donnaient une silhouette énergique. Des formes voluptueuses n'auraient pas été un plus pour elle sur le plan professionnel.

Son visage démaquillé paraissait trop jeune, trop confiant.

Et ses cheveux, livrés à eux-mêmes, lui donnaient un air rebelle et passionné.

Jeune, fragile, rebelle et passionnée. Aucune des qualités requises pour une femme qui se préparait à faire une carrière musclée. Par chance, vêtements, coiffure et maquillage permettaient de gommer certains aspects physiques et d'en mettre d'autres en avant. Elle attrapa un drap de bain, l'enroula autour d'elle, puis elle prit une serviette plus petite pour essuyer la buée sur la glace. Assez de flou artistique! Pour réussir, il s'agissait d'y voir clair.

Jetant un coup d'œil aux tubes et aux flacons devant elle, elle entreprit de recréer son image professionnelle. Comme le silence impersonnel des chambres d'hôtel l'attristait, elle alluma la télévision pendant qu'elle s'habillait. Super. Un vieux film avec Humphrey Bogart et Lauren Bacall. Voir ces deux stars de jadis à l'écran la détendit plus efficacement que son bain moussant. Tout en enfilant des bas gris fumé, puis en ajustant les brides de son fin body noir en dentelle, elle écoutait les répliques qu'elle connaissait presque par cœur. Il y avait tant de passion contenue entre les deux personnages... Prise par l'intrigue, elle enfila machinalement la petite robe noire et droite qu'elle avait préparée avant de prendre son bain.

Tout en attachant son collier, elle s'assit sur le bord du lit, à présent complètement absorbée par ce qui se passait à l'écran. Elle souriait, sous le charme. Ce qui ne l'aurait pas empêchée d'être choquée et incrédule si quelqu'un s'était amusé à la taxer de sentimentalité.

Elle tressaillit lorsqu'un coup discret fut frappé à sa porte. *19 h 02. Flûte!* Elle avait perdu un quart d'heure à traînasser. Pour se rattraper, elle enfila simultanément chaussures et boucles d'oreilles, puis attrapa son sac, le tout en douze secondes pile. Elle se hâta vers la porte, prête à s'excuser auprès de Carlo, pour l'avoir fait patienter.

Une rose... Juste une rose, de la couleur des joues des jeunes filles lorsqu'elles s'empourprent de plaisir. Carlo la lui tendit, et elle ne trouva rien à lui dire. Lui, en revanche, ne resta pas frappé de mutisme.

— *Siete cosi bella...*

Avant qu'elle ait eu le temps de parer à la manœuvre, il portait déjà sa main à ses lèvres.

— Certaines femmes paraissent froides ou sévères en noir. Chez d'autres, en revanche…

Il prit le temps de la considérer, d'un regard ouvertement admiratif. Et sa façon de sourire rendait presque sympathique la manière dont il l'examinait de la tête aux pieds.

— … le noir se fait écrin, souligne et magnifie leur féminité. Mais je vous dérange, peut-être?

— Non, non. Bien sûr que non. J'étais juste…

— Ah, tiens! Mais je le connais, ce film!

Sans attendre d'y être invité, il entra dans la pièce, les yeux rivés sur le téléviseur. La chambre en perdit d'un coup son impersonnalité. La présence de Carlo l'électrisait, comme si c'était sa mission sur terre de dynamiser les atmosphères en les saturant de son inépuisable énergie.

— *Le Grand Sommeil!* Je ne compte plus les fois où j'ai vu ce film.

Les visages des deux acteurs, à la personnalité marquée, dominaient l'écran. Celui de Bogart, plissé, les paupières lourdes, le regard las; Bacall, lisse, belle, explosive, le défi d'aimer dans les yeux.

— *Passione,* murmura Carlo.

Sur ses lèvres, le mot semblait fait pour être dégusté, comme un miel ambré et liquide. Juliet se surprit à déglutir.

— Un homme et une femme peuvent s'apporter beaucoup de choses sur le plan intellectuel, mais sans la passion physique, le reste paraît un peu morne, *no?*

Elle se ressaisit. Hors de question de commencer à parler désir avec Carlo Franconi, sans quoi le sujet ne resterait pas théorique très longtemps.

— Peut-être.

Elle ajusta son sac sur son épaule, prit son porte-documents. Et garda la rose à la main.

— Nous avons un emploi du temps très chargé, demain, monsieur Franconi. Et il serait bon de nous y préparer. Je propose que nous nous y mettions sans tarder.

Les bras nonchalamment croisés, il la gratifia d'un sourire paisible. Elle était convaincue que des centaines de femmes avaient été mises en confiance par ce même sourire. Pas elle.

Il actionna sans même la regarder la touche d'arrêt de la télécommande.

— Vous avez raison, Juliet. Il serait temps de nous y mettre.

Que pensait-il de Juliet Trent ? D'emblée, Carlo s'était posé la question avec curiosité. Il laissa venir la réponse par bribes, au fil de la soirée, au fur et à mesure que ses impressions d'elle se précisaient.

Premier point : elle était belle. Et son attirance pour les jolies femmes n'avait jamais été une faiblesse à ses yeux. Juliet, par chance, n'éprouvait pas le besoin de dissimuler sa beauté naturelle sous un écran d'austère sévérité. Elle ne mettait pas non plus ses atouts physiques en valeur au point de créer une impression d'artifice. Elle avait su trouver un équilibre plaisant : un talent qu'il appréciait chez une femme.

Deuxième point : elle était ambitieuse. Une qualité, là encore, de son point de vue. Les belles femmes sans ambition avaient très vite tendance à l'ennuyer.

Troisième point : elle se méfiait de lui comme de la peste. Cette particularité-là l'amusait beaucoup. En dégustant son deuxième verre de chassagne-montrachet, il décida que cette suspicion envers lui était somme toute assez flatteuse. Une femme comme elle, dotée d'une assurance certaine, ne se prémunissait que contre les hommes qui l'attiraient.

La gente féminine dans sa grande majorité était sensible à son charme. Ce qui n'était que justice à ses yeux, puisqu'il était sensible au sien. Qu'elles soient petites ou grandes, rondes ou minces, jeunes ou vieilles, les femmes étaient pour lui un objet de fascination, de plaisir et de partage. Il les respectait — peut-être comme seul un homme élevé dans un milieu cent pour cent féminin pouvait le faire. Mais le respect n'empêchait en rien le plaisir.

Et il se préparait à passer d'excellents moments avec Juliet.

— Demain matin à la première heure, premier plateau télévisé : vous serez l'invité du jour de l'émission « Hello, L.A. ».

Juliet passait ses notes en revue pendant que Carlo testait les amuse-bouches.

— C'est une émission à forte audience, qui cible les téléspectateurs de toute la côte Ouest et pas seulement de Los Angeles. L'émission est animée par Liz Marks. Vous verrez, c'est quelqu'un de plutôt plaisant, mais pas une nature exubérante. Apparemment, l'exubérance ne passe pas très bien, à Los Angeles. En tout cas, pas avant 10 heures du matin.

— Tant mieux!

— Liz Marks a reçu un service de presse, bien sûr. Mais pensez à mentionner votre titre dès les premières minutes de l'interview, si jamais elle omettait de le faire. Vous disposez de vingt minutes, vous aurez donc amplement l'occasion de placer cette information. Ensuite, de 13 à 15 heures, vous aurez une séance de dédicace à la librairie Books, sur Wilshire Boulevard.

Juliet mit un rappel pour penser à confirmer le rendez-vous avec le libraire, le lendemain matin. Il s'agissait de passer les derniers détails de la séance de signature en revue.

— Il faudra que vous fassiez un peu de promotion, bien sûr, mais je vous le rappellerai juste avant votre passage à l'antenne. Et mettre l'accent, bien entendu, sur le fait que vous avez choisi la Californie pour commencer votre tournée de vingt et un jours aux Etats-Unis.

— Mm... Pas mal, cette verrine. Soupe glacée de petits pois à l'huile de noisette. Vous voulez goûter?

— Non, merci. Mangez, mangez... Ne vous occupez pas de moi.

Tout en cochant sa liste, Juliet attrapa son verre de vin sans même s'attarder sur sa robe et sa couleur. Le restaurant était calme et élégant, mais elle serait restée concentrée de la même manière sur son ordre du jour s'ils s'étaient trouvés dans un bar surpeuplé d'Hollywood, entourés d'une foule bruyante.

— Tout de suite après l'émission télévisée, vous aurez une interview dans une radio locale, suivie d'un brunch avec un journaliste du *Times*. Vous avez déjà eu un article dans le *Los Angeles Tribune*. Au cas où vous ne l'auriez pas reçu, je vous ai apporté la coupure. Il ne serait pas inutile de parler de vos deux parutions précédentes, mais concentrez-vous surtout sur votre dernier-né. N'hésitez pas à mentionner en passant les villes principales qui jalonneront votre tournée : Denver, Dallas, Chicago. Après le brunch, nous filerons à la librairie. Ensuite, vous passerez brièvement dans le journal télévisé du soir, après quoi nous dînerons avec deux représentants du livre. Après-demain...

Carlo l'arrêta d'un geste ferme.

— Stop! Une journée à la fois. Comme ça, je serai moins susceptible de passer mes nerfs sur vous.

— Dans ce cas...

Juliet referma son agenda et s'intéressa à son verre de vin.

— De toute façon, c'est à moi de gérer le déroulement pratique de vos journées. Votre boulot à vous, c'est de répondre aux questions, de signer des livres et de charmer à tout-va.

Il fit tinter son verre contre le sien.

— Alors, ça devrait fonctionner entre nous. Charmer est une vocation chez moi.

Juliet se demanda si c'était d'elle ou de lui qu'il se moquait.

— D'après ce que j'ai vu, c'est un exercice dans lequel vous excellez, monsieur Franconi.

— C'est un don de la nature chez moi, *cara*.

Ses yeux sombres, logés au creux d'orbites marquées, pétillaient d'humour. Il ne semblait que trop facile de se laisser happer par ce regard.

Il riait à la fois d'elle et de lui, conclut Juliet. Difficile de ne pas le prendre en affection pour cette sympathique capacité à se tourner lui-même en dérision, mais avisé de s'en garder, néanmoins.

Lorsque le serveur posa sa viande devant elle, Juliet effleura son assiette d'un regard distrait. Carlo, lui, étudia son dos de sandre aux petits légumes confits comme s'il examinait un tableau de maître. Ou plutôt non, il le caressait des yeux comme s'il avait devant lui une femme jeune, belle et sensuelle.

— Les apparences, *cara Giulietta*, sont essentielles. Que ce soit pour un plat ou pour nous autres, bipèdes.

Il lui sourit, tout en prélevant une première fourchetée.

— Et dans les deux cas, elles peuvent être trompeuses.

Juliet le regarda tester sa première bouchée, lentement, les yeux mi-clos. Elle sentit un étrange frisson monter de la base de sa colonne vertébrale. Pour explorer la peau d'une femme, il s'y prendrait de la même façon, elle en était certaine. Avec cette même lenteur. *Adagio ma non troppo.*

Le verdict de Carlo tomba :

— Plaisant. Pas plus. Mais pas moins non plus.

Tout en s'attaquant plus prosaïquement à son carré d'agneau, elle ne put réprimer un petit rire ironique.

— Vous auriez fait mieux, bien sûr.

Il haussa les épaules avec une arrogance tranquille.

— Bien sûr que j'aurais fait mieux. C'est comme si vous compariez une jolie gamine avec une femme au sommet de sa beauté.

Lorsqu'elle leva les yeux, il lui tendit sa fourchette. Et arrima son regard au sien.

— Goûtez…

Ce simple mot lui enflamma le sang.

— Dans la vie, il ne faut jamais passer à côté d'une seule saveur, Juliet.

— Si vous le dites.

Elle ouvrit la bouche. Mâcha en fermant les yeux. La chair était goûteuse, la sauce prononcée, presque piquante sur la langue, et assez riche.

— C'est bon.

— Bon, oui. Rien de ce que prépare Franconi n'est simplement « bon ». Le bon, je le jette à la poubelle, je le donne aux chiens dans la rue.

Juliet se mit à rire, ce qui fit les délices de Carlo.

— Tout ce qui n'est pas hors du commun est ordinaire, dit-il encore.

Sans presque s'en rendre compte, Juliet glissa les pieds hors de ses escarpins.

— Difficile de soutenir le contraire. Mais je reconnais que je ne suis pas spécialiste. J'ai toujours considéré le fait de se nourrir comme une simple nécessité biologique.

— Une simple nécessité ?

Carlo secoua la tête d'un air navré. Ce n'était pas la première fois qu'il entendait quelqu'un émettre cette opinion. Mais, chaque fois, c'était le même choc, le même sentiment de sacrilège.

— *Madonna santa*, vous avez encore beaucoup à apprendre, Juliet ! Lorsqu'on sait apprécier la vraie gastronomie, ça dépasse tout autre plaisir, hormis celui de faire l'amour. L'art culinaire, ce sont des odeurs, des textures, des saveurs. Manger avec pour seul but de se remplir l'estomac? C'est ni plus ni moins qu'un acte de barbarie!

— Désolée…

Elle goûta alors avec plus d'attention une bouchée de sa pièce d'agneau. Mais ce n'était pour elle qu'un morceau de viande. Il ne lui serait jamais venu à l'esprit de considérer le fait de s'alimenter comme une activité sensuelle ou amoureuse. Elle n'y voyait qu'une habitude plus ou moins plaisante qui servait à se maintenir en vie.

— C'est la raison pour laquelle vous êtes devenu cuisinier? Parce que vous trouvez que manger, c'est sexy?

Il tiqua.

— Pas cuisinier. *Chef.*

Elle sourit, laissant transparaître pour la première fois une pointe de légèreté et d'espièglerie.

— Il y a une différence?

— Est-ce que vous faites la différence entre un cheval de labour et un pur-sang? Entre le plâtre et la porcelaine?

Tout au plaisir de la conversation, elle effleura le bord de son verre de la pointe de la langue.

— Pour certains, elle se chiffre surtout en dollars, la différence.

— Pas du tout, *mi amore,* pas du tout! L'argent est parfois le résultat, jamais la cause. Un cuisinier, dans votre pays, c'est quelqu'un qui prépare des hamburgers avec de la viande industrielle, en employant de la mauvaise huile, pour des gens qui attendent au comptoir, leur bouteille en plastique pleine de mauvais ketchup à la main. Alors qu'un chef, lui, crée…

Il décrivit un grand cercle de la main.

— … une expérience artistique.

Juliet se concentra sur son verre. Si elle garda les cils baissés, elle ne dissimula pas son sourire.

— Je vois.

Même s'il pouvait parfois s'offenser d'un regard et se montrer sans pitié avec un détracteur, Carlo appréciait son style.

— Vous riez, Juliet. Mais vous n'avez pas encore goûté à du Franconi!

Il attendit que son regard, à la fois narquois et réservé, vienne soutenir le sien.

— En tout cas, pas encore.

Juliet soupira mentalement. Il avait décidément l'art de tourner les affirmations les plus simples en invites érotiques! Passer trois semaines en sa compagnie sans céder trop de terrain promettait d'être un exercice hautement acrobatique.

— Vous ne m'avez toujours pas dit pourquoi vous avez choisi de devenir chef.

— Il existe différentes façons d'embrasser une vocation artistique. Moi, je ne sais ni peindre ni sculpter. Et je n'ai ni la patience ni le talent qu'exige la poésie.

Elle nota avec un étonnement mêlé de respect qu'il parlait avec le plus grand sérieux.

— Mais la peinture, la sculpture et les poèmes traversent les siècles. Alors qu'il n'y a pas plus éphémère qu'un... un soufflé, par exemple.

— Mais la recette, elle, demeure. On peut le faire et le refaire. L'art n'est pas forcément coulé dans le bronze, Juliet. Ce qui fait sa force, c'est qu'il est toujours invention, miracle, dépassement. J'ai une amie...

Il songeait à Summer Lyndon — Summer Cocharan, désormais.

— ... ses pâtisseries ont l'air faites par les anges. Quand vous en dégustez une, vous vous retrouvez sur un nuage, à flotter dans des hauteurs quasi spirituelles.

— Faut-il parler d'art, de magie ou de religion, dans ce cas?

— Des trois à la fois. Et je pense que vous, Juliet, vous vous alimentez bien trop chichement.

Elle réagit comme il l'avait espéré, en cherchant son regard.

— Je suis contre l'excès sous toutes ses formes, monsieur Franconi. Ils conduisent à l'imprudence.

Il leva son verre.

— Alors, je bois à la mesure, à l'équilibre.

Le sourire était de retour. Charmeur. Redoutable.

— Avec prudence, bien sûr.

Adage numéro un : tout pouvait toujours aller de travers à tout moment.

En tant qu'attachée de presse, Juliet devait repérer les obstacles, les anticiper et les lever dans la mesure du possible. A cet égard, vingt minutes de direct, un lundi matin à 7 h 30, pouvaient s'avérer un vivier inépuisable. On priait pour que le meilleur arrive et on finissait par s'accommoder d'un « pas trop mauvais ». Même une perfectionniste comme elle ne tablait pas sur une réussite, le premier jour d'une tournée.

Curieusement, elle fut incapable de s'expliquer pourquoi elle fut contrariée de l'obtenir.

L'émission s'était passée magnifiquement. Il n'y avait rien, strictement rien à redire. La caméra avait cessé de filmer depuis un bon moment, à présent, mais Liz Marks et Carlo parlaient et riaient toujours avec autant d'animation. Cet homme était vraiment un manipulateur de première! Il avait pris les commandes de l'émission avec une subtilité admirable, aveuglant l'animatrice par ses manœuvres de charme. A deux reprises, il avait réussi à faire pouffer comme une jeune fille cette femme de télévision aguerrie qui avait derrière elle dix bonnes années d'expérience dans ce type d'émission. Une fois, même, si stupéfiant que cela pût paraître, Juliet avait vu Liz Marks rougir.

Si elle en doutait encore, cet exploit en était la preuve : Franconi avait un talent inné incontestable pour charmer. Juliet remonta la bride de son pesant attaché-case sur son épaule avec un long soupir. Cette qualité ne pouvait que lui faciliter la tâche, pourtant, entre deux bâillements discrets, elle râlait sous cape.

Elle dormait toujours très bien dans les chambres d'hôtel. *Toujours*. Mais la nuit précédente avait été l'exception. Elle aurait pu convaincre une autre qu'elle-même que son insomnie était due à un excès de caféine combiné au trac lié au tout début de tournée. Elle savait qu'il n'en était rien. Elle était capable de boire un litre de café à 22 heures et de s'endormir sur commande une heure plus tard. Elle avait un excellent sommeil. Le problème, c'est qu'elle avait failli rêver de Carlo. Si elle ne s'était pas secouée à 2 heures du matin pour se réveiller, le mal aurait été fait. Or ce n'était pas pensable de commencer ainsi, alors que la tournée s'annonçait longue et importante. S'il lui fallait choisir entre l'épuisement et les divagations fantaisistes, elle préférait endurer une honnête fatigue due au manque de sommeil.

Etouffant un nouveau bâillement, Juliet regarda sa montre. Liz Marks avait passé son bras sous celui de Carlo et semblait décidée à rester cramponnée à lui jusqu'au moment où on le lui arracherait de force. Nouveau soupir. Ce serait à elle, apparemment, de tenir le rôle de la méchante.

— Mes félicitations, Liz, très bonne émission, vraiment, dit-elle alors.

Elle lui offrit délibérément sa main tendue. Liz Marks dégagea son bras de celui de Carlo, à contrecœur visiblement.

— Merci, euh…

— Juliet. Juliet Trent, lui rappela-t-elle sans se départir de son plus adorable sourire.

— Juliet est mon attachée de presse, expliqua Carlo, même si elles avaient été présentées moins d'une heure plus tôt. Elle veille jalousement sur mon emploi du temps.

— Eh oui, comme une mère lionne. Je suis d'ailleurs au regret d'avoir à vous enlever Carlo. Vous pourrez l'entendre dans moins d'une demi-heure sur les ondes radio.

— S'il le faut…

Oubliant sa présence sur-le-champ, Liz tourna de nouveau un regard ébloui vers son invité du jour.

— Débuter la journée avec vous fut un enchantement, Carlo. Dommage que vous ne restiez pas plus longtemps à L.A.

— Je ne pars qu'à regret, lui assura Carlo de sa voix de velours.

Puis il se livra à son baisemain rituel. Juliet rongeait son frein. Elle avait l'impression de vivre un film des années trente. Il ne manquait plus que les gémissements des violons.

— Encore merci pour tout, Liz.

Elle lui adressa le plus diplomate des sourires, tout en saisissant Carlo par le bras pour l'entraîner hors du studio. Autant ménager l'animatrice. Elle aurait sans doute encore besoin d'elle à l'avenir.

— Nous sommes un peu pressés, marmonna-t-elle, tandis qu'ils se frayaient un chemin vers la sortie.

L'émission était bouclée et elle avait autre chose sur le feu.

— Le magazine radio dont vous serez l'invité est une émission très écoutée à Los Angeles. La programmation est variée, tournée vers la musique actuelle. Vu le créneau horaire, ils touchent principalement la tranche des dix-huit/trente-cinq ans. Un public qui achète facilement et qui complétera de façon intéressante celui de Liz Marks, essentiellement féminin et qui se situe dans une tranche d'âge plus élevée.

Carlo, qui écoutait avec toutes les apparences du respect, atteignit le premier la limousine et ouvrit lui-même la portière.

— C'est important pour vous?

— Bien sûr!

Distraite par ce qui lui semblait être une question absurde, elle en oublia ses réflexes professionnels et monta en voiture avant lui.

— Nous avons un programme promotionnel solide sur Los Angeles.

Inutile de mentionner pour le moment qu'ils seraient beaucoup moins occupés dans quelques autres villes.

— Une émission de télé matinale dont la réputation de sérieux est solidement établie, une radio populaire, déclara-t-elle, deux interviews avec des journalistes de presse, deux passages aux JT et le *Simpson Show*.

Elle nomma cette dernière émission avec une pointe d'exultation. Le *Simpson Show* compenserait le trou qu'elle creusait dans le budget, en promenant Franconi en limousine.

— Donc, vous êtes contente?

— Oui, bien sûr.

Elle fouilla dans son sac pour en sortir son agenda et vérifier le nom de son contact à la station de radio.

— Alors pourquoi cet air contrarié?

— Je ne comprends pas.

— Vous avez un pli de contrariété juste… là, expliqua-t-il en passant le doigt entre ses deux sourcils.

Juliet esquissa un mouvement instinctif de recul. Carlo se contenta de pencher la tête sur le côté et de l'observer avec intérêt.

— Vous avez beau continuer de sourire et de parler d'une voix calme et polie, ce pli trahit votre irritation.

— Je suis très satisfaite de votre émission de ce matin.

— Mais…?

O.K., il l'aurait cherché.

— Ce n'est pas un spectacle très édifiant de voir une femme se couvrir de ridicule. Liz Marks est une digne mère de famille, comme son comportement de ce matin ne l'indique pas.

Carlo haussa les épaules.

— Je regarde toujours si une femme porte ou non une alliance. Et puis, je n'ai fait que suivre vos instructions. J'avais mission de faire du charme, non?

— Peut-être que le mot « charme » a un sens différent en Italie que chez nous.

— Venez vous en rendre compte par vous-même. Comme je vous le disais, Rome est une ville faite pour vous.

Elle lui jeta un regard noir.

— J'imagine que ça vous titille agréablement l'ego, toutes ces femmes en extase qui se tortillent autour de vous?

Il lui adressa le plus attrayant, le plus naturel, le plus détendu des sourires.

— J'adore ça!

Des petites bulles de rire montèrent à la gorge de Juliet, mais elle les ravala. Il était hors de question de se laisser charmer à son tour.

— Il vous arrivera d'avoir affaire à des hommes, au cours de cette tournée, monsieur Franconi.

— Je vous promets de ne pas faire de baisemain à Simpson.

Cette fois, le rire partit de lui-même. Pendant quelques instants, Juliet s'abandonna sans retenue à sa gaieté. Carlo vit alors — trop brièvement — la jeunesse, l'énergie foisonnante qui se cachaient sous la discipline de fer. Il aurait aimé la garder ainsi un peu plus longtemps — rieuse, à l'aise avec lui, avec elle-même. Un défi intéressant, au demeurant. Actionner les bons mécanismes pour amener plus souvent le rire dans ses yeux. Il aimait les challenges. A fortiori lorsqu'une femme était en jeu.

— Juliet...

Elle releva la tête. Son prénom dansait sur ses lèvres avec un effet de velouté que seul un séducteur italien était à même de produire.

— Soyez sans inquiétude. Votre Liz, si sagement mariée, s'est juste autorisé un petit flirt sans lendemain avec un homme qu'elle ne reverra sans doute jamais. Ça ne fait de mal à personne. Qui sait? Grâce à cette rencontre, son mari et elle connaîtront peut-être un supplément de plaisir, cette nuit, dans le lit conjugal.

Juliet le considéra un instant avec l'attitude si droite, si pragmatique qui était la sienne.

— Vous avez une bien haute opinion de vous-même...

Il sourit sans savoir si c'était un soulagement ou un regret d'avoir affaire à une fille comme elle, si différente des femmes auxquelles il était accoutumé.

— Je me vois simplement tel que je suis, *cara* : un homme qui a atteint un niveau d'excellence dans son domaine professionnel. Tout individu qui a du caractère imprime sa marque sur ce qui l'entoure. Aimeriez-vous quitter ce monde sans que votre passage ait laissé une trace, une onde, un sillon ?

Non. Elle ne voulait pas se racornir et s'user sans avoir d'abord donné la pleine mesure d'elle-même. Mais elle n'offrirait pas à Carlo la satisfaction d'acquiescer platement.

— Disons que certains d'entre nous tiennent à créer plus de sillons que d'autres.

— Je n'ai jamais aimé faire les choses à petite échelle.

— Faites attention. Vous allez finir par confondre votre moi véritable avec votre image publique au point de ne plus savoir les démêler.

La limousine s'était immobilisée. Mais avant que Juliet ait pu attraper la poignée, il lui avait saisi la main. Cette fois, lorsqu'elle tourna les yeux vers lui, elle ne vit pas le chef italien galant, affable, truculent à ses heures, mais un homme de pouvoir. Un homme conscient que la puissance qu'il portait en lui pouvait le mener très loin.

Elle ne fit pas un geste pour se dégager, mais se demanda combien d'autres femmes avant elle avaient eu l'occasion de voir l'éclat de l'acier sous le velours.

— Je n'ai pas besoin de cultiver une quelconque *image*, Juliet.

Sa voix était douce, charmante. Très belle. Et effilée comme un rasoir.

— Franconi, c'est Franconi *e basta*. Prenez-moi tel que vous me voyez, ou allez au diable.

D'un mouvement souple, il descendit de la limousine, puis se tourna et lui prit de nouveau la main pour l'aider à descendre à son tour. Le geste était courtois, respectueux, banal même. Il disait néanmoins tout de leurs positions respectives : il était un homme, elle une femme. Dès l'instant où elle eut les deux pieds sur le trottoir, elle retira sa main.

Après les deux émissions et le brunch, Juliet laissa Carlo dans la librairie déjà envahie par une armée d'admiratrices alignées devant la table de dédicace, prêtes à patienter le temps qu'il faudrait pour échanger deux mots et un regard avec le beau Carlo Franconi. Elle était restée avec lui pour la rencontre avec le journaliste et son photographe. Mais, estimant qu'un homme comme lui pouvait se passer de son aide pour affronter la horde relativement disciplinée de ses adoratrices, elle trouva alors refuge dans un réduit étouffant pour passer quelques coups de fil sans être dérangée. D'abord à New York, où son assistante avait finalisé de nouveaux rendez-vous pour la tournée. Juliet prit les noms, les dates, les numéros et les adresses, en s'éventant tant elle suffoquait dans ce placard amélioré.

A Denver, rien ne se débloquait, hélas, mais à Dallas... Juliet se mordilla la lèvre tout en enregistrant les informations que Deb lui communiquait. Dallas promettait d'être une étape fabuleuse. Elle doublerait peut-être sa dose quotidienne de vitamines pour tenir le coup pendant ces vingt-quatre heures-là, mais avec le programme qu'elle venait de mettre au point, les ventes du bouquin devraient décoller de façon spectaculaire.

Elle prit congé de son assistante et composa le numéro de son premier contact à San Francisco. Dix minutes plus tard, elle avait les dents serrées et la mâchoire comme du béton. Bien sûr, ce n'était pas la faute du responsable des animations du grand magasin s'il était au lit, fauché par la grippe. Elle était désolée, sincèrement désolée que ce pauvre homme soit malade. Mais avant de se mettre en congé, est-ce qu'il n'aurait pas pu déléguer ses fonctions à une personne pourvue d'un minimum de compétences ?

Une démonstration culinaire ? Oui, oui, bien sûr, pas de souci, elle avait pensé à tout, lui assura la gamine à la voix de fausset qu'elle avait en ligne. Comme ce serait sympathique, d'ailleurs ! Des rallonges ? Oh là là, aucune idée. Une table ? Des chaises ? Ah, mince ! Vous croyez, vraiment ? Bon, elle allait essayer de se débrouiller, mais il ne fallait pas espérer la lune.

Avant la fin de la conversation, Juliet fouillait déjà dans son sac à la recherche de son tube d'aspirine. Il était clair que sa présence s'imposerait au moins deux heures avant le début de la séance. Ce qui l'obligerait à revoir son emploi du temps.

Une fois ses appels passés, elle regagna la partie publique de la librairie ses deux aspirines à la main, espérant que quelqu'un lui trouverait un verre d'eau et un endroit pour s'asseoir.

Mais personne ne prit acte de sa présence. Même si elle était revenue du désert en rampant sur le ventre, on ne lui aurait pas accordé plus d'attention. La petite librairie, plutôt élégante, était secouée par un rire général. Aucun libraire, aucun vendeur ne se tenait plus à la caisse. Un aimant avait pris place dans le coin au fond à gauche de la pièce. Et cet aimant avait pour nom Franconi.

Il n'y avait pas que des femmes dans le public. Juliet nota bon nombre de silhouettes masculines émaillant la foule. Certains de ces hommes avaient peut-être été traînés là plus ou moins contre leur gré. Mais aucun n'avait l'air de s'ennuyer. On aurait dit qu'ils se trouvaient à un cocktail, les verres et les canapés en moins.

Englouti par la foule, Carlo Franconi n'était même plus visible, constata Juliet en se frayant un chemin vers l'arrière du magasin. Il était entouré, enveloppé, phagocyté. Ses comprimés d'aspirine toujours à la main, elle s'estima heureuse de pouvoir se terrer dans un coin en silence. Franconi avait beau ramasser toute la gloire, elle n'aurait pas voulu se trouver à sa place pour un empire.

Jetant un coup d'œil à sa montre, elle vit qu'il restait encore une heure. Réussirait-il à venir à bout d'une foule pareille dans le temps qui lui était imparti?

Renonçant à trouver tabouret et verre d'eau, elle glissa ses cachets dans la poche de sa jupe et commença à fureter parmi les livres en rayon.

— C'est quelque chose, quand même, ce Franconi! entendit-elle murmurer de l'autre côté du présentoir. Il est intéressant, non?

— A qui le dis-tu? Je te bénis de m'avoir amenée ici de force.

— Les amies sont là pour ça, ma vieille.

— Je pensais que je m'ennuierais à mourir. Mais je me sens comme une ado au concert de son idole. Il a un tel…

— … charisme? Si un homme comme lui devait entrer dans ma vie, je te promets que je ne laisserais plus en ressortir.

Curieuse de découvrir les visages qui allaient avec les voix, Juliet contourna le rayon. A quoi s'attendait-elle au juste? Elle n'aurait su le dire. Des étudiantes? De jeunes mères de famille? Elle découvrit deux femmes d'une bonne trentaine d'années, exerçant visiblement des professions de haut niveau.

L'une d'elles jeta un coup d'œil à sa montre de luxe.

— Zut. Il faut que je file! J'ai une réunion à 15 heures.

— Je pars avec toi. Je retourne au tribunal.

Chacune fourra son livre de recettes dédicacé dans sa serviette en cuir.

— Et cette façon qu'il a de t'embrasser le poignet en te regardant droit dans les yeux. Avec n'importe quel autre homme, ça ressemblerait à du mauvais cinéma. Alors qu'avec lui...

— La classe, je te dis! A ce stade-là, ce n'est même plus de la classe, d'ailleurs, c'est de la grâce.

Sur cette observation — ou cette expression de regret —, les deux amies se fondirent dans la foule.

A 15 h 15, Carlo signait toujours, mais l'assistance s'était suffisamment éclaircie pour que Juliet puisse le voir à l'œuvre. Du charme, il en avait à revendre, indubitablement. Personne n'arrivait à sa table, son livre en main, pour se faire expédier avec un autographe rapide et un sourire impersonnel. Il leur parlait. Prenait plaisir à faire leur connaissance, même. Aussi bien la vieille dame fragile qui sentait la lavande que la jeune mère un peu harassée, un bébé mal luné calé sur une hanche. Comment trouvait-il les mots justes pour s'adresser à chacun d'eux? Pour Juliet, cela restait un mystère. Mais chacun repartait comblé, emportant avec lui un rire, un sourire — un soupir.

Cela dit, ce n'était que le premier jour de la tournée. Franconi ne tiendrait peut-être pas aussi vaillamment ce rythme pendant trois semaines d'affilée. L'avenir le lui dirait. En attendant, elle calcula qu'elle pouvait encore lui laisser un quart d'heure avant de commencer à le pousser en direction de la sortie.

Malgré la demi-heure supplémentaire, ce fut la croix et la bannière pour l'extirper des griffes de ses derniers admirateurs enthousiastes. Juliet vit alors se dessiner un scénario qui se répéterait probablement pendant la durée de la tournée. A Carlo le déploiement de charme, de sex-appeal et d'authentique gentillesse; à elle, le rôle nettement moins gratifiant du cerbère de service. Ce pour quoi elle était payée, en fait.

Elle commença alors à diriger les gens vers la sortie, en leur expliquant que la présence de leur chef italien préféré était requise ailleurs. A 16 heures, il ne restait plus qu'une poignée d'irréductibles. Juliet leur arracha Carlo avec des excuses et une main de fer.

— La séance s'est vraiment très bien passée, déclara-t-elle

en le poussant sur le trottoir. L'un des vendeurs m'a dit qu'ils ont craint un instant de se trouver à court d'exemplaires. Tout Los Angeles sera à ses fourneaux ce soir pour cuisiner des pâtes. C'est fascinant, non? Considérez que vous avez encore remporté une belle victoire.

— *Grazie*.

— *Prego*.

Elle referma sur eux la portière de la limousine.

— Nous n'aurons pas toujours un temps de battement suffisant pour dépasser d'une heure l'horaire prévu, en revanche. A l'avenir, si vous pouviez garder un œil sur l'horloge et commencer à accélérer le mouvement une demi-heure environ avant la fin, ça me faciliterait la tâche. Il vous reste une heure et quart avant la prise d'antenne aux studios de...

— Parfait!

Actionnant un bouton, Carlo demanda au chauffeur de ralentir.

— Mais...

— Même moi, j'ai besoin de relâcher un peu la vapeur de temps en temps.

Il ouvrit le bar et en examina le contenu.

— Du cognac. Exactement ce qu'il nous faut.

Sans lui demander son avis, il lui tendit un verre.

— Vous, au moins, vous avez eu deux heures pour vous détendre et faire du lèche-vitrines, reprit-il en se renversant contre son dossier, ses grandes jambes allongées devant lui.

Juliet songea à l'heure qu'elle avait passée à se débattre au téléphone, puis à l'énergie qu'elle avait dû déployer pour arracher *il signore* Franconi à son fan-club. Pendant tout ce temps, elle avait à peine eu le temps de s'asseoir, mais elle ne dit rien. Le cognac coula dans sa gorge, lui apportant brûlure et réconfort.

— Votre passage au journal télévisé devrait durer entre quatre minutes et quatre minutes et demie. Ça vous paraît peut-être bref, mais vous serez surpris de découvrir la quantité d'informations qu'on peut caser dans ce court laps de temps. Donnez le titre du livre et annoncez la séance de dédicace, ainsi que la démonstration culinaire à l'université, demain après-midi. Mettez également l'accent sur les aspects sensuels et esthétiques de vos réalisations; ce sera à mon avis une approche très payante. Et s'il vous reste encore un peu de temps, vous...

— Souhaitez-vous vous charger de l'interview à ma place, Juliet?

Il avait posé la question avec une politesse exquise. Un peu trop exquise. Bon, songea Juliet, il lui arrivait donc d'être grincheux, lui aussi.

— Vous êtes très à l'aise à l'antenne, monsieur Franconi, mais...

— Carlo.

Avant qu'elle ait pu ouvrir son agenda, il lui posa la main sur le poignet.

— Arrêtez une fois pour toutes avec vos ridicules « monsieur Franconi » et laissez vos fichues notes de côté pour le moment. Dites-moi, ma chère et très organisée Juliet Trent... Pourquoi sommes-nous ensemble ici?

Elle voulut reprendre sa main, mais il la retint d'une poigne ferme, et, pour la seconde fois ce jour-là, elle eut un aperçu de ce que Carlo Franconi recelait en lui de force, de détermination, de puissance.

— Pourquoi nous sommes ici? Pour assurer la promotion de votre ouvrage.

— Aujourd'hui, tout s'est bien passé, *si o no*?

— Oui, jusqu'ici, mais...

— Aujourd'hui, tout s'est bien passé. Point final.

Il commençait à l'irriter avec ses interruptions permanentes!

— J'irai sur votre plateau télé, je dirai ce qu'il y a à dire, puis j'irai à votre dîner d'affaires et je jouerai le jeu, là aussi. Même si je préférerais de loin passer la soirée dans ma chambre avec une bouteille de bon vin, quelques amuse-bouches et vous. Pour vous voir enfin sans vos attributs d'attachée de presse, vos tenues de femme d'affaires et vos conseils de coacheuse de choc.

Non, elle ne s'autoriserait pas à frissonner. Elle ne s'autoriserait pas non plus à montrer la moindre réaction.

— Si je suis ici avec vous, répondit-elle d'une voix froidement professionnelle, c'est pour maximiser les répercussions de votre tournée en termes de vente de livres. Tout en soignant votre image, bien sûr. Rien d'autre.

— Je le crois volontiers.

Il lui avait donné raison, mais sa main n'en glissa pas moins jusqu'à sa nuque. Avec douceur et une fermeté suffisante pour qu'elle ne puisse s'écarter.

— Il reste que nous avons une heure de tranquillité devant nous. Alors prenez le temps de respirer et oubliez vos listes et vos plannings, *per favore.*

D'un coup, Juliet prit conscience que la limousine sentait le cuir. Le cuir, le luxe et Carlo. Affectant une nonchalance qu'elle était loin de ressentir, elle reprit une gorgée de cognac.

— Mes listes et mes plannings, comme vous l'avez vous-même souligné ce matin, c'est la part de boulot qui me revient.

— Alors, accordez-vous une heure de congé.

Avant qu'elle puisse répliquer, il haussa un sourcil.

— Chut! Détendez-vous… Je suis sûr que vos pieds vous font un mal de chien. Otez donc vos chaussures. Et sirotez tranquillement votre cognac.

Il cala sa propre boisson dans le support prévu à cet effet, puis il prit son attaché-case et le posa par terre de manière à ce que rien ne les sépare plus.

— Détendez-vous…, répéta-t-il.

Elle se tendit au contraire et il ne fut pas mécontent de le constater.

— Je n'ai pas l'intention de faire l'amour avec vous à l'arrière d'une voiture. Une autre fois, peut-être. Mais pas aujourd'hui.

Il sourit en voyant la colère étinceler dans ses yeux. Parce qu'il avait perçu le doute et l'excitation, juste avant que son regard vert d'eau ne se dérobe.

— Un jour, bientôt, je trouverai le moment approprié pour vous séduire, Juliet… Tout est question de lieu, d'atmosphère, de climat psychologique.

Il se pencha si près d'elle qu'il sentit son souffle irrégulier lui glisser sur les lèvres. Elle le repousserait, s'il passait dès à présent à l'étape suivante. Le combat sensuel qui aurait pu s'ensuivre ne lui aurait pas déplu. Le rose aux joues délicates de Juliet ne venait ni d'un pot ni d'un tube, mais d'un trouble physique presque palpable. La lueur dans son regard le mettait au défi d'agir ou presque. Elle pensait qu'il irait au bout de son élan, qu'il la plaquerait contre le siège, sa bouche fermement pressée contre la sienne. Et elle était là, à l'attendre, immobile, le souffle retenu. A la fois troublée et parée pour riposter.

Il sourit de nouveau, laissant ses lèvres en suspens, si près qu'elles la touchaient presque, jusqu'au moment où il sentit la tension en elle atteindre le même degré d'intensité que la sienne. Il laissa alors son regard descendre sur sa bouche de manière à en savourer par l'imagination le goût, la texture, la douceur. Elle garda le menton levé, même lorsqu'il se risqua à passer doucement le pouce sur ses lèvres qui s'entrouvraient déjà.

Faire ce qu'on attendait de lui n'avait jamais été son style. D'un mouvement souple, il reprit sa place, croisa les pieds au niveau des chevilles et ferma les yeux.

— Enlevez donc vos chaussures, marmonna-t-il d'une voix assoupie. Nos deux emplois du temps devraient se fondre à la perfection.

A la stupéfaction de Juliet, il s'endormit. Sur-le-champ. Elle crut d'abord qu'il faisait semblant, mais non. Il dormait du sommeil du juste, comme s'il lui avait suffi d'actionner un interrupteur.

Elle reposa bruyamment son verre et croisa les bras. Elle était en colère. Furieuse qu'il ne l'ait pas embrassée! Mais pourquoi, puisqu'elle l'aurait repoussé, de toute façon?

Parce qu'elle avait eu *envie* de ses baisers? Non, sûrement pas. Les yeux rivés sur le paysage urbain qui défilait derrière la vitre teintée, elle secoua pensivement la tête. Il l'avait juste privée d'une opportunité de sortir ses griffes.

Dommage… Elle aurait trouvé un certain plaisir à faire couler du sang italien.

3

Leurs valises étaient bouclées et chargées dans la limousine. Par mesure de précaution, Juliet avait fait un tour éclair dans la suite de Carlo pour s'assurer qu'il n'avait rien laissé derrière lui. Elle se souvenait encore d'un auteur de thriller qui avait oublié à huit reprises sa brosse à dents orthodontique sur une tournée qui totalisait neuf étapes. Un petit contrôle rapide juste avant le départ prenait moins de temps que de tourner la nuit dans les rues d'une ville inconnue à la recherche d'une pharmacie de garde.

En réglant la note, elle avait eu la bonne surprise de constater que Carlo s'était montré très raisonnable et n'avait pas abusé du service d'étage. Avec un peu de chance, elle finirait la tournée sans dépassement de budget. Ils avaient quitté le Wilshire sans stress ni bousculade. Elle croisait les doigts pour que le trajet en avion jusqu'à San Francisco se passe dans des conditions aussi favorables.

Quant au *Simpson Show*, elle n'osait y penser.

Inutile de faire à Carlo un topo sur le public cible de l'émission. Il avait passé suffisamment de temps aux Etats-Unis à l'occasion de ses précédentes tournées et autres périples professionnels pour savoir que la réalisation en public d'un authentique *tartufo* ainsi que les dix minutes de causerie à l'antenne seraient déterminantes pour l'avenir de son livre. L'émission de Bob Simpson était suivie depuis quinze ans par toute l'Amérique. Autant dire que l'homme était une institution! Une invitation de sa part pouvait booster les ventes d'un livre jusque dans les zones les plus reculées des Etats-Unis.

Ou stopper net la carrière de l'opus en question.

Elle n'en revenait toujours pas d'être parvenue à décrocher une invitation pour le *Simpson Show*! C'était une première et un énorme bond en avant dans sa carrière. Il ne lui restait plus qu'à croiser les doigts très fort pour que Carlo ne lui gâche pas la mise.

Elle alla jeter un coup d'œil dans le réfrigérateur en coulisses pour s'assurer que le dessert préparé par Carlo dans l'après-midi n'avait pas subi de dommages. Comme il s'agissait d'une préparation semi-glacée, elle avait besoin de passer quelques heures au congélateur avant d'être considérée comme terminée. D'où le subterfuge... Carlo réaliserait sa recette en direct sur le plateau, puis il serait en mesure de présenter le dessert achevé, grâce à celui déjà préparé.

Même s'il avait déjà passé en revue tous les ingrédients et ustensiles dont il aurait besoin avec le réalisateur et le chargé de production, Juliet procéda à une seconde vérification de son côté. Bon... Tout était là. La crème fleurette, les amandes mondées que personne dans l'équipe ne s'était encore avisé de piler, le sucre, le chocolat et la poudre de cacao amer. A force de tout contrôler, elle se surprenait à imaginer qu'elle pourrait réaliser elle-même la recette. Cela dit, elle remerciait le ciel de ne pas avoir à se livrer à une démonstration culinaire devant des millions de téléspectateurs.

Lui, en revanche, ne semblait pas ravagé par l'angoisse, songeait-elle alors qu'ils s'installaient dans la « green room » — la zone de réception où les invités de l'émission attendaient leur tour de passer à l'antenne. Carlo commença par gratifier d'un de ses généreux sourires une jeune femme blonde à la tenue minimaliste et pailletée, affalée sur le canapé, puis il alla leur chercher du café au distributeur.

Café était d'ailleurs un bien grand mot pour le breuvage qu'il obtint et à qui le qualificatif de mixture tiède et fade aurait mieux convenu. Juliet n'en prit qu'une gorgée, puis laissa son gobelet de côté.

La jeune femme blonde qui devait passer juste avant Carlo était apparemment la nouvelle coqueluche d'une série populaire et elle tremblait de nervosité à l'idée d'être cuisinée par Bob Simpson. Carlo s'assit à côté d'elle sur le canapé et commença à bavarder comme s'ils étaient de vieux amis. Quelques minutes plus tard, lorsque la porte de la green room s'ouvrit de nouveau, la fille ne tremblait plus, mais riait aux éclats.

La green room n'était pas verte du tout mais beige — d'un beige terne et triste —, exiguë et l'air conditionné fonctionnait mal. Ce lieu relativement minable avait pourtant vu passer pas mal de célébrités en devenir, qui avaient patienté là en se rongeant les sangs. Ou en puisant du courage dans une flasque de whisky.

Carlo avait troqué le café imbuvable contre un simple verre d'eau. Confortablement installé sur le canapé, le bras nonchalamment posé sur le dossier, il paraissait aussi à l'aise que s'il se préparait à recevoir quelques bons amis chez lui. Juliet, elle, regrettait de ne pas avoir glissé quelques antiacides dans son sac.

Elle fit mine de vérifier une énième fois leur planning, pendant que Carlo faisait son numéro de charme à la star en herbe et que le *Simpson Show* se déroulait en sourdine sur l'écran au fond de la pièce.

La porte s'ouvrit de nouveau. Juliet leva alors la tête pour voir entrer... un singe. Un chimpanzé aux longs bras, engoncé dans une veste de smoking, et qui se mit à déambuler dans la pièce en tenant la main d'un grand homme maigre au regard fatigué et au sourire nerveux. Moyennement rassurée, Juliet chercha Carlo des yeux. Ce dernier salua les deux arrivants d'un signe de tête, puis retourna à son tête-à-tête avec la jeune femme blonde sans paraître autrement troublé par cette apparition.

Au moment même où Juliet s'enjoignait de rester calme, le chimpanzé sourit, renversa la tête en arrière et émit un son prolongé et éloquent.

La jeune actrice pouffa de rire. Mais, smoking ou pas smoking, elle était manifestement prête à bondir si l'animal faisait un pas de plus dans sa direction.

— Tiens-toi comme il faut, Timothy!

Le grand homme maigre toussota en balayant la pièce du regard.

— Timothy a joué dans un film. Le tournage s'est terminé la semaine dernière, expliqua-t-il à la cantonade. Il souffre de fatigue nerveuse. C'est le contrecoup du stress.

La jeune actrice se leva lorsqu'on vint l'appeler et se trémoussa jusqu'à la porte dans un léger cliquetis métallique. Carlo la suivit des yeux, l'air satisfait. Elle semblait nettement plus sûre d'elle que lorsqu'il était entré, un quart d'heure plus tôt. Elle lui décocha un sourire enamouré.

— Souhaitez-moi bonne chance, Carlo.

— Faites-vous confiance !

Sous l'œil écœuré de Juliet, la poupée Barbie lui envoya un baiser du bout des doigts. Le dresseur de singe, lui, se détendait à vue d'œil.

— J'avoue que c'est un soulagement qu'elle sorte. Timothy est surexcité quand il voit une blonde.

— Mm…, murmura Juliet.

Ses propres cheveux oscillaient entre le blond et le châtain, selon la lumière et l'humeur. Avec un peu de chance, Timothy les considérerait comme bruns et peu stimulants.

Quelques minutes plus tard, l'homme manifesta de nouveau son inquiétude.

— Mais ils n'ont pas prévu de limonade ? Je les ai pourtant prévenus que Timothy en buvait toujours avant de passer devant les caméras. Ça lui calme les nerfs.

Juliet se mordit le bout de la langue pour contenir un éclat de rire. Carlo et Timothy échangèrent un regard empreint de tolérance mutuelle, comme s'ils se comprenaient à la perfection.

— Il a l'air plutôt calme, votre Timothy, dit Carlo.

— Vous voulez rire ? C'est un paquet de nerfs !

Habituée à résoudre les problèmes des uns et des autres, Juliet lui adressa un sourire rassurant.

— C'est sans doute juste un oubli, la limonade… Vous devriez peut-être demander à l'un des assistants ?

— Vous avez raison.

L'homme tapota la tête de Timothy et ressortit dans le couloir en laissant le singe derrière lui.

— Hé ! Mais…

Juliet se leva à demi, puis se rassit. Le chimpanzé s'était immobilisé au milieu de la pièce, ses longs doigts en appui sur le sol.

— Je ne suis pas certaine que Tarzan ait été bien inspiré de laisser Cheeta ici.

— Timothy, rectifia Carlo. Il me paraît tout ce qu'il y a de plus sympathique, ce garçon.

Il gratifia le singe d'un sourire engageant.

— Et je suis impressionné par son style vestimentaire. Je lui demanderais bien l'adresse de son tailleur.

Juliet examina le visage du chimpanzé qui clignait des yeux en la considérant d'un air avenant.

— A votre avis, dit-elle, assez peu rassurée, il a un tic nerveux ou il me fait des avances ?

Carlo haussa les sourcils, visiblement amusé.

— Je pencherais pour la seconde hypothèse. Comme il est vêtu avec élégance, on peut supposer que nous avons affaire à un singe de bon goût. Qu'est-ce que tu en dis, Timothy ? Elle te plaît, ma Juliet ?

Timothy rejeta la tête en arrière et fit entendre une suite de sons qui pouvaient vouloir signifier à peu près tout et son contraire.

— Vous voyez ? Je vous avais bien dit que vous lui plaisiez !

Sensible à l'humour par l'absurde, Juliet éclata de rire. Le son de son rire parut plaire à Timothy et, se voyant sans doute en terrain conquis, il trottina jusqu'à elle sur ses jambes arquées. Paraissant toujours sourire, il posa la main sur un de ses genoux dénudés. Cette fois, Juliet eut la certitude qu'il lui avait adressé un clin d'œil.

— Un sacré séducteur, ce Timothy ! déclara Carlo. Il y va franco, pour une première approche.

— Certaines femmes apprécient les avances claires et directes.

Rassurée de voir le singe aussi bien disposé, Juliet scruta ses traits.

— Il me rappelle quelqu'un, dit-elle, en coulant un regard suave à Carlo.

— Ce doit être le sourire…

Timothy se percha familièrement sur ses genoux et passa un de ses longs bras autour de ses épaules.

— Eh bien… Il me plaît assez, ce singe, je dois dire.

Riant de plus belle, Juliet étudia le visage du chimpanzé levé vers elle.

— Je crois qu'il a vos yeux, Carlo.

— Hum, Juliet ? Je pense que vous devriez…

— Même si son regard a peut-être un peu plus de profondeur que le vôtre. Il doit être intelligent, ce Timothy.

— Je veux bien croire qu'il le soit, en effet.

Carlo toussota dans sa main, tout en suivant des yeux les doigts agiles du chimpanzé.

— Juliet, si vous…

— Naturellement qu'il est doué. C'est un acteur!

Prenant plaisir au jeu, Juliet échangea une nouvelle série de sourires avec le chimpanzé enamouré.

— Aurais-je déjà vu un de tes films, Timothy?

— Je ne serais pas surpris d'apprendre qu'ils sont classés X.

Elle chatouilla l'animal sous le menton.

— Allons, allons, Carlo, vous avez l'esprit tordu.

— C'est juste une supposition.

Il laissa son regard courir sur elle.

— Dites-moi, Juliet, vous ne sentez pas un… courant d'air?

— Un courant d'air? Non. Je trouve surtout qu'on meurt de chaud, ici. Et ce pauvre Timothy, engoncé dans son smoking…

Elle fit claquer sa langue et le chimpanzé claqua des mâchoires en retour.

— Juliet? Considérez-vous que les vêtements puissent être révélateurs de la personnalité de qui les porte? Qu'ils puissent avoir fonction d'appel, si vous voyez ce que je veux dire?

— Mm…?

Distraite de son tête-à-tête avec Timothy, elle haussa les épaules et aida le singe à rectifier son nœud de cravate.

— J'imagine que oui.

— Alors permettez-moi de vous dire que je trouve intéressant le fait que vous portiez de la dentelle noire translucide sous votre robe-chemisier plutôt stricte.

— *Quoi?*

Le regard de Carlo glissa une nouvelle fois sur elle.

— Juste une observation, *mi amore*. Un simple constat visuel.

Juliet se figea. Ne bougea plus que la tête. Et sa bouche s'ouvrit aussi grand que sa robe. Le chimpanzé si mignon et si élégamment vêtu avait entrepris de la lui déboutonner avec une dextérité proprement diabolique.

Carlo posa sur le singe un regard non dénué de respect.

— Sacrée technique! J'aurais beaucoup à apprendre de lui.

— Espèce de sale…

Carlo porta la main à son cœur.

— Ah non, pas moi. Je ne suis qu'un innocent spectateur.

Juliet se leva abruptement, envoyant le chimpanzé au sol. Tandis qu'elle se réfugiait dans les toilettes adjacentes, elle entendit le rire de deux mâles — l'un étant un singe, l'autre un rat pour le moins!

Pendant le trajet jusqu'à l'aéroport, Juliet observa un silence d'une accablante politesse.

— Allons, *cara*, l'émission s'est bien passée, non? Non seulement le titre du livre a été mentionné trois fois, mais ils ont même fait un gros plan sur la couverture. Mon *tartufo* a fait l'unanimité et ils ont adoré mon anecdote sur l'élaboration d'un long dîner sensuel *all'italiana*!

— Pour être le roi de l'anecdote, vous êtes le roi de l'anecdote, ça oui.

— Juliet... C'est le singe qui s'en est pris à vos boutons, pas moi.

Il poussa un long soupir plutôt satisfait. Il ne se souvenait pas d'avoir jamais pris autant de plaisir à une... démonstration.

— Si j'avais été le déshabilleur, je peux vous assurer que nous aurions manqué l'émission.

Elle lui jeta un regard assassin.

— Dire que vous n'avez rien trouvé de plus intelligent à faire que de raconter cette histoire stupide à l'antenne! Savez-vous combien de millions de téléspectateurs suivent cette émission?

Dans la faible lumière à l'arrière de la limousine, elle vit les yeux de Carlo briller d'amusement.

— Avouez quand même que c'était drôle! Et tous ces millions d'amateurs de télé aiment les bonnes histoires.

— Tous mes collègues auront vu cette émission!

Consciente qu'elle se tenait mâchoire crispée, Juliet fit un effort pour les détendre.

— Non seulement vous vous êtes contenté de rester tranquillement assis, pendant que cette petite créature aux mains lestes se livrait à de douteuses facéties, mais *en plus* vous propagez l'histoire sur les ondes!

— Allez, soyez bonne joueuse! N'oubliez pas que j'ai tenté de vous prévenir à trois reprises au moins.

— Je n'ai aucun souvenir de mises en garde d'aucune sorte.

— Parce que vous étiez tellement émerveillée par votre idylle avec Timothy que vous n'aviez d'yeux et d'oreilles que pour lui. Je confesse que j'étais assez ébloui de mon côté.

Son regard glissa comme à regret sur sa robe-chemisier sagement reboutonnée.

— Vous avez une texture de peau assez extraordinaire. Je reconnais que j'ai eu un petit moment de distraction. Voilà, je vous fais mon *mea culpa*. Homme faible que je suis, je m'en remets entièrement à votre indulgence.

— Taisez-vous donc.

Elle croisa les bras sur sa poitrine et regarda droit devant elle, sans plus prononcer un mot jusqu'au moment où la limousine s'immobilisa devant leur terminal. Le chauffeur chargea leurs volumineux bagages sur un chariot. Elle tendit leurs billets à Carlo, puis régla le coût de leurs déplacements, avec une petite pensée inquiète pour son budget. Elle avait réussi à faire passer le service de limousine à Los Angeles mais, après cela, il leur faudrait se contenter de taxis et de voitures de location. Une plus juste mesure de la réalité des choses !

Carlo, son sac en cuir sur l'épaule, procéda à l'enregistrement de leurs valises en plaisantant avec l'hôtesse. Juliet étouffa un bâillement. La fatigue des deux journées précédentes, bien remplies, commençait à se faire sentir. Et encore, elle n'avait pas eu de dessert compliqué à réaliser sur un plateau de télévision. Si Carlo était humain, il devait être aussi exténué qu'elle. Même s'il l'irritait de mille manières, elle devait reconnaître qu'il était de bonne composition.

— Il nous reste une demi-heure avant de nous présenter à la porte d'embarquement. Vous voulez boire un verre ? demanda-t-elle.

Il lui sourit avec une spontanéité désarmante.

— Vous me proposez une trêve ?

Elle lui rendit son sourire malgré elle.

— Non, un verre.

— O.K.

Ils trouvèrent un bar sombre et bourré de monde et se frayèrent un chemin jusqu'à une table.

— Qu'est-ce que vous transportez dans vos énormes valises ? demanda-t-elle avec curiosité.

— Toute ma garde-robe. Vingt costumes, quinze paires de chaussures...

Elle secoua la tête.

— Je ne vous crois pas.

— Et vous avez raison. J'emporte toujours une bonne partie de mon matériel avec moi. Mes couteaux, mes spatules en inox. Mon propre vinaigre et ma propre huile d'olive.

— Vous allez transporter de l'*huile* et du *vinaigre* à travers tout le pays, pendant trois semaines ? C'est de la folie furieuse, non ?... Une vodka-pamplemousse, s'il vous plaît, demanda-t-elle à la serveuse.

— Un armagnac, pour moi.

Carlo reporta son attention sur elle après avoir ébloui la serveuse d'un regard.

— Nulle part aux Etats-Unis, je ne trouverai de qualité comparable à celle de mes produits. La cuisine est un art raffiné, Juliet. Lorsque je vous aurai donné quelques cours, vous comprendrez mieux ce que je veux dire.

— Vous avez à peu près autant de chances de m'enseigner la cuisine que de vous envoler pour San Diego en pédalo ! En revanche, vous aurez l'occasion de déployer vos talents aux aurores demain matin, puisque vous ferez vos *linguine alle vongole* pour la chaîne de télé locale de San Diego. L'émission commence à 8 heures. Il faudra donc que nous soyons aux studios à 6 heures.

A une heure pareille, Carlo ne voyait qu'une chose civilisée à faire : déguster un petit déjeuner pour deux au lit. A la rigueur, arrosé de champagne.

— Qu'est-ce qui pousse les Américains à se lever à l'aube pour se coller devant un poste de télévision ?

— Je lancerai un sondage pour le savoir, répondit-elle d'une voix absente. En arrivant aux studios, vous réaliserez votre recette et nous la mettrons de côté, exactement comme vous l'avez fait aujourd'hui pour le *tartufo*. A l'antenne, vous en détaillerez toutes les étapes, mais vous n'aurez pas le temps de terminer la cuisson. Et maintenant, bonne nouvelle...

Elle s'interrompit pour remercier la serveuse qui s'était frayé un chemin, plateau levé, pour poser leurs boissons devant eux.

— ... la bonne nouvelle, donc : il y a eu un malentendu avec les studios et il faudra que nous apportions nous-mêmes les ingrédients. Vous me ferez une liste de ce dont vous aurez besoin. Une fois que vous serez installé à l'hôtel, j'irai en vitesse faire les courses. Il y aura sûrement un magasin ouvert toute la nuit.

Carlo recensa alors mentalement les ingrédients nécessaires à sa spécialité. Il trouverait certainement quelques bons produits sur les étals américains, mais s'estimait heureux d'avoir emporté deux ou trois produits de base dans ses valises. Même s'il ne cuisinait pas pour des spécialistes, il ne prenait pas ses réalisations à la légère.

— C'est normal, pour une attachée de presse, d'aller faire des courses à minuit passé ?

Elle lui adressa une mimique adorable qui le laissa sous le charme. C'était la première fois qu'elle lui souriait sincèrement.

— En tournée, la prise en charge de l'organisation et des contingences relève des fonctions de l'attachée de presse. Vous me ferez donc une liste en précisant les quantités.

— Ce ne sera pas nécessaire…

— Mais…

Il fit tourner doucement son armagnac dans son verre.

— Je viens avec vous.

— Vous n'auriez pas votre comptant de sommeil. Même en prévoyant une courte sieste dans l'avion, ça vous fera une nuit de tout juste cinq heures.

Elle fouillait déjà dans son sac à la recherche d'un stylo.

— La vôtre ne sera pas plus longue.

Quand elle ouvrit la bouche pour répondre, il lui coupa la parole à sa manière silencieuse, d'un haussement de sourcils.

— Disons que je ne laisserai pas le soin de choisir mes fruits de mer à un amateur.

Juliet ne répondit pas et le regarda avaler sa gorgée d'armagnac dans cet état de recueillement profond où le plongeait la moindre expérience sensorielle. Etait-il réellement inquiet à l'idée de lui confier ses achats ? Ou appartenait-il plutôt à cette espèce désormais surannée que l'on appelait « gentleman » ? Malgré sa réputation de coureur invétéré et quoique passablement imbu de lui-même, il faisait manifestement partie de cette minorité d'hommes spontanément prévenants envers les femmes. Prévenants et non condescendants. Elle décida que, tout compte fait, elle lui pardonnait l'épisode avec Timothy.

— Buvez. Nous avons un avion à prendre.

Elle leva son verre et le fit tinter contre le sien. Peut-être en signe d'amitié.

— *Salute.*

Après cela, l'ambiance entre eux resta des plus pacifiques. Ils montèrent dans l'avion. Juliet indiqua sa place à Carlo et s'assura qu'il était bien installé. Elle refit un rapide calcul et dut se rendre à l'évidence : le temps de faire les courses, il serait minuit largement passé. *Ouille!* Avec un maximum de caféine, de la levure de bière et quelques vitamines, elle réussirait peut-être à aller jusqu'au bout de sa journée du lendemain.

— C'est juste un saut de puce. Vous aurez à peine le temps de fermer l'œil. A tout de suite, Carlo.

Elle voulut poursuivre son chemin dans l'allée centrale, mais il la retint par le poignet.

— Où partez-vous comme ça?

— A ma place.

Il pointa le siège voisin du sien.

— Pourquoi ne voyagez-vous pas à côté de moi?

— Parce que je suis en classe économique.

Elle avait hâte de s'asseoir. Elle dut s'aplatir contre le siège pour laisser la place aux passagers qui arrivaient derrière elle.

— Et pourquoi ça? C'est idiot!

— Carlo… Je bloque le passage.

— Je veux une réponse!

Elle soupira comme une mère confrontée aux caprices d'une progéniture déraisonnable.

— Parce que l'éditeur qui vous publie et qui m'emploie fait voyager ses auteurs à succès en classe affaires. Mais pas l'attachée de presse de base que je suis.

Elle prit un coup de sac de voyage dans la hanche. A coup sûr, elle aurait un bleu le lendemain!

— Maintenant, si vous voulez bien me lâcher, ça m'éviterait de me faire massacrer à chaque passage.

— Il n'y a quasiment personne en classe affaires. Il suffirait de faire surclasser votre billet.

Juliet réussit à se dégager.

— Arrêtez de vous rebeller contre le système, Carlo.

— Je ne me conforme *jamais* au système, lança-t-il en la regardant poursuivre son chemin dans l'allée.

Oui, vraiment, il aimait sa façon de se mouvoir.

— Monsieur Franconi!

Une hôtesse au sourire enthousiaste se penchait déjà sur son siège.

— Puis-je vous apporter quelque chose à boire après le décollage?

— Quel vin blanc servez-vous?

Pas très original, comme appellation, songea-t-il quand elle lui eut fourni la réponse, *rien de trop rébarbatif non plus*.

— Vous avez sans doute remarqué la jeune femme avec qui j'étais en conversation, il y a à peine une minute? Des cheveux couleur de miel et le menton volontaire...

Le sourire de l'hôtesse ne perdit rien de son éclat, même si elle jugeait probablement regrettable qu'il ait l'esprit occupé par une autre femme.

— Bien sûr, monsieur Franconi.

— Apportez-lui un verre de votre vin blanc. Avec mes compliments.

Juliet aurait apprécié son siège côté couloir si son voisin n'était pas déjà en train de ronfler bruyamment. *Les joies du voyage*, songea-t-elle, fataliste, en retirant ses escarpins. Et comme elle avait de la chance, elle remonterait en avion dès la nuit suivante. Un vrai bonheur...

Cesse de te plaindre, Juliet. Lorsqu'elle aurait sa propre agence, elle enverrait quelqu'un d'autre sur les tournées de cauchemar.

L'homme à côté d'elle continua de ronfler, même pendant le décollage. De l'autre côté de l'allée, une femme à la voix suraiguë discutait à bâtons rompus avec son voisin. Juliet sortit quelques documents de son attaché-case et se mit au travail.

— Madame?

Etouffant un bâillement, elle leva les yeux vers l'hôtesse.

— Excusez-moi, mais je n'ai rien commandé.

— Avec les compliments de M. Franconi.

Juliet accepta le verre de vin et regarda en direction de la classe affaires. Dieu qu'il était enjôleur, cet homme! Il cherchait à déjouer ses résistances en déployant une offensive de charme.

Le pire, c'est que ça marchait!

Oubliant son agenda, elle soupira et ferma les yeux. Elle eut à peine le temps de finir son verre avant l'atterrissage, mais l'effet détente était là. Au point qu'elle n'avait plus qu'une envie : un lit douillet et une chambre aux rideaux tirés. Dans une heure — ou deux —, se promit-elle en récupérant son sac sous le siège.

Carlo l'attendait à l'avant de l'appareil en compagnie d'une très jeune et très belle hôtesse. Ni elle ni lui n'affichaient le moindre signe de fatigue.

— Ah, Juliet ! Deborah que voici vient de m'indiquer un très bon magasin ouvert vingt-quatre heures sur vingt-quatre où je devrais pouvoir me procurer les produits de qualité dont j'aurai besoin.

Juliet jeta un coup d'œil à la charmante et filiforme créature brune et réussit à lui sourire.

— Comme c'est pratique !

Il prit la main de Deborah et — oh, surprise ! — effleura ses doigts de ses lèvres.

— *Arrivederci.*

Juliet observa son manège d'un œil luisant d'ironie.

— Vous ne perdez jamais une occasion, n'est-ce pas ? déclara-t-elle dès qu'ils furent descendus d'avion.

— Chaque instant de vie est un instant à déguster, Juliet.

Elle ajusta son sac sur son épaule et se dirigea vers l'aire de récupération des bagages d'un pas martial.

— Quelle émouvante philosophie ! Vous devriez vous la faire tatouer, cette petite phrase.

— Où ?

Elle n'eut pas besoin de le regarder pour savoir qu'il souriait.

— Là où elle ressortira de la façon la plus attrayante, bien sûr.

Ils durent attendre leurs valises plus longtemps qu'elle ne l'aurait souhaité. Et lorsqu'ils eurent enfin rassemblé leurs bagages, les effets relaxants du vin s'étaient malheureusement dissipés. Mais fatigue ou pas fatigue, la journée était encore loin d'être terminée.

Elle leur trouva un taxi et donna l'adresse de l'hôtel. Comme elle se glissait sur le siège, à côté de Carlo, elle le surprit à sourire.

— Qu'est-ce qu'il y a de si drôle ?

— Vous êtes si efficace, Juliet. J'adore vous voir en pleine action.

— C'est un compliment ou une insulte ?

— Je n'insulte jamais les femmes.

Il le dit avec une telle simplicité qu'elle le crut. Contrairement à elle, Carlo affichait une enviable décontraction. Et il ne semblait même pas épuisé par sa longue journée.

— Si nous étions à Rome, je vous emmènerais dans une petite taverne obscure pour boire un vin rouge qui monte à la tête et écouter de la musique.

Frissonnant dans la fraîcheur humide de la nuit, elle remonta la vitre.

— La tournée vous prive d'une vie nocturne digne de ce nom…

— Jusqu'à présent, je ne m'ennuie pas. La compagnie est assez stimulante.

— Demain, vous serez stimulé à souhait. Je vais vous tuer à la tâche.

Carlo dissimula un sourire en songeant à la vie qu'il avait menée depuis son plus jeune âge. A douze ans, déjà, il gagnait un peu d'argent en faisant la plonge. A quinze, il était serveur et passait tout son temps libre à étudier les sauces et les saveurs. Plus tard, à Paris, il avait combiné travail et études en gagnant sa vie comme cuisinier en second, le soir, dans un restaurant. Aujourd'hui encore, ses journées de travail dépassaient régulièrement les douze heures. Mais tous les détails de son passé ne figuraient pas dans la petite biographie léchée que Juliet avait rédigée pour les besoins de la communication.

— Travailler ne me dérange pas tant que le boulot m'intéresse. Et je crois que sur ce point, nous sommes semblables, vous et moi…

— Je travaille par nécessité, rectifia-t-elle. Mais c'est plus facile quand on aime ce qu'on fait.

— Je suis persuadé que le plaisir favorise la réussite. On voit que c'est le cas pour vous. L'ambition, sans une certaine forme de joie, devient glaciale et laisse un goût fade dans la bouche une fois qu'elle est satisfaite.

— Mais je suis ambitieuse.

— Ah, ça oui, j'en suis convaincu.

Il se tourna pour l'examiner, déclenchant en elle des palpitations.

— Mais vous n'êtes pas froide.

Juliet songea qu'il aurait été plus confortable pour elle qu'il ait eu tort sur ce point.

— Ah, nous voici à l'hôtel…

Soulagée de pouvoir s'affairer de nouveau, elle se pencha pour parler au chauffeur.

— Attendez-nous ici, s'il vous plaît. Nous déposons juste nos bagages. Nous avons encore une course à faire.

Laissant un chasseur prendre leurs valises, elle se dirigea vers la réception. Carlo lui emboîta le pas.

— Nos chambres bénéficient d'une vue magnifique sur la baie, semble-t-il. Un vrai gâchis sachant que nous n'aurons même pas le temps de l'admirer… M. Franconi et Mlle Trent, annonça-t-elle au réceptionniste de garde.

Un calme profond régnait dans l'hôtel. *Heureux les endormis paisiblement allongés dans leurs lits!* songea Juliet en repoussant une mèche vagabonde qui lui tombait devant les yeux. Elle était tellement fatiguée qu'elle voyait flou.

— Nous repartons aux aurores demain matin et nous n'aurons pas le temps de repasser dans la journée, alors soyez attentif à ne rien oublier dans votre chambre, Carlo.

— Je le serai. Mais vous vérifierez de toute façon par vous-même.

Elle lui jeta un regard en coin en signant son formulaire.

— Disons que c'est inclus dans le service.

Elle mit sa clé dans sa poche.

— Les bagages peuvent être montés tout de suite, indiqua-t-elle au chasseur en lui glissant discrètement un billet dans la main. Nous devons ressortir un moment, M. Franconi et moi.

Carlo la surprit en passant son bras sous le sien, tandis qu'ils sortaient de l'hôtel.

— C'est un aspect de vous que j'aime bien.

— Quel aspect?

— Votre générosité. La plupart des gens en auraient profité pour se dispenser de donner un pourboire au porteur.

Elle haussa les épaules.

— C'est facile d'être généreux avec l'argent d'autrui.

Carlo ouvrit la portière de leur taxi et s'effaça pour la laisser monter.

— Vous auriez pu — comment dit-on déjà? — arnaquer le groom. Empocher le pourboire après l'avoir inscrit sur votre note de frais.

— Pour cinq dollars? Ça ne vaut pas la peine d'être malhonnête!

— Rien ne vaut la peine que l'on triche.

Il donna l'adresse du magasin au chauffeur.

— Mon instinct me dit que si vous essayiez de mentir — je parle d'un véritable mensonge —, votre langue vous en tomberait de la bouche.

L'image la fit sourire.

— Je la perdrais souvent, cette pauvre langue, alors! N'oubliez pas que je travaille dans la communication. Si je ne mentais pas, je serais au chômage.

— Je pensais à un authentique mensonge.

— N'y a-t-il pas contradiction dans les termes?

— Peut-être êtes-vous trop jeune, Juliet, pour connaître la gamme nuancée des semi-vérités, des faux et vrais mensonges... Ah, magnifique! Nous y voici. C'est quelque chose que j'aime bien dans votre pays. S'il vous prend une envie de chocolat au beau milieu de la nuit, rien ne vous empêche de la satisfaire. Tout y est éminemment pratique.

— Je suis ravie que l'Amérique fasse votre bonheur...

Elle se pencha vers le chauffeur.

— Attendez-nous encore un moment, s'il vous plaît.

Ils descendirent en hâte de la voiture.

— J'espère que vous avez votre liste de courses bien en tête. Si demain matin, en arrivant aux studios, vous vous apercevez qu'il vous manque du poivre rose en grain ou Dieu sait quoi d'approchant...

— Franconi connaît ses recettes.

Il passa un bras autour de ses épaules, l'attira contre lui et l'entraîna dans le magasin.

— Votre première leçon de cuisine appliquée, ma chère Juliet : savoir choisir ses produits.

Il la conduisit d'abord au rayon fruits de mer où, avec force claquements de langue et marmonnements, il saisit et rejeta chaque coquillage tour à tour. Juliet avait vu des fiancées émues mettre moins de temps à se décider pour une alliance que Carlo Franconi pour sélectionner ses palourdes.

Elle se rendit utile ensuite en poussant le Caddie, pendant qu'il furetait dans les rayons, attentif au moindre détail. Il touchait à tout — boîtes, barquettes, bouteilles. Pendant qu'elle attendait patiemment, il soulevait, soupesait, faisait glisser un doigt d'artiste sur une étiquette et lisait toute la liste des ingrédients. Amusée par ce cérémonial, elle regardait cligner sa chevalière sous les néons.

— C'est affolant toutes les cochonneries qu'ils collent dans ces infâmes plats industriels cuisinés! dit-il en reposant une boîte sur une étagère.

— Attention! C'est mon alimentation de base que vous critiquez.

— Je suis surpris que vous ne soyez pas encore gravement malade.

— La nourriture préemballée a libéré la femme américaine de l'esclavage domestique.

— Et détruit plusieurs générations de papilles gustatives.

Malgré l'heure tardive, il prit tout son temps pour choisir ses épices et aromates avec le plus grand soin. Deux sachets et un pot d'origan de marques différentes furent ouverts et reniflés avant qu'il ne fixât son choix.

— Je sais que je viens de vous dire que j'adorais l'esprit pratique de vos compatriotes, Juliet, mais c'est quand même autre chose de parcourir un vrai marché romain en plein air pour faire ses achats! Discuter avec mes producteurs attitrés qui présentent des légumes ramassés le matin même; trouver la pêche du jour sur les étals. Tout est en boîte, ici, même la musique!

Il parcourut chaque rayon sans en manquer un seul, mais la fascination avait chassé la fatigue de Juliet. Elle n'avait encore jamais vu personne faire ses courses comme Carlo Franconi. C'était un peu du même ordre que de visiter un musée avec un étudiant aux Beaux-Arts.

Il fronça les sourcils en examinant les différentes farines proposées. Juliet craignit un instant qu'il ne déchire un paquet pour en tester le contenu.

— C'est une bonne marque, ça?

Elle ne se souvenait pas de la dernière fois qu'elle avait eu l'occasion d'acheter ce genre d'ingrédient.

— C'est celle qu'utilise toujours ma mère, mais...

— Très bien. Je la prends, alors. Il faut toujours faire confiance aux mères.

— La mienne n'a jamais été la reine des fourneaux.

Carlo plaça la farine dans le Caddie d'un geste déterminé.

— Une mère est une mère!

— Drôle de considération pour un homme dont toute mère devrait se méfier.

— Pour les mères, j'ai le plus grand respect. Il se trouve que j'en ai une, moi aussi. Bon, maintenant, il nous faut des champignons, des poivrons et de l'ail. Ni en poudre. Ni en boîte. Frais.

Il inventoria les légumes en touchant, pressant, reniflant. Juliet regarda prudemment autour d'elle pour s'assurer qu'aucun vendeur ne les voyait. C'était une chance, tout compte fait, qu'ils fassent leurs courses à minuit plutôt qu'à midi — à cette heure-ci, au moins, il y avait un minimum de personnel dans le magasin.

— Carlo..., murmura-t-elle malgré tout, ce n'est pas tellement dans nos habitudes de tripoter les produits comme ça.

— Si je ne touche pas, comment faire la différence entre ce qui est bon et ce qui est simplement beau?

Il lui adressa un clin d'œil par-dessus l'épaule.

— Je vous ai déjà dit que la nourriture avait beaucoup de points communs avec les femmes.

— Ah, ça, c'est raffiné, comme compliment!

— Oh! Regardez ces cèpes! Ils les ont empilés dans une barquette avec un film plastique dessus. C'est scandaleux!

Secouant la tête d'un air choqué, il retira le plastique.

— Carlo! Non! Vous ne pouvez pas faire ça!

— Je ne vais pas acheter des champignons inutilisables. Voyez comme ceux-là sont petits et vilains...

Il commença à trier tranquillement le contenu de la barquette.

— Ecoutez, vous pourrez jeter tous les champignons que vous voudrez quand nous serons de retour à l'hôtel.

Guettant le gérant de nuit du coin de l'œil, Juliet entreprit de récupérer les cèpes qu'il avait rejetés.

— Achetez deux barquettes au lieu d'une, s'il le faut.

— C'est du gaspillage. Vous ficheriez votre argent en l'air comme ça?

— Pas mon argent, celui de l'éditeur, se hâta-t-elle de rectifier, en plaçant la barquette ouverte dans le Caddie. Il sera très heureux de gaspiller un peu d'argent pour la bonne cause. Enthousiaste même.

Carlo secoua la tête.

— Non, je ne peux pas acheter pour jeter. C'est immoral.

Mais lorsqu'il voulut ressortir la barquette du chariot, Juliet s'interposa.

— Carlo, si vous ouvrez un second paquet, nous allons nous faire arrêter et nous passerons la nuit au commissariat.

— C'est plus honorable que de payer pour des champignons qui finiront à la poubelle.

Elle sourit, mais resta ferme.

— Non.

Avant qu'elle ait pu réagir, il lui caressa les lèvres du bout de l'index.

— Bon, je le fais pour vous. Mais c'est contre mes principes.

— *Grazie.* Vous avez tout ce qu'il vous faut?

Son regard suivit paresseusement le chemin que son doigt venait de tracer avec une infinie lenteur.

— Non.

— Que vous faut-il d'autre?

Il fit un pas en avant. Et comme elle n'avait pas anticipé la manœuvre, elle se retrouva prise en étau entre le Caddie et lui.

— Aujourd'hui, c'est le jour des premières leçons, murmura-t-il en prenant son visage entre ses mains.

Elle aurait dû en rire. L'idée même qu'il puisse tenter quoi que ce soit sous les néons glacés du rayon légumes d'un hypermarché relevait de l'hypothèse la plus comique. Carlo Franconi, l'homme qui cultivait l'art de la séduction avec autant d'exigence et de précision que celui de la gastronomie, soignait forcément ses décors.

Mais ce qu'elle lut dans ses yeux ne lui donna pas envie de rire.

Lorsqu'il sentit la douceur de sa peau sous ses doigts, Carlo songea que certaines femmes avaient besoin de lenteur. De lenteur et de temps. Certaines femmes savaient pour ainsi dire dès la naissance; d'autres restaient dans le questionnement.

Avec Juliet, il serait attentif à ne rien bousculer, car il comprenait. Il croyait comprendre, en tout cas.

Elle ne résista pas, mais ses lèvres s'entrouvrirent de surprise. Il y posa les siennes avec douceur, mais pas comme s'il demandait une permission. Les yeux de Juliet lui avaient déjà donné la réponse.

Il ne se hâta pas. Peu lui importait qu'ils se trouvent dans un endroit public où les lumières étaient froides et la musique préfabriquée. Il lui fallait là, maintenant, goûter à la poésie de ses lèvres. Alors, il goûtait. Et goûtait encore. Sans contraindre ni exiger.

Elle se raccrocha au Caddie derrière elle, les doigts enroulés sur la barre en métal, tout en se demandant pourquoi elle ne se dérobait pas. Elle n'avait qu'un geste à faire pour l'écarter d'elle et sortir à grands pas offusqués du magasin. Il n'avait aucune prise physique sur elle, ne la retenait pas. Ses mains encadraient juste son visage, vivantes et chaudes, sans être insistantes cependant. Elle pouvait bouger. Agir. Elle le devait !

Elle ne le fit pas.

Le pouce de Carlo glissa sous son menton, traçant une lente caresse. Sous ses doigts, il sentit son pouls qui s'affolait. Il ne brusquait rien, n'exigeait rien, n'envisageait pas d'aller plus loin, d'ailleurs, que ce simple effleurement rêveur. Mais lui qui croyait déjà tout savoir, tout deviner, n'avait pas prévu qu'une saveur unique, entêtante et inconnue viendrait frapper ses sens étonnés.

Ni l'un ni l'autre ne sut qui fit le pas suivant. Peut-être l'amorcèrent-ils d'un même mouvement. La bouche de Carlo avait cessé d'être indolente ; celle de Juliet avait perdu de sa passivité. Elles se rencontrèrent, fougueuses, et demeurèrent soudées.

Les doigts de Juliet ne se raccrochaient plus au métal du Caddie mais à la largeur des épaules de Carlo. Leurs corps s'accordaient. A la perfection. Elle aurait dû y voir un avertissement. Donner sans réfléchir ne faisait pas partie de ses pratiques. Jusqu'à maintenant du moins. En donnant, elle recevait aussi, mais c'était un nouvel équilibre comptable qu'elle n'avait encore jamais envisagé.

Les lèvres de Carlo étaient généreuses. Chaudes contre les siennes. Ses mains tenaient toujours son visage, mais plus fermement à présent. Elle n'aurait pu s'éloigner si facilement. L'idée de l'écarter et de se détourner lui était sortie d'ailleurs de l'esprit.

Lui pensait connaître de la femme tout ce qu'il était possible d'en attendre, glace, feu ou tentation. Mais la leçon, en cet instant, était pour lui autant que pour elle. Avait-il déjà éprouvé cette chaleur particulière ? Goûté à une douceur semblable à celle de Juliet ? Non, car il s'en serait souvenu. Il n'oubliait jamais ni saveurs ni sensations. Jamais.

Il connaissait la morsure, l'emportement du désir. Mais il ignorait tout de cette ardeur rêveuse qui soulève, emporte et balaie la raison, et vous arrache à vous-même. Il ignorait ce type particulier de vertige qui n'était pas un simple étourdissement des sens. Il se laissa aller à l'expérience. Et sut qu'il ne l'oublierait plus jamais.

Il savait aussi qu'un homme avisé se donne toujours le temps du recul lorsqu'il se trouve à l'extrême bord d'une falaise, un pied déjà dans le vide. Lâchant une exclamation sourde, il reprit son souffle. Et ses esprits.

Désarçonnée, Juliet dut se raccrocher au Caddie pour conserver son équilibre, se traitant tout bas d'idiote.

— C'était bien, dit Carlo doucement. Vraiment très bien, Juliet.

Elle n'était pas une oie blanche, se souvint-elle, effarée de sentir son cœur cogner de cette façon. Mais une femme de son époque. Forte. Indépendante. A l'aise avec elle-même et avec sa sexualité.

— Je suis ravie de votre approbation ! répondit-elle aigrement.

Il lui prit la main avant qu'elle ne se mît à pousser violemment le Caddie en direction des caisses.

— Ce n'est pas de l'approbation que j'exprime, *cara*, mais une forme de reconnaissance.

— Dorénavant, contentez-vous d'être reconnaissant pour le travail que je fais, d'accord ?

D'un geste nerveux, elle reprit sa liberté de mouvement. Indifférente au soin que Carlo avait mis à choisir ses produits, elle les plaça sans ménagement sur le tapis roulant.

— Vous n'avez pas élevé d'objections, lui rappela-t-il.

Il lui avait fallu un moment pour reprendre son équilibre, à lui aussi. Mais il s'était bien ressaisi. Suffisamment pour lui sourire avec assurance.

Juliet l'aurait étranglé.

— Si je n'ai pas élevé d'objections, comme vous dites, c'est pour éviter une scène embarrassante en public.

Il sortit lui-même les poivrons avant qu'elle leur fît un sort.

— Je vois que pour ce qui est de mentir, vous commencez à faire des progrès.

Elle le fusilla du regard.

— La vérité, vous ne seriez pas capable de la reconnaître, même si vous tombiez dedans tête la première !

— Faites donc attention à ces champignons, *cara*. Je ne voudrais pas qu'il leur arrive quelque chose. J'ai une affection toute particulière pour eux, maintenant.

Elle jura suffisamment fort pour surprendre la caissière. Carlo sourit de plus belle et songea à la leçon numéro deux.

A prévoir, bien sûr. Et sans trop attendre.

4

Il y avait des jours où les choses semblaient vouées à aller de travers, mais s'arrangeaient *in extremis*. Et puis il y en avait d'autres où c'était la dégringolade sans fin…

Juliet attribua une partie de sa mauvaise humeur du matin à une seconde nuit d'insomnie, tout aussi agitée que la première. Ce n'était pourtant pas le moment de dilapider son précieux capital sommeil ! Pour ce qui était de l'insomnie, elle tenait le coupable. Mais ce n'était pas vraiment une consolation, puisqu'elle aurait préféré mourir plutôt que d'en faire ouvertement le reproche à Carlo. Quant au désastre chez Gallegher's, il l'aurait fait bouillonner de rage de la même manière, si elle avait eu huit bonnes heures de sommeil à son actif. Sauf que le bouillon n'aurait peut-être pas débordé de la marmite.

Pour commencer, Carlo avait insisté pour l'accompagner dans le grand magasin avant que sa présence sur place ne soit nécessaire. Ou désirée. Or Juliet n'avait aucune envie de passer deux heures d'une journée qui promettait d'être longue et difficile avec, dans les jambes, un chef italien sûr de lui, suffisant et égocentrique. Un chef italien qui avait l'air, *en plus*, de revenir tout droit de deux semaines noyées de soleil à se faire bronzer à Palm Beach.

Et à en juger par la mine réjouie qu'il arborait, tandis qu'ils faisaient le court et humide trajet en taxi entre les studios et le centre commercial, il ne manquait pas de sommeil, *lui*. Alors que toutes les affiches vantaient le climat ensoleillé de la Californie, il pleuvait dru — le genre de pluie à grosses gouttes qui, en l'espace d'une minute, avait réduit à néant les efforts de Juliet pour se composer quelque chose qui ressemblait à une coiffure.

Carlo regardait par la vitre, appréciant la balade en ville. Il aimait la danse joyeuse de la pluie dans les flaques. Il n'avait même pas pesté lorsqu'il avait entendu tomber les premières gouttes à l'aube, à une heure où il aurait normalement dû être endormi.

— C'est agréable, ce son. Très cosy, comme on dit chez vous. Le paysage semble plus subtil.

Interrompue dans sa contemplation morne du ciel, Juliet tourna la tête vers lui.

— Pardon?

Il nota les légers cernes sous ses yeux. Bien. Leur baiser de la veille ne l'avait donc pas laissée indifférente.

— La pluie… Elle change le visage du monde.

En temps normal, Juliet aurait partagé son impression. Courir jusqu'à la bouche de métro la plus proche sous l'orage ne lui avait jamais fait peur. Pas plus que de flâner sous la bruine sur la Cinquième Avenue. Mais aujourd'hui, elle considérait comme son bon droit de voir le côté négatif de l'affaire.

— Votre jolie pluie poétique risque de vous priver d'au moins dix pour cent du public, pour votre démonstration culinaire.

Il haussa les épaules avec une nonchalance non feinte.

— Et alors?

S'il y avait une chose dont elle n'avait pas besoin en ce moment, c'était de ce genre d'acceptation détachée.

— Carlo, si nous faisons tout ça, c'est dans le but d'obtenir le maximum de couverture médiatique.

Il lui tapota la main.

— Vous ne songez qu'aux chiffres, Juliet. Pensez plutôt à mes *pasta con pesto*. Dans quelques heures, tout le monde n'aura plus qu'elles en tête.

— Je ne suis pas aussi centrée que vous sur les plaisirs de la nourriture, marmonna-t-elle.

Elle n'en était pas moins impressionnée qu'il ait pu préparer amoureusement sa première platée de *linguine* à 6 heures du matin, puis la seconde devant les caméras deux heures plus tard. Les deux avaient été un sommet de raffinement et de savoir-faire à l'italienne. Carlo lui-même, vaquant à ses fourneaux, avait eu l'air d'une star de cinéma en vacances plus que d'un chef cuisinier en activité. Et c'était précisément l'image qu'elle s'était employée à donner de lui depuis le début. Son interview, durant l'émission du matin, s'était déroulée à la perfection. Elle soupira. Ce constat aurait dû la réjouir, mais il n'avait servi qu'à accroître son pessimisme quant à la suite de leur programme.

— Avec un emploi du temps comme celui d'aujourd'hui, l'idée même d'avaler quoi que ce soit me retourne l'estomac.

— C'est parce que vous n'avez pas pris de petit déjeuner, ce matin.

— Des pâtes aux fruits de mer à 8 heures du matin ? Vous appelez ça un petit déjeuner, vous ?

— Mes *linguine* sont bonnes à toute heure.

Juliet salua cette affirmation d'un petit rire sec et s'élança hors du taxi pour courir jusqu'à l'entrée du centre commercial. Carlo réussit néanmoins à arriver avant elle et lui tint la porte ouverte.

— *Grazie.*

Une fois à l'abri, elle passa la main dans ses cheveux tout en se demandant si elle pouvait espérer obtenir un café dans un délai raisonnable.

— Vous n'avez rien à faire du tout pendant les deux heures qui viennent, Carlo.

L'idée de l'avoir sur le dos pendant la mise en place n'était pas faite pour améliorer son humeur.

— Parfait. Je vais en profiter pour me balader, alors.

Les mains dans les poches, il regarda autour de lui. Le hasard avait voulu qu'ils aient choisi l'entrée du centre commercial qui donnait pile sur le rayon lingerie.

— Je trouve vos grands magasins fascinants !

Elle laissa fuser un petit rire sarcastique en le regardant manipuler avec intérêt le bord en dentelle d'un minuscule caraco.

— Je vois ça, oui. Vous pouvez venir d'abord avec moi là-haut, si vous le souhaitez.

— Oh, non. Ne vous inquiétez pas pour moi, je vais trouver à me distraire.

Une vendeuse — le genre de fille que l'on avait envie de regarder deux fois plutôt qu'une — ajusta un déshabillé sur un cintre en lui adressant un sourire éblouissant.

— Je pense que je vais me promener un peu pour me faire une idée de ce qu'on trouve dans vos magasins... A priori, je suis déjà sous le charme, ajouta-t-il, en rendant son sourire à la vendeuse.

Observant l'échange, Juliet fit un effort pour ne pas laisser tomber une remarque acerbe.

— Très bien. Veillez juste…

— … à me trouver au troisième étage pour l'animation, à 11 h 45, conclut-il.

A sa façon amicale et bon enfant, il l'embrassa sur le front. Elle se demanda comment il pouvait la toucher comme le ferait un gentil tonton et la faire frissonner à la manière d'un amant.

— Croyez-moi, Juliet, aucune parole tombée de vos lèvres ne sombre jamais dans l'oubli.

Il lui prit la main et lui caressa la paume avec le pouce. Un geste qui n'avait plus rien d'avunculaire.

— Je vous achèterai un cadeau.

— Ce n'est pas nécessaire.

— Une nécessité, non. Un plaisir, oui. Ce qui est nécessaire est rarement plaisant.

Juliet dégagea sa main en essayant de ne pas laisser son imagination divaguer sur ce que Carlo Franconi avait à offrir à une femme en termes de plaisirs non nécessaires.

— S'il vous plaît, soyez à l'heure, Carlo.

— J'excelle dans l'art du timing, *mi amore.*

Elle n'en doutait pas. Comme elle ne doutait pas non plus qu'il se fût mis à flirter avec la fille du rayon lingerie, à peine avait-elle tourné le dos pour se diriger vers l'ascenseur.

Dix minutes plus tard, cependant, elle avait oublié le penchant de Carlo pour séduire tout ce qui lui tombait sous la main. Elle avait plus urgent à gérer… La petite assistante à la voix flûtée assurait toujours le remplacement du responsable habituel des animations, cloué au lit par sa grippe. Elise était jeune, mignonne ; elle avait tout de la pom-pom girl, le physique et le côté déluré qui allait avec. Mais elle était complètement dépassée.

— Bon… Si nous nous mettions au travail, Elise ? suggéra aimablement Juliet, résolue à rester optimiste. Carlo Franconi aura besoin d'un espace pour cuisiner, au rayon cuisine. Tout a été prévu ?

Elise lui sourit à pleines dents.

— Bien sûr ! J'ai demandé à mes collègues du rayon sport qu'ils nous prêtent une table de camping pliante.

Juliet se répéta mentalement plusieurs fois que la diplomatie était une des règles fondamentales en relations publiques avant de reprendre :

— Je pense que nous aurons besoin de quelque chose d'un peu plus solide. Peut-être un des îlots, afin que M. Franconi puisse cuisiner tout en restant face au public. Nous en étions convenus avec votre collègue.

— Ah...

Le regard d'Elise se vida un instant de toute expression, puis son visage s'éclaira de nouveau.

— Ah, mais oui! Pourquoi pas?

— Pourquoi pas, en effet, acquiesça Juliet avec une patience qu'elle jugea angélique. Nous avons prévu de réaliser un plat assez simple pour faciliter la démonstration. Vous avez bien la liste de tous les ingrédients?

— Ah, oui, oui. La recette a l'air délicieuse, d'ailleurs. Je suis végétarienne, vous savez?

Juliet voulait bien le croire. Avaler une platée de boulgour devait être le point culminant des journées de cette fille!

— Elise, je suis désolée si je vous donne l'impression de vous bousculer, mais il est important que nous procédions à la mise en place le plus rapidement possible.

— Mais bien sûr.

Coopérative en diable, Elise lui adressa un de ses sourires inaltérables.

— Qu'aimeriez-vous savoir?

Juliet éleva une muette prière pour rester calme. Elle songea aux échanges qu'elle avait eus avec son collègue, un homme qui, très clairement, maîtrisait son métier.

— M. Francis est-il vraiment très malade?

Elise hocha la tête et ses cheveux, d'une blondeur toute californienne, volèrent autour de son visage.

— Affreux! On ne le reverra pas avant la semaine prochaine.

Rien à espérer de ce côté-là, donc. Faisant alors contre mauvaise fortune bon cœur, Juliet planta son regard le plus professionnel dans le sien.

— Bon, allez, on démarre! Qu'est-ce que vous avez prévu?

— Eh bien, nous avons un nouveau robot ainsi que de très jolis bols du rayon articles ménagers.

Juliet faillit se détendre.

— C'est très bien. Et pour le piano de cuisson?

Elise sourit.

— Le piano de cuisson?

— M. Franconi ne peut pas cuisiner sans cuisinière. C'était indiqué sur la liste que nous vous avons fournie.

— Ah... Il nous faudra de l'électricité pour ça, je suppose?

Juliet croisa les mains pour éviter de les crisper dangereusement.

— Vous supposez bien. Pour le robot aussi, nou aurons besoin d'une prise.

— Je pense que je ferais mieux de voir avec le service d'entretien.

— Oui, vous feriez bien, en effet.

Tact. Diplomatie. Juliet se répéta les deux mots comme un mantra, alors que ses mains la démangeaient de saisir la chère Elise par le cou et de serrer, serrer...

— Pendant ce temps, je vais faire un tour côté cuisines. Pour choisir celle qui conviendra le mieux.

— Génial! Peut-être que M. Franconi pourra donner son interview sur place?

Juliet fit deux pas avant de stopper net.

— Quelle interview?

— Avec la chroniqueuse gastronomique du *Sun.* Elle vient à 11 h 30.

Juliet consulta son planning pour leur étape à San Diego avec un calme et une attention qui faisaient illusion, même si elle en connaissait chaque mot par cœur.

— Il n'y a pas d'interview prévue à cette heure.

— Ça s'est décidé à la dernière minute. J'aurais peut-être dû vous prévenir?

Sourire réjoui de la demoiselle; profonde inspiration de Juliet. Si elle commençait tout de suite, elle parviendrait certainement à tout mettre en place dans les temps.

— Comment puis-je joindre la direction?

— Dans mon bureau. Je vais vous montrer. Je peux faire quelque chose, sinon?

Un choix de réponses cinglantes vinrent à l'esprit de Juliet. Restant *diplomate*, elle les rejeta une à une.

— Apportez-moi un café bien serré. Avec deux sucres.

Puis elle releva ses manches et se mit au travail.

A 11 heures, la cuisine du chef était fin prête. L'îlot, le piano de cuisson, les ingrédients : tout y était. Un coup de fil et un minimum de subtilité avaient suffi pour qu'elle obtienne en prime deux superbes bouquets, gracieusement offerts par la fleuriste du centre commercial.

Elle en était à son troisième café et envisageait de s'en faire apporter un quatrième, lorsque Carlo apparut, déambulant, dans son champ de vision.

— Ah, Carlo ! Je désespérais de vous voir.

Elle vida le fond de son gobelet.

— J'ai bien cru que j'allais devoir organiser une battue pour vous retrouver.

— Une battue ?

Il jeta un coup d'œil négligent sur le décor qu'elle avait planté pour lui.

— Je suis venu dès que j'ai entendu l'appel.

— C'était le cinquième.

— Ah bon ?

Il se tourna vers elle pour lui adresser un sourire serein. Juliet se sentait échevelée, rouge et à bout de nerfs. Lui avait l'air de sortir tout droit des pages glacées de *Vogue Hommes International*.

— Je viens juste de l'entendre. Il faut dire aussi que j'ai passé pas mal de temps avec un casque sur la tête à écouter quelques merveilleux enregistrements d'opéra. Italien, bien sûr.

— J'en suis ravie pour vous.

Elle passa une main lasse dans ses cheveux déjà passablement en bataille.

— Est-ce qu'il y a un problème, Juliet ?

— Oui, et il se prénomme Elise ! Trois fois, j'ai été sur le point de commettre un meurtre par strangulation lente. Si cette fille me sourit encore une fois, je pourrais bien passer à l'acte.

Elle balaya ces considérations d'un geste impatient de la main. Ce n'était pas le moment de se laisser aller à des fantasmes meurtriers, même s'ils soulageaient délicieusement son humeur.

— Disons, pour résumer, que l'organisation n'était pas tout à fait au point.

— Mais vous avez tout réglé à la perfection.

Il se pencha pour examiner le piano de cuisson, comme un coureur automobile ferait le tour de son véhicule avant les 24 Heures du Mans.

— Parfait !

— Estimez-vous heureux de pouvoir cuisiner à l'électricité et pas seulement à la force de votre imagination, marmonna-t-elle. Et vous avez une interview dans une demi-heure avec une chroniqueuse gastronomique du *Sun*, une certaine Marjorie Ballister.

Concentré sur le robot, il salua la nouvelle d'un simple mouvement d'épaules.

— Si je l'avais su à l'avance, poursuivit Juliet, j'aurais pu me renseigner sur son style et ses préférences. Mais…

— *Non e importante.* Vous vous tourmentez beaucoup trop, Juliet.

Elle l'aurait volontiers embrassé. Par gratitude — uniquement par gratitude, bien entendu —, mais elle l'aurait embrassé. Considérant que ce ne serait pas très avisé, elle se contenta de lui sourire.

— J'apprécie votre attitude, Carlo. Après avoir passé une heure à batailler avec l'inepte, l'insupportable et le bizarre, c'est un soulagement pour moi d'être avec quelqu'un qui prend les choses comme elles viennent.

— Franconi prend toujours la vie comme elle vient.

Juliet s'effondrait sur une chaise, prête à s'accorder cinq minutes de répit bien mérité, lorsque la foudre s'abattit avec la violence d'un orage d'été.

— *Madre de dio !* C'est quoi, cette plaisanterie ? On se moque de moi ?

Elle se releva d'un bond pour fixer le pot d'épices que Carlo tenait à la main.

— Quelqu'un a décidé de saboter mon travail, c'est ça ?

Quelle mouche l'avait piqué, tout à coup ? Pourquoi hurlait-il comme s'il venait de subir un affront majeur ?

— Comment ça, saboter votre travail ? Où est le problème ?

Il lui secoua le pot sous le nez.

— Là ! Il est *là*, le problème ! Quel nom donnez-vous à cette *chose* ?

— C'est du basilic, je crois…

Elle sentit un début d'insécurité la gagner sous le regard furibond qu'il dardait sur elle.

— C'est bien ce que vous aviez indiqué sur votre liste, non ?

— Du basilic ! Vous osez appeler ça du basilic !

Il partit dans une vigoureuse tirade en italien.

N'oublie pas que c'est ton boulot de rester calme, Juliet.

— Carlo, regardez : c'est indiqué « basilic », là, en grosses lettres.

Il proféra un juron particulièrement énergique et lui colla le pot dans les mains.

— Dans toutes vos super notes, est-il écrit quelque part que Franconi cuisine avec du basilic séché ?

— Du basilic, c'est du basilic, riposta-t-elle entre ses dents serrées. b-a-s-i-l-i-c.

— *Frais.* Sur votre liste, c'est marqué « frais ». Même le dernier des amateurs n'aurait pas l'idée de préparer une sauce au pesto avec du basilic séché ! Ai-je l'air d'un amateur, Juliet ?

Elle ne lui dirait pas de quoi il avait l'air. Plus tard, peut-être, admettrait-elle en privé que la colère lui allait comme un gant. Sa rage lui donnait une allure assez spectaculaire. Ténébreuse, déraisonnable, mais spectaculaire.

— Carlo, je suis bien consciente que la situation ici n'est pas aussi idéale que nous pourrions le souhaiter l'un et l'autre, mais…

— Je n'ai pas besoin que ce soit parfait ! Je peux cuisiner dans une bouche d'égout, s'il le faut. Mais je ne transige *jamais* sur la qualité de mes ingrédients, vous m'entendez ? Jamais !

Elle ravala — non sans difficulté — sa fierté, son humeur et son opinion. Un petit quart d'heure seulement les séparait de l'interview.

— Je suis désolée, Carlo. Si vous pouviez juste accepter de faire une concession, exceptionnellement, nous…

— Une *concession* ?

Il prononça le mot avec une telle répugnance qu'elle comprit que la bataille était perdue.

— Vous demanderiez à Picasso de faire une *concession* ? De tricher un peu avec ses couleurs ?

Juliet glissa le pot dans sa poche, vaincue.

— Bon. Quelle quantité de basilic frais vous faut-il ?

— Trois bouquets.

— Vous les aurez. Autre chose ?

— Un mortier et un pilon. En marbre.

Juliet regarda sa montre. Elle avait trois quarts d'heure pour dégoter le tout.

— O.K. Assurez l'interview. Moi, je m'occupe des courses. Nous démarrons la démonstration à midi.

Il ne lui restait plus qu'à croiser les doigts pour que quelqu'un ait eu l'heureuse idée d'ouvrir une épicerie fine dans un rayon de dix kilomètres.

— Souvenez-vous de donner le titre de votre livre et de mentionner la prochaine étape de la tournée. Nous aurons une démonstration dans un autre Gallegher's à Portland, ça fera le lien. Tenez...

Elle fouilla dans son sac et en sortit une photo.

— Vous pourrez toujours remettre votre charmant portrait à la journaliste du *Sun*, si je ne suis pas de retour à temps. Elise n'a rien dit au sujet d'un photographe.

— Vous avez envie de prendre cette jeune évaporée par la peau du cou pour l'émincer en fines lamelles, pas vrai ? Je ne vous ai encore jamais entendue jurer comme ça, *sotto voce*.

— Je la découperais sans hésitation, oui. Tenez, prenez aussi un exemplaire du livre au cas où. La journaliste pourra le garder si elle le souhaite.

— Je me charge d'elle. Occupez-vous de mon basilic.

Quelques fiévreux coups de fil plus tard, Juliet avait obtenu l'adresse d'un magasin spécialisé en produits méditerranéens. Le trajet frénétique, sous une pluie toujours battante, ne contribua en rien à améliorer son humeur. Sans parler du prix d'un pilon et d'un mortier en marbre. Jetant un coup d'œil à sa montre, elle se dit qu'elle n'avait pas le temps d'avoir des humeurs. Fourrant dans un sac ce qu'elle considérait être les excentricités de Carlo, elle regagna au pas de course le taxi qui l'attendait.

A 11 h 50 très précisément, elle sortait, trempée jusqu'aux os, de l'ascenseur au troisième étage. La première chose qu'elle vit fut Carlo, nonchalamment installé dans un fauteuil en rotin, en grande conversation avec une quinquagénaire rondelette munie d'un carnet et d'un stylo. Il avait l'air irrésistible, affable et... *sec*. L'idée de lui enfoncer son satané pilon dans l'oreille lui traversa fugitivement l'esprit.

— Ah, Juliet !

Carlo se leva à son approche, charmant comme à son habitude.

— Il faut que vous fassiez la connaissance de Marjorie.

Figurez-vous qu'elle est passée récemment par Rome et qu'elle connaît ma cuisine.

— Et j'ai adoré chaque bouchée ! Comment allez-vous ? Vous devez être *la* Juliet Trent dont Carlo vient de me chanter les louanges.

Chanter les louanges ? Non, elle ne se laisserait pas amadouer par une manœuvre aussi simpliste ! Elle posa son sac sur la table et échangea une poignée de main avec Marjorie.

— Enchantée. J'espère que vous pourrez rester pour la démonstration ?

— Je ne la manquerais pour rien au monde. Ne serait-ce que pour la dégustation qui suivra, précisa-t-elle avec un sourire lumineux à l'intention de Carlo.

Juliet en ressentit une pointe de soulagement. Au moins un point positif dans tout ce désastre. Ou elle se trompait fort, ou Carlo était sur le point de faire l'objet d'un article dithyrambique.

Son chef italien préféré avait déjà puisé ses bouquets de basilic dans le sac. Il y plongea aussitôt le nez.

— Très bien. Parfait. C'est tout à fait ça. Excellent !

Il soupesa le mortier et le pilon.

— Vous verrez, Juliet, qu'une partie du public a déjà commencé à s'installer autour de notre scène improvisée. Nous nous sommes donc réfugiés ici, Marjorie et moi, sachant que vous nous verriez en sortant de l'ascenseur.

— Très bonne initiative.

Ils s'étaient bien débrouillés, tous les deux, il fallait le reconnaître. Rien à dire de ce côté-là. Cherchant Elise des yeux, Juliet la vit papoter joyeusement au sein d'un petit groupe. Au moins une qui n'était pas tourmentée par l'inquiétude ! constata-t-elle avec une ironie mauvaise. Mais elle s'était résignée à n'attendre aucune aide de sa part. Bien… Cinq minutes aux toilettes pour procéder à une remise en état générale et elle devrait réussir à tenir le timing.

— Vous avez tout ce qu'il vous faut, à présent, *maestro* ?

N'échappèrent à Carlo ni la pointe d'irritation dans sa voix ni sa main, qu'il attrapa entre les siennes.

— *Grazie, cara mia.* Vous avez été merveilleuse.

Elle aurait préféré retrousser les lèvres et pousser un feulement de fauve en colère. Mais elle lui rendit poliment son sourire.

— Je fais mon travail, rien de plus. Il vous reste encore quelques minutes avant d'entrer en scène. Si vous voulez bien m'excuser un instant, j'ai quelques petits détails à régler et j'arrive.

Elle garda une démarche digne et posée tant qu'elle fut dans leur champ de vision, puis elle courut jusqu'aux toilettes, tirant déjà sa brosse de son sac pour gagner quelques précieuses secondes.

Carlo sourit en inspectant amoureusement son basilic.

— Qu'est-ce que je vous avais dit? Elle est fabuleuse!

— Et si jolie…, acquiesça Marjorie. Même mouillée et les nerfs à vif.

Avec un rire joyeux, Carlo délaissa son basilic pour prendre les deux mains de la journaliste dans les siennes. Il avait besoin de toucher. Toujours.

— Vous êtes perspicace, Marjorie. Très perspicace. Je savais que vous me plairiez.

Marjorie fit entendre un petit rire charmé, qui disait sa sensation d'avoir perdu d'un coup vingt ans et dix bons kilos. Rajeunir les femmes était un des talents de Carlo, talent dont il usait avec une générosité inlassable.

— Une dernière question, Carlo, avant que votre merveilleuse miss Trent ne vous enlève à moi. Vous arrive-t-il encore de vous envoler pour Le Caire ou São Paulo, afin de réaliser l'une de vos créations pour quelque milliardaire enchanté, en échange d'une rémunération vertigineuse?

Il y avait eu un temps, en effet, où c'était devenu pour lui une habitude de cuisiner d'un bout à l'autre de la planète.

Il garda le silence un moment, revivant les années de sa carrière où son succès était devenu international. Globe-trotter des fourneaux, il avait fait les voyages les plus spectaculaires, les plus glamour, un peu partout dans le monde, apportant le raffinement de la gastronomie italienne tantôt à un prince, tantôt à un magnat des affaires, tantôt à une rentière riche à millions. Cette période de sa vie avait été enivrante, riche en rencontres.

Puis il avait ouvert son propre restaurant et avait découvert qu'un lieu de création stable lui apportait des satisfactions beaucoup plus profondes que l'éclat, même médiatisé, d'une performance unique.

— Ça m'arrive encore, mais de façon très épisodique. Il y a deux mois, le duc d'Ollières fêtait son anniversaire. Comme c'est un vieil ami, un client fidèle, et qu'il a la faiblesse d'adorer ma cuisine, j'ai accepté. Mais mon restaurant est une maîtresse exigeante. Il ne me laisse plus le temps de vagabonder.

Une pensée lui traversa soudain l'esprit et son regard sur Marjorie se fit perplexe.

— Peut-être ai-je besoin de plus de stabilité, avec les années qui passent?

— Tant qu'à vous stabiliser, vous auriez pu le faire aux Etats-Unis.

Elle referma son carnet.

— Je suis persuadée que si vous ouvriez un Franconi's ici, à San Diego, les clients arriveraient en avion d'un peu partout dans le pays.

Il prit l'idée, la soupesa, comme il avait soupesé le basilic, et la rangea dans un coin de son esprit.

— Qui sait? C'est une possibilité intéressante.

— Et une interview fascinante. Merci encore!

Marjorie fut sensible au fait qu'il se lève courtoisement pour lui serrer la main. Féministe affirmée, elle goûtait la politesse authentique et le charme sincère.

— Je me réjouis à l'idée de déguster une fourchetée ou deux de *pasta* après la démonstration. Mais voici votre Juliet, je vous laisse. Je vais essayer de me trouver une bonne place assise.

Marjorie croyait dur comme fer qu'il n'y avait pas de fumée sans feu. Lorsqu'elle avait prononcé le prénom de son attachée de presse, Carlo Franconi avait vivement tourné la tête et quelque chose avait vacillé dans son regard. Pas de doute, la flamme était bien là et son rayonnement perceptible, même à quelques mètres.

Avec le sèche-mains et sa brosse, Juliet avait réussi à imposer un minimum de discipline à sa chevelure. Une touche de ceci, un soupçon de cela, et son maquillage avait repris forme. Son imperméable sur le bras, elle avait retrouvé un air de calme compétence. Un air seulement. Elle était disposée à admettre qu'elle avait bu un café de trop.

— L'interview s'est bien passée?

Carlo nota avec plaisir qu'elle avait pris le temps de se remettre un peu de parfum.

— Mieux que bien.

— Parfait. Vous me donnerez les détails plus tard. Il est temps de démarrer.

— Juste une minute…

Il porta la main à sa poche.

— Je vous avais dit que je vous achèterais un cadeau.

Elle fut parcourue d'un frémissement qu'elle attribua aussitôt aux méfaits de la caféine.

— Carlo… Je vous ai dit que ce n'était pas nécessaire. D'ailleurs, nous n'avons pas le temps de…

— On a *toujours* le temps.

Il ouvrit lui-même la petite boîte et en sortit un délicat cœur en or accroché à une chaîne. Elle s'était attendue à quelque chose comme un ballotin de chocolats.

— Oh! Je…

Les mots, c'étaient son métier et, tout à coup, elle n'en avait plus un seul à sa disposition!

— Carlo, vraiment, vous ne pouvez pas…

— Ne dites jamais à Franconi qu'il ne peut pas, murmura-t-il en lui accrochant la chaîne autour du cou.

Il procéda sans tâtonnement ni maladresse, en homme habitué à accomplir ces petites tâches pour une femme.

— J'ai trouvé qu'il était très simple, finement exécuté, élégant. Donc fait pour vous.

Il fit un pas en arrière pour juger de l'effet, plissa les yeux, puis hocha la tête.

— Oui, c'est tout à fait ce que je pensais.

Impossible de se souvenir qu'elle avait couru comme une folle sous la pluie battante pour lui trouver son fichu basilic, lorsqu'il lui souriait ainsi. Même son exaspération face à l'incurie d'Elise glissait vers l'oubli.

Elle porta la main au pendentif et le caressa du doigt.

— Il est très beau.

Ses lèvres s'incurvèrent spontanément, avec douceur. Carlo se promit de faire en sorte de susciter plus souvent cette réaction.

— Merci.

Des cadeaux, il en avait tant offert qu'il en avait perdu le compte depuis longtemps. Il avait assisté aussi à toutes formes de manifestations de gratitude. Mais quelque chose lui disait qu'il n'oublierait jamais le simple « merci » de Juliet.

— *Prego.*

— Ah, Juliet!

Elle tourna les yeux pour découvrir qu'Elise l'observait. Cadeau ou pas cadeau, elle sentit sa mâchoire se durcir.

— Oui, Elise? Vous n'avez pas encore fait la connaissance de Carlo Franconi, je crois?

— Elise m'a redirigée vers vous, Juliet, lorsque vous m'avez fait appeler tout à l'heure, précisa Carlo d'un ton apaisant.

Elise les gratifia de son sourire tout-terrain.

— Je le trouve super, votre bouquin de recettes, monsieur Franconi. Tout le monde est impatient de vous voir vous mettre à vos casseroles.

Elle ouvrit un petit carnet dont la couverture était décorée d'un motif de marguerites.

— Si vous voulez bien m'épeler le nom de votre plat, ce sera plus facile pour faire l'annonce.

Juliet mit en œuvre tout son charme et sa diplomatie pour pousser fermement la demoiselle en direction de la porte.

— Elise, j'ai tout le vocabulaire en tête. Qu'en diriez-vous, si je me chargeais de la présentation?

Nouveau sourire inaltérable.

— Ce serait top. Et plus facile pour moi.

— Alors allons-y… Carlo, si vous voulez bien patienter par là une seconde.

Avant qu'il ait pu répondre, elle prit le basilic, le mortier et le pilon et se dirigea d'un pas assuré vers la scène qu'elle avait préparée. Avec le plus grand naturel, elle disposa le tout sur l'îlot, puis se tourna vers l'assistance. Une centaine de personnes, estima-t-elle. Peut-être un peu plus. Pas mal du tout pour une journée de pluie!

— Bonjour à tous.

Sa voix au timbre clair portait assez loin. Et l'espace était suffisamment circonscrit pour qu'ils puissent se passer de micro. Une chance inestimable, en l'occurrence, car la douce Elise avait aussi négligé ce détail « mineur ».

— Tout d'abord, merci. A vous d'être venus si nombreux et

330

aux magasins Gallegher's pour avoir mis à notre disposition ce très beau cadre pour notre démonstration culinaire.

A quelques pas de là, Carlo jubilait en la regardant. Comme il l'avait dit à la journaliste, il trouvait Juliet fabuleuse. *Fantastica*. Qui aurait pu penser, à la voir ainsi, à l'aise et souriante, qu'elle était debout depuis l'aube et qu'elle n'avait cessé un instant de courir depuis qu'elle était levée ?

— Nous avons tous plaisir à nous nourrir, parfois même un peu trop...

Cette affirmation suscita les rires murmurés qu'elle escomptait.

— ... mais un expert m'a expliqué que s'alimenter, ça peut être tout autre chose que de satisfaire de banals besoins élémentaires. La dégustation de certains mets pourrait provoquer l'équivalent d'un choc artistique, comme on en vit parfois en découvrant une œuvre d'art. Certains parmi nous n'aiment pas se mettre à leurs casseroles, mais ce même expert m'a assuré que l'art culinaire était aussi exigeant que les arts dits « nobles ». Cet après-midi, cet expert, Carlo Franconi, partagera avec vous son art, sa magie et son expérience, en réalisant devant vous sa version toute personnelle des célèbres *trofie al pesto genovese*.

Juliet lança les applaudissements, mais fut relayée aussitôt par l'ensemble du public. Carlo apparut alors et elle s'effaça pour se fondre dans la foule.

Il salua l'assistance en faisant pétiller un de ses sourires.

— Heureux l'homme qui a le privilège de cuisiner pour autant de belles femmes à la fois ! Certaines d'entre vous ont-elles des maris ?

Sa question provoqua des rires sous cape et des mains se levèrent.

— Tant que ça ? Quel dommage ! Je me contenterai de faire la cuisine, alors.

Juliet savait qu'il avait choisi cette spécialité ligure parce qu'elle était rapide à réaliser, mais, au bout de cinq minutes à peine, elle comprit que personne n'aurait bronché s'il s'était lancé dans une préparation longue, laborieuse et compliquée. Que cuisiner soit un art majeur restait encore à prouver, mais elle était d'ores et déjà convaincue que Carlo avait de la magie dans les doigts.

Ses mains étaient aussi sûres et habiles que celles d'un chirurgien ; sa langue enjôlait comme celle d'un politicien. Elle le regardait mesurer, râper, découper, mélanger et n'aurait pas été mieux divertie si elle avait assisté à une bonne représentation de théâtre.

Une personne dans le public s'enhardit à poser une question. D'autres, aussitôt, suivirent son exemple. Juliet connut un moment d'inquiétude ; elle redoutait que Carlo en fût déconcentré. Mais, à l'évidence, il ne demandait pas mieux que d'interagir avec l'assistance. Cuisiner n'était pas pour lui un travail dont il devait s'acquitter : il passait un bon moment, avec d'autres, à partager sa passion.

Il fit appel à une jeune femme pour venir l'assister, en faisant observer que tous les grands chefs avaient besoin d'aide et d'inspiration. Son assistante improvisée fut chargée de remuer délicatement les *trofie* dans l'eau. Naturellement, il fit tout un cinéma pour lui enseigner la technique exacte, sans se priver de poser sa main sur la sienne pour la guider. Un seul geste comme celui-là et c'étaient dix livres de cuisine de plus qui partaient à la vente !

Juliet se moqua de ses calculs. Carlo enjôlait pour le plaisir et non pour faire du chiffre. Il était drôle et sans artifice, même s'il prenait la qualité de son basilic un peu trop au sérieux. Sans artifice et généreux. Elle porta machinalement la main au pendentif qui reposait au creux de son cou. Il était aussi d'une prévenance peu commune et d'une exigence qui l'était encore moins. Il n'y avait rien d'ordinaire chez lui.

Alors qu'elle le regardait rire avec son public, elle sentit ses préventions fondre. La sensation s'accompagna d'un soupir et elle se prit à rêver. Certains hommes avaient ainsi la faculté de plonger dans la rêverie même les femmes les plus pragmatiques.

Une jolie quadragénaire, assise à côté d'elle, se pencha vers sa voisine.

— Il a une sacrée aura sexuelle, ce type ! Ça doit se bousculer au portillon, pour passer dans son lit.

Juliet se ressaisit et laissa retomber sa main. Oui, Carlo plaisait aux femmes tout comme les femmes plaisaient à Carlo. Elle ne doutait pas que liste d'attente il y avait. D'un geste délibéré, elle glissa les mains dans les poches de sa jupe. Elle ferait mieux de se souvenir qu'elle misait à fond sur cette image publique de séducteur. Qu'elle la cultivait, même. Tout comme elle ferait bien de garder à la mémoire cette affirmation de Carlo, à savoir que ce n'était pas une image qu'il se donnait, mais sa nature véritable.

Si elle commençait à croire ne serait-ce que la moitié de ce qu'il lui racontait, elle pourrait se retrouver, elle aussi, sur cette liste d'attente, à faire le pied de grue. Cette pensée suffit à la ramener à la réalité. Aucune envie de se faire épingler sur son tableau de chasse!

Lorsque les *trofie* furent avalées jusqu'à la dernière et que Carlo eut fini de répondre aux questions, il envisagea le plaisir de s'asseoir un instant sans autre objectif en tête que de savourer un petit vin blanc moelleux bien frappé.

Mais Juliet lui tendait déjà sa veste.

— Excellente prestation, Carlo.

Tout en parlant, elle l'aida à l'enfiler.

— Vous pouvez quitter la Californie avec la satisfaction d'avoir remporté un beau succès.

Il soupira.

— J'en conclus que nous fonçons à l'aéroport?

Elle perçut une pointe de lassitude dans sa voix et lui adressa un sourire réconfortant.

— Juste le temps de récupérer nos valises à la consigne de l'hôtel. La consolation, c'est que vous pourrez dormir dans le taxi, puis dans l'avion jusqu'à Portland.

Une perspective suffisamment tentante pour le décider à pleinement coopérer.

Ils sortirent de l'ascenseur au rez-de-chaussée et se dirigèrent vers l'entrée ouest, où le taxi que Juliet avait commandé était censé les attendre. Elle soupira de soulagement en constatant qu'il s'y trouvait bien.

— A quelle heure arrivons-nous à Portland?

— 19 heures et des poussières.

Une pluie furieuse battait les vitres du taxi. Juliet s'exhorta au calme. Tous les jours, des avions décollaient par tous les temps, *et en toute sécurité.*

— Demain matin, vous serez l'invité d'honneur de « Personnalités d'aujourd'hui », mais à 9 h 30 seulement. Autrement dit, petit déjeuner à une heure civilisée et nous passerons en revue le programme après une bonne nuit de sommeil.

Avec une célérité née d'une longue habitude, elle vérifia chaque élément de sa liste San Diego pour s'assurer que le programme avait été accompli. Elle eut tout juste le temps de parcourir la liste Portland avant que le taxi ne s'immobilise devant l'entrée de leur hôtel.

— Attendez-moi ici, ordonna-t-elle autant à Carlo qu'au chauffeur. Nous sommes un peu justes pour l'avion.

Entre le moment où elle sortit du taxi et celui où les valises furent posées dans le coffre, Carlo nota que sept minutes seulement s'étaient écoulées. Il s'amusait à la chronométrer ; elle battait régulièrement des records d'efficacité.

— Maintenant, vous aussi, vous pouvez dormir jusqu'à Portland, Juliet.

— Non, j'ai encore du travail. Ce que j'apprécie dans les transports aériens, c'est que je peux imaginer être dans mon bureau et oublier que je suis suspendue dans les airs à une distance effrayante de la terre ferme.

— Vous ne m'aviez pas dit que vous aviez peur en avion.

— Seulement quand il vole... Mais je préfère ne pas y penser pour le moment.

Elle se renversa contre le dossier de la banquette, ferma les yeux dans l'idée de s'accorder quelques secondes de détente... et fut réveillée par un baiser avant même d'avoir compris ce qui lui arrivait.

Désorientée, elle soupira et noua les bras autour du cou de Carlo. Ses lèvres étaient apaisantes. Si douces. Tout à coup, le baiser ne fut plus doux du tout mais brûlant.

— *Cara*...

La réaction de Juliet avait surpris et enchanté Carlo.

— C'est criminel d'avoir à vous tirer d'un si doux sommeil.

— Mmm ?

Lorsqu'elle souleva les paupières, leurs deux visages étaient très proches. Elle avait encore la sensation de chaleur sur ses lèvres, percevait les battements incontrôlés de son cœur. Se rejetant soudain en arrière, elle chercha fébrilement la poignée.

— Ce n'était pas inscrit à votre programme, ça !

— Exact. Mais l'expérience était instructive quand même... J'ai déjà réglé le chauffeur, Juliet, précisa-t-il en la voyant fouiller dans son sac. Les bagages sont enregistrés et nous embarquons porte cinq.

Glissant un bras sous le sien, il la guida, encore à demi endormie, jusque dans le terminal.

— Ce n'était pas à vous de prendre ça en charge.

Elle aurait dégagé son bras si elle avait eu l'énergie de marcher seule.

— Si je vous accompagne en tournée, c'est pour…

— … assurer la promotion de mes œuvres complètes, je sais. Si ça peut vous soulager, il m'est arrivé de faire la même chose lorsque je voyageais avec votre prédécesseur.

Soulagée, elle le fut, en effet. Et elle se sentit un peu ridicule d'avoir sorti ses griffes.

— J'apprécie votre aide, Carlo, vraiment. Si je réagis un peu vivement, c'est juste par manque d'habitude. Vous seriez surpris de voir le nombre d'auteurs qu'il faut materner en tournée. Sans compter ceux qui se laissent servir comme des princes et se moquent du reste.

— Vous seriez surprise de voir le nombre de chefs mal lunés qui ont toutes sortes d'exigences déraisonnables.

Elle songea au basilic et lui adressa un sourire faussement sceptique.

— Non, vraiment?

Même s'il avait perçu son ironie, Carlo poursuivit, tandis qu'ils franchissaient le contrôle :

— Toujours à s'emporter, jurer, tempêter et à jeter des projectiles. Ça finit par donner mauvaise réputation à notre corps de métier… Ah, ça y est, ils ont commencé l'embarquement. J'espère qu'ils auront un bordeaux correct à nous proposer.

Juliet étouffa un bâillement et lui emboîta le pas.

— Il me faut ma carte d'embarquement, Carlo.

— Je l'ai ici.

Il présenta les deux à l'hôtesse et ils montèrent à bord.

— Hublot ou couloir, Juliet?

— Aucune idée. Passez-moi ma carte, que je voie mon numéro de siège…

— Nous avons les 2A et 2B. Je vous laisse choisir.

Un passager se fraya un chemin dans l'allée en la bousculant. Assaillie par la fatigue, elle éprouva une épuisante impression de déjà-vu.

— Carlo, s'il vous plaît! Je suis en classe touriste, alors…

— Non, votre réservation a été modifiée. Prenez le hublot.

Sans lui laisser le temps de protester, il la guida jusqu'à son siège et s'installa à côté d'elle.

— Comment ça, ma réservation a été modifiée ? Laissez-moi rejoindre ma place avant que ça ne pose un problème.

— Votre place est ici. Tenez, regardez.

Carlo lui tendit sa carte et allongea les jambes.

— *Dio*. Ça fait du bien de se poser !

Juliet vérifia son numéro de siège : c'était bien le 2A. Une erreur à l'enregistrement, sans doute.

— Je vais voir avec le chef de cabine pour arranger ça.

— Il n'y a rien à voir avec le chef de cabine, Juliet ! Attachez donc votre ceinture et reposez-vous...

Disant cela, il se pencha sur elle pour s'en charger lui-même.

— Je vous ai pris des places en première sur tous les vols jusqu'à la fin de la tournée.

Juliet tenta de défaire la ceinture qu'il venait de boucler.

— Mais... Vous ne pouvez pas faire ça !

— On ne dit jamais « Tu ne peux pas » à Franconi.

Il se concentra sur sa propre ceinture.

— Vous travaillez aussi dur que moi, pourquoi faudrait-il que vous voyagiez dans des conditions de moindre confort ?

— Parce que je suis *payée* pour vous accompagner sur cette tournée, Carlo. Laissez-moi passer. Je veux régler ce problème avant le décollage.

— Non !

C'était la première fois qu'elle lui entendait cette voix inflexible.

— Je préfère votre compagnie à celle d'un inconnu ou d'un siège vide.

Lorsqu'il tourna la tête vers elle, son regard était semblable à sa voix.

— Je vous veux ici avec moi. *Basta*.

Juliet ouvrit la bouche, puis la referma. Professionnellement, elle se trouvait en terrain miné, quoi qu'elle fasse. Sa mission consistait à dorloter son auteur et à satisfaire à ses demandes — dans les limites du raisonnable. Personnellement, elle avait compté sur la distance durant les vols pour reprendre ses esprits. Et son équilibre. Avec Carlo, même une courte distance pouvait être utile.

Soit, il faisait preuve de générosité et était attentif à ses besoins.

D'un autre côté, il se montrait têtu comme une mule. Mais avec un peu de diplomatie…

Elle lui adressa un sourire patient.

— Carlo…

Il l'arrêta le plus simplement du monde : en posant sa bouche sur la sienne, avec une calme et irrésistible détermination. Il la maintint ainsi un moment, une main contre sa joue, l'autre enserrant la sienne qui s'était figée sur ses genoux.

Juliet vit le sol de l'avion s'incliner et une sensation de vide se fit dans sa tête.

Nous décollons, songea-t-elle vaguement, tout en devinant que l'appareil n'avait pas encore quitté le sol.

La langue de Carlo toucha brièvement la sienne, puis, de nouveau, il n'y eut plus que ses lèvres. Il passa la main dans ses cheveux, puis reprit place sur son siège.

— Et maintenant, rendors-toi, Juliet, dit-il en passant le plus naturellement du monde au tutoiement. Ce n'est de toute façon pas l'endroit que je choisirais pour aller plus loin.

Le silence, parfois, était la meilleure forme de diplomatie. Juliet ferma alors les yeux et, sans un mot, se laissa glisser dans le refuge ouaté du sommeil.

5

Les montagnes Rocheuses, les canyons, les ruines indiennes, les torrents et les trembles : quoi de plus fascinant que l'Etat du Colorado ? Le seul ennui, c'est qu'une chambre d'hôtel restait une chambre d'hôtel.

Ils n'avaient pas eu une seconde à eux dans l'Etat de Washington. Juliet avait couru du début à la fin de leur séjour de trois jours. Il lui avait fallu réfléchir, travailler, planifier debout. En permanence sur ses deux pieds ou presque. Mais les résultats avaient été à la mesure de ses efforts. Spectaculaires, même. Ils avaient réussi à tenir un planning si serré que son patron, à New York, devait en avoir le tournis. Le rapport qu'elle rédigerait sur ce début de tournée ressemblerait au rêve de tout attaché de presse.

Mais s'ouvrait à présent le chapitre Denver…

Le peu de couverture médiatique qu'elle avait réussi à obtenir justifierait à peine le prix de leurs billets d'avion. Une seule émission télévisée à une heure inhumainement matinale et un misérable article dans les pages gastronomiques d'un journal local. Une séance de dédicace qui ne serait couverte ni par la télévision ni par la radio. Autrement dit, trois fois rien ou presque. Et aucun journaliste de la presse n'avait confirmé sa venue. Minable…

Juliet coupa à regret le jet brûlant de la douche, ce matin-là, s'enroula dans un drap de bain et sortit du fond de sa valise un ensemble encore propre. Comme ils passaient enfin deux nuits de suite dans le même hôtel, elle s'était empressée de donner ses autres vêtements à laver.

Par chance, Carlo n'avait aucune démonstration culinaire programmée. Gastronomique ou pas gastronomique, l'idée même de nourriture lui soulevait le cœur.

Avec un peu de chance, ils retourneraient à l'hôtel tout de suite après le passage télé. Ce qui lui permettrait de se rendormir une heure, puis de prendre son petit déjeuner dans sa chambre tout en répondant à ses messages. La séance de dédicace ne commençait qu'à midi et leur départ n'était prévu que le lendemain matin.

Elle se dit qu'en se raccrochant très fort à cette perspective, elle tiendrait peut-être le coup pendant l'émission télévisée. Tout en cherchant une paire de collants de la couleur adéquate, elle étouffa un bâillement. Pour la première fois depuis le début de la tournée, ils disposeraient d'une soirée entièrement libre, sans avoir à divertir qui que ce soit ni à être divertis. Un bon repas tranquille, pas trop loin de l'hôtel, puis une vraie nuit de sommeil. Le rêve! Un rêve qui l'aiderait à tenir sa fatigue en respect.

Elle se força à avaler deux cuillerées de levure de bière en flocons. Elle était déjà habillée de pied en cap, lorsqu'elle s'aperçut qu'elle avait oublié de se maquiller. Qu'à cela ne tienne… Elle se débarrassa de sa veste en lin et retourna dans la salle de bains. On frappa alors à la porte de sa chambre. Elle alla jeter un coup d'œil au judas, dans un mélange de suspicion et de mauvaise humeur, et eut une vision rapprochée du visage de Carlo. Il avait un sourire jusqu'aux oreilles et louchait tant et plus.

— Hé! Tu es en avance! protesta-t-elle en lui ouvrant. J'en ai encore pour cinq…

Elle se tut en humant le plus suave, le plus stimulant des arômes. Baissant les yeux, elle vit alors le petit plateau, la cafetière et les deux tasses.

— Du café! chuchota-t-elle.

— Eh oui.

Carlo entra avec son offrande.

— Je pensais que tu serais prête, même si le service d'étage, lui, dort encore.

Il se dirigea vers la table, regardant autour de lui, et constata que la chambre de Juliet était à peine grande comme le quart de sa suite. Il posa le plateau.

— Et voilà! La Maison Franconi sert à domicile.

— Quelle idée de génie!

Elle était tellement sincère qu'il ne put s'empêcher de rire.

— Comment as-tu réussi ce coup de maître? Le service de restauration n'ouvre que dans une demi-heure.

— J'ai une petite cuisine dans ma suite. Rien de grandiose, mais avec tout le nécessaire pour faire un café acceptable.

Elle but une première gorgée, noire et brûlante, et ferma les yeux de plaisir.

— Acceptable? Il est excellent!

— Evidemment. C'est moi qui l'ai fait.

Juliet rouvrit les yeux, hésita un instant.

Non, elle ne ternirait pas sa gratitude par le coup de griffe du sarcasme. Ils avaient réussi à s'entendre trois jours d'affilée, ou presque. Et avec le secours de la douche, de la levure et du café, son humeur s'améliorait de minute en minute.

— Bois ton café tranquillement, Carlo. Je finis de me préparer.

Persuadée qu'il s'assiérait, Juliet prit sa tasse et passa dans la salle de bains pour se coiffer et se maquiller. Elle appliquait son fond de teint lorsque Carlo apparut et s'adossa au jambage de la porte.

— *Mi amore*, ça ne te choque pas que nos modalités d'hébergement soient si peu pratiques?

— Si peu pratiques?

L'intimité de la situation troublait Juliet. Elle s'efforça cependant de n'en rien laisser paraître, tout en poursuivant son maquillage.

— Toi, tu loges dans ce placard à balais...

L'espace était si restreint d'ailleurs que le subtil parfum de Juliet avait imprégné jusqu'au moindre recoin de la pièce.

— Alors que je dispose d'une suite grande comme une maison, avec deux salles de bains, un lit assez large pour y dormir à quatre et un clic-clac.

Juliet prit son pinceau à blush.

— C'est le minimum pour une star de votre envergure, *signore* Franconi.

— L'éditeur ferait des économies si nous partagions la suite.

Elle chercha son regard dans le miroir. Il avait un air grave et concentré, comme un homme qui n'aurait eu en tête que des considérations de coût et de praticité. Elle l'aurait peut-être pris au sérieux si elle n'avait connu le personnage.

— L'éditeur peut se le permettre, répondit-elle d'un ton léger. Tout ce qui est déductible des impôts fait les délices du service comptable.

Avec un haussement d'épaules, Carlo reprit une gorgée de café.

Il s'était attendu à pareille réponse. Les raisons pour lesquelles il avait envie de partager sa suite avec elle tombaient sous le sens. Mais il n'y avait pas que la composante sexuelle. Que Juliet soit à ce point moins bien logée que lui, alors qu'ils voyageaient ensemble, choquait son sens éthique.

— Il faudrait ajouter un peu de blush à gauche, Juliet...

Elle lui jeta un regard surpris dans le miroir, mais il ne s'y attarda pas : son attention venait d'être attirée par le déshabillé de soie émeraude dont il apercevait le reflet dans la glace. Il l'imaginait dedans. Puis il l'imagina sans rien du tout.

Juliet plissa les yeux pour examiner ses joues et finit par constater que Carlo avait raison. Elle reprit son pinceau et rectifia l'asymétrie.

— Tu es très observateur.

— Mm ?

Il avait de nouveau le regard posé sur elle, mais, mentalement, il avait troqué la chemise stricte qu'elle portait sur une jupe droite contre le petit déshabillé provocant.

— La plupart des hommes n'auraient pas vu la différence.

Elle sélectionna un crayon vert pour souligner le contour de ses yeux.

— Chez une femme, je remarque tout, jusqu'au moindre détail.

Une fine couche de buée ternissait le haut du miroir, reste des vapeurs de sa douche. De nouvelles images mentales, tout aussi excitantes que les premières, se multiplièrent dans l'esprit de Carlo.

— Ça te change, ce que tu fais, là.

Juliet se mit à rire.

— C'est un peu le but. Améliorer la façade...

— Je ne dirais pas ça...

Il fit un pas de plus dans la salle de bains afin d'examiner Juliet par-dessus son épaule. Une intimité tranquille, aussi familière pour lui qu'elle était inconfortable pour elle.

— Sans tous ces crayons et ces tubes, ton visage est plus jeune, plus vulnérable, mais pas moins attirant que lorsque tu te maquilles. Il n'est pas mieux ou moins bien, mais différent.

Il prit tout naturellement sa brosse sur l'étagère et commença à la lui passer dans les cheveux.

— J'aime tes deux visages.

341

Juliet avait du mal à garder le contrôle de ses gestes. Elle reposa son crayon et se rabattit sur sa tasse de café. Se rappelant qu'il n'y avait rien de tel qu'une dose de cynisme pour tuer l'émotion dans l'œuf, elle lui adressa un sourire empreint d'ironie.

— On sent que tu es en terrain connu, avec une femme qui se maquille dans une salle de bains.

Il aimait la façon dont sa chevelure ondulait doucement et gonflait sous la brosse, comme un champ de blé mûr.

— J'en ai tellement l'habitude, Juliet…

Son sourire se durcit.

— Je n'en doute pas une seconde.

Carlo perçut la raillerie, mais continua tranquillement de démêler ses cheveux, tout en cherchant son regard dans le miroir.

— Entends-le comme tu veux, Giulietta. Mais n'oublie pas que j'ai grandi en compagnie de cinq femmes. Tes petites fioles et tes poudriers n'ont aucun secret pour moi.

Elle avait oublié ce détail… Peut-être parce qu'elle avait choisi de ne rien mémoriser de ce qui le concernait, à l'exception de son livre. Mais à présent, elle ne pouvait s'empêcher de se questionner : dans quelle mesure une femme devenait-elle transparente aux yeux d'un homme qui les avait toujours fréquentées et de si près ? Un pli se creusa entre ses sourcils. D'une main ferme, elle saisit son tube de mascara.

— Vous étiez très soudés, dans ta famille ?

— Nous *sommes* très soudés, rectifia-t-il. Ma mère est veuve. Elle tient une boutique de prêt-à-porter à Rome qui marche très bien.

Il ne lui serait pas venu à l'esprit de préciser qu'il avait financé l'achat du magasin en question.

— Mes quatre sœurs et moi vivons dans un rayon de trente kilomètres autour de chez notre mère. Nous ne partageons peut-être plus la même salle de bains, mais pour le reste, pas grand-chose n'a changé.

Juliette tenta d'imaginer l'enfance de Carlo. L'ambiance semblait avoir été intime, chaleureuse, chez les Franconi. Difficile pour elle de faire surgir des représentations d'une fratrie unie.

— Ta mère doit être fière de toi.

— Elle le serait beaucoup plus si j'apportais ma quote-part à la horde grandissante de ses petits-enfants !

Cette idée la fit sourire. Cette situation-là, elle la connaissait beaucoup mieux.

— J'imagine, oui.

Carlo reposa la brosse.

— Tu devrais laisser tes cheveux comme ça... Et toi? Ta famille?

— Mes parents vivent en Pennsylvanie.

Il se débattit un instant avec les particularités géographiques américaines.

— Tu pourras faire un saut chez eux lorsque nous serons à Philadelphie, alors!

D'un geste sec, elle reboucha son tube de rouge à lèvres.

— Non. Je n'aurai pas le temps.

— Je vois...

Il avait l'impression qu'il commençait à voir un peu plus clair, en effet.

— Tu as des frères? Des sœurs?

— Une sœur.

Se rangeant à l'avis de Carlo pour ses cheveux, Juliet les laissa défaits et se glissa hors de la salle de bains pour se mettre en quête de sa veste.

— Elle est devenue médecin, comme mon père et mon grand-père, a épousé un anesthésiste et, avant l'âge de trente ans, a mis au monde deux enfants, fille et garçon.

Carlo voyait de mieux en mieux.

— Elle est en parfaite conformité avec l'idéal familial, alors?

— Carrie? Oui. Dans le droit fil de la tradition des Trent.

— Nous ne sommes pas tous coulés dans le même moule.

— C'est le moins que l'on puisse dire, en ce qui nous concerne, ma sœur et moi.

Elle attrapa son sac et son attaché-case.

— Tu es prêt? D'après les indications, il faut environ un quart d'heure pour faire le trajet jusqu'aux studios.

Carlo hésita à ajouter quelque chose, puis finit par lui emboîter le pas sans rien dire. Tant de gens se promenaient avec des blessures d'enfance qui se voyaient comme le nez au milieu de la figure, tout en s'imaginant ne rien laisser transparaître! Pour le moment, il laisserait Juliet dans l'illusion qu'il n'avait rien remarqué.

Comme les indications étaient claires et la circulation pas trop dense, Juliet conduisit la voiture de location avec une parfaite maestria. Carlo se rendit utile en faisant le copilote, enchanté par l'allure posée et compétente de sa conductrice.

— Tu ne m'as pas encore fait la liste des stations de notre chemin de croix du jour, au fait… Au prochain feu, tu tourneras à droite.

Un coup d'œil dans le rétroviseur et Juliet changea de voie pour négocier le carrefour. Elle n'avait aucune idée de la façon dont il réagirait à la nouvelle que leur programme de la journée tenait en deux lignes.

— J'ai décidé de t'accorder un break, annonça-t-elle gaillardement.

Certains auteurs râlaient tant et plus au moindre signe de relâchement de leur couverture médiatique.

— Ce matin, tu as un passage télé. Puis il y aura une séance de dédicace dans une librairie du centre.

Il attendait manifestement qu'elle déroule la longue liste habituelle des manifestations. Comme elle ne disait rien, il tourna la tête vers elle, les sourcils levés.

— Et après?

— C'est tout.

Malgré tous ses efforts pour rester positive, des accents de contrition perçaient dans sa voix.

— Ce sont des choses qui arrivent, Carlo, dit-elle, se tournant vers lui, lorsqu'ils s'arrêtèrent à un feu rouge. Il y a des jours où rien ne marche. Nous n'avions déjà pas grand-chose ici, mais il se trouve en plus que notre visite coïncide avec le début du tournage d'une grosse production. Tout le film se passe à Denver. Cet après-midi, il n'y a pas un journaliste de presse, pas une équipe télé, pas un photographe qui ne couvre l'événement. Nous, nous n'existons plus.

— Nous n'existons plus? Tu veux dire qu'il n'y aura pas d'autre émission télé, pas de déjeuner avec des journalistes, pas de dîner avec des sommités?

— Non, je suis désolée. Sincèrement. C'est juste que…

— *Fantastico!*

Il lui attrapa le visage à deux mains et l'embrassa avec enthousiasme.

— N'oublie pas de me donner le nom de ce film. Même si c'est un navet, j'irai le voir, par gratitude !

Le petit nœud de tension qui lui avait coupé la respiration se desserra d'un coup.

— Je vois que tu prends la nouvelle au tragique...

— Je me sens comme un prisonnier à qui on vient d'accorder sa liberté conditionnelle. Tu croyais vraiment que je serais contrarié ? *Dio !* Ça fait une semaine que nous vivons à un rythme insensé !

Elle repéra la tour de la télévision et prit à gauche.

— Et tu n'as jamais fait entendre l'ombre d'une plainte. Tu as été admirable, Carlo.

C'était le meilleur moment pour l'admettre, puisqu'il ne leur restait que deux minutes à passer en tête à tête dans la voiture.

— Les autres auteurs avec qui je suis partie en tournée n'ont pas toujours été aussi coopératifs.

Le compliment le surprit. Et il adorait être surpris par une femme. Il enroula une mèche de ses cheveux autour d'un doigt.

— Tu m'as pardonné pour le basilic, alors ?

Elle sourit et faillit porter la main au petit cœur qu'il lui avait offert.

— Le basilic ? Quel basilic ?

Il l'embrassa sur la joue avec une si amicale impulsivité qu'elle ne protesta pas.

— Tu as bon cœur, Juliet. C'est une forme de beauté en soi.

Il avait décidément le pouvoir de la faire fondre avec un minimum d'efforts. Elle le sentait, luttait contre de toutes ses forces mais, par moments, s'autorisait à ne plus rien combattre du tout. Avec une spontanéité qui ne lui ressemblait pas, elle releva les cheveux sur le front de Carlo.

— On y va ? C'est le moment de réveiller Denver !

En tant qu'attachée de presse, elle aurait dû être d'une humeur de chien à cause de cette journée de quasi-inactivité, car, dans son rapport final, les blancs allaient forcément apparaître, ce qui n'était pas un bon point pour elle. En tant que personne, elle était sur un nuage.

Comme elle l'avait prévu, elle fut de retour dans sa chambre à 8 heures. A 8 h 03, elle avait ôté tous ses vêtements et se glissait, nue et enchantée, entre ses draps encore froissés. Pendant soixante minutes, elle dormit d'un trait, d'un sommeil profond et sans rêves. Ou, si rêve il y eut, elle n'en garda aucun souvenir. A 10 h 30, elle avait passé tous ses coups de fil de la journée et avalé un petit déjeuner pantagruélique. Le temps de rafraîchir un peu son maquillage et ce fut l'heure de rejoindre Carlo à la réception.

Qu'elle le trouvât confortablement installé sur un canapé en compagnie de trois femmes n'aurait pas dû l'irriter. Encore moins la surprendre. Et pourtant... Rentrant ses griffes, elle afficha un sourire de circonstance et avança en direction du quatuor. Alors seulement, elle remarqua que les trois femmes étaient pourvues de formes impressionnantes. Cela non plus n'aurait pas dû l'étonner.

— Ah, Juliet!

Carlo était tout sourires — un concentré de charme et d'urbanité. Elle ne prit même pas la peine de se demander pourquoi elle avait une envie folle de le gifler.

— Toujours ponctuelle!

Il se leva et s'inclina devant ses trois grâces.

— Mesdames, ce fut un plaisir.

— *Bye bye*, Carlo!

L'une d'elles lui jeta un regard assez brûlant pour faire fondre du plomb.

— N'oubliez pas que si un jour vous passez par Tucson...

— Comment oublierais-je?

Juliet le regardait faire, partagée entre l'exaspération et le fou rire. Il glissa son bras sous le sien et ils s'éloignèrent d'un pas tranquille.

— C'est où Tucson?

— Tu n'arrêtes donc jamais?

— Je n'arrête jamais quoi?

— De collectionner les femmes.

Il haussa un sourcil stupéfait.

— Juliet, on collectionne les boîtes d'allumettes, pas les femmes.

— Certains semblent ne pas faire grande différence entre les unes et les autres.

Il ouvrit la portière côté conducteur, mais lui bloqua le passage lorsqu'elle voulut monter en voiture.

— Ceux-là, s'ils existent, ne méritent pas qu'on leur accorde une pensée.

— Qui étaient-elles, ces trois maîtresses femmes, d'ailleurs?

Carlo ajusta sobrement le bord de son borsalino gris taupe.

— Ces dames se sont retrouvées ici pour assister à une convention de culturistes version féminine...

Un rire étouffé lui échappa malgré elle.

— Ah, je vois. La culture du muscle!

— ... qui n'est peut-être pas la forme de culture que je préfère, conclut Carlo avec une grimace désopilante.

Juliet demeura silencieuse un moment, puis n'y tint plus et éclata de rire. Elle ne s'était encore jamais autant amusée en tournée qu'avec lui. Il était peut-être temps de l'admettre.

— Pour ton information, Tucson est dans l'Arizona. Et cette ville ne figure pas sur notre itinéraire.

Ils seraient arrivés à l'heure pour la séance de dédicace s'ils n'étaient pas tombés sur une déviation. A cause du tournage du film, la circulation était détournée, ralentie, et les conducteurs d'humeur exécrable. Juliet passa vingt minutes à zigzaguer, négocier et jurer, jusqu'au moment où elle découvrit qu'elle venait de décrire un grand cercle.

— Nous sommes déjà passés ici, je crois, déclara Carlo avec tout le calme d'un maître zen en méditation profonde.

Elle se demanda si elle allait l'assassiner.

— Ah, vraiment? fit-elle d'une voix exagérément suave.

Carlo se contenta de changer de position pour se détendre les jambes.

— La configuration de la ville est intéressante... Je pense que si tu prenais à droite au prochain carrefour, puis à gauche deux croisements plus loin, nous retomberions sur le droit chemin.

— La libraire a pourtant spécifié qu'il fallait passer par...

— C'est sûrement une femme formidable, mais j'ai l'impression qu'un certain chaos règne en ville aujourd'hui.

Chaos qui ne semblait pas l'affecter le moins du monde, d'ailleurs. Un coup de Klaxon impérieux derrière eux fit sursauter Juliet. Amusé, Carlo se contenta de tourner la tête pour voir d'où venait la protestation.

— En tant que conductrice new-yorkaise, tu devrais être habituée au bruit et à la fureur.

— Je ne conduis jamais en ville !

— Moi si. Fais-moi confiance, *mi amore.*

Sûrement pas, non.

Elle tourna malgré tout à droite au carrefour suivant. Après dix minutes passées à avancer au pas, ils atteignirent le second croisement, où elle prit à gauche, comme Carlo le lui avait suggéré. Ils se retrouvèrent effectivement sur le « droit chemin », comme il disait. Résignée, elle se prépara à l'entendre triompher. Mais son seul commentaire fut :

— A Rome, on avance plus vite qu'ici.

Incroyable ! Comment alors anticiper les réactions d'un homme qui ne se mettait pas en rage lorsqu'il avait motif à le faire et ne se vantait pas, même si, contre toute attente, la vie lui donnait raison ?

— *Tout* avance plus vite que la circulation, aujourd'hui. Même une colonie d'escargots !

Elle approchait enfin de l'adresse qu'on lui avait donnée. Mais en plein centre-ville, les places de stationnement étaient chères. Juliet fit un rapide bilan du pour et du contre et finit par s'immobiliser en double file devant la librairie.

— Ça t'ennuie si je te dépose ici ? Nous sommes déjà en retard. Je trouve un endroit où me garer et je te rejoins dès que je peux.

— Comme tu voudras. C'est toi le chef.

Après trois quarts d'heure passés dans les pires embouteillages, il ne montrait toujours pas le plus petit signe de mauvaise humeur.

— Si tu ne me vois pas arriver dans une heure, envoie une fusée de détresse.

— Je ne m'inquiète pas pour toi. Je sais que tu te débrouilleras magistralement.

Consciente de ses responsabilités, Juliet attendit de le voir disparaître à l'intérieur de la librairie avant de se lancer de nouveau à l'assaut de la circulation.

Après un nouveau calvaire de vingt minutes, elle poussa enfin la porte d'une petite librairie à l'atmosphère feutrée.

Dès l'entrée, elle découvrit avec consternation que le lieu était quasiment désert. Un homme de haute taille, avec des lunettes sévères et une allure compassée, avança à sa rencontre.

— Bonjour. Puis-je vous aider ?

— Je suis Juliet Trent. L'attachée de presse de Carlo Franconi.

— Ah oui. Par ici, s'il vous plaît.

Impassible, il la conduisit jusqu'au pied d'un escalier.

— M. Franconi signe à l'étage. Il est regrettable que les problèmes de circulation aient découragé le gros de notre clientèle. Il est vrai aussi que nous ne sommes pas coutumiers de ce genre de manifestation.

Il lui adressa un petit sourire pensif.

— La dernière fois que nous avons organisé une signature, c'était... voyons, cet automne, avec J. Jonathan Cooper. Vous avez dû entendre parler de lui. Il a écrit *Métaphysique et Métaphore*. En trois volumes.

— Mm...

Juliet ravala un soupir. Lorsqu'on s'échouait sur le sable, il n'y avait rien d'autre à faire qu'à attendre le retour de la marée.

Elle repéra Carlo dans une élégante alcôve, installé dans une causeuse. Une femme d'une quarantaine d'années, dotée d'une paire de jambes qui valait le détour, se tenait à côté de lui. Un spectacle tellement prévisible que Juliet avait presque cessé de s'en effarer. Ce qui la surprit, en revanche, c'était que Carlo ne regardait pas sa voisine. Son intérêt était entièrement mobilisé par le jeune garçon assis en face de lui.

— Ben... ça fait trois étés, maintenant, que je suis embauché pour travailler dans leurs cuisines. Je n'ai pas le droit de me mettre aux fourneaux, bien sûr. Mais je les vois faire. A la maison, je cuisine dès que je peux. Enfin, le week-end, surtout. Parce qu'avec l'école et le boulot, je n'ai pas trop de temps.

— Pourquoi ?

Le garçon s'interrompit net au milieu de son flot d'explications.

— Pourquoi quoi ?

— Pourquoi cuisines-tu ? Ah, tiens, Juliet !

Mais Carlo ne lui accorda qu'une attention distraite. Il était manifestement absorbé par sa conversation avec le garçon.

— Parce que...

L'adolescent tourna les yeux vers sa mère, puis reporta son regard sur Carlo.

— Eh bien... euh... parce que ça m'éclate. J'aime choisir des ingrédients, faire des essais, des mélanges ! Mais pas n'importe comment. Il faut être super précis. Et prudent aussi, bien sûr. Des fois, ça peut être magnifique, mais alors vraiment magnifique. C'est beau, quoi. Et puis, ça sent bon. C'est... je ne sais pas... Ça me passionne, en gros!

Carlo hocha gravement la tête.

— C'est une bonne réponse.

Le garçon afficha un sourire radieux.

— J'vous ai pas dit que j'avais déjà vos deux autres livres. Et j'ai essayé toutes les recettes. L'autre fois, chez ma tante, je leur ai fait votre risotto aux fleurs de courgettes.

— Et alors?

— Ils ont aimé. Mais vraiment, quoi. Ça leur a trop plu.

— Tu as envie d'apprendre?

— Ben ouais...

Le visage de l'adolescent s'assombrit soudain et il frotta nerveusement les mains sur son jean.

— L'école hôtelière, on n'a pas trop les moyens de payer. Mais j'espère apprendre sur le tas.

— A Denver?

— N'importe où. A condition qu'on me laisse faire autre chose que la plonge et le ménage.

La mère du garçon se leva.

— Viens, Steven. Nous avons déjà monopolisé M. Franconi beaucoup trop longtemps.

Une poignée de personnes tournait à présent autour de la table, le livre de recettes sous le bras. La mère de l'adolescent serra la main de Carlo lorsqu'il se leva à son tour.

— Je vous remercie beaucoup, monsieur Franconi. Steven était fou de joie à l'idée de vous rencontrer.

— Ça a été un plaisir pour moi, en tout cas.

Même s'il se montrait courtois avec la mère, on sentait que son intérêt allait au fils.

— Tu me laisses tes coordonnées, Steven? Je connais quelques restaurateurs ici, aux Etats-Unis. Si j'entends dire qu'ils cherchent un commis, je te le ferai savoir.

Steven en fut si interloqué qu'il ne put que bafouiller.

— Trop cool. Merci.

Sa mère nota alors une adresse et un numéro de téléphone sur un bout de papier. Sa main ne tremblait pas, mais, lorsqu'elle releva la tête pour le tendre à Carlo, l'émotion brillait dans ses yeux. Il songea à sa propre mère et prit le papier ainsi que la main tendue.

— Vous avez de la chance d'avoir un fils comme Steven, madame Hardesty.

Pensive, Juliet suivit la mère et le fils des yeux, notant que Steven jetait un dernier coup d'œil derrière lui, l'air mi-confondu, mi-ébloui.

Ainsi, Carlo avait une sensibilité. Un cœur qui n'était pas ouvert qu'à l'*amore*. Mais lorsqu'elle le vit glisser le papier dans sa poche et se tourner en souriant vers l'acheteur suivant, elle se demanda ce qu'il adviendrait de sa promesse.

La séance ne fut pas une franche réussite. Six exemplaires seulement avaient été vendus. Mais ce n'était pas tout. Il y eut également l'Incident. Comme Juliet méditait, dans la librairie quasiment vide, sur l'idée de sortir dans la rue et de faire la femme-sandwich avec une pancarte « Lisez FRANCONI » sur le dos, une petite dame rondelette entra, les trois livres de Carlo sous le bras. Juliet s'en réjouit, songeant que ce serait flatteur pour son ego. Tout se passa bien, jusqu'au moment où la malheureuse prononça des mots qui figèrent d'un coup l'expression de Carlo.

Intriguée, Juliet tendit l'oreille.

— Je vous demande pardon, madame?

Juliet ne l'avait encore jamais entendu s'exprimer sur ce ton. Sa voix était coupante comme l'acier.

— Euh... Je vous disais que je m'apprêtais à placer vos livres sur une étagère de cuisine, à côté de ceux de Maxime LaPointe. J'adore cuisiner.

Carlo posa la main sur la pile d'ouvrages devant lui, à la manière d'un parent protecteur couvant un enfant menacé.

— Vous placeriez *mes* livres à côté des pompeuses élucubrations de ce cuisinier d'opérette? Je ne vous félicite pas, madame!

Ouille! Intervention d'urgence requise.

— Ah, je vois que vous avez acheté les trois exemplaires en même temps! dit Juliet aimablement. Vous devez être passionnée de gastronomie?

— J'aime beaucoup la cuisine. Mais...

— Attendez d'avoir essayé quelques-unes de ces recettes de

pasta. J'ai eu l'occasion de déguster les plats préparés par Carlo Franconi. Une merveille! Surtout avec le basilic frais.

Juliet entreprit de tirer doucement sur les trois ouvrages posés sur la table, devant Carlo, et rencontra une résistance. Bravant son regard furieux, elle le foudroya à son tour et, d'un geste sec, récupéra les livres.

— Tenez... J'envie les convives à qui vous servirez ses *fettucine alla papalina*. Vous n'avez pas fini d'entendre des compliments!

Tout en gardant un ton affable, elle entraîna la malheureuse à distance prudente de la ligne de feu.

— Vous avez également une recette fabuleuse de...

— LaPointe est un imposteur, vous m'entendez?

La voix tonitruante de Carlo les poursuivait. La petite dame jeta un regard inquiet derrière elle. Juliet lui adressa alors un clin d'œil et prit le ton de la confidence.

— Ah, les hommes... Ils ont parfois des susceptibilités surprenantes, vous ne trouvez pas?

— Ah, ça, on peut le dire!

Serrant ses trois livres de recettes contre sa poitrine, la dame descendit les marches aussi vite qu'elle le put et trottina hors de la librairie sans demander son reste.

Juliet fonça alors sur Carlo.

— Qu'est-ce qui t'a pris, on peut le savoir?

— Ce qui m'a pris?

Il se leva, se dressant comme une tour devant elle, et Juliet se sentit soudain minuscule.

— Comment a-t-elle osé prononcer ce nom-là devant moi? Associer les livres d'un *artiste* avec le ramassis d'inepties et de recettes bricolées par un escroc notoire à la réputation fabriquée de toutes pièces? LaPointe est...

— Ecoute-moi bien, Carlo, car je ne le répéterai pas: je me contrefiche de ce LaPointe!

Appuyant fermement sur ses épaules, elle l'assit de force sur le petit canapé.

— Ce dont je ne me fiche pas, en revanche, c'est de la façon dont tu as fait fuir la malheureuse poignée de clients qui se sont déplacés pour te rencontrer. La moindre des politesses vis-à-vis de ces gens, c'est de te comporter correctement!

Il avait accepté de s'asseoir uniquement parce qu'il admirait la façon dont elle lui en avait intimé l'ordre. Juliet était fascinante. Il décida qu'il serait plus sage de laisser dériver ses pensées sur elle que sur ce *bastardo* de LaPointe. En fait, il serait plus sage de penser à n'importe quoi, y compris au sang et à la famine, plutôt qu'à ce misérable gâte-sauce.

L'après-midi s'étira, interminable. Tout ce que Carlo en retenait de bon, c'était sa conversation avec le gamin. Il vérifia que son adresse était toujours dans sa poche. Il appellerait son amie Summer, à Philadelphie, et lui parlerait de Steven Hardesty.

Mais à part Steven et la petite dame malavisée qui avait fait monter sa tension en prononçant le nom de son vieil ennemi, les distractions avaient été rares. Il avait été à deux doigts de s'ennuyer. Et s'il y avait une chose qu'il redoutait plus encore que la maladie et la cuisine bâclée, c'était l'ennui !

Il lui fallait un peu d'action. Un challenge, peut-être, même insignifiant ? Il jeta un coup d'œil à Juliet, en grande discussion avec un vendeur. Le défi qu'elle représentait n'avait rien de mineur. S'il avait éprouvé quantité d'émotions en compagnie de cette femme, l'ennui n'était pas du nombre. Auprès d'elle, son intérêt restait constamment éveillé. Sexuellement ? Cela allait sans dire. Mais intellectuellement, tout autant. Et ça, c'était un grand plus.

Il comprenait les femmes. Il n'en tirait aucune fierté, car, comme il s'était plu à le rappeler à Juliet, il les fréquentait depuis le berceau. Il avait plaisir à être auprès d'elles. Il les aimait au lit, bien sûr, mais il les appréciait aussi pour leur compagnie, leur amitié, la satisfaction de collaborer avec elles. Mais rares étaient celles qu'il avait envie de connaître sous tous ces aspects. Juliet, si. Ce n'était pas tant une décision rationnelle chez lui que la perception d'une nécessité interne. La convaincre de lui faire don de son amitié serait aussi stimulant — et gratifiant — que de la persuader de faire l'amour avec lui.

Pas de manœuvre trop précipitée donc, résolut-il, étudiant son profil. Avec une femme comme elle, il serait plus facile d'obtenir son corps que sa confiance. Il lui restait deux semaines pour décrocher l'une et l'autre. Avec un sourire rentré, il décida de lancer sa campagne pour de bon.

Il leur fallut une bonne demi-heure pour gagner à pied le parking couvert où Juliet avait fini par garer leur voiture de location.

— Cette fois, je prends le volant, annonça-t-il, tandis que l'écho de leurs pas résonnait sur le sol en béton.

Avant qu'elle puisse ouvrir la bouche pour protester, il plaida sa cause.

— Tu peux bien m'accorder ce petit moment de bonheur, Giulietta. Je viens de survivre de justesse à deux heures d'ennui profond. Il n'y a pas de raison que tous les plaisirs soient toujours pour toi!

— Si c'est ta vision des choses.

Elle posa les clés dans sa main tendue, soulagée de constater qu'il semblait avoir recouvré sa bonne humeur.

— Si j'ai bien compris le programme, nous avons quartier libre à partir de maintenant?

— Exact. Tu es libre comme l'air jusqu'à demain.

Avec un petit soupir d'aise, elle se cala sur son siège et attendit qu'il démarre.

— Dîner à 20 heures alors. Tu ne t'occupes de rien. Je prends tout en charge.

Elle avait envisagé sa soirée autrement : plateau-repas dans sa chambre, vieux film à regarder de son lit, adossée contre une mer d'oreillers, et chassa à regret cette vision de rêve. Elle était payée pour satisfaire les caprices de son auteur.

— Tout ce que tu voudras.

La voiture bondit hors de la place de parking avec un crissement de pneus qui la fit sursauter.

— Tout ce que je voudrai? Je saurai te rappeler cette promesse, *Giulietta mia*!

Il traversa le bâtiment tout de béton comme un bolide et en sortit sans même marquer un arrêt.

— Carlo…

— Je propose une coupe de champagne pour fêter notre première semaine de tournée. Tu aimes les bulles?

— J'adore, oui… Carlo! Le feu est orange!

Il le passa sans se soucier des couleurs, frôla le pare-chocs d'un vieux coupé cabossé et poursuivit sa route.

— Tu n'as rien contre la nourriture italienne?

— Aucune, non. Mais si tu pouvais…

Elle se cramponna à la poignée.

— Carlo! Ralentis! Le camion!

354

— Je ne vois que lui, *carissima*.

Il contourna le véhicule *in extremis*, passa un nouveau feu à l'orange très mûr et négocia un virage délicat à droite.

— Tu as des projets, pour cet après-midi ?

Juliet porta la main à sa gorge, se demandant si elle parviendrait à émettre un son.

— Je pensais profiter du hammam de l'hôtel. Mais encore faut-il que je survive jusque-là.

— Parfait. Pendant ce temps, j'irai faire quelques courses.

Il zigzagua d'une voie à l'autre, alors que les voitures roulaient presque pare-chocs contre pare-chocs, et Juliet suivit ce ballet, la mâchoire serrée d'angoisse.

— A qui faudra-t-il notifier ton décès ?

Carlo éclata de rire, puis il freina enfin devant l'hôtel.

— Ne t'inquiète de rien. Profite tranquillement des vapeurs brûlantes. Et viens frapper à ma porte à 19 heures.

Juliet hésita. Materner, accompagner, divertir, telle était l'essence de sa mission. Devait-elle cependant aller jusqu'à risquer sa vie ? Son éditeur estimerait sans doute que oui.

— Je viens avec toi, si tu veux, suggéra-t-elle, stoïquement.

— Non, non. Inutile. Je me débrouillerai.

Une main sur le volant, il se pencha et l'attrapa par le cou.

— Détends-toi cet après-midi, Juliet, chuchota-t-il contre ses lèvres. Et pense à moi lorsque la chaleur humide glissera sur ta peau et que tes muscles, un à un, se relâcheront, jusqu'à ce que ton corps entier ne soit plus que volupté et abandon.

Face au péril, Juliet choisit la fuite. Elle se précipita hors de la voiture, voulut lui ordonner de conduire prudemment, mais il était déjà reparti en trombe. Offrant une courte prière pour la cause des fous du volant italiens, elle regagna sa chambre.

A 19 heures, elle se sentait régénérée, au moral comme au physique. Elle avait transpiré toute sa fatigue au hammam, réveillé ses énergies dans la piscine et poussé l'hédonisme jusqu'à s'offrir une séance de massage. La vie, tout compte fait, avait ses bons côtés… Une dernière touche de parfum et hop, elle était prête à ressortir. Son rapport sur Denver attendrait le vol pour Dallas, le lendemain matin, d'autant plus qu'elle n'avait rien à mentionner dedans ou presque. Il ne lui restait donc qu'une seule préoccupation sérieuse pour la soirée : se nourrir. Son estomac lui rappelait d'ailleurs avec insistance qu'il était temps de passer à table.

Un rapide coup d'œil dans le miroir lui confirma que sa robe en maille ivoire devrait convenir pour à peu près n'importe quelle circonstance — à supposer du moins que Carlo ne se soit pas mis en tête de la traîner dans une baraque à hot dogs. Elle attrapa son sac et traversa le couloir, espérant qu'il ait choisi un restaurant à proximité de l'hôtel. L'idée de repartir à l'assaut des embouteillages du centre-ville la décourageait d'avance.

Il lui ouvrit la porte, les manches de sa chemise relevées. Une chemise ample, en coton et très chic, mais son regard fut surtout attiré par le relief de sa musculature. Il lui arrivait donc de soulever autre chose que des louches et des spatules... Sa seconde impression sensorielle suivit la première de près : les fumets. Aromatiques. Erotiques.

Carlo lui prit les deux mains.

— Tu rayonnes, Juliet!

La regarder était un enchantement pour lui. Il aimait la clarté de lait de sa peau, respirait avec bonheur les notes poudrées de son parfum, mais, plus que tout, il aimait voir l'hésitation mêlée de confusion dans son regard, alors qu'elle humait les arômes flottant dans la pièce.

Narines frémissantes, Juliet ferma à demi les yeux.

— Intéressante, ton eau de toilette, Carlo. Mais les notes de fond sont un peu épicées, non?

— *Innamorata,* une sauce Franconi ne se porte pas comme un parfum. Elle est faite pour être...

Il lui embrassa le dos de la main.

— ... anticipée et savourée, conclut-il en portant son autre main à ses lèvres, puis en lui embrassant l'intérieur de la paume.

Une femme intelligente ne se laissait pas troubler par des tactiques d'approche aussi éculées! Pourtant, Juliet dut lutter contre les frissons qui couraient le long de ses bras.

— Une sauce Franconi?

Elle dégagea ses mains des siennes, puis les noua dans son dos.

— Figure-toi que j'ai trouvé un petit magasin totalement extraordinaire! Avec les meilleurs produits. Ils avaient même un vin excellent. Italien, bien sûr.

— Ça va sans dire, répondit mécaniquement Juliet.

Elle avança d'un pas prudent à l'intérieur de la suite.

— Tu as passé l'après-midi à cuisiner?

— Oui. Rappelle-moi d'ailleurs demain de toucher deux mots au propriétaire à propos de la qualité de ses plaques de cuisson. Mais je ne m'en suis quand même pas trop mal sorti, vu les circonstances.

Juliet songea qu'il serait imprudent de s'intéresser à ses réalisations, alors qu'elle n'avait aucune intention de dîner seule avec lui dans sa suite. Si elle avait été de pierre, peut-être, aurait-elle eu la force de ne pas se diriger vers la kitchenette. Mais l'eau lui montait à la bouche et ses pieds avançaient tout seuls.

— Oh là là...

Ravi, Carlo glissa un bras autour de sa taille et la guida jusqu'à ses fourneaux. La petite cuisine ressemblait à un champ de bataille après la défaite. Juliet n'avait encore jamais vu pareille quantité de poêles et de casseroles entassées dans un évier. Toutes les surfaces étaient maculées d'éclaboussures. Mais les fumets, les arômes... Un aller simple pour le paradis!

— Nos sens sont les portes qui nous ouvrent sur le monde. Ce sont eux qui nous gouvernent, tous autant que nous sommes. On commence par l'olfaction, puis l'imagination se met en marche.

Ses doigts se mouvaient avec délicatesse sur sa taille.

— L'imagination est si puissante, parfois, qu'elle permet de sentir les saveurs frémir à fleur de papilles avant même d'avoir porté quoi que ce soit à la bouche.

— Mm...

Consciente de manquer de la plus élémentaire circonspection, Juliet le regarda soulever le couvercle d'une cocotte. Le bouquet d'arômes qui s'en dégagea était si précieux qu'elle dut fermer les yeux pour mieux s'en pénétrer.

— Oh! Carlo...

— Puis notre regard, alors, entre en scène. Et l'imagination fait un nouveau bond en avant.

Il resserra la pression de son bras jusqu'au moment où elle ouvrit les yeux pour scruter l'intérieur de la cocotte. Odorante, épaisse, riche en ingrédients nobles, la sauce Franconi mettait le regard en joie. Et l'estomac aussi. Celui de Juliet fit entendre un grognement de pur bonheur.

— C'est beau, n'est-ce pas?

— Oh oui!

Elle n'avait pas conscience que sa langue venait de glisser sur ses lèvres. Carlo, si.

— Troisième étape : l'ouïe…

Juliet entendit alors le frémissement de l'eau qui commençait à bouillir dans la grande casserole voisine. Carlo mesura à vue la quantité de *fusilli lunghi* adéquate et la fit glisser dans l'eau d'un geste expert.

— Vois-tu, Giulietta, il y a comme ça des unions parfaites forgées par le destin.

Il remua doucement les pâtes à l'aide d'une écumoire.

— Pris séparément, la sauce et les *fusilli* ne présentent que peu d'intérêt. Mais, une fois unis, ils sont divins… Comme l'union charnelle de l'homme et de la femme… Mais viens… Je veux d'abord te servir un verre de ce magnifique Brunello di Montalcino que j'ai réussi à dégoter. Le champagne sera pour plus tard.

Juliet s'éclaircit la voix. Il était temps de se *positionner* avec fermeté. Pas de prendre *position* à côté des fourneaux.

— Carlo, je crois qu'il y a un malentendu. Je n'avais pas compris que tu avais l'intention de préparer un dîner ici…

— J'ai toujours aimé faire des surprises aux gens que j'apprécie.

Il versa le vin à la robe grenat intense et profonde, et lui tendit un verre.

— Et j'avais envie de cuisiner pour toi.

Juliet aurait trouvé plus facile de refuser, s'il l'avait dit autrement. Elle aurait trouvé plus facile de refuser, si sa voix avait été moins chaleureuse, moins profonde — tout comme son regard. Tout comme les sensations qu'il s'entendait à susciter en elle. Sous la peau et sur la peau.

— C'est vraiment très généreux de ta part, Carlo, mais…

— Tu as pu passer un peu de temps au hammam?

— Oui, oui… Mais comme je te le disais, je préfère…

— Ça t'a détendue. Je le vois.

Elle soupira et prit machinalement une gorgée du vin qu'elle s'était promis de refuser.

— Eh bien, la détente, chez moi, vient en cuisinant. Ce soir, nous dînerons ensemble, tranquillement. Les hommes et les femmes le font depuis des siècles. C'est devenu une coutume très civilisée, tu sais…

Elle releva le menton par bravade.

— Tu te moques de moi!

— Un peu. Mais gentiment.

Plongeant dans le réfrigérateur, il en sortit un petit plateau.

— Commence par goûter mes *antipasti*. Ils mettent le palais en condition.

Juliet choisit une pointe d'asperge marinée.

— Ça n'aurait pas été plus reposant pour toi de dîner dans un restaurant?

— Ça l'est, bien sûr. Mais j'apprécie aussi de prendre un repas dans l'intimité.

Il posa le plateau et elle recula d'un pas. Il la regarda faire avec curiosité, puis lui sourit.

— Je te trouble?

Elle avala sa bouchée tant bien que mal.

— Bien sûr que non. Ne sois pas ridicule!

Il posa son verre et fit un pas dans sa direction. Juliet se trouva acculée contre le réfrigérateur.

— Carlo…

— Chut! Nous allons juste tenter une expérience.

Il effleura alors de ses lèvres l'une de ses joues, puis l'autre. Il entendit sa respiration se suspendre pour finir par s'échapper sur un frisson. La tension, la nervosité ne lui auraient posé aucun problème. Sans le frémissement des nerfs, les plaisirs de la chair restaient ternes, comme une sauce sans aromates. Mais la peur? Etait-ce cela qu'il avait entrevu dans son regard? La nervosité, il aurait joué avec, se serait amusé à l'exacerber, même. Mais la peur, c'était différent. La peur le déconcertait, le freinait. Et le touchait au cœur par la même occasion.

— Je ne te ferai pas de mal, Juliet.

Son regard revint soutenir le sien sans faiblir. Mais ses doigts restaient crispés, prêts à se refermer en poings.

— Tu crois ça?

Il lui prit la main, desserrant ses doigts un à un. La réponse, il la fit pour lui-même autant que pour elle :

— Non seulement je le crois, mais je le sais. Et maintenant, mangeons.

Juliet attendit qu'il ait tourné le dos pour laisser monter le tremblement qu'elle avait réussi à contenir. Envoyant soudain promener ses réflexes élémentaires de prudence, elle vida d'un trait le reste de son vin. Il se pouvait que Carlo ne lui veuille aucun mal. Mais il n'était pas exclu qu'elle s'en fasse elle-même.

A ses fourneaux, Carlo ne faisait pas dans l'agitation mais dans la minutie. En vérité, il était exactement le même dans une kitchenette d'hôtel que lorsqu'il œuvrait en public, face aux caméras. Juliet apporta le peu d'aide qu'elle se sentait capable de fournir : elle mit la table.

C'était une erreur de dîner avec lui dans sa suite, elle en avait parfaitement conscience, mais qui aurait la force morale — ou le masochisme — nécessaire pour résister à l'odeur des *fusilli lunghi alla trapanese,* made by Carlo Franconi ? Elle n'était pas naïve et saurait tenir ses distances, se promit-elle. Le moment de peur paralysante qu'elle avait ressenti un instant plus tôt était passé. Elle dégusterait un repas trois étoiles arrosé de deux verres de ce somptueux vin toscan, puis elle retraverserait le couloir et dormirait ses huit heures d'affilée. Car, dès le lendemain, le manège infernal reprendrait de plus belle.

Elle choisit un anchois à la truffe sous le regard satisfait de Carlo.

— Voilà qui est mieux ! Tu es disposée à te faire plaisir.

Elle s'octroya une chaise avec un léger haussement d'épaules.

— Ecoute… Si l'un des meilleurs chefs au monde décide de cuisiner pour moi en privé, qui suis-je pour faire la fine bouche ?

— Pas *un* des meilleurs. *Le* meilleur.

— Ça te détend réellement de faire la cuisine ?

Il leur servit à chacun une assiette pleine.

— En fait, ça dépend des moments. Parfois, ça calme et parfois, ça excite. Il arrive même que ce soit une souffrance. Mais c'est toujours de l'ordre de l'exaltation… Ah, non, non ! Ne les coupe surtout pas !

Il secoua la tête.

— *Dio mio,* c'est quelque chose, ces Américains ! Enroule les *fusilli* autour de ta fourchette.

— Avec moi, ça ne marche jamais. Ça glisse, ça colle, ça dérape.

— Attends…

Posant les mains sur les siennes, il guida son geste. Et nota que son pouls restait régulier. Mais rapide.

— Voilà… comme ça…

Lui tenant toujours la main, il l'aida à porter la fourchette à ses lèvres.

— Goûte maintenant.

Elle obtempéra, consciente du regard de Carlo posé sur elle. Les saveurs explosèrent alors sur sa langue ; le poivré filtra à travers l'aromatique, des accords variés se déclinèrent. Déjà, elle ne pensait plus qu'à la bouchée suivante.

— Ooooh… C'est un péché majeur, je crois.

Rien n'aurait pu faire plus plaisir à Carlo. Il reprit en riant sa propre place et mania ses *fusilli* avec une admirable dextérité.

— Les péchés mineurs font les plaisirs mineurs. Lorsque Franconi cuisine, se nourrir n'a plus rien à voir avec la satisfaction mécanique d'un besoin élémentaire.

Elle ne put qu'en convenir.

— Je te l'accorde. Pourquoi n'es-tu pas obèse ?

— *Prego ?*

Juliet savoura encore une fourchetée et soupira.

— Si j'étais capable de cuisiner ce genre de merveille, je serais ronde comme un potiron.

Il rit doucement en la regardant manger. Voir quelqu'un qu'il appréciait se délecter de ses créations l'enchantait. Après des années et des années, il ne se lassait toujours pas de ce plaisir.

— Ta mère ne t'a pas appris à faire la cuisine ?

— Elle a essayé.

Juliet porta son verre à ses lèvres.

— Mais il semble que je n'aie jamais réussi à me distinguer dans aucun des domaines où ma mère aurait souhaité que j'excelle. Ma sœur joue magnifiquement du piano ; moi, je me souviens à peine de mes gammes.

— Qu'est-ce que tu aurais aimé faire, plutôt que de potasser ton solfège ?

— Jouer en troisième base.

Le vieux rêve oublié lui était revenu spontanément à la mémoire. Elle pensait l'avoir enterré depuis longtemps, en même temps qu'une demi-douzaine d'autres frustrations adolescentes de la même eau.

— Ma mère avait des ambitions très classiques, pour nous. Elle s'était mise en tête de faire de nous deux jeunes personnes d'une féminité exquise. Sans parler de la vocation familiale pour la médecine, bien sûr. Comment peut-on être une Trent et envisager de gagner sa vie autrement qu'en soignant son prochain? Cela dit, elle en a quand même eu une sur deux, ce n'est pas si mal.

— Tu crois qu'elle n'est pas fière de toi?

Telle une flèche, la question vint se ficher dans une cible dont Juliet ignorait qu'elle se trouvait exposée. Ses doigts se resserrèrent sur le pied de son verre.

— Ce n'est pas tant une question de fierté que de déconvenue, je pense. Je n'ai pas répondu aux attentes de mes parents et, au lieu de manier le stéthoscope, je passe ma vie pendue au téléphone. Je crois qu'ils en sont encore à se demander quelle erreur ils ont commise pour avoir engendré une fille aussi atypique.

— Leur seule erreur est de ne pas avoir su t'accepter telle que tu es.

— Peut-être, murmura-t-elle. Il se peut aussi que je me sois appliquée à devenir ce que je suis uniquement pour le plaisir pervers de me distinguer de ma sœur et du reste de la famille. Je n'ai pas encore réussi à trancher.

— Ta vie actuelle te rend malheureuse?

Surprise, elle leva les yeux vers lui. *Etait-elle malheureuse?* Exaspérée, parfois. Harassée et sous pression assez souvent. Mais malheureuse?

— Non.

— Ne serait-ce pas la réponse à ta question?

Juliet garda les yeux rivés sur son visage. Il était bien autre chose que beau, riche, talentueux… et très sexy. Ses qualités étaient beaucoup moins superficielles que celles qu'elle lui avait d'abord attribuées avec cynisme.

— Carlo…

Pour la première fois, elle prit l'initiative de le toucher. Simplement en posant sa main sur la sienne. Mais il considéra qu'il s'agissait d'un bond géant en avant.

— Tu sais que tu es un type plutôt bien dans l'ensemble?

Il ne put résister à la tentation d'entrelacer ses doigts aux siens.

— Bien sûr. Je pourrais même te donner des références.

Juliet reprit ses distances en riant.

— Je n'en doute pas !

Avec plaisir, concentration et même franche et vigoureuse gourmandise, elle vida son assiette. Carlo approuva.

— *Bravissima.* Et maintenant, le dessert.

Juliet gémit et secoua la tête.

— Carlo, non ! Je suis incapable d'avaler ne serait-ce qu'une miette de plus.

— Tu verras, ça passera tout seul.

Il s'était levé avant qu'elle ait eu la force de réitérer son refus.

— C'est une vieille, vieille tradition italienne qui remonte au temps de la royauté. Le cheese-cake américain a ses qualités, mais voici la *Torta di noci e cioccolato dell'Artusi.*

L'apparence du dessert était déjà un péché de gourmandise à elle seule.

— Carlo, je te préviens : je n'y survivrai pas !

— Juste une part minuscule à déguster avec le champagne.

Il fit sauter le bouchon d'un mouvement du poignet expert et sortit deux flûtes.

— Assieds-toi sur le sofa. Ce sera plus confortable.

Juliet s'exécuta et comprit pourquoi les Romains de l'Antiquité mangeaient allongés. Elle aurait pu se rouler en boule et s'endormir de bonheur en quelques secondes. Mais le champagne pétillait, éveillant de nouveau ses sens.

Carlo apporta une seule petite assiette pour deux.

— Voilà. Nous allons partager. C'est trois fois rien.

— Une bouchée grand maximum, alors, prévint-elle, résolue à ne plus déroger à une seule de ses décisions.

Mais une fois qu'elle eut le goût de la pâtisserie en bouche, onctueuse, chocolatée, avec la consistance de la noix et la légère amertume des cédrats confits, elle ne put qu'enchaîner sur une seconde cuillerée avec un soupir de défaite.

— Carlo, tu es un magicien !

— Un *artiste*, rectifia-t-il.

— Tout ce que tu voudras.

Luttant contre la tentation, elle éloigna d'elle le gâteau et se replia sur le champagne.

— Là, il faut vraiment que je m'arrête.

— Oui, je m'en souviens. Tu es opposée à toute forme d'excès et de laisser-aller.

Ce qui ne l'empêcha pas de remplir de nouveau son verre. Elle y plongea les lèvres, grisée par les arômes de fleurs blanches et l'aura de luxe que distillait la plus raffinée des boissons à bulles.

— Contre le laisser-aller, oui. Mais pour ce qui est de l'art de se faire plaisir avec les bonnes choses, j'ai révisé mes positions.

Glissant les pieds hors de ses escarpins, elle le regarda en riant par-dessus son verre.

— Je suis convertie, Carlo.

— Tu sais que tu es un bonheur pour les yeux?

Les lumières étaient tamisées, la musique poignante, l'atmosphère tiède et riche en parfums. Carlo envisagea de résister. Il n'avait pas oublié la peur qu'il avait décelée un peu plus tôt dans les yeux de Juliet. Mais en cet instant, il n'en restait plus trace. Elle était sereine, libérée de son habituelle réserve. Et le désir dont il avait ressenti les tiraillements depuis qu'elle avait frappé à la porte de la suite n'était pas retombé.

Après une expérience gastronomique comme ils venaient d'en vivre une, les sens étaient magnifiés, plus que jamais en éveil. Il le percevait chez elle. Il avait compris très tôt par ailleurs qu'hommes et femmes auraient tort de regarder de haut les trésors mutuels qu'ils pouvaient s'apporter.

Il ne résista pas, et prit son visage entre ses mains. Ainsi, il pouvait plonger les yeux dans ses yeux, sentir sa peau et commencer à imaginer goûter la saveur de ses lèvres. Cette fois, il ne vit ni peur ni méfiance dans son regard vert d'eau. Peut-être était-elle prête pour la leçon numéro deux?

Juliet aurait pu refuser. La nécessité de le faire lui traversa l'esprit. Mais les mains de Carlo sur sa peau étaient à la fois si fortes et si douces! Jamais encore on ne l'avait touchée de cette manière. Elle savait, à présent, comment il l'embrasserait, et au plaisir anticipé venait se mêler la tension de l'attente. Elle savait et elle aspirait à le retrouver.

Consciente de son désir et disposée à le revendiquer, elle enserra les poignets de Carlo. Pas pour le repousser, mais pour le toucher, tandis qu'elle prenait l'initiative de chercher ses lèvres. Pendant un long moment, ils demeurèrent ainsi, s'accordant le temps de savourer ce premier avant-goût de baiser. Puis lentement, mutuellement, ils réclamèrent d'aller plus loin.

Carlo la sentait si fragile dans ses bras qu'il était tout près d'oublier à quel point elle était forte et compétente. Il y avait en lui une envie de conserver précieusement plutôt que de prendre et de consommer. Malgré la brûlure du désir, et alors même qu'elle se donnait — confiante, vulnérable —, il sentait monter en lui l'appel de la douceur.

Y avait-il jamais eu homme au monde pour la tenir avec cette attention, ce soin, cette tendresse? Avait-elle jamais rencontré pareille patience? Le cœur de Carlo battait fort contre le sien. Elle percevait ses palpitations, comme le pouls éperdu d'un grand animal sauvage. Mais sa bouche était si tendre, ses caresses si rêveuses… Comme s'ils avaient été amants depuis des années, songea-t-elle confusément, comme s'ils avaient la vie devant eux pour s'aimer, et s'aimer encore.

Pas de hâte. Pas d'exigence. Pas de frénésie. Rien que plaisir et lenteur. Le cœur de Juliet s'ouvrit. Comme une rose en bouton qui se déplie avec réticence, mais finit par devenir fleur. Et par l'ouverture, Carlo entra.

Lorsque le téléphone fit entendre sa sonnerie aiguë, il jura et elle poussa un soupir. Ils étaient sur le point l'un et l'autre de prendre tous les risques, de se donner toutes les chances.

— Juste un instant, murmura-t-il.

Encore en état de rêve, elle lui caressa la joue.

— D'accord.

Pendant qu'il répondait, elle ferma les yeux, déterminée à rester dans sa bulle de plaisir.

— Ah, c'est toi, *carissima*!

Carissima? Carissima! La tendresse dans sa voix amena Juliet à soulever les paupières. Avec un rire chaleureux, Carlo se lança dans un flot enthousiaste d'italien chantant. Et elle qui ne voulait penser à rien se remit à penser quand même.

De l'affection… C'était de l'affection qui transpirait dans chaque mot prononcé. Inutile de connaître la langue pour l'entendre. Tournant la tête, elle vit Carlo sourire alors qu'il parlait à son interlocutrice invisible. Résignée, Juliet se rabattit sur son champagne. Il ne lui était pas facile de reconnaître qu'elle s'était ridiculisée. Encore moins d'admettre qu'elle souffrait.

Depuis le début, pourtant, elle connaissait la réputation de Carlo Franconi! L'homme était coureur et le revendiquait. Peut-être, oui, était-elle femme à savoir ce qu'elle voulait; peut-être, oui, était-ce lui qu'elle désirait. Mais accepter d'être une parmi tant d'autres ? Non !

Reposant son verre, elle se leva.

— *Si, si. Ti amo.*

Juliet se détourna sur ce « je t'aime ». Comme les mots d'amour glissaient avec aisance sur sa langue ! Que ce soit en italien, en polonais ou en anglais. Et comme ces mots pouvaient se vider facilement de leur sens, quelle que soit la langue.

— Ah, les interruptions malencontreuses ! Désolé, Juliet.

Elle tourna la tête et lui jeta un de ses regards inflexibles.

— Ne sois pas désolé, surtout. Le dîner était incomparable et je t'en remercie. Nous quittons l'hôtel demain à 8 heures.

— Attends...

Il traversa la suite luxueuse en quelques enjambées et la prit par les épaules.

— Qu'est-ce qui se passe ? Tu es en colère ?

Elle tenta de se dégager, mais échoua.

— En colère ? Je ne vois pas pourquoi je le serais !

— Les femmes n'ont pas toujours besoin d'avoir une raison logique pour passer d'un seul coup de la tendresse à la fureur.

Même s'il avait énoncé ce constat sans agressivité, elle se hérissa.

— J'ai bien conscience que tu as atteint un haut niveau d'expertise en ce qui concerne la femme en général, Carlo. Mais est-ce que tu sais ce que te dit la femme en particulier qui se tient devant toi ? Qu'il y a des limites à ne pas franchir, comme tenir quelqu'un dans ses bras d'un côté, et parler d'amour à quelqu'un d'autre de l'autre.

Il leva la main en signe d'incompréhension.

— Je ne te suis pas, Juliet. Mon anglais n'est peut-être pas à la hauteur.

Elle le foudroya du regard.

— Ton anglais est impeccable. Et si j'en juge par ce que je viens d'entendre, ton italien aussi.

— Mon italien ?

Elle vit éclore un grand sourire sur ses traits.

— Au téléphone, tu veux dire ?

— Oui. Au téléphone. Et maintenant, si tu veux bien m'excuser...

Il attendit qu'elle ait atteint la porte.

— Oui, j'avoue… J'avoue que j'ai des sentiments profonds pour la personne qui vient de m'appeler. Elle est belle, elle est intelligente, sa conversation est fascinante et je n'ai encore jamais rencontré de femme qui soit tout à fait comme elle.

Furieuse, Juliet fit volte-face.

— Comme c'est touchant. Puis-je te féliciter ?

— Je crois, oui. Il s'agit de ma mère.

Elle revint sèchement sur ses pas pour prendre son sac qu'elle avait presque oublié.

— Je pensais qu'un homme doté d'une expérience et d'une imagination comme les tiennes serait capable d'inventer mieux.

— Capable, je le serais, oui.

Il la retint de nouveau. Avec moins de douceur. Et plus tout à fait la même patience.

— Si ç'avait été nécessaire. Je ne suis pas quelqu'un qui a l'habitude de se justifier. Mais si je le fais, je ne mens pas.

Juliet prit une profonde inspiration, avec la brusque certitude qu'il lui disait la vérité. Non seulement elle n'aurait jamais dû lui tomber dans les bras, mais encore, avec sa petite scène de jalousie déplacée, elle venait d'achever de se ridiculiser.

— Je suis désolée. Dans l'un ou l'autre cas, ça ne me regarde pas.

— En effet.

Il lui prit le menton entre les doigts et ne le lâcha pas.

— J'ai vu de la crainte dans tes yeux, tout à l'heure. Et j'ai pensé que j'étais en cause. Maintenant, je crois que n'est pas de moi que tu as peur, mais de toi-même.

— Brillante analyse, mon cher !

— Tu m'attires, Juliet. Et sur bien des plans. Je sais que nous ferons l'amour tôt ou tard. Mais j'attendrai que la peur ait disparu de la scène.

Elle était partagée entre l'envie de lui hurler dessus et celle de fondre en larmes. Carlo le perçut clairement, mais ne dit rien.

— Bonsoir, Carlo. Nous avons un vol tôt, demain matin.

Il la laissa partir, mais demeura un long moment sans bouger, même après avoir entendu sa porte se refermer, de l'autre côté du couloir.

6

Dallas était Dallas, une ville qui s'affichait sans complexe, ne se revendiquait que d'elle-même. Une ville grande, riche et arrogante à la manière texane. Son architecture futuriste, ses gratte-ciel vertigineux, l'entrelacs compliqué de ses échangeurs formaient un ensemble qui détonait avec les belles maisons anciennes du quartier d'Oak Cliff. Dans la chaleur de l'air flottaient des odeurs de pétrole, de parfums de luxe et la poussière des prairies. Dallas était Dallas, mais ne s'était jamais coupée de ses racines profondes.

Il y régnait l'effervescence propre aux villes à la croissance rapide. Elle bruissait d'une énergie très américaine que rien ne semblait pouvoir affaiblir. Juliet, pour sa part, n'aurait pas vu de différence s'ils s'étaient trouvés au fin fond de la Guinée équatoriale.

Depuis leur dernier soir à Denver, Carlo se comportait exactement comme si rien ne s'était passé — ni dîner intime, ni baisers, ni caresses, ni éclats de voix. Juliet se demandait s'il le faisait exprès pour la rendre folle. Il restait un compagnon de route coopératif et affable. Mais elle savait désormais ce qui se dissimulait derrière la façade. Sous le charme volubile et léger se cachait une force inflexible. Elle l'avait vue. On pouvait même dire qu'elle l'avait éprouvée dans sa chair. Et il aurait été mensonger d'affirmer qu'elle n'admirait pas cet aspect de lui.

Coopératif, il l'était depuis le tout début et avec une belle constance. Juliet devait reconnaître qu'elle n'avait encore jamais accompagné un auteur aussi âpre à la tâche. Même si, sur le papier, ces tournées promotionnelles paraissaient très glamour, elle savait d'expérience qu'elles tournaient vite à l'épreuve pour les auteurs. A partir de la deuxième semaine, il devenait difficile de sourire autrement que sur commande. Carlo, lui, tenait le rythme.

Mais il exigeait la perfection, telle que lui-même la concevait, et ne lâchait rien tant qu'il ne l'avait pas obtenue.

A cela s'ajoutait son charme : personne ne savait enchanter son public comme lui. Il incarnait le summum de la classe et de l'élégance, un atout, estimait Juliet, qui facilitait incontestablement son travail d'attachée de presse. Non, le charme de Carlo Franconi, personne ne songeait à le nier. Jusqu'au moment où son regard devenait de glace. Elle en savait quelque chose !

Il avait donc ses failles et ses défauts, comme tout un chacun. Défauts qui auraient dû suffire à l'éloigner de lui. Etablir des listes scrupuleuses de « pour » et de « contre » l'avait toujours aidée, même lorsque l'objet de son évaluation était un homme. Mais le problème, avec Carlo, c'était que les défauts n'y changeaient rien : il restait toujours aussi attirant.

Et il le savait. Encore un aspect de lui à prendre en compte. Dans la liste des avantages et inconvénients, sa vanité faisait contrepoids à sa générosité sans limites. L'image qu'il s'était forgée de lui-même et de son métier dépassait les frontières de l'arrogance. Mais encore une fois, cette image était pondérée par sa prévenance et son respect inné d'autrui.

La vérité, c'était que Carlo ne se résumait pas à une simple liste de qualités et de défauts. Il y avait aussi chez lui des aspects non quantifiables. La façon dont il souriait. La manière dont il prononçait son nom. Et même la très professionnelle, la très pragmatique Juliet Trent avait du mal à trouver un point faible susceptible de neutraliser ces petits détails irrésistibles.

Les deux journées à Dallas furent telles qu'elle dut tourner avec des nuits de six heures, des cocktails multivitaminés et des océans de caféine. Au rythme où ils avançaient, le creux de Denver était compensé. Elle le sentait aux crampes qui lui martyrisaient les mollets.

Quatre minutes au journal télévisé national, un grand entretien dans un des meilleurs magazines du pays, trois articles dans des quotidiens de la ville et deux séances de dédicace où ils écoulèrent chaque fois tous les exemplaires disponibles en librairie. D'autres manifestations figuraient au programme, mais ces prestations-là avaient été les plus glorieuses. Son retour à New York se ferait en triomphe et son éditeur en tomberait à ses pieds.

Un triomphe durement gagné, si l'on ajoutait au programme déjà chargé de la journée les dîners organisés avec des journalistes de presse qui commençaient à 22 heures et durant lesquels elle luttait pour ne pas piquer du nez dans son tiramisu. Elle avait des douleurs à l'estomac à force d'enchaîner les repas trop copieux et s'était réapprovisionnée en aspirine et sels antiacides. Mais les succès obtenus compensaient largement ces petits désagréments. Elle aurait dû être enthousiaste.

Elle était malheureuse comme les pierres.

Cette fille le rendait fou ! songeait Carlo en se préparant, stoïque, à affronter un énième journaliste pour une énième interview. Comment faisait-elle pour parvenir encore à afficher ce sourire exquis, cette politesse inaltérable ? Car pour être polie, elle l'était ! Sa mère ne lui avait peut-être pas appris à cuisiner, mais elle lui avait inculqué des manières parfaites.

Quant à sa compétente… Il n'avait encore jamais rencontré personne, homme ou femme, qui l'égalât dans ce domaine. Il avait toujours admiré cette qualité particulière chez une compagne et l'exigeait chez ses collaborateurs. Juliet, en l'occurrence, était l'une et l'autre, le temps de cette tournée. Précise, rapide, d'un calme imperturbable au milieu des crises et capable de mobiliser une énergie inépuisable face aux cataclysmes.

Que des qualités admirables…

Et pourtant, pour la première fois de sa vie, il envisageait sérieusement d'étrangler une femme de ses mains.

Car en dehors de la politesse et de la compétence, Juliet ne faisait plus preuve à son égard que d'indifférence. Elle se comportait comme si rien d'autre ne les liait qu'une succession interminable de rendez-vous professionnels, de manifestations et de salons. Elle agissait comme s'il n'y avait pas eu ce jaillissement de désir, cette perfection des caresses, ce subtil et silencieux dialogue entre deux corps en synergie.

Il savait pourtant que la flamme était là.

La façon dont elle l'avait embrassé en témoignait. C'était avec l'assurance d'un désir mature et assumé qu'elle s'était portée à sa rencontre. Sa bouche contre sa bouche. Son corps contre son corps. Il n'y avait pas eu d'indifférence dans ses baisers, aucune réserve dans ses caresses. Il avait senti sa force et sa malléabilité, ses exigences et ses attentes, ses soupirs et sa fragilité, mais à aucun moment de l'indifférence. Alors que maintenant…

Ils venaient de passer deux jours entiers ou presque en compagnie exclusive l'un de l'autre, mais il n'avait rien vu dans ses yeux, rien entendu dans sa voix qui trahît autre chose que la simple courtoisie professionnelle. Ils mangeaient ensemble, se déplaçaient ensemble, travaillaient ensemble, faisaient tout ensemble à part dormir.

Et pourtant, rien. Pas un regard. Pas un signe de connivence. Pas un geste amical ou tendre.

Il commençait à en avoir plus qu'assez de cette indifférence polie. Mais il ne se lassait pas de Juliet elle-même.

Il était même disposé à reconnaître qu'il pensait à elle très souvent. Pourquoi pas, après tout? Avoir l'esprit monopolisé par une femme n'était pas inhabituel chez lui. Lorsqu'un homme cessait d'avoir des femmes en tête, il pouvait tout aussi bien être mort.

Il la désirait et pas qu'un peu. On pouvait même dire que plus il la voyait, plus elle l'obsédait. Elle n'était pas la première sur laquelle il jetait son dévolu et l'abstinence sexuelle n'avait jamais été sa tasse de thé. Lorsqu'un homme ne désirait plus, il *était* mort.

Mais…

Il trouvait étrange que tant de « mais » émaillassent sa réflexion chaque fois que ses pensées tournaient autour de Juliet. Toujours était-il qu'il se surprenait à méditer à son sujet un peu trop souvent à son goût. Avoir envie d'une femme à en hurler ne le dérangeait pas. Au contraire, même. Mais avec Juliet, la sensation d'inassouvi commençait à devenir sacrément inconfortable.

Certes, son confort moral et sa santé mentale n'en étaient pas menacés, mais elle était si insupportablement indifférente!

Il était temps d'agir… Il se promit alors, durant les quelques heures qu'il leur restait à passer à Dallas, d'amener l'inébranlable Juliet Trent à sortir de sa fichue coquille.

Il avait à son programme, ce jour-là, un énième déjeuner avec une journaliste dans un de ces établissements à la fois luxueux et interchangeables dont il commençait à avoir assez. Il aurait préféré boire une bonne bière mexicaine dans une petite *cantina* servant une authentique cuisine tex-mex, sans raffinement ni chichis. Il se promit de se rattraper à Houston, quoi qu'il arrive.

Ce fut à peine s'il remarqua que la journaliste était très jeune et dévorée par la nervosité, lorsqu'ils la rejoignirent à la table. Il s'était donné pour challenge de trouver la faille dans le bouclier de politesse de Juliet. Et tant pis s'il devait user de coups bas pour parvenir à ses fins!

— Ah, monsieur Franconi! Enchantée... Je suis vraiment ravie que vous ayez inclus Dallas dans votre tournée.

La jeune femme attrapait déjà son verre d'eau pour s'éclaircir la voix.

— Charles Van Ness m'a demandé de vous transmettre ses excuses. Il se réjouissait énormément à l'idée de vous interviewer.

Carlo lui sourit, mais ses pensées étaient ailleurs.

— Charles Van Ness?

— Le rédacteur gastronomique du *Dallas Tribune,* précisa Juliet, tout en dépliant sa serviette en lin blanc sur ses genoux.

Comme elle lui avait donné, un quart d'heure plus tôt, toutes les indications sur la question, elle espérait qu'il détecterait l'ironie sous le ton suave.

— Jenny Tribly, que voici, a dû prendre sa place à la dernière minute.

— Mais bien sûr!

Carlo compensa son moment d'inattention en mettant la dose de charme voulue dans son sourire.

— Je suis certain que vous le remplacerez magnifiquement.

En tant que femme, Jenny n'était pas insensible aux accents caressants de sa voix. En tant que journaliste, elle avait conscience de l'immense opportunité que représentait cette interview. Elle essuya ses paumes moites sur sa serviette.

— Tout s'est décidé dans la plus grande confusion, à la dernière minute. Il se trouve que Charles est en salle d'accouchement.

Carlo haussa un sourcil amusé.

— C'est original.

— Au chevet de sa femme, bien sûr.

— Une naissance, donc? Je propose que nous levions un verre à la santé du nouveau-né.

Il fit signe à la serveuse.

— Mademoiselle ? Apportez-nous trois margaritas, s'il vous plaît. Des vraies. En respectant bien les proportions du cocktail d'origine. Le choix vous convient-il, mesdames ?

En réponse, il obtint un petit signe de tête assez réservé de Juliet et un sourire reconnaissant de Jenny Tribly.

Résolue à tirer le meilleur parti du coup de chance inattendu que représentait cette rencontre, cette dernière ouvrit un carnet sur ses genoux, et commença sans attendre.

— Vous êtes satisfait de votre tournée jusqu'à présent, monsieur Franconi ?

— C'est toujours un bonheur pour moi de venir dans votre pays.

Il posa sa main sur celle de Juliet avant qu'elle ait eu le temps d'anticiper son geste.

— Surtout lorsque je voyage en compagnie d'une femme aussi belle.

Juliet entreprit de retirer discrètement sa main, mais celle de Carlo y était solidement arrimée. Pour un homme capable de réussir les sauces les plus délicates et les plus aériennes, il avait une poigne de boxeur.

Sans qu'un mot fût prononcé, leurs deux volontés s'affrontèrent alors, même si la voix de Carlo gardait toute sa suavité.

— Je dois vous dire, Jenny — je peux vous appeler Jenny, n'est-ce pas ? —, que Juliet est une femme extraordinaire. Sans elle, je ne serais plus rien.

Juliet répondit d'une voix tout aussi suave, mais le coup qu'elle lui donna sous la table fut, lui, nettement moins amical.

— Je me charge de l'organisation pratique. Mais l'artiste, c'est Carlo.

— Nous formons un duo plutôt admirable, qu'en pensez-vous, Jenny ?

Ne sachant où se situer au milieu de cet échange, Jenny sourit poliment et ramena la conversation sur des rives plus sûres.

— Carlo Franconi, l'écriture de livres de cuisine n'est pas votre seule activité. Votre restaurant, à Rome, attire des clients du monde entier. Et il vous arrive également de voyager pour mettre vos talents de cuisinier au service de personnalités en vue. Il y a quelques mois, votre présence a été signalée à bord d'un yacht de luxe, sur la mer Egée, où Dimitri Azares, le grand armateur grec, a eu la chance de déguster vos *Saltimbocca alla romana*.

Carlo rassembla ses souvenirs.

— Pour son anniversaire, oui. Sa fille avait tout organisé et lui avait fait la surprise.

Son regard glissa sur Juliet, dont la main rétive restait prisonnière de la sienne.

— Et Juliet vous confirmera que j'adore surprendre.

— Ah oui...

Jenny Tribly toussota et but une gorgée d'eau.

— Avec tant de réussite et de succès, aimez-vous encore les gestes élémentaires de votre métier ?

— La plupart des gens considèrent le fait de cuisiner comme une corvée ou, au mieux, comme un hobby. Mais comme je le disais encore récemment à Juliet...

Il entrelaça ses doigts aux siens.

— ... se nourrir est un art. Comme faire l'amour, d'ailleurs. Les deux font appel à la gamme entière des sens et devraient exciter, stimuler, transporter, éclairer !

Il glissa un pouce sous la main prisonnière, et en caressa la paume.

— Tu t'en souviens, Juliet ?

Elle avait essayé de ne pas se souvenir. De se convaincre qu'oublier était possible. Mais la caresse insistante de Carlo ressuscitait chaque sensation vécue entre ses bras.

— Carlo Franconi croit fermement à la sensualité — voire à l'érotisme — de l'art culinaire, dit-elle avec son plus beau sourire. Son talent rare pour mettre cette croyance en actes fait de lui l'un des chefs les plus inventifs du moment.

— *Grazie, mi amore.*

Carlo porta sa main crispée à ses lèvres.

De la pointe de son escarpin, elle chercha le mocassin de Carlo et appuya fort, avec l'espoir de lui broyer un os.

— Vos lecteurs et vous-mêmes, Jenny, découvrirez que le nouveau livre de Carlo, *L'Art de Franconi : la pasta en mode majeur*, décrit à merveille sa technique, son style, ses innovations, tout en plaçant les recettes les plus élaborées à la portée d'un cuisinier amateur.

Lorsque leurs cocktails furent servis, Juliet tenta de tirer un petit coup sec sur sa main, pensant que Carlo relâcherait peut-être un instant son attention. Elle aurait dû se douter que ce serait sans espoir.

Il leva son verre.

— A la santé de l'enfant à naître! C'est toujours exaltant de boire à la vie à tous ses stades, n'est-ce pas, Juliet?

Jenny trempa les lèvres dans l'immense verre à cocktail.

— Carlo Franconi, avez-vous expérimenté vous-même chaque recette que contient votre livre?

A n'importe quel autre moment, une question aussi idiote aurait immédiatement provoqué sa colère, mais, cette fois, Carlo était trop occupé pour la laisser éclater.

— Mais naturellement, chère amie, naturellement, répondit-il distraitement.

Il prit une gorgée de son cocktail, savourant la combinaison équilibrée de l'acidulé, du sucré et de l'amer. Puis son regard se posa sur Juliet.

— Je suis un homme entier. Lorsque je me passionne pour quelque chose, je m'y consacre pleinement. Un bon repas, comme je le dis souvent, se déroule un peu comme une étreinte amoureuse.

La pointe du crayon de Jenny Tribly se brisa. Elle se hâta d'en sortir un autre de son sac.

— Comme une étreinte amoureuse?

— Oui. Le début est lent, presque expérimental. Une petite mise en bouche pour ouvrir l'appétit et faire fleurir l'attente. Puis les saveurs changent. On passe, avec l'entrée, à quelque chose qui reste léger, frais, qui maintient les sens en éveil sans les submerger pour autant. Puis survient l'apothéose : le déploiement abouti des saveurs, des épices et des chairs. La variété des combinaisons est infinie. Tous les sens sont mobilisés, l'esprit n'est plus orienté que sur le plaisir. Il importe alors de ne rien bousculer et de prendre tout son temps. Enfin vient le dessert, concession à la douceur, à la détente, au moelleux laisser-aller.

Juliet eut droit à un sourire riche de sous-entendus.

— Ce moment devrait être savouré à l'envi. Lentement. Jusqu'à ce que le palais soit satisfait et le corps repu — ivre de satiété, si l'on peut dire.

Jenny avait écouté en ouvrant de grands yeux troublés.

— Fascinant! J'achèterai un exemplaire de votre livre, Carlo.

Avec un rire amusé, il ouvrit le menu.

— Je me sens un appétit de géant, tout à coup!

Juliet commanda une petite salade qu'elle picora pendant la demi-heure suivante, sans vraiment y toucher. Quant à Jenny, elle fit un sort au plat du jour, enchaîna avec appétit sur une tarte aux abricots, puis poussa une exclamation de surprise en regardant sa montre.

— Oh! Mon Dieu! Il est tard. Il faut que je vous laisse. Merci pour l'interview, Carlo. J'ai appris quantité de choses, aujourd'hui. Je ne m'attablerai plus jamais devant le rôti dominical avec désinvolture, désormais.

Carlo se leva en souriant.

— Ce fut un plaisir, Jenny.

La jeune femme se tourna vers Juliet.

— Je ferai passer une copie de l'article à votre éditeur.

— Merci.

Lorsque Juliet lui serra la main, Jenny la surprit en la retenant un instant entre les siennes.

— Vous ne connaissez pas votre chance, Juliet. Bonne fin de tournée à vous deux.

— *Arrivederci.*

Carlo souriait toujours lorsqu'il se rassit pour finir son café.

— Tu peux m'expliquer ce que signifie ce cinéma?

Il s'était attendu à cette sortie orageuse. N'avait espéré que ça, même.

— Je crois que j'ai bien sorti… comment on dit, déjà? Mon baratin? Mon argumentaire de vente?

— Ça ressemblait plus à une pièce de théâtre en trois actes.

Elle régla l'addition avec des gestes calmes et délibérés.

— La prochaine fois, demande-moi mon avis avant de m'inclure dans la distribution.

— Dans la distribution?

S'il feignait l'incompréhension, c'était uniquement pour achever de la mettre en fureur. Le succès de l'opération fut total.

— Tu as donné à cette femme la nette impression que nous étions amants.

— Juliet, je lui ai juste fait passer le message en tout point sincère que je te respecte et que je t'admire. Si elle en tire d'autres conclusions, c'est son problème.

Juliet se leva, replaça posément sa serviette sur la table et attrapa son sac.

— Salaud!

Carlo ne la quitta pas des yeux, tandis qu'elle sortait du restaurant la tête haute. Aucun terme d'affection n'aurait pu lui faire plus plaisir. Une femme indifférente ne traite pas un homme de salaud en ce genre de circonstance. Il sortit à son tour en sifflotant et la trouva qui fulminait devant la voiture de location, se débattant pour introduire la clé dans la serrure. Une femme indifférente insultait rarement les objets inanimés.

— Tu veux que je conduise jusqu'à l'aéroport?

— Surtout pas, non!

Après un nouveau juron, Juliet réussit à déverrouiller la portière. Calme... Elle resterait calme... Il était hors de question qu'elle lui offre la satisfaction de laisser exploser sa colère!

Sauf qu'il la rendait folle. Folle. Folle.

Elle abattit les deux mains à plat sur le capot.

— O.K., parlons franchement. C'était quoi, au juste, le but de cette mise en scène?

Squisita! Ses yeux verts avaient le tranchant d'une lame.

— Mise en scène?

— Le coup de la main sur la main, les allusions appuyées, les regards lourdement complices!

— J'aime te tenir la main, ce n'est pas du théâtre. Quant à te regarder, je suis incapable de m'en empêcher.

Ulcérée, elle contourna la voiture pour venir se planter devant lui.

— Ton attitude n'avait rien de professionnel et tu le sais!

— C'est vrai. Mon attitude était entièrement personnelle.

Il avait l'art de couper court à ses arguments.

— Ne recommence pas, Carlo.

— *Madonna santa...*

Sa voix resta mesurée; ses gestes ne trahirent aucune hâte. Et pourtant, elle se retrouva prise en étau entre la voiture et le corps de Carlo avant d'avoir eu le temps de voir venir le traquenard.

— Je suis prêt à accepter tes ordres tant qu'il s'agit de respecter des programmes et des horaires. Mais pour tout ce qui touche à ma vie privée, je ferai comme il me plaira.

Elle n'avait rien anticipé, voilà pourquoi elle avait perdu

l'avantage. C'était, en tout cas, l'analyse qu'elle ferait plus tard. Pour l'heure, Carlo lui avait saisi les épaules et son regard ne quitta pas le sien lorsqu'il leur imprima une secousse. Ce ne fut pas l'approche séductrice et calculée à laquelle elle s'était préparée, mais un assaut impulsif, qui la priva un instant de réaction. Sa bouche sur la sienne était pure exigence. Ses mains semblaient animées d'une force animale. Elle n'eut pas le temps de se raidir, de lutter ou même de penser. Il l'entraîna avec lui dans un voyage impérieux fait de touffeur et de lumière. Elle ne résista pas. Plus tard, lorsqu'elle chercherait à se convaincre qu'elle l'avait fait, elle se mentirait.

Des piétons passaient devant eux sur le trottoir ; des voitures roulaient sur la chaussée. Ni elle ni lui n'en avaient conscience. La chaleur écrasante de cet après-midi texan se réverbérait autour d'eux, renvoyée par le béton et l'asphalte, chargeant l'air jusqu'au bourdonnement. Mais le seul feu qu'ils percevaient était intérieur.

Juliet lui agrippait les hanches, les lâchait, les reprenait. Une voiture passa à vive allure, la musique à pleine puissance hurlant par les vitres ouvertes. Elle ne remarqua rien. Même si elle avait refusé de boire du vin à midi, elle était ivre de celui qu'elle buvait à ses lèvres.

Plus tard, bien plus tard, Carlo prendrait le temps de réfléchir à la signification de ce moment. A ce quelque chose qui était en train de se produire et qui sortait de son domaine d'expérience. Car toucher Juliet, ce n'était pas comme toucher d'autres femmes. Goûter sa bouche — que ce fût avec légèreté, en profondeur ou par jeu — n'était pas comme embrasser une autre femme. Les émotions qu'il ressentait étaient neuves, alors qu'il était persuadé de connaître déjà toute la gamme existante.

Il en était de même pour les sensations. Elles étaient la base même de son métier, de son talent. Il les cultivait avec la même application dans sa vie privée. Mais c'était la première fois qu'elles se présentaient à lui sous cette forme. Avec cette vertigineuse intensité. Tout homme invité à explorer un nouveau champ relationnel et qui s'en détournait, par peur de l'inconnu, manquait de courage à ses yeux.

L'intimité, il connaissait aussi. Il l'avait toujours recherchée. L'exigeait même, que ce soit dans son métier ou dans ses affections. Mais c'était la première fois qu'il la vivait à un tel degré.

Par principe, il ne reculait jamais devant la nouveauté. Il fonçait droit dessus, au contraire. Même si une appréhension discrète mais tenace se faisait sentir, il la bravait sans hésiter.

Plus tard... Ils s'agrippaient l'un à l'autre, se disant qu'ils reviendraient à la raison plus tard. Le temps ne signifiait plus rien, sur ce trottoir anonyme de Dallas. Le présent contenait en lui l'intégralité du futur.

Carlo finit par rompre le baiser, mais maintint Juliet serrée contre lui. Il fut choqué de découvrir que ses mains étaient agitées de tremblements. Il avait déjà brûlé de désir pour une femme. Jusqu'à la souffrance, même. Mais jusqu'à en trembler ? Jamais.

— Il nous faut un endroit où aller, Juliet. Un lieu où nous serons seuls. Nous ne pouvons pas continuer à faire comme si de rien n'était.

Elle secoua la tête. L'être de passion en elle ne demandait qu'à acquiescer, à se remettre entre ses mains. Mais l'être de raison savait que ce serait le début de la fin. Qu'elle perdrait tout contrôle sur elle-même, sa vie, son avenir.

— Non, Carlo.

Sa voix était moins ferme qu'elle ne l'avait espéré, mais elle maintint ses positions.

— Nous devons arrêter de mélanger le professionnel et le privé. Il nous reste encore deux semaines de tournée.

— Qu'il nous reste deux jours, deux mois ou deux ans, je veux les passer à faire l'amour avec toi !

Juliet se ressaisit suffisamment pour prendre conscience qu'ils se tenaient enlacés sur la voie publique.

— Carlo, ce n'est ni le lieu ni le moment.

— Le meilleur moment est toujours le moment présent, *cara...*

Il lui prit le visage entre les mains.

— Ce n'est pas contre moi que tu luttes, mais contre...

Il n'avait pas besoin de terminer sa phrase. Elle savait que la guerre qui faisait rage en elle était une guerre interne. Entre désir et raison. Tentation et sécurité. Une lutte qui menaçait de la déchirer. Et même si elle recollait ensuite les morceaux, elle n'était pas certaine que le tout ainsi recréé correspondrait encore à la Juliet qu'elle connaissait — ou croyait connaître.

— Carlo, nous avons un avion à prendre.

Il prononça quelques mots en italien, dont elle fut heureuse de ne pas comprendre la signification, puis lui demanda :

— Plus tard, tu accepteras de prendre le temps de parler avec moi ?

Elle lui attrapa les poignets pour tenter de le repousser.

— Non. En tout cas pas de ça.

— Alors, nous resterons ici jusqu'à ce que tu changes d'avis.

Ils étaient l'un et l'autre capables d'obstination. Un entêtement qui ne pouvait que les mener dans une impasse partagée.

— Nous avons des engagements, Carlo. Un horaire à respecter.

— Nous avons aussi une *attirance réciproque* à respecter.

— Je ne vois pas de quoi tu veux parler.

Il haussa un sourcil.

— Ah non ?

— L'avion ne nous attendra pas, Carlo.

— O.K. Nous allons le prendre, ton avion. Mais à condition que nous parlions à Houston.

— Carlo, n'essaie pas de me forcer la main.

— Qui force la main à qui, en ce moment ?

Elle n'avait pas de réponse facile à lui offrir.

— Très bien. Je prends immédiatement des dispositions pour me faire remplacer !

Il secoua la tête.

— Tu ne le feras pas. Tu as trop d'ambition. Abandonner une tournée en cours de route desservirait ta carrière.

Elle serra les dents. Il la connaissait déjà trop bien.

— Je tomberai malade.

Il sourit, cette fois.

— Tu es trop fière pour choisir la fuite.

— Ce n'est pas une question de fuite…

Mais de survie.

— … c'est une question de priorités.

Il posa un baiser léger sur le bout de son nez.

— Les priorités de qui ?

— Carlo, nous avons à faire.

— En effet. Un tas de choses, même.

— O.K., je vais être plus claire : contrairement à toi, je ne couche pas avec toutes les personnes qui m'attirent.

Il sourit sans se sentir le moins du monde offensé.

— Tu me flattes, *cara*.

Elle réprima un soupir. Il n'y avait que lui pour lui donner envie de rire alors qu'elle tremblait de colère.

— Ce n'était pas intentionnel.

— J'adore te voir sortir tes griffes.

— Alors tu vas apprécier les deux prochaines semaines. Allons-y, maintenant, nous avons encore un long trajet jusqu'à l'aéroport.

Courtois comme toujours, il lui ouvrit la portière.

— C'est toi le chef.

Une femme naïve aurait pu penser qu'elle venait de remporter le combat haut la main. Mais Juliet n'était pas une femme naïve.

7

Juliet était passée maîtresse dans l'art de planifier. C'était sa spécialité tout autant que de promouvoir un titre. Et puisqu'elle était capable de gérer le temps avec la plus grande précision, rien de plus facile que de surcharger un planning, lorsque les circonstances le justifiaient. Si elle se démenait suffisamment et précipitait les choses comme il le fallait, elle pourrait étoffer leur programme au point qu'il leur serait impossible de trouver une minute pour parler d'autre chose que de travail. Elle comptait sur Houston pour lui faciliter la tâche.

Ce n'était pas la première fois qu'elle travaillait avec Big Bill Bowers. L'homme était un personnage haut en couleur, un fort caractère, chargé d'organiser des manifestations autour du livre pour Books, l'une des plus grandes chaînes de librairies de l'Etat. Big Bill avait tout le Texas dans sa poche et n'avait pas honte de le faire savoir. Il avait un faible pour les histoires à rallonge, la bière fraîche et les véritables bottes de cow-boy de chez Stallion.

Juliet l'aimait bien parce qu'il avait l'esprit vif, qu'il était solide comme un roc et faisait toujours tout pour lui faciliter la tâche. Elle le bénissait d'autant plus — étant donné l'aspect très particulier de cette tournée — qu'il était prolixe et qu'il avait une conception essentiellement tribale de l'existence. Tant qu'il serait là, Carlo et elle n'auraient pas un moment d'intimité. Dès l'instant où leur avion aurait touché le tarmac de Houston International, le Texan, qui portait allègrement ses cent trente kilos sur son mètre quatre-vingt-dix, considérerait qu'il lui revenait de les prendre en charge.

Le hall des arrivées était noir de monde, mais impossible de manquer Bill : il suffisait de chercher des yeux un taureau coiffé d'un Stetson.

— Ah, la petite Juliet... Toujours belle comme un ange!

Soulevée dans une étreinte vigoureuse, Juliet perdit un instant le contact avec la terre ferme. Lorsqu'il la laissa retomber sur ses pieds, elle se tâta discrètement les côtes pour vérifier qu'il n'y avait rien de cassé.

— Ça fait du bien de te voir, Bill. Je me fais toujours une joie de venir à Houston. Tu as l'air en pleine forme!

— A cause de la vie saine et abstinente que je mène, ma chérie.

Il laissa éclater un rire tonitruant qui fit se tourner vers eux de nombreuses têtes. Juliet sentait son humeur s'améliorer à vue d'œil.

— Carlo Franconi. Bill Bowers... Carlo, tu as intérêt à filer doux avec ce monsieur! Non seulement il est fort comme un Turc, mais c'est aussi l'homme qui assurera la promotion de ton livre dans la plus grande chaîne de librairies du Texas.

— Je promets d'être le plus accommodant des chefs italiens en tournée.

Une main énorme, taillée comme un battoir, broya celle de Carlo.

— Bienvenue au Texas, Franconi.

La même patte puissante s'abattit ensuite sur son épaule avec une force propre à faucher un arbre. La cote de Carlo augmenta d'un point dans l'estime de Juliet lorsqu'elle vit qu'il recevait sans vaciller cette énergique manifestation de cordialité.

— Merci, Bill.

— L'Italie, je n'y ai jamais mis les pieds, mais j'apprécie la cuisine de chez vous. S'il y en a une qui sait préparer les spaghettis, c'est ma femme! A s'en faire éclater la panse. Tenez, donnez-moi votre truc...

Avant que Carlo ait pu émettre une objection, Bill lui avait arraché des mains sa précieuse valise d'ustensiles. Juliet ne parvint pas à dissimuler un sourire narquois en voyant le regard inquiet avec lequel Carlo couvait ses possessions.

— Bon, allez, on s'échappe? Je déteste presque autant les aéroports que les hôpitaux, moi. Ma voiture est juste là.

Il se dirigea vers la sortie à grandes enjambées et Juliet, juchée sur ses talons, lui emboîta le pas comme elle le put.

— J'ai vérifié vos réservations d'hôtel, ce matin. Tout est en ordre.

— Merci, Bill. Tu es merveilleux, comme toujours. Comment va Betty?

— Toujours le pire caractère de cochon que la Terre ait jamais porté, s'esclaffa Bill avec une fierté manifeste. Et ça ne va pas en s'arrangeant. Depuis que les enfants sont partis, elle n'a plus que moi à tyranniser.

— Mais tu es toujours aussi fou d'elle.

— Que veux-tu? Avec les années, on cultive un certain stoïcisme!

Il sourit, dévoilant une dent en or.

— Pour le moment, vous n'avez rien à faire à l'hôtel, pas vrai? Alors, nous allons commencer par montrer à l'ami Carlo comment on conçoit la vie chez nous, à Houston.

Tout en marchant, il balançait la mallette dans sa grande main. Carlo se rapprocha avec un sourire diplomate.

— Excellent programme! Mais je pourrais peut-être vous débarrasser de cette valise…

— Pensez-vous! Mais qu'est-ce que vous trimballez là-dedans? Un bœuf entier découpé en quartiers?

— C'est la batterie de cuisine de monsieur, répondit Juliet avec un sourire innocent. Carlo est un peu caractériel, quand on touche à ses spatules.

Bill approuva d'un signe de tête.

— Un homme a le droit d'être caractériel, lorsque ses outils de travail sont en jeu.

Il porta la main à son Stetson pour saluer une jeune femme dont la jupe courte et les talons effilés mettaient en valeur les longues jambes.

— Je me sers toujours du marteau que mon père m'a donné quand j'avais huit ans.

— J'accorde la même valeur sentimentale à mes ustensiles, renchérit Carlo.

Ce qui ne l'avait pas empêché de remarquer la paire de jambes, nota Juliet. Un regard de connivence, très masculin, passa entre les deux hommes, une ébauche de complicité, devina-t-elle, qui avait plus à voir avec la jeune femme qu'ils venaient de croiser qu'avec leurs outils fétiches.

— Comme j'imagine que vous avez eu votre content de restos chic et d'atmosphères feutrées, je vous ai organisé un petit barbecue tout simple à la maison. Vous pourrez relâcher la pression, piquer une tête dans la piscine si ça vous chante et manger de la nourriture qui ressemble à de la nourriture.

Juliet avait déjà assisté à un « petit barbecue tout simple » chez Bill. La notion de « petit » englobait pour lui un bœuf entier grillé, quelques dizaines de poulets et pas loin d'un porc complet. Le tout arrosé d'hectolitres de bière. Cela signifiait également qu'elle ne verrait pas sa chambre d'hôtel avant cinq bonnes heures.

— Ça ne se refuse pas, dit-elle néanmoins. Carlo, on ne commence vraiment à vivre qu'une fois qu'on a goûté une grillade de Bill sur un feu de bois de mesquite. C'est une authentique saveur de la région.

Carlo lui saisit le coude.

— Alors, commençons par vivre…

Son ton appuyé l'amena à tourner la tête vers lui.

— … puis nous passerons aux choses sérieuses, n'est-ce pas, Juliet ?

Ils vécurent donc, se mêlant à la centaine d'invités que Bill avait réunis. Un groupe de sept musiciens jouait avec un inlassable enthousiasme. De grands rires et des bruits d'éclaboussures s'élevaient de la piscine séparée de la terrasse par des buissons couverts de grandes fleurs rouges exotiques, dont le parfum suave et solaire leur parvenait par moments, entre deux bouffées de viande grillée et l'arôme puissant du bois de mesquite brûlé. Surveillée d'un regard d'aigle par son hôte qui ne cessait de remplir son assiette, Juliet mangea deux fois plus qu'elle ne l'aurait fait d'ordinaire.

Elle aurait dû se réjouir de voir Carlo pris d'assaut par une douzaine de Texanes en Bikinis ou robes bain de soleil qui se découvraient un intérêt aussi soudain que passionné pour l'*arte culinaria*, même si la plupart d'entre elles ne connaissaient sans doute pas la différence entre un ouvre-boîtes et un moule à soufflé.

Elle aurait dû se réjouir aussi d'avoir une cour masculine empressée autour d'elle. Mais c'était à peine si elle parvenait à retenir les noms et les visages : son regard était irrésistiblement attiré vers Carlo, qui riait avec une grande brune sculpturale pudiquement vêtue de trois mini-triangles de tissu et de deux bouts de ficelle.

La musique était forte et le soleil de plomb. Juliet avait dû troquer sa tenue de ville contre un short et un débardeur puisés au fond de sa valise. Depuis le début de la tournée, c'était la première fois qu'elle avait l'occasion de s'asseoir à l'extérieur et de faire le plein de soleil au lieu de courir dans des espaces fermés, son attaché-case sous le bras.

Même si les sentiments que lui inspirait son voisin de transat — un hercule sans grande conversation dont le torse nu luisait d'huile solaire — oscillaient entre l'ennui poli et la franche exaspération, elle était décidée à profiter de ce moment de relâche.

C'était la première fois que Carlo voyait Juliet aussi dévêtue. Il avait déjà deviné, à sa façon de marcher, qu'elle avait de très longues jambes. Et il ne s'était pas trompé. Elles semblaient commencer au niveau de la taille et s'étirer, fines, galbées, d'une pâleur toute new-yorkaise. Elles étaient si fascinantes que tenir un semblant de conversation à la grande brune assise à côté de lui devenait un véritable pensum.

Cela ne lui ressemblait pas d'avoir l'esprit occupé par une femme distante d'une bonne dizaine de mètres, alors qu'il en avait une autre — belle et intéressante — juste sous la main. Cela relevait presque de l'anomalie, mais le fait était là. La femme près de lui portait un parfum musqué, aux accents séducteurs. Mais la mémoire olfactive de Carlo était imprégnée de celui de Juliet, plus léger, moins tapageur et tout aussi enivrant.

En compagnie d'autres hommes que lui, remarquait-il, elle ne se montrait ni tendue ni excessivement réservée. Il but une rasade de bière en la regardant replier ses longues jambes sous elle et rire avec les deux hommes assis de chaque côté de son transat. Elle ne se raidit même pas lorsque l'un des deux, un jeune adonis gonflé aux hormones, posa la main sur son épaule et se pencha sur elle pour lui glisser quelque chose à l'oreille.

Concevoir de la jalousie pour ce genre de broutille ne lui ressemblait pas non plus. Il se considérait comme un spécialiste en émotions fortes, mais n'avait jamais expérimenté celle-ci. Il avait toujours pensé que les femmes de sa vie avaient droit au flirt et à la liberté autant que lui. Mais cette règle ne semblait pas s'appliquer pour Juliet. Si elle laissait ce *buffone* haltérophile et luisant la toucher une seconde fois, il...

Il n'eut pas le temps d'aller au bout de sa pensée. Juliet laissa fuser un nouveau rire, posa son plateau à côté d'elle et se leva. Il ne put entendre ce qu'elle dit à l'homme assis à côté d'elle, mais la vit se détourner et entrer dans la grande maison basse dont le style évoquait un ranch.

Quelques instants plus tard, l'haltérophile au torse nu s'extirpa de son transat et la suivit.

— Alors là, non! Il ne faut pas exagérer!

— Pardon?

La beauté brune au corps de déesse s'interrompit au milieu de ce qu'elle avait cru être une conversation intime. Ce fut à peine si Carlo lui accorda un regard.

— Excusez-moi un instant.

Marmonnant tout bas, il s'éloigna dans la direction prise par Juliet. Son regard luisait d'une détermination meurtrière.

Lasse de repousser des avances grossières, Juliet se retira dans la maison en passant par la cuisine. Elle était d'humeur massacrante, mais se félicitait d'avoir réussi à garder une maîtrise héroïque d'elle-même. Elle n'avait pas arraché les yeux de l'adonis de pacotille à la main baladeuse; elle n'avait pas étranglé Carlo et sa brune sculpturale. Elle regarda sa montre et décida de passer un rapide coup de fil à son assistante à New York. Mais avant d'avoir pu faire le premier geste, elle se sentit brusquement décoller du sol, soulevée par des bras de colosse.

— Tu n'as pas grand-chose sur les os, mais le peu de chair que tu as est un vrai bonheur pour les yeux!

Le premier réflexe de Juliet fut de placer un bon coup de coude dans les côtes de l'imbécile. Elle se retint de justesse.

— Tim...

Au prix d'un effort marqué, elle réussit à garder un ton policé, tout en regrettant que la musculature de son interlocuteur semblât lui tenir lieu d'intelligence.

— Lâche-moi, s'il te plaît. J'ai un coup de fil urgent à passer.

— Alors que nous sommes en pleine fête, poupée?

Il la retourna sans effort et l'assit sur le plan de travail.

— Tu n'as pas besoin d'appeler quiconque, alors que tu as l'ami Tim à ta pleine et entière disposition.

Juliet jaugea la situation. Au lieu de lui envoyer un coup de pied sous la ceinture — ce qu'elle aurait pu faire très facilement, compte tenu de sa position —, elle se contenta stoïquement de lui tapoter l'épaule. C'était le voisin de Bill, après tout.

— Tu sais ce que je pense, Tim ? Que tu devrais retourner dehors. Ce serait dommage de priver ces dames de ta présence.

— J'ai une idée beaucoup plus stimulante...

Il prit appui sur le plan de travail, une main de chaque côté de ses hanches, et ses dents étincelèrent comme dans une caricature de publicité pour dentifrice.

— Et si on se faisait une petite fête en aparté, toi et moi ? Je suis sûr que les filles de New York sont époustouflantes, au lit.

Si elle n'avait pas eu une si piètre opinion de lui, elle se serait sentie offensée pour les femmes en général et New York en particulier. Mais venant de si bas...

— Nous, les filles de New York, quand nous disons non, c'est non. Maintenant, laisse-moi tranquille, Tim.

— Allez, Juliet...

Il glissa un doigt dans le décolleté de son débardeur.

— J'ai un grand lit très, très confortable à deux pas d'ici.

Elle lui repoussa le poignet. Voisin ou pas voisin, fini de prendre des gants, maintenant !

— Si tu allais faire un petit plongeon, Tim ?

Il sourit et sa main remonta le long de sa cuisse.

— Un plongeon, oui... C'est exactement l'idée que j'ai en tête.

— Excusez-moi...

La voix de Carlo était si calme et si douce qu'elle donnait froid dans le dos.

— Je vous conseille de trouver rapidement un autre usage pour vos mains, poursuivit-il depuis le pas de la porte, ou vous pourriez ne plus être en mesure de vous en servir du tout.

— Carlo !

Juliet soupira, mais pas de soulagement. Elle n'était pas d'humeur à faire l'objet d'un sauvetage chevaleresque.

Tim fit jouer ses pectoraux huilés.

— Vous ne voyez pas que nous sommes occupés, cette demoiselle et moi ? Laissez-nous tranquilles.

Carlo s'approcha alors, les pouces glissés dans les poches de son jean. Il avait l'air aussi hors de lui que lorsqu'il avait découvert le pot de basilic séché. Autant dire qu'il était susceptible de faire n'importe quoi !

Juliet jura tout bas, poussa un nouveau soupir et tenta d'éviter l'altercation.

— Et si nous allions rejoindre les autres au bord de la piscine ?

— Excellente idée !

Carlo lui tendit la main pour l'aider à descendre, mais Tim s'interposa.

— Vas-y tout seul, mon pote. Nous avons à causer, Juliet et moi.

— Est-ce que tu souhaites poursuivre cette conversation, Juliet ? demanda Carlo, glissant un regard entendu vers elle.

— Nous avons largement épuisé tous les sujets, en ce qui me concerne.

Elle pesta tout bas. Si elle se laissait glisser du plan de travail, elle se retrouverait plaquée contre Tim. A sa grande contrariété, elle ne pouvait rien faire. Le sourire de Carlo restait affable, mais son regard, froid, déterminé, était terrifiant.

— Vous avez entendu, je crois ? Juliet n'a plus rien à vous dire. Et il semble que vous lui bloquiez le passage.

— Hé ! Tu es sourd ou quoi, l'Italien ? Ne marche pas sur mes plates-bandes, O.K. ?

Tim attrapa les pans de la chemise de Carlo.

— Arrêtez immédiatement, tous les deux !

Visualisant déjà son auteur préféré avec un œil au beurre noir et le nez en sang, Juliet attrapa un énorme bocal de verre sur le plan de travail, avec l'intention d'en assener un bon coup sur la tête de Tim. Mais avant qu'elle ait pu le soulever, le colosse poussa un grognement, se plia en deux et resta dans cette position.

— Tu peux reposer ce bocal, Juliet, suggéra Carlo d'un ton placide. Et maintenant, partons, si tu veux bien...

Comme elle restait figée, il lui prit le bocal des mains, le replaça sur le plan de travail, puis la souleva pour la remettre sur ses pieds.

— Vous voudrez bien nous excuser, lança-t-il sur le ton de la plus extrême courtoisie au cow-boy encore groggy.

Puis, prenant Juliet par la main, il l'entraîna dans le jardin.

— Mais... Qu'est-ce que tu lui as fait ?

— Juste le strict nécessaire.

Juliet tourna la tête vers la porte de la cuisine. Si elle n'avait pas vu la scène de ses propres yeux...

— Tu l'as frappé?

— Pas très fort.

D'un signe de tête, Carlo salua un petit groupe d'invités qui prenaient le soleil.

— Ce Texan a le torse plus musclé que le cerveau.

— Mais...

Elle jeta un coup d'œil à ses mains, des mains longues et fines, plutôt élégantes, que l'on n'associait pas, à première vue, au combat de rue.

— Mais ce type est une montagne de muscles!

Carlo haussa les sourcils, tout en sortant ses lunettes de soleil de la poche de sa chemise.

— Une forte masse corporelle n'est pas toujours un avantage. J'ai grandi dans un quartier où la rue s'est chargée de mon éducation. Tu es prête à t'en aller d'ici?

Non, sa voix n'avait rien d'agréable, tout compte fait. Elle était froide. Glaciale, même. Elle s'en hérissa, et calqua son ton sur le sien :

— Je suppose que je devrais te remercier?

— Ça dépend. Pas si tu avais plaisir à te faire peloter par King Kong. Il ne faisait peut-être que répondre à tes signaux.

Juliet s'immobilisa net.

— Quels signaux?

— L'invite non verbale et néanmoins éloquente qu'émettent les femmes lorsqu'elles sont sexuellement attirées par un homme.

Juliet prit une profonde inspiration et compta jusqu'à dix, le temps, espérait-elle, de mettre sa mauvaise humeur au pas, mais la technique échoua.

— Il est peut-être plus massif que toi, mais pas beaucoup plus stupide, finalement! Vous n'êtes pas si différents que ça.

Même à travers les verres sombres de ses lunettes, elle vit la colère étinceler dans ses yeux.

— Tu compares ce qu'il y a entre nous avec ce qui s'est passé dans cette cuisine?

— Tout ce que je dis, c'est que certains hommes semblent ne pas comprendre le sens du mot « non ». Je ne nie pas que l'élégance de ton approche est sans comparaison avec les méthodes expéditives de Tim. Mais, au final, votre objectif est le même : vous envoyer en l'air!

Il laissa tomber la main qui reposait sur son bras. Puis, d'un geste délibéré, enfonça les mains dans ses poches.

— Si je me suis mépris sur tes sentiments, Juliet, je te prie de m'excuser. Contrairement à ce que tu sembles penser, ça ne m'excite pas du tout de forcer la main à une femme ou de lui mettre la pression. Souhaites-tu partir ou rester?

De la pression, elle en ressentait, pourtant. Un peu partout, même. Au niveau de la gorge. Derrière les paupières. Mais elle ne pouvait s'offrir le luxe de la laisser déborder.

— Je préférerais rentrer à l'hôtel. Je voudrais travailler un peu, ce soir.

— Très bien.

Il la planta là pour se mettre à la recherche de leur hôte.

Trois heures plus tard, Juliet finit par admettre qu'elle n'arriverait pas avancer sur son planning, du moins pas ce jour-là. Elle avait essayé toutes les méthodes possibles et imaginables pour se détendre. S'immerger une demi-heure dans un bain chaud, écouter un trio de Schubert en regardant le soleil se coucher par la baie vitrée. Comme rien n'avait marché, elle avait vérifié par deux fois leur emploi du temps marathon du lendemain. Ils seraient pris sans discontinuer de 7 heures à 17 heures. Et leur avion pour Chicago décollerait une heure plus tard.

Leurs occupations ne leur laisseraient pas une seconde pour réfléchir, discuter ou s'inquiéter des remous survenus dans leur relation au cours des dernières vingt-quatre heures. C'était l'objectif qu'elle s'était fixé. Mais impossible pour autant de se concentrer sur leur programme de deux jours à Chicago. Ses pensées étaient irrémédiablement accaparées par l'homme qui se trouvait à quelques pas, de l'autre côté du couloir.

Jamais elle n'aurait imaginé Carlo capable d'une telle froideur. Lui qui était toujours si exubérant, empressé, chaleureux. Exaspérant aussi, mais il exaspérait avec tant de charme et de verve! En se murant dans ce silence glacé, il la laissait dans un vide abyssal.

Non! Le vide abyssal, elle s'y était précipitée elle-même.

Peut-être aurait-elle pu accepter la situation, si elle avait été dans son bon droit. Mais les torts étaient de son côté, même si, à aucun instant, elle n'avait encouragé cet âne dopé aux stéroïdes à lui sauter dessus. Maintenant encore, l'idée que Carlo ait pu en douter la faisait fulminer, mais...

Mais elle ne l'avait pas remercié d'être venu à son secours alors qu'il l'avait sortie d'un mauvais pas. Même si elle répugnait à l'admettre et qu'elle détestait se sentir redevable, Carlo lui avait ôté une sacrée épine du pied.

Prise dans les affres du dilemme, Juliet abandonna sa table de travail pour arpenter la chambre. Terminer la tournée avec un Carlo froid et distant était, sans l'ombre d'un doute, ce qu'elle pouvait espérer de mieux. Les problèmes personnels se résoudraient d'eux-mêmes pour la bonne raison qu'ils n'auraient plus que des échanges professionnels. D'un certain côté, on pouvait donc dire que l'incident avec Tim était tombé à pic. Que les torts soient imputables à l'un ou l'autre importait peu ; l'essentiel, c'était le résultat.

Juliet embrassa du regard la petite chambre impersonnelle où elle tournait en rond depuis des heures.

Non, elle ne pouvait pas laisser les choses en l'état.

Elle noua la ceinture de son peignoir autour de sa taille et traversa le couloir.

Ce n'était pas la première fois qu'une femme le mettait en rage et Carlo devait bien admettre qu'une explosion d'émotions pimentait agréablement l'existence. Ce n'était pas la première fois non plus qu'une femme lui compliquait la vie. Sans frustrations, ni batailles perdues, comment apprécier pleinement la victoire ?

Mais la douleur ? La blessure ? Cela, il ne connaissait pas encore. C'était une possibilité qu'il n'avait même jamais envisagée. L'irritation, la fureur, le désir, la passion, le rire et les cris, d'accord. Un homme habitué aux femmes — mère, sœurs, amantes — ne concevait pas de relation d'où ces péripéties seraient absentes. Mais la douleur, c'était autre chose...

La blessure était plus intime que le désir, plus élémentaire que la colère. Ouvrant une brèche vers les profondeurs de l'être, elle réveillait des chagrins enfouis au goût lointain d'enfance, faisait vaciller les certitudes, creusait un abîme sous les pieds.

Etre taxé de coureur, de don juan, de tombeur — ou de tout autre terme dont on qualifiait un homme qui appréciait les femmes — ne l'avait jamais affecté. Ses histoires d'amour duraient ce qu'elles duraient : le temps que mettait la passion charnelle à flamber puis à retomber. Mais il ne vivait jamais ces relations avec désinvolture, encore moins avec cynisme. Lorsque le désir s'estompait, l'amitié prenait la relève. Au cœur de la tempête, il arrivait qu'il y eût des éclats de voix, des mots durs échangés. Mais il s'arrangeait toujours pour que la rupture s'opère sur une note cordiale et dans le respect mutuel.

Il lui vint à l'esprit qu'avec Juliet, il y avait eu déjà plus de conflits et de mots durs échangés qu'avec n'importe laquelle de ses amies précédentes. Alors qu'ils n'étaient même pas amants.

Et qu'ils ne le seraient jamais.

Il se versa un verre de vin et retourna s'asseoir dans un confortable fauteuil club en cuir. Il ferma les yeux. Il ne manquerait plus qu'il fasse l'amour avec une femme incapable de voir la différence entre cette brute semi-abrutie aux mœurs d'orang-outang et lui! Que ferait-il d'une femme qui ne comprenait rien à la beauté de la sexualité et parlait de… — comment avait-elle dit, déjà? — « s'envoyer en l'air » pour qualifier la danse d'amour entre deux êtres. *Dio,* quelle horreur!

Il ne voulait pas d'une femme capable de le mettre dans cet état insupportable, au milieu de la nuit et au milieu de la journée. Il ne voulait pas d'une femme capable de blesser avec le tranchant de ses mots.

Il ne voulait rien de tout ça. Et pourtant, il désirait Juliet au point d'en être possédé.

Le coup frappé à la porte de sa chambre suscita un froncement de sourcils. Le temps pour lui de se lever et de poser son verre, on frappa de nouveau.

Si Juliet avait eu le contrôle de ses nerfs, elle aurait plaisanté en découvrant Carlo dans un kimono de soie à motif de flamants roses. Mais elle était elle-même en peignoir, pieds nus et les mains nouées devant elle, comme une petite fille.

— Je voulais juste te dire que j'étais désolée.

Il finit d'ouvrir la porte.

— Entre, Juliet.

— Je tenais à m'excuser.

Elle hésita un instant sur le seuil, souffla un grand coup, puis se risqua à l'intérieur de la suite.

— J'ai été affreuse avec toi, cet après-midi, alors que tu venais de me sauver la mise avec beaucoup d'élégance. J'étais en colère parce que tu as insinué que j'avais encouragé cet imbécile à me tripoter. J'avais de bonnes raisons d'être énervée, tu en conviendras.

Les bras maintenant croisés sur la poitrine, elle arpenta la pièce.

— Non seulement la remarque était injustifiée, mais encore je la considère comme une insulte. Même si, contre toute vraisemblance, elle avait été fondée, tu n'avais rien à dire, alors que toi-même te pavanais au milieu d'un harem !

— Quoi ? *Je me pavanais au milieu d'un harem ?*

Carlo remplit un second verre de vin et le lui tendit.

— Parfaitement ! Avec cette amazone brune à la tête d'une horde déchaînée !

Elle but une gorgée, fit un grand geste avec son verre et but de nouveau.

— Partout où nous allons, il y a toujours au moins une demi-douzaine de femmes à te tourner autour en émettant force « signaux », comme tu dis ! Est-ce que je me permets de faire des réflexions pour autant ?

— Eh bien, je me souviens de…

— Une fois, juste *une* fois, l'interrompit-elle avec véhémence, je rencontre un problème avec un crétin qui se prend pour un dieu du sexe et toi, tu en déduis que je l'ai bien cherché ! Deux poids, deux mesures, en somme. Ce n'est pas possible d'avoir des idées aussi machos !

Avait-il déjà rencontré une femme capable de le faire basculer d'un instant à l'autre dans des états d'esprit aussi opposés ? Il ne s'en plaignait pas, cela dit.

Il examina le contenu de son verre, puis demanda :

— Tu es venue ici pour faire acte de contrition ou pour me jeter l'opprobre ?

Elle le gratifia d'un regard noir.

— Je ne sais plus très bien pourquoi je suis venue, mais c'était clairement une erreur.

— Hé ! Attends !

Il leva la main alors qu'elle s'apprêtait à ressortir comme une tornade.

— Il serait peut-être plus sage que j'accepte les excuses que tu m'as présentées en entrant.

Cette fois, le regard de Juliet devint carrément meurtrier.

— Mes excuses, tu sais ce que tu peux en...

— ... et que je te présente les miennes à mon tour, coupa-t-il. Est-ce que ça remet les pendules à l'heure ?

— Je ne l'ai pas encouragé, Carlo.

C'était la première fois qu'il lui voyait cette moue boudeuse — enfantine et si féminine à la fois. Irrésistible.

— Et moi, je ne recherche pas la même chose que cet imbécile.

Il s'approcha, si près qu'il aurait pu la toucher.

— J'attends de toi infiniment plus, Juliet.

— Je sais. Ou du moins, il me semble le savoir.

Elle n'en recula pas moins d'un pas.

— Peut-être ai-je simplement *envie* de le croire ? Je ne suis pas une grande spécialiste des aventures sans lendemain.

Elle se passa la main dans les cheveux avec un petit rire amer.

— Je devrais pourtant m'y connaître, puisque mon père les collectionne. Toujours dans la plus grande discrétion, cela dit. Ma mère accepte de fermer les yeux, tant qu'il ne s'affiche pas ouvertement.

Les situations de ce genre, Carlo les connaissait pour en avoir constaté les méfaits chez des amis proches et des gens de sa famille. Il savait les cicatrices et les désillusions qu'elles engendraient.

— Juliet, tu n'es pas ta mère.

Elle releva la tête ; ses yeux étincelèrent.

— Non. Et je travaille d'arrache-pied pour ne jamais lui ressembler ! Ma mère est belle, intelligente, et qu'a-t-elle fait de sa vie ? Rien. Elle a renoncé à sa carrière, à son estime de soi, à son indépendance pour devenir une femme de ménage améliorée, doublée d'une nounou. Mon père l'a encouragée à arrêter son travail d'infirmière, soi-disant pour offrir un plus grand confort de vie à sa petite femme.

Elle s'interrompit pour répéter d'un ton dégoûté :

— *Sa petite femme !* Résultat, sous prétexte d'avoir une meilleure vie, plus de temps libre, elle s'est retrouvée enfermée dans une existence étriquée. C'était elle qui s'occupait de ma sœur et moi ; les repas devaient être prêts pour le retour de mon père. Et inutile de préciser *qui* repasse les chemises de monsieur ! Je ne dis pas que j'ai eu un mauvais père. Il a toujours été super avec Carrie et moi. Jamais un mot plus haut que l'autre. Il n'oubliera jamais l'anniversaire de ma mère, lui offre des fleurs. Mais la façon dont ils vivent, c'est lui qui la dicte. Et comme il est seul maître à bord, il s'octroie quelques discrets plaisirs annexes.

— Ta mère n'a jamais songé à divorcer ?

— Je lui ai posé la question, il y a quelques années, avant de partir pour New York.

— Et alors ?

Juliet scruta sombrement le fond de son verre.

— Elle reste parce qu'elle l'aime. C'est une raison suffisante à ses yeux.

— Tu aurais préféré qu'elle le quitte ?

— J'aurais préféré qu'elle vive *sa* vie. Qu'elle réalise son potentiel.

— Il ne la tient pas enfermée, Juliet. Ta mère a fait ses choix. Tout comme tu fais les tiens.

— Je refuse de subordonner ma vie à celle d'un autre ! Jamais je ne me mettrais en position d'être humiliée à ce point… Pour personne, précisa-t-elle en relevant fièrement la tête.

— Tu penses que toutes les relations homme/femme sont aussi déséquilibrées ?

Elle reprit une gorgée de vin, haussa les épaules.

— Peut-être que je manque d'expérience pour en juger.

Il garda le silence un instant. L'infidélité, il connaissait. Il en avait ressenti aussi les effets à sa façon.

— Je ne me souviens pas très bien de mon père, reprit-il finalement. Je le voyais très peu. Lui aussi avait une maîtresse exigeante.

Elle tourna son visage vers lui, mais il ne vit aucune surprise sur ses traits. Comme si la chose, pour elle, allait de soi.

— La seule différence, c'est que son adultère à lui, c'était avec la mer qu'il le commettait. Il disparaissait pendant des mois tandis que ma mère nous élevait, se tuait au travail, attendait, attendait et attendait encore. Lorsqu'il revenait enfin, elle lui ouvrait les bras sans un reproche et il lui jurait qu'il ne repartirait plus jamais. Mais l'appel de sa maîtresse était toujours le plus fort. Lorsqu'il est mort en mer, ma mère est restée inconsolable. Elle l'aimait et elle avait fait son choix.

— C'est cruel.

— Sans doute. Tu croyais que l'amour était fair-play?

— Non, et c'est bien pour cette raison que je n'en veux pas.

Il se souvint alors d'une autre femme — une amie — qui lui avait dit la même chose dans un moment de crise.

— Tout être humain aspire à l'amour, Juliet, mais certains en ont plus conscience que les autres, c'est tout.

— Non.

Elle secoua la tête avec une conviction née du désespoir.

— L'affection, le respect, l'admiration, oui. Mais pas l'amour. L'amour nous dépossède d'une part de nous-mêmes.

Carlo soutint son regard.

— Peut-être. Mais tant que nous n'avons pas aimé, rien ne nous prouve que cette « part de nous » que nous perdrions en aimant nous est réellement nécessaire.

— C'est peut-être plus facile pour toi de raisonner ainsi. Tu as eu beaucoup de femmes dans ta vie.

Sa réponse aurait dû l'amuser. Mais elle mit brusquement en lumière un vide dont il avait jusque-là méconnu l'existence.

— Des femmes, oui. Mais je n'ai jamais connu l'amour durable. J'ai une amie — il pensait à Summer — qui m'a dit un jour que l'amour était comme un manège, un carrousel. Peut-être savait-elle de quoi elle parlait.

— Et une histoire brève, qu'est-ce que c'est?

Une fragilité particulière dans sa voix lui fit tourner la tête. Il fit un nouveau pas dans sa direction. Avec lenteur, cette fois.

— Un manège aussi, Juliet. Seulement, nous n'en faisons qu'un tour.

Comme ses mains tremblaient un peu, Juliet posa son verre.

— Je crois que nous nous comprenons.

— Sur certains points seulement...

— Carlo...

Elle hésita à poursuivre. Mais sa décision n'était-elle pas déjà prise au moment où elle avait traversé le couloir?

— Je n'ai jamais eu beaucoup de temps à consacrer aux carrousels, mais je voudrais en faire un tour avec toi.

Il ne réagit pas tout de suite. Etrangement, lui, le grand

amateur de femmes, se trouvait pris au dépourvu. Avec certaines conquêtes, il brandissait l'étendard de la passion et les enveloppait d'un torrent de paroles brûlantes. Avec d'autres, il lâchait les rênes du désir et ils tombaient enlacés sur le premier tapis venu. Mais rien de ce qu'il avait vécu jusqu'à présent ne lui paraissait compter vraiment à côté de cette première fois avec Juliet.

Les mots de la séduction lui étaient toujours venus avec la plus grande spontanéité. L'amour était pour lui une langue familière dont il pensait maîtriser la syntaxe. Mais cette fois, il était incapable d'émettre un son. Même un murmure aurait gâché la belle simplicité de ce que Juliet venait de lui dire. Il garda donc le silence.

Et l'embrassa. Pas avec la passion ravageuse qu'elle déchaînait parfois en lui ; pas non plus avec la respectueuse hésitation qu'elle suscitait par moments. Il l'embrassa avec l'authenticité et la reconnaissance propres aux amants de longue date. S'ils s'avançaient l'un vers l'autre avec des besoins différents, des attentes distinctes, leurs lèvres jointes les effacèrent. L'amour entre eux serait novateur ; ils s'aventureraient en territoire inexploré.

Juliet s'était préparée à la flamboyance verbale qui semblait l'essence même de Carlo. Peut-être s'était-elle même attendue à voir luire dans ses yeux sombres une étincelle de triomphe. Mais cette fois encore, il la surprit. Cette fois encore, il lui offrit de l'inattendu, du neuf, de l'insoupçonné, la gravité de ses lèvres posées sur les siennes, tout simplement.

La pensée l'effleura — mais elle la rejeta aussitôt — qu'il ne se sentait pas plus qu'elle en terrain connu. Il lui tendit la main. Elle y plaça la sienne. Et côte à côte, ils marchèrent jusqu'à la chambre.

En temps normal, Carlo aimait à soigner le décor pour une grande scène de séduction. Pour n'importe quelle autre femme, il aurait prévu une brassée de fleurs au parfum poivré, une musique où battait le pouls de la passion. Il aurait offert la lumière tendre des bougies et le rire, sous forme de champagne. Mais pour Juliet, il ne disposait que d'un grand silence dépouillé et de l'éclat d'une demi-lune. La femme de chambre avait ouvert le lit, mais n'avait pas tiré les rideaux. La lumière blanche jouait avec les ombres et se fondait dans la clarté des draps.

Debout près du lit, il embrassa les paumes de Juliet. Au creux frais de ses mains, il retrouva l'écho léger de son parfum. A son poignet affolé battait le cœur de son désir. Lentement, sans la quitter des yeux, il dénoua la ceinture de son déshabillé. Puis il porta les mains à ses épaules et fit glisser le vêtement, qui tomba à ses pieds avec un léger murmure de soie.

Il ne la touchait pas et son regard ne quittait pas son visage. Par-delà la nervosité, par-delà le désir, une calme certitude s'était emparée de Juliet. L'ombre d'un sourire incurva ses lèvres lorsqu'elle porta les mains à la taille de Carlo et dénoua son kimono. A son tour, avec des gestes légers et sûrs, elle repoussa la fine étoffe de ses épaules.

Face à face dans leur nudité, ils étaient vulnérables, fragilisés par leur attente, leur espoir — fragilisés l'un par l'autre. Et ce fut dans cette lumière pâle et blanche, noyée d'ombre, que chacun porta le premier regard sur l'autre.

Carlo avait une silhouette déliée sans être maigre. Juliet était svelte et douce. Sa peau parut plus pâle encore lorsqu'il y posa sa main brune. Sa main à elle, sur son épaule, semblait encore plus fine, plus délicate.

Leurs corps se joignirent avec une infinie lenteur. Il n'y avait pas de hâte. Rien que la longue patience du temps amoureux.

Le matelas ploya, les draps bruissèrent. Des sons tranquilles, apaisés. Allongés côte à côte, ils se donnèrent le plaisir rêveur né de baisers explorateurs, du glissement des chairs effleurées.

Peut-être Juliet avait-elle toujours su qu'il en irait ainsi, que ce serait aussi simple. Aussi inéluctable. Sa peau naissait à la vie partout où se posaient les mains de Carlo. Sa bouche se faisait exigeante, ses lèvres accaparaient, mais avec patience. Il la caressait comme on apprivoise, l'aimait comme si sa chair n'avait encore jamais connu le contact d'un homme. Alors qu'elle s'enfonçait dans une langueur incandescente, elle songea confusément que d'une certaine manière, c'était, en effet, la première fois.

L'innocence, oui. Carlo la percevait chez elle, une innocence non pas physique, mais émotionnelle. Et, si invraisemblable que cela pût paraître, il découvrait la même en lui. Libres, comme intouchés par les étreintes passées, ils se rencontraient dans la nouveauté de l'innocence.

Les mains de Juliet se mouvaient sans hésiter. Mais elles caressaient comme si elle était malvoyante et cherchait à se faire une représentation de son amant à travers l'ouïe, l'odorat, le toucher. Elle humait sur lui l'odeur de son gel douche, goûtait la richesse du vin sur ses lèvres.

Carlo parla alors pour la première fois, ne prononçant qu'un seul mot :

— Juliet...

Sur ses lèvres, son prénom sonnait comme un chant, comme les syllabes d'ouverture d'un poème. Elle eut alors le sentiment de se dissoudre, de flotter dans un espace aquatique.

Son corps se mouvait avec le sien, en rythme, d'un commun accord. A chaque caresse, elle anticipait l'endroit où il la touche-rait, juste avant de sentir ses doigts glisser sur elle. Puis ses lèvres traçaient un lent parcours sensuel dont elle espérait qu'il ne prendrait jamais fin.

Elle était si menue. Comment avait-il pu passer à côté de sa fragilité ? En lui faisant l'amour, il lui était facile d'oublier son énergie, son assurance, le côté directif de sa personnalité. Il pouvait lui donner de la tendresse et attendre l'éclosion, la lente montée du feu, le déploiement d'une sensualité qui s'ouvrait comme une fleur délicate, pétale après pétale.

Son cou était long et d'une blancheur émouvante sous la clarté de la lune. Au creux palpitant de sa gorge, son parfum était retenu prisonnier. Intensifié. Excitant. Il s'attarderait là pendant que le sang se précipiterait dans les veines. Celles de Juliet et les siennes.

Sa langue trouva la courbe subtile d'un sein, en chercha la pointe, s'y enroula. Lorsqu'il l'aspira dans sa bouche, elle prononça son nom dans un gémissement, les poussant l'un et l'autre vers de plus hauts paliers de désir.

Il y avait tant à découvrir, à toucher, à embrasser ! Carlo vivait un émerveillement continu, un embrasement qui faisait peu à peu céder les digues de sa maîtrise. Des sons montaient dans la chambre — un souffle accéléré, un soupir, une prière —, des sons de plaisir, rien que de plaisir. Leurs odeurs se mêlaient, composaient une fragrance inédite, leur odeur d'amants. Sous la lune, ils n'étaient plus qu'une seule forme indistincte. Les draps étaient brûlants, entortillés autour de leurs deux corps soudés. Une première fois, avec sa langue, avec ses doigts, Carlo l'amena jusqu'à l'orgasme. Juliet se cramponna aux draps froissés tandis que son corps submergé de plaisir se tordait, frissonnait, emporté par un irrépressible torrent de volupté.

Il vint en elle alors que, faible encore et le souffle erratique, elle s'ouvrait pour l'accueillir, reprendre avec lui le voyage à parcourir à deux.

Carlo en avait le vertige — une sensation heureuse qui lui avait toujours été si étrangère. Il voulait se perdre en Juliet, paupières closes, s'enfouir en elle jusqu'à disparaître. Et en même temps, paradoxalement, l'aimer les yeux grands ouverts, pour ne manquer aucune expression sur son visage.

Il voyait ses lèvres entrouvertes, percevait le son précipité de son souffle. Elle se mouvait avec lui, avec une douce indolence dans un premier temps, puis plus vite, toujours plus vite, jusqu'au moment où ses doigts s'agrippèrent à ses épaules.

Elle cria, ouvrit grand les yeux. Plongeant dans ce miroir offert, Carlo vit le reflet noyé, presque éperdu, de l'éblouissement qu'il avait voulu lui donner.

Alors seulement, donnant libre cours aux exigences de son propre plaisir, il cueillit son nom chuchoté sur ses lèvres et laissa jaillir sa jouissance.

8

Etaient-ils nombreux à avoir été initiés à la splendeur de ce mystère ? Lovée contre Carlo, dans un état de réception totale, Juliet découvrait qu'elle avait vécu jusque-là dans une ignorance sexuelle dont elle venait de sortir en triomphe quelques minutes plus tôt. Etait-il normal de se sentir si faible ? Car faible, elle l'était. Mais pas vide.

Elle avait donné plus qu'elle n'aurait imaginé donner ; s'était risquée plus loin qu'elle n'aurait dû oser le faire. Elle aurait dû en éprouver du remords. Ce n'était pas le cas. Plus tard, peut-être, établirait-elle sa liste de « Pourquoi oui », « Pourquoi non ». Pour le moment, elle voulait juste baigner dans la lumineuse torpeur d'après l'amour.

— Tu es bien silencieuse...

Le souffle de Carlo courut sur sa tempe, suivi de la pression de ses lèvres.

Les yeux clos, elle esquissa un sourire paresseux.

— Tu n'es pas bavard non plus.

Frottant sa joue contre ses cheveux, Carlo tourna les yeux vers la fenêtre éclairée de lune. Il n'était pas bavard, en effet, et en cela ne se reconnaissait plus. Les mots ne lui venaient pas avec la facilité habituelle. Ce qu'il ressentait, il ne l'avait encore jamais éprouvé avec une autre femme. Avec Juliet, il était entré dans l'inconnu. Mais comment pouvait-il le lui expliquer et espérer être cru ? Il avait déjà bien assez de mal à le croire lui-même. Et pourtant...

Il constatait qu'il était plus difficile de mettre des mots sur la vérité que de trouver les paroles de la séduction.

— Je te sens toute menue quand je te tiens comme ça contre moi. Ça me donne envie de te garder là très, très longtemps.

402

— Je suis bien dans tes bras.

L'aveu avait été plus facile à prononcer qu'elle ne l'aurait pensé. Avec un petit rire, elle tourna la tête de manière à voir son visage.

— Vraiment très bien, même.

— Tu ne verras donc pas d'objection si je te garde contre moi pendant les quelques prochaines heures?

Elle lui embrassa le menton.

— Les quelques prochaines minutes, plutôt. Il faut que je retourne dans ma chambre.

— Pourquoi? Il ne te plaît pas, mon lit?

Elle se blottit un peu plus confortablement encore et songea que ce serait merveilleux de ne plus jamais avoir à bouger de là.

— Ton lit? Je crois que je l'adore. Mais j'ai encore quelques modifications d'emploi du temps à faire pour Chicago avant de me coucher. Et demain matin, c'est réveil à 6 h 30. Alors...

— Tu t'agites trop.

Il posa un doigt sur ses lèvres et se pencha au-dessus d'elle pour attraper le téléphone.

— Et tu peux te lever aussi facilement de mon lit que du tien.

Découvrant qu'elle aimait la façon dont son corps pesait sur le sien, elle se prépara à se laisser convaincre.

— Peut-être, oui. Qu'est-ce que tu fais?

— Chut! Ici, la chambre 922. Carlo Franconi, oui. Réveillez-moi à 6 heures, s'il vous plaît. Merci.

Il replaça le combiné, roula sur le dos et l'attira sur lui.

— Voilà. Tout est réglé.

— J'ai entendu ça, oui.

Couchée sur Carlo de tout son long, elle croisa les bras sur sa poitrine et posa son menton sur ses mains.

— Mais tu leur as dit d'appeler à 6 heures et nous n'avons pas besoin de nous lever avant la demie.

— Absolument.

Les mains de Carlo glissèrent lentement de ses épaules à ses reins.

— Ça nous laissera une petite demi-heure pour... nous réveiller en douceur...

Elle eut un rire heureux et pressa les lèvres sur son torse. Pour cette fois — mais cette fois seulement —, elle acceptait de lui déléguer l'organisation de leur emploi du temps.

— Très pragmatique, ta décision. Et... tu crois que nous pourrions prendre aussi une demi-heure pour nous endormir en douceur?

— C'est déjà inclus dans le planning.

Lorsque le téléphone sonna, le lendemain, Juliet grogna et s'enfonça sous les couvertures. Pour la seconde fois, elle se retrouva enfouie sous Carlo, alors qu'il tendait le bras vers l'appareil pour décrocher. Elle ne protesta pas, préférant se tenir coite au cas où la sonnerie n'aurait été qu'un élément de son rêve.

— Allons, allons, Juliet, ne fais pas la taupe!

Il suivit d'une main caressante la courbe de sa hanche.

— Je ne fais pas la taupe, je dors!

Il lui mordilla l'épaule. Elle était merveilleuse au petit matin. Toute chaude de sommeil et alanguie, dans un irrésistible état d'abandon. Les matins étaient faits pour la sensualité, la paresse. Pouvoir la réveiller ainsi, au rythme de ses baisers, laissait augurer une journée comme il les aimait.

Juliet s'étira comme une chatte, sans ouvrir les yeux. D'ordinaire, le matin se résumait pour elle à prendre une douche rapide et à avaler une tasse de café debout. Elle n'avait jamais imaginé qu'une journée pût démarrer de façon aussi somptueuse.

— Qu'est-ce que tu entends par « faire la taupe »? demanda-t-elle d'une voix endormie.

Sa peau était plus douce, plus claire que le lait et Carlo se trouvait d'humeur à laper.

— C'est un animal qui dort beaucoup, non?

Comme l'esprit de Juliet était embrumé de sommeil et de désir, il lui fallut un moment pour rectifier.

— La marmotte!

— *Prego?*

— On dit : « faire la marmotte », chez nous. « Etre une taupe », c'est tout à fait autre chose.

— Bah, ce sont de jolis petits animaux, l'une et l'autre.

Elle entrouvrit un œil. Carlo avait les cheveux hirsutes et un début de barbe lui assombrissait les joues. Mais lorsqu'il souriait, il avait l'air aussi vif et reposé que s'il avait dormi douze heures. Il était tout simplement magnifique!

— C'est un animal que tu veux, Carlo?

Avec un soudain regain d'énergie, elle roula sur lui. Ses mains étaient agiles, sa bouche avide. En l'espace de quelques secondes, elle réussit à le rendre fou. Elle n'avait jamais été agressive, mais trouva à son goût son grognement de surprise et les battements accélérés de son cœur. Sa propre montée de fièvre fut immédiate. Il lui plaisait que les mains de Carlo soient moins douces, moins patientes qu'elles ne l'avaient été la veille. Cette frénésie presque désespérée l'exaltait.

Carlo Franconi était connu pour son vaste éventail de compétences culinaires et sexuelles. Mais Juliet, avec son innocence, le déconcertait et le rendait fou de désir en même temps. Avec un gloussement de triomphe, elle se pencha pour l'embrasser, fouillant sa bouche avec sa langue, cherchant les saveurs secrètes, généreuses, le suc caché de son être. Lorsqu'il tenta de la faire rouler sous lui pour la prendre, elle se déroba. Frustré, le souffle court, il jura alors contre ses lèvres.

Il ne se départait jamais de son élégance avec les femmes, d'habitude. Même s'il faisait l'amour avec passion, il gardait toujours son style, son panache. En cet instant pourtant, alors que Juliet s'envolait sur lui avec la gracieuse frénésie d'une Walkyrie fragile, il n'avait plus ni technique ni savoir-faire; il n'était plus que désir aveugle et haletant. Il détestait œuvrer dans la précipitation, cependant. Lorsqu'il cuisinait, c'était avec méthode, étape par étape. Il essayait, expérimentait, goûtait. En amour, il procédait de la même manière; il estimait qu'il convenait de prendre son temps, comme pour déguster un vin précieux; chacun des sens devait avoir son content du festin.

Mais comment faire l'amour en gourmet, en esthète, alors que Juliet lui faisait perdre toute notion de civilisation? Lorsque les sens, sollicités, s'enchevêtraient, il devenait impossible d'y remettre de l'ordre. Se trouver mené, emporté était nouveau et grisant pour lui. A cette ivresse, il décida de ne pas opposer de résistance. Mais il entraînerait Juliet avec lui.

Il lui agrippa les hanches presque avec rudesse et, en l'espace de quelques minutes, ils furent aspirés l'un et l'autre dans une folle spirale d'où ils retombèrent sans force, dans un long râle partagé...

Carlo avait encore un peu de peine à reprendre sa respiration, mais il tenait Juliet solidement serrée contre lui. Ce qu'elle avait déclenché en lui, il aurait été incapable de le définir, mais il savait d'ores et déjà qu'il ne voulait pas le perdre. La pensée que Juliet non plus l'effleura, mais il écarta cette considération. Trop dangereux. Ils avaient le reste de la tournée pour eux. Et il avait toujours eu pour philosophie, en amour, de se concentrer sur le présent.

Juliet se blottit étroitement contre lui tout en déclarant :

— Il faut que je m'extirpe de ce lit d'urgence. Dans quarante minutes, nous devons être fin prêts à la réception.

— Où Big Bill nous attend.

— Bravo, monsieur l'auteur. Je vois que tu as ton planning en tête.

Elle se pencha pour attraper son déshabillé et l'enfila avant de se lever. Un sourire effleura les lèvres de Carlo lorsqu'elle lui tourna le dos pour nouer sa ceinture. Ce réflexe de pudeur était plutôt attendrissant chez une femme qui venait de lui faire l'amour avec une aussi belle absence d'inhibition.

— Je bénis Bill d'avoir proposé de nous conduire. Circuler à Houston est un cauchemar fait d'échangeurs à répétition.

Il admira le haut fuselé de ses cuisses, caressé par la soie émeraude.

— Tu aurais pu me laisser le volant.

— Oui, mais comme je tiens à la vie, je suis doublement reconnaissante à Bill. Je vais appeler pour qu'on vienne prendre nos bagages dans trente-cinq minutes. Assure-toi de ne rien…

— … oublier dans ma suite, je sais ! Juliet, n'ai-je pas déjà fait la preuve de mes capacités à voyager comme un grand garçon ?

— Juste un rappel amical.

Elle amorça le geste de regarder son poignet pour vérifier l'heure et se souvint qu'elle ne portait pas de montre.

— Le passage télé ne devrait pas te poser de problème. C'est un nommé Jacky Torrence qui anime l'émission et de façon assez décontractée. Il sera plutôt à l'affût de l'anecdote sympa. Pas de questions trop pointues à redouter.

— Mm…

Carlo s'étira au saut du lit. Manifestement, l'attachée de presse faisait un retour en force. Il sourit et nota que Juliet s'interrompit net lorsqu'il se pencha pour récupérer son kimono.

Au soleil du petit matin, la peau de Carlo était de bronze, sa stature sculpturale. Irrésistible… Il était vraiment irrésistible… Le souffle de Juliet se noua et elle fit un pas en arrière, la tête vide de toute pensée. Emploi du temps, conseils pratiques, tout s'évanouit de son esprit.

— Bon, je file prendre ma douche et m'habiller, finit-elle tout de même par annoncer. Nous referons le point sur nos rendez-vous de la journée tout à l'heure, dans la voiture.

Son trouble ravissait Carlo. Son kimono sur le bras, il avança d'un pas.

— Peut-être que l'émission sera reportée.

— Ah non! Touchons du bois!

Puis, visant la légèreté, elle ajouta dans un murmure :

— Intéressant, le motif de ton peignoir.

La légère fêlure dans sa voix ne fit qu'accentuer chez Carlo une érection naissante.

— Les flamants roses? Ma mère a un sens assez baroque de l'humour, je dois dire.

Il ne l'enfila pas et se dirigea vers elle.

— Carlo, tu restes où tu es. C'est un ordre! Pas un pas de plus, tu m'entends?

Levant la main, elle battit en retraite et opéra une sortie précipitée. Carlo sourit et continua de sourire même après avoir entendu la porte de sa chambre se refermer, de l'autre côté du couloir.

Avec Juliet qui menait son monde à la baguette et Bill aux commandes de la voiture, leur journée à Houston fut réglée comme du papier à musique. Tous leurs interlocuteurs du jour réagirent avec enthousiasme, que ce soit la télévision, la radio ou les journalistes de presse. Quant à la séance de dédicace en librairie, elle avait été organisée de façon particulièrement festive et le public avait répondu présent. Carlo lancé, Juliet estima qu'elle pouvait s'éclipser un moment pour regarder son courrier et lire la presse.

Pour Los Angeles, rien que des articles dithyrambiques — mais elle n'en attendait pas moins. Les journalistes de San Diego auraient pu faire un effort pour étoffer leurs commentaires, mais Carlo avait eu droit à la première page dans un supplément week-end ainsi qu'à un article bien placé dans la rubrique gastronomique d'un autre titre. Rien à dire. Du côté de Portland et Seattle, on donnait une recette et on s'extasiait sans vergogne. Juliet s'en serait frotté les mains si elle n'avait pas été occupée à boire un café.

Denver, maintenant...

Une colonne entière dans la rubrique people! Qui aurait pu penser une chose pareille? Elle en sursauta de surprise, et le café déborda de sa tasse.

— Merde!

En fouillant dans son attaché-case, elle trouva deux Kleenex froissés et s'en servit pour éponger les dégâts. Elle s'accorda une seconde pour réfléchir et décida que ce n'était pas si gênant. Toute publicité était bonne à prendre, après tout. Et people, Carlo l'était, sans l'ombre d'un doute. L'essentiel, c'était que son nom apparaisse un peu partout, quel que soit le support.

Elle se plongea dans la lecture de l'article, hochant distraitement la tête en parcourant le premier paragraphe. Un potinage superficiel, mais plutôt bienveillant dans l'ensemble. Tout à fait le genre de papier susceptible de toucher un public qui ne lirait jamais une critique gastronomique. Tout compte fait, estimat-elle, cette colonne était un coup de chance.

Mais elle changea d'avis en attaquant le second paragraphe.

Elle se leva si vite qu'elle ne remarqua pas, cette fois, qu'elle en avait renversé le café par terre. Son expression vira en une fraction de seconde de la stupéfaction à la fureur. Avec les plus grandes peines du monde, elle s'accorda cinq minutes pour reprendre le contrôle d'elle-même avant de regagner l'intérieur de la librairie.

Il ne restait normalement plus qu'un quart d'heure pour la séance de dédicace, mais Carlo avait encore une vingtaine de personnes devant lui. Et d'autres clients tournaient dans les rayons, son livre sous le bras, attentant manifestement une signature. Carlo en avait bien pour une demi-heure encore. Juliet serra les dents et rejoignit Bill, qui passa un bras aussi massif qu'affectueux autour de ses épaules.

— Ah! Revoilà la belle Juliet! Tu sais qu'il fait un tabac, ton chef italien? Il se débrouille pour charmer les femmes sans pour autant se mettre les bonshommes à dos. Si ce n'est pas du grand art, ça! Il est habile comme le diable, ce garçon.

— Je ne te le fais pas dire... Bill, je pourrais m'installer un instant dans ton bureau pour passer quelques coups de fil sans être dérangée ?

— Bien sûr. Viens, je vais te montrer mon antre.

Ils traversèrent le rayon psychologie, contournèrent les thrillers et le développement personnel, longèrent la littérature étrangère. Puis Bill s'immobilisa devant une porte avec le panonceau « privé ». Le bureau était spartiate et encombré de piles et de piles de livres.

— Voilà, essaie de te faire une place dans ce bazar. Prends tout le temps qu'il te faut.

— Merci pour tout, Bill. Vraiment.

Elle n'attendit même pas qu'il ait refermé la porte avant de composer le numéro de son assistante à New York.

— Deborah ? C'est Juliet.

— Je savais que tu appellerais ! Je crois que nous avons une super touche avec le *Times*. Quand tu seras de retour à New York, tu...

— Plus tard, Deb !

Juliet se pencha pour attraper un tube de comprimés dans son sac.

— J'ai regardé les critiques du livre, aujourd'hui.

— Elles sont très bonnes, non ?

— Un vrai bonheur, en effet...

Deborah laissa s'écouler un quart de seconde de silence.

— Quel enthousiasme ! dit-elle ensuite. J'imagine que c'est la page « potins » du journal de Denver qui te chiffonne ?

Juliet se leva et donna un coup de pied dans le fauteuil de bureau.

— Evidemment !

— Assieds-toi, Juliet.

Deb n'avait pas besoin de la voir pour savoir qu'elle était remontée comme un ressort.

— M'asseoir ? J'ai plutôt envie de prendre le premier avion pour Denver et de tordre le cou à cette idiote !

— L'assassinat d'échotiers n'est pas propice aux relations publiques.

— C'est un ramassis de propos orduriers !

— N'exagérons rien. Ce n'est pas de la grande littérature, mais ce n'est pas infâmant non plus.

Juliet fit un effort surhumain pour reprendre un semblant de contrôle sur elle-même, ce qui ne fut pas le cas de son estomac. Glissant un premier cachet entre ses lèvres, elle le croqua d'un coup sec.

— Ce n'est pas le moment de faire de l'ironie, Deb! Je n'ai pas apprécié du tout les insinuations faites à mon sujet. « L'exquise compagne de voyage américaine de Carlo Franconi. » Sérieusement, j'ai l'air de quoi? Comme si j'étais là seulement pour la parade! Et là-dessus, elle enchaîne sur...

— Je sais, je sais, j'ai lu l'article. Et Hal, aussi, entre parenthèses.

Hal était le directeur de la communication chez Trinity Press. Juliet ferma les yeux, compta jusqu'à trois, puis demanda :

— Et alors?

— Il est passé par des états assez variés, à vrai dire. Pour parvenir finalement à la conclusion que les commentaires de ce genre étaient inévitables et qu'ils ne faisaient qu'ajouter une touche supplémentaire à... l'aura sexuelle de Franconi.

Les doigts de Juliet se crispèrent sur le tube de cachets.

— Je vois... Et tant pis si je passe pour une poule de luxe, c'est ça? Ravie de servir de faire-valoir!

— Tu n'en rajoutes pas un peu, là, Juliet?

— Bon, je te laisse annoncer à ce cher Hal que tout s'est passé à la perfection à Houston. Et ne lui dis surtout pas que je t'ai appelée à cause de cet article stupide, O.K.?

— Tes désirs sont des ordres.

Juliet souffla un grand coup, prit un stylo et se rassit.

— Et maintenant, ta nouvelle au sujet du *Times*? Vas-y, je t'écoute...

Une demi-heure plus tard, alors qu'elle finissait de donner son dernier coup de fil, Carlo passa la tête par l'entrebâillement de la porte. La voyant au téléphone, il leva les yeux au plafond, se préparant à patienter, puis son regard tomba sur le tube de cachets déjà bien entamé.

— Oui, entendu, merci, Ed... M. Franconi apportera les ingrédients nécessaires et se présentera aux studios pour 8 heures Oui, tout à fait.

Elle fit entendre un rire joyeux, mais tapait nerveusement du pied sous la table.

— Oui, absolument délicieux ! Promis… A dans deux jours, alors. Au revoir.

Carlo attendit qu'elle ait raccroché pour s'approcher.

— Tu n'es pas venue me sauver de la foule vorace.

Elle leva lentement les yeux vers lui.

— Tu n'avais pas l'air d'avoir un besoin urgent de secours.

Le ton, l'expression le mirent aussitôt sur ses gardes. Restait à comprendre ce qui motivait ce revirement d'humeur. Il marcha jusqu'au bureau et prit le tube de sels antiacides.

— Tu es bien trop jeune pour te bourrer de ce genre de médicaments.

— Je n'ai jamais entendu dire que l'ulcère était lié à l'âge.

Il fronça les sourcils et cala une fesse sur un coin du bureau.

— Juliet, si je te pensais atteinte d'un ulcère, je t'embarquerais pour Rome dans l'heure et te mettrais à la diète et au repos forcé pour un mois.

Il glissa le tube de comprimés dans sa poche.

— Maintenant, explique-moi quel est le problème.

Elle rassembla hâtivement ses affaires et répondit, évitant soigneusement son regard :

— Il y en a eu plusieurs. Mais tout est réglé ou à peu près. Nous aurons quelques courses à faire nous-mêmes à Chicago pour tes *taglierini* aux Saint-Jacques, girolles, pancetta et petits pois. Si tu n'as plus rien à faire ici, nous pourrions…

— Non.

Il posa la main sur son épaule pour la maintenir assise.

— Ce n'est pas la perspective de quelques courses à Chicago qui te met dans cet état. Que s'est-il passé ?

La froideur avait toujours été la meilleure arme de Juliet. Sa voix se fit donc tranchante.

— Ecoute, Carlo, je n'ai pas arrêté de courir et…

— Tu crois que je ne te connais pas, depuis deux semaines ?

Il lui imprima une légère secousse impatiente.

— C'est lorsque tu te sens dépassée que tu te bourres d'aspirine ou autres poudres de perlimpinpin. Je n'aime pas te voir comme ça.

Elle tenta de repousser sa main et échoua.

— C'est mon travail qui veut ça, O.K.? Tu es prêt pour partir à l'aéroport?

— Nous avons tout le temps pour l'avion. Dis-moi ce qui te perturbe.

— Si tu tiens vraiment à le savoir...

D'un geste sec, elle tira l'article de Denver hors de son sac et le lui fourra entre les mains.

— Qu'est-ce que c'est? Une coupure de presse?

Il effleura l'article des yeux.

— C'est juste le bla-bla people habituel sur qui a été vu avec qui, à quel endroit et dans quelle tenue, non?

— Plus ou moins.

— Mm...

Il commença à lire pour de bon et hocha la tête.

— Et tu as été vue avec moi.

Refermant son dossier, Juliet le glissa dans son attaché-case, tout en se répétant que perdre son calme n'améliorerait en rien la situation.

— Ça paraît inévitable compte tenu de la nature de mon travail...

Accoutumé à sa logique carrée, Carlo l'interrogea du regard.

— Mais tu considères que l'article laisse entendre autre chose, c'est ça?

— L'article *dit* autre chose! Quelque chose de faux.

— On parle de toi comme de ma compagne de route.

Il leva les yeux, comprenant parfaitement en quoi le ton de la chroniqueuse n'était pas au goût de Juliet.

— Le terme ne résume peut-être pas pleinement la situation, mais il n'est pas non plus inexact. Ça t'ennuie donc d'être vue comme ma compagne?

Juliet n'était pas d'humeur à aborder la question sur un mode rationnel.

— Le mot « compagne », dans le sens où la journaliste l'entend, n'a rien de professionnel ni d'innocent. Je ne suis pas là pour voir mon nom lié au tien de cette façon, Carlo.

— De quelle façon, alors, Juliet?

— Lis donc la suite! Partout où tu apparais, je ne serais apparemment jamais très loin et je te garderais jalousement, comme si tu étais ma propriété privée. Et toi...

— … moi, je t'embrasserais la main dans des lieux publics comme si je n'avais qu'une hâte : te retrouver quelque part en privé, conclut Carlo en lisant. Et alors ? Quelle différence est-ce que ça fait ?

Elle se passa la main dans les cheveux.

— Carlo, si je suis ici, avec toi, c'est pour promouvoir ton livre. Cet article est passé entre les mains de mon responsable direct, de ma direction, de mes collègues. Tu ne vois pas que ce genre d'allégation peut ruiner ma réputation professionnelle ?

Il secoua la tête.

— Ce sont des potins sans gravité. Tu as des problèmes avec ta hiérarchie à cause de ça ?

Elle fit entendre un rire amer.

— Même pas, non. Il semblerait qu'ils en aient pris leur parti. Tout ce qui crée du buzz est bon à prendre. D'après eux, ça sert ton image.

— Bon, eh bien, parfait ! Quel est le problème, alors ?

— Le problème, Carlo, c'est que je ne suis pas là pour servir ton image ! répondit-elle avec une virulence qui les choqua l'un et l'autre. Je refuse d'apparaître dans la longue liste des noms et des visages liés à ta personne !

Carlo reposa l'article.

— C'est donc là que le bât blesse… Tu m'en veux, parce que les insinuations de cet article touchent d'un peu trop près à la réalité.

— Je ne veux pas passer pour ta conquête du moment.

Elle parlait d'une voix basse et furieuse, les poings enfoncés dans les poches de son jean.

— Je n'ai pas fait tout ce chemin, professionnellement, pour en être réduite à un nom sur la longue liste de tes conquêtes !

Il se leva en se demandant si elle avait cherché à l'insulter à dessein. Probablement que non. Pour elle, il s'agissait d'un alignement de faits. Pas d'une attaque en règle.

— C'est quoi, cette stupide obsession de la « liste » ? Je n'ai jamais tenu de comptes sordides de mes amours. Si tu as une liste dans ton esprit, c'est ta vision des choses, pas *ma* réalité !

— Il y a quelques semaines, c'était une actrice. Le mois dernier, on te voyait partout avec une présentatrice de la télévision grecque !

Il dut employer toute la force de sa volonté pour ne pas exploser.

— Je n'ai jamais affirmé que tu étais la première femme à entrer dans mon lit, Juliet. Pas plus que je ne m'attendais à être le premier dans le tien.

— C'est différent.

— C'est toi, maintenant, qui fais deux poids deux mesures.

Il froissa la coupure et la jeta dans la corbeille.

— Je n'ai pas la patience de jouer à ces petits jeux, dit-il en se dirigeant vers la porte.

— Carlo, attends, s'il te plaît...

Maîtrisant tout juste son exaspération, il se retourna lentement. Les mains toujours enfoncées dans les poches de son pantalon, Juliet faisait les cent pas entre les piles de livres.

— Ce n'était pas mon intention de passer mes nerfs sur toi. Ma réaction était déplacée et tu m'en vois désolée. Comme tu peux sans doute le comprendre, je n'ai pas les idées très claires en ce moment.

— C'est ce que je constate, en effet...

Difficile de ne pas entendre les accents coupants dans sa voix. Juliet soupira.

— Tout ce que je peux dire pour ma défense, c'est que ma carrière est très importante pour moi.

— Ça aussi, je l'avais compris.

— Mais je tiens à ce que ma vie privée reste privée. Faire l'objet de commentaires autour de la machine à café, très peu pour moi!

— Les gens parlent, Juliet, que tu le veuilles ou non. Alors, le plus simple, c'est de les laisser dire et de mener ta vie comme tu l'entends.

— Je n'ai pas ta décontraction dans ce domaine.

Elle souleva son attaché-case par la bride, puis le reposa.

— Ma place a toujours été dans l'ombre. Je prends les rendez-vous, j'organise, je conseille. Mais ce n'est pas *ma* tête qu'on voit dans les journaux. Il en a toujours été ainsi et je veux que ça continue.

— Il ne suffit pas toujours de vouloir, Juliet.

Carlo s'appuya au chambranle et l'observa avec attention.

— Ta colère ne vient pas uniquement de ces quelques lignes

dans un canard local dont personne ne se souviendra plus dans une semaine.

Elle ferma les yeux un moment, puis se tourna vers lui.

— Tu as sans doute raison. Même si ce n'est pas vraiment de colère qu'il est question. Je me suis mise dans une position délicate avec toi, Carlo.

Il prit l'expression, la soupesa, l'examina.

— Une position délicate?

— Ne le prends pas mal, s'il te plaît. Si je suis ici, c'est pour assurer la promotion de ton livre. Il est important pour moi que cette tournée se déroule de façon impeccablement professionnelle jusqu'au bout. Ce qui s'est passé entre nous...

— Ce qui s'est passé entre nous?

— Ne complique pas les choses.

— Je vais les rendre plus faciles alors : nous sommes ensemble, Juliet. *Amants.*

Amants... Elle sentit son souffle se nouer dans sa gorge et se demanda s'il pensait vraiment lui avoir facilité la tâche. Pour lui, cet épisode n'était qu'une petite virée de plus au clair de lune, alors que, pour elle, il prenait des allures de course éperdue au cœur d'un ouragan.

— J'aimerais garder les deux aspects de notre relation complètement séparés.

Carlo eut la surprise de trouver sa demande touchante. Peut-être à cause du mélange détonant que représentaient la rêveuse idéaliste et la femme terre à terre et terriblement organisée en elle.

— Juliet, *mi amore,* à t'entendre, on pourrait penser que tu négocies un de tes contrats!

— Il y a peut-être un peu de ça.

Elle cherchait à rassembler ses pensées, mais le trouble reprenait le dessus.

— Je crois que j'aurais besoin de passer un arrangement clair avec toi.

La colère de Carlo était retombée. Dans les yeux de Juliet, il lisait tout autre chose que l'aplomb qu'elle imprimait à sa voix. Lorsqu'il fit un pas dans sa direction, il eut la satisfaction de la voir se raidir.

Il lui caressa doucement les cheveux.

— Tu sais, Juliet, tu peux toujours rédiger des clauses et prévoir des avenants, les sentiments ne se négocient pas.

— Mais on peut au moins, je ne sais pas, moi... les réguler !

Il lui prit les deux mains et les embrassa.

— Non, ma chère Juliet, on ne peut pas.

— Carlo, s'il te plaît...

— Tu aimes que je te touche, murmura-t-il. Lorsque nous sommes seuls mais aussi en compagnie ou au cœur de la foule. Si je te caresse la main de cette façon particulière, tu perçois le sens de mon geste. Parfois, il te parle de désir, mais pas forcément. Il m'arrive d'avoir juste envie d'être avec toi — de te parler ou de rester assis en ta compagnie. Réglementeras-tu la façon dont je dois te toucher la main et le nombre de fois par jour où je serai autorisé à te regarder et de quelle manière ?

— S'il te plaît... Ne tourne pas en ridicule ce que je cherche à te dire.

Ses doigts se resserrèrent autour des siens.

— S'il te plaît, Juliet, ne tourne pas en ridicule ce que je ressens pour toi.

— Carlo...

Mais elle ne pouvait — n'osait — aborder pareil sujet avec lui.

— Je voudrais juste que les choses restent simples entre nous.

— Impossible.

— Pourquoi ça ?

— Parce que... ça... est-ce que c'est simple, à ton avis ?

Il se pencha pour l'embrasser. Le contact de ses lèvres était si doux, si léger qu'on pouvait à peine le qualifier de baiser. Et pourtant, les jambes de Juliet se dérobèrent sous elle.

— Carlo, nous dévions de notre sujet.

Il passa les bras autour de sa taille. Ses mains glissèrent dans son dos. Ses lèvres coururent sur son visage.

— Je préfère de loin ce sujet à l'autre. Lorsque nous serons à Chicago, je veux passer la soirée seul avec toi.

— Nous avons rendez-vous à 22 heures pour boire un verre avec les...

— Annule.

— Carlo, tu sais très bien que je ne peux pas.

— Bon...

Il lui saisit le lobe de l'oreille entre les dents.

— J'écourterai alors la soirée sous prétexte que je suis fatigué, et nous passerons le reste de la nuit à faire de petites choses comme celle-ci.

Il darda la langue dans son oreille, puis revint à la zone si sensible, juste un peu plus bas. Juliet en frissonna si violemment qu'ils franchirent l'un et l'autre plusieurs paliers d'excitation.

— Carlo, tu ne comprends pas.

— Je comprends que j'ai envie de toi.

Son humeur bascula et il la saisit aux épaules.

— Si je te disais maintenant que je te désire plus que je n'ai jamais désiré aucune autre femme, tu ne me croirais pas.

Elle eut un mouvement instinctif de recul.

— Non, je ne te croirais pas. Tu n'as pas besoin de me tenir ce genre de discours.

— Parce que tu as peur. Peur d'y croire. Avec moi, tu n'auras pas la simplicité, Juliet. Mais je te promets d'être un amant inoubliable.

Elle se ressaisit suffisamment pour soutenir son regard.

— Je me suis déjà résignée à vivre l'inoubliable avec toi, Carlo. Je ne me reproche pas d'être venue à toi hier soir. Et je n'ai aucun regret.

Un éclair passa dans le regard de Carlo.

— Puisque tu es si résignée, résigne-toi à ceci aussi : je me contrefiche de ce qu'écrivent les journaux et de ce qui se chuchote autour des machines à café, dans des bureaux de New York. Toi, ici, maintenant, c'est tout ce qui m'intéresse.

Juliet sentit alors quelque chose s'effondrer en elle sans bruit — un mur invisible, une défense érigée et consolidée au fil des années. Elle savait qu'elle avait tort de le prendre au mot. Franconi était Franconi. Si elle comptait pour lui, c'était à sa façon et à son heure. Mais une barrière interne était tombée et il lui faudrait du temps pour la remettre en place. Pour l'heure, se retrouvant sans défense, elle choisit d'être directe.

— Carlo, je ne sais pas comment gérer cette histoire avec toi. Je n'ai pas une expérience suffisante pour ça.

— Alors, ne gère pas. Fais-moi simplement confiance.

Il la reprit par les épaules et elle posa les mains sur les siennes, les tint un instant, puis les écarta.

— C'est trop tôt. C'est « trop » sur tous les plans, d'ailleurs.

Il arrivait à Carlo d'avoir à faire appel à des trésors de patience, en cuisine. Dans sa vie amoureuse, c'était très rarement le cas. Mais il savait que s'il poussait Juliet dans ses retranchements, il ne réussirait qu'à instaurer une distance supplémentaire.

— Pour le moment, contentons-nous de savourer l'instant, suggéra-t-il.

C'était exactement ce qu'elle voulait. Le plaisir de l'instant, rien de plus, rien de moins. Mais elle était au bord des larmes.

— Nous savourerons l'instant, oui.

Avec un léger soupir, elle prit son visage entre ses mains, comme il le faisait si souvent avec elle.

— Intensément, même.

Appuyant son front contre le sien, Carlo se demanda pourquoi ce bel engagement ne le satisfaisait qu'à moitié.

9

Juliet se dirigea vers la réception de leur hôtel de Chicago, vidée par la fatigue du voyage, mûre pour un verre de vin blanc à déguster en travers d'un fauteuil, les pieds déchaussés et les jambes sur les accoudoirs.

Le hall d'entrée lui fit une impression favorable. Les sols en marbre, les sculptures et les palmiers en pot présageaient, avec un peu de chance, une salle de bains luxueuse. Et elle avait la ferme intention de passer l'heure qui allait suivre immergée dans l'eau chaude et les huiles essentielles.

Elle sourit à la réceptionniste.

— Bonjour. Vous devez avoir une réservation aux noms de Franconi et Trent.

La jeune femme pianota sur son clavier.

— En effet... Pour deux nuits, c'est bien ça ? Tout est réglé. Si vous voulez juste remplir ces deux formulaires, M. Franconi et vous, je vais appeler le garçon d'étage.

Tout en notant son numéro de passeport sur sa fiche, Carlo observait Juliet du coin de l'œil. La beauté de son profil le fascinait. Ses traits accusaient une discrète fatigue, mais ses cheveux, sagement ramenés en catogan, restaient impeccablement coiffés. Elle semblait en état de diriger une réunion d'affaires de trois heures sans faiblir. Juste au moment où il se formulait cette pensée, elle ferma les yeux et s'étira le dos en se massant les épaules.

Il ressentit alors un vif besoin de prendre soin d'elle.

— Une chambre nous suffirait, Juliet.

Elle remonta son sac sur son épaule et signa son formulaire.

— Ne commence pas, Carlo. Les réservations sont faites.

— Mais c'est absurde ! Tu vas passer les deux nuits dans ma

suite. A quoi bon payer une chambre supplémentaire qui restera inutilisée ?

La réceptionniste faisait poliment mine de ne rien entendre, tout en buvant chacune de leurs paroles. Juliet sortit sa carte de crédit et la posa froidement sur le comptoir. Carlo nota avec amusement qu'elle n'avait plus l'air fatigué du tout. Lui avait envie de faire l'amour avec elle pendant des heures.

— Toutes les dépenses de M. Franconi durant son séjour à l'hôtel seront prises en charge également, annonça-t-elle d'une voix très maîtrisée. Vous me préparerez une note...

Carlo poussa son formulaire en direction de l'employée avant de prendre appui sur le comptoir.

— Juliet, franchement, payer pour un lit qui ne sera même pas ouvert... Et puis, tu ne te sentiras pas ridicule à traverser et retraverser le couloir ?

La mâchoire crispée, Juliet récupéra sa carte de crédit.

— Je vais te dire ce qui est ridicule, chuchota-t-elle d'une voix sifflante. C'est ta tentative délibérée de me mettre mal à l'aise en public.

La réceptionniste leur sourit.

— Vous avez les chambres 1102 et 1108. Elles ne sont pas en face l'une de l'autre, mais du même côté du couloir.

— Ce sera parfait comme ça, merci.

Le groom avait déjà rassemblé leurs bagages et suivait, lui aussi, la conversation avec beaucoup d'intérêt. Juliet serra les lèvres, contrariée, et se dirigea vers l'ascenseur. Carlo lui emboîta le pas, tandis que la réceptionniste le suivait des yeux, manifestement charmée.

— Vraiment, Juliet, je suis surpris que tu te sentes mal à l'aise par rapport à quelque chose d'aussi simple.

— Je ne vois rien de simple dans cette situation !

Elle pressa d'un doigt rageur le bouton de l'ascenseur et, la voyant faire, Carlo réprima un sourire.

— Je suis désolé. C'est juste que tu as bien spécifié tout à l'heure que tu souhaitais que les choses soient simples entre nous.

— Arrête, s'il te plaît ! Ce que je dis est une chose. Ce que je *voulais dire* en est une autre.

— Subtile distinction, murmura Carlo en s'effaçant pour la laisser entrer dans la cabine.

Devant l'expression courroucée de Juliet, le groom dut commencer à prendre peur pour son pourboire, car il afficha son plus beau sourire.

— Vous êtes à Chicago pour quelque temps?

— Pour deux jours, répondit Carlo avec sa cordialité habituelle.

— Ça vous laissera le temps de visiter un peu notre belle ville. Il faudra commencer par le lac, bien sûr, et...

— Nous sommes ici pour le travail, l'interrompit Juliet. Et nous n'aurons pas le temps de faire du tourisme...

— Je comprends.

Le groom poussa le chariot de bagages dans le couloir sans se départir de son sourire.

— Notre première étape sera la 1108.

Juliet sortit quelques billets de un dollar de son portefeuille.

— C'est la mienne. Ces deux sacs-là, s'il vous plaît.

Elle se tourna vers Carlo.

— Nous nous retrouvons ce soir à 22 heures au bar de l'hôtel pour boire un verre avec le critique gastronomique Dave Lockwell. D'ici là, tu es libre de tes faits et gestes.

— J'ai plein d'idées, en matière de faits et gestes!

Mais Juliet passa à côté de lui sans même l'honorer d'un regard. Elle fourra les billets dans la main du porteur et disparut dans sa chambre.

Carlo estima alors qu'un délai d'une demi-heure devait suffire pour calmer les esprits. L'attitude de Juliet était plus une complication pour lui qu'un motif d'exaspération. Et il avait l'habitude, depuis l'enfance, de voir sa vie compliquée par les femmes. Il devait reconnaître qu'il trouvait même un charme naïf à l'attitude de Juliet. Pensait-elle vraiment que la réceptionniste et le garçon d'étage s'offusqueraient d'apprendre qu'ils couchaient ensemble?

Le fait qu'elle s'inquiétait de leur réaction — et qu'elle s'en inquiéterait sans doute toujours — le touchait. La retenue, dans l'apparence du moins, faisait partie intégrante d'elle. Tout comme sa brûlante sensualité, qu'elle se gardait bien de laisser deviner. Dans ses vêtements sages, Carlo la trouvait irrésistible.

Il avait connu une telle diversité de femmes... Des toutes jeunes encore, aux grands yeux ingénus, et néanmoins cupides jusqu'au bout des ongles; des sulfureuses, des artistes choyées, des carriéristes acharnées. Il s'était frotté aux caractères les plus contrastés : des filles qu'un rien rendait heureuses et d'autres que tout désolait en permanence. Il avait fréquenté des mélancoliques et des hautaines, des déjà-papillons et des encore-chenilles, des rapaces et des comblées. Mais Juliet Trent, à la voix calme et aux yeux vert d'eau, il ne savait pas dans quelle case la loger. A priori, elle avait toutes les qualités féminines qu'il était habitué à repérer, tout en n'en ayant aucune. Ce qu'il savait avec certitude, cependant, c'est qu'il avait envie de l'intégrer dans sa vie, d'une manière ou d'une autre.

La meilleure technique — en tout cas celle qu'il avait l'habitude de mettre en œuvre — consistait à étourdir une femme de son charme jusqu'au point de non-retour. Il allait s'y employer avec Juliet aussi et, une fois qu'ils en seraient là, il serait toujours temps pour lui de négocier l'étape suivante.

Il retira du soliflore la rose qu'il avait fait monter de chez le fleuriste en bas de l'hôtel. Il en huma une seule fois l'odeur, puis longea le couloir pour aller frapper à la chambre 1108.

Juliet venait de s'extraire d'un long bain parfumé. Si elle avait entendu frapper cinq minutes plus tôt, elle aurait hurlé. Mais elle avait atteint le stade où elle put enfiler tranquillement son peignoir pour ouvrir, sans surprise, à Carlo.

Elle n'était pas naïve au point de penser qu'un homme comme lui se laisserait arrêter par un simple claquement de porte. Si lui refermer la porte au nez lui avait procuré une indéniable satisfaction, lui ouvrir lui fit plaisir, parce qu'elle était prête.

La rose la prit au dépourvu, en revanche. Il ne semblait pas très avisé de flancher devant une simple fleur à longue tige et au bouton couleur soleil, mais elle n'en fut pas moins touchée. Du coup, son intention de mettre énergiquement les points sur les i vacilla.

— Tu sembles reposée...

Au lieu de lui donner la fleur, il lui prit la main. Et avant qu'elle ait eu le temps de décider si elle le laissait entrer ou non, il était à l'intérieur.

Allez, pose tes conditions.

Elle devait prendre fermement position, se rappela-t-elle,

repoussant le battant derrière lui. Si elle ne le cadrait pas maintenant, elle finirait par perdre pied tout à fait.

— Puisque tu es là, Carlo, et que nous avons une heure devant nous, je propose que nous parlions.

— Que nous parlions? Mais certainement.

Observateur par nature, il s'accorda le temps d'examiner les lieux. La valise de Juliet était ouverte sur la desserte. Faire et refaire ses bagages constituait un véritable pensum, lorsqu'on était ballotté sans fin d'une ville et d'un hôtel à l'autre. Pourtant, alors qu'ils entamaient leur troisième semaine de tournée, un ordre parfait régnait dans les affaires de Juliet. Le contraire l'aurait étonné, cela dit. Sur la table, tout était déjà en place pour le travail : dossiers, agenda, téléphone, stylo. Seule note vaguement désinvolte dans ce décor très structuré : la paire d'escarpins italiens à talons hauts abandonnée au milieu de la pièce, à l'endroit même où Juliet avait dû les quitter. Un de ces paradoxes, songea-t-il, qu'il apprenait à aimer chez elle.

— Ce serait plus facile pour moi de parler, si tu te posais dans ce fauteuil au lieu de fureter dans ma chambre.

Coopératif en diable, Carlo s'assit aussitôt et lui agita la rose sous le nez.

— Alors, de quoi veux-tu que nous parlions? De notre programme ici, à Chicago?

— Non… Si!

Elle avait une bonne douzaine de points à examiner avec lui pour cette étape. Mais pour une fois, elle laissa le professionnel passer au second plan.

— Enfin… plus tard.

Elle choisit de se donner un avantage, même faible, en restant debout.

— Pour commencer, je voudrais revenir ce qui s'est passé à la réception, tout à l'heure.

— Ah!

Comme il était italien, ce « Ah! ». Et aussi amical qu'un sourire. Juliet l'aurait assassiné.

— Ton attitude était déplacée, Carlo.

— Tu crois?

Il avait appris d'expérience que la meilleure façon de faire aboutir une stratégie était de procéder à coups de questions polies ou d'acquiescements purs et simples. La plupart du temps, cela lui permettait de tourner le résultat à son avantage, sans passer par un bain de sang.

— Tu as vraiment besoin de poser la question ?

Oubliant ses propres décisions tactiques, Juliet prit place sur le bord du matelas.

— Tu n'avais pas le droit d'étaler en public des éléments de l'ordre de notre vie privée.

— C'est vrai.

— Je...

L'entendre lui donner raison lui coupa l'herbe sous le pied. Le discours ferme, voire tranchant, qu'elle avait préparé en prenant son bain en tombait à plat.

— Je tiens à m'excuser, reprit Carlo. C'était très indélicat de ma part.

— N'exagérons rien !

Conformément à ce qu'il avait espéré, elle minimisa d'elle-même l'offense.

— Indélicat est un grand mot. C'était juste... malvenu.

Tenant toujours la rose à la main, il balaya l'argument.

— Tu es trop généreuse, Juliet. Si j'ai parlé ainsi tout à l'heure, c'est seulement en raison de ton pragmatisme. C'est un aspect de toi que j'admire.

Même s'il ne perdait pas son objectif de vue, Carlo avait pour principe de s'appuyer autant que possible sur la vérité.

— En dehors de ma propre famille, je n'ai rencontré que très peu de femmes à l'esprit réellement pratique. Ce trait de ta personnalité m'attire autant que la couleur de tes yeux, que la texture de ta peau.

Se sentant perdre du terrain, Juliet se tint un peu plus droite.

— Je ne te demande pas de flatter mon ego, Carlo. Il s'agit simplement de poser quelques règles de base.

Il hocha la tête, comme si elle venait d'abonder dans son sens.

— Tu vois ! Tu es trop pragmatique pour attendre de moi que je te flatte ou pour te laisser influencer par mes compliments. Comment voudrais-tu que je reste insensible à cette solidité en toi ?

— Carlo...

— Attends, je n'ai pas fini de développer mon argument.

Il recula juste assez pour maintenir son cap.

— Connaissant ton esprit pratique, je pensais que tu serais gênée comme moi par le gaspillage que représente la location de cette seconde chambre, alors que nous avons envie d'être ensemble. Tu as bien envie d'être avec moi, Juliet?

Frustrée, elle secoua la tête. Il était en train de renverser la situation à son avantage, le traître!

— Carlo, ça n'a rien à voir et tu le sais.

Il haussa les sourcils.

— Ah non?

— Je te parle de la frontière qui doit séparer nos relations professionnelles et privées.

— Une frontière qui est ardue à tracer, *mi amore*. Pour moi, elle est même impossible à matérialiser.

Ce qui était la vérité.

— J'ai envie de passer du temps avec toi. De ne pas laisser une seconde se perdre. Et là, c'est une heure entière qui s'est écoulée, toi dans ta chambre, moi dans la mienne. Ça me donne une impression de gâchis, de temps volé. Ce n'est pas seulement la nuit que je te veux avec moi. Mais à chaque instant. C'est très fort, ce que j'attends de toi, au fond.

Il était le premier surpris de s'entendre prononcer une telle déclaration. Il ne s'agissait pas d'une de ses habituelles formules destinées à séduire. Cette petite bombe lui était tombée des lèvres, comme si elle provenait de profondeurs enfouies où elle aurait vécu une vie clandestine.

Il se leva, conscient qu'il lui fallait un temps de répit pour se remettre du choc. Debout devant la baie vitrée, il observa les mouvements heurtés de la circulation urbaine. Le flot de voitures semblait faire un bond en avant, puis s'immobilisait, virait, hésitait, et repartait de plus belle. Comme la vie, en somme. On pouvait toujours se précipiter droit devant soi, rien ne permettait d'anticiper ce qui se présenterait sur votre chemin pour vous stopper net.

Les yeux rivés sur son dos, Juliet gardait le silence, déchirée entre ce qu'il avait dit, ce qu'il avait voulu dire et les émotions qui faisaient rage en elle. Depuis le début, elle avait en tête la définition que Carlo lui avait donnée d'une aventure : un tour de manège et un seul. Lorsque la musique s'arrêtait, tout le monde descendait sans se poser de questions. Or, en l'espace de quelques mots, il avait changé la donne. Et elle se demandait s'ils étaient l'un et l'autre prêts à franchir le pas.

— Carlo, puisque tu m'attribues cette qualité, je serai pragmatique. Il nous reste une semaine de tournée. Nous avons encore Chicago et quatre autres villes à affronter. Sincèrement, j'aurais préféré n'avoir rien d'autre à faire avec toi que l'amour.

Il se retourna et, même si le sourire qu'il lui adressa lui parut un peu bizarre, ce fut un sourire quand même.

— C'est ce que tu m'as dit de plus beau en l'espace de tous ces jours, de toutes ces villes !

Elle fit un pas vers lui. Il semblait absurde de s'inquiéter des risques alors qu'ils avaient si peu de temps à vivre ensemble.

— Ce qui se passe entre toi et moi, je ne l'oublierai jamais, même s'il m'arrivera sans doute de souhaiter effacer ces moments.

— Juliet, je…

— Non, attends ! J'ai envie de te consacrer mes jours et mes nuits, Carlo. Et une part de moi s'exaspère de voir tout ce temps perdu avec d'autres, ou à occuper des chambres séparées ou encore à nous consacrer à la promotion de ton livre, même si c'est lui qui nous a réunis au départ. Mais une autre part de moi sait que toutes ces activités sont nécessaires. C'est la vie telle qu'elle est, dans son continuum ; la vie qui sera toujours là, lorsque nous repartirons chacun de notre côté.

Non. Ne pas penser à ça maintenant. Si elle voulait que sa voix reste ferme, elle ne devait pas se projeter dans l'après-Carlo.

— Je passerai sans doute beaucoup de temps dans ta suite, mais j'ai besoin d'un lieu à moi, ne serait-ce que pour savoir qu'il existe. C'est peut-être ça, mon côté pragmatique.

Il se demanda s'il ne s'agissait pas plutôt de son côté vulnérable. Mais ne venait-il pas de s'en découvrir un, lui aussi ? Un talon d'Achille qui avait pour nom Juliet.

— Argument reçu cinq sur cinq. Gardons les deux chambres.

Ce ne serait peut-être pas un mal, après tout. Qui sait s'il n'aurait pas besoin d'un lieu pour se ressourcer à certains moments, lui aussi ?

— Pas de contre-arguments, alors ? Ni débat ni dispute ?

— Oh, *cara* ! Comme si nous nous disputions jamais, toi et moi !

Les lèvres de Juliet esquissèrent un sourire.

— Inconcevable, en effet.

Cédant à son envie autant qu'à Carlo, elle se pendit à son cou.

— T'ai-je déjà dit que lorsque j'ai vu ta photo pour la première fois, j'ai pensé que tu étais très beau?

Il fit glisser doucement ses lèvres sur les siennes.

— Jamais, non. Mais je suis tout prêt à l'entendre.

— Talentueux, aussi, murmura-t-elle en l'attirant vers le lit… Et sexy. Très, très sexy.

— Ah, vraiment?

Il se laissa entraîner sans opposer de résistance.

— Donc, dans ton bureau de New York, tu as décidé en regardant ma photo que nous serions amants quoi qu'il arrive?

— J'ai décidé, dans mon bureau de New York, que quoi qu'il arrive, nous ne serions jamais amants.

Patiemment, sans hâte, elle entreprit de déboutonner sa chemise.

— J'ai pris la ferme résolution que je ne me laisserais jamais baratiner par un chef italien qui comptait autant de femmes à son actif que de spaghettis dans ses marmites. Mais…

Carlo lui mordilla le creux du cou.

— Je crois que je vais préférer ce qui vient après le « mais ».

— Mais je découvre qu'il est impossible de prendre des décisions fermes, lorsque les données dont on dispose sont incomplètes.

— T'ai-je jamais dit que ton pragmatisme m'excitait dangereusement?

Il dénoua la ceinture de son déshabillé et elle soupira, déjà vaincue…

— T'ai-je jamais dit que j'étais incapable de résister à un homme qui m'apportait des fleurs?

— Des fleurs? Hou là…

Il souleva la tête et récupéra le bouton de rose tombé sur l'oreiller.

— Les apporter, c'est une chose. Les offrir, ce serait mieux!

Avec un rire heureux, elle l'attira de nouveau dans ses bras.

Juliet avait l'impression d'avoir vu plus de Chicago au cours de leur descente sur l'aéroport international d'O'Hare que pendant la journée et demie qu'ils passèrent sur place. Les trajets en taxi entre hôtel, studios de télévision, grands magasins et librairies n'avaient rien d'un parcours touristique. Tandis qu'ils couraient d'un lieu de rendez-vous à l'autre, elle se jura qu'à la première occasion, elle prendrait un billet pour une destination ensoleillée et s'accorderait quelques jours de vacances au cours desquels son plus gros effort de la journée serait de s'allonger au bord de l'eau pour ne plus en bouger.

Le seul moment un peu amusant de leur séjour consista en une expédition dans différents magasins pour acheter les ingrédients des *taglierini* aux Saint-Jacques. Carlo devait réaliser le plat dans son intégralité à l'occasion d'une émission télévisée matinale : *Parlons-en*. C'était une émission à forte audience, presque aussi populaire que le *Simpson Show* à Los Angeles. Pour Juliet, les enjeux étaient énormes. *Parlons-en*, qui entrait dans sa cinquième saison, restait à la fois controversée et plébiscitée par un public friand de polémique-spectacle.

Malgré les indéniables talents médiatiques de Carlo, elle était nerveuse comme un poisson rouge dans un bocal plein de piranhas. Elle savait que toute l'équipe de Trinity Press serait devant un écran. Si Carlo se faisait ovationner, ce serait un moment de triomphe qui n'appartiendrait qu'à lui. S'il se faisait siffler, on la tiendrait pour responsable de cet échec. Telle était la logique particulière qui sévissait dans le milieu des relations publiques.

Carlo, lui, était plus zen que jamais. Ses *taglierini*, affirmait-il, il serait capable de les préparer dans le noir, de mémoire et d'une seule main.

Comme Juliet entamait son sixième tour de la « green room », il secoua la tête.

— Détends-toi, *my darling*. Ce n'est qu'un plat de pâtes.

— N'oublie pas de donner les dates de tes interventions dans les villes suivantes. L'émission est nationale.

— Oui, tu me l'as déjà dit.

— Et reprécise le titre de ton livre.

— Ai-je déjà oublié de le faire une seule fois ?

— Mentionne également que tu as préparé ces mêmes *taglierini* pour le président des Etats-Unis, lorsqu'il est venu en visite à Rome, l'année dernière.

— Je tâcherai d'y penser. Juliet, tu ne boirais pas un café ?

Elle refusa d'un signe de tête et continua de faire les cent pas en essayant de lui dresser une liste exhaustive de consignes.

— J'en prendrais bien une tasse, moi...

Juliet désigna la cafetière du menton.

— Sers-toi.

Carlo savait que s'il lui trouvait quelque chose à faire, l'action la distrairait de son angoisse et elle cesserait de s'agiter sous son nez.

— Tu aurais le cœur de me laisser boire ce poison brunâtre qui chauffe là-dessus depuis l'aube?

Elle s'immobilisa, se souvenant qu'elle avait pour mission de materner ses auteurs.

— Ne bouge pas. Je vais te trouver un café digne de ce nom.

— *Grazie.*

Elle s'arrêta sur le pas de la porte.

— La journaliste culinaire du *Sun* est susceptible de faire un saut ici juste avant l'émission.

— Oui, tu l'as déjà mentionné. Je te promets d'être adorable.

Marmonnant tout bas, elle disparut dans le couloir.

Carlo se renversa contre le dossier de son siège et allongea les jambes. Une fois que Juliet serait de retour avec son café, il se forcerait à l'avaler, alors qu'il n'en avait pas envie. Pas plus qu'il n'avait envie de prendre un énième avion dans l'après-midi. Pour Detroit, cette fois-ci. Il avait déjà oublié dans quel Etat américain se trouvait cette ville, mais peu importait. Ils y resteraient si peu de temps qu'il ne valait même pas la peine de se le faire préciser.

Unique consolation : à Detroit, il aurait une soirée seul à seule avec Juliet.

Et bientôt, ils seraient à Philadelphie, où il avait hâte de retrouver Summer. Les amis, il les déclinait par dizaines, et certains d'entre eux étaient très proches. Mais c'était la première fois qu'il ressentait ce besoin pressant de se confier en particulier. Avec Summer, il pouvait compter sur une écoute attentive ainsi qu'une totale discrétion et il s'exprimerait alors librement. Jusqu'alors, il ne s'était jamais inquiété des ragots qui se colportaient sur sa vie amoureuse. Mais avec Juliet... Avec Juliet rien ne se passait comme avec les autres.

Ses relations amoureuses passées n'avaient jamais donné lieu à l'installation d'habitudes. Il avait eu plaisir à se réveiller avec son amie du moment à son côté, mais n'avait jamais ressenti la présence d'aucune femme comme *nécessaire*. Celle de Juliet l'était. Il ne pouvait imaginer sa chambre à coucher à Rome sans elle, alors qu'elle n'y avait jamais mis les pieds. Et depuis quelque temps, il n'était même plus capable de visualiser une autre femme qu'elle dans son lit.

Ruminant ces pensées alarmantes, il se leva et arpenta la pièce, tout comme Juliet l'avait fait quelques instants plus tôt. Lorsque la porte s'ouvrit, il tourna la tête, se préparant à la voir entrer. Si la grande blonde qui surgit devant lui en riant n'était pas Juliet, il ne s'agissait pas d'une inconnue pour autant.

— Carlo ! Comme on se retrouve !

Lydia… Il sourit tout en se traitant intérieurement de tous les noms. Il aurait dû faire le lien entre le nom de la journaliste du *Sun* et le visage de la jeune femme avec qui il avait passé un week-end, un an et demi plus tôt.

— Tu es très en beauté, Lydia.

Comme toujours, d'ailleurs. Lydia Dickerson ne se montrait jamais que sous son meilleur jour. Elle était intelligente, sexy et très peu inhibée. Carlo se souvenait également d'elle comme d'une excellente cuisinière et d'une critique culinaire avisée.

— C'est grandiose que tu sois de passage à Chicago ! L'interview, nous la ferons tranquillement, après l'émission. Mais j'avais hâte de te voir.

Elle pivota vers lui dans un tourbillon de jupes et de parfum aux accents de lilas.

— Ça ne t'embête pas au moins ?

Carlo lui prit la main en souriant.

— Bien sûr que non. Je suis toujours heureux de revoir les vieux amis.

Lydia noua en riant les bras autour de son cou.

— En fait, je devrais être furieuse contre toi, *mio cuore*. Je pensais que tu te serais manifesté hier soir. Tu as toujours mon téléphone ?

— Bien sûr.

Il posa les mains sur ses poignets, dans l'intention de les dénouer de son cou, tout en se demandant comment il allait se dépêtrer de cette situation.

— Il ne faut pas nous en vouloir, Lydia. Nous avons un emploi du temps inhumain et… et il y a une complication.

Il réprima une grimace en imaginant la réaction de Juliet si elle l'entendait parler de leur relation comme d'une « complication ».

Lydia se plaqua étroitement contre lui.

— Tu trouveras bien le moyen de dégager quelques heures pour les consacrer à une *vieille amie*, comme tu dis ! J'ai une nouvelle recette époustouflante que je voudrais te faire déguster.

Elle murmura le nom du plat comme elle aurait chuchoté celui d'une posture érotique à pratiquer au clair de lune.

— Je n'imagine rien de plus… *stimulant* que de cuisiner pour le plus grand chef italien du monde.

— Je me sens très honoré.

Il posa les mains sur ses hanches, dans l'espoir de la décoller de lui de la manière la moins insultante possible. La renversante proximité de Lydia ne suscitait rien en lui — pas même le plus petit début d'excitation.

— Je n'ai pas oublié tes extraordinaires talents de cuisinière, Lydia.

Dans le rire rauque de la jeune femme courut un long frisson sensuel.

— J'espère que tu n'as pas gardé que des souvenirs culinaires !

— Bien sûr que non, Lydia.

Carlo poussa un soupir et opta pour la franchise.

— Ecoute, je ne suis pas…

Il n'eut pas le temps de finir sa phrase. Café en main, Juliet fit quelques pas dans la pièce, puis s'arrêta net. Son regard glissa sur la fille-liane enroulée autour de Carlo, à la manière des vrilles d'une vigne. Quant à son chef italien préféré, son expression était impayable ! Elle regrettait de ne pas avoir d'appareil photo sous la main.

— Je vois que vous vous connaissez déjà, dit-elle, la voix aussi neutre, calme et sèche que son regard.

— Juliet, je…

— Je vous laisse quelques instants pour la… pré-interview. Tâche d'être prêt pour 8 h 50, Carlo. Il faudra le temps de vérifier que tout est bien en place sur le plateau.

Sans attendre sa réponse, elle sortit et referma la porte.

Toujours enlacée à Carlo, Lydia tourna la tête vers le battant clos.

— Oups !

Ils se détachèrent l'un de l'autre et Carlo laissa échapper un long soupir.

— Je n'aurais pas dit mieux.

À 9 heures, les nerfs tendus à craquer, Juliet, assise au milieu de l'assistance, dans le studio bondé, attendait l'apparition de Carlo devant les caméras. Lorsque Lydia se glissa sur le siège à côté du sien, elle gratifia la journaliste d'un petit signe de tête et reporta son attention sur le plateau. La cuisine reconstituée, pour autant qu'elle pouvait en juger, était idéale. Elle avait elle-même vérifié chaque détail avec un soin méticuleux.

Lorsque l'entrée de Carlo déclencha des applaudissements nourris, elle commença à respirer plus librement. Et une fois qu'elle le vit s'attaquer à la préparation des coquillages et des girolles, avec des gestes d'une précision chirurgicale et toute l'aisance verbale d'une star cathodique confirmée, elle se détendit tout à fait. Le public, une fois encore, était à ses pieds.

— Il est impressionnant, non ? murmura Lydia pendant une courte pause.

— Fabuleux...

— Nous avons fait connaissance à l'occasion du dernier passage de Carlo à Chicago.

— C'est ce qu'il m'a semblé comprendre, en effet. Je suis ravie que vous ayez pu vous déplacer pour l'occasion. Vous avez bien reçu l'exemplaire de presse que je vous ai envoyé ?

Lydia songea que Juliet Trent n'avait pas froid aux yeux. Elle passa son stylo d'une main à l'autre et changea de position sur son siège.

— Oui, je l'ai bien reçu. L'article devrait paraître dans le supplément week-end. Je vous en ferai parvenir une copie, bien sûr.

— C'est très aimable à vous, merci.

— Mademoiselle Trent...

— Juliet, je vous en prie.

Pour la première fois, Juliet tourna la tête vers elle et lui sourit.

— Pas de formalités entre nous.

— O.K., Juliet... Je crains de m'être ridiculisée.

— Quelle idée !

— J'adore Carlo, mais je ne braconne pas sur les terres d'autrui, si vous voyez ce que je veux dire.

— Lydia, je ne connais aucune femme au monde qui n'adore pas Carlo.

Juliet croisa les jambes lorsque l'enregistrement de l'émission reprit, puis ajouta avec désinvolture :

— Et si je pensais que vous aviez la moindre intention de « braconner », comme vous dites, vous ne seriez même plus en état de ramasser votre stylo.

Lydia demeura interdite un instant, puis se renversa en riant contre son dossier. Eh bien ! Carlo était tombé sur une femme à poigne, apparemment. Bien fait pour lui !

— Je peux vous souhaiter bonne chance, Juliet ?

Juliet lui adressa un second sourire.

— Oui. Je pourrais en avoir besoin.

Juliet et Lydia paraissaient en bons termes, mais Carlo avait du mal à se concentrer, alors qu'il les voyait assises côte à côte dans le public. Il avait vécu avec Lydia une parenthèse de deux jours d'un érotisme torride. Il ne connaissait pas grand-chose d'elle à part sa passion pour l'huile d'olive et ses préférences pour le linge de lit en satin gris perle. Il savait d'expérience que la vie pouvait être inique et que des exécutions sans procès se pratiquaient tous les jours. C'était tout juste, d'ailleurs, s'il ne sentait pas le nœud de la corde se resserrer autour de son cou.

Prouver son innocence ne serait pas une mince affaire. Au pire, il aurait peut-être à ligoter et à bâillonner Juliet, mais il trouverait le moyen de se faire entendre.

Il composa son plat avec le doigté d'un artiste peintre achevant le plus subtil des portraits, s'adressa à la foule avec l'éloquence d'un homme de théâtre. Mais au fond de lui tournoyaient les pensées noires d'un homme que tout destine à l'échafaud.

A la fin de l'émission, il s'attarda avec l'animateur juste le temps que la politesse exigeait, puis laissa l'équipe technique se délecter des meilleurs *taglierini* aux Saint-Jacques qu'il ait jamais cuisinés. Il regagna la green room à grands pas mais, au lieu d'y trouver Juliet, il fut accueilli par Lydia qui l'attendait de pied ferme. Il n'eut d'autre choix que de contenir son impatience et de se prêter au rituel de l'interview.

Lydia ne lui facilita pas la tâche. Mais à sa connaissance, il était rare que les femmes fassent beaucoup d'efforts pour rassurer un homme que la culpabilité dévore. Elle prenait son temps, papotait comme si rien ne s'était passé. Elle posait ses questions, notait ses réponses. Et pas un instant la petite lueur ironique ne quitta son regard.

Au bout d'un moment de ce régime de torture, Carlo n'y tint plus.

— Bon, Lydia, qu'est-ce que tu lui as raconté?

Elle lui jeta un regard innocent.

— A qui? A ton attachée de presse? C'est une très belle femme, entre parenthèses. Mais ce n'est sûrement pas moi qui critiquerais ton goût en matière de femmes.

Il jura et se leva, se demandant ce qu'un homme à bout de nerfs était censé faire de ses mains.

— Lydia, nous avons passé ensemble des heures délicieuses, mais ça s'arrête là.

— Je sais. Je pense que nous avons l'un et l'autre perdu le compte des « heures délicieuses » que nous avons vécues ici et là, avec des partenaires variés.

Elle se leva à son tour avec un léger haussement d'épaules. Ce qu'elle lisait dans le regard de Carlo lui inspirait une pointe d'envie. Mais même si elle comprenait sa position, elle n'était pas mécontente de le voir souffrir un peu.

Elle glissa carnet et stylo dans son sac.

— Ce que nous nous sommes raconté, Juliet et moi? Oh! Des histoires de filles, Carlo. Merci pour l'interview.

Arrivée près de la porte, elle se retourna avec l'ombre d'un sourire.

— Si jamais tu repasses par Chicago sans ta... complication, fais-moi signe. *Ciao!*

Livré à lui-même, Carlo chercha des yeux quelque chose à casser, à piétiner, à jeter par terre. Avant qu'il ait pu arrêter son choix, Juliet entra, tout affairée et en mode attachée de presse +++.

— Ah, tu es là? Dépêche-toi, le taxi attend. Nous aurons tout juste le temps de passer à l'hôtel avant de filer à l'aéroport.

— Il faut que je te parle.

— On parlera tant que tu voudras, mais dans le taxi.

Comme les talons de Juliet claquaient déjà dans le couloir, il ne put que se lancer à sa suite.

— Lorsque tu m'as indiqué le nom de cette journaliste, je n'ai pas fait le lien.

— Pas fait le lien ?

Juliet tira sur la lourde porte en métal. A l'extérieur des studios, l'air brûlait comme dans un four. Quelques degrés de plus et Carlo aurait pu faire revenir ses champignons sur l'asphalte chauffé à blanc.

— Tu avais oublié que tu la connaissais, tu veux dire ? A force de voir du monde, c'est sûr, on finit par tout mélanger.

Elle monta à l'arrière du taxi et indiqua le nom de l'hôtel au chauffeur.

— Nous avons parcouru la moitié du pays, dit-il sombrement. Je finis par ne plus très bien savoir qui est qui.

Elle lui tapota la main avec un sourire compréhensif.

— Comment en irait-il autrement ? Detroit et Boston seront un tourbillon. Tu pourras t'estimer heureux si tu te souviens encore de ton propre prénom !

Elle sortit son poudrier et l'ouvrit pour vérifier son maquillage.

— Pour Philadelphie, je peux peut-être t'aider. Tu m'as bien dit que tu avais une… *amie*, là-bas ?

— Summer ? Ça n'a rien à voir.

Il lui prit le poudrier des mains.

— Je la connais depuis des années. Nous avons fait l'école hôtelière ensemble. Il n'y a jamais eu… Nous sommes de simples amis. Oh, et puis merde ! J'ai horreur d'avoir à m'expliquer, conclut-il, dégoûté.

— C'est ce que je constate.

Juliet compta posément ses billets pour régler le taxi lorsqu'il s'immobilisa devant l'hôtel. Juste avant de descendre, elle jeta un long regard à Carlo.

— Personne ne te demande d'explications.

— C'est ça !

Il l'attrapa par le bras juste avant les portes à tambour.

— Tu n'as peut-être rien demandé explicitement, mais tu poses la question quand même. On ne questionne pas qu'avec des mots.

— Je crois que la culpabilité t'obscurcit le jugement, Carlo.

Elle se glissa dans une aile de la porte à tambour et s'engouffra dans le hall.

— Coupable ! Tu as décidé d'avance que j'étais coupable !

Remonté à bloc, il la rattrapa devant la rangée d'ascenseurs.

435

— Je n'ai rien à me reprocher, Juliet. Pour que tu puisses poser un jugement, encore faudrait-il qu'il y ait eu faute!

Elle écouta calmement, entrant dans la cabine d'ascenseur.

— C'est tellement vrai, Carlo. C'est juste que tu ne me parais pas hanté par un besoin urgent de confession.

Il laissa échapper un flot de paroles outrées en italien, ce qui provoqua une réaction de repli prudent parmi les autres occupants de la cabine. Juliet affichait une attitude des plus sereines, songeant qu'elle ne s'était jamais autant amusée. Les autres passagers se plaquèrent au fond de la cabine pour laisser sortir Carlo, lorsque l'ascenseur s'immobilisa au premier.

— Tu préfères grignoter un morceau à l'aéroport ou attendre d'être à Detroit pour déjeuner?

— Je me moque bien de manger ou pas!

— Drôle de philosophie pour un homme qui vit de sa cuisine.

En quelques pas légers, Juliet atteignit sa chambre.

— Dix minutes pour plier tes affaires, ça ira? Je ferai monter le garçon d'étage.

Avant qu'elle ait eu le temps d'ouvrir sa porte, Carlo lui attrapa le poignet. Levant les yeux vers lui, elle se dit que c'était la première fois qu'elle le voyait *réellement* hors de lui. Il était temps!

— Il est hors de question que je fasse mes bagages avant que nous ayons réglé cette histoire!

— Quelle histoire?

— Si je commets un délit ou un écart, c'est au grand jour, Juliet. Je ne suis pas homme à faire les choses par-dessous, O.K.?

Il n'avait jamais été aussi près de l'explosion. Juliet haussa un sourcil sceptique.

— C'est Lydia qui avait les bras autour de moi.

— C'est vrai…, acquiesça Juliet avec un sourire. Je t'ai d'ailleurs vu te débattre en vain sous ses assauts. Elle aurait mérité d'être arrêtée et condamnée pour agression, cette femme!

Les yeux de Carlo, déjà sombres en eux-mêmes, étaient devenus presque noirs.

— C'est facile, les sarcasmes. Tu ne sais rien des circonstances.

— Au contraire!

Elle s'adossa contre la porte.

— Je crois les avoir assez bien saisies… Tu notes que je ne t'ai posé aucune question, que je n'ai formulé aucun reproche.

Maintenant, si tu ne veux pas louper l'avion de midi, je te conseille de faire vite.

Pour la seconde fois, elle lui ferma sa porte au nez.

Pendant quelques instants, Carlo resta planté devant, soufflé. Il était habitué à un minimum de possessivité de la part de ses compagnes. A doses raisonnables, on pouvait même dire qu'il appréciait. Mais voilà qu'on lui accordait gentiment l'absolution avec une petite caresse sur la tête, assortie d'un sourire bon enfant. Jamais il n'avait vu une chose pareille. Il venait quand même de se faire pincer dans les bras d'une autre femme, merde! Que ce soit en toute innocence ou non, il y aurait dû y avoir des limites à ce que Juliet était censée tolérer!

Jugeant la situation inacceptable, il frappa.

Juliet, qui avait encore la main sur la poignée, eut la sagesse de compter jusqu'à dix avant d'ouvrir.

— Tu as oublié quelque chose?

Il examina ses traits avec attention pour vérifier qu'elle ne lui tendait pas un piège.

— Donc, tu n'es pas en colère?

Elle ouvrit de grands yeux.

— Pourquoi le serais-je?

— Lydia est très belle. Très sexy.

— Incontestablement.

Il entra dans la chambre.

— Et tu n'es pas jalouse?

— Quelle idée!

Elle cueillit une poussière imaginaire sur sa manche.

— Si tu me surprenais dans les bras d'un autre homme en des circonstances similaires, tu te montrerais tout aussi compréhensif, non?

Son visage se ferma, ainsi que la porte derrière lui.

— Je lui casserais la figure!

— Vraiment?

Plutôt charmée par sa réponse, elle se détourna pour commencer à rassembler quelques affaires.

— J'imagine que ça vient de ton tempérament italien. Mes ancêtres à moi étaient plutôt posés... Tiens, passe-moi cette brosse, tu veux?

Carlo s'exécuta.

— Posés? Qu'est-ce que ça veut dire, exactement?

— Que c'étaient des gens calmes. Pas très expansifs. Cela dit, une de mes aïeules — mon arrière-arrière-grand-mère, je crois — a surpris son homme en train de lutiner une fille de cuisine. A sa manière posée, elle l'a flanqué par terre en lui donnant un coup de poêle en fonte sur la tête. Je crois que ça a découragé définitivement son mari et qu'il a arrêté de chatouiller les servantes.

Elle plaça la brosse dans un étui et la rangea dans sa valise.

— On dit que je tiens d'elle, précisa-t-elle pensivement.

Carlo la prit par les épaules.

— Tu n'avais pas de poêle à ta disposition.

— Mais je suis inventive, Carlo, chuchota-t-elle en lui passant les bras autour du cou. Si je n'avais pas compris immédiatement la situation en voyant ta tête, le café que j'avais à la main, tu l'aurais reçu en plein visage. *Capisci?*

— *Si.*

Il frotta en riant son nez contre le sien. Mais il ne la comprenait pas si bien que cela, en fait. Et c'était peut-être pour cette raison qu'elle l'enchantait tant. Il se pencha sur ses lèvres et laissa croître son enchantement.

— Dis-moi, Juliet… Il y a bien un deuxième avion pour Detroit, aujourd'hui?

Elle s'était demandé s'il finirait par poser la question.

— Dans l'après-midi, oui.

Il fit descendre lentement la fermeture Eclair de sa robe.

— Sais-tu que la précipitation sous toutes ses formes est dommageable pour la santé?

— Il me semble avoir entendu dire ça, oui.

— C'est pourquoi, d'un point de vue purement médical, il est recommandé de toujours prendre son temps. Nos rythmes de vie devraient être réguliers, continus, jamais en suraccélération. On dit qu'il est salutaire pour l'organisme de faire des pauses à intervalles réguliers. Ça pourrait être extrêmement malsain, en la circonstance, de boucler nos valises en catastrophe pour nous ruer à l'aéroport.

Sa robe glissa à ses pieds.

— Tu n'as pas tort.

— Songe qu'il serait désastreux que l'un de nous deux tombe malade en pleine tournée.

— Désastreux n'est pas un mot trop faible, en effet. Il serait peut-être même avisé que nous nous allongions sans attendre, afin de faire retomber notre niveau de stress?

— Ça me paraît plus prudent, oui. Conserver notre santé devrait être une de nos grandes priorités.

La chemise de Carlo rejoignit la robe sur le tapis.

— Une priorité et une vocation! renchérit-elle.

Ils tombèrent en riant sur le lit.

Carlo adorait la voir ainsi. Libre, simple, enthousiaste. Tout comme il aimait ses humeurs plus distantes, plus énigmatiques. Il pouvait prendre plaisir à sa compagnie de quantité de façons différentes, car elle changeait en permanence. Et en même temps, elle restait toujours la même.

Douce, comme elle l'était en cet instant. Chaude, partout où il la touchait. Voluptueuse à chaque endroit où il portait les lèvres. Elle pouvait se montrer soumise un instant et dominatrice le suivant.

Ils faisaient à présent l'amour en riant. Et Carlo savait à quel point il était rare et précieux de pouvoir s'aimer avec ce mélange de légèreté dans la gravité, d'ardeur dans l'abandon. Même lorsque leur désir s'accéléra, l'amusement subsista qui nourrissait leur plaisir sans lui faire de l'ombre. Et en ce court laps de temps, Juliet lui donna plus qu'il n'avait espéré trouver auprès d'une femme en une vie entière.

Elle ignorait qu'elle était cette femme-là — rieuse et bouillonnante, heureuse et désespérée à la fois. Il y avait tant de facettes d'elle-même dont elle ne savait rien, avant Carlo! Chaque fois qu'il la touchait, elle se découvrait une autre. Et en même temps, c'était comme s'il l'avait touchée, caressée toute sa vie. Dans ses bras, elle se sentait à la fois neuve et désirable, sauvage et sentimentale, solide comme la Terre et fragile comme le verre. En l'espace de quelques minutes, il pouvait lui apporter un sentiment de satiété et de contentement, puis la précipiter vers de nouveaux abîmes de frénésie et de manque.

Plus elle recevait, plus il lui était aisé de donner. Ni elle ni lui n'avaient encore pris conscience qu'à chacune de leurs étreintes, l'intimité croissait, se propageait, étendait ses racines. Ce qui se tissait ainsi entre eux devenait trop solide pour qu'il leur soit encore possible de se tourner le dos sans souffrir. Peut-être, s'ils les avaient sentis venir, se seraient-ils défendus contre des sentiments qui les effrayaient l'un et l'autre.

Mais ils s'aimèrent sans l'ombre d'un pressentiment, avec toute la fougue de leur jeunesse, toute la profondeur que leur donnait la confiance.

10

Juliet raccrocha et jura avec force. Elle se leva, déclina encore une série de gros mots, puis s'approcha d'une des fenêtres de la suite. Pendant quelques instants, elle râla contre le monde en général et les conditions météorologiques en particulier.

Affalé sur le canapé, à l'autre bout de la pièce, Carlo eut la sagesse d'attendre qu'elle soit parvenue au bout de sa tirade.

— Alors? C'est quoi le problème?

— Nous sommes coincés ici!

Elle jura de nouveau, gardant les yeux rivés sur la fenêtre. Le brouillard était tellement épais que la ville entière semblait avoir été effacée de la carte.

— Tous les vols ont été annulés à cause de cette purée de pois. Impossible d'aller à Boston autrement qu'en tendant le pouce.

— En tendant le pouce?

— Laisse tomber.

Elle se mit à faire les cent pas pour mieux réfléchir. Detroit avait été une bonne étape, avec une ronde continue de rendez-vous et de médias. Leur hôtel au Renaissance Center était superbe. Mais il était temps d'en repartir. Boston était juste à un saut de puce par avion, ce qui lui aurait laissé une soirée entière pour rédiger ses rapports. Mais le brouillard était monté du lac, si épais que l'aéroport avait fermé ses portes.

Impossible de bouger, donc. Alors que le lendemain matin à 8 heures, Carlo était l'invité d'honneur d'une émission télé très populaire.

Carlo s'étira et changea de position. S'il avait eu de l'énergie à revendre, il se serait amusé à compter le nombre de fois où il s'était trouvé bloqué quelque part pour des raisons diverses et variées. Il lui revint le souvenir d'une danseuse de flamenco, à Madrid, qui l'avait distrait au point de lui faire manquer le dernier avion pour Rome. Mm… Autant éviter de mentionner cet épisode… En cas de projets compromis, sa philosophie restait très simple et toujours la même : prendre le bon côté des choses et la vie comme elle venait. Juliet, naturellement, avait une tout autre vision de la situation.

— Tu es inquiète pour l'émission télé de demain ?

— Evidemment que je suis inquiète !

Tout en arpentant la suite, elle faisait mentalement le tour des possibilités. Louer une voiture ? Non, ce n'était même pas la peine d'y penser. Même par temps clair, le trajet serait trop long. Affréter un vol tôt dans la matinée en espérant que le lendemain, le brouillard serait levé ? Elle scruta de nouveau le ciel. Leur chambre était au soixante-cinquième étage, mais ils auraient pu tout aussi bien se trouver soixante-cinq étages sous terre. Aucune émission au monde ne valait la peine de prendre des risques déraisonnables. Rien à faire ! Il fallait annuler pour cas de force majeure.

Cette conclusion établie, elle se laissa tomber dans un fauteuil, et posa ses pieds nus sur la table basse, à côté de ceux de Carlo.

— Je suis vraiment désolée, Carlo, mais je ne vois aucune solution. C'est le fiasco.

Carlo étira paresseusement les bras au-dessus de la tête.

— Le fiasco ? répéta-t-il en bâillant. Quelle idée ! Franconi ne connaît pas le fiasco.

Juliet ne put s'empêcher de rire.

— Je voulais dire que nous allons devoir annuler l'émission.

— « Annuler » ? Je croyais que c'était un mot qui ne figurait pas dans ton vocabulaire.

Elle poussa un long soupir.

— Eh bien, je l'intègre aujourd'hui. Il est matériellement impossible que nous soyons à Boston à 8 heures demain matin. Et cette émission était notre seule grosse manifestation là-bas. Pour le reste, j'avais juste programmé deux interviews et une dédicace. Et sans le passage télé, ça n'a plus tellement de sens.

Elle haussa les épaules.

— Il faut se faire une raison. L'étape Boston tombe à l'eau.

Les yeux mi-clos, Carlo décida que le canapé était un endroit parfaitement indiqué pour passer les quelques heures à venir.

— L'étape tombe à l'eau?

Elle lui jeta un regard patient.

— *I Franconi* n'aura rien d'autre à faire au cours des prochaines vingt-quatre heures que de rester allongé sur le dos.

— Rien à faire, tu dis?

— Strictement rien.

Il sourit, puis, avec une rapidité surprenante compte tenu de son air endormi, il se redressa, lui attrapa les deux mains et l'attira contre lui sur le divan.

— Très bien. Tu t'allonges avec moi, alors. Deux dos valent mieux qu'un, *mia bellissima.*

— Carlo!

Elle ne put éviter le premier baiser. Ou peut-être ne mit-elle pas vraiment l'énergie nécessaire à s'en défendre. Mais elle savait qu'il était essentiel d'échapper au second.

— Stop! Attends une seconde.

— Nous ne disposons que de vingt-quatre heures, lui rappela-t-il en lui mordillant l'oreille. Ne perdons pas une seconde, au contraire.

— Il faut d'abord que je...

Mais ses pensées se dispersaient dangereusement.

— Arrête, non, Carlo! Il y a plein de dispositions urgentes à prendre.

— Quelles dispositions?

Elle fit un rapide bilan de la situation. Elle avait rendu la clé de sa chambre dans la matinée. Mais, par commodité, ils avaient gardé la suite jusqu'à 18 heures. Elle aurait pu demander qu'on lui attribue une autre chambre pour la nuit, mais... compte tenu des circonstances, elle était prête à admettre cette fois que ce serait du gaspillage.

— Comme nous assurer auprès de la réception que nous pouvons garder la suite pour cette nuit, par exemple.

— La question est effectivement d'importance.

Il souleva la tête. Les joues de Juliet étaient empourprées, son regard légèrement chaviré. Il suivait le cheminement de ses pensées comme si elle avait parlé à voix haute, et ne pouvait qu'admirer la façon dont son intelligence fonctionnait en ligne droite, traitant systématiquement un point après l'autre.

— Il faut que je téléphone à New York pour informer Trinity

Press. Après ça, il restera à prévenir Boston et à annuler toutes les manifestations. Une fois ces points réglés, il faudra changer les billets d'avion et...

— Je te soupçonne de vivre une véritable histoire d'amour avec le téléphone. Et c'est bien la première fois que je suis jaloux d'un objet inanimé !

— Communiquer, c'est partager, non ?

Elle tenta de s'extirper de son étreinte, mais échoua.

— Carlo Franconi...

— J'aime quand tu prononces mon nom avec cette petite pointe d'exaspération.

— Dans un instant, ce ne sera plus une *petite* pointe.

Carlo songea qu'il adorerait voir exploser sa colère.

— Tu ne m'as pas encore dit que j'avais été magnifique aujourd'hui.

— Carlo Franconi, tu as été magnifique aujourd'hui, comme toujours.

Lorsqu'il la tenait ainsi contre lui, il était si facile d'oublier le reste du monde ! Les coups de fil pouvaient attendre encore un peu. Ils n'avaient plus nulle part où aller, de toute façon.

— Tu as hypnotisé ton public avec tes *linguine*.

— Mes *linguine* sont fascinantes, en effet. J'ai subjugué le journaliste de *Free Press*.

— Tu l'as laissé sur le flanc. Après ton passage, Detroit ne sera plus tout à fait la même ville.

Il lui déposa un baiser sur le bout du nez.

— C'est vrai. Et Boston ne sait pas ce qu'elle perd.

— Ne remue pas le couteau dans la plaie. C'est...

Juliet s'interrompit et ce fut tout juste si Carlo ne vit pas ses cellules grises s'activer.

— Toi, tu viens d'avoir une idée !

Résigné, il la fit rouler sur lui et la regarda penser.

— Il n'y aucune raison pour que ça ne marche pas, murmura-t-elle. Si tout le monde est d'accord, nous pouvons rattraper le coup à notre façon.

— Et ce serait quoi, « notre façon » ?

— Tu affirmes être un magicien autant qu'un artiste.

— Ma grande modestie m'interdit de...

— Garde ton baratin pour les journalistes !

444

Elle se redressa de manière à se retrouver à cheval sur lui.

— Je me souviens de t'avoir entendu dire que tu serais capable de cuisiner n'importe où, même dans une bouche d'égout.

Il se mit à jouer avec une de ses boucles d'oreilles, soudain sur ses gardes.

— Il est possible que j'aie affirmé ça. Je précise quand même que c'était juste une façon de parler.

— Et cuisiner à distance?

Carlo fronça les sourcils : il ne comprenait pas, et la jupe de Juliet, relevée sur ses cuisses soyeuses, ne l'aidait pas à s'éclaircir les idées.

— Tu as des jambes vraiment extraordinaires… Cuisiner à distance, tu dis?

— Absolument!

Excitée par son idée, Juliet se leva pour attraper un carnet et un stylo.

— Donne-moi la liste de tes ingrédients. Ce sont bien les *linguine* que tu pensais faire demain?

— C'est ce qui était prévu, oui.

— Bon. Je dois avoir la recette quelque part dans mes fiches… L'idée, c'est que tu participeras à l'émission d'ici.

— D'ici? Je veux bien être magicien, mais je n'ai pas le don d'ubiquité…

— Tu pourras laisser ta baguette au placard. L'animateur de l'émission — Paul O'Hara — confectionnera le plat en direct sur le plateau en suivant tes instructions. Toi, tu apparaîtras en duplex. C'est aussi simple que de guider un avion à distance!

— Non.

— Carlo…

Il prit tout son temps pour ôter ses chaussures.

— Tu voudrais que ce type qui sourit devant les caméras — ce O'Hara — cuisine *mes* linguine à ma place?

Juliet lissa la ride verticale entre les sourcils de Carlo tout en réfléchissant à la faisabilité d'un tel projet et à ses retombées possibles.

— Ne me fais pas un caprice de star, Carlo! Tu dis toi-même que si tu écris des livres de cuisine, c'est pour que le commun des mortels puisse réaliser des recettes simples et accessibles. Vrai ou faux?

— Les réaliser, oui, maugréa-t-il en examinant ses ongles. Mais pas les réussir comme Franconi.

Juliet ouvrit la bouche, puis la referma aussitôt. Des questions d'ego étant en jeu, il s'agissait d'avancer sur la pointe des pieds. En tout cas jusqu'à ce qu'elle ait obtenu son accord.

— Ça va sans dire! Personne ne s'attendra à ce que O'Hara cuisine les *linguine* comme toi. Mais nous pourrions tourner ce coup du sort météorologique à notre avantage et créer l'événement. En se servant de ton livre de cuisine à l'écran, tout en se faisant coacher par toi en duplex, O'Hara devrait cuisiner des *linguine* à peu près honorables. Ce n'est ni un gourmet ni un cuisinier professionnel, mais une personne ordinaire qui s'y prendra ni mieux ni moins bien que tes lecteurs potentiels. Comme tout un chacun, il commettra des erreurs que tu pourras alors rectifier en suivant sa prestation en direct. Si nous réussissons à le faire, les ventes de ton livre vont s'envoler.

Elle lui adressa un sourire enjôleur.

— Tu sais que tu peux le faire! Tu as bien manifesté ton intention de m'apprendre à cuisiner, non? Et je suis incapable de faire cuire un œuf. Je suis convaincue que tu peux diriger O'Hara à distance et faire ce qu'il faut pour qu'il concocte un plat acceptable.

— Naturellement que j'en suis capable!

Carlo croisa les bras sur sa poitrine et médita la proposition, les yeux fixés sur le plafond. La logique de Juliet était infaillible et son idée créative. Il devait même admettre qu'elle lui plaisait assez. Presque autant que la perspective de ne pas avoir à s'envoler pour Boston. Mais plutôt que de céder tout simplement, il pouvait en profiter pour obtenir une contrepartie.

— O.K. J'accepte de me prêter à l'expérience. Mais à une condition.

— Laquelle?

— Demain matin, je coacherai ton O'Hara. Mais ce soir…

Il prit le temps de sourire.

— … ce soir, je veux une répétition générale. Avec toi dans le rôle du cobaye.

Juliet cessa de tapoter sur son carnet avec la pointe de son crayon.

— Tu veux que je cuisine des *linguine*? Moi?

— Sous ma supervision, je te promets que tu peux réussir n'importe quoi.

Juliet réfléchit au marché et décida qu'elle pouvait accepter sans risque. La suite n'était pas équipée d'une kitchenette, cette fois-ci. Carlo devait probablement compter se servir des cuisines de l'hôtel et il n'était pas *entièrement* exclu qu'il obtienne cette faveur. Mais une fois qu'elle aurait trouvé le moyen de transformer ses pâtes en bouillie infâme, il serait toujours temps de faire appel au service d'étage pour commander un dîner correct. L'urgence, pour le moment, était de sauver ce qui pouvait l'être de Boston.

— Avec le plus grand plaisir. Et maintenant, il faut que je passe mes coups de fil avant qu'il ne soit trop tard.

Carlo ferma les yeux et décida de faire une sieste. S'il devait enseigner l'art de confectionner ses *linguine* deux fois en douze heures et à deux débutants, il avait besoin de prendre des forces.

— Réveille-moi quand tu auras terminé, O.K. ? Nous commencerons par une inspection en règle des cuisines de l'hôtel.

Ses démarches téléphoniques prirent presque deux heures à Juliet et, lorsqu'elle raccrocha, après son ultime appel, elle avait le torticolis et des crampes aux doigts. Mais elle avait obtenu gain de cause : Hal avait décrété qu'elle était géniale et O'Hara trouvé que ce serait très *fun* de se prêter à l'expérience. Sur le plan technique, tout serait mis en place dans la soirée.

Victoire sur toute la ligne. Cette fois, Juliet eut un sourire presque amical pour le brouillard tenace qui stagnait au-dessus de la ville immobile. Ni la pluie, ni la tempête, ni l'obscurité de la nuit, aucun obstacle, jamais, n'arrêtait Juliet Trent !

Son regard tomba sur Carlo. Son assurance et son autosatisfaction vacillèrent alors sous l'effet d'une commotion interne. *Choc émotionnel*, diagnostiqua-t-elle. Un élément qu'elle n'avait pas envisagé en composant l'itinéraire de la tournée.

Sans doute ne pouvait-on se prémunir contre tous les aléas de l'existence. Certains accidents de parcours ne se réglaient pas à coups d'idées créatives ou d'effervescence téléphonique. Son histoire avec Carlo serait à vivre au jour le jour. Elle devait en prendre son parti : elle n'anticiperait rien, ne maîtriserait rien.

Encore quatre jours et le tour de carrousel serait terminé. La musique s'arrêterait, les chevaux de bois cesseraient de tourner et il serait temps pour elle de descendre du manège.

Elle mesurait l'inutilité de se projeter après cette échéance : elle ne distinguait rien au-delà de cette ligne de rupture, à part une suite de pages blanches. Elle se raccrochait à l'idée que la vie se construisait heure après heure, jour après jour. Une fois Carlo parti, il serait toujours temps de ramasser les morceaux.

Elle n'était pas naïve au point de penser qu'elle ferait l'économie des larmes. Pleurer sur Carlo paraissait incontournable. Mais elle pleurerait en toute discrétion et sans faire de vagues. *Tu te programmeras une journée de deuil*, décida-t-elle, fataliste, avant de jeter son agenda sur la table.

Allons, il était malsain de se focaliser sur leur séparation, alors qu'ils avaient encore quatre jours entiers devant eux. L'espace d'un instant, Juliet contempla ses mains vides et se demanda si elle aurait traversé le couloir pour frapper à la porte de Carlo en sachant où le tour de manège la conduirait. Puis son regard tomba sur son amant endormi et elle se contenta de le regarder dormir.

Même les yeux clos, alors que l'intensité de sa vie intérieure restait contenue, il la fascinait encore. Pas seulement parce qu'il était beau. Elle ne faisait pas partie de ces femmes capables de mettre leur vie sens dessus dessous pour une simple attirance physique. Parce qu'il était élégant. A l'intérieur comme à l'extérieur.

Elle se leva en souriant et se rapprocha du canapé où il dormait. Si pragmatique fût-elle, jamais elle n'aurait pu résister à l'élégance de Carlo.

Les regrets n'auraient pas leur place dans cette histoire. Ni maintenant ni dans cinq jours, lorsqu'ils seraient séparés par la largeur d'un océan. Les années passeraient, leurs vies s'écouleraient et se transformeraient, et elle continuerait de se souvenir de cette poignée de jours inoubliables.

« Pas une seconde à perdre », avait-il dit. Comme elle partageait son sentiment d'urgence ! Elle se débarrassa de sa robe et, par la force de l'habitude, la posa avec soin sur le dos d'une chaise. Puis elle défit ses cheveux et resta vêtue d'un body en dentelle claire tout sauf pratique.

Carlo se réveilla, le sang en feu et la tête chamboulée, percevant l'écho du parfum de Juliet. Dans ses cheveux. Sur sa peau. Soudain plus entêtant lorsque la bouche de Juliet s'empara de la sienne. Lorsqu'elle s'allongea sur lui de tout son long, il la sentit déjà brûlante de désir. Avant même d'avoir pu rassembler ses premières pensées, il s'embrasa de même.

Elle n'était plus que dentelle, chair offerte et démesure du désir. Il n'eut pas le temps de se ressaisir, ni d'affiner son style. N'obéissant plus qu'à des impératifs aveugles, il l'attira contre lui, trouvant sous ses doigts la soie, la délicatesse, mais aussi la force et l'exigence.

Juliet se redressa sur les coudes pour lui déboutonner sa chemise, puis en écarta les pans pour permettre à leurs peaux de se retrouver, se frotter, s'éveiller l'une l'autre. Elle sentait le cœur de Carlo cogner à un rythme sauvage, animal, contre le sien. Ivre de son pouvoir sur lui, elle s'empara de nouveau de ses lèvres, avec la seule et unique obsession de le rendre fou de désir. Et cette prodigieuse folie, elle la sentait se propager en lui et croître, prête à les dominer.

Il la fit rouler pour l'acculer au dos du canapé, et elle lui céda volontiers les rênes. Avec un long gémissement, elle s'abandonna, récoltant ce qu'elle avait semé.

Aucune femme, jamais, n'avait soulevé pareille houle en lui. Prendre, dévorer, posséder devenaient des obsessions majeures. Ses doigts d'ordinaire si fiables, si habiles, s'escrimaient sur la dentelle, tirant et déchirant la matière fragile.

Ses mains finirent par trouver ce qu'elles cherchaient : les seins de Juliet, petits, ronds et parfaits, conçus pour se loger dans ses paumes ; sa cage thoracique, étroite et solide, sa taille. *A moi...* Ces deux mots, à eux seuls, le rendaient fou. Elle était sienne maintenant, comme elle l'avait été dans le rêve dont ses baisers l'avaient arraché.

Sur elle flottait l'odeur des secrets — de ces fragiles secrets de femme que les hommes n'élucident jamais qu'à demi. Sa saveur était celle du désir mûri, de la passion tremblante à laquelle tout homme aspire. De la pointe de la langue, il goûta la vallée subtile entre ses seins et la sentit frissonner violemment dans ses bras. Elle était forte ; de cela il n'avait jamais douté. Et dans sa force même, elle s'en remettait à lui, sans se retenir, sans se préserver. Pour son plaisir comme pour le sien.

La dentelle était imprégnée de son parfum et il aurait aimé se rouler dedans et se nourrir de son odeur, mais il voulait avant tout la nudité de sa peau et la débarrassa de ce qui restait du body.

Les mains dans les cheveux de Carlo, les sens exacerbés, Juliet ne pensait, ne respirait plus que pour lui. « Hier » et « demain » n'existaient plus. Elle aurait beau le nier farouchement, plus tard, ils étaient devenus partie l'un de l'autre, ne pouvant atteindre plaisir, excitation et joie qu'à travers l'autre, en l'autre et par l'autre. Leur dépendance était absolue. Et cela sur bien d'autres plans encore auxquels elle refusait de penser. Elle le désirait de toute son âme et rien, jamais, ne lasserait son désir. Carlo l'entraînait avec force et fureur, l'amenait à franchir des portes qu'ils avaient ouvertes pour la première fois ensemble et ne pourraient plus jamais traverser autrement qu'ensemble.

Elle s'abandonnait à la force, à la passion, à Carlo. Elle s'abandonnait toute…

Il se laissa glisser le long de son ventre pour boire le miel de son corps, les sucs de sa nuit, s'abreuver à la source même de sa féminité. De sa langue et de ses lèvres, il la conduisit à une première incandescence, se délectant de sa jouissance, comme si chacun de ses cris la liait plus étroitement à lui. Il voulait la noyer de plaisir, la soulever, vague après vague, jusqu'à ce qu'elle en tremble et en balbutie. Elle cria son nom et il songea qu'il voulait tout d'elle. C'était la seule pensée qui subsistait encore en lui. Il prendrait tout d'elle jusqu'à ce qu'elle soit prête à tout prendre de lui.

— Juliet, je te veux.

Son visage était au-dessus du sien, sa respiration laborieuse.

— Regarde-moi, Juliet.

Elle vacillait sur le fil du rasoir, entre raison et folie. Lorsqu'elle ouvrit les yeux, le visage de Carlo emplit son champ de vision. Elle n'avait pas d'autre souhait, plus d'autre aspiration que cela : le voir, ne voir que lui…

— Je te veux, répéta-t-il, alors que son sang survolté cognait à ses tempes. Rien que toi.

Elle s'enroula à lui, la tête renversée, le souffle court. Leurs regards se trouvèrent et restèrent arrimés l'un à l'autre. Quelque chose circula entre eux, une vague puissante d'émotions qu'ils n'auraient su nommer — un courant dangereux et sécurisant à la fois.

— Rien que toi, chuchota-t-elle.

Et elle l'accueillit.

Nus, moites, la peau brûlante encore, ils restaient enchevêtrés et silencieux, leurs chairs confondues, baignés de satiété. Des mots avaient été prononcés. Des mots nés de l'excitation du moment. Des mots, pensait Juliet, qu'il lui faudrait prendre garde de ne pas répéter, à présent que le plaisir était retombé. Ils n'avaient pas besoin de mots alors qu'il ne leur restait que quatre jours à passer ensemble. Elle brûlait néanmoins de les entendre encore, mais résistait à la tentation de les prononcer de nouveau.

Le plus simple serait qu'elle donne elle-même le ton. Il suffisait d'en adopter un et de s'y tenir. Ne pas exercer de pression. Elle garda les yeux fermés, le temps de se ressaisir.

Pas de regrets, surtout.

— Mm... Je pourrais rester comme ça une semaine entière!

Les mots étaient sincères, mais prononcés avec une désinvolte indolence. Tournant la tête vers Carlo, elle lui sourit paresseusement.

— Tu es prêt pour une seconde sieste?

Il y avait tant de mots qu'il voulait lui dire. Des mots qu'elle n'avait pas envie d'entendre. Ils avaient clairement fixé les règles et il se devait de les respecter. Tout aurait dû être très simple entre eux. De fait, ça ne l'était pas.

Il lui embrassa le front.

— Pas de seconde sieste, non, même si je ne pouvais rêver plus beau réveil que celui que tu viens de m'offrir. Mais c'est l'heure de ta prochaine leçon.

Juliet se mordilla la lèvre.

— Ma prochaine leçon? Je croyais avoir passé brillamment toutes les épreuves et avoir été reçue à l'examen.

— Une leçon de *cuisine*, précisa-t-il en la pinçant gentiment à un endroit de son anatomie que les hommes ont la réputation d'affectionner.

Juliet rejeta ses cheveux dans son dos et le pinça en retour.

— Je pensais avoir réussi à te faire sortir cette idée de la tête.

— Franconi n'oublie jamais. Une petite douche rapide, un changement de tenue et hop! Au boulot.

Elle s'exécuta sans rechigner, persuadée qu'aucune direction d'hôtel au monde n'accepterait de laisser un client donner un cours de cuisine dans ses locaux.

Une demi-heure plus tard, elle eut la preuve du contraire.

Carlo fit l'impasse sur la direction. Il ne voyait aucune raison de passer par une chaîne de commandement quelconque. Avec un bel aplomb, il traversa l'élégante salle à manger de l'hôtel et poussa tranquillement les portes des cuisines. Une intense activité y régnait. Si les fumets étaient enivrants, le niveau sonore était digne de celui d'un hall de gare.

Juliet restait convaincue qu'on les refoulerait avant qu'ils n'aient fait deux pas. Elle comptait fermement dîner au restaurant ce soir-là. Ou à la rigueur dans la suite. Même si elle avait joué le jeu en enfilant un jean et un T-shirt, elle n'avait aucune intention de se mettre aux fourneaux. Surtout pas dans un endroit aussi impressionnant que les cuisines d'un restaurant de luxe!

Mais là encore, les choses se déroulèrent bien différemment de ce qu'elle avait imaginé.

— Franconi! Nom de Dieu!

La voix, tonitruante, s'éleva dans la pièce, et rebondit sur les murs. Juliet fit un bond en arrière.

— Carlo, je crois que nous devrions…

Elle s'interrompit net devant le sourire de Carlo.

— Pierre!

Un homme en tablier blanc, avec une grande moustache tombante et une figure rond comme une poêle à frire, s'approcha et gratifia Carlo d'une vigoureuse accolade. Son visage luisait de sueur, mais il se dégageait de lui une odeur rassurante d'épices et de tomates.

— Qu'est-ce que tu fiches dans mes cuisines, espèce de don juan italien?

— Je les honore de ma présence. Je croyais que tu sévissais à Montréal, occupé, comme toujours, à empoisonner les touristes?

— Ils cherchaient un chef au Centre Renaissance et ils m'ont supplié de venir.

L'homme, au fort accent français, haussa ses épaules massives.

— Qu'est-ce que tu veux? Il a bien fallu que je m'y colle. Si personne ne se dévoue pour apprendre à ces malheureux Américains comment se nourrir correctement…

Carlo lui adressa un clin d'œil.

— Quelle abnégation ! Je parie qu'ils ont proposé de te payer au poids ! Le tien, bien sûr.

Le chef français porta les deux mains à son ventre rebondi et partit d'un grand rire.

— Toujours le même, hein, Carlo... Mais tu sais quoi ? Je me plais bien ici, aux Etats-Unis. Et toi ? Comment se fait-il que tu ne sois pas à Rome, à ravager le cœur des belles Italiennes ?

— Je termine une tournée de promotion pour mon dernier livre.

— Ah, c'est vrai... Toi et ta manie de pondre des bouquins de recettes !

Une exclamation dépitée retentit derrière eux. Pierre tourna la tête et se mit à hurler en français, si fort que les murs en tremblèrent. Puis, de nouveau tout sourires, il reporta son attention sur eux en rajustant sa toque.

— Et ça se passe comme tu veux, cette tournée américaine ?

— Elle ne pourrait pas se passer mieux, grâce à Juliet qui m'accompagne. C'est elle qui orchestre tout. Une fée de la promotion !

— Quel heureux homme tu fais, Carlo.

Juliet ne fut qu'à demi surprise lorsque Pierre lui prit la main pour y porter les lèvres.

— Je me demande si je ne vais pas écrire un livre de cuisine, moi aussi, murmura-t-il. Soyez la bienvenue ici, ravissante *Juliette*. Je suis entièrement à votre service.

Charmée, Juliet sourit.

— Merci.

Carlo secoua la tête.

— Ne te laisse pas embobiner par ce séducteur de Français ! Il a une fille de ton âge.

— N'importe quoi ! protesta Pierre en levant les yeux au ciel. Chloé vient tout juste d'avoir quinze ans. Si elle avait eu un jour de plus, j'aurais appelé ma femme en catastrophe pour qu'elle la garde cloîtrée à la maison. Avec un prédateur aussi redoutable que Franconi dans les parages, toutes les précautions sont bonnes à prendre.

— Tu me flattes, mon vieux.

Les mains glissées dans les poches arrière de son jean, Carlo examina les lieux.

— Pas mal du tout, ta kitchenette. Mais qu'est-ce que je sens ? Je me trompe ou tu as du canard sur le feu ?

Pierre se rengorgea.

— Tu te souviens de ma recette de magret aux figues noires ?

— Si je m'en souviens ? Mes papilles en sont encore toutes frétillantes !

Juliet se trouva entraînée en direction des fourneaux, le bras de Carlo passé autour de ses épaules.

— Personne — je dis bien *personne* — ne connaît l'art de cuisiner le canard comme Pierre Horteux.

Les yeux noirs, dans le visage en forme de poêle à frire, brillèrent de plaisir.

— Tu n'en fais pas un peu trop là, Franconi ?

— Tu crois que je dis ça pour te flatter ? Aurais-tu oublié que Franconi ne ment jamais, même par politesse ?

Ils s'approchèrent pour regarder le second de Pierre découper la viande. Avec une sûreté de geste née d'une longue familiarité, Carlo préleva un morceau minuscule et le présenta à Juliet. Elle le dégusta et sourit aux anges.

— Sublime !

Carlo approuva.

— Ta recette a encore gagné en nuances et en finesse... Tu te souviens, quand nous avons collaboré pour le festin de mariage de je ne sais plus quel émir ? C'était quand, déjà ? Il y a cinq ans ? Six ans ?

— Sept, rectifia Pierre en soupirant.

— A nous deux, nous lui avons concocté quelque chose de mémorable. On s'était dépassés, ce jour-là.

— C'était la belle vie... Hé, là, jeune homme ! Doucement sur le paprika ! On n'est pas à Budapest, ici.

Après cette parenthèse, Pierre haussa les épaules avec une désinvolture toute française et reprit :

— Mais les meilleures choses ont une fin. Quand j'ai eu mon troisième enfant, j'ai renoncé à courir le monde.

Carlo inspecta l'espace de travail de son ami d'un œil connaisseur.

— Tu as fait un bon choix, en t'installant ici. Tu me céderais un petit coin de ton royaume, juste pour une heure ou deux ?

— Un petit coin de mon royaume ?

Carlo eut un sourire qui aurait amadoué un mur de prison.

— C'est un service que je te demande. J'ai promis à ma Juliet de lui enseigner l'art des *linguine*.

Les yeux de Pierre s'allumèrent d'une lueur de convoitise.

— Tes *linguine alle vongole in bianco* ?

— Elles-mêmes. C'est une de mes grandes spécialités, souviens-toi.

— Et comment, je m'en souviens ! Je te cède un coin de cuisine en échange d'une assiette bien garnie.

Carlo lui tapota l'estomac en riant.

— Pour toi, *amico*, il en faudra bien deux.

Pierre l'embrassa chaleureusement sur les deux joues.

— Je sens mes vingt ans revenir. Dis-moi de quoi tu as besoin pour ta recette et reviens dans une heure. Je me charge de te fournir le nécessaire.

Le temps de quelques emplettes et Juliet se retrouva enveloppée d'un grand tablier et coiffée d'un calot de cuisine. Elle aurait pu se sentir ridicule, mais Carlo ne lui en laissa pas le temps.

— Allez hop ! Tu commences par retirer les coques qui ont été mises à tremper dans l'eau froide salée pour les débarrasser des résidus de sable.

— Ces bestioles ne sont pas vivantes, au moins ?

— *Madonna,* vivant ou pas vivant, tout coquillage digne de ce nom considère que c'est un honneur d'entrer dans la composition des *linguine* de Franconi !

Juliet repêcha alors stoïquement les mollusques engoncés dans leurs coquilles fermées et les passa sous l'eau froide.

— Bon. Ça y est ? Tu peux les laisser de côté pour le moment et hacher cette gousse d'ail. Le plus finement possible. C'est la saveur qu'on recherche, pas la texture…

Armé d'un couteau et d'une planche, il lui fit une démonstration en un temps éclair. Elle termina tant bien que mal, en protestant que ce genre de tâche était beaucoup trop minutieux à son goût.

— Tout l'art du cuisinier est dans la précision, *cara*. Prends maintenant cet oignon que tu vas éplucher puis émincer.

— Eminquoi ?

Carlo sourit patiemment et lui montra comment placer ses mains et tenir son couteau sans le serrer. Au bout de quelques minutes, l'oignon fut ciselé et elle pleurait toutes les larmes de son corps.

— Je déteste cuisiner, marmonna-t-elle.

Carlo ne releva pas, se contentant de lui coller un faitout entre les mains.

— Très bien. Fais chauffer l'huile d'olive, maintenant.

Se conformant aux instructions, elle fit revenir l'ail, l'oignon ainsi qu'un petit piment langue d'oiseau, avant d'ajouter les coques.

— Voilà, juste une minute à feu vif… Maintenant, tu ajoutes la quantité de vin blanc que tu viens de mesurer. Et tu laisses cuire jusqu'à ce que les coquilles s'ouvrent.

Juliet surveilla la cuisson, fascinée de voir les coquillages s'entrouvrir un à un. Carlo suivait le fil des opérations par-dessus son épaule.

— Parfait. Maintenant, on retire les coques avec une écumoire… Attention de ne pas te brûler. Il ne te reste plus qu'à filtrer le jus de cuisson.

Il la guida dans ses gestes, lui expliqua comment verser le jus filtré dans le faitout, l'aida à doser les aromates, à ajouter une tasse de fécule pour épaissir la sauce. Petit à petit, Juliet se piquait au jeu, prenait plaisir à créer, sentait une confiance s'installer à mesure que les fumets s'élevaient.

— Et ça ? Je le mets aussi ? s'enquérit-elle en désignant le persil plat qu'il lui avait demandé de ciseler.

— Hou là, non, surtout pas ! Seulement à la fin, sinon le goût se perdra. Baisse le feu maintenant et mets un couvercle. Nous allons laisser les saveurs se réveiller doucement, à leur rythme.

Juliet s'essuya le front du dos de la main.

— Tu parles de cette sauce comme si elle était vivante.

— Mes sauces *sont* vivantes.

Profitant d'un temps creux, Juliet observa l'activité frénétique autour d'elle et songea à la cuisine de sa mère, avec ses surfaces nettes toujours impeccables, ses odeurs accueillantes, son atmosphère paisible. Ce qui se passait autour d'elle ne ressemblait à rien de ce qu'elle avait connu jusque-là. La fièvre régnait dans les cuisines de Pierre Horteux. Des casseroles chutaient sur le carrelage, des jurons éclataient et tout semblait devoir être accompli dans la hâte. Des serveurs entraient et sortaient en coup de vent, des commis s'activaient sous les invectives, les oreilles écarlates.

— Les *linguine*, maintenant! déclara Carlo, la ramenant soudain sans ménagement à ses tâches en cours.

Pour Juliet, les pâtes étaient des produits tout prêts que l'on trouvait dans des boîtes en carton, sur les rayons des supermarchés. Elle eut tout le loisir de réviser ses conceptions, lorsqu'elle se retrouva dans la farine jusqu'aux coudes, condamnée à mesurer, malaxer, pétrir, étaler jusqu'à ce que ses articulations crient grâce.

Lorsqu'elle dut aplatir une fois de plus sa pâte, elle comprit d'où Carlo tirait sa musculature et son inépuisable énergie. Cuisiner au quotidien pour vivre exigeait une forme d'athlète. Lorsque ses *linguine*, enfin, furent acceptées par le chef, elle avait les épaules broyées, comme après un après-midi entier de tennis.

Soufflant sur quelques cheveux échappés de son calot, et qui voletaient sur sa figure, Juliet leva les yeux vers le maître.

— Et maintenant?

— Tu mets l'eau à bouillir. Avec une cuillère de gros sel.

— Une cuillère de gros sel, répéta-t-elle mécaniquement.

Lorsqu'elle se tourna de nouveau vers Carlo pour recevoir les instructions suivantes, il lui tendit un verre de vin.

— Tu n'as plus rien à faire jusqu'à ce que l'eau entre en ébullition.

— Super. Je peux mettre à feu doux?

Carlo se mit à rire et l'embrassa. Puis il fit suivre ce premier baiser d'un second. Impossible de résister à la tentation. Elle sentait bon comme un matin de printemps.

— Tu es belle en blanc, tu sais.

Il essuya une trace de farine sur le bout de son nez.

— Tu es assez désordonnée, comme cuisinière, mon amour, mais tout à fait craquante.

Il n'en fallut pas plus pour que Juliet oubliât le fracas et l'agitation autour d'elle. Elle ajusta son calot.

— Comment ça *cuisinière*? Ce n'est pas « chef » qu'on dit?

Carlo ne put résister à la tentation de l'embrasser encore.

— Quelques *linguine* ne suffisent pas à faire un chef, jeune fille!

Elle eut tout juste le temps de finir son vin avant qu'il la remît à la tâche.

— L'eau bout. Attention, comme les pâtes sont fraîches, il faut les verser avec la plus grande délicatesse. Remue *tout* doucement… Oui, très bien. Encore un peu de patience et j'accepterai peut-être de t'embaucher dans mon restaurant.

— Non, merci. Sans façon.

Elle avait le visage baigné par la vapeur qui montait de la grande casserole et aurait été prête à jurer qu'elle sentait ses pores s'ouvrir un à un.

— Continue d'impulser un tout petit mouvement. Mais surtout, surtout, sois attentive à ne pas les faire trop cuire. Ce serait la catastrophe.

Il la resservit en vin blanc et l'embrassa sur la joue.

Elle tourna, égoutta, ajouta la sauce et les « *vongole* », saupoudra le tout de la quantité de persil préconisée par le maître. Lorsque Juliet eut enfin terminé, elle avait l'estomac si noué qu'elle aurait été incapable d'avaler quoi que ce soit. C'était le trac, ni plus ni moins, découvrit-elle, sidérée. Elle était aussi stressée que le jour où elle avait assuré la promotion de son premier livre !

Les mains jointes, elle regarda Carlo prélever une fourchetée pour la dégustation. Les yeux clos, il huma, prenant d'abord le temps de s'imprégner des arômes. Sans rouvrir les yeux, il porta ensuite les *linguine* à la bouche. Un silence de cathédrale était tombé dans les cuisines. Un rapide regard autour d'elle lui apprit que toute activité avait cessé et que Carlo était au centre de l'attention générale. Elle déglutit, suspendue à son jugement, ne sachant si elle allait vers la condamnation ou la grâce.

La sentence tardant à tomber, elle perdit patience.

— Alors ?

Carlo n'ouvrit même pas les yeux.

— Patience…

Un commis entra au pas de course et fut accueilli par un concert de « chut ! » et des gestes impérieux pour lui indiquer de faire silence. Carlo ouvrit alors les yeux et reposa lentement sa fourchette.

— *Perfetto !*

Il prit Juliet par les épaules et déposa cérémonieusement un baiser sur sa joue.

— C'est une réussite. Bravo !

Les applaudissements se déchaînèrent.

Avec un grand rire, Juliet ôta son calot et s'inclina.

— J'ai l'impression que je viens de remporter un marathon !

— Tu as créé.

Pendant que Pierre demandait de sa voix de stentor qu'on leur apporte d'urgence trois assiettes, Carlo lui prit les mains.

— Nous faisons une bonne équipe, toi et moi, Juliet.

Elle sentit quelque chose de doux et de douloureux se loger un peu trop près de son cœur. Quelque chose qui semblait vouloir se nicher là pour ne plus jamais en bouger…

— Oui, nous formons une bonne équipe, admit-elle en soutenant son regard.

11

A midi, le lendemain, tout était terminé. La démonstration de Carlo en duplex avait remporté tout le succès escompté. Juliet était restée rivée devant le téléviseur, à écouter la voix de Carlo en stéréo — à côté d'elle et à l'écran — pendant qu'il dirigeait O'Hara, passé derrière les fourneaux pour l'occasion. Lorsque Hal l'appela en personne pour la féliciter de son initiative, elle sut que ce coup d'essai avait été un coup de maître.

Rassurée et plutôt satisfaite d'elle-même, elle se laissa tomber de tout son long sur le lit.

— Mission accomplie !

Un sourire jusqu'aux oreilles, elle croisa les chevilles et étira les bras au-dessus de la tête.

— Tu avais peur que ça rate ? demanda Carlo.

Amusée, elle le regarda faire un sort au double petit déjeuner qu'ils avaient commandé sur le tard.

— J'avoue que je ne suis pas mécontente que tout se soit terminé sans casse.

— Tu te détruis la santé à toujours te faire du souci, *mi amore*.

Il n'en restait pas moins que, depuis trois jours, il ne l'avait pas vu sortir une seule fois ses comprimés. Et l'idée qu'il exerçait une action déstressante sur elle n'était pas pour lui déplaire.

— Avec mes *linguine*, ça marche à tous les coups, Juliet. Tu devrais être calme comme le jour !

— Dorénavant, c'est juré, je le serai. Et maintenant, il nous reste cinq heures avant le départ pour l'aéroport. Cinq heures d'affilée, libres, *entièrement libres*, Carlo !

Il se leva et vint s'asseoir sur le bord du lit. Il suivit du bout du doigt la cambrure du pied de Juliet. Elle était si adorablement jolie quand elle souriait, détendue, ne se souciant plus de rien que du plaisir de l'instant!

— Cinq heures, c'est un cadeau.

— Presque des vacances.

Juliet ronronnait sous ses caresses.

— Et de quelle manière aimerais-tu occuper ces cinq heures entièrement libres, *bella Giulietta*?

Elle haussa les sourcils.

— Tu veux vraiment le savoir?

— Bien sûr, murmura-t-il en lui embrassant les orteils un à un. C'est ta journée et je suis ton serviteur.

Se levant d'un bond, elle lui jeta les bras autour du cou et l'embrassa. Fort.

— Alors on va faire les magasins!

Un quart d'heure plus tard, ils déambulaient dans la première tour de l'immense centre commercial attenant à leur hôtel. Les gens s'attroupaient devant les plans du centre pour tenter de se repérer, mais Juliet passa son chemin, la tête haute. Aujourd'hui, elle ne voulait plus ni cartes, ni emplois du temps, ni itinéraires tout tracés. Aujourd'hui, toutes les destinations étaient possibles et l'heure à l'improvisation.

— Depuis le début de la tournée, nous sommes passés d'un centre commercial à l'autre et pourtant, j'en suis à zéro shopping depuis plus de deux semaines. Je ne me reconnais pas.

— Tu ne t'accordes pas assez de temps.

— Sans doute. Oh! regarde!

Elle désigna une robe du soir argentée à paillettes.

— Flashy, déclara Carlo.

— Très, oui. Si je faisais vingt centimètres de plus, je pourrais peut-être la porter sans avoir l'air d'un sapin de Noël en modèle réduit… Ah, un magasin de chaussures!

Elle l'entraîna vers la vitrine suivante et Carlo découvrit alors son grand point faible. Le chemin qui menait au cœur de Juliet ne passait pas par la nourriture. Il n'était pas pavé non plus de fourrures et de diamants. Les tenues de soirée n'éveillaient chez elle qu'un intérêt assez tiède, tout comme les vêtements plus décontractés d'ailleurs. Mais les chaussures… Les chaussures étaient sa vraie passion! En l'espace d'une heure, elle en avait examiné, manipulé et critiqué au moins une cinquantaine de paires. Elle tomba sur des baskets de ville soldées qu'elle acheta pour enrichir une collection déjà substantielle. Puis, après force essayages et en procédant par élimination, elle se retrouva à devoir choisir entre trois paires d'escarpins à talons — toutes de marque italienne.

— Tu fais preuve d'un goût très sûr, admit Carlo.

Avec la patience d'un homme accoutumé à ce genre d'expédition, il avait monopolisé un fauteuil et la regardait jongler avec ses trois paires, en proie aux affres de l'indécision. Il attrapa négligemment l'une des chaussures et jeta un coup d'œil sur la signature à l'intérieur.

— Ses chaussures sont parfaites et il a un faible pour mes lasagnes.

Les yeux écarquillés, Juliet pivota sur ses talons hauts.

— Tu le connais?

— Evidemment! Il déjeune chez Franconi au moins une fois par semaine.

— C'est mon héros...

Devant le regard vaguement vexé de Carlo, elle se mit à rire.

— Je peux passer huit heures debout avec ses escarpins aux pieds sans avoir besoin d'une chirurgie orthopédique d'urgence en fin de journée... Autant dire que ce n'est pas rien! Je vais prendre les trois, annonça-t-elle finalement.

Rassérénée par cette décision qui n'en était pas vraiment une, elle se rassit pour renfiler ses nouvelles chaussures de sport.

— Tu me surprends. Tant de chaussures et seulement deux pieds. Où est passé ton fameux pragmatisme?

— Tout être humain a droit à au moins un vice.

Elle finit de nouer ses lacets.

— Je sais depuis longtemps que les Italiens sont les meilleurs chausseurs. Depuis peu, je découvre qu'ils sont également les meilleurs cuisiniers, ajouta-t-elle en l'embrassant sur la joue.

Sans même frémir à l'annonce du total, elle régla son triple achat, empocha son ticket de caisse, et ils reprirent leur déambulation dans les tours. Ils croisèrent une grappe de jolies filles qui suscita une attention admirative chez Carlo. Imaginant qu'elles devaient profiter de leur pause de midi pour faire du lèche-vitrines, il se retourna pour leur jeter un dernier regard par-dessus son épaule. Quoi de plus normal que d'admirer les masses laborieuses américaines en leurs heures de loisir?

Juliet ne put s'empêcher de sourire devant l'intérêt flagrant que lui inspirait l'univers féminin en général.

— Tu vas finir par attraper un torticolis, à force de te vriller le cou comme ça!

Carlo lui adressa un clin d'œil.

— Ne te fais pas de souci pour moi. Je connais mes limites.

Sans l'ombre d'une inquiétude, Juliet enlaça ses doigts aux siens.

— Je n'en doute pas. Avec toutes ces années de pratique…

Ce fut au tour de Carlo de tomber en arrêt devant une vitrine. Son regard avait été attiré par un collier ras du cou en améthyste et diamants.

— Il est élégant, non? Ma sœur cadette, Alba, a toujours eu un faible pour le violet.

Juliet se pencha pour mieux regarder. Les petites pierres scintillaient, froides et brûlantes à la fois.

— Qui n'aurait pas un faible pour ce violet-là? C'est une splendeur, ce collier…

— Elle accouche dans quelques semaines, expliqua Carlo en faisant signe au vendeur qui les observait, un espoir naissant dans les yeux. Montrez-le-moi, voulez-vous?

— Mais naturellement, monsieur. C'est une pièce unique, bien sûr. Vous verrez que le travail est d'une rare finesse.

Il sortit le collier de sa vitrine fermée et le plaça d'un geste plein de révérence sur la paume de Carlo.

— Les diamants sont tous de grade élevé et font 1,3 carat. Quant aux améthystes…

— Je le prends.

Coupé net dans son argumentaire, le vendeur cligna des paupières.

— C'est un excellent choix, monsieur.

Avec un effort manifeste pour ne rien laisser paraître de sa surprise, il prit la carte de crédit que Carlo lui tendit en même temps que le bijou.

— Tu ne lui as même pas demandé le prix, chuchota Juliet.

Il lui tapota la main sans tourner la tête, examinant le reste du contenu de la vitrine.

— Ma sœur va devenir mère, répondit-il simplement. Et ce

collier est fait pour elle… Ta pierre à toi serait plutôt l'émeraude, je pense.

Elle jeta un coup d'œil sur une paire de boucles d'oreilles d'un vert luminescent. La tentation qu'elle ressentit, purement féminine, fut brève et aisément surmontée. Les chaussures, oui, c'était une dépense qu'elle pouvait justifier ; les émeraudes, non. Elle secoua la tête et sourit à Carlo.

— Je me contenterai de bichonner mes pieds.

Le vendeur rendit à Carlo son reçu de carte bancaire et lui tendit le paquet.

— J'adore le lèche-vitrines ! avoua Juliet comme ils sortaient de la joaillerie. Il m'arrive de passer des samedis entiers à flâner. C'est un des aspects de New York que j'aime le plus.

— Tu adorerais Rome, alors.

Disant cela, Carlo prit conscience qu'il voulait Juliet avec lui, dans sa ville. Il voulait l'entendre rire près des fontaines, la voir flâner sur les marchés ; il avait envie d'avancer avec elle d'un pas lent dans le silence recueilli des églises, de danser avec elle jusqu'à l'aube dans les tavernes qui sentaient le vin et la sueur. Il la voulait auprès de lui dans son monde. Rentrer seul, ce serait rentrer vers rien. Pendant que ses pensées cheminaient dans son esprit, il porta la main de Juliet à ses lèvres et la maintint ainsi jusqu'à ce qu'elle s'immobilise.

— Qu'est-ce qu'il y a ? demanda-t-elle.

Une foule dense les enserrait. Le regard de Carlo se fit plus intense.

— Carlo ?

Ce qu'elle lisait dans ses yeux était sans commune mesure avec l'attitude de séduction courtoise qu'il manifestait envers presque toutes les autres femmes. Les forces qui émanaient de lui en cet instant étaient sombres et dangereuses. Lorsqu'un homme comme lui vous regardait ainsi, il n'y avait qu'une seule chose à faire : courir. Mais courir dans quelle direction ? Et pour quoi ? Vers lui, pour se jeter aveuglément dans ses bras ? Lui tourner le dos pour fuir à toutes jambes ?

Carlo se reprit, retenant des paroles qu'il savait définitives. Or prudence était le maître mot. Pour elle. Mais aussi pour lui.

Il revint alors à la légèreté.

— Si tu venais faire un tour à Rome, je te présenterais ton

héros. Avec un peu de chance et un plat de lasagnes, tu aurais tes chaussures à prix coûtant.

Elle glissa son bras sous le sien.

— Tu me tentes, là. Je vais commencer à économiser pour le voyage. Oh! Tu as vu?

D'un air ravi, elle désigna, dans une vitrine surchargée, un énorme éléphant indien en céramique. C'était une mosaïque de dorures, de brillants, de couleurs vives. Massif et majestueux, il se tenait la tête haute et la trompe levée. Juliet en tomba instantanément amoureuse.

— Il est merveilleux : affreusement kitsch et totalement inutile!

Carlo songea que l'éléphant aurait sa place chez lui, parmi les autres pièces bizarres et surchargées qu'il avait collectionnées au fil des années. Mais il n'aurait jamais imaginé un instant que les goûts de Juliet se situaient dans les mêmes sphères.

— Je vais de surprise en surprise avec toi, Juliet.

Elle rougit légèrement et haussa les épaules.

— Je sais qu'il est monstrueux. Mais j'ai un faible pour les objets bizarres.

— Alors il faut que tu voies ma maison.

— Ta maison?

Il se mit à rire.

— Mon dernier achat « décoratif » est une énorme chouette. Elle tient un pauvre rongeur dans ses serres.

— C'est terrible! fit-elle avec un petit bruit qui ressemblait à un rire de collégienne.

Puis elle l'embrassa.

— Je suis sûre qu'elle me plairait, ta chouette.

— D'après ce que tu me dis, je le crois, oui. Quant à notre ami le pachyderme, je pense qu'il mérite de trouver un foyer.

— Tu l'inclus dans ta collection de *freaks*? Génial!

Elle se cramponna à sa main, enthousiaste comme une petite fille, lorsqu'ils pénétrèrent dans la boutique. Des odeurs de bois de santal flottaient dans l'air et des carillons tintaient doucement, activés par un ventilateur. Elle laissa Carlo régler avec la vendeuse la question du transport et flâna avec délice entre les clochettes en cuivre, les lions en albâtre, les services à thé ornementaux et les tissus chamarrés.

Elle vivait la journée la plus heureuse, la plus détendue

qu'elle ait connue depuis des semaines — voire des mois. Une journée-talisman, à laquelle se raccrocher lorsqu'elle serait seule de nouveau et prise dans le tourbillon d'une nouvelle tournée. Accaparée par un nouvel auteur, un nouveau livre.

Elle entendit soudain la vendeuse éclater de rire à une remarque de Carlo et elle tourna la tête vers eux. Elle ignorait, avant de le rencontrer, qu'il existait des hommes tels que lui — sûrs d'eux, cent pour cent hétérosexuels et néanmoins capables de vivre avec les femmes dans une intimité incroyablement complice. Il était arrogant, aussi. Mais généreux. Impérieux, mais tendre ; un peu trop satisfait de lui-même, mais intelligent et sensible.

Si elle avait eu la faculté de faire apparaître d'un coup de baguette magique l'homme dont elle pourrait tomber amoureuse, il aurait ressemblé à…

Stop !

Non, l'homme dont elle pourrait tomber amoureuse ne ressemblerait en rien à Carlo Franconi. Impossible… Carlo n'était pas l'homme d'une seule femme. Et elle… Eh bien, elle n'était la femme d'aucun homme. Ils étaient trop attachés à leur liberté, l'un et l'autre. Faire fi de cela, ce serait pour elle renoncer à tout ce qui avait donné sens à sa vie adulte. A tout ce qu'elle avait construit depuis dix ans. Elle ne devait pas oublier que Carlo et elle s'étaient engagés pour un unique tour de carrousel.

Elle prit une profonde inspiration et attendit que son soudain vague à l'âme s'estompe. Le résultat se fit un peu espérer. Affichant un sourire dégagé, elle rejoignit Carlo à la caisse.

— Alors ça y est ? L'adoption est en bonne voie ?

— Tout est réglé, oui. Notre ami sera bientôt à la maison. Peu après notre propre retour, en fait.

— Alors souhaitons-lui bon voyage. Et songeons au nôtre. Philadelphie nous attend.

Le bras passé autour de ses épaules, Carlo l'entraîna dans le dédale que formait le vaste complexe commercial.

— On attend d'être dans l'avion avant que tu me briefes sur mon futur marathon pennsylvanien ?

— Tu vas faire un malheur, comme d'habitude. Mais tu auras peut-être besoin de mes comprimés multivitaminés avant la fin du séjour.

— Oh, non, je n'arrive pas à le croire!

Consternée, Juliet se laissa tomber sur un banc à côté du tapis à bagages qui avait cessé de tourner.

— Nos valises sont parties à Atlanta!

Carlo, qui avait perdu le compte des fois où il était arrivé à destination sans ses bagages, n'en fut pas plus ému que cela.

— On les récupère quand? demanda-t-il simplement.

— Vers 10 heures demain matin. Enfin... en principe.

Elle était partie de Detroit en jean et T-shirt, mais ce n'était pas très grave, ses fonctions d'attachée de presse lui permettant de rester à l'arrière-plan, songea Juliet, dont le cerceau était déjà à l'œuvre pour organiser un plan B. Elle pouvait en outre se débrouiller avec les produits de toilette fournis par la compagnie.

Mais Carlo...

Il portait un sweat-shirt relativement informe, un jean usé et des chaussures de sport qui avaient vu des jours meilleurs. S'il avait été auteur de polars glauques, passe encore. Mais Franconi avait sa réputation d'élégance italienne à tenir. Impossible de le lâcher sur un plateau de télévision avec ces hardes sur le dos.

— Carlo, nous devons t'acheter au moins une tenue correcte.

— J'ai des quantités de tenues correctes. Et elles arrivent demain matin.

— Mais pas à temps pour ton premier rendez-vous... A 8 heures, tu es l'invité vedette de *Hello, Philadelphia*. De là, nous filerons directement prendre un petit déjeuner avec des journalistes du *Reporter* et de l'*Inquirer*. A 10 heures, lorsque nos valises seront censées arriver à l'hôtel, tu seras trop occupé à répondre aux questions du présentateur d'un programme radio pour récupérer tes affaires. Après ça...

— Tu m'as déjà communiqué notre emploi du temps, Juliet. Et puis, qu'est-ce que tu trouves à redire à ce jean? Les trucs usés, c'est tendance, non?

Juliet secoua la tête.

— Ne fais pas celui qui ne comprend pas, Carlo. Nous fonçons directement dans le grand magasin le plus proche.

— Grand magasin? Franconi ne s'habille que sur mesure!

— Cette fois, ce sera du prêt-à-porter. Dépêchons... Le temps presse.

Elle héla un taxi, réfléchissant toujours.

— Macy's! Emmenez-nous chez Macy's, lança-t-elle au chauffeur. Avec un peu de chance, nous y serons avant la fermeture. Il est déjà 20 heures.

Lorsqu'ils arrivèrent, Juliet calcula qu'ils disposaient d'une demi-heure, pas plus. Râlant tant et plus, Carlo se laissa traîner à l'intérieur du vénérable bâtiment qui avait abrité un des premiers grands magasins du pays.

Se lançant alors dans une course folle contre la montre, Juliet le poussa vers une rangée de pantalons.

— Quelle taille?

— Trente et un.

— Celui-ci, dit-elle en lui tendant un pantalon gris clair.

— Je préfère le blanc.

— Le gris passera mieux devant les caméras... Pendant que tu l'essaies, je vais te trouver une chemise.

Le laissant avec son cintre à la main, elle se précipita dans le rayon voisin.

— Ta taille?

— Je ne m'y retrouve pas, dans vos tailles américaines, grommela-t-il.

— Aucune importance. J'ai l'œil... Tiens, prends ce T-shirt, plutôt. Ça fera plus décontracté. Essaie déjà l'ensemble. Je vais voir ce que je trouve comme veste.

— J'ai l'impression de faire les courses avec ma mère, maugréa-t-il avant de disparaître dans une cabine d'essayage.

Juliet trouva une assez jolie ceinture en cuir souple, puis, après avoir rejeté une demi-douzaine de modèles, arrêta son choix sur une très belle veste en lin vert sauge.

Lorsque Carlo sortit de derrière le rideau, elle lui fit enfiler la veste et recula de quelques pas pour examiner le résultat.

— C'est parfait! Vraiment très chouette. Décontracté mais pas relâché.

— Franconi ne s'habille qu'à Rome. Et pas n'importe où à Rome.

— Sur Franconi, n'importe quel vêtement paraît avoir été conçu sur mesure par les meilleurs stylistes.

— Tu dis ça uniquement pour que je te cède…

— L'heure est grave, Carlo. Je suis prête à faire les plus viles courbettes.

Elle le fit pivoter sur lui-même et le poussa vers la cabine.

— Bon. Enlève-moi tout ça. Je m'occupe des caleçons.

Il lui jeta un regard qui disait clairement qu'il perdait patience.

— Il y a des limites, Juliet !

— Ne t'inquiète de rien, susurra-t-elle, Trinity Press réglera la note. Fais vite. Nous avons juste le temps de te trouver une paire de chaussures.

Ils passèrent à la caisse quelques minutes après l'annonce que le magasin s'apprêtait à fermer ses portes.

— Et voilà ! Tu es entièrement paré pour un passage télé en fanfare !

Avant que Carlo s'en chargeât lui-même, elle rassembla les paquets.

— Il ne nous reste plus qu'à trouver un taxi pour l'hôtel et nous serons sauvés.

— Je porterai tes chaussures américaines la mort dans l'âme.

— Comme je te comprends ! lui assura-t-elle en toute sincérité. Simple mesure d'urgence, *caro*.

Il se trouva bêtement désarmé par ce premier mot tendre. Elle ne lui en avait encore jamais dit. Emu qu'elle baisse ainsi sa garde, il lui pardonna de l'avoir mené à la baguette comme elle venait de le faire.

— Tu susciterais l'admiration de ma mère, tu sais.

— Ah bon. Pourquoi ?

L'esprit ailleurs, Juliet essayait d'arrêter un taxi.

— C'est la seule femme, jusqu'à présent, qui ait réussi à me traîner de force dans un magasin pour choisir des vêtements à ma place. Et ça fait bien vingt ans qu'elle ne s'y risque plus.

Juliet passa ses paquets d'un bras à l'autre.

— Toutes les attachées de presse sont des mères abusives. Je pensais que tu t'en étais aperçu, depuis trois semaines…

Il se pencha et lui saisit le lobe de l'oreille entre les dents.

— Je te préfère nue et au lit qu'habillée et jouant au sergent-chef.

Un taxi pila près du trottoir et Juliet se demanda si c'était le crissement de ses freins qui l'avait momentanément privée de sa respiration. Se ressaisissant, elle poussa Carlo et les paquets à l'intérieur.

— Pour les trois jours à venir, tu auras affaire aux deux.

Il était presque 10 heures lorsqu'ils arrivèrent au Cocharan House. Carlo ne fit aucune remarque sur les chambres séparées qu'on leur attribua à la réception, mais se jura intérieurement que Juliet n'occuperait que sa suite. La tournée se terminait trois jours plus tard et l'essentiel de leur temps serait dévoré par leurs engagements. Il était donc hors de question de sacrifier une seule minute des quelques heures précieuses dont ils disposaient encore.

Dans l'ascenseur, il ne dit pas un mot et se contenta de fredonner tout bas pour lui-même, tandis que Juliet bavardait avec le porteur.

Lorsqu'ils arrivèrent à la porte de sa suite, il saisit Juliet par le bras.

— Vous pouvez poser tous nos paquets ici, annonça-t-il au chasseur. Mlle Trent et moi-même avons un travail urgent à faire. Nous trierons tout ça tout à l'heure.

Avant que Juliet ne pût ouvrir la bouche, il sortit un billet de sa poche, se chargeant lui-même du pourboire. Elle garda le silence jusqu'au moment où le porteur les laissa seuls.

— Carlo, qu'est-ce que tu fabriques? Je t'ai déjà dit que...

— Que tu voulais disposer de ta propre chambre? Tu en as une à ton nom, juste à deux pas. Mais tu restes ici. Bon, je propose maintenant que nous commandions une bouteille de leur meilleur vin et que nous nous installions confortablement pour le boire... A moins que tu ne préfères un thé ou un jus de fruits?

— Je préférerais avoir la liberté de mes faits et gestes!

— Moi aussi.

Il désigna ses nouveaux vêtements avec un sourire en coin.

— Simple mesure d'urgence, *cara*.

Décourageant... Il était tout simplement décourageant!

— Carlo, si tu voulais bien essayer de comprendre que...

Sa protestation se perdit dans un grommellement inaudible car on frappait à la porte. Carlo alla ouvrir.

— Summer!

Il y avait du plaisir dans sa voix. Tournant la tête, elle le vit enlacer tendrement la femme jeune, belle et brune qui venait d'entrer.

— Carlo! Je commençais à m'inquiéter! Tu devais arriver il y a plus d'une heure.

Dans la voix de la nouvelle venue, Juliet repéra des notes venues d'ailleurs — un soupçon d'intonations à la française assorti d'une pointe de distinction britannique. Summer s'écarta de Carlo et Juliet fut frappée par le mélange d'élégance, d'éclat et de grâce qui émanait d'elle. Carlo prit son visage exquis entre ses mains, comme il l'avait si souvent fait avec elle-même, et l'embrassa tendrement.

— Oh! Ma petite pâte à chou, tu es plus belle que jamais!

— Et toi, Franconi, toujours aussi...

Summer s'interrompit en découvrant soudain sa présence.

— Bonjour! Vous devez être l'attachée de presse de Carlo?

— En effet, répondit Carlo à sa place. Summer, voici Juliet Trent...

Il se sentait tendu comme un adolescent présentant sa première petite copine à sa mère.

— Juliet, voici Summer Cocharan, la meilleure pâtissière d'un côté comme de l'autre de l'Atlantique.

Summer s'avança pour serrer la main de Juliet.

— Il me flatte parce qu'il espère que je lui confectionnerai un de mes mille-feuilles.

— Au moins deux, rectifia Carlo, puis il demanda, désignant Juliet : Pas vrai qu'elle est belle?

Summer nota l'embarras de Juliet, et perçut dans la voix de Carlo une émotion qu'elle ne lui connaissait pas.

— Elle est très belle, oui.

Pui, s'adressant à Juliet :

— Travailler avec Carlo est une horreur, je suppose?

Juliet rit de bon cœur.

— Il a des côtés tyranniques, mais on ne s'ennuie pas une seconde.

Le regard rapide — et incroyablement intime — qu'elle échangea avec Carlo n'échappa pas à la vigilance de Summer. Ainsi, songea-t-elle, elle ne s'était pas trompée... Il y avait bien autre chose entre eux qu'une relation professionnelle. Il était temps!

— Au fait, Carlo, je te remercie de m'avoir recommandé ce jeune garçon de Denver, Steven...

Carlo se tourna vers elle avec un visible intérêt.

— Il fait l'affaire, alors ?

— C'est une très bonne recrue.

— Le jeune garçon qui voulait devenir cuisinier, murmura Juliet.

L'émotion lui noua la gorge. Ainsi, Carlo n'avait pas oublié.

— Vous avez rencontré Steven, Juliet ? C'est un jeune homme passionné, travailleur... Je pense que ton idée de l'envoyer dans une école hôtelière française sera payante, Carlo. Il a l'étoffe d'un chef, ce garçon.

— Tant mieux, tant mieux...

Carlo prit la main de Summer dans la sienne et la tapota avec affection.

— Je parlerai à sa mère et je prendrai les dispositions nécessaires.

Médusée, Juliet l'interrogea du regard.

— Tu comptes l'envoyer à Paris ?

Carlo haussa les épaules, comme s'il s'agissait d'une affaire courante.

— Ça reste le meilleur endroit pour apprendre le métier. Une fois qu'il sera formé, il suffira que je vienne le débaucher pour le prendre avec moi à Rome.

Summer sourit.

— Peut-être. C'est à voir...

Carlo s'apprêtait à financer la formation d'un jeune garçon qu'il avait simplement croisé à une séance de dédicace ? Juliet était confondue. Quelle sorte d'homme pouvait à la fois passer vingt minutes à se mettre dans tous ses états pour un nœud de cravate et faire preuve d'une aussi belle générosité envers un inconnu ? Comme elle avait été naïve de penser, ne serait-ce qu'un instant, qu'elle savait qui était Carlo Franconi !

— C'est un très beau geste, Carlo.

Il fixa un instant sur elle un regard déconcertant. Puis il haussa de nouveau les épaules.

— Il arrive toujours un moment dans la vie où il faut savoir rendre ce que l'on a soi-même reçu. J'ai été jeune, moi aussi. Avec ma mère pour seul soutien... En parlant de mères, d'ailleurs, comment va Monique ? demanda-t-il à Summer.

— Elle nage toujours dans le bonheur. Keil est à l'évidence l'homme qu'elle recherchait.

Elle se tourna en riant vers Juliet.

— Désolée pour ces apartés. Nous sommes de vieux, vieux amis, Carlo et moi.

— Ne soyez pas désolée. Carlo m'a dit que vous aviez fait l'école hôtelière ensemble.

— Il y a environ un siècle. A Paris.

— Et maintenant, Summer a épousé son grand diable d'Américain. Où est Blake, *cara*? Il prend le risque de te laisser seule avec moi?

— Jamais très longtemps...

L'homme qui entra dans la suite à cet instant affichait une impeccable élégance, même après une journée de travail de douze heures. Blake était plus grand et plus large que Carlo, mais Juliet fut sensible à la proximité de style entre les deux hommes. Ils donnaient l'un et l'autre une impression de puissance, tant sexuelle qu'intellectuelle.

— Blake, voici Juliet Trent... Elle est chargée de faire en sorte que Carlo file droit pendant sa tournée.

— Lourde tâche!

Un serveur entra, poussant une desserte à roulettes avec une bouteille de champagne dans son seau à glaçons et des coupes. D'un signe de tête accompagné d'un sourire, Blake indiqua au garçon qu'il pouvait se retirer.

— Summer m'a dit que ton emploi du temps à Philadelphie était serré?

De la main, Carlo désigna Juliet.

— C'est elle qui tient la cravache.

Mais il lui effleura l'épaule d'un geste familier et tendre qui trahissait leur intimité aussi sûrement que s'il l'avait proclamée à voix haute.

Summer déclina le verre de champagne.

— J'ai pensé que je pourrais faire un saut aux studios demain matin pour assister à ta démonstration culinaire, Carlo. Il y a une éternité que je ne t'ai pas regardé cuisiner.

— Très bonne idée!

Carlo prit une gorgée et se détendit en laissant le vin pétillant couler dans sa gorge.

— Avec un peu de chance, je trouverai le temps d'aller inspecter tes nouvelles installations. Vois-tu, Juliet, Summer est venue ici pour repenser la conception des cuisines de Blake et pour procéder à des agrandissements. Du coup, elle s'est attachée aux lieux et elle est restée.

Summer échangea un regard amusé avec son mari.

— En fait, je me suis tellement attachée que j'ai décidé d'agrandir encore.

Carlo haussa les sourcils avec curiosité.

— Vous ouvrez une nouvelle Cocharan House?

— Nous lançons un nouveau Cocharan tout court, rectifia Summer.

Juliet vit le moment précis où l'annonce fit sens dans l'esprit de Carlo. Elle savait que les émotions résonnaient fort chez lui. Elles brillèrent dans son regard alors qu'il reposait son verre.

— Tu vas avoir un enfant?

— En janvier, oui.

Summer sourit et lui tendit la main.

— Je ne sais pas encore si j'aurai les bras assez longs pour atteindre les fourneaux, lorsque je préparerai le repas de Noël avec un ventre grand comme ça.

Carlo lui embrassa les doigts, puis la prit dans ses bras.

— Nous en avons fait du chemin, tous les deux, *cara mia*.

— Un long chemin, oui.

— Tu te souviens de l'histoire du manège?

Summer songea au voyage en catastrophe qu'elle avait fait à Rome pour fuir Blake et ses sentiments pour lui.

— Tu m'as dit que j'avais peur d'attraper le pompon et tu m'as convaincue d'essayer. Je ne l'oublierai pas.

Il murmura quelque chose en italien qui fit monter les larmes aux yeux de Summer.

— Moi aussi, je t'adore, Carlo. Et maintenant, portons un toast et rions, trinquons, plaisantons! On va abréger la séquence émotion pour aujourd'hui.

Carlo reprit son verre de champagne et passa son bras libre autour des épaules de Juliet.

— Alors, je lève mon verre. Tournez manège! Tournez sans trêve…

Juliet plongea le nez dans son champagne pour atténuer la douleur sourde qui lui vrillait soudain le cœur.

Cuisiner devant les caméras était un exercice que Summer connaissait bien. Elle passait plusieurs heures par an à assurer des démonstrations filmées pour la télévision, tout en dirigeant les cuisines du Cocharan House de Philadelphie. Dans les grandes occasions, et lorsque le prix versé justifiait le déplacement, il lui arrivait encore de voyager ici et là pour quelques bons clients. Mais pour l'essentiel, elle apprenait à être heureuse dans sa vie privée.

Elle avait souvent cuisiné avec Carlo, tantôt dans des palais ou des demeures de luxe, tantôt dans l'espace nettement plus modeste de l'appartement qu'elle gardait encore à Paris, mais elle ne se lassait jamais de le regarder lorsqu'il était aux fourneaux. Si elle avait la réputation de procéder à ses créations avec la précision et la concentration d'un chirurgien du cerveau, Carlo, lui, avait l'élan, l'inventivité d'un artiste. Elle avait toujours admiré son aisance et savourait avec un plaisir chaque fois renouvelé son délicieux cabotinage.

Lorsqu'il eut mis la dernière touche au plat qu'il avait baptisé, sans véritable immodestie, de son propre nom, Summer applaudit avec le reste de l'assistance. Mais si elle était venue jusqu'aux studios ce matin-là, ce n'était pas seulement pour soutenir l'ego d'un vieil ami. S'il y avait quelqu'un au monde qu'elle connaissait presque mieux qu'elle-même, c'était Carlo. Elle s'était plusieurs fois fait la réflexion qu'ils étaient composés tous les deux du même bois.

— *Bravo*, Franconi. Belle prestation.

Pendant que l'équipe entreprenait de servir l'assistance, Summer se leva pour embrasser cérémonieusement l'artiste sur la joue.

Carlo la serra dans ses bras.

— Je reconnais que j'ai été grandiose, une fois de plus.

— Où est Juliet?

Il leva les yeux au plafond.

— Au téléphone, comme d'habitude. *Dio...* Cette fille passe sa vie pendue au bout du fil!

Summer vérifia l'heure à sa montre. Elle avait pris soin de noter l'emploi du temps de Carlo.

— J'imagine qu'elle n'en a plus pour très longtemps. Je sais qu'elle a programmé un brunch à l'hôtel avec des journalistes.

— A propos d'hôtel, tu m'as juré que tu me ferais tes super choux à la crème revisités à la rose, lui rappela-t-il.

— C'est fait. En échange, sauras-tu nous trouver un endroit discret où nous pourrions être tranquilles tous les deux?

Il sourit et prit sa pire voix de séducteur italien.

— Le jour où Franconi ne satisfera plus une demande de tête-à-tête dans un coin caché avec une femme superbe, la Terre cessera de tourner sur son axe.

— C'est tout à fait mon avis. Ou presque...

Elle passa son bras sous le sien et se laissa guider. Carlo emprunta un couloir et poussa une porte qui donnait sur un débarras éclairé par une simple ampoule au plafond.

— Magnifique! Tu as toujours eu un sens inné du décor, *caro*.

Il s'installa sur une pile de cartons avec un grand sourire.

— Puisque, à l'évidence, ce n'est pas après mon corps superbe que tu en as, de quoi veux-tu me parler, Summer?

— De *qui*, plutôt... De toi, mon cher.

— Quoi de plus naturel, en effet?

— Tu sais que je t'aime d'amitié, Carlo.

Le soudain sérieux de Summer le fit sourire. Il lui prit les deux mains.

— Un amour d'amitié partagé. Pour toujours.

— Tu te souviens de ton précédent passage à Philadelphie, il n'y a pas si longtemps, pour la promotion d'un de tes livres?

— Tu te demandais comment t'y prendre pour réaménager la cuisine de l'Américain, tout en n'acceptant pas l'attirance que tu ressentais pour lui.

— Alors que j'étais amoureuse et que je ne voulais pas l'être. Tu as été de bon conseil, ce jour-là. Puis, de nouveau, lorsque je suis venue te voir à Rome. Je voudrais te rendre service à mon tour.

— Par des conseils?

— Tends la main et attrape le pompon à ton tour, Carlo! Ensuite, ne le lâche plus.

— Summer...

— Qui te connaît mieux que moi? l'interrompit-elle.

Il haussa les épaules.

— Personne.

— J'ai su que tu l'aimais dès l'instant où tu as prononcé son nom. Nous avons trop de points communs, toi et moi, pour nous raconter des histoires.

Que tu l'aimais... Il demeura assis un instant dans le plus grand silence. Depuis plusieurs jours, maintenant, il tournait autour du grand mot. Et de ses conséquences.

— Juliet n'est pas comme les autres, admit-il finalement. Et je crois que ce que je ressens pour elle est nouveau.

— Tu le crois?

Il soupira, reconnaissant par là sa défaite.

— Bon, O.K. Mais le genre d'amour dont nous parlons mène à de l'irréversible : un engagement, le mariage, des enfants...

Summer porta la main à son ventre. Des peurs résiduelles subsistaient encore en elle, mais il ne lui était pas nécessaire de les évoquer à voix haute pour que Carlo le sache.

— Tu m'as dit un jour, quand je t'ai demandé pourquoi tu ne t'étais jamais marié, qu'aucune femme encore n'avait fait trembler ton cœur. Tu te souviens de ce que tu m'as assuré que tu ferais, si tu la rencontrais un jour?

— J'ai dit que je me précipiterais à la mairie sans me poser plus de questions...

Il se leva et glissa les mains dans les poches du pantalon que Juliet lui avait choisi la veille.

— C'est facile de dire ce genre de trucs *avant* que le cœur ne commence à trembler... Je ne veux pas la perdre, Summer.

L'aveu prononcé, il soupira.

— Tant qu'il n'y avait pas d'enjeux pour moi, l'amour me paraissait simple comme un jeu d'enfant. Mais j'ai peur de mal m'y prendre avec Juliet. Elle est insaisissable. Il y a des moments où je la tiens dans mes bras et où je sens qu'une partie d'elle m'échappe. Je comprends son indépendance, son ambition. Je les admire, même.

— Le fait d'être mariée à Blake n'a rien changé aux miennes.

Carlo lui sourit.

— C'est vrai. Elle te ressemble tellement!

La grimace de Summer le fit sourire.

— Vous êtes têtues comme cent mulets de Castille, l'une et

l'autre! Et déterminées à être les meilleures dans votre domaine. Ce sont des qualités que j'ai la faiblesse de trouver attirantes chez les femmes très belles.

— Merci pour le compliment... Mais ça ne me dit pas où est ton problème.

— Toi, tu m'accorderais ta confiance?

Summer marqua un instant de surprise.

— Bien sûr. Quelle question!

— Elle, non. Elle ne peut pas — ne veut pas, plutôt. Me donner son corps — même une partie de son cœur —, oui. Mais sa confiance, non. Et j'en ai besoin, Summer.

Elle s'appuya pensivement sur un cageot.

— Juliet t'aime?

— Je ne sais pas.

Une ignorance difficile à admettre pour un homme qui se vantait de lire à livre ouvert dans le cœur des femmes. Il eut un faible sourire. Finalement, celle qui comptait le plus pour un homme était aussi la plus malaisée à comprendre. Avec d'autres, il se serait senti sûr de lui, capable de guider et de façonner leurs sentiments à sa guise. Avec Juliet, il n'était plus sûr de rien.

— Il y a des moments où je la sens très proche de moi et d'autres où elle se dérobe. Jusqu'à hier, je ne savais pas encore très bien où j'en étais moi-même.

— Et tu sais maintenant?

— Je veux passer le reste de ma vie avec elle. Lorsque je serai un vieil homme et que je m'assiérai près des fontaines à regarder passer les jeunes filles, elles seront toujours Juliet pour moi.

Summer lui posa la main sur l'épaule.

— Ça fait peur, non?

— A qui le dis-tu! C'est terrifiant.

Mais déjà un peu moins depuis qu'il avait pu en parler et exprimer ses craintes et ses espoirs à voix haute.

— Tu vois, Summer, j'ai toujours pensé que l'amour serait une chose simple : une évidence dans le regard, de longues marches au clair de lune, la main dans la main, puis le mariage comme aboutissement logique. Comment aurais-je pu prévoir que je m'enticherais d'une tête de mule d'Américaine qui passe sa vie au téléphone?

Summer appuya son front contre le sien avec un rire léger.

— Tu crois que j'aurais imaginé faire ma vie avec un Américain buté? Mais Blake est mon homme. Tout comme Juliet est la femme faite pour toi.

Il l'embrassa sur la tempe.

— Et comment je fais pour l'en convaincre?

Elle lui passa la main sur la joue, riant de plus belle.

— C'est le plus grand baratineur d'Italie qui me pose cette question? Si elle a la tête dure, fais-la-lui perdre. Sers-toi de tes talents, Franconi!

Juliet commençait à paniquer sérieusement, lorsqu'elle repéra enfin Carlo. Il déambulait dans le couloir, Summer à son bras, placide et souriant comme un touriste en goguette. A la première vague de soulagement succéda une flambée de colère.

— Carlo! J'ai retourné les studios sens dessus dessous! Où étiez-vous passés, tous les deux?

Il se contenta de sourire et lui effleura la joue.

— Tu passais tes coups de fil.

Juliet s'interdit de jurer devant Summer.

— La prochaine fois que tu t'éloignes comme ça, pense à égrener des petits cailloux blancs dans ton sillage! En attendant, j'ai un chauffeur de taxi très mal luné qui s'impatiente devant la porte.

Tout en entraînant Carlo vers la sortie, elle fit un effort de civilité envers Summer.

— Alors? Qu'est-ce que tu as pensé de la démonstration?

— C'est toujours un moment de bonheur pour moi de regarder Carlo cuisiner. Mon seul regret, c'est que vous restiez si peu de temps à Philadelphie. Cela dit, il est peut-être plus prudent que vous ne vous attardiez pas trop.

Carlo poussa la porte et s'effaça pour les laisser passer.

— Ah bon? Pourquoi?

— Notre ami français sera de passage la semaine prochaine.

La porte claqua comme un boulet de canon.

— LaPointe?

Juliet se retourna. Ce n'était pas la première fois qu'elle l'entendait prononcer ce nom avec cette violence meurtrière.

— Carlo…

479

Il leva la main, refusant toute interruption.

— Qu'est-ce que ce chien de Gaulois vient faire ici?

Summer rejeta les cheveux en arrière, le regard tourné vers l'intérieur, les sourcils froncés.

— Exactement la même chose que toi. Il a encore écrit un livre.

— Le con! Il est tout juste bon à cuisiner des charognes pour les hyènes.

— Des hyènes enragées, précisa Summer.

Voyant ses deux compagnons s'échauffer dangereusement, Juliet leur prit à chacun un bras.

— Nous pouvons peut-être poursuivre cette aimable conversation dans le taxi?

— Tu n'auras pas à subir cette brute, promit Carlo à Summer sans paraître avoir remarqué l'interruption. Je vais le hacher menu.

Summer secoua la tête.

— Ne t'inquiète pas, je saurai le recevoir. Et ça amuse beaucoup Blake, au demeurant.

Carlo poussa un sifflement faussement admiratif, alors que les nerfs de Juliet se trouvaient sévèrement mis à l'épreuve.

— Ça l'amuse! Les Américains, je te jure… Je crois que je vais revenir à Philadelphie pour l'assassiner.

Juliet tenta de le pousser physiquement en direction du taxi.

— Carlo, voyons… Tu sais bien que tu n'as aucune envie de tuer Blake.

— Pas Blake, Maxime LaPointe! rectifia-t-il avec une fureur explosive.

— Mais qui c'est, ce LaPointe, à la fin?

— Un chien!

Summer hocha la tête.

— Un goret! Mais j'ai des projets pour lui. Il descend à la Cocharan House… Je me ferai un plaisir de lui préparer personnellement ses repas, précisa-t-elle d'un ton suave, en faisant mine d'examiner ses ongles d'un air détaché.

Carlo la souleva de terre en riant et l'embrassa.

— La vengeance, ma chérie, est encore plus douce que ton vacherin glacé!

Rasséréné, il la reposa et rajusta sa veste.

— LaPointe était avec nous à l'école hôtelière, expliqua-t-il à Juliet. Il nous a fait les coups les plus infâmes. Je refuse de me trouver sur le même continent que ce type.

À bout de patience, Juliet adressa une mimique d'excuse au chauffeur de taxi fulminant.

— Tu seras de retour en Italie lorsque ce LaPointe viendra ici. Alors, aucune raison de t'énerver.

Le visage de Carlo s'éclaira.

— C'est vrai… Summer, tu m'appelleras pour me raconter la « chute du chien LaPointe » ?

— Bien sûr.

Retrouvant sa bonne humeur, Carlo reprit tranquillement la conversation là où ils l'avaient laissée au moment où Summer avait mentionné le Français.

— La prochaine fois que nous viendrons à Philadelphie, nous composerons un repas de roi pour Juliet et Blake, déclara-t-il. Mon veau et ta bombe glacée au chocolat. Le vrai goût du péché, Juliet, tu ne le connaîtras que lorsque tu auras pris ta première cuillerée de la bombe au chocolat de Summer.

Il n'y aurait pas de prochaine fois pour eux. Juliet en avait douloureusement conscience, mais elle réussit à sourire.

— Dommage que nous repartions ce soir pour New York.

Summer s'installa dans le taxi et donna un coup de coude à Carlo.

— N'oublie pas, hein ? Mission perte de tête !

— Mission quoi ? demanda Juliet en prenant place sur le siège passager, à côté du chauffeur grommelant.

Carlo sourit et échangea un regard complice avec Summer, tout en prenant sa main dans la sienne.

— Rien, rien… C'est juste une vieille expression française.

12

New York n'avait pas changé. Debout devant la fenêtre de son bureau, Juliet reprenait contact avec le spectacle familier sous ses yeux. Il y faisait peut-être un peu plus chaud qu'avant son départ, mais les conducteurs y étaient toujours aussi impatients, les passants aussi pressés, le vacarme de la rue aussi assourdissant. Non, vraiment, New York n'avait pas changé du tout.

Elle, si.

Trois semaines plus tôt, elle contemplait ce même paysage urbain dans un tout autre état d'esprit. Sa principale préoccupation était alors de s'investir à bloc dans la tournée et d'en faire un triomphe. Pour elle-même. Plus que le livre de Carlo, c'était sa carrière qu'elle souhaitait promouvoir. Elle voulait faire un carton et avait atteint ses objectifs.

A l'instant même, Carlo recevait un journaliste du *Times* dans sa suite. Elle avait inventé une demi-douzaine d'excuses pour ne pas assister à l'interview. Carlo s'était incliné devant ses prétextes habituels : détails à régler, nouveaux rendez-vous à prendre. Mais la vérité, c'est qu'elle éprouvait le besoin de s'isoler un moment.

Plus tard, il y aurait un entretien avec le chroniqueur culinaire d'un excellent magazine d'actualité et un photographe avait été dépêché pour l'occasion. La démonstration de Carlo chez Bloomingdale serait retransmise à la télévision. *L'Art de Franconi : la pasta en mode majeur* avait grimpé jusqu'à la cinquième place dans la liste des meilleures ventes. Et son patron était sur le point de la canoniser.

Pourtant, Juliet ne se souvenait pas de s'être jamais sentie aussi malheureuse.

Son histoire avec Carlo touchait à sa fin. Le lendemain soir, il embarquerait pour Rome, pendant qu'elle grimperait dans un taxi pour regagner son appartement solitaire. Pendant qu'elle déferait ses valises, il survolerait l'Atlantique, occupé certainement à flirter avec une hôtesse de l'air ou à faire du charme à sa voisine. Telle était sa nature ; elle l'avait su dès le début.

Elle appuya le front contre la vitre. Alors qu'elle aurait dû se délecter de ses succès et commencer à organiser son travail pour le livre suivant, elle ne parvenait pas à voir plus loin que les prochaines vingt-quatre heures.

Il lui arrivait précisément ce qu'elle s'était toujours juré d'éviter. Ne s'était-elle pas promis, quoi qu'il se passe, de ne jamais, *jamais* perdre ses objectifs professionnels de vue ? Sa carrière, elle l'avait construite à la force du poignet, en partant du bas de l'échelle. Tout ce qu'elle possédait sur Terre, elle l'avait acquis par son travail. Sans jamais envisager de partager la vie qu'elle s'était construite. Son célibat s'était imposé comme une évidence d'ordre pratique. Pendant toute son adolescence, elle avait pu observer ce qui se passait lorsqu'on laissait trop de mou aux rênes de sa propre existence et qu'un autre finissait par s'en emparer.

Sa mère avait aveuglément remis sa vie entre les mains de son père. Sa carrière prometteuse d'infirmière avait fini en peau de chagrin, sa pratique du soin se bornant à la pose de pansements sur des genoux égratignés d'enfants. Elle avait sacrifié le meilleur d'elle-même pour un homme qui tenait certes à elle, mais n'avait pas été capable de lui rester fidèle.

Ses sentiments pour Carlo menaçaient-ils de la rendre aussi vulnérable, aussi imprudente que sa mère l'avait été ?

Elle secoua la tête avec force. S'il y avait une chose dont elle restait certaine, c'est qu'elle ne pourrait jamais vivre comme sa mère. Survivre, peut-être. Mais *vivre,* non.

Qu'elle le veuille ou non — qu'elle en ait la force ou non —, il lui fallait donc voir plus loin que les prochaines vingt-quatre heures.

Attrapant son carnet, elle se dirigea vers le téléphone. Dans une vie d'attachée de presse, il y avait toujours des appels à passer.

Avant qu'elle ait pu composer le premier numéro, Carlo entra.

— J'avais pris ta clé, expliqua-t-il avant qu'elle ne lui posât la question. Je ne voulais pas te déranger au cas où tu aurais décidé de faire une petite sieste. Mais j'aurais dû deviner à quoi tu serais occupée.

D'un geste résigné, il désigna le téléphone avant de se laisser tomber dans un fauteuil. Il avait l'air tellement content de lui que Juliet sourit malgré elle.

— L'interview s'est bien passée, on dirait ?

— A la perfection.

Carlo allongea les jambes avec un soupir de satisfaction.

— Le journaliste avait essayé ma recette de raviolis aux épinards et à la ricotta avant notre rencontre. Il pense — à raison — que je suis un génie.

Elle regarda l'heure à sa montre.

— Très bien. Un autre futur groupie doit être déjà en route. Si tu parviens à le convaincre de ton génie…

— S'il est un tant soit peu perspicace, il s'en convaincra de lui-même.

Elle éclata de rire et vint s'agenouiller près de lui.

— Ne change pas, Carlo !

Il se pencha pour lui prendre le visage entre les mains.

— L'homme que je suis aujourd'hui, je le serai encore demain.

Oui, mais le lendemain, il serait parti…

Allons ! Elle penserait au trou noir du futur plus tard. Elle l'embrassa. Avec tendresse, d'abord ; puis avec un peu moins de tendresse. Le souffle coupé, elle s'obligea à écourter le baiser.

— Et tu t'habilles comme ça pour l'interview ?

Carlo jeta un regard désinvolte sur sa chemise en lin et son jean.

— A l'évidence, oui. Si j'avais eu l'intention de mettre autre chose, ce serait fait.

— Mm…

Elle l'examina, s'efforçant de se mettre à la place du viseur de la caméra.

— C'est un excellent choix, tout compte fait. Ce sera bien dans l'esprit du magazine.

— *Grazie.*

Il se leva.

— Et quand sera-t-il question d'autre chose entre nous que de journalistes et d'interviews ?

— Lorsque tu auras fait ce qu'il faut pour gagner ta croûte, Franconi.

— Tu es dure, Trent.

— En acier trempé.

484

Mais elle ne put résister à la tentation de passer les bras autour de son cou et de lui prouver le contraire.

— Une fois que tu auras ébloui le chroniqueur gastronomique, nous prendrons un taxi pour aller chez Bloomingdale's.

Il l'attira plus près, ajustant son corps au sien.

— Et après ?

— Après, nous boirons un verre avec ton traducteur.

De la pointe de la langue, il suivit l'arc de son cou.

— Et ensuite ?

— Ensuite, tu pourras disposer librement de ta soirée.

— Ce sera un souper dans ma suite, alors.

Leurs lèvres se trouvèrent, se soudèrent, puis s'écartèrent.

— Je pense pouvoir me libérer pour l'occasion, chuchota-t-elle.

— Champagne ?

— C'est toi la star. Tout ce que tu voudras.

— Toi compris ?

Elle posa sa joue contre la sienne. Ce soir, leur dernier soir, elle se donnerait sans restriction.

— Moi compris.

Il était déjà 22 heures passées lorsque, enfin libres de tout engagement, ils sortirent de l'ascenseur et se dirigèrent vers la suite de Carlo. L'appétit de Juliet s'était envolé depuis un moment, mais son enthousiasme pour la soirée, lui, ne s'était pas estompé.

— Je suis estomaquée chaque fois que je te vois te produire en public ! Si tu avais choisi de faire du show-biz, tu aurais une étagère entière couverte d'Oscars.

— C'est juste une question de timing, *innamorata*.

— Et de charisme. Tu leur aurais fait avaler n'importe quoi tellement ils étaient subjugués.

— J'ai eu du mal à me concentrer ce soir pourtant, avoua-t-il en s'immobilisant devant la porte pour la prendre dans ses bras. Je ne pensais qu'à une chose : au moment où je me retrouverais enfin seul avec toi.

— Tu mérites d'autant plus ton Oscar. Toutes les femmes de l'assistance étaient persuadées que tu ne parlais que pour elles.

— Il est vrai que j'ai eu deux ou trois propositions intéressantes.

Elle haussa les sourcils.

— Ah, vraiment?

Il lui mordilla le menton avec un regain d'espoir.

— Jalouse?

Elle lui enserra la nuque.

— Pas le moins du monde. Je suis là. Elles non.

— Quelle arrogance! Je crois que j'ai encore un numéro de téléphone dans ma poche de chemise.

— Essaie de l'attraper, et je te brise le poignet!

La menace ravit Carlo. Il aimait ce jaillissement d'agressivité chez une femme dont la peau avait la texture des pétales de rose.

— Je me contenterai peut-être de sortir ma clé, alors.

— Ça me paraît plus avisé.

Amusée, Juliet s'écarta pour lui permettre d'ouvrir. Elle entra à son tour, et s'immobilisa presque aussitôt, médusée par le spectacle qui s'offrait à elle. La pièce entière n'était qu'un océan de roses. Il devait bien y en avoir une centaine, arrangées dans des paniers, enchevêtrées dans des vases, répandues dans des coupes. Et des fragrances dignes d'un jardin anglais par un tiède après-midi d'été embaumaient l'air.

— Mon Dieu, Carlo, tu as dévalisé une serre?

— Je n'ai dévalisé personne. Juste commandé.

Elle s'immobilisa pour humer un gros bouton incarnat.

— Tu as commandé ces roses pour toi?

Carlo sortit la fleur du vase et la lui tendit.

— Pour toi, Juliet, rien que pour toi.

Profondément touchée, elle répéta :

— Pour moi?

— Tu devrais toujours être entourée de fleurs. Et les roses sont celles qui te ressemblent le plus, murmura-t-il en lui prenant la main pour poser les lèvres au creux de son poignet.

Une seule rose. Des roses par centaines. Carlo ne connaissait pas la demi-mesure. Une fois de plus, il la bouleversait, mettait son cœur sens dessus dessous.

— Je ne sais que dire.

— Elles te plaisent?

— Si elles me plaisent? Naturellement, quelle question. Mais...

— Alors il est inutile d'ajouter quoi que ce soit. Tu m'as promis de partager avec moi un souper fin et une bouteille de champagne.

Il lui prit la main pour la conduire jusqu'à la table déjà mise devant la grande baie et la ville éclairée à leurs pieds. Un magnum de champagne reposait dans un seau de glace ; de hautes bougies blanches attendaient d'être allumées. Carlo souleva un couvercle en argent et dévoila deux demi-homards simplement passés au gril. Juliet n'avait encore jamais rien vu d'aussi superbe que le décor qu'il avait créé.

— Comment t'es-tu débrouillé pour orchestrer cette mise en scène, alors que tu étais occupé toute la journée ?

Carlo lui avança une chaise.

— Je me suis arrangé avec le service d'étage. Moi aussi, je suis capable d'organiser et de planifier, *my love.*

Une fois qu'elle fut assise, Carlo alluma les bougies et régla l'intensité de la lumière jusqu'au point où l'argenterie commença à luire doucement dans la pénombre. Puis il appuya sur un bouton et la voix pure d'une soprano lyrique coula autour d'eux.

Juliet effleura l'une des bougies pendant que Carlo prenait place en face d'elle et débouchait le champagne. Juste avant que la mousse ne franchisse le goulot, il versa le liquide pétillant. Fascinée, elle regarda les bulles monter en petites colonnes vives et pressées.

Il avait donc décidé de faire un feu d'artifice de leur dernière nuit ensemble... Cela lui ressemblait tellement, ce grand geste ! Tendre, généreux, d'une exubérance toute latine. Lorsqu'ils se sépareraient, le lendemain, ils garderaient l'un et l'autre une poignée de souvenirs brûlants et teintés de féerie légère.

Pas de regrets. Surtout pas de regrets, se répéta-t-elle. C'était devenu son leitmotiv inlassable.

Elle lui sourit.

— Merci.

— Au bonheur, Juliet. Au tien et au mien.

Elle fit tinter son verre contre le sien et le regarda observer la couleur, les bulles du champagne, puis le humer avant d'en déguster une gorgée.

Elle soupira d'aise.

— Quel luxe... Certaines femmes, en se voyant servir mets fins et champagne, pourraient soupçonner que tu en as après leur corps.

— Serait-ce ton cas ?

Elle se mit à rire en portant la coupe à ses lèvres.

— Je l'espère! Je compte dessus, même.

Le simple fait de l'entendre rire rendait Carlo fou de désir. Qu'en irait-il après des années de vie commune? Leurs élans se feraient-ils plus profonds, plus sereins? A quoi pouvait bien ressembler une vie où l'on se réveillait confortablement chaque matin auprès de la femme aimée?

Par moments, le désir les surprendrait, encore à demi endormis, et monterait en douceur pour les entraîner vers les étreintes et le plaisir; à d'autres, ils se contenteraient de rester blottis dans la sécurité du sommeil et de la nuit. Il avait toujours considéré le mariage comme sacré, presque mystérieux. A présent, il le voyait comme une aventure, une exploration, un parcours qu'il ne voulait emprunter qu'avec une femme et une seule.

Juliet dégusta le homard et crut défaillir.

— Quelle merveille. Je suis fichue, Carlo!

Il remplit de nouveau son verre.

— Fichue? Comment ça?

— Entre un champagne tel que celui-ci et la petite coupe de *prosecco* que je m'offrais de temps en temps, il y a un monde de différence.

Elle referma une seconde fois les lèvres sur la chair délicate du homard, ferma les yeux et gémit sans retenue.

— En trois semaines, ma relation à la nourriture a été bouleversée de fond en comble. J'ai pris quelques plis regrettables qui vont vider mon porte-monnaie et me faire gagner deux tailles de vêtements.

— Tu as appris à te détendre et à t'alimenter avec raffinement et intelligence. C'est plutôt un progrès, non?

— Si je dois continuer sur cette voie, je vais être obligée d'apprendre à cuisiner.

— Je t'ai dit que je te donnerais des cours.

— C'est fait! Je m'en suis plutôt bien sortie avec les *linguine*, non? Approuvées et dégustées par deux chefs.

— Une belle réussite, oui. Mais une leçon, ce n'est rien. Il faut des années — une vie — pour apprendre l'art subtil de la gastronomie.

— Alors, tant pis. Il faudra que je me réconcilie avec mes vieux amis, les plats cuisinés industriels.

Carlo frémit.

— Ah non, sacrilège ! Impossible à présent que ton palais est éduqué… Mon offre de cours de cuisine tient toujours, tu sais. Je peux te prendre en stage.

Le pouls de Juliet s'emballa. Elle se concentra pour rétablir le calme en elle, mais il refusa de se stabiliser. Elle sourit non sans mal.

— Il ne te reste plus qu'à écrire un nouveau livre de cuisine. La prochaine fois que tu feras une tournée, tu m'enseigneras l'art des raviolis ou de l'osso-buco.

Parle ! Parle ! Tant qu'elle papotait, elle n'était pas en danger de penser, au moins.

— Si tu rédiges un ouvrage par an, je devrais pouvoir suivre le rythme. Quand tu reviendras par ici, l'année prochaine, je serai prête pour le cours suivant. Peut-être qu'entre-temps, j'aurai monté ma propre agence. Comme ça, tu pourras faire appel à moi directement. Après trois best-sellers, tu auras les moyens de t'offrir une attachée de presse personnelle.

— Une attachée de presse personnelle ? C'est une bonne idée, ça…

Il serra ses doigts plus fort entre les siens, puis lui lâcha la main. Il sortit une enveloppe de sa poche.

— Tiens. J'ai quelque chose pour toi.

Juliet reconnut le logo de la compagnie aérienne et fronça les sourcils.

— Il y a un problème pour ton vol, demain ? Je pensais que…

Sa voix se perdit dans un murmure lorsqu'elle vit son propre nom sur le billet à destination de Rome.

— Viens avec moi, Juliet. Rentre à la maison avec moi.

Les doigts de Juliet se crispèrent sur le billet d'avion. Carlo lui proposait de jouer les prolongations. Il lui offrait un peu plus de temps avec lui. Et un peu plus de souffrance à la clé. Elle attendit un peu, le temps de reprendre le contrôle de sa voix. De ses mots.

— Je ne peux pas, Carlo. Nous savions l'un et l'autre que la tournée aurait une fin.

— La tournée, oui. Mais notre histoire, non.

Il avait cru qu'il serait sûr de lui, confiant, allègre même… Pas un instant, il n'avait anticipé la maladresse, l'inquiétude, la difficulté à trouver les mots justes.

489

— Je n'ai pas envie de te quitter, Juliet.

Lentement, avec soin, elle reposa le billet. Et découvrit que cela faisait mal, physiquement mal, de retirer sa main.

— C'est impossible.

— Rien n'est impossible. Nous sommes faits pour durer, toi et moi.

Le ventre de Juliet se noua. D'une façon ou d'une autre, il lui fallait trouver une parade, dévier le cours de ses mots, les rediriger en surface. Ne pas laisser voir qu'ils l'avaient atteinte au plus profond d'elle-même et que son cœur était sur le point d'éclater.

— Carlo, nous avons des obligations professionnelles l'un et l'autre. Et des milliers de kilomètres séparent nos deux lieux de travail. Dès lundi, nous serons de nouveau à pied d'œuvre chacun de notre côté, avec un océan et quelques milliers de kilomètres entre nous.

Carlo secoua la tête.

— Nos activités professionnelles, ce ne sont pas des choses qui *doivent* être. Alors que toi et moi, si. Toi et moi, c'est essentiel, Juliet! Si tu as besoin de quelques jours pour boucler les choses ici, à New York, nous attendrons. Et la semaine prochaine ou dans quinze jours, nous nous envolerons pour Rome ensemble.

Choquée, Juliet se leva. Ses jambes tremblaient.

— *Boucler les choses ici, à New York?* Non mais, tu entends ce que tu dis?

Il l'entendait oui. Et il se demandait ce qu'étaient devenues les belles phrases qu'il avait voulu prononcer. Il lui lançait des exigences à la figure, alors qu'il voulait parler sentiments, lui montrer qu'il avait besoin d'elle. Il trébuchait alors qu'il avait toujours eu le pied sûr. Et même s'il était furieux de s'y prendre aussi mal, il avait les plus grandes difficultés à retrouver un sol plus solide sous ses pieds.

— Je te dis simplement que je n'ai pas envie de te quitter.

Il se leva à son tour et lui agrippa les épaules. La lumière des bougies dansait sur leurs deux visages égarés.

— Les emplois du temps, les horaires, c'est du vent, ça, Juliet! Tu ne vois pas que je t'aime?

Elle se raidit, comme s'il l'avait giflée. Elle avait mal partout, subissait mille blessures, habitée par la conscience aiguë que ces mots-là, il les avait prononcés si souvent qu'il avait probablement perdu jusqu'au souvenir des femmes à qui il les avait adressés.

— Ah non, Carlo! Ne joue pas à ce jeu-là avec moi!

Sa voix manquait de force, mais ses yeux jetaient des éclairs.

— Si je suis restée avec toi jusqu'à maintenant, c'est justement parce que tu ne m'as jamais insultée avec ça.

— *Insultée?*

Stupéfait d'abord, puis furieux, il lui secoua les bras.

— Je *t'insulte* en t'aimant?

— En utilisant une formule toute faite qui s'est usée à force de trop servir, oui!

Les doigts de Carlo se desserrèrent lentement de ses épaules, puis ses bras finirent par retomber le long de son corps.

— Après tout ce qu'il y a eu entre nous, tu me lances mon passé à la figure? Toi aussi, tu as eu un vécu sexuel et amoureux avant de me connaître, Juliet.

— Ça n'a rien à voir et tu le sais. Je n'ai pas fait une carrière internationale dans la séduction tous azimuts!

Elle savait que c'était une attaque gratuite, mais elle ne songeait qu'à se protéger.

— Je t'ai dit ce que je pensais de l'amour, Carlo. Je refuse de laisser des sentiments me détraquer le cerveau, bouleverser ma carrière et me couper de mes objectifs. Tu... tu me tends un billet d'avion pour Rome en me disant « viens ». C'est un peu facile, non? Il faudrait que je lâche tout ce que j'ai ici, tout ce que j'ai construit, pour que nous puissions aller jusqu'au bout de notre brève passion? Et une fois le stade de la lassitude atteint, il se passera quoi, pour moi?

Le regard de Carlo se fit de glace.

— Les passions brèves, Juliet, je les connais bien. Je sais où elles commencent et je sais où elles se terminent. Je te demandais de devenir ma femme.

Comme frappée par la foudre, Juliet fit un pas en arrière. Carlo lui demandait de l'épouser?

La panique l'aveugla, lui monta à la gorge comme un sanglot.

— Non, chuchota-t-elle, terrifiée.

S'élançant vers la porte, elle sortit dans le couloir et courut jusqu'à l'ascenseur sans se retourner.

Il fallut trois jours à Juliet pour rassembler assez de forces, se lever et reprendre le travail. Elle n'avait eu aucune difficulté à convaincre son patron qu'elle était malade et devait être remplacée pour le dernier jour de la tournée de Carlo. La première réaction de Hal, lorsqu'il la vit revenir, fut d'ailleurs de lui conseiller de retourner chez elle et de se remettre au lit sur-le-champ.

Juliet n'ignorait pas qu'elle avait une mine de déterrée : elle était terriblement pâle, avait les yeux creusés. Mais elle était également déterminée à suivre le programme qu'elle s'était fixé avant même sa rupture avec Carlo : se reprendre en main et tenter de recoller les morceaux. Or elle n'y parviendrait jamais si elle restait recroquevillée dans sa chambre à fixer le mur devant elle.

— Deb, je voudrais commencer à organiser la tournée avec Lia Barrister pour son dernier roman.

— Tu as l'air d'un fantôme échappé de sa tombe, Juliet…

Juliet leva les yeux des documents qu'elle avait commencé à compulser.

— Merci, Deb. Tu as toujours eu un sens inné du compliment.

— Si tu veux mon avis, tu devrais avancer tes vacances de quelques semaines et aller te poser au soleil. Tu as besoin de repos, Juliet.

— J'ai surtout besoin d'une liste d'hôtels à Albuquerque pour ma tournée d'août.

Deb ouvrit la bouche pour insister, puis renonça avec un haussement d'épaules.

— Je te les apporte. En attendant, jette un coup d'œil à ces articles que j'ai rassemblés pour toi. Tous concernent Franconi. Des problèmes de coordination ? ajouta Deb d'un ton doucereux, constatant que Juliet avait renversé sa boîte de trombones par terre.

— Montre-moi…

— Dans l'ensemble, la presse est assez enthousiaste. Il n'y a qu'une note négative…

Deb sortit un article de son dossier et l'examina avec un froncement de sourcils.

— C'est l'interview d'un chef français qui vient de débuter une tournée ici.

— LaPointe ?

Deborah leva vers elle des yeux impressionnés.

— LaPointe, oui. Comment tu as deviné ?

— Juste un sale pressentiment...

— Quoi qu'il en soit, le nom de ton chef italien a été mentionné à l'occasion d'un reportage sur LaPointe, parce que la journaliste avait eu l'occasion de s'entretenir quelques semaines plus tôt avec Franconi. Et ce M. LaPointe a éreinté notre ami. Tiens, lis... Tu vas voir qu'il n'y va pas de main morte...

Juliet lui prit l'article des mains et parcourut rapidement les expressions que Deborah avait surlignées en jaune.

— ... un âne qui n'est bon qu'à cuisiner pour les sous-développés du palais, lut-elle à voix haute... Plats huileux, amidonnés et sans véritable substance...

L'article se poursuivait dans la même veine, mais Juliet ne jugea pas utile d'en lire plus. Elle croisa mentalement les doigts pour que Summer menât à bien sa vengeance.

Froissant l'article, elle le jeta dans la corbeille à papier.

— Si ces inepties parviennent aux oreilles de Carlo, il est capable de provoquer ce LaPointe en duel.

— A coups de broche à poulet mouchetée ?

Juliet n'eut pas le cœur de saluer ce trait d'humour d'un sourire.

— Qu'est-ce que tu as d'autre ?

— Il se pourrait que nous ayons un problème à Dallas, répondit Deb en lui tendant le dossier. La chroniqueuse, dans un excès d'enthousiasme, a reproduit dix recettes prises dans le livre.

Juliet jura.

— *Dix* recettes ?

— Compte-les toi-même. J'imagine que Franconi va bondir, lorsqu'il verra ça.

Juliet feuilleta jusqu'à trouver la prose de Jenny Tribly. L'article était enthousiaste et admiratif. Pour parler de Carlo et de sa cuisine, la timide Jenny avait choisi une formule originale : composer un repas italien complet, des *antipasti* aux *dolce*, en reproduisant textuellement les recettes tirées de *L'Art de Franconi : la pasta en mode majeur*.

— Elle est folle ou quoi ? marmonna Juliet. Elle aurait pu en donner deux sans que ça fasse l'ombre d'un remous. Mais là, franchement...

— Tu crois que Franconi réagira comment ?

— Mal. C'est une bonne chose pour cette fille qu'elle se trouve à des milliers de kilomètres de lui! Appelle-moi le service juridique, veux-tu? S'il décide de l'attaquer en justice, ce serait bien d'avoir des données précises.

Après avoir passé deux heures au téléphone, Juliet avait l'impression d'être redevenue elle-même. Ou presque. La sensation de vide qui subsistait, elle l'attribuait au fait qu'elle n'avait rien mangé à midi — le matin non plus, d'ailleurs. De temps en temps, une phrase entière de son interlocuteur entrait par une oreille et ressortait par l'autre. Mais quoi de plus hermétique que le jargon juridique?

Il ressortait néanmoins de sa conversation téléphonique que Trinity Press pouvait porter plainte ou discréditer Jenny Tribly sur le plan professionnel. Dans les deux cas, cela occasionnerait les pires complications, sans parler des deux autres auteurs programmés à Dallas dans l'été.

La première chose à faire, bien sûr, était d'informer Carlo. Elle ne pouvait pas se contenter de jeter l'article à la corbeille et d'oublier son existence. Ne serait-ce que pour des raisons éthiques évidentes. Restait à déterminer comment elle allait s'y prendre. Demander au service juridique de se charger du message? Le faire passer par son éditeur italien? Ou prendre sur elle et lui écrire?

Ecrire ne devrait pas être trop difficile, estima-t-elle en jouant avec son stylo. Elle avait pris sa décision, dit ce qu'elle avait à dire et était descendue du manège à l'heure prévue initialement. Ils étaient adultes et responsables l'un et l'autre.

Alors pourquoi le simple fait de *penser* son nom lui donnait-il envie de hurler comme un animal blessé?

Jurant à mi-voix, elle se leva et ses pas la portèrent jusqu'à la fenêtre. Ces mots qu'il avait prononcés... il ne les pensait pas vraiment. Comment imaginer qu'ils puissent être sincères? Pour la millième fois depuis le départ de Carlo, elle fit défiler dans son esprit la scène qui avait précédé la rupture.

Pour un homme comme lui, la vie entière n'était qu'idylle, séduction, célébration des sens. Remplir une pièce de roses, de bougies, et faire couler le champagne était un scénario basique pour lui. Et quoi de plus tentant, dans un contexte aussi approprié, que de chuchoter un « Je t'aime »?

Je t'aime... Des mots si simples. Si faciles à prononcer. Des mots calculateurs et mensongers. Dans la bouche d'un homme comme Carlo, ils ne pouvaient être pris pour argent comptant.

Et cette demande en mariage ? Toute sa vie, Carlo avait manœuvré habilement pour éviter qu'on lui passe la corde au cou. Il était passé maître dans l'art de l'esquive. Il savait qu'elle ne voulait pas d'un tel engagement, en plus ; elle lui en avait donné les raisons. Voilà pourquoi il lui avait dit qu'il voulait l'épouser : parce qu'il était sûr qu'elle refuserait ! Il lui faudrait attendre plusieurs années avant de pouvoir simplement *commencer* à penser mariage. Elle devait rester axée sur ses objectifs professionnels avant de relâcher la pression.

Pourquoi alors ne parvenait-elle pas à oublier la façon dont Carlo la faisait rire, la façon dont il attisait son désir, d'un mot, d'un regard, d'un sourire ? Les souvenirs, les sensations ne s'atténuaient en rien avec le passage interminable des jours. Ils semblaient gagner en intensité, au contraire, devenir hallucinations. Quelquefois — trop souvent —, elle le revoyait devant elle comme s'il avait été vraiment là, percevait de façon presque tangible la chaleur de ses paumes sur ses joues.

Elle effleura le petit cœur en pendentif qu'il lui avait offert. Elle n'avait pas eu la force de s'en défaire. Le temps ferait son œuvre, se répéta-t-elle. Encore un peu de patience. Peut-être serait-il plus sage de laisser au service juridique le soin de prendre contact avec lui, tout compte fait.

— Juliet ?

Deborah se tenait dans l'encadrement de la porte.

— Oui ?

— Ça fait deux fois que je t'appelle.

— Désolée…

— Un paquet vient d'être livré pour toi. Tu veux que je te l'apporte ici ?

Étrange question, songea Juliet en retournant à son bureau.

— Bien sûr.

Deb ouvrit la porte en grand.

— Par ici, s'il vous plaît…

Un livreur en uniforme entra alors en poussant devant lui à l'aide d'un diable une caisse de bois presque aussi grande que la table de travail.

— Je vous la pose ici, madame ?

— Euh… Oui… Ce sera parfait, merci.

D'un geste expert, le livreur dégagea le diable.

— Et voilà ! Juste une petite signature…

Juliet signa mécaniquement à l'endroit indiqué, les yeux rivés sur l'énorme paquet qui encombrait la pièce. Elle n'était toujours pas sortie de sa contemplation lorsque Deb revint avec un petit pied-de-biche.

— Qu'est-ce que tu as commandé ?

— Rien.

Deb lui tendit l'outil avec impatience.

— Allez, ouvre ! Je meurs de curiosité.

— Je n'ai aucune idée de ce que ça peut être.

Glissant le levier sous le couvercle, Juliet entreprit de le soulever.

— À moins que ma mère n'ait décidé de me fourguer le vieux service de table en porcelaine de ma grand-mère. Ça fait des années qu'elle menace de me l'expédier.

— Dans une caisse pareille, elle a pu en loger dix, de services.

— Il y a probablement beaucoup d'emballage et trois fois rien dedans.

Juliet mit toute sa force pour ouvrir et le couvercle de bois céda enfin. Elle écarta des monceaux de chips de polystyrène.

— Il est pourvu d'une trompe, le service en porcelaine de ta grand-mère ?

— Une quoi ?

— Une trompe.

Trop impatiente pour attendre, Deb plongea les mains dans le polystyrène.

— On dirait un éléphant !

En voyant les premiers éclats de verroterie, Juliet cessa de se poser des questions.

— Aide-moi à le sortir de là.

À elles deux, elles réussirent à dégager l'éléphant de céramique de la caisse et à le poser sur le bureau.

Deb secoua la tête, effarée.

— C'est hallucinant, ce truc ! Je n'ai encore jamais rien vu d'aussi laid !

Juliet sourit.

— Oui. Je sais.

— Quel genre de cinglé a pu t'envoyer une monstruosité pareille ?

Juliet caressa amoureusement le dos de l'animal.

— Un genre de cinglé bien particulier.

— Ma fille de deux ans pourrait monter dessus, déclara Deb en repérant une carte, au milieu des déchets d'emballage. Tiens, regarde donc qui est l'expéditeur. Tu sauras contre qui porter plainte.

Juliet se mordit la lèvre. Non, elle ne prendrait pas la carte. Et ne l'ouvrirait surtout pas. Il suffirait de remballer l'éléphant et de le retourner à son légitime propriétaire. Aucune femme pragmatique au monde ne fondrait d'émotion devant un machin pareil.

Elle prit l'enveloppe et la déchira d'une main fébrile.

N'oublie pas.

Elle se mit à rire. Lorsque les premières larmes commencèrent à couler, Deb, visiblement dépassée par la situation, vint lui poser la main sur l'épaule.

— Juliet... Tu es sûre que tout va bien ?

— Non.

La joue pressée contre le dos de l'éléphant, elle rit et pleura de plus belle.

— Je viens de perdre la tête.

En descendant d'avion à Rome, tôt le lendemain matin, Juliet sut aussitôt qu'il était trop tard pour espérer la retrouver, cette tête perdue. Elle s'exilait avec un unique sac de voyage dans lequel elle avait jeté en vrac les premières affaires qui lui étaient tombées sous la main. Si elle l'avait perdu en route, elle aurait été incapable d'en nommer le contenu. Son sens pratique ? Laissé derrière elle, à New York. Ce qui se passerait au cours des prochaines heures déterminerait si elle retournerait le chercher ou non.

Elle donna l'adresse de Carlo au chauffeur de taxi et se cala contre la banquette, prête à se laisser étourdir par ses premières impressions de la Ville éternelle. Peut-être aurait-elle tout juste le temps d'effectuer une visite plus détaillée avant de rentrer chez elle. Ou peut-être que cette ville deviendrait *sa* ville. Il y aurait des décisions à prendre. Mais elle avait bon espoir qu'ils seraient deux pour le faire.

Elle vit des palais, des couleurs chaudes, de l'ultramoderne et des vestiges antiques. Et surtout les fontaines dont Carlo lui avait tant parlé. Son cœur battait à se rompre. A Trévi, elle demanda au chauffeur de l'attendre et courut, se frayant un chemin dans la foule, pour jeter une pièce de monnaie dans la fontaine des amoureux. Elle fit un vœu et regarda la pièce tomber et rejoindre des milliers de ses semblables sur le fond du bassin, témoins d'autant de rêves, d'autant d'espoirs. Quelques-uns des vœux qui avaient été lancés là par des inconnus s'étaient forcément réalisés, non ? La confiance rejaillit, saluée par la claire musique de l'eau.

Un peu plus tard, le chauffeur s'engouffra à vive allure dans une rue calme du centre, puis fit halte au dernier moment — à la romaine, dans une stridulation de freins. Juliet fouilla dans son sac, le ventre noué, sortit son portefeuille et batailla avec les coupures étrangères. Avec un sourire amusé, le chauffeur se chargea de prélever lui-même le montant de sa course, en ne comptant qu'un pourboire modéré, car le ciel était bleu et la jeune et jolie Américaine si visiblement amoureuse...

Sans s'octroyer le moindre temps d'arrêt de peur de perdre courage, Juliet s'élança dans l'escalier et sonna à la porte de Carlo. Tout ce qu'elle avait prévu de lui dire, toutes les belles phrases qu'elle avait préparées se mélangeaient dans sa tête pour former une bouillie incompréhensible. Elle avait perdu son entrée en matière, mais lorsque la porte s'ouvrit, elle était prête.

La femme était jeune, brune, très belle, toute en courbes harmonieuses. Juliet la regarda, pétrifiée, vidée d'un coup de son élan. *Déjà!* fut tout ce qu'elle parvint à penser. Moins d'une semaine s'était écoulée depuis leur séparation et une autre femme avait pris ses quartiers chez Carlo. Sur le point de tourner les talons et de s'enfuir, elle se reprit, redressa la tête et soutint le regard de l'inconnue.

— Bonjour. J'aimerais parler un instant à Carlo, s'il vous plaît.

La jeune femme hésita brièvement avant de lui adresser un sourire lumineux.

— Vous êtes anglaise ?

Juliet acquiesça d'un léger signe de tête. Elle avait parcouru trop de chemin, pris trop de risques pour baisser les bras au premier obstacle.

— Américaine, en fait.

— Je m'appelle Angelina Tuchina. Entrez, je vous en prie...

— Juliet Trent.

Angelina lui serra la main presque avec effusion.

— Ah, mais oui! Carlo m'a parlé de vous!

Juliet faillit lui éclater de rire au nez.

— Comme ça lui ressemble...

— Mais il ne m'avait pas prévenue que vous viendriez nous rendre visite à Rome. Tenez, c'est par ici... Nous étions en train de prendre le café. Il m'a horriblement manqué pendant son séjour aux Etats-Unis, cet affreux garçon! Alors je l'ai gardé bouclé ici de force pour rattraper le temps perdu.

Sa joyeuse désinvolture sidéra Juliet. Elle décida *urbi et orbi* qu'Angelina et ses semblables déchanteraient rapidement. Car elle comptait bien être la seule, désormais, à « rattraper le temps perdu » avec Carlo.

Angelina la conduisit jusque dans un vaste *salone* où Juliet, stupéfaite, découvrit Carlo dans un fauteuil en satin au dossier haut en compagnie d'une autre jeune femme. D'une *très, très* jeune femme. Elle était assise sur ses genoux et ne devait pas avoir plus de cinq ans.

— Carlo, *amore,* tu as de la visite.

Carlo leva les yeux et le sourire qu'il adressait à l'enfant s'évanouit. Un grand désordre se fit dans sa tête.

— Juliet...

Angelina les observait, intriguée.

— Tenez, Juliet, laissez-moi vous débarrasser.

Elle prit sa veste et son sac tout en guettant les réactions de Carlo avec un intérêt soutenu. C'était la première fois qu'elle le voyait réduit au silence par une femme.

— Rosa, tu viens saluer Juliet? Rosa est ma fille.

L'enfant se laissa glisser des genoux de Carlo et s'approcha en ouvrant de grands yeux.

— *Buon giorno,* Juliet.

Rosa leva les yeux vers sa mère et un déluge de paroles en italien s'en suivit. Angelina éclata de rire et souleva la fillette dans ses bras.

— Elle dit que vous avez les yeux aussi verts que ceux de la princesse dont Carlo vient de lui raconter l'histoire... Carlo, tu pourrais peut-être proposer à Juliet de s'asseoir?

Avec un soupir indigné, Angelina finit par lui désigner elle-même un fauteuil.

— Je vous en prie, mettez-vous à l'aise. Vous n'en voudrez pas à mon frère de sa distraction. Lorsqu'il invente des contes pour Rosa, il perd tout sens des réalités.

Son *frère*? Examinant plus attentivement Angelina, Juliet retrouva, presque à l'identique, la forme des yeux de Carlo, et leur éclat, à la fois doux et sombre. A une première réaction de soulagement et d'euphorie vint se mêler la mortification d'avoir réagi aussi bêtement.

Angelina regarda sa montre, puis prit sa fille par la main et se dirigea vers son frère, toujours assis et silencieux. Elle l'embrassa sur la joue.

— Il est temps pour nous de rentrer. Merci pour le café, Carlo...

Tout en prenant congé, Angelina projetait déjà de faire un crochet par la boutique de leur mère pour lui raconter l'histoire de l'Américaine qui avait réduit Carlo au mutisme.

— A la prochaine, Juliet? J'espère que nous aurons bientôt l'occasion de faire plus ample connaissance...

Juliet serra la main que lui tendait la sœur de Carlo et lui signifia d'un sourire qu'elle avait reçu son message cinq sur cinq.

— Merci, Angelina. Je pense que nous nous reverrons, oui.

— Inutile de nous raccompagner, Carlo. Nous trouverons notre chemin. *Ciao, fratello.*

Carlo regarda partir sa sœur, incapable de prononcer un mot. Juliet fit le tour de la pièce, s'immobilisant tous les deux pas pour admirer ses collections. Les cultures les plus variées y étaient représentées sous forme d'œuvres d'art aussi hardies que volumineuses. L'ensemble aurait dû être pesant, hétéroclite, avec des allures de musée de province. Mais il était joyeux, au contraire, et plutôt amical, n'était une pointe d'ostentation narcissique. Du Carlo tout craché, en somme.

Elle finit par se tourner vers lui.

— Tu m'as dit que ta maison me plairait et tu avais raison.

Il réussit à se lever mais pas à s'avancer vers elle. Même s'il avait laissé une part de lui-même à New York, il n'en gardait pas moins sa fierté.

— Je croyais que tu refusais de mettre un pied à Rome.

Juliet haussa les épaules, renonçant, tout compte fait, à se jeter à ses pieds comme elle avait envisagé de le faire.

— Souvent femme varie. Tu devrais le savoir, Carlo, toi qui connais les femmes en général. Et qui me connais en particulier. Tu sais que je n'ai pas l'habitude de laisser des questions professionnelles en suspens.

— Tu es venue ici pour des raisons *professionnelles*?

Remerciant le ciel d'avoir eu la bonne idée de s'en munir, Juliet ouvrit son sac et en sortit l'article de la revue de Dallas.

— Je pense que ceci devrait t'intéresser...

Comme elle ne bougeait pas, Carlo fut contraint de s'approcher pour lui prendre le document des mains. L'odeur de son parfum lui fit mal. Trop de souvenirs, trop de souffrances étaient liés à ces fragrances.

— Tu as fait tout le voyage jusqu'à Rome pour me remettre un bout de papier en mains propres?

— Commence peut-être par prendre connaissance de l'article avant que nous passions à autre chose.

Pendant un long, long moment, il maintint son regard rivé au sien. Puis il parcourut le texte des yeux.

— Encore du bla-bla-bla de journaliste... Hé! Mais qu'est-ce que ça veut dire? Elle se moque de moi?

Au brusque changement de ton, les lèvres de Juliet frémirent.

— Il me semblait bien que ça retiendrait ton attention.

La liste d'insultes en italien qui suivit fut longue, mais Juliet identifia sans trop de mal les noms d'oiseaux dont il qualifia l'infortunée Jenny Tribly. Il marmonna ensuite quelque chose au sujet d'un couteau qui lui aurait été planté dans le dos. Puis il réduisit l'article en une boule de papier serrée et visa le foyer de la cheminée éteinte à l'autre extrémité de la pièce. Juliet nota, non sans intérêt, qu'il atteignit sa cible.

— *Porca miseria!* Mais à quoi pensait-elle, cette fille?

— A faire son travail. Avec un peu trop d'enthousiasme.

— Son *travail*? C'est du travail de journaliste, ça, de recopier mes recettes? Et de travers, en plus!

Outré, il se mit à arpenter la pièce en gesticulant.

— Elle s'est trompée dans les proportions. Les quantités sont fausses! Trop de zeste d'orange dans mon sauté de veau! Un scandale!

— J'avoue que l'erreur de proportions m'a échappé. Quoi qu'il en soit, tu as le droit d'exercer des représailles.

— Des représailles?

Le mot lui plut et il gesticula de plus belle.

— C'est juste. Je vais prendre l'avion pour Dallas et lui tordre son cou de poulet, à cette...

— C'est une possibilité, bien sûr.

Juliet dut s'interrompre et serrer les lèvres pour ne pas éclater de rire. Dire qu'elle s'était imaginé pouvoir vivre sans lui!

— Autre possibilité : lui intenter un procès. Mais après avoir étudié la question, je suis parvenue à la conclusion qu'une lettre ferme de protestation serait de loin la solution la plus satisfaisante.

— Tu plaisantes! Cette fille m'assassine, elle massacre mon veau, et je me contenterais de protester vaguement par écrit!

Juliet s'éclaircit la voix et réussit à trouver des mots d'apaisement.

— Je comprends ton ressenti, Carlo. Mais je ne crois pas que Jenny Tribly ait pensé à mal. Souviens-toi de l'interview. Elle était intimidée, complètement novice, très peu sûre d'elle. Et tu lui as fait boire un cocktail. Ta présence, combinée à la margarita, a dû lui monter à la tête.

— Je rédigerai la lettre moi-même.

— Parfait. Et tu demanderas à ton avocat de la relire avant de l'envoyer.

Carlo la fusilla du regard. Puis son expression changea.

— C'est uniquement pour me parler de Jenny Tribly que tu as fait le voyage jusqu'ici?

S'exhortant au courage, Juliet prit alors sa destinée en mains.

— Je suis venue à Rome, annonça-t-elle simplement.

Carlo jugea qu'il ne pourrait pas se rapprocher plus sans la toucher. Et s'il la touchait, il ne jurait plus de rien. La blessure ne s'était pas refermée. Il se demandait si la plaie ne resterait pas à jamais béante.

— Je vois que tu es venue à Rome. La question, c'est pourquoi?

— Parce que je n'ai pas oublié.

Puisqu'il ne venait pas à elle, il ne lui restait plus qu'à faire un pas vers lui.

— Je ne pouvais pas oublier, Carlo. Tu m'as demandé de venir et j'ai eu peur. Tu m'as dit que tu m'aimais et je ne t'ai pas cru.

Il replia ses doigts pour obliger ses mains à se tenir tranquilles.

— Et maintenant?

— Maintenant, j'ai encore peur. Dès l'instant où j'ai été seule, où j'ai su que tu étais parti pour de bon, je n'ai plus pu me raconter d'histoires. Même lorsqu'il m'a fallu admettre que je t'aimais, quelque part en cours de tournée, je pensais encore qu'il y aurait moyen d'en guérir.

— Juliet...

Il tendit les bras vers elle, mais elle recula d'un pas.

— Je crois qu'il vaut mieux que tu me laisses finir d'abord... S'il te plaît, Carlo, l'implora-t-elle, en le voyant esquisser un mouvement dans sa direction.

— Alors, finis vite. J'ai besoin de te sentir contre moi.

— Oh! Carlo...

Elle ferma les yeux et lutta pour ne pas perdre le fil de ses arguments.

— Je veux croire qu'une vie avec toi est possible sans que j'aie à renoncer à qui je suis, à qui j'ai besoin d'être. Mais je t'aime tellement, tu vois, que j'ai peur de tout lâcher sur un coup de tête, dès l'instant où tu me le demanderas.

— *Dio,* quelle femme!

Ne sachant si elle devait le prendre pour une insulte ou un compliment, Juliet se tint coite. Carlo, lui, entreprit de faire le tour de la pièce, les mains enfoncées dans les poches.

— Tu ne comprends donc pas que je t'aime trop pour te demander de changer, Juliet! Si je t'aime, c'est précisément parce que tu es qui tu es. Et la logique veut que si j'aime Juliet Trent parce qu'elle est Juliet Trent, alors, je ne peux avoir qu'un désir : qu'elle reste Juliet Trent!

— Oui, mais... je...

— Je sais, je sais. Je me suis mal exprimé, l'autre fois. Cette nuit-là, lorsque je t'ai dit que je t'aimais, je m'y suis pris comme le dernier des ânes. J'étais dans l'urgence de vouloir te retenir, j'avais une peur bleue de te perdre, je ne savais pas comment te faire comprendre que toi et moi, ça ne devait pas s'arrêter là. Mais les mots qui viennent si facilement lorsqu'il s'agit de n'importe quelle femme se dérobent quand ils s'adressent à la femme unique.

— Je n'ai pas su croire à ton « je t'aime », chuchota-t-elle.

Avant qu'elle ait pu l'en empêcher, il lui avait saisi les mains et les avait portées à ses lèvres.

— J'ai repensé à ce que je t'ai dit, ce soir-là. Tu as cru que je te demandais de renoncer à ta vie pour me suivre ici. Ce que j'attends réellement de toi, c'est à la fois moins et beaucoup plus que ça. J'aurais dû te dire : « Juliet, tu es devenue ma vie et sans toi, je ne suis plus que la moitié de moi-même. Inventons une façon d'être ensemble. »

— C'est ce que je voudrais aussi.

Elle se coula dans ses bras.

— Je suis jeune, je peux encore repartir de zéro. Je commencerai par prendre des cours intensifs d'italien. Il doit bien se trouver un éditeur, ici, à Rome, qui voudra s'attacher les services d'une attachée de presse américaine.

Il l'écarta de lui pour plonger son regard dans le sien.

— Comment ça, repartir de zéro ? Tu veux monter ta propre agence. Tu me l'as dit.

— Ça n'a pas d'importance. Je peux...

— Si, Juliet, ça a une grande importance, au contraire. Pour toi, mais aussi pour moi. Dans un an ou deux, tu auras ta propre agence, à New York. Qui mieux que moi sait que tu es faite pour réussir brillamment dans ton métier ? J'ai envie de pouvoir me vanter de toi autant — sinon plus — que je me vante de moi-même.

Elle ne put s'empêcher de rire.

— Mais ton restaurant est ici, à Rome.

— Absolument. Aussi, j'ai pensé que tu pourrais peut-être envisager d'ouvrir une antenne ici. Apprendre l'italien me paraît être une excellente décision. Je te l'enseignerai moi-même, avec toute l'intensité voulue.

— Je ne suis pas sûre de comprendre, Carlo... A quoi ressemblera notre vie, si tu travailles à Rome alors que ma base reste New York ?

Il l'embrassa parce que cela faisait trop longtemps. Puis la serra fort contre lui car elle était prête à lui offrir ce qu'il n'attendait pas d'elle. Ce qu'il ne se serait jamais permis de lui demander.

— Je n'ai pas encore eu le temps de t'exposer mes projets, mais j'envisage d'ouvrir un second restaurant. Franconi's, c'est à Rome, bien sûr — le meilleur, l'inégalable.

Juliet chercha de nouveau ses lèvres, envoyant momentanément valser tout autre projet d'avenir que celui de quémander un baiser.

— Inégalable, bien sûr.

— Et un nouveau Franconi's à New York serait simplement deux fois meilleur que le meilleur.

— A New York !

Elle releva la tête, chercha son regard.

— Tu penses ouvrir un restaurant à *New York* ?

— Je fais plus qu'y penser. J'ai déjà quelqu'un sur place qui recherche l'emplacement idéal. Tu vois, Juliet, tu ne m'aurais pas échappé bien longtemps.

— Tu serais revenu me chercher ?

— J'attendais juste le temps nécessaire pour me calmer, afin d'être certain de ne pas t'étrangler. Nous avons nos racines dans deux pays ; nos vies s'ancreront donc entre New York et Rome.

La solution était si simple ! Elle avait juste oublié l'infinie générosité de Carlo. A présent, elle se souvenait de tout ce qu'ils avaient déjà partagé. De tout ce qu'il leur restait encore à mettre en commun.

Elle cligna des yeux pour chasser les larmes qui menaçaient de déborder.

— Je suis désolée, Carlo. Je n'ai pas su te faire confiance.

— Pas plus que tu ne t'es fait confiance à toi-même.

Il prit son visage entre ses paumes et glissa les doigts dans ses cheveux.

— *Dio*, Juliet, tu m'as tellement manqué ! Je veux que nous échangions nos alliances, que tu portes ma marque comme je porterai la tienne.

— Il faut beaucoup de temps pour se marier en Italie ?

Il la fit tourbillonner dans ses bras, un sourire radieux sur les lèvres.

— J'ai des relations. Dès la fin de la semaine, tu m'auras... comment on dit déjà ? Sur le dos !

— Et vice versa. Emmène-moi dans ton lit, Carlo.

Elle pressa son corps contre le sien, éprouva sa rassurante solidité, consciente que, très vite, il lui faudrait plus de proximité encore.

— Je te veux en moi, chuchota-t-elle. Je veux que tu me montres à quoi ressemblera notre vie.

— Souvent j'ai pensé à toi, ici… Avec moi. Dans cette maison.

Se souvenant des paroles qu'elle lui avait jetées à la figure, il lui embrassa la tempe, puis s'écarta d'elle pour ne plus lui tenir que les mains.

— Tu sais que je n'ai pas vécu comme un moine, *cara*. Je ne m'en suis jamais caché. Je ne peux pas réécrire le passé et je n'en ai pas le désir. Il y a eu beaucoup de femmes dans mon lit avant toi, c'est vrai…

— Oh! Carlo…

Elle serra ses doigts plus fort.

— Je n'ai aucune envie d'être la première femme dans ton lit. Je préfère être la dernière.

— Juliet, *mi amore*. Mon cher, mon tendre, mon pragmatique amour. C'est avec toi que j'ai envie de réinventer la vie tous les matins.

Elle posa un doigt sur ses lèvres.

— Chut! Tu les entends?

— Quoi?

— Les flonflons du manège. La musique.

Elle lui ouvrit les bras.

— Il tourne toujours, on dirait. On repart pour un grand tour?

CHEZ MOSAÏC

Par ordre alphabétique d'auteur

…/…

CHEZ MOSAÏC

Par ordre alphabétique d'auteur

.../...

La plupart de ces titres sont disponibles en numérique.

Composé et édité par HARLEQUIN

Achevé d'imprimer en France
par CPI
en juin 2015

Dépôt légal en février 2015
N° d'impression : 129421

Cet ouvrage a été imprimé sur Classic 65g
de la gamme Printing & Reading Stora Enso,
usine d'Anjala, Finlande

Pour l'éditeur, le principe est d'utiliser des papiers
composés de fibres naturelles, renouvelables, recyclables,
et fabriquées à partir de bois issus de forêts qui adoptent
un système d'aménagement durable. En outre, l'éditeur attend
de ses fournisseurs de papier qu'ils s'inscrivent dans
une démarche de certification environnementale reconnue.